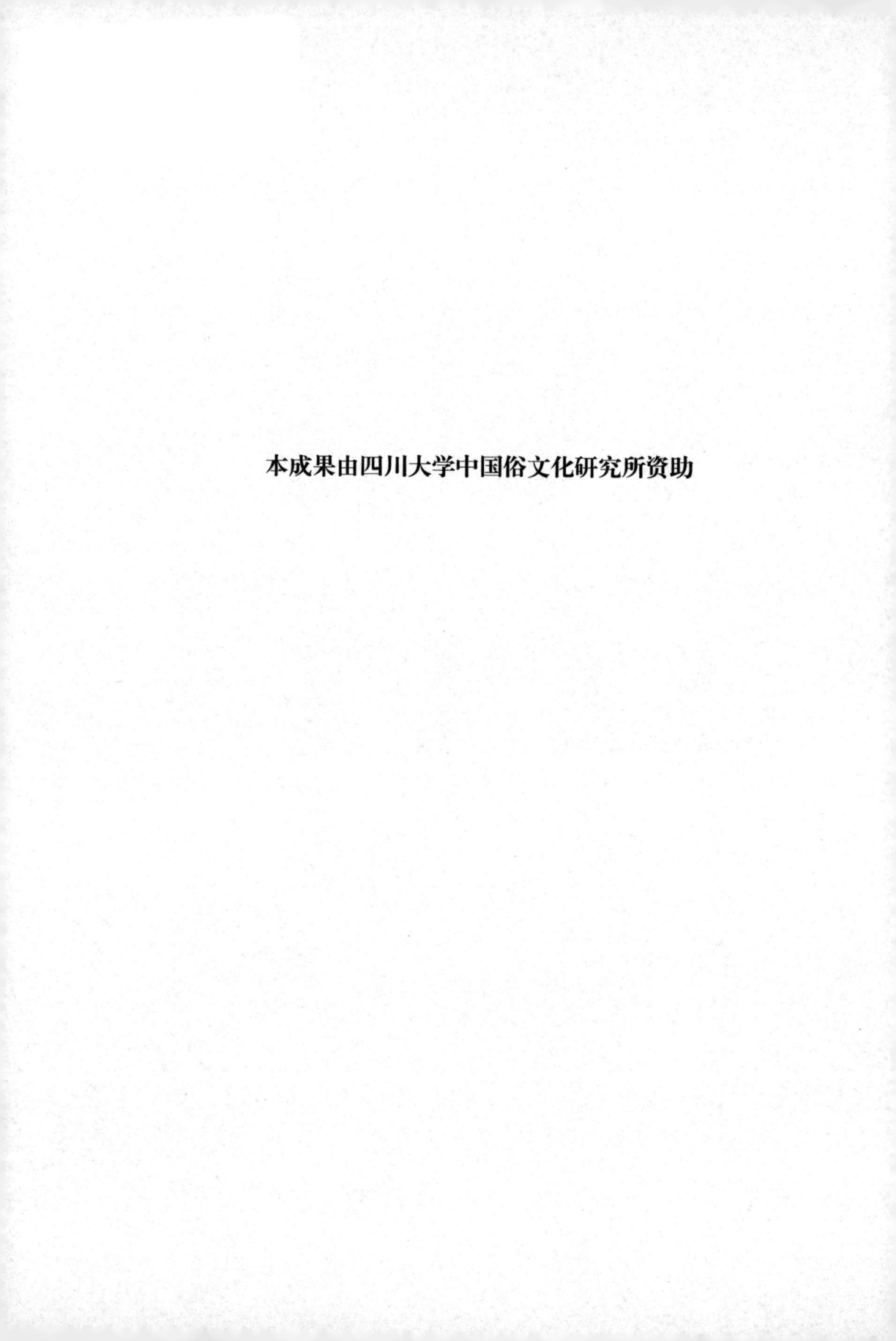

本成果由四川大学中国俗文化研究所资助

"十四五"时期国家重点出版物出版专项规划项目

明清通俗小说贞节观书写研究

璩龙林 著

四川大学出版社
SICHUAN UNIVERSITY PRESS

图书在版编目（CIP）数据

明清通俗小说贞节观书写研究 / 璩龙林著. -- 成都：四川大学出版社，2024.10
（中国俗文化研究大系. 俗文学与俗文献研究丛书）
ISBN 978-7-5690-5172-8

Ⅰ. ①明… Ⅱ. ①璩… Ⅲ. ①古典小说－小说研究－中国－明清时代 Ⅳ. ① I207.41

中国版本图书馆 CIP 数据核字（2021）第 237433 号

书　　　名	明清通俗小说贞节观书写研究
	Ming-Qing Tongsu Xiaoshuo Zhenjieguan Shuxie Yanjiu
著　　　者	璩龙林
丛　书　名	中国俗文化研究大系·俗文学与俗文献研究丛书
出　版　人	侯宏虹
总　策　划	张宏辉
丛书策划	张宏辉　王　冰
选题策划	杨　果
责任编辑	杨　果
责任校对	叶晗雨
装帧设计	墨创文化
责任印制	李金兰
出版发行	四川大学出版社有限责任公司
	地址：成都市一环路南一段 24 号（610065）
	电话：（028）85408311（发行部）、85400276（总编室）
	电子邮箱：scupress@vip.163.com
	网址：https://press.scu.edu.cn
印前制作	四川胜翔数码印务设计有限公司
印刷装订	成都金龙印务有限责任公司
成品尺寸	170mm×240mm
印　　张	23
插　　页	2
字　　数	432 千字
版　　次	2024 年 11 月 第 1 版
印　　次	2024 年 11 月 第 1 次印刷
定　　价	98.00 元

本社图书如有印装质量问题，请联系发行部调换

■版权所有 ◆ 侵权必究

总　序
项　楚

　　四川大学中国俗文化研究所，作为教育部人文社会科学重点研究基地，已经走过了二十年的历程。不忘初心，重新出发，是我们编辑这套丛书的目的。

　　俗文化是中国传统文化的重要部分，与雅文化共同形成中国文化的两翼。俗文化集中反映了中华民族独特的思维模式、风俗习惯、宗教信仰、语言风格、审美趣味等，在构建民族精神、塑造国民心理方面，曾经起过并正在起着重要的作用。因此，俗文化研究不仅在认知传统的中华民族文化方面具有重大的学术价值，而且在促进社会主义精神文明建设方面具有传统雅文化研究不可替代的意义。不过，俗文化和雅文化一样，都是极其广泛的概念，犹如大海一样，汪洋恣肆，浩渺无际，包罗万象，我们的研究只不过是在海边饮一瓢水，略知其味而已。在本所成立之初，我们确立了三个研究方向：俗语言研究、俗文学研究、俗信仰研究，后来又增加了民族和民俗的研究。同时，我们也开展了相关领域的研究，如敦煌文化研究、佛教文化研究等。在历史上，雅文化主要是士大夫阶级的意识形态，俗文化则更多地代表了下层民众的意识形态。它们是两个对立的范畴，有各自的研究领域和研究路数，不过在实践中，它们之间又是互相影响、互相渗透、互相转化的。当我们的研究越来越深入的时候，我们就会发现它们在对立中的同一性。虽然它们看起来是那样的不同，然而它们都是我们民族心理素质的深刻表现，都是我们民族性格的外化，都是我们民族的魂。

　　二十年来，本所的研究成果陆续问世，已经在学界产生了广泛的影响。本套丛书收入的只是本所最近五年来的部分研究成果，正如前面所说，是俗文化研究大海中的一瓢水的奉献。

目 录

绪 论 ··· 1

第一章 古代贞节观念的演化历程及明前小说贞节观的书写 ·········· 34

第一节 先秦至隋唐五代贞节观的滥觞与发展 ··················· 34
第二节 宋元：贞节观念的强化与现实松动 ······················· 47
第三节 明清两代贞节观念的宗教化及其反动 ··················· 53
第四节 明前小说贞节观书写及其特色 ···························· 60

第二章 贞节观书写在明代通俗小说中的集中表现 ··················· 66

第一节 明代的思潮环境与通俗小说贞节观书写的繁密 ········ 66
第二节 《西游记》：仙凡两界的贞节观念 ·························· 75
第三节 《金瓶梅》：群体淫乱暗夜里的一丝贞情亮色 ············· 83
第四节 "三言二拍"：新旧贞节观念的冲突与混融 ··············· 109
第五节 《醉醒石》：女子的贞节与男子的科举 ···················· 128
第六节 《欢喜冤家》：出轨的"冤家"能否"欢喜"? ············· 133

第三章 清代通俗小说中的贞节观书写之嬗变 ······················· 141

第一节 清代的思潮环境与小说贞节观书写的密集和新动向 ··· 141
第二节 平情主义与崇真厌伪：李渔小说的贞节观书写倾向 ···· 148
第三节 《野叟曝言》：贞节观与经权思想 ························· 162
第四节 《绿野仙踪》：痴情浪子与节烈妓女 ······················ 173

第五节　《姑妄言》贞节观书写的三层意蕴：政治、道德、性欲 180
　第六节　《红楼梦》：大家族内外的贞节观书写 189
　第七节　《儒林外史》：王玉辉对女儿殉夫的笑与泪 202

第四章　明清通俗小说中不同角色的贞节观 210
　第一节　不同社会阶层女子的贞节观 210
　第二节　普通妻妾的贞节观 218
　第三节　婢女丫鬟的贞节观 235
　第四节　妓女的贞节观 244

第五章　贞节观的影响因素在明清通俗小说中的表现 254
　第一节　贞节观与外貌 254
　第二节　贞节观与性能力 266
　第三节　贞节观与金钱 273
　第四节　贞节观与情趣 281
　第五节　贞节观与远出 286

第六章　明清通俗小说贞节观与文化母题 292
　第一节　贞节观与果报 292
　第二节　贞节观与考验 309
　第三节　贞节观与战乱 320
　第四节　贞节观与谋杀 329

结　语 341

参考文献 349

后　记 360

绪　论

一、选题缘起

20世纪30年代，陈东原用沉痛的笔墨来描述中国妇女的"悲哀处境"："三千年的妇女生活，早被宗法的组织排挤到社会以外了。妇女才是畸零者！妇女才是被忘却的人！除非有时要利用她们，有时要玩弄她们之外，三千年来，妇女简直没有什么重要。你细看看她们被摧残的历史，真有出乎你意想之外的。自从汉代严重礼制之后，南北朝时妇女之被蹂躏，总算达到极点了。宋代尤其是急转直下的时代，不独几个儒者看重了贞节这回事，从这时候起，男子都有了处女底嗜好。从前贞节问题的背景是怕乱了宗法，宋代以后的贞节问题便着重在性器官一点上了。嗟嗟妇女，遂做了性器官的牺牲！"[①] 这一论调在接下来近半个世纪的时间里基本被接受默认并得到延续。自20世纪90年代以来，这一论调得到相当程度的清算，"受迫害"的中国妇女的"生前待遇"似乎得到改善了。那么事实情况到底如何？"压迫"妇女的贞节观念在当代还灵魂附体吗？当下男女是否完全逃逸这个"伦理黑洞"？我们应该持什么样的心态和态度来看待这一情况？这正是我们需要认真思考的问题。

毫无疑问，贞节是一种社会形成的文化产物，但并不仅仅是传统时代特别是所谓"封建时代"的特有标志，它在现代社会里依然是一个被经常提及的符号，日常沉睡在人们的记忆里，一旦被唤醒将激活所有的细胞。比如，2011年3月，上海市人大代表、上海电视栏目《新老娘舅》和《一呼拍应》嘉宾主持柏万青，在电视节目中真诚告诫所有生活在上海的未婚

---

① 陈东原：《中国妇女生活史》，商务印书馆，2017年，第1~2页。

女青年要自尊自爱，并特别强调来自美国的那句老话："女孩贞操是给婆家最珍贵的陪嫁！"受到无数自称"非处"女人的网络围攻，但也有不少人支持该观点，从而引发了上海近年来少有的关于女人"贞操"的大争论①。2012年3月，38岁的湖北鄂州的单身女硕士涂世友创建全国首个贞操网"雅品贞操网"，倡导婚前守贞，并在微博上晒处女鉴定报告，自称"贞操女神"，一度引起热议。②2020年6月，26岁的烟台徐女士与杭州37岁俞先生恋爱分手后，拒绝返还恋爱期间俞先生赠送的轿车和大额红包共计86万元，被男方起诉，法院判女子归还84万元。女子声称自己付出了2年的青春与贞洁，对判决不服。此事也引起广泛热议。③甚至有仅仅因为不满于女友之前谈过恋爱而采取变态报复的案例。2020年，北京丰台一刘姓男子因强制猥亵罪和强奸罪获刑7年。起因是该男子对女友之前谈过几次恋爱表示不满，报复性地强迫女友与宠物狗性交，并多次对女友进行猥亵强奸。④2012年的岁末，邻邦印度也爆出了一则骇人听闻的新闻，印度加尔各答市22岁的一富家女妮洛弗因不贞偷情，抛夫别子跟一个穷车夫私奔。虑及整个家族的名声将毁于一旦，29岁的哥哥麦赫塔布找到妹妹后将其拉到大街上，当众亲手用大刀砍下她的头颅，然后前往警察局自首。这一光天化日之下的斩首惨剧震惊了整个印度。⑤

最切近而真实的感受，则有身边的三个例子：一个是笔者多年好友，曾亲口告诉我他恋爱和择偶最重要的标准之一就是对方必须是处女，而他在中国开放程度很高的大城市上海工作；另一例是笔者的一个女性亲戚，曾因年轻被诱与人发生关系而自觉丧失贞操，原本心性甚高的她后来降格以求嫁给一位条件明显不如她的男人；第三例是笔者的一位曾访学美国、学贯中西的老师，也曾亲口告诉我他希望自己未来的儿媳妇是处女。至于

---

① 《"贞操是最好的嫁妆"是一种生活智慧》，http://views.ce.cn/view/ent/201103/04/t20110304_22267318.shtml。
② 《38岁单身女硕士建全国首个贞操网 倡导婚前守贞》，https://news.163.com/12/0210/12/7PTB93DV00011229.html。
③ 《分手后被起诉归还86万，法院判女子归还，女子：那我的贞洁呢？》，https://xw.qq.com/cmsid/20201028A0EGDZ00。
④ 《刘亚楠强奸二审刑事裁定书》，https://wenshu.court.gov.cn/website/wenshu/181029CR4M5A62CH/index.html。
⑤ 《印度已婚富家女与穷车夫私奔遭兄长街头斩首》，http://news.qq.com/a/20121211/000034.htm。

因婚外情等出轨不贞行为所引发的离婚杀害等严重后果，更是现代人的头疼问题之一。对于上述例子，各人态度不一，但至少可以反映这样一个事实：尽管女权主义兴起多年，看似女性前卫思想如火如荼的当代，并没有真正消解男女心中的贞节观念，这一观念始终镶嵌在集体文化之河的深处，时时被某一事件的漩涡卷起而涌动浮泛。这是"封建主义"毒瘤、"封建思想"糟粕在沉渣泛起，还是人类集体无意识的真实律动？显然，我们不能做简单的价值判断，但答案至少不会是前者。我想，只要有人类存在，男女性别差异没有消失，这种讨论和争论就会永远持续下去。因此，对历史长河中汹涌数千年的贞节观念做一次回眸和反思，就并不是毫无意义的钻故纸堆。学术研究并不一定需要对当下发言，不一定要有现实之用，此一理念，向来为国学大师王国维、梁启超等人所申。但一项研究若能与当下进行交流对话，对当下有一些启示，则这种研究至少会少些遗憾，人文研究也不例外。从故纸堆中翻检出来的思考，能呼应现实、予当下以启示，岂容易得哉？

通过对明清小说的大量阅读，笔者意识到，由于儒家文化观念的强势渗透，在多达数百部的明清通俗小说中，忠孝节义等观念比比皆是，贞节观念就是其中"节"的一种，在不同种类的小说中都有不同程度的体现和反映，它们固然与正史等能登大雅之堂的文本描述有颇多不谋而合之处，又往往与之形成较大的反差和有趣的对照。与后者相比，它们大体代表了民间的视角，自然与主流意识形态拉开了一定的距离。毫无疑问，在明清小说创作的初衷、小说思想的体现、人物心理的变化、故事情节的发展等诸多方面，贞节观念都起着不小的作用。因此，对这些通俗小说中的贞节观念做一次较为全面的清理、剖析，总结其影响因素和表现规律，发掘其中所体现出来的文化内涵，得出合乎历史逻辑的结论，应该有助于我们对中国几千年传统社会产生更加全面理性的认识。

二、选题意义与研究可行性

自20世纪上半叶以来，西方的人文学科研究兴起多种研究路数，尤其是在方法和观念上有许多革新。其中，西方的人类学领域兴起的文化大传统（great tradition）和小传统（little tradition）理论①，以及历史学领域兴起的法国年鉴学派的中长时段研究理论，是两个影响巨大的人文理论。前者是美国人类学家罗伯特·雷德菲尔德（Robert Redfield）在1956年出版的《农民社会与文化》中提出的一种二元分析的框架，用来说明在复杂社会中存在的两个不同文化层次的传统。现在学界一般认为大传统主要指上层知识分子的精英文化，在社会的道德律令和价值观念中处于主导地位，它的背景是国家意识形态和权力机构，属于社会的主流意识形态，具有较高的权威性和统摄意义。小传统则是普通民众的世俗文化，它相对游离于主流意识形态之外，较少受国家权力和精英话语控制，而较多地保持了民间原生态的活泼自由精神。二者之间有某种程度的紧张对峙，也有不少交融和互渗，在某种条件下也会互相转化。因而所谓的大传统和小传统二者之间是有交集的，并非水火不容，势若冰炭，只不过是侧重点和视角不同罢了。正如李亦园所言："大传统士绅阶层所关注的对象，小传统的民间大众有时也会同样关心，只是投注的角度和意义转换了。大传统士大夫关注于国家体制、官僚组织以及与自然的关系；小传统的乡民当然无能力理解这些形式化的复杂系统，但是他们却把这些阶层体系用他们能理解，同时也对他们有现实作用的方式表现出来。"②

在历史学的研究领域，法国年鉴学派的结构主义历史观影响甚大，特别是第二代的代表人物布罗代尔（Braudel）1950年发展成一大体系。布罗代尔的体系是由长时段的构造史（自然地理环境和社会心态史）、中时段的动态史（人口生产和社会经济史）、短时段的事件史三者构成。短时段的政治和事件只构成历史的表面层次，转瞬即逝，对整个历史的进程作用甚微，它的发生常由中时段的动态史的局势和节奏调节，而动态史又受环境的制约。因此他们在历史研究中重视长中时段特别是长时段，无疑蕴

---

① 西方汉学界对于中国古代民间信仰的研究长盛不衰，他们惯于提出一些理论模式作为深入了解中国古代文化的工具。早期有所谓二元对立模式，如"大传统"和"小传统"，"草根文化"与"精英文化"，"官方"与"非官方"；之后，杨庆堃提出了新解释，他把宗教分为"扩散性的"（diffused）与"制度性的"（institutional）两种，旨在消解之前的二元对立模式，并获得了不少学者的认同；时至今日，西方学界广泛使用的已是大众宗教（popular religion）这样的概念了。但最新的思想未必就一定是最适用的理论，并且本书关注的主要还是小说中的观念，因此，笔者借鉴的主要还是前面几种思想。

② 李亦园：《人类的视野》，上海文艺出版社，1996年，第146页。

含有改正传统历史主义过于注重政治和事件的意味,反之对由民间大众集体构成的声音的关注便走向了研究前沿。长时段包括地理气候、生态环境、社会组织、思想传统等,其中后两者,便包含了对大众思想的关注和研究。法国年鉴学派史学家芒德鲁(Mandrou)称心态史研究必须注意"重建那些表达集体情感的态度、言辞和沉默"①,也是针对以前未曾留意的俗世情感和思想而发。要之,年鉴学派这种总体观察(holistic perspective)的方法,注重长时段和普通群众的集体声音的历史研究方法,对西方和近十几年的中国历史学界影响甚巨。

大小传统的思想,由人类学家李亦园和历史学家余英时传入中国,产生了不小的反响。如陈思和在此一思想基础上,在现当代文学研究领域提出了"民间"这一关键词,以此推出"民间文化形态""民间隐形结构""潜在写作"等相关研究术语,来重新诠释中国现当代文学史。②葛兆光则在年鉴学派长时段理论和大小传统理论的思想启发下,提出思想史研究要重视"一般的知识、思想和信仰",并以此构建其《中国思想史》的研究基本框架。他们的研究从总体上看是成功而有效的,引起了学术界的广泛回应,虽然不无质疑和辩难,但这正是一种有活力的学术研究方法的体现,也正因此呈现了开放而非封闭的态势,有进一步完善和深入阐发的学术空间。他们对这些西方理论的借鉴或者移植,对我们的古代文学和文化思想研究应该有所启迪。我们过去的研究无疑有过于注重传统精英士大夫思想之弊,注意力基本上都停留在那些所谓的"经典"上,而忽略了民间百姓的思想情感、风俗习惯、生活方式和俗世信仰,没能够去认真聆听那些表达集体情感的态度、言论与沉默。正如李弘祺评析思想家怀德海(Whitehead)"思想的风格"一词时所说:"'思想的风格'(Climate of opinion)乃是'一个社会里头大多数人所想、所讲、所作的事的背后各样假设的总和;是他们所习用的语词,所喜欢拿来解释事情的方式'。鲍玛认为要了解一时代的'思想风格',只有通过博览群书,别无他途。光

---

① 转引自辛西亚·海伊:《何谓历史社会学》,载肯德里克斯特芬、麦克龙:《解释过去 了解现在——历史社会学》,王辛慧、江政宽、詹缘端等译,上海人民出版社,1999年,第36,38页。

② 陈思和:《中国当代文学史教程》,复旦大学出版社,1999年,第12~13页。

是研究一些伟大的思想家或是领导知识界的知识分子是不够的。"① 依法国思想家米歇尔·福柯所言，很多后来习以为常的制度、思想和观念，其实都是被"权力"建构出来的，所有知识的生产背后都有权力的支撑，所谓的精英思想和经典著作，也有不少是被建构的结果，而并非都靠自身的学术生命力自然生成的。在此意义上，用"知识考古学"的研究方法和民间研究的视角，无疑能拓宽我们的研究视野和领域。

从大小传统理论和"知识考古学"的视角来看，同样，对于儒家传统中的核心观念如忠孝节义等思想，儒家精英士大夫固然非常关心和宣扬，并使其得到国家中央权力机构的支持和提倡，从而成为社会的主流意识形态，产生了许多理论体系。但这并不意味着它们不为世俗百姓关心，只不过他们在接受这些自上而下的意识形态传播时，因为人性的本能和现实生活的种种考量，其间已经有了很多的变化和扭曲，从而在相当程度上偏离了主流意识形态而已。赵轶峰认为："（社会下层的庶民们的）伦理价值观念虽然不能不受到官方倡导的儒家伦理的影响，但是从来也没有和精英们保持一致。"② 中央对地方、主流对边缘、官方对民间的控制，目的乃是统治者和权力部门对世俗社会的整合。但实际上首先它不能做到全面覆盖，其次也难以做到深度渗透，二者之间总是有思想缝隙，在践行过程中总会有现实裂痕。古代上层固然是中央专制，下面法律的实际约束力其实是有限的，政令的传达和推行都难以全面普及渗透，遑论作为第二层级的伦理观念，在实践履行层面更是不可能做到铁板一块。再加上一些旁逸斜出的奇特思想和固有的风俗信仰，使得这种裂痕扩大，不一致的程度进一步加大，从而出现变形甚至背离。再者，一种精英思想必然是超前的，而且难免与时代的常态有所冲突，何况国家对于下层伦理的影响要经过教育和交流的过程，但是绝大多数的庶民是文盲，这使儒家思想对社会下层的渗透遭遇极大的困难。它的落实和普及，不是像我们以前理解的那样顺畅和深入的，而是落后于时代的，需要经过几十年甚至数百年，才会从精英思想变为人们的常识。这个时间差是一个逻辑常识，但常常被我们的研究者忽略，从而使得不少研究充满一厢情愿式的想象和预设。有学者指出宋

---

① 李弘祺：《读史的乐趣》，台北允晨文化实业公司，1991年，第39页。
② 赵轶峰：《明代的变迁》，上海三联书店，2008年，第156页。

代理学"对宋代社会生活的影响实际并不像某些学者想象中的那么严重"①，便给我们以深刻启发，扭转了我们以往所想象的理学在宋代具有巨大影响这一观念。这也就意味着宋代之前的思想、信仰和生活方式还在大体进行，世俗百姓的原态生活节奏还相当"顽固"，而这个"顽固"的生活节奏在现阶段更需要引起我们的注意和考察。

贞节观作为随文明而产生的儒家伦理观念的主流——忠孝节义的重要一环，主要指婚前守贞、婚后守节和丈夫死后守节或殉节②，随历代的经济、政治和文化的发展而嬗变，在精英士大夫层面的思想中也屡有衍变，在中国传统社会中扮演了极为重要的角色。它早已成为中国古代一道独特的景观，建构了古人的生活伦理和生命形态，对中国文化的影响巨大而绵远。可以说上自帝王将相，下至草野庶民，没有一个人能够完全逃逸它的影响，亿万生灵的歌哭悲欢，都在贞节观念中或隐或显。因此，考察贞节观的衍生、流变和传播，无疑可以让我们从一个很好的角度获得某种历史的真相，更加清晰地感受古人的生活和心理。正史和野史自然是重要的考察对象，事实上，以往不少研究者的基本史源确实以出自史书所记载的"烈女"或"列女"为多，即试图通过考察一部分"入史女性"的行为，进而概括出一个时代整个社会的贞节观念。这些研究者已较为充分地挖掘了它们的价值，可作我们进一步研究的起点。但是，这毕竟只是历史面相的一维，贞节观念在民间世俗社会中到底是被如何接受，仅仅从朝廷诏令、正史记载、精英思想和经典著作中是不能读出全貌的。原因很简单，由于在官方正史和方志中侧重于宣扬封建礼教对妇女的训谕戒律，褒奖贞女烈妇，极易局限视野，从而忽略了实际生活中的习俗和宽容观念，这样的研究结论必然会带来偏差。古代的社会生活因其纷繁复杂而呈现多层次的图景，我们只有透过文学和历史的多棱镜去观察，才能看见它折射出的历史斑斓景象。

历史的书写是否能够还原事实的真相？在真实、资料、记述和历史之间，究竟存在着什么样的关系？我们该如何看待作者和他所留下的文本，又是否能够穿透作者与文本所携带的各种信息，寻访到曾经真实存在的历

---

① 朱瑞熙等：《辽宋西夏金社会生活史》，中国社会科学出版社，1998年，第5页。
② 但在古代实际上还远不止此，详参本书绪论"四、贞节及贞节观释义"。

史呢？这一系列的问题，恐怕永远难有标准答案，但历史常常被我们的"前见"遮蔽，却是毫无疑问的。由于经过近代特别是"五四运动"以来的新文化运动，以及毛泽东对中国古代妇女被套"四条绳索"①所作权威"论证"的长期洗礼，我们对古代妇女生活的认识和研究，常停留在一个假定女性为受害者和被压迫者的观念预设之中，这使得我们的贞节观研究也往往有这样一个"前见"，而这些预设在正史或方志的一些"列女传"对节烈事迹的记载下更加容易凸显其"合理性"，让研究充满臧否。正如美国学者高彦颐所指出的那样："受害的'封建'女性形象之所以根深蒂固，在某种程度上是出自一种分析上的混淆，即错误地将标准的规定视为经历过的现实，这种混淆的出现，是因缺乏某种历史性的考察，即从女性自身的视角来考察其所处的世界。"② 一些学者往往将"从"解释和理解为妻子对丈夫的无条件服从，并慨叹于妻子对丈夫从人身到精神的全面依附。高彦颐认为这种解释是将社会性别关系的运作和儒家伦理系统（她称之为社会性别系统）过分简单化了。这种观念预设下的研究，难免主题先行地去从古代各种列女传和方志笔记中寻找各种守贞或殉节的妇女个案，然后来论证古代妇女的悲惨遭遇和命运，她认为"这样的结论未免太过简单和太缺少权力关系变化了"。事实上，"伦理规范和生活实践中间，难免存在着莫大的距离和紧张。儒家社会性别体系之所以能长期延续，应归之于相当大范围内的灵活性，在这一范围内，各种阶层、地区和年龄的女性，都在实践层面享受着生活的乐趣"③。

那么，贞节观念"笼罩"下的中国古代女性在社会和家庭中到底居于何等地位？在实际上又到底能享有什么样的权利？法国著名思想家米歇尔·福柯和皮埃尔·布尔迪厄提出的权力理论，有助于我们明晰中国古代女性所实际享有的非官方权力。福柯认为，权力不是一件能被牢固把持的东西，而是在无数点中运行，在各种不平等和流动的关系中互动。布尔迪厄将男性独占的"官方权力"和女性经常行使的"支配的权力"加以区

---

① 毛泽东：《毛泽东选集：第一卷》，人民出版社，1991年，第31页。
② 高彦颐：《闺塾师：明末清初江南的才女文化》，李志生译，江苏人民出版社，2005年，第4页。
③ 高彦颐：《闺塾师：明末清初江南的才女文化》，李志生译，江苏人民出版社，2005年，第7页。

分，以此来确定女性所行使的权力，他认为她们所行使的权力虽然只是通过代理而获得的有限度的权力，但它仍然是真实存在的。即使当女性确实行使真正的权力时，如通常在取决婚姻大事上，她们其实有很大的决定权。但是这一决定权的行使，是要在表面上承认绝对男权的"障眼法"下进行的。我们在考察贞节观时，无疑也需要考虑到这一层面的事实。福柯和布尔迪厄的论述，使我们意识到，即使在一个彻底的父权社会里，家庭关系的运转也不仅仅是男人在起作用。女性能够运作权力的性质和程度，不仅取决于她们的社会地位和使命，也取决于其容貌风仪、言辞技巧、艺术才华和性爱手段等其他主观因素，《红楼梦》里的王熙凤、《醒世姻缘传》里的薛素姐和童寄姐，甚至是《金瓶梅》里的丫鬟庞春梅，不都是一个个鲜活的明证吗？这样一种对亲属关系和权力关系的看法，提示我们在研究古代贞节观念和贞节行为时，要时时就当下情境考察，而不能从一开始就判定某些制度或行动的罪恶和错误，这样我们才不会断章取义地就某些材料得出事先预设的极端化的结论。

事实上，海外的中国研究已经很好地说明了这一点，如美国学者戴真兰（Janet M. Theiss）的《丑行：十八世纪中国的贞节政治》一书将贞节失去后国家和地方对"丑事"的看法作为考察对象，书中便将性别视为一个流动的价值系统，亦即支持节烈文化的背后，其实是错综复杂的价值系统与利益网络，相互间充满了矛盾与冲突的可能性。正如费丝言的评论所言："作者以'贞节政治'（chastity politics）这个概念来掌握其间错杂的互动关系。她指出，贞节观的提倡，并非如官方或士人论述中所表现的单线式由上至下的教化，或由正统道德观念发散出'风行草偃'的自然影响，而是一个动态的交涉与谈判（negotiate）的过程，观察的标准亦非单纯的节烈观的接受，而是在这个国家与社会的互动过程中，涉入的各方受到何种影响。"[①]

有了以上对我们研究极有裨益的理论观照，我们便可放心地用小说来考察民间的贞节观——一种在践行层面更接近历史真相的贞节观念。下面进一步申述用小说来考察贞节观的理由。

[①] 费丝言：《丑事：盛清的贞节政治》，《近代中国妇女史研究》，2006 年第 14 期，第 255～256 页。

首先，小说"可以观"。从传统的观点来看，所述人物事件是否客观、准确、真实乃是文学和历史的本质差别。就此点而言，何者能有效地观风察世，似乎是不言而喻的问题。然而，新历史主义批评对此一观点的质疑可以给我们一定的启示，该理论全然淡化文学和历史之间的差别，弥合了二者之间似乎不可跨越的鸿沟。它把文学看成是历史现实与社会意识形态的一个结合部，希望从中看到这样一个过程——实际历史事件如何转化为文本，文本又如何转化为社会公众的普遍共识（即一般意识形态），而一般意识形态又如何转化为文学。这一循环往复的认识过程反映了实际历史事件如何被意识形态吸收理解，而既定的意识形态又如何能动地控制和把握它。海登·怀特说：

> 对于历史学家来说，历史事件只是故事的因素。事件通过压制和贬低一些因素，以及抬高和重视别的因素，通过个性塑造、主题的重复、声音和观点的变化、可供选择的描写策略，等等——总而言之，通过所有我们一般在小说或戏剧中的情节编织的技巧——才变成了故事。[1]

对这种转化说得再明白不过。就历代正史中的列女传来看，正是史学家在一种或隐或显的思想指导下，对前代的妇女进行筛选，以符合策略的入选并对之进行事迹再加工、编辑和渲染，反之则在摒弃之列。但是或许那些被摒弃的"不合格"妇女才是社会的大多数——她们的思想才更占主流，她们的行为才是普遍现象。新历史主义的首倡者斯蒂芬·葛林伯雷也强调，把素材由社会话语转移到审美话语仅仅视为单向的过程是错误的，因为前者已经荷载着审美能量，而后者也与社会活动密不可分，尤其是人们的各种活动都无法摆脱在社会占统治地位的思想的制约。

孔子云：诗可以观。其实，不仅是诗，作为通俗文学的小说，也"可以观"[2]——观大多数人的所思所想、所言所行，观民间的伦理道德、审美信仰等文化传统——以此更为真实全面地了解古代社会，而不仅仅停留在以往的精英声音和经典思想层面。"班固称'小说家流盖出于稗官'，如

---

[1] 转引自张京媛：《新历史主义与文学批评》，北京大学出版社，1993年，第163页。
[2] 谢谦：《小说文本：中国文化的另一种解读》，《四川大学学报（哲学社会科学版）》，2001年第6期，第58页。

淳注谓'王者欲知闾巷风俗，故立稗官，使称说之'。"① 袁行霈虽以为"稗官应指散居乡野的、没有正式爵秩的官职"，与如淳略有异，但同样认为"他们的职责是采集民间的街谈巷语，以帮助天子了解里巷风俗、社会民情"。② 可见有中国特色渊源的小说在汉以前已经可以作为统治者"观风"的一种手段。后来，小说的功能发展为通过对人物的塑造和情节的编织来再现现实和历史，尤其是明清的通俗小说更是细腻鲜活地写心传情，描画世间百态。那些千姿百态的芸芸众生相，他们活生生的现实体验和日常表演，给我们提供最直接的生命体征。葛兆光有一段话说得很好：

> 这些"创造性"的思想（指精英主流思想），是怎么样并通过什么途径，从上层精英向普通民众传播，并且在下层社会也获得似乎天经地义的正当性的。如果文化史、思想史关心这方面的内容，你就还得去涉猎更多的东西，要去研究一下朝廷的诏谕、地方政府的文告、官员的劝俗文，甚至包括文化官员的任命、调动和推行这些道理的具体举措、大道理在实际推行中的变化等等。你还得考察小说、戏曲、唱本以及这些通俗文艺形式在当时的演出情况，要去关心这些东西里面承负了多少新思想的传播，这些传播给民众的东西里面，对那些创造性思想，有多少修正和妥协？而这种修正和妥协，又需要多少时间和力量，来实现它的制度化规定和世俗化普及。③

贞节观念作为国家立法、士绅倡导的主流思想，到下层世俗社会如何获得"似乎天经地义的正当性"的过程，正好可在最重要的通俗文学类型之一的小说文本中得到大量显现。就贞节观而言，明清小说有太多对古代各种男女贞节观念的描写和分析，它们都是借形象来说话，以故事来阐述，用心理去解析。它们描摹世情万状，反映百态人生，抒写时代精神，符合大众的审美趣味，更能显现真实的男女贞节观念，可以极大地丰富和深化我们对贞节观的认识和理解。我们可以借由这些细腻鲜活的实例和故事，来窥见明清两代王朝统治下的普通男女原生态的伦理观念、真切的现

---

① 永瑢等：《四库全书总目》，中华书局，1965年，第1182页。
② 中华书局编辑部：《文史》第七辑，中华书局，1979年，第188页。
③ 葛兆光：《"唐宋"抑或"宋明"——文化史和思想史研究视域变化的意义》，《历史研究》，2004年第1期，第23~24页。

实感受和鲜活的生活场景。因此，通过小说来考察作为传统观念之一的贞节观，是有着现实意义和可操作性的。

其次，小说更利于观。正史方志和诗文中的记载往往由于体例的限制无法得到有效的展开，小说作为通俗文学的代表，由于其文体的自由灵活，篇幅的可长可短，描写的细腻真实，正好可以弥补此不足：通过细节来展示当时人物的言行心理，恰如大树徒有枝干，难有生气，若添枝加叶，便绿意盎然，姿态全出，蜿蜒曲折。田晓菲曾将诗歌与小说做一比较，并列举"三言"之《喻世明言》中的名篇《蒋兴哥重会珍珠衫》，认为蒋兴哥远行经商，他的妻子三巧儿在一个春日登楼望夫临窗远眺的形象，就是古诗词里描写了千百遍的"谁家红袖凭江楼"，就是那"春日凝妆上翠楼""悔教夫婿觅封侯"的"闺中少妇"。然而古诗词里到此为止，从不往下发展，只是为了抒情、为了揭示人物的内心世界。明清白话小说则负起了叙述情节、发展故事的责任。①

> 凭楼远眺的思妇因为望错了对象而招致了一系列的麻烦：三巧误把别的男子看成自己的丈夫，这个男子则开始想方设法对她进行勾挑，二人最终居然变成了值得读者怜悯的情人。这都是古诗词限于文体和篇幅的制约所不能描写的，然而这样的故事却可以和古诗词相互参照。我们才能既在小说里面发现抒情诗的美，也能看到与诗歌之美纠葛在一起的，那个更加复杂、更加"现实"的人生世界。②

如果我们硬要去寻找对应的例子，则温庭筠的名篇词《望江南》："梳洗罢，独倚望江楼，过尽千帆皆不是，斜晖脉脉水悠悠，肠断白蘋洲。"正属于田晓菲所举前例。而《古诗十九首》中的"昔为娼家女，今为荡子妇。荡子行不归，空床难独守。"则在思想上与后者有某种相似之处。只不过，小说中的三巧儿是良家女子，此诗中则是"娼家女"，身份上虽略有差别，但联系后一句"荡子行不归，空床难独守"则思想意境实在神似。然而古典诗歌到此戛然而止，而"三言"则细腻敷衍、曲尽其情。相似的故事发生情境，在《型世言》第二十六回《吴郎妄意院中花，奸棍巧施云里手》开篇也有很好的表现。同样，"《金瓶梅》自始至终都在把古典

---

① 田晓菲：《秋水堂论金瓶梅》，天津人民出版社，2014年，前言第1~2页。
② 田晓菲：《秋水堂论金瓶梅》，天津人民出版社，2014年，前言第1~2页。

诗词中因为已经写得太滥而显得陈腐空虚的意象，比如打秋千、闺房相思，填入了具体的内容，而这种具体内容以其现实性、复杂性，颠覆了古典诗歌优美而单纯的境界。这其实是明清白话小说的一种典型作法。"①且次要人物与相关背景都可纳入其中，他们的言行举止对主人公的影响也便成了事件发展的动力和因素之一。主人公的抉择因而得到全景式的展现，也让人更加深入地了解到当时的社会下层的真实面相。

另外，小说本身在古代不被作为正统文学看待，更不被视为经史之籍，其边缘化的地位，使得创作者的心态相对轻松，没有明确的政治和学术目的，反而不像一些著作伪造史料，因而其描述的内容更为可信。早在20世纪30年代，胡适便曾告诫陈东原说："史料的来源不拘一格，搜采要博，辨别要精，大要以'无意于伪造史料'一语为标准。杂记与小说皆无意于造史料，故其言最有史料的价值，远胜于官书。"② 小说是否真如其所言"远胜于官书"且不论，但其"无意于伪造史料"大抵是没有问题的。美国学者马克梦自叙其著述"所持的主要原则之一是：小说事实上比儒、道、释的'道'和二十四史更能反映中国文化"③。小说活泼的表现形式、自由的叙述语言，在广泛地反映生活方面，要远远超过官方史料和其他文学体裁，可以更真实地反映民间的"一般知识、思想和信仰"，作为中国文化的另一种读本。就域外观之，法国年鉴学派代表人物布罗代尔的历史著作就援引了一些游记甚至小说作为材料，尤其关于某一个时代物质生活的细节。而国内学者赵园的名著《明清之际士大夫研究》，也时以文学化的语言和体验方式来研究思想史领域的课题。

最后，小说与普通民众欣赏趣味一致。明代中后期，是通俗小说发展的黄金时期，此一时期小说发展的一个重要特征就是小说刊刻的商业化。④ 总体上，经过国内外学术界二十余年的探讨，对明清小说读者的认

---

① 田晓菲：《秋水堂论金瓶梅》，天津人民出版社，2014年，前言第1页。
② 陈东原：《中国妇女生活史》，商务印书馆，2017年，第1页。
③ 马克梦：《吝啬鬼、泼妇、一夫多妻者：十八世纪中国小说中的性与男女关系》，王维东、杨彩霞译，人民文学出版社，2001年，中译本序。
④ 参见陈大康：《明代小说史》，上海文艺出版社，2000年；程国赋：《明代书坊与小说研究》，中华书局，2008年。

识,大致有"富商、文人"说,"市民"说和"社会各阶层"说等。① 但普通平民无疑是其中相当庞大的一支读者队伍。社会人物和事件之所以作为题材被写进小说,并被书商们广泛刊刻,从而迅速流行起来,这本身反映了小说与普通市井读者和一般民众的欣赏趋向的一致。读者的接受又直接关系到某类小说创作的兴衰,明代胡应麟对此有精辟见解:"古今著述,小说家特盛;而古今书籍,小说家独传。何以故哉?……夫好者弥多,传者弥众;传者日众,则作者日繁,夫何怪焉!"② 德国美学家瑙曼认为,"我们把文学生产视作一个过程,在这个过程中间,来自读者领域的种种需求发生着积极的或消极的影响,因而在某一特定时间里生产出的文学就不仅反映了作者的特点,而且也映照出读者的需求、兴趣和能力"③。因而,明清通俗小说多能自觉考虑到读者的接受水平、视野经验和欣赏趣味,大多以通"俗"、娱"众"、导"愚"为创作旨趣,表现出了明显的大众世俗色彩。这一点,颇与毛泽东《在延安文艺座谈会上的讲话》里所宣传的文艺要为人民大众服务的文艺精神相通,④ 只不过一者主要以市场为导向,一者是意识形态的政治措施而已。相反,不适应世俗所好者则易遭淘汰,黄人指出:"《说唐》《征东》《征西》,皆恶劣。盖《隋唐演义》词旨渊雅,不合社会之程度。黠者另编此等书以徇俗好。凡余所评为恶劣者,皆最得社会之欢迎,所谓都都平丈我学生满堂坐。俗情大抵如是,岂止叶公之好龙哉。"⑤ 另外,在明代后期,一些小说家的时事敏感性很强,对情节性较强的一些新闻事件进行了采择并编入小说。如陆人龙的小说《型世言》,基本上以记载当朝发生的社会事件为主,类似于今天的杂志撰稿人从社会新闻事件中寻找可供挖掘的故事进行深度采访报道。而嗅觉灵敏的书商们亦多能及时地刊刻这些以社会新闻为蓝本的小说。这些小说作为研究明代社会生活的史料,显然是非常有价值的。从创作者的角度来讲,他的小说必须在某种程度上真实地再现了生活,表达了一般民众的道德理想和精神需求,才能够被民众认可。从读者方面来说,只有一部小说

---

① 参见纪德君:《明清通俗小说编创方式研究》,社会科学文献出版社,2012年,第197页。
② 胡应麟:《少室山房笔丛》,中华书局,1958年,第374页。
③ 瑙曼等:《作品、文学史与读者》,文化艺术出版社,1997年,第174页。
④ 参见毛泽东:《毛泽东选集:第三卷》,人民出版社,1991年,第865页。
⑤ 黄人:《黄人集》,上海文化出版社,2001年,第310页。

的事件和道德情感的趋向是与他的欣赏习惯和思维方式相符合的，小说才会引起他的共鸣并被承认和接受。作者和读者在道德趋向上某种程度的一致是小说流行和受欢迎的必要条件。

当然，需要说明的是，我们通过通俗小说等俗文学来考察贞节观念，但不排除正史和方志笔记中的现实记载。更需要注意的是，小说也只是一种声音，它也只能提供一种视角。毕竟，小说的创作者也有种种现实的计较和考虑，如朝廷的话语制度，社会的流行风尚，市场的流通需求，书商的出版规划，读者的心理期待和阅读习惯，甚至是为了倾泄私愤和污诋他人①。特别是市场和书商的需求，更使不少作者通过写作才子佳人小说和色情小说来谋生或从中牟利。清康熙年间，还出现了专刊淫邪小说的书坊"啸花轩"。而迎合市场和读者进行编纂情节的也不在少数，乾隆年间著名诗人蒋士铨诗曰"父母之命礼经传，婚姻私订南词有"②便反映了这一情况。如此种种，使得小说的创作会因各种顾虑，而不能达至完全的自由，完全倾听作家内心的声音，从而全面真实地反映现实。更何况，即使作者的创作心态比较自由，因所受的教育和经历，作者也很难完全做到有效真实地反映当时的社会现实。另外，由于明清小说的作者基本上都是男性——清代有些匿名小说作者可能是女性，但至今考无实据。"大部分清代白话小说并不详细描述女人本身的生活情景，女人的生活大都通过与男人的对话或男人的观察间接地表现——这些小说本身大都是男人写的。"③所以这些小说无疑主要是以男人的视角和体验展开，其对女性的描摹必然带有很多想象和偏至之处。

更重要的是，我们在研究中不能只以一部分事例来得出某种结论，这样往往会以偏概全。如前所述，自陈东原《中国妇女生活史》一书问世，引程颐"饿死事极小，失节事极大"之语为据，宋代便被认为是妇女地位骤然低落的转折时期，这种观念持续达半个世纪之久。这自然激起后来一些认真独立思考的学者的怀疑，对此纷纷提出自己新的看法，但也有学者

---

① 参见纪德君：《中国古代小说文体生成及其他》，商务印书馆，2012年，第197~201页。
② 蒋士铨此处虽然指的是南词，而南词与小说同属通俗文学之列，自可并观，何况注解中亦云三十卷版本"婚姻私订南词有"作"私订婚姻小说有"。参见蒋士铨：《忠雅堂集校笺》，邵海清校、李梦生笺，上海古籍出版社，1993年，第716页。
③ 马克梦：《吝啬鬼、泼妇、一夫多妻者：十八世纪中国小说中的性与男女关系》，王维东、杨彩霞译，人民文学出版社，2001年，第21页。

极力搜求妇女改嫁、再嫁的实例作为反证，证明宋代妇女并未受到深重的礼教束缚。而当此一研究倾向成为风尚后，又自然激起新的反拨，便又有学者持折中之论，强调宋儒固然有其圣贤理想，但于现实生活中亦不得不有所妥协与调适。这样的争执，固然起因于社会生活本身所具有的多样性，但是资料提供者受自身理念或社会风尚导引，于有意无意间做出选择，以文字营构出某种意象的可能性，也不可忽视。只为自己预设的观念和目标，选择对自己论点有利的材料进行阐释，而对客观存在的相反材料视若无睹而丢在一边，这是学术研究的大忌，却是学术界常见之事，很多看似热闹的争论即源于此。以前的研究往往有这种倾向，故而对同一时代的研究，往往得出全然不同的结论，贞节观念的研究便是一个典型，自魏晋隋唐，以迄宋元明清，都有学者持几乎完全相反的看法，而出现这种严重分歧的原因大多是对材料择别的不同而已。这样的所谓研究，基本上属于各执一词的争论，而不是为了寻求真理的全面理性对话。因而，我们同样要防止仅凭小说的一面叙事，便轻易得出完全相反的结论，这样难免出现一叶障目而不睹泰山之弊。这样的结论很容易流于哗众取宠，却依旧不足为凭。尽管从新历史主义的观点来看，完全回归过去、复原历史本来面目是根本不可能的，但学术研究还是要抱着这样的一种信念和情怀：穿透岁月的层层迷雾，捡拾历史的粼粼碎片，用心拼接成一个接近原型的花盘——这样一个美丽的诱惑，理应成为每位研究者具有的学术理想。所以，我们需要用更多类型的资料，以丰富我们的感性体验、提升我们的理性思考，需要更多借鉴世界各国的先进学术成果，用他山之石来点亮此岸的灯火，以广阔的胸襟、开放的姿态和理性的目光来考察贞节观这个古老而又常新的人类话题。

三、研究现状

20世纪80年代尤其是90年代以来，随着对女性关注力度的加强，关注古代贞节观念的学者也越来越多，各类探讨贞节观的论著已有不少，尤其是各种期刊论文和学位论文，大大丰富了妇女的研究。

（一）国内研究状况

下面按照以下分类，对该领域的研究现状作一述评：

1. 直接讨论贞节观念：

就笔者所见，国内对贞节观进行研究的专著主要有石云、章义和的《柔肠寸断愁千缕——中国古代妇女的贞节观》（1988），张敏杰的《贞操观》（1988），田汝康的《男性阴影与女性贞节：明清时期伦理观的比较研究》（1988），胡发贵的《痛苦的文明——中国古代贞节观念探秘》（1992），王文斌的《疯狂的教化：贞节崇拜之通观》（1993），章义和、陈春雷的《贞节史》（1999）等六部。其中田汝康的《男性阴影与女性贞节：明清时期伦理观的比较研究》是由荷兰莱顿博睿出版社出版的[①]，其运用了丰富的明清史料与方志，力申清代妇女守节、殉节等行为的出现与由于科举考试多次失败形成的一个充满挫折与焦虑的男性文人阶层有密切的关系，论证深入，颇富新意，遂成中国社会学史研究的名著；其余五部对古代贞节观和贞节的历史作了比较详细的介绍，观点相对寻常。

直接讨论贞节观的论文数目不少，这些论文除少数探析历代贞节观念的形成、变迁和根源之外，大多趋向对一个朝代探讨。进行历时性全面探讨的有张涛（1991）、郭玉峰（2002）、卫羚（2010）等，其对先秦至明清贞节观所经历的漫长发展过程作了综合论述。另外有几篇论文从特别的角度对历代贞节观进行论述，如王锋、林燕飞（2001）从成本收益的视域来分析贞节，郭玉峰、王贞（2002）认为古人的贞节对男性也有限制，马国贤、王卫东（2021）和张锦莉（2022）分别对汉代画像和古代绘画里的女性贞节和教化观念进行了分析。

以断代来考察贞节观的论文较多。陈筱芳（2000）讨论了先秦时期的贞节观。王桂钧（1988）、王绍东（1996）和崔向东（2009）等分析了秦代的贞节观和秦始皇褒奖巴寡妇清的真正原因。杨映琳（2003）、张承宗（2008）、张小稳（2008）等对汉魏至隋唐的贞节观作了研究。

因程朱理学在现代学术研究话语中的"巨大影响"，宋以后的贞节观得到较多的关注和探究。宋东侠（1989）、贾贵荣（1992）、黄秀红和张建伟（2008）、舒红霞（2000）等大多围绕程颐"饿死事极小，失节事极大"

[①] 参见田汝康：《男性阴影与女性贞节：明清时期伦理观的比较研究》，刘平、冯贤亮译，复旦大学出版社，2017年。T'ien Ju-k'ang: *Male Anxiety and Female Chastity: A Comparative Study of Chinese Ethical Values in Ming-Ch'ing Times*, Leiden: E. J. Brill, 1988.

一语，来展开对宋人贞节观的研究。贾淑荣（2009）对金代女真人的贞节观作了考察。杜芳琴（1996）、葛仁考（2003）、谭晓玲（2007）、位雪燕（2007）等考察了元代妇女的贞节观念。

明清两代的贞节观也被众多的研究者关注，大致形成两种意见：一种认为明代妇女因整个社会贞节观的加强而受到严重迫害和摧残，正是由于性压抑后的逆反心理，明代中后期才出现了大批言情文学和淫秽作品，这正反映出明代社会贞节观念根深蒂固。此类意见以邓前成（1989）、董倩（2003）为代表。另一种意见则持论相反，认为明清时期贞节观的束缚虽至极深，但也出现了妇女解放的社会氛围，明清两代既有看重女性贞节的，也有对失贞的容忍，二者并存。这以魏刚（2002）、刘长江（2003）、李强（2019）和庞雯予（2020）等为代表。

在不少社会生活史、婚姻史、家庭史、妇女史等著作中，贞节观念是其无法绕过的一个核心问题，其相关章节自然也探讨了妇女贞节观念和再嫁改嫁情形，如顾鸣塘和顾鉴塘的著作《中国历代婚姻与家庭》（1996）、郭松义的著作《伦理与生活——清代的婚姻关系》（2000）、余新忠的著作《中国家庭史·明清时期》（2007）等。

2. 探讨再嫁和改嫁

离婚、改嫁与再嫁是受贞节观念制约和支配的，因而不少研究者通过此一方面来对贞节观进行探讨。较有代表性的有牛志平（1985）、柳立言（1991）、龚维玲（1992）、赵志坚（1995）、辛更儒（1999）、陈剩勇（2001）、郭松义（2001）、谢宝富（2002）、吴欣（2004）、朱晓静（2006）、刘利利（2006）、温文芳（2007）、谭晓玲（2007）和朱阁雯（2009）等的论文，从各个角度和方面，对汉魏以迄明清的妇女再婚再嫁作了考述。其中柳立言、陈剩勇和郭松义等的探讨比较全面深入而细致，予人启发较大。

3. 探讨贞节制度、措施和教育

从旌表制度来考察妇女的家庭婚姻和生活状况的论文中，有不少也涉及贞节观念。如王传满（2008）对古代的旌表制度的衍变及影响作了考述。韩帅（2008）、刘洋（2010）等对汉代和明清的旌表制度作了有益的探析。吴燕娜（1992）、乐伶俐（2009）、夏爱军和许彩丽（2011）等分别从政府救济措施和妇女教育来分析，认为这些制度措施达到更好地维护旌表制度的目的。那晓凌（2010）指出明清时期男子若娶再醮之妇难免遭到歧视和多种现实打击，导致很多家庭无法重组的严重后果。陈娇（2021）考察了清代妇女贞节旌表在地方社会的演变历程和社会影响。

4. 从地域来切入

随着地域文化研究观念和方法的兴起，不少学者也纷纷探讨古代各地域的贞节观念。

明清贞节观念几近宗教化，徽州作为儒学重镇和理学名邦，当地节烈现象尤为突出，贞节牌坊举世闻名。近年来王传满在这方面作了较为集中和全面的探索，从各个层面和角度探讨了明清时期徽州妇女的节烈情况，在地域的贞节观研究方面有突出表现。张健编著的《明清徽州妇女贞节资料选编》（2019），这是唯一一部有关妇女贞节的资料集。

对其他地域进行研究的主要有许周鹣（1991）、沈海梅（2002）、郭玉峰和王贞（2003）、谭德兴（2006）、胡静（2007）、文丽华（2010）、钟晋兰（2010）、王志跃（2011）等，分别考察了清代闽、粤、云、贵等边缘地区的妇女贞节观和节烈情况。大体认为明清以来各地边缘文化在汉文化的大力改造和重构之下，大多被整合进文化主流中，因而其妇女人群也成为重点塑造对象，于是出现了各地方志书中的数以万计的列女。

郭海东（2007）、郭燕霞（2008）、王娜（2010）、王路路（2018）和邓颖丽（2022）等硕士学位论文，分别以华北、山西、山东、兖州府和山东滕县的明代女性贞节现象为中心进行了探究。

5. 从个人和个案考察

此外，还有少数几篇论文以明清的名人作为研究个案。如林维红（1991）、周玉琳（2005）、陈晓丽和刘伟强（2010）分别对顾炎武、归有光、归庄和孔尚任等名人进行了考察，这几个明清时期的文化名人，或以相对开明的贞节观念闻名，或其母是著名的贞母。李贤（2022）则选取了两位守节女性孔丽贞和颜小来作为个案研究，展现了清代孔氏家族女性接受贞节教化的真实图景。

6. 从文学作品来考察

随着研究范围和方法的扩大，以及研究观念的革新，不少研究者开始注意到从文学作品来考察贞节观。

作历时性综论的主要有程春梅（2009）和李根亮（2010），前者分别对历代的贞节观念和文学表现作了历时考察，后者则就古代史传和小说中许多节烈女子自杀现象的复杂原因作了综合探析。

从诗文对贞节观作探讨的文章较少，刘少曼（2006）和李世萍（2008）主要根据先秦的《诗经》一书作了相关探讨。李璇（2022）概述了《湖南女士诗钞》收录的明清时期湖湘大地贞节烈女绝命诗的多样诉求的抒写。刘培、李炜（2022）通过对历代寡妇赋创作的考察，探讨了寡妇这一意象不断被赋予新的内涵及其贞节观念的演变。

从文学角度来探析的论著，主要是通过戏曲和小说这两种通俗文学体裁来作考察，其中又集中在元曲和明清小说，这是与戏曲和小说繁盛的时代性相关的。如张一木（1992）就杂剧名篇《窦娥冤》的主要戏剧冲突来分析元代妇女的贞节观和再醮，邱守仪（2009）对元代杂剧作家和元代已婚妇女的贞节观作了分析，认为元杂剧作家有着较为强烈的贞节意识。张惠（2024）则对明末清初戏曲"独重节烈"的特点作了较为深入的专题研究。

从论文数量来看，从小说来分析古代贞节观无疑占了绝大部分。如曾良（1992）和陈家桢（2001）探讨了《三国演义》和《金瓶梅》中的贞节观；曾凡安（2000）注意到明末清初才子佳人小说明显存有注重贞节的思想倾向。董晓玲和施旸（2001）、纪德君和洪哲雄（2004）考察了明清以"三言""二拍"为主要代表的拟话本的贞节观。胡莲玉（2002）和李淑兰（2003）分别对《型世言》和《欢喜冤家》这两部小说的贞节观念作了剖析。李奉戬（2005）对明清小说中妓女的贞节作了梳理，提出了"爱情贞节"这一概念。杨宗红（2015）对明清世情小说中经权思想蕴含的守贞文化进行了论说。孙亚琼（2016）探讨了清末四川方言拟话本小说《跻春台》中的贞节文化。杨琳（2017）认为清初小说在对女子贞节观的书写上呈现出前所未有的复杂和宽容，这种现象与当时的士人心态密切相关。陈洪、王诗瑶（2018）对清初文学中常见"贞女忠臣"同构的书写方式作了考察分析。笔者亦有数篇论文，对明清通俗小说中的贞节观念作了多维考察。

从文学的角度来探讨贞节观的学位论文，主要有杨艳娟（2005）和梁莉（2008）等的硕士学位论文，其从"三言""二拍"至明清戏曲小说的贞节观分别作了有益的探讨。这方面的博士论文迄今尚无。

（二）海外与中国港澳台地区研究状况

海外有关明清时代妇女贞节观念强化的现象，自晚清民国以降，一向为反传统学者所关心，尤其是在20世纪初的反传统思潮中，强迫寡妇守节被视为迫害女性的封建糟粕，这个糟粕的源头则是宋代理学这种"反动"的保守思想[1]。近三十余年来的学术视角有了明显变化，特别是西方学者不满足于我国早期学者那种相对陈腐而省力的解释，着力在多维层面寻找原因，出现了一些颇予人启发的解释。如澳大利亚学者霍姆格伦（Holmgren Jennifer）（1985）着眼于经济因素，从财产权的角度分析，认为宋代以来寡妇甘愿守节的主要动机来自再婚妇女的财产权的削弱。她指出明代法律明确规定妇女不能继承财产，再嫁妇女也不得带走娘家陪嫁的妆奁，因而在诸种法律限制下，守节对寡妇而言无疑是最经济合算的选择。随着朝廷旌表措施的加强，到19世纪，贞节牌坊已臻普及，英国学者伊懋可（Mark Elvin）（1984）认为清政府为了在百姓中推行儒家伦理，把始于元朝的朝廷旌表贞妇烈女制度推到了极端，到19世纪贞节牌坊的建立已呈"流水线"的模式。美国学者曼素恩（Susan Mann）（1997）则认为贞节牌坊的普及化情形及救济贫穷寡妇的清节堂的出现，实际上反映了民众对上层社会行为"慢一步的模仿"（lagging emulation），并指出年轻寡妇为了抗拒外来性骚扰，而使用守节这样一个有力借口。美国学者柯丽德（Katherine Carlitz）（1997）等透过对明清妇女自杀问题的探讨，修正了五四运动以来对于帝制晚期妇女及其角色的看法。上述学者大多认为到了19世纪，贯彻寡妇守贞已不再为上层社会所专有专享，而普及一般民众，也因此丧失了某种"高贵性质"，意味着守节作为符号资本的价值已大不如前。[2] 日本学者河山究（2006）也对此作了补充：①民间对再嫁行为的嫌恶，此迷信观念流行一时；②汉唐以来实行买卖婚姻，到元明清

---

[1] 这个想法见于陈东原1937年出版的《中国妇女生活史》中，这个立场影响至今，持相似看法的学者尽管在资料上略为增修，但并没有摆脱陈东原的分析架构。参见陈东原：《中国妇女生活史》，商务印书馆，2017年，第106~115页。

[2] 参见梁其姿：《施善与教化——明清的慈善组织》，北京师范大学出版社，2015年，第150页。

则变为契约婚姻，加上婚约期间的长期化，都可能造成未婚即死别。他的另一个重要观点是明清女性与社会道德规范的关系绝不能单方向的简化成"被压抑"，强烈的荣誉心、追求"从一而终"理想的坚持，使女子面临抉择时具有能动性。美国学者魏斐德（Frederic Wakeman）（1985）和柯娇燕（Pamela Kyle Crossley）（1989）都讨论了满族统治者在贞节问题上的困扰。欧立德（Mark C. Elliott）（1999）认为当满族统治中国时，寡妇被置于复杂的种族、政治和性别行为的交叉点。进入21世纪，美国学界转而从法律角度对之进行深入研究，苏成捷（Matthew H. Sommer）（2002）认为，晚清关于贞节的法律旨在保障丈夫的利益，使所有的父系家庭单位不至于被贪婪的亲戚侵犯和被不贞的妻子、寡妇扰乱。戴真兰（Janet M. Theiss）（2005）综合查考了盛清时期贞节崇拜的案例，进一步从女性的角度重新思考了清代国家和地方社会的关系。华裔学者卢苇菁（2008）则对明清时期广泛存在而又惊心动魄的贞女现象进行了全面而深入的考察，从政治、文化和思想变迁等各个层面进行了剖析。柏文莉（Beverly Bossler）（2013）以妓、妾、贞妇这三类女性群体为研究对象，讨论了她们在宋元时期的生活处境的变化，以及文人士大夫赋予她们的形象和期待。她分析了其中复杂的社会驱动力，厘清了道学在建构妇女贞节观过程中被夸大的作用。此外，新世纪以来的日本学者除了前面的河山究，五味知子（2005）探讨了处在贞洁与淫欲之间的清代寡妇，魏则能（2012）在其博士论文中围绕儒学思想中的贞节观与贞节牌坊进行了集中研究，仙石知子（2015）考察了中国近世女性的规范——孝与贞节。

  海外在文学方面讨论古代妇女贞节观的，美国学者以马克梦（Keith McMahon）和华裔学者黄卫总（Martin W. Huang）为主。马克梦（1995）讨论了《金云翘》和《镜花缘》中的贞女及荡妇。黄卫总（2001）对三部才子佳人小说《金云翘传》《定情人》和《好逑传》里的"贞洁"与"情"作了较为深入的阐述；还讨论了《姑妄言》里钟情的忠诚和钱贵的贞洁，认为作者如此沉迷于"烈女"形象富含政治意义。路易丝·爱德华兹（Edwards, Louise P）（1997）探讨了《红楼梦》一书里的有关贞节观念。日本学者则有汤浅幸孙（1967）在《中国伦理思想之研究》一书中专章介绍了中国文学中贞节观念的演变。河山究（2006）列举了在"节妇烈女"概念之外的节妇烈女，认为她们在文学的题材上扮演着极重要的角色。仙石知子（2009）讨论了《醒世恒言》卷三十六《蔡瑞虹忍辱报仇》中描写的孝与贞节。

我国港台地区关于贞节观研究的有邓前成（1989）、安碧莲（1995）、郑培凯（1997）、梁其姿（1997）、费丝言（1998）、张梦珠（2002）等。安碧莲的博士论文（1995）强调明代政府在制度层面的奖励与强制才是贞节观强化的主要原因，如此方能合乎逻辑地解释为何在晚明出现妇女解放思想的情形下，贞节观念依然往宗教化的极端方向发展。梁其姿（1997）从慈善和教化的角度考察了清代中期以来的清节堂。费丝言（1998）从国家结构机制来探讨明代贞节观严格化的原因，认为制度的完备并不代表其必然能够在现实社会中产生预期的作用。张梦珠（2002）探讨了清代贞节观念在实践层面上所招致的落差；朱晓娟（2003）讨论了宋代妇女守节实践与落实仍存在相当的差异。李进能（2013）认为佛教间接鼓励了妇女"贞节"行为，影响了寡妇守志的态度和抉择。薛名秀（2016）从节孝祠的发展轨迹，考察国家权力、地方社会及贞节论述这三股力量如何在清代交互作用的历程。陈怡君（2021）以更贴近时人生活的《内阁汉文题本刑科》里的婚姻奸情作为探讨核心，考察清代妇女贞节观的内涵。陶晋生的《北宋士族——家庭·婚姻·生活》（2002）有专章讨论妇女的再嫁与改嫁。衣若兰在考察《明史·列女传》与明代女性史之建构时，对贞节观讨论较多，一些具体史料分析时有新意。

从文学的角度来探讨贞节观的学位论文，主要有来自台湾地区的刘素里（1996）、纪国智（2005）、刘纯婷（2006）、萧淑汶（2010）等的硕士学位论文，探讨对象主要集中在"三言""二拍"一类和清初李渔的小说戏曲之类的作品。而从文学特别是从小说来考察古人贞节观念的专著尚无。

综上所述，我们可以发现，近年来学者对贞节观问题的研究呈上升趋势，在贞节观念、节烈旌表制度、贞节教育、节烈妇女行为和区域节烈妇女研究等方面，无论是在研究内容还是研究方法上，都有了较大较深的开掘。可以说，在研究理念、研究领域和研究方法上都有不同程度的尝试和突破，不少论文结合社会学、心理学、法学、政治学和文学等各个学科领域的内容，形成交叉研究，尤其是对以小说为主的俗文学中所反映的现实贞节观念作了一定程度的抉发。大体来说，有关贞节的研究，西方汉学家从经济、文化等不同观点来解释明清寡妇守节的现象；我国大陆学者着重从明代中期以后社会政治的层面来讨论贞节观念，港台地区近年来学位论文的相关研究则重视制度与社会意识的探讨。随着研究视野的扩大和更多学人的关注，相信关于明清以来贞节观念的各种解释和争论还将继续。但是一些研究存在材料和观点脱节、史料挖掘不透和对节烈妇女生活实际关注不够等问题和不足。就几篇从小说或戏曲来考察贞节观的硕士论文而言，还存在着如下的缺陷和遗憾：

第一，选用的小说文本较为单薄，数量较少，类型比较单一。从小说来探析贞节观，以海峡两岸几篇硕士论文较为深入，但也不约而同地存有此弊，其大都以"三言""二拍"等几部小说为考察对象，实则《金瓶梅》《水浒传》《三国演义》《醉醒石》《型世言》《欢喜冤家》《红楼梦》《儒林外史》《野叟曝言》《绿野仙踪》《姑妄言》《无声戏》《十二楼》等对此都倍加关注。此外，像才子佳人小说、历史演义、神魔小说和艳情小说等，以及其他无法归类的很多小说都有大量鲜活事例。但是，这些大都被摒弃在以往研究者的视野之外。我们清楚，如果抽样调查的样本数量过少，涵盖面不够广泛，是不具备说服力的。

第二，以上研究似乎都忽略了作为女性对立面的男性角色的心理作用，这方面的研究更是阙如。由于古代是男权社会，妇女多处于附庸地位，普通男性的眼光、心理和趣味往往塑造了女性观念（其实现代依然有此影响），贞节观念更是如此。当然二者之间也有冲突和对抗。前文提及田汝康的《男性阴影与女性贞节：明清时期伦理观的比较研究》指出，清代妇女守节殉节等行为与男性考科举的焦虑有直接因果关系。这一观念对妇女研究者启发很大，但显然上述研究中没有及时吸纳这一重要成果。

第三，狐仙鬼怪和丫鬟婢女等其他方面人物的贞节观没有被视为考察对象予以研究。前者虽属幻化世界，但一则古人大多对此信以为实，真正完全不相信仙鬼灵异的并不很多，尤其是下层民众，更是喜闻乐见；二则古人对此一领域的表现总会投射现实生活的影子，并且他们的创作是为了给世人看，必然都带有现实人生百态的各种复杂心理。事实上像《西游记》《封神演义》和《绿野仙踪》中都有不少仙怪鬼狐表现出了贞节观念，而我们之前对此的研究涉猎极少。婢女丫鬟在古代小说中其实是一个非常重要的角色，往往对故事情节的推动起到莫大作用，但对她们的研究极少，遑论对其贞节观的探析。

第四，缺乏对贞节观的影响因素的系统考察。在以往的研究中，普遍只注重对贞节观念本身的梳理，大多从小说文本中统计出有多少守贞、多少不贞、多少守节、多少不节、多少烈女和多少不烈。这些统计分析自然有一定的意义，至少能够让我们大致了解贞节观念对小说作者和小说人物的影响程度。但正如柳立言所说，贞节只是一种行为，其背后的原因、动机和支撑的因素才更加值得研究，而以往的研究基本上没有涉及这一方面。笔者在对明清大量通俗小说阅读的基础上，暂且提炼出对贞节观有较大影响的五个重要因素，即外貌、性能力、金钱、情趣和远出。

第五，与文化原型和叙事母题之间的关系没有得到重视和研究。纵观历年来的研究论著，这一方面的关注者和研究者更少，这无疑会成为制约我们研究深度的瓶颈。笔者经过梳理，认为至少可以在贞节观与果报、考验、战乱、谋杀等方面深入探究，这些文化现象甚至大多可以形成相对独立的小说原型和叙事母题，蕴藏了很大的叙事空间。

鉴于以上不足，本书将在以往的研究基础之上着意弥补，以期有所突破。

四、贞节及贞节观释义

贞节一词的意义在我国古代有一个演变发展的过程。在甲骨文中，"贞"是经常出现的一个词，指的是占卜，东汉许慎《说文解字》释云："贞，卜问也。从卜，贝以为贽。"[①] 这一意义在先秦儒家经典《周礼》和《周易》中有较多明显的体现。除用作"占卜"外，在包括《周易》在内的先秦典籍中，"贞"的含义还有许多其他意思。其一，指《周易》卦象的下体，即下三爻。其二，指女子未许嫁。《周易·屯卦》曰："女子贞不字。"[②] 其三，正。《广雅·释诂一》云："贞，正也。"《尚书·太甲下》曰："一人元良，万邦以贞。"[③] 其四，坚定不移，多指意志或操守。如

[①] 许慎：《说文解字》，徐铉校定，中华书局，1963年，第69页。
[②] 《十三经注疏》，阮元校刻，中华书局，1980年，第19页。
[③] 《十三经注疏》，阮元校刻，中华书局，1980年，第165页。

《释名·释言语》曰:"贞,定也,精定不动惑也。"① 《周易·系辞下》曰:"吉凶者,贞胜者也。"②

不过,随着私有制的确立,财产占有形成的异化,社会对女子身体归属的要求逐渐被提出并被强化,"贞"逐渐被赋予"贞操""贞节"的意义,并且女子对男子的贞,成为主要内容。而不具有性别意义的"贞固""贞明""贞确""贞静""贞士""贞白"等意义则退居次席。如《逸周书·谥法解》曰:"清白守节曰贞。"③《史记·田单列传》曰:"忠臣不事二君,贞女不更二夫。"④

再看"节"。节,竹约也,从竹即声。可见节的本意是指竹节,发展衍生为节操、气节、操守等意。贞、节二字相连,一是指坚贞的德操,历代男女通用,较多用于男子的人品操守,尤其是指政治气节,主要用来称赞忠臣愨士。如东汉张衡《思玄赋》云:"伊中情之信修兮,慕古人之贞节。"⑤ 二是特别应用于男女关系,主要是针对女子。自此,不管历代王朝如何更迭变化,贞节的这个主要意思始终是历史长河中的一朵浪花,浮浮沉沉但从未消逝。二者意义似乎判然有别,但我们在后面章节里的研究将会看到,这两层意义并非各自为政,而是有千丝万缕的关系,在特殊的历史阶段它们之间互相交融甚至相互利用。贞节观,顾名思义,即对于贞节的观念,特指对贞节后一意义的理解和认识。

作为后一种也是更普泛的贞节,其内涵极为宽泛,它是一种观念,同时也是一种制度,一种习俗,一种社会生活,甚至一种文化。对于作为一种行为规范和伦理观念的贞节,本没有统一的定义,各种论著都有不小的差别。在一般人的理解中,贞节大致等同于贞操,这从国内较早的几部专著的书名也可以看出。1979年版《辞海》将贞节定义为:"旧指女子不改嫁或不失身。"⑥ 但在贞节观念升级强化之后,女子未必需要失身才算失节,有时身体有接触都算"远离贞节"了,比如宋代王凝之妻上演的"节

---

① 刘熙:《释名疏证补》,毕沅疏证,王先谦补,祝敏彻、孙玉文点校,中华书局,2008年,第129页。
② 《十三经注疏》,阮元校刻,中华书局,1980年,第86页。
③ 黄怀信:《逸周书校补注译》,西北大学出版社,1996年,第293页。
④ 司马迁:《史记》,中华书局,1959年,第2457页。
⑤ 萧统:《文选》,李善注,上海古籍出版社,1986年,第651页。
⑥ 辞海编辑委员会:《辞海》(1979年版),上海辞书出版社,1979年,第413页。

妇断臂"的故事,仅仅因为她夜里投宿而店主人不愿其入住"牵其臂出之"而已,她便要仰天而长恸曰:"我为妇人,不能守节,而此手为人执邪?不可以一手并污吾身!"① 残忍地引斧自断其臂。而据《节妇马氏传》所载,元代一位寡妇上演了"乳疡不疗"的悲剧,宁死不让男子见病乳,结果病死。或许并非人人能臻"节妇断臂"之境,但马氏"乳疡不疗"之类的行为在古代却并非鲜见,她不是死于讳疾忌医,而是死于贞节之念。故而,将"贞节"定义为"女子不失身"未必妥当。章义和、陈春雷在《贞节史》中指出:"传统的道德伦理体系中,没有在贞节方面针对男子的标准和规范,男子无所谓贞与不贞,因此,历史上的贞节只对女性作出规定和要求,所有的贞节之锋只指向女性。"② 基于这一考虑,该书对贞节作出如下的定义:"所谓贞节,特指对女性性的要求,是指女性须为男性保持身体的'洁'即性贞。具体地说,女子婚后要从一而终,不能于婚前失贞,丈夫生时不能离夫改嫁,丈夫死了不能再嫁他人。当然,男子的再娶、出妻、纳妾、狎妓都是天经地义的。"③ 其实,正如一些研究者已经指出的那样,贞节在秦代以前并不只是对女性的要求,而男子的再娶、出妻、纳妾等行为也并非在任何朝代都像我们想象的那样"天经地义",可以随心所欲,古代婚姻关系的变动往往波及整个家族的利益和荣辱,作为婚姻一方的男子的主动权并没有那么大。在这种情况下,按照一般的解释,将贞节视为女子不失身、不改嫁的道德行为,女性为男性在性问题上保守节操等含义也就有了学理和现实的双重问题,难以经受历史的考察。相比之下,王绍玺的《贞操论》云:"贞操观念,作为人类对待两性关系的一种道德准则和行为规范……"④ 不偏指女性,也不仅仅指"失身",虽稍嫌宽泛,却避免了以上的学理硬伤。

其实早在20世纪30年代,著名性学专家潘光旦对贞节的定义倒是颇予人启发,值得关注。他在翻译英国心理学家霭理士的《性心理学》的注解中对贞节作了如下定义:"贞节一词,原文为chastity。今酌译为贞节,贞是对人而言,节是对一己性欲而言。贞有恒久之义,即《易》所称'恒

---

① 欧阳修:《新五代史》,徐无党注,中华书局,1974年,第612页。
② 章义和、陈春雷:《贞节史》,上海文艺出版社,1999年,前言第1页。
③ 章义和、陈春雷:《贞节史》,上海文艺出版社,1999年,前言第1页。
④ 王绍玺:《贞操论》,辽宁大学出版社,1989年,第1页。

其德贞',亦不无从一而终之义,所谓从一之一,可以专指配偶的另一方,也可以共指配偶与和此配偶所共同生、养、教的子女。寡妇鳏夫,或追怀旧时情爱,或于夫妇情爱之外,更顾虑到子女的少所依恃,因而不再婚嫁的"①,如此等等,都可以叫作贞。他主张贞要出自本人心愿,因此他认为,"前代所称的贞女,其所根据既完全为外铄的礼教,而不是发自内心的情爱,是一种由外强制的绝欲状态,而不是自我裁决的德操"②。他赞同明代归有光以女子未嫁守贞为非礼的立场,而不同意以清代朱彝尊为代表的后儒对归氏的非难。相反,他对出自本人内心意愿的守节男女都持尊重态度,"无论有无子女,只要本人自审有自守的能力,而完全出诸自愿,我们是可以赞同的。即已婚而丧妻的男子,果能守贞不再婚娶,我们也正复可以佩服他勇于自制的毅力"③。值得一提的是,胡适在《关于贞操》一文中,与潘光旦有类似的解释和主张,他也认为双方若未觌面而感情相通,则虽未能免但不足守贞。④

需要注意的是,就"节"一字而言,前人多注重其节操之意,往往没有注意"节"的另一层重要含义——节制。节字的用途相当广泛,竹木之节、人身之关节、时季之节气、音乐之节奏,适度称节,标准也称节,都离不开分寸的意义。"节"字的意义在霭理士《性心理学》原著作中有较为详细的解说:"贞节可以有一个界说,就是在性领域里的自我制裁。换言之,贞节的人有时可以绝欲,但有时也可以适度地施展他的情欲,紧要之点,是要在身心两方面对性冲动有一个熟虑与和谐的运用,而把这种运用认做生活的一大原则。我们有此了解,就可知贞节不是一个消极的状态,而是一个积极的德操。"⑤"贞节是情欲有分寸、享用有分寸的一种表示,这个一般的节制或有分寸的原则英文叫作 temperance,而古希腊人叫做 sophrosyne,性欲的有裁节,就是贞节。"⑥霭理士的看法基于他对生命张弛平衡的理解,他认为:

---

① 霭理士:《性心理学》,潘光旦译注,商务印书馆,1997年,第444页。
② 霭理士:《性心理学》,潘光旦译注,商务印书馆,1997年,第444页。
③ 霭理士:《性心理学》,潘光旦译注,商务印书馆,1997年,第444页。
④ 参见胡适:《胡适文存:第4册》,上海三联书店,2014年,第71页。
⑤ 霭理士:《性心理学》,潘光旦译注,商务印书馆,1997年,第408页。
⑥ 霭理士:《性心理学》,潘光旦译注,商务印书馆,1997年,第408页。

> 生命是一种艺术，而这种艺术的秘诀是在维持两种相反而又相成的势力的平衡：一是张，现在叫做抑制，一是弛，现在叫做表达或发扬。广义的抑制，而不是精神分析家有时所了解的狭义的抑制，也未尝不是生命的一个中心事实，其地位并不在于表达。我们在同一时间里，总是不断地在那里抑制一部分的冲动，而表达另一部分的冲动。抑制本身并无坏处，且有好处，因为它是表达的先决条件，不先抑制于前，何来表达于后？抑制也不是文明生活所独具的特点，在比较原始的各时代里，它也是同样显著。甚至在动物中也很容易观察得到。抑制既然是这样一个自然的东西，其对于人生在大体上决不会有害处，是可以推想而知的；抑制不得其当的弊病固然也有，特别是对那些先天禀赋浅薄而在身心两方面不善作和谐的调适的人；不过这些终究是例外。①

他在该书中还将限制和节制与各民族的传统联系起来，分析了节制对身心的种种益处，因此可以经久不衰，成为文化传统之一。

> 这种种限制对于性的价值的提高，性的尊严的维护，都有几分帮助；有的限制目的在避免有害的性活动，有的在规定有利的性活动，有的则把性活动和民族相传为神圣的节气或仪式联系起来，所谓有利有害当然得用他们的眼光来看，但客观说来，大致也是不错的。这一类的制裁，这一类经过调节后而认为可以趋利避害的性活动，我们可以很正当地叫做贞节，并且这种贞节可以认为是初民生活机构里一个很中坚与有机的部分。民族文化不论高低，大抵总有一大串所以直接或间接维护贞节的惯例，往往有很离奇的，但即就这种离奇的惯例而论，其目的也无非是在增加性生活的庄严性，所以不但可以得到大众的拥护，并且可以历久而不散，成为文化传统的一部分。②

自古以来，一些人特别是宗教教徒试图通过绝欲达至生命的艺术，实现心灵的自由，但是正如孔子所言"张而不弛，文武弗能也"，这一点，女子和男子一样都很难做到。因此，实现性冲动的表达与抑制的和谐乃是

---

① 霭理士：《性心理学》，潘光旦译注，商务印书馆，1997年，第348~349页。
② 霭理士：《性心理学》，潘光旦译注，商务印书馆，1997年，第409页。

生命的艺术。潘光旦酌情参考了中国传统社会的具体情形之后，特别补充了"贞"字的一部分，将贞和节并提，把"贞节"二字作为 chastity 的译名。受霭理士对"节"的节制之义的启发，潘光旦对其中的"节"字作了进一步的阐发：

> 译名中的节字是对一己而言的。节的本义，就物用而言，是有分寸的享受，就情欲而言，是有分寸的抒展。所以节字的适用，就本义而言，也是就应有的意义而言，是不应限于寡妇鳏夫一类的人，甚至不应限于已婚而有寻常性生活的人。凡属有性冲动而不能不受刺激不作反应的人，自未婚的青年以至性能已趋衰落的老年，都应知所裁节。裁节是健全生活的第一大原则，初不仅性生活的一方面为然。
>
> 总之，我们在这里所了解的贞和节是和前人所了解的很不同的。一个已寡的女子，假定自审不能苦守，即不能有贞的德操，而毅然决然地再醮，使性的生活依然有一个比较有规律的归宿，我们依照我们的了解，还可以承认她是一个知所裁节的人。①

事实上，先秦经典《礼记·乐记》中有一段类似的话，也强调了"节"的"节制""裁节"之义：

> 人生而静，天之性也；感于物而动，性之欲也。物至知知，然后好恶形焉。好恶无节于内，知诱于外，不能反躬，天理灭矣。夫物之感人无穷，而人之好恶无节，则是物至而人化物也。人化物也者，灭天理而穷人欲者也。于是有悖逆诈伪之心，有淫泆作乱之事……此大乱之道也。②

这段话明显视"节制"为人维持"天性"和"天理"的必要手段和措施，人的好恶感发于外在之物，而外在之物是无穷的，故而人尤其需要节制和裁节，若不能反躬诸己、自我裁节，则难免要被"物化"——这恐怕是中国历史上最早明确表达"异化"思想的文献吧。故而，作者将"无节"作为"悖逆诈伪之心"和"淫泆作乱之事"的缘由，并认为此乃"大乱之道"。需要辨明的一点是，这里的"节制"理论与后世程颐主张的

---

① 霭理士：《性心理学》，潘光旦译注，商务印书馆，1997年，第444~445页。
② 《十三经注疏》，阮元校刻，中华书局，1980年，第1529页。

"存天理，灭人欲"思想之间存在明显的分野，即前者只是强调"裁节"，而后者主张"灭绝"，乃将前者推向极端。尽管在朱熹那里，"人欲"有时等同于"私欲"，特指超过正常需要的、过度的欲望，乃"欲壑难填"之类贬义词中的"欲"，① 但因一般士民对此细微差别难以厘清，往往未加辨析而运用于社会现实生活中去，遂导致了伦理实践中的一些悲剧。

在明清不少善书和功过格里，出现大量对性和色的节制要求，其根本目的在于戒淫劝善，以保护世人的身体健康、维护家族的绵延和社会的稳定。这类读物在社会中下层影响尤其大，以清代汉阳别樵居士编撰的《家庭宝筏》为例，它强调论证了好色诲淫的种种危害：伤身、败德、折福、减寿、影响功名事业，甚至祸及子孙，故而不厌其烦地论述色欲节制的极大必要，特别列专章"节欲"，分"夏冬尤需固精""尤须谨避时日""尤宜谨守限制""少年中年俱以节欲为本""得意时不可不节欲""失意时不可不节欲""仕宦者不可不节欲""治生者不可不节欲""坤道尤不可不节欲""妻必劝夫节欲""节欲须先清心""节欲尤须淡意""节欲断欲以早为贵"等章加以阐述。可谓面面俱到，层层深入，而总不离"节欲"二字之核心。如"孙真人曰：人身非金铁铸成之身，乃气血团结之身。人于色欲，不能自节，初谓无碍，偶尔任情，既而日损月伤，精髓亏，气血败，而身死矣"。虽稍嫌夸大，但对不能节欲之害深中肯綮。②

这些要求虽然不排斥女性，但总以对男子的劝诫为主。受这些传统思想的影响，古人多有节欲观念，在男性身上体现为吝啬和节制，一方面是对于钱财的吝啬，一方面是对性的节制。二者为一体之两面，共同构成了明清小说中的吝啬鬼形象。在美国学者马克梦看来，这类男人有三种：一夫多妻者、吝啬鬼和出家人。"这三种人都对自己实行节制，而节制的关键在于保护精液。"③ 马克梦认为自我节制是这种观念形态的主要描述用语，它的社会及象征作用很强，因为被用来描述一种只有男性天生具备、女性因先天不足而不具备的东西。他认为"节制是一种美德，可以防止衰

---

① 对此后文中有所分析，兹不赘述。
② 袁黄、汉阳别樵居士：《〈了凡四训〉白话解释 附〈家庭宝筏〉》，和裕出版社，1997年，第35页。
③ 马克梦：《吝啬鬼、泼妇、一夫多妻者：十八世纪中国小说中的性与男女关系》，王维东、杨彩霞译，人民文学出版社，2001年，第82页。

败而不会使人变得过于吝啬，例如：只娶一二房妾的人就做到了有节制。在才子佳人小说中，欲望适中的人只娶妻或一妻一妾，他们性情柔和，不会变得吝啬或厌恶女人。他们还自律苦读。似乎其父母齐心培养一个有节制的、只娶一二房妻室的儿子"①。这类小说以才子佳人小说为代表，代表了最和谐的、理想化的、有节制的婚姻关系。需要指出的另一种差别是，自我节制具备经济和性合二为一范式的各个方面，"吝啬鬼和一夫多妻者最终的相同之处在于他们将性欲等同于数字，这最终可以折合为钱财或精子"②。他因此提出"吝啬——节欲范式"（miserly asceticparadigm），认为"男人逃避泼妇的一种主要方式，即像吝啬鬼那样节制自己。据《怕婆经》说，性欲是惧内行为得以产生的首要原因；而吝啬鬼就是要用聚敛钱财来取代放纵性欲"③。虽似有联想而难免不够严谨，但对我们不无启发。恰好唐代药王孙思邈也有这段话："人于银钱，皆知吝惜，不肯妄用，独于色欲，则不知吝惜。岂爱自身骨髓，反不如身外之银钱乎？"④ 正可与之相互印证。

我们还可以进一步将"节"的这一意义放在中国文化的大背景中思考，便可看出它实际上是与中国文化的核心概念"中庸"之道紧密相连的。事实上，《中庸》里著名的一段话已经表明这一点："喜怒哀乐之未发谓之中，发而皆中节谓之和。中也者，天下之大本也；和也者，天下之达道也。致中和，天地位焉，万物育焉。"⑤ 这里的"皆中节"，其实也包含限度、裁节之意，总之，它的核心是强调适中合度，以臻于恰到好处。这样，"节"似乎成为通达"道"的智慧了。

到底何谓"贞节"，恐怕永远难有一个标准的定义。正如有学者指出的那样，"'贞节'只是一个道德名词，并不能充分解释行为，而行为的发生，有着一定的思想、经济、社会，甚至政治背景。例如民妇再嫁，常因

---

① 马克梦：《吝啬鬼、泼妇、一夫多妻者：十八世纪中国小说中的性与男女关系》，王维东、杨彩霞译，人民文学出版社，2001年，第17页。
② 马克梦：《吝啬鬼、泼妇、一夫多妻者：十八世纪中国小说中的性与男女关系》，王维东、杨彩霞译，人民文学出版社，2001年，第28页。
③ 马克梦：《吝啬鬼、泼妇、一夫多妻者：十八世纪中国小说中的性与男女关系》，王维东、杨彩霞译，人民文学出版社，2001年，第81页。
④ 转引自袁黄、汉阳别樵居士：《〈了凡四训〉白话解释 附〈家庭宝筏〉》，和裕出版社，1997年，第38页。
⑤ 《十三经注疏》，阮元校刻，中华书局，1980年，第1625页。

生计问题；宗室女再嫁，也许是为了感情生活。同样，在没有'宗教化'以前，守节也不是盲目的，而是基于各种实际考虑的。"① 因此，本书也不事先作一明确的定义，只是作一大致的界定，而采取一个开放的态度，从明清通俗小说中的文本出发，以材料和文献说话，论随据发，以期得出一些富有启发的结论。

---

① 柳立言：《宋代的家庭和法律》，上海古籍出版社，2008年，第212页。

第一章 古代贞节观念的演化历程及明前小说贞节观的书写

贞节观,作为人的意识观念的重要组成部分,从先秦到现当代,经历了漫长的演变,按照一般的认识,经过由弱到强、由松到紧的嬗变历程。当然这个过程并非简单的所谓螺旋式上升,而是在各个阶段都有不同程度的高低起伏。下面我们从基本文献出发,简单地回眸一下贞节观念的演进历程。

第一节 先秦至隋唐五代贞节观的滥觞与发展

从先秦至隋唐五代,是古代贞节观念的肇生、发展和初步强化时期。大体而言,贞节观念滥觞和发展于先秦时期,秦始皇多处刻石彰显了他对贞节观念的高度重视;承秦而立国的汉朝非常重视礼教,作为妇德之一,贞节观念自然成为强调重点;魏晋南北朝时期长期处于乱世之中,贞节观念亦在曲折中发展演进;隋唐时期,思想较为开化,贞节伦理相对松弛,女子生活比较自由,但也出现了《女论语》这样的女教读物,显示了传统伦理道德惯性力量的强大。

一、先秦时期:贞节观的滥觞和发展

上古时代,两性关系相对宽松自由,尚少贞节观念,这个漫长的时期可称为"前贞节观时期"。不过,如同某些鸟兽也有要求配偶专一一样,上古时期也不能完全排除贞节观念的影子,这可以视为人类本性的作用,只是彼时尚无文字发明,没有明确的文字记载,"文献不足征",故只能存

而不论。

先秦时期，是贞节观念的产生时期，大约成书于战国至秦汉年间的《礼记》，是研究中国古代典章制度和礼仪制度的儒家经典。先秦时期的贞节观，大多可以从这部作品里得到考察。《礼记·丧服四制》云："礼以治之，义以正之。孝子、弟弟、贞妇，皆可得而察焉。"①《礼记·郊特性》将男女之道与君臣之道紧相联系在一起，对女子事夫从一而终的要求和臣子尽忠于君是一致的：

> 壹与之齐，终身不改，故夫死不嫁。男子亲迎，男先于女，刚柔之义也。天先乎地，君先乎臣，其义一也。执挚以相见，敬章别也。男女有别，然后父子亲；父子亲，然后义生；义生，然后礼作；礼作，然后万物安。无别无义，禽兽之道也。婿亲御授绥，亲之也。亲之也者，亲之也。敬而亲之，先王之所以得天下也。出乎大门而先，男帅女，女从男，夫妇之义，由此始也。妇人从人者也：幼从父兄，嫁从夫，夫死从子。夫也者，夫也；夫也者，以知帅人者也。②

这里，"壹与之齐，终身不改，故夫死不嫁""妇人从人者也：幼从父兄，嫁从夫，夫死从子"说的便是对女子贞节的期望。《说文解字》释曰："妇，服也，从女，持帚洒扫。"③《仪礼·丧服》也有一段话说："女子子适人者，为其父母、昆弟之为父后者。《传》曰：为父何以期也？妇人不贰斩也。妇人不贰斩者，何也？妇人有三从之义，无专用之道。故未嫁从父，既嫁从夫，夫死从子。故父者子之天也，夫者妻之天也。妇人不贰斩者，犹曰不贰天也，妇人不能贰尊也。为昆弟之为父后者，何以亦期也？妇人虽在外，必有归宗，曰小宗，故服期也。"④ 此处宣称"父者子之天也，夫者妻之天也"。不过，我们需要注意这段话出自《丧服》篇，是在讨论先秦女子服丧中的五服"斩衰"之制，即"妇人不贰斩"的情形下立言的，也就是说只是在服丧一事上面才需如此，在漫长的一生当中，女子在其他方面是无须践行"三从"标准的。

---

① 《十三经注疏》，阮元校刻，中华书局，1980年，第1696页。
② 《十三经注疏》，阮元校刻，中华书局，1980年，第1456页。
③ 许慎：《说文解字》，徐铉校定，中华书局，1963年，第259页。
④ 《十三经注疏》，阮元校刻，中华书局，1980年，第1106页。

近现代以来，尤其是新文化运动以来，受西方思想的影响，多数学者站在妇女解放和女权主义的立场，对"三从"之论，基本持大力批判态度。其实，如果我们就这些经典的上下文来全面分析，便会发现这些批判的论调有失偏颇之处甚多，中国儒家文化除了认识到"体"上的平等性，还承认"用"上的差别性。中国古代很重夫妇之义，《中庸》云："君子之道，造端乎夫妇；及其至也，察乎天地。"[1] 而《周易·序卦》更是申明夫妇之大义：

> 有天地，然后有万物；有万物，然后有男女；有男女，然后有夫妇；有夫妇，然后有父子；有父子，然后有君臣；有君臣，然后有上下；有上下，然后礼义有所错。夫妇之道，不可以不久也。[2]

东汉的《白虎通义》论男女夫妇关系对人伦的重大意义：

> 人道所以有嫁娶何？以为情性之大，莫若男女，男女之交，人伦之始，莫若夫妇。《易》曰："天地氤氲，万物化淳，男女构精，万物化生。"人承天地施阴阳，故设嫁娶之礼者，重人伦，广继嗣也。[3]

在此基础上，古人注意区分其差异，事实上，无论是就生物基础，还是社会现实而言，男女之间的这种差异都是客观存在的。如果无视这种差异性，一味追求绝对的平等，反而会导致昏乱悖谬的发生。对女子而言亦是如此，女子与地坤相对应，势下，柔静，顺承，这是其本性，也是其美德，阴阳调和、乾坤覆载、刚柔相济，方能更加和谐圆满。《仪礼》《礼记》前面所引对女子所提的带有附属性的要求大多从此一点出发，《礼记·内则》有更多对女子出嫁后在夫家具体而微的规定，基本上都是要求女子以贞静、和婉、柔顺为原则。正如《白虎通义》所云："夫妇者，何谓也？夫者，扶也，以道扶接也。妇者，服也，以礼屈服也。"[4] 因此，女子从于父、夫、子，只是有主从正辅之别，并不一定意味着卑贱低下，或者说，即使是地位相对低下，但从另一面看，正因为"阴卑，不得自

---

[1] 《十三经注疏》，阮元校刻，中华书局，1980年，第1626页。
[2] 《十三经注疏》，阮元校刻，中华书局，1980年，第96页。
[3] 陈立：《白虎通疏证》，吴则虞点校，中华书局，1994年，第451页。
[4] 陈立：《白虎通疏证》，吴则虞点校，中华书局，1994年，第376页。

专，就阳而成之"①，她也能通过男人获得相应的利益，并免去一部分的责任，使得付出与收获大致的平衡，这就是古人追求的所谓"阳倡阴和，男行女随"②。

不过总体而言，社会对女子的要求是越来越多，贞节对女子的意义变得越来越重要，如《礼记》说："夫死不嫁。"③ 明显地带有要求女子性洁的内容，《礼记》进一步提出"七出"，凡是女子所为有亏妇道或不能生育的，都在被出之列。从"七出"可以看出，父母的权威凸显，"七出"的第一条就是不顺父母则出，现实中也有不少夫妻关系不错，而婆媳关系紧张的，东汉长篇叙事诗《孔雀东南飞》中的焦仲卿与刘兰芝便是一个真实而典型的例子。因为儒家伦理有明确要求："子甚宜其妻，父母不说，出。"④ 也就是说，无论丈夫如何中意妻子，夫妻关系如何和畅，但只要"父母不说"，还是在"被出"之列。

儒家代表孟子强调"男女授受不亲"（《孟子·离娄上》），不过，值得注意的是，这句话是他的辩友淳于髡所言，思想颇为通达的孟子则认为礼有经有权，更强调权变的重要性，认为"嫂溺叔援"乃权变之策。但是，孟子本人并不一般性的反对礼，相反他对礼还看得很重，对男女之间"不待父母之命、媒妁之言，钻穴隙相窥，逾墙相从"的行为视为非礼之举，认为理应遭到"父母、国人皆贱之"（《孟子·滕文公下》）。⑤ 他将"夫妻有别"作为"五伦"当中重要的一伦。

《战国策》中有一则"楚人两妻"的故事，颇能反映时人对贞节的心理：

> 楚人有两妻者，人挑其长者，长者詈之；挑其少者，少者报之。居无几何，有两妻者死。客谓挑者曰："汝取长者乎？少者乎？"曰："取长者。"客曰："长者詈汝，少者报汝，汝何为取长者？"曰："居彼人之所，则欲其报我也；为我妻，则欲其为我詈人也。"⑥

---

① 陈立：《白虎通疏证》，吴则虞点校，中华书局，1994年，第452页。
② 陈立：《白虎通疏证》，吴则虞点校，中华书局，1994年，第452页。
③ 《十三经注疏》，阮元校刻，中华书局，1980年，第1456页。
④ 《十三经注疏》，阮元校刻，中华书局，1980年，第1463页。原书标点有异："子甚宜其妻父母不。说出。"酌改。
⑤ 《孟子》，杨伯峻、杨逢彬注释，岳麓书社，2003年。
⑥ 诸祖耿：《战国策集注汇考（增补本）》，凤凰出版社，2008年，第203页。

从表面看,"誂者"在判断女性德行时使用了双重标准。在他眼里,楚人的两妻中,"訾之"虽让自己欲心难遏,却是为妻的正确态度,而"报之"虽遂其一时之愿,但不是女子应有的本分。这样,他就陷入了自己的悖论之中:选择妻子,他使用通常的标准;逞自己的私欲,又使用了卑劣的标准。这段话实在是反映了人心深处的隐微心理,它不够光明正大,甚至有点猥琐卑劣,但很显然,现实中有这种心理的男人其实不在少数。不少男性(当然不是所有)都希望自己的妻子贞节,而别的女子都不贞节,这样他才能和别的女子有机会接近而又能保证自己的妻子不背叛自己,这无疑是一种自私卑劣的心理。然而对此似不能一味谴责批判,性心理学研究表明,人性深处都有得到多个异性的共通的潜在心理,只是现代文明尤其是一夫一妻制的强制要求,让这种潜在心理暂时隐退而已。

春秋战国时期已经出现一些女子守贞事例,如春秋时期,在丈夫死后纺绩不嫁,拒吴王重礼之聘,誓死不从,为吴王叹赏的"贞姬";因伍子胥食其饭而投河的溧阳击绵女子;避难时曾被钟建背负逃走从而要嫁给钟建的楚昭王之妹季芈。女子不能再随便地同男子接触,要远离男子,甚至有了这样的规定:"男女之别,国之大节也。"① 其次,婚后妇女的贞操开始受到重视。季康子得知本已许嫁齐悼公的妹妹与叔父季鲂侯私通后,不敢再把妹妹送到齐国。晋文公重耳不愿意用正式的婚礼与秦穆公所送的女子怀嬴成婚,而只许她充任媵妾,原因在于她原来为姬圉的妻子。这种朦胧的贞节观念还表现在再嫁方面。楚文王的妻子息妫是再嫁之妇,终日沉默寡言,文王关心问她,她说:"吾一妇人,而事二夫,纵弗能死,其又奚言?"② 在息妫看来,自己本来应该从一而终,却先后嫁了两个丈夫,是很不光彩之事,"纵弗能死"四字表明再嫁之妇是该死之人。直到唐代,诗人王维仍然在诗中赞美息夫人"看花满眼泪,不共楚王言"。不过在后代,社会的普遍现实已是"男儿爱后妇,女子重前夫"。

总体而言,在先秦时期,贞节观念已经产生并对上层人士产生了相当的影响,但仅限于上层贵族,在下层百姓则依然比较淡薄,其影响不大,试看《诗经》里面的国风,尤其是《郑风》和《卫风》,描写男欢女爱之

---

① 杨伯峻:《春秋左传注(修订本)》,中华书局,1990年,第230页。
② 杨伯峻:《春秋左传注(修订本)》,中华书局,1990年,第199页。

事，令后世卫道士大惊失色，被冠以所谓的"郑卫之音"，成为淫泆的代名词，可见先秦之时的民间百姓较多地生活在自然之性中。周代"礼不下庶人"的原则，也使国家权力较少将比较烦琐的各种礼仪强制推行到民间。"中春之月，令会男女，于是时也，奔者不禁；若无故而不用令者，罚之，司男女之无夫家者而会之。"① 统治者不仅不限制、废止民间的自由婚姻，而且还鼓励未成婚的男女在万物畅舒的仲春之时自由相会。春秋时期对改嫁或再嫁并不侧目，更不鄙弃，反而普遍认为，如果一个遭休弃的女子能不出里巷就被人娶走，无疑可以证明这个女子的出色和优秀。不过，在当时的平民中，已有重"礼"而对男女持大防态度的，如《孔子家语》卷二里的那位鲁国男子，为保持自己的名节，在暴风雨之夜坚拒邻居寡妇入室避雨。虽狠心硬肠，但瓜田李下之嫌，非如此不足避，可见当时礼的影响。

春秋时代，即使是上层贵族，不守夫妇之道，出轨悖礼之行亦不鲜见，这在《左传》当中记载颇多。该书中，与贞相对立的烝、乱、通、私、奔、淫、诱甚多，其中"下淫上"的"烝"有五例，"乱"和"淫"有七例，"通"（通奸）有十六例，抢妻夺女有二十例，行"私""奔""诱"而公然同居的有五例。像晋献公烝于齐姜、晋惠公烝贾君、卫宣公烝夷姜、昭伯烝宣姜，而最后竟然都成为夫妻，并生子继位。而十六例"通"中，也花样繁多，其中不乏乱伦之行，有国君与妹妹通，有国君与臣妻通，有叔嫂通，有叔与侄女或侄媳通，有主妇与仆人通，也有大夫与人妻通，甚至互相"通室"。可见当时的贵族社会在"贞节""守礼"方面也不堪典型。

就总体而言，先秦时期的贞节主要适用于已婚女子，并不针对未婚女性。另外，再嫁、改嫁之事屡有发生，社会舆论亦不做过多谴责。总体而言，先秦时期的两性关系还比较自由，贞节观念对女子的束缚并不甚紧，就连孔子本人也是其父母野合而生。即便上层社会，改嫁、再嫁也并非稀有，不少国君都曾娶寡妇为妻。据记载，春秋战国时期许多诸侯国都设有婚姻管理机构，其重要职掌之一就是"合独"，"取鳏寡而合和之，予田宅

---

① 《十三经注疏》，阮元校刻，中华书局，1980 年，第 733 页。

而家室之，三年然后事之"①，即帮助丧夫失妇的人重新组建家庭。总而言之，此一时期贞节观念尚处于初始状态，远未达到强化的地步。

二、秦汉时期：秦始皇刻石与汉代礼教

公元前 221 年，秦灭六国，统一天下，为巩固其中央集权，"悉内六国礼仪，采择其善"②，以达到"匡饬异俗"（《琅琊刻石》）、"大治濯俗"（《会稽刻石》）的目的，故强化宗法制度，维系父系血统的继承权，重视贞节便是其中重要一环。始皇九年（公元前 238 年），秦始皇处死了与母亲赵姬私通的嫪毐，"夷嫪毐三族，杀太后所生两子，而遂迁太后于雍"③。说明贞节的控制范围已扩张到最高统治阶层的女性，连太后也不例外，借此也可以看出贞节观念已经为当时许多人认可。更值得一提的是，后来有多名朝廷命官因调和秦始皇与太后关系而被杀，与此事有牵连的相国吕不韦也被罢免。可见，秦始皇对不贞行为的厌恶之情。

"今天下车同轨，书同文，行同伦。"④ 事实上，秦始皇在统一六国后，才真正朝这一方向努力。统一中国后接下来的十年里，秦始皇五次巡游并在各地刻石立碑，多有敦风肃教的规定。在这几块刻石中，秦始皇对男女之礼和贞节观念的重视，体现得淋漓尽致。如《泰山刻石》云："贵贱分明，男女礼顺，慎遵职事。昭隔内外，靡不清净，施于后嗣。"⑤《琅邪刻石》云："尊卑贵贱，不逾次行。奸邪不容，皆务贞良。"⑥《碣石刻石》中提道："男乐其畴，女修其业，事各有序。"⑦ 而表现最为明显，也最为后世学者所常引用的，便是《会稽刻石》中的这段文字：

> 饰省宣义，有子而嫁，倍死不贞。防隔内外，禁止淫泆，男女絜诚。夫为寄豭，杀之无罪，男秉义程。妻为逃嫁，子不得母，咸化廉清。⑧

---

① 黎翔凤：《管子校注》，梁运华整理，中华书局，2004 年，第 1034 页。
② 司马迁：《史记》，中华书局，1959 年，第 1159 页。
③ 司马迁：《史记》，中华书局，1959 年，第 2512 页。
④ 《十三经注疏》，阮元校刻，中华书局，1980 年，第 1634 页。
⑤ 司马迁：《史记》，中华书局，1959 年，第 243 页。
⑥ 司马迁：《史记》，中华书局，1959 年，第 245 页。
⑦ 司马迁：《史记》，中华书局，1959 年，第 252 页。
⑧ 司马迁：《史记》，中华书局，1959 年，第 262 页。

这段话包括四句,按照逻辑性,其顺序应该调整为:"防隔内外,禁止淫泆,男女絜诚。夫为寄豭,杀之无罪,男秉义程。饰省宣义,有子而嫁,倍死不贞。妻为逃嫁,子不得母,咸化廉清。"因为其中心意思是谈男女之事,调整句序后,第一句是普遍的规定,所有男女包括已婚夫妇和未婚男女,对淫泆之事皆须谨守不犯,后面则将重心放在已婚夫妇应该遵循之事,然后就夫与妇分而言之;第二句是对有妇之夫的规定;最后两句则都是对有子之妇的规定。这段话呈现出的贞节观念非常鲜明,几乎每一句都指向男女贞节之义:对淫泆之风的禁止,对有子之妇再嫁和逃嫁的严治和有妇之夫淫人之妻的酷惩。特别引起我们注意的有两点:第一,该铭文并非单向地强调女子的贞节,而是男女合而言之,对有妇之夫的不贞行为照样做出了惩罚,而且是更为严厉的惩罚——如果丈夫不守贞节而旁淫,就可视之为"寄豭",妻子可以丈夫不守贞操义务为由,把他杀掉而不承担任何法律责任。需要解释的是"寄豭"一词,寄豭指借给别家传种的公猪,比喻进入他人家中淫乱的男人。这一比喻本身就体现了一定程度的两性平等观念。第二,对于妇女而言,并非抽象地强调贞节,简单地谴责改嫁,而是特指有子之妇的改嫁和逃嫁,将生子和未生子的两种已婚妇女进行区别对待,基于家庭整体的和谐稳定而考虑,有相当的合理性和可行性。不过,以《会稽刻石》为代表的秦刻石,其最大意义在于将一个伦理观念上升到法律制度的层面,从一种舆论倡导发展为强制措施,这是根本性质上的一个倒置,为后世贞节观念的强化和贞节制度奠定了方向。"这一系列由皇帝亲自主持的表贞禁淫措施,把贞操问题看得这样重要,表彰如此隆重,惩罚如此严厉,在中国历史上还不曾有过。"[①] 因此在贞节观念的发展史上有特别重要的意义。

为何秦始皇在属于越地的会稽郡的刻石中禁止的口气特别峻烈呢?这可能与当时会稽之地的风俗有一定关系。因越王勾践提倡早婚,设置官妓,风俗比其他地方更为淫泆。顾炎武在《日知录》中对此有明确说明:"《吴越春秋》,至谓勾践以寡妇淫泆过犯,皆输山上,士有忧思者,令游山上,以喜其意。当其时,盖欲民之多,而不复禁其淫泆。传至六国之

---

① 王绍玺:《贞操论》,辽宁大学出版社,1989年,第311页。

末，而其风犹在。故始皇为之厉禁，而特著于刻石之文。"① 还有人说这反映了秦始皇的贞节观，表露了他之所以杀吕不韦和鄙视生母的心迹。从秦始皇的生平经历来看，似不无一定道理。秦始皇对贞节的重视，还可以反映在他的一个具体奖励措施实例，据《史记·货殖列传》记载："巴寡妇清，其先得丹穴，而擅其利数世，家亦不訾。清，寡妇也，能守其业，用财自卫，不见侵犯。秦皇帝以为贞妇而客之，为筑女怀清台。夫倮鄙人牧长，清穷乡寡妇，礼抗万乘，名显天下，岂非以富邪？"② 按照司马迁的观点，秦始皇之所以筑台表彰寡妇清，是因为她擅利，乃古代的"富婆"。但联系前面的各地刻石中对男女风气的注重和对贞节观制度化的提倡，可以看出其根本的原因还是在于寡妇清的"贞节"，也就是说寡妇清"用财自卫"。因此，"怀清台"遂成为后世"贞节牌坊"的雏形。不过，反观秦代民间，情形与朝廷又似乎有异。秦简《法律答问》中记录了不少奸淫案件，例如"臣强与主奸""同母异父相与奸""甲、乙交与女子丙奸"等。当然这至少说明，民间百姓的贞节观念还是比较淡薄的。恰恰可能是这些民间百姓的淫乱导致秦汉王朝统治者对贞节的重视，前面所引顾炎武的话也说明了一些问题。

　　汉代以秦国迅速灭亡为鉴，尊崇儒术，但在推重礼法方面则沿袭了秦代褒奖贞节的传统，特别是以官方名义正式褒奖贞节。西汉神爵四年（公元前58年），汉宣帝诏赐贞妇顺女帛，拉开了古代贞节旌表措施的序幕。元始元年（公元1年），汉平帝下令，每乡推举出一名贞妇，免除其赋税和徭役。东汉时，安帝将旌表贞节进一步发扬光大，据《后汉书·安帝本纪》，元初元年（114年），因改元，诏赐"贞妇帛，人一匹"③。元初六年（119年）二月，又诏赐"贞妇有节义（谷）十斛，甄表门闾，旌显厥行"④。

　　由于朝廷旌表政策的影响，社会上也开始以贞节作为评判妇女言行善恶的标准之一。成帝时，刘向编撰《列女传》，现存七篇，即母仪、贤明、

---

① 顾炎武：《日知录校注》，陈垣校注，安徽大学出版社，2007年，第717页。
② 司马迁：《史记》，中华书局，1959年，第3260页。按《史记正义》引《括地志》："寡妇清台山俗名贞女山，在涪州永安县东北七十里也。"
③ 范晔：《后汉书》，李贤等注，中华书局，1965年，第220页。
④ 范晔：《后汉书》，李贤等注，中华书局，1965年，第230页。

仁智、贞顺、节义、辩通和孽嬖。前六篇作者彰显谨守女德之类，后一篇则历数历史上的"淫女荡妇"，引之为戒；而贞顺和节义两篇，收录了十余名节妇列女作为妇女守节的典范。东汉班昭著《女诫》，明确提出了"从一而终"的要求，主张"夫有再娶之义，妇无二适之文"①，强调"敬顺之道，妇人之大礼"②，妇人要"正色端操，以事夫主，清静自守，无好戏笑"③。儒家贞节观的影响甚至及于史学领域，就连司马迁在赞美田横时也说："贞女不更二夫。"④《列女传·宋鲍女宗传》："妇人一醮不改，夫死不嫁……以专一为贞，以善从为顺……"⑤性别属性要求的意味越来越重。而女宗之主张不妒夫之外妻，"妇人有七见去，夫无一去义"⑥ 等，实在是自我束缚、自我规训的极端化显现。班昭还在《周礼·天官·九嫔》的基础上阐发女子"四德"，把"四德"发展为女性一般的行为规范：

> 清闲贞静，守节整齐，行己有耻，动静有法，是谓妇德。择辞而说，不道恶语，时然后言，不厌于人，是谓妇言。盥浣尘秽，服饰鲜絜，沐浴以时，身不垢辱，是谓妇容。专心纺绩，不好戏笑，絜齐酒食，以奉宾客，是谓妇功。此四者，女人之大德，而不可乏之者也。⑦

但情形是复杂而非绝对的，如班昭对男女的态度和举止是各有其要求的，总体而言是要相互尊重，"夫不贤，则无以御妇；妇不贤，则无以事夫"⑧。东汉《古诗十九首》有"荡子思妇"，以男性角度写思妇，"荡子行不归"，则思妇"空床难独守"。平民百姓之中不乏再嫁之人，如朱买臣妻嫌他贫而无志，一再要求离婚再适，尽管买臣后来显贵而其妻成为千百年来的讽刺对象，但说明汉代民间这种情况绝非鲜见，只不过多数人终身贫而未遇，难以进入正史而已。未遇之前的陈平非常贫穷，也娶了富人张负的曾为五嫁之妇的孙女。东汉长篇叙事诗《孔雀东南飞》中焦仲卿与妻

---

① 范晔：《后汉书》，李贤等注，中华书局，1965年，第2790页。
② 范晔：《后汉书》，李贤等注，中华书局，1965年，第2789页。
③ 范晔：《后汉书》，李贤等注，中华书局，1965年，第2787页。
④ 司马迁：《史记》，中华书局，1959年，第2457页。
⑤ 张涛：《列女传译注》，山东大学出版社，1990年，第67页。
⑥ 张涛：《列女传译注》，山东大学出版社，1990年，第67页。
⑦ 范晔：《后汉书》，李贤等注，中华书局，1965年，第2789页。
⑧ 范晔：《后汉书》，李贤等注，中华书局，1965年，第2788页。

刘兰芝极为鱼水相得，但母亲却因婆媳不和怂恿逼迫儿子休妻再娶，兰芝被休归娘家后，太守县令还遣人议婚。卓文君与司马相如私下相奔的例子更为经典，相如不以贞女为要求，耐人寻味。

不仅民间，汉代皇室也有不少视妇女再嫁为常事的例子。如汉景帝的王皇后，入宫生武帝前，曾嫁给金王孙，生有一女。武帝即位后，闻言自己有异父同母姐姐，便亲自将其接到宫中，封赐修成君。汉光武帝的姐姐湖阳公主寡居，光武帝遂主动帮她挑选新夫，召见公主喜欢的大司空宋弘，用民谚"贵易交，富易妻"打动说服宋弘[1]。汉代一些法令还要求妇女改嫁。王莽篡汉后，为了使官奴婢更好地从事生产劳动，曾命令有关官吏"易其夫妇"，即让他们中间夫妻失散者重新配合。[2]

三、魏晋隋唐：自由地曲折演进

魏晋南北朝时期的贞节观念仍呈日渐增强之势，国家四分五裂、军阀混战，社会矛盾又十分尖锐和复杂，经典纲常受到冲击和贬斥，妇女地位一度提高，离婚改嫁之事屡见不鲜。乱世之中的各统治集团，包括汉化少数民族统治集团，皆大力表彰节烈，节烈成为一种政治象征符号，各个政治派别都祈望臣民像妇女守节那样效忠于他们，以维护其政权的稳固。著名文人裴頠和张华都曾作《女史箴》，对贞操极为重视，主张"妇德尚柔，含章贞吉"。不少女子谨守妇德，上演了一幕幕惊心动魄的悲剧。如前赵陕县（今属河南）一位无名氏女子，十九岁丧夫，仍事叔姑甚谨，其家欲将其改嫁，她毁面自誓，坚拒不从，竟被诬致死，后被平冤追谥为"孝烈贞妇"。又如南朝梁时卫敬瑜妻王氏，十六岁夫亡，父母公婆皆劝她改嫁，她"誓而不许，乃截耳置盘中为誓乃止"。地方官为她建造了门楼以嘉奖其美节，题曰"贞义卫妇之闾"[3]。

但乱世之中女子的地位境遇并未改善，据《颜氏家训》记载："近世嫁娶，遂有卖女纳财，买妇输绢，比量父祖，计较锱铢，责多还少，市井

---

[1] 当然，宋弘的回答让人非常敬佩，成为名言："臣闻贫贱之知不可忘，糟糠之妻不下堂。"但既然民谚有"贵易交，富易妻"，说明当时更换妻子在民间具有一定的普遍性。参见范晔：《后汉书》，李贤等注，中华书局，1965年，第905页。
[2] 班固：《汉书》，颜师古注，中华书局，1962年，第4167页。
[3] 李延寿：《南史》，中华书局，1975年，第1843页。

无异。或猥婿在门，或傲妇擅室，贪荣求利，反招羞耻，可不慎欤！"①虽批评了当时求财逐利之风，但卖女和买妇的行为反映出女子的地位之不高、处境之不幸。

隋文帝统一全国后，鉴于大臣所提出的"礼教凋敝，公卿薨亡，其爱妾侍婢，子孙辄嫁卖之，遂成风俗"②，于开皇十六年（596年）颁布诏令，规定"九品已上妻，五品已上妾，夫亡不得改嫁"③。对官宦阶层的妻妾再嫁作了一定限制。唐灭隋后，沿袭此一法令。唐宣宗时曾下诏："夫妇，教化之端。其公主、县主有子而寡，不得复嫁。"④《唐会要》卷六亦载大中五年四月敕："起自今以后，先降嫁公主、县主，如有儿女者，并不得再请从人。如无儿者，即任陈奏，宜委宗正等准此处分。如有儿女妄称无有，辄请再从人者，仍委所司察获奏闻，别议处分……"⑤可见，在唐朝，官方曾一度对皇室女子有子而嫁的做法予以禁止。除法律规定外，教化书籍也起作用。据《新唐书》《旧唐书》《唐语林》《唐诗纪事》记载，唐代有不少女教著作，如长孙皇后编《女则》十卷、武则天命人修有《列女传》、宋若莘（一作华）撰《女论语》十二篇、侯莫陈邈妻郑氏编《女孝经》十八章、刘氏著《女仪》一篇、吉氏著《女训》、杨氏著《女戒》等。其余散佚不传的可能还有不少。特别是《女孝经》和《女论语》两部女教著作，对当时"从一之贞"观念的强化起到了推波助澜的作用。《女论语》中大讲妇女的"贞节柔顺"，将其当作中心内容，开篇《立身》章中明确说："凡为女子，先学立身。立身之法，惟务清贞。清则身洁，贞则身荣。"⑥并专辟《守节》一章，作为全书最后的压轴之篇：

> 古来贤妇，九烈三贞。名标青史，传到而今。后生宜学，亦匪难行。第一守节，第二清贞。有女在室，莫出闺庭。有客在户，莫露声音。不谈私语，不听淫音。黄昏来往，秉烛掌灯。暗中出入，非女之经。一行有失，百行无成。夫妻结发，义重千金。若有不幸，中路先

---

① 王利器：《颜氏家训集解》（增补本），中华书局，1993年，第53页。
② 魏征、令狐德棻：《隋书》，中华书局，1973年，第1543页。
③ 魏征、令狐德棻：《隋书》，中华书局，1973年，第41页。
④ 欧阳修、宋祁：《新唐书》，中华书局，1975年，第3672页。
⑤ 王溥：《唐会要》，上海古籍出版社，2012年，第85页。
⑥ 班昭等：《女四书》，中华文化讲堂注译，团结出版社，2017年，第150页。

倾。三年重服，守志坚心。保家持业，整顿坟茔。殷勤训后，存殁光荣。①

所谓"古来贤妇，九烈三贞""第一贞节，神鬼皆钦""三年重服，守志坚心"等，都一再强调了妇女贞节的重要性。

因而，唐代也有不少妇女有很强的贞节观念。有被弃不愿再嫁者，有为故夫死守者，有年轻寡妇为得节妇虚名而终身守寡者，甚至还有一些以毁容、断指、终身不沐浴、素食等行为来以示坚决。据唐代张鷟《朝野佥载》卷三，邓廉妻李氏，出嫁不到一年丈夫就死了。年方十八的李氏一直守志寡居，布衣蔬食六七年。后因常梦见一男子求婚。李氏悲叹道："吾誓不移节，而为此所挠，盖吾容貌不衰故也。"于是她以刀截发，麻衣不洗，垢身灰面，男鬼感叹其"竹柏之操，不可夺也"。遂得四方称赞，郡守旌其门闾。②

不过，唐朝毕竟总体上开放自由。所谓大唐之音，和而不同，社会观念较为开明，因而唐代女性的地位相对较高，在男女关系上的自由度也相对较高。唐皇室的胡人血统也对皇族的性观念和贞节观念起到不小的作用。朱子在《朱子语类》中说："唐源流出于夷狄，故闺门失礼之事，不以为异。"③ 其所指就是此种状况。由于胡化色彩浓厚，故而统治者不过于讲究礼法，对于离婚改嫁、夫死再嫁诸事皆等闲视之。如高祖十九女，招胡人为婿者约半数，再嫁者四人。唐朝公主总数是198个，除去34个早夭或当了道士，有过婚史的也就164位，而其中有再婚、离婚史的竟达28个，比如玄宗的齐国公主，初嫁张垍，再嫁裴颖，三适杨敷。这还不包括唐代后期数十位档案记录不清的公主。如此高的离婚率，除了因为唐朝士风、民风相对开化，还有两点原因：一是政治婚姻，一些公主的婚事身不由己，没有爱情的政治婚姻难有满意的结局；二是嫁的如果是武将，战死沙场的概率相对要高，或者在残酷的政治斗争中意外死亡的概率也比平民要高一些。

---

① 班昭等：《女四书》，中华文化讲堂注译，团结出版社，2017年，第197~199页。
② 张鷟：《朝野佥载》，赵守俨点校，中华书局，1979年，第58页。
③ 朱熹著，黎靖德编：《朱子语类》，崇文书局，2018年，第2466页。

第二节　宋元：贞节观念的强化与现实松动

宋元时期，是贞节观念的理论强化时期，特别是程颐"饿死事极小，失节事极大"的名言，对后世产生了极大的影响。不过，先行的理论与对应的实践总是有一个相当长的时间差的，当时的社会现实还是有不少的现实松动。而在元代，程朱理学的隔代效应，以及元政府对"节妇"的旌表，使得元代为明清贞节观念走上宗教化做了充分的铺垫。

一、宋代：思想观念提倡与现实落差

陈寅恪曾说："华夏民族之文化，历数千载之演进，造极于赵宋之世。"[①] 陈寅恪的这种观念被后人日益放大，以至于出现对宋代各种体制的美化，其中一种观点即女性在宋代的生活也是幸福自由的。真理与谬误往往只有一步之遥，事实上，宋代女性与男性的差别相当明显，女性通常不能上学念书、参加科举考试、入仕为官。在宋代，女性虽仍享有一定的财产继承权，但与男性不能相提并论。宋朝《户令》规定："在法，父母已亡，儿女分产，女合得男之半。"[②] 按照这一性别分工，家事由作为主妇的妻子管理，但家长只能是身为男性的丈夫。

宋朝前中期宗室女子改嫁在法律上不受什么限制。但至宋仁宗庆历四年（1044年）规定："宗室大功以上亲之妇不许改嫁，自余夫亡而无子者，服除听还其家。"[③] 从而皇室近亲的妇女改嫁成为违禁之事。

张邦炜研究指出，作为上层女性的代表，宋代公主的政治和家庭地位较唐代大为降低，政治上不能开府，没有邑司，不能任命官吏，没有法外特权，甚至活动也受到限制，"家有宾客之禁，无由与士人相亲"[④]。在家庭地位上，也由唐代的以公主为中心变为以驸马为中心，男尊女卑明显，公主不但要向舅姑下拜，还要为驸马居丧。其结果就是公主的生活比唐代

[①] 陈寅恪：《金明馆丛稿二编》，生活·读书·新知三联书店，2001年，第245页。
[②] 《梦溪笔谈译注》，王洛印译注，上海三联书店，2014年，第146页。
[③] 李焘：《续资治通鉴长编拾补》，黄以周等辑补，上海古籍出版社，1986年，第1409页。
[④] 杨仲良：《皇宋通鉴长编纪事本末：第2册》，黑龙江人民出版社，2006年，第925页。

节俭，作风也比较严谨，包括注重贞节。其实早在真宗初年，大臣谢泌的寡妻在拒绝再嫁时就有"饿死事小"的话："儿以贱妇人，得归隐居贤者之门已幸矣，忍去而使谢氏无后乎？宁贫以养其子，虽饿死亦命也。"①仁宗时，名臣包拯之寡媳崔氏在独子殇亡后，仍拒绝再嫁说："昔之留也，非以子也，舅姑故也。今舅殁，姑老矣，将舍而去乎？"② 至迟到了宋代，社会出现了男性对处女的嗜好，并将寡妇再嫁的行为讥为"旧店新开"。可见，宋代女子与唐代相比，非但没有幸福自由，而且地位还有明显下降。

当然，社会并非铁板一块，士大夫阶层还是有不少贞节观开化的人物。譬如大名鼎鼎的王安石，在他的儿子死后，他就曾主动为儿媳另觅夫婿。还有宋太祖，在妹夫米福德死后，将其妹另嫁中年丧妻的高怀德。甚至连宋仁宗的妻子曹皇后，都是先嫁给李化光，因不满于丈夫的冷淡，跑回娘家后，再遴选入宫当上皇后。不过，必须区分改嫁行为的性质和原因，正如柳立言指出的那样，"学人一再引用的范仲淹、杜衍和朱寿昌的母亲，在再嫁时都是生活艰难的民妇或出妾，日后母凭子贵，才变成'士大夫之母'。士大夫向再嫁或改嫁母尽孝，乃母子天伦，恐与贞节观无大关系"。③ 必须重点提及的是作为一代理学宗师的程颐，他提出了"饿死事极小，失节事极大"的名言，原文如下：

> 问："孀妇于理似不可取（娶），如何？"（程颐）曰："然。凡取（娶），以配身也。若取（娶）失节者以配身，是已失节也。"又问："或有孤孀贫穷无托者，可再嫁否？"曰："只是后世怕寒饿死，故有是说。然饿死事极小，失节事极大。"④

如果照着字面上的意思，程颐显然是对妇女改嫁持极严格的态度，但

---

① 脱脱等：《宋史》，中华书局，1977 年，第 13488 页。
② 脱脱等：《宋史》，中华书局，1977 年，第 13480 页。
③ 柳立言：《宋代的家庭和法律》，上海古籍出版社，2008 年，第 226 页。
④ 程颢、程颐：《二程集》，王孝鱼点校，中华书局，1981 年，第 301 页。

我们需要注意程颐提出此论的出身和背景。①朱熹显然是当时对程颐此言别有会心的人,他的朋友郑鉴(字自明)死了,其妻陈氏守丧不到一年便要再嫁,朱熹遂写信给她哥哥陈师中,劝他劝诫妹妹守节:"使自明没为忠臣,而其室家生为节妇,斯亦人伦之美事……昔伊川先生尝论此事,以为饿死事小,失节事大,自世俗观之,诚为迂阔。然自知经识理之君子观之,当有以知其不可易也。伏况丞相一代元老,名教所宗,举错之间不可不审。"②对程伊川的名言,朱熹认识到这一点:"自世俗观之,诚为迂阔",足见在南宋的世俗百姓并不以此为准则,效法之人当亦为数不多。朱熹期望作为士大夫的代表,能以贞节垂范世人而已,因此他又直接给她父亲陈俊卿去信一封,在信中希望他们"以人伦风教为重"③,努力规劝女儿守节。

对于程朱强调士族之家守节,我们还要看到南宋当时的社会现实背景。其时人情淡、礼仪薄,已成为一个严重的社会问题,释文莹《玉壶清话》卷二云:"膏粱士族之家,夫始属纩,已欲括奁结橐求他耦而适者多矣。"④程朱作为伦理感极强的思想家领袖,对此当然痛心疾首,反对妇女再嫁的另一方面,就是要这些作为国家精英的膏粱士族的家长也多注意道德礼义,不要随便主持再嫁。不过结果大概是让朱熹有点失望,郑自明妻还是再嫁了鳏夫太常少卿罗点。可见,理学家的话大家并没有当真,他们对当世的影响也没有那么大,官宦士大夫之家尚且如此,遑论市井下层百姓。宋代学派林立,"各自论说,不相统摄""学脉旁分,攀缘日

---

① 柳立言从程颐的出身背景着眼,无疑予人启发:第一,程颐出身于世家大族,五代为官,程父自开封迁居洛阳,两地士族均以注重门风见称。而程颐本人又非常严肃,与其兄程颢相差甚远,尊古拘礼,曾因司马光的丧礼与苏轼龃龉。第二,程母在家族里扮演一个不可或缺的角色。程母治家有法,程父外出任官时主持家务,当时人多银少,靠她经营转易,方免困乏,对家族的重要性不言而喻。第三,程家曾有两位妇女再嫁,其中后一次,其兄程颢之子死后,章氏纳其妇王氏,王氏子归程家抚养而无父无母,程颐遂遣责前来看望程孙的章氏"母子无绝道,然君乃其父之罪人也"。详参柳立言:《宋代的家庭和法律》,上海古籍出版社,2008年,第214~217页。

② 朱熹撰,朱杰人、严佐之、刘永翔主编:《朱子全书》,上海古籍出版社,2002年,第1173~1174页。

③ 朱熹撰,朱杰人、严佐之、刘永翔主编:《朱子全书》,上海古籍出版社,2002年,第1174页。

④ 文莹:《玉壶清话》,中华书局,1984年,第21页。

众"①。程朱理学不是朝廷的官方统治哲学,并没有垄断的地位。事实上他们在当时的影响极为有限,更何况还遭到朝廷的查禁,除极少数坚定的信徒外,一般人更不会冒此大逆,顶风而上。

  对于朱熹,我们需要看到另外一种情形,尽管他在理论上对程颐的贞节观念推波助澜,但在实际居官治民时则并未墨守观念,应该说是较好地区分了理想与现实的客观差异,没有让思想理念成为害人的乌托邦。②儒家修己与治人本属两个层面,把握精英个人的道德实践与社会政治教化上道德的分际,是考验一个思想家和道德家实践品格的一个重要指标。朱熹在地方官任上不时发布劝俗文告,但都没有大力鼓吹妇女守节。他在知福建漳州时,鉴于当地风俗浇薄,于是揭示北宋名臣陈襄的《仙居劝谕文》,附有自作的《节次施行劝谕事目》,中有"夫妇有恩:贫穷相守为恩,若弃妻不养、夫丧改嫁,皆是无恩也"③。他甚至不反对妻子因夫贫而主动离婚:"若是夫不才,不能育其妻,妻无以自给,又奈何?这似不可拘以大义。"④朱子虽说过"圣贤千言万语,只是教人明天理,灭人欲"⑤的话,但是人们对这句话的理解却往往以词害意,其实朱熹交代得非常清楚:"问:'饮食之间,孰为天理,孰为人欲?'曰:'饮食者,天理也;要求美味,人欲也。'"⑥可见朱熹在此处是将过分的欲望称作人欲,有时他则称之为"私欲"。因而,有研究者指出,朱熹的视野中的"人欲"一词便有两重含义:一重含义是正当的生命欲望,这是符合天理的,故"人欲中自有天理";另一重含义则是不正常的或过分的生命欲望,这是和天理相互对立的。"明天理,灭人欲"一语中的"人欲"便属于后一类。余英时认为"以第二含义的'人欲'(即'私欲')而言,则它是和'天理'永远处于高度的紧张状态"⑦。可以看出,朱熹对"人欲"的见解里,对先

---

 ① 永瑢等:《四库全书总目》,中华书局,1965年,第1页。
 ② 这一点和康有为颇为相似,他对社会抱有极高的理想和极为开明的观念,在《大同书》中得到全面呈现,但面对民国现实,他实际提倡的又是能被社会大体接受的另一套方案。
 ③ 朱熹撰,朱杰人、严佐之、刘永翔主编:《朱子全书》,上海古籍出版社,2002年,第4620页。
 ④ 朱熹撰,朱杰人、严佐之、刘永翔主编:《朱子全书》,上海古籍出版社,2002年,第3469页。
 ⑤ 朱熹著,黎靖德编:《朱子语类》,崇文书局,2018年,第154页。
 ⑥ 朱熹著,黎靖德编:《朱子语类》,崇文书局,2018年,第167~168页。
 ⑦ 余英时:《士与中国文化》,上海人民出版社,2003年,第429页。

秦孔孟思想和老庄思想都有所摄取。

宋代其他思想家对贞节观也有不少表述,司马光《居家杂仪》对妇女的一些日常规定和要求与《礼记》里的一些要求大同小异。但司马光对夫妇合分见解开通,在《温公家范》中说:"夫妇以义合,义绝则离之。"① 可见宋代妇女离异另嫁的事例不少。事实亦然,前文所引释文莹之言即充分说明了这一点。不过,考虑到女性的依附地位,离异数目高绝非女性幸福指数高的象征。

对民妇而言,情形又有明显区别。法律层面也不禁止妇女改嫁,"夫亡改适,寡妇再嫁"不受处罚。另外,宋代经济比较发达,大批民妇投入生产,个人经济能力提高了,其客观上有利于守节。大体上,宋代女子所从事的职业是相当多样化的,她们能独立谋生,不必仰赖他人而活,同时也能协助家庭生计。

两宋见于《宋史·列女传》及其他传中的贞节妇女有 55 位,而《古今图书集成》中载宋代贞节妇女达 274 人,远远超过以前各代。宋代对贞节妇女的分类愈益详明,贞女、节妇、烈女、孝女、孝妇等称呼均已出现,守节的情形也日益复杂,或夫亡守寡,或全贞而死。不过,正如研究者指出,要查明其中再嫁妇女的身份,说明娶者结婚时是否已是士大夫或鳏夫;因鳏夫通常难求闺女为继室,只有退而求寡妇,不能说他们不重贞节。经过此一番考量之后,宋代再嫁的士大夫妻女不出十个,而守节的纪录却十倍于此。有可能反映士大夫对再嫁总是有点别扭,所以尽量少提为妙(可比较初婚与再婚的礼仪),而对守节总觉得是种光荣,所以大书特书。②

二、元代:程朱理学的效应与元朝政府对"节妇"的旌表

贞节观在宋代已有异军突起的条件,故即使在元代外族统治下,仍然出现了 452 位节妇,比烈女还要多出 50 位。

元代统治者栖身于大漠草原,为游牧民族,文化相对落后,远不及宋代统治者,风俗与其他北方民族相近,加以无男尊女卑、传统礼法的限

---

① 司马光:《温公家范》,王宗志注释,天津古籍出版社,1995 年,第 157 页。
② 柳立言:《宋代的家庭和法律》,上海古籍出版社,2008 年,第 227 页。

制，故有收继婚的风俗。收继婚，指的是寡妇可以由其亡夫的亲属收娶为妻。但入主中原之后，元代统治者对宋代文化，特别是以程朱理学为中心的儒家伦理观念吸收得特别多。理学在宋代并没有发生实质性的影响，而在元代才开花结果，完成了它的制度化过程。[1] 这一套文化体系中的重要一环——贞节观念也渗透到元代政治文化中。由于贞节观念的大力传播和强化，原先保留于蒙古民族生活中的收继婚风俗发生了变化，一些元代妇女也开始夫死守节不嫁，对收继婚这一陋俗采取抵制措施。

由蒙古人执政的元代，在男女关系上丝毫没有放松，对贞节伦理道德的重视比宋代有过之而无不及。虽然蒙古人主中原前对性禁忌较少，但建立王朝后对犯奸的有夫之妇法律制裁远比前代更严厉、细密。元代以前，丈夫可以休掉犯了奸淫的妻子，但不能擅自杀害。元代法律则不仅允许丈夫将犯奸妻子休离，还赋予其捉奸乃至杀妻及奸夫的权力。《元史·刑法志》载："夫获妻奸，妻拒捕，杀之无罪……诸妻妾与人奸，夫于奸所杀其奸夫及其妻妾，及为人妻杀其强奸之夫，并不坐。"[2] 此处对妻子的贞节特别强调，以男性为中心主义的色彩十分鲜明。

在程朱理学的影响因素之外，我们还需要注意到元朝政府对"节妇"的旌表和赏赐作用。在早期忽必烈王朝时，统治者听取了汉官的意见，通过对"节妇"颁发赏赐来巩固政权的合法性。元朝政府在1304年对"节妇"做了如下规定：必须在三十岁以前丧夫，并守节至五十岁以上，符合这些规定的寡妇才有资格申请旌表。这也就意味着能享有"节妇"称号的寡妇起码五十岁并守寡二十年以上。为了够格而受到嘉奖旌表，寡妇的处境自然又下降了一层。元代所颁发的此类赏赐的数量远胜于前朝，在政府的奖励政策下，当时世人撰写"节妇吟"行为盛行一时，地方官员上奏了数量空前的"节妇"事迹以邀赏。一个节妇受到的赏赐往往能使整个家庭都免于劳役，这对那些丧失晋升仕途的士大夫来说无疑是逃脱服役的好方法，因此他们也竭尽所能来获得这种赏赐。它不仅能为相关人等提供许多获得经济和社会利益的机会，也能使被立传者和立传者名利双收。况且，汉族士大夫在被剥夺了政治权力的现实生活中，丧失了宣扬政治忠诚的权

---

[1] 参见葛兆光：《中国思想史》，复旦大学出版社，2001年，第282页。
[2] 宋濂：《元史》，中华书局，1976年，第2656页。

力，科举的取消也使男子不再能通过科考取得功名来免于劳役。于是，朝廷对节妇的赏赐使得贞节成为妇女应饰的角色，而男人则通过撰写文章赞扬这种美德来养家糊口。①

大体上，元朝的汉族士大夫在蒙古人的统治下继续着宋朝宣扬"节妇"观的传统，用以宣称自己的道德与社会角色。很明显，这些现象不能被视作特定理学或道德教化下的结果。事实上，撰写这些节妇美德的动力并不是真正来源于对妇女这种美德的感召，不是要教化女人更为贞节，也不是禁止寡妇再嫁。元朝灭亡后，"节妇"观进一步演化，到明清时期，"守节"已成为一个贞节女性的表征。

第三节　明清两代贞节观念的宗教化及其反动

明清时期，贞节观念总体趋势是进一步强化，并走向宗教化，从而达至巅峰。这固然有历代以来贞节观念自身的逐步演化，宋代的酝酿，元代的发芽，特别是宋代程颐所提倡的宁饿死不失节的极端理论的隔代效用，但更重要的无疑是明清两代政府对贞节的褒奖和旌表。

明清两代政府对贞节的褒奖和旌表，较之前代也趋于极端。明太祖洪武元年（1368 年）下令："民间寡妇，三十以前，夫亡守制，五十以后，不改节者，旌表门闾，除免本家差役。"② 此一与元朝相似的朝廷政令无疑为明代贞节观念的强化，为诸多寡妇守节提供有利的条件。《明史·列女传序》记载，由于统治者对贞节的大力褒扬和旌奖，"乃至僻壤下户之女，亦能以贞白自砥。其著于实录及郡邑志者，不下万余人，虽间有以文艺显，要之节烈为多"③。据现代学者统计，明政府的有意赞助，使贞

---

① 此处参考美国学者柏文莉（Beverly Bossler）观点，她认为宋、元时期，"节妇"观念的加强是当时复杂的政治和社会因素共同作用的结果，而不应简单地归结为宋明理学推动的结果。颂扬"节妇"观念在不同的时期起到了不同的作用，从证明王朝政权的合法性，到激励男人的忠诚性，再到社会文学创作的手段。详参柏文莉（Beverly Bossler）：《程朱理学与妇女守节之再讨论》（Neo-Confucianism and Female Fidelity: A Reassessment），https://iahs.fudan.edu.cn/info/1163/3293.htm.
② 李东阳等：《大明会典》，申时行等重修，广陵书社，2007 年，第 1254 页。
③ 张廷玉等：《明史》，中华书局，1974 年，第 7690 页。

观念大为强化，节妇达到 27141 人。① 贞节观念经过宋元的强化发展，至明代终于开花结果。作为传统道德观念，"节烈"尽管历来受到全社会的重视，但至明清方被强调到无以复加的地步。

  清政府沿着前代的步伐，继续深化对节烈行为的提倡，清代《礼部则例》规定"节妇"："自三十岁以前守节至五十岁，或年未五十而身故，其守节已及十五年，果系孝义兼全，厄穷堪怜者"，及为夫守贞的"未婚贞女"。② 贞节烈女，包括"遭寇守节致死""因强奸不从致死，及因人调戏，羞忿自尽"，以及"节妇被亲属逼嫁致死者，童养之妻尚未成婚，拒夫调奸致死者"等。③ 有清一代，自京师、省府，至各州县，皆修建烈女祠，贞节牌坊成为一道亮丽的政治伦理风景线。被旌表的妇女题名坊上，死后设位祠中，春秋致祭，并由官府发给三十两"坊银"，由本家为其建坊。节烈事迹特别突出的，皇帝还亲自"御赐诗章匾额缎匹"。政府的提倡、旌表和奖励，其影响是深远的，仅康熙时期编撰的《古今图书集成》"闺烈部"就有 60 余卷，其中隋、唐两代的"烈女""节妇"合计只有 51 人，宋代增至 274 人，明代骤增至 35835 人，而到了清代，仅雍正三年（1725 年）之前，节烈妇女就已经有 12323 人。④ 考虑到还有不少女子未被记载，加之当时全国人口尚不足 1 亿人，这个数字是很惊人的。民国版《歙县志》线装本共十二册，其中六册都是记载贞节妇女的事迹，人数达几千人之众。

  在这种社会氛围下，女子贞节不仅是倡导的问题，而且"失贞""失节"的女子要受到严厉惩罚，轻则赶出族门，重则施以沉河、火烧甚至凌迟处死等酷刑。贞节观念的过度提倡，已经使得原属伦理范畴的道德观念严重扭曲，走向事物的反面。明清时代，女儿丧失贞节，是家庭奇耻大辱，父母兄弟姐妹都会因此抬不起头来；反之，若女子恪守贞节，则光宗耀祖。清代桐城派三祖之一的方苞写过一篇《康烈女传》，康烈女乃商人之女，自幼许配给邻家之子张京，尚未过门丈夫就死了，康烈女却以张氏媳自居，自缢殉夫。张家破落，张父品行又不好，素遭贱视，但是由于康

---

① 参见任达荣等著，鲍家麟编：《中国妇女史论集》，牧童出版社，1979 年，第 112 页。
② 故宫博物院：《钦定礼部则例二种·第 1 册》，海南出版社，2000 年，第 220~221 页。
③ 故宫博物院：《钦定礼部则例二种·第 1 册》，海南出版社，2000 年，第 221~222 页。
④ 参见任达荣等著，鲍家麟编：《中国妇女史论集》，牧童出版社，1979 年，第 112 页。

烈女这一死，张家身价骤增，闻名京师。①

明清民间婚俗中有一些较为特殊的习俗，与贞节观密切相关，值得留心。

第一，婚俗中还流行"就婚""借亲"之俗。所谓就婚，原本是元代遗留的蒙古收继婚习俗，即弟娶孀嫂，或兄娶弟媳。《大明律》禁止此俗，规定："若收父祖妾及伯叔母者，各斩。若兄亡收嫂，弟亡收弟妇者，各绞。妾各减二等。"② 但"就婚"在民间相沿日久，并未绝迹。另外，为了便于赡养，在浙江温州府等地还流行弟兄"合娶一妻"的习俗，至弘治年间始被禁绝。

第二，再婚。尽管明代朝廷倡导妇女守节，但事实上民间世俗的妇女再婚仍不绝如缕，只是民间并不以此俗为善行而已。如江西南昌将妇女再醮称为"过婚"，当地风俗相当厌恶再婚妇女上轿，"谓在人门前即主其家不利，故一巷之内，有过婚者，邻家各持棍石以待之。婚家亦知旧俗，皆以午夜背至旷地而后登车。又闻，过婚女家亦不肯令从门出，甚至穴墙而径焉"③。清代再嫁妇女所受轻视和歧视比明代更为严重，不少宗族与家族，其宗约、族约、家范中明确列有寡妇如有不能青年守志者，改醮后不许往来，并会惩罚违反者子女及舅姑伯叔的相关规定。据《歙县志》记载，歙县人对改嫁者"必加之戮辱，出必不从正门，舆必毋令近宅，至穴墙乞路，跣足蒙头，儿群且鼓掌掷瓦石随之"④。这些夸张的歧视行径，对再醮妇女的身心尊严无疑构成或显或隐的伤害。反过来，虽然歧视处处存在，但正好也说明寡妇再醮是民间的常态。

第三，《大明律》规定，凡娶同母异父姊妹者，以奸论处，并判离异。据正统年间闽县知县陈敏政的条陈可知，当时民间世俗之人确实存在着与

---

① 参见方苞：《方苞集》，刘季高校点，上海古籍出版社，1983年，第760～761页。
② 《大明律》，怀效锋点校，辽沈书社，1990年，第60页。
③ 姚旅：《露书》，刘彦捷点校，福建人民出版社，2008年，第185页。按：这种歧视妇女再醮的习俗，自宋代即有嘲笑妇女再嫁为"旧店新开"，到晚清民国一直存在，如鲁迅小说《祝福》中的祥林嫂，她身为再醮妇女，不能接触祭器，不能捐门槛。1935年，麦惠庭在《中国家庭改造问题》一书中称："再醮时大多数在黑夜举行（与古代抢婚略同）。因为社会上许多人仍然以为再醮是不大正当的，所以在黑夜举行，不使惊动别人的视觉，而避免社会上一般人的讪笑。从上说的情形来看，再醮的事情，虽然比从前通行一点，但仍未达到我们所希望的地步。"参见麦惠庭：《中国家庭改造问题》，商务印书馆，1930年，第310页。
④ 《中国地方志集成·安徽府县志辑》，凤凰出版社，2010年，第60页。

此相类的婚姻，约略可分两种情况：将后妻所携前夫之女娶为儿媳，将后妻所携前夫之子作为女婿。① 在传统礼教看来，尽管婚姻的双方无血缘关系，但其结果同样有"乱伦"之嫌，因为此行难免使"不惟兄妹男女之别不明，亦且父母舅姑之名不正"②。因此，《袁氏世范》训告后人要使孤女及早出嫁，就是为了避免此问题的发生。

第四，早婚。明代很多地方都存在着早婚习俗。所谓早婚，就是幼男娶长妻或幼女嫁长夫。幼男娶长妻之婚俗，在明代广泛流行于湖广、四川、安徽徽州。湖广边地之男孩年方十余岁，其父就为他娶年长之妻。"其父先与妇合，生子则以为孙也。"所以，往往做父亲者年才二十岁，就有子"十余岁矣"。③ 这被当时的士大夫称为一种"恶俗"。四川也俗尚"缔幼婚，娶长妇，男子十二三即娶"④。徽州亦有此俗，不过徽州此俗尚可理解，因徽州人多从商，娶一长妇在家操持一家事务，自己可放心到各地经商。而四川也盛行这种风俗，明朝人王士性就感到"不知其解"。有学者推测，这或许与当地男女比例失调有关。

明清时代青年寡妇再嫁的压力或者说守节面临的困难，主要来自两方面：一是生计因素，现实生活中孤儿寡妇的日常生活来源缺失。基于此一考虑，明清不少有识之士反对过于强调贞节观念，认为应优先考虑寡妇生计，如果此问题无法解决，则她们再嫁无可厚非。乾隆时期地方官汪辉祖即劝人不要过分要求寡妇守节。二是财产继承的问题——夫家贪财的企图。有学者指出，就算寡妇本身有心守节，但她丈夫的家人出于贪婪，觊觎她原可得到的遗产甚至初嫁时从娘家带来的嫁妆，很可能会逼她再嫁，使她丧失继承丈夫财产的权力，借机吞获财产以中饱私囊。这样的行为违背寡妇的初衷和意愿，其结果自然是不少寡妇不得已再醮，断送节妇之梦。《金瓶梅》中孟玉楼再嫁西门庆时，便与原夫家亲戚争夺财产大闹。这两个问题的解决都与寡妇的夫家密切相关，故当时一些有思想的官员多将保护青年寡妇的责任，责成于她夫家，认为其夫家有责任在物质和道义上全力支援寡妇，以成全她们守节的心愿。"陈宏谋就任江南时就大力鼓

---

① 参见余继登：《典故纪闻》，顾思点校，中华书局，1981年，第208页。
② 余继登：《典故纪闻》，顾思点校，中华书局，1981年，第208页。
③ 郎瑛：《七修类稿》，安越点校，文化艺术出版社，1998年，第176页。
④ 王士性：《广志绎》，吕景琳点校，中华书局，1981年，第109页。

吹家族应保护族内的青年寡妇。汪与陈两个著名官僚的意见反映出清代寡妇再婚的压力其实很大，而成全贞节这个道德理想的责任，不单在寡妇本身，也在她夫家的家族身上。"①

除本身的穷困或家庭的强迫之外，部分地区的寡妇再嫁还面临地方无赖使用各种卑劣手段以逼迫其改嫁的压力。② 研究者指出，大概从18世纪开始，在江南商业较繁荣的地区，如松江、太仓等地区，已出现有组织的无赖，他们一面用各种卑鄙手段包括散播奸淫等不实谣言以污寡妇名誉，使其无颜守节，或干脆用暴力劫孀等，以威逼或欺骗寡妇再嫁，一面向娶寡人家勒索巨额金钱作为酬佣，造成极为严重的后果：

> 更可怜者，孀妇寡居，柏舟自矢，强嫁之条，律有明禁，守节之妇，谁不矜持？惟此豪强，忍心害理，三五成群，此唱彼和，或揭□□秽言，或起无端挑逗，遂至强媒硬保，不能振节烈纲常，甚而威逼劫孀，奚敢论聘金多寡。更有拉□洒图规钱，愈出愈苛，不一而足。可怜娶妇之人，罄家揭债；再婚之妇，人去财空。惨至年齿相悬，富贫不等，悲风怨雨，自尽丧身者，又不知凡几！③

这些日渐普遍的情况使得康熙时代的地方官不得不立碑以禁止。④

另外，就影响清代贞节观念的社会因素而言，带有民间性质的清节堂的出现，是一个不容忽略的因素。清节堂又称恤嫠会，"嫠"字表明此是针对寡妇的组织，乃18世纪后期在江南地区出现的一种专门救济年轻寡妇的慈善组织。据日本学者夫马进研究，最早专门救济节妇的慈善组织始自乾隆时期，他指出，最早的清节堂构想见于清代扬州考证学者汪中在1773年给友人的一封信中，一年后这个构想在苏州得以大体实现。⑤ 随后

---

① 梁其姿：《施善与教化——明清时期的慈善组织》，北京师范大学出版社，2013年，第154页。
② 这方面的研究主要有日本学者夫马进。进入21世纪，中国也有学者关注，如王卫平：《清代江南地区社会问题研究：以逼醮、抢醮为例》，《史林》，2003年第3期，第105~109页。
③ 上海博物馆图书资料室：《上海碑刻资料选辑》，上海人民出版社，1980年，第449~450页。
④ 梁其姿：《施善与教化——明清时期的慈善组织》，北京师范大学出版社，2013年，第154页。
⑤ 夫马进：《清代の恤嫠会と清节堂》，《京都大学文学部研究纪要》，1991年第30期，第41~131页。

有学者梁其姿专门研究，据其统计，截至太平天国之乱爆发，在七十年左右的时间里，全国至少有 56 所清节堂，遍布苏、浙、湘、粤、闽、陕、川、黔、冀各省；其中江、浙两省共有 41 所，占了近四分之三。①

清节堂救济的标准是以道德的考量即是否符合贞节的标准为首要考察因素，其决定受济者优先性的主要标准是丧夫时的年龄小，而守寡的时间长；换言之，寡妇申请救济时年龄越小越有优先权，其贫穷与否反而退居次要因素。成立于 1785 年的丹徒恤嫠会的规条就明确将受济者分为四等，按寡妇的等级给予相应的救济金：最优先的是未婚夫已殁而誓死不嫁的所谓"贞女"，月可得一两；其次是 30 岁以前丧夫的寡妇，月得 350 钱；再次是 30 岁以上 40 岁以下丧夫的寡妇，月得 280 钱；最后是 40 岁以后丧夫的寡妇，月得 200 钱。同时只有贞女的养子，及 40 岁以前丧夫的寡妇的儿子才可以得到善会的资助入地方的义学读书。②清节堂还限定入堂寡妇之活动范围与社会交往。寡妇一旦入堂，不得无故出堂，如有不耐清苦或触犯规条而情节严重者，即令出堂，出堂后均不得再次入堂。

综上回顾，贞节观自先秦以来，总的趋势是日趋严格和强化，至明清时期而达巅峰状态，呈现了宗教化的特征。从一个原本属于道德伦理范畴并具有一定积极意义的观念，逐渐走向事物的反面，变成了一个束缚和压抑人的意识形态，甚至造成了一些不该出现的悲剧。不过这只是一个大致的认识，不免有对历史的"误读"。我们在考察古代贞节观时，需要注意几个特别重要而历代通行的问题。

一是上下阶层的差别。在探讨"三礼"所提出的种种原则规定时，还需要注意到中国古代"礼不下庶人"的特殊大背景。这种关于"夫死不嫁"的禁止性观念，主要是针对"士"及其以上阶层的妇女提出来的要求，普通的女子，一般而言只是受到这种观念的影响，而并不做特别要求。这种情形，不独中国古代为然，西方国家也有此一传统，贵族更讲究绅士风度，贵妇人也在各种礼仪上要求更为严格，贞节观念对上流社会人士的要求总要高一些，这是维持此一阶层特殊地位的外在标志。这虽然有

---

① 参见梁其姿：《施善与教化——明清时期的慈善组织》，北京师范大学出版社，2013 年，第 149 页。

② 参见梁其姿：《施善与教化——明清时期的慈善组织》，北京师范大学出版社，2013 年，第 151~152 页。

可能造成繁文缛节和矫揉造作，甚至某种程度上违背人性，但文明水准总要在伦理道德礼节等方面得到体现，上层人士自然要担负起更多的责任和义务。士大夫阶层作为国家精英，堪为礼仪表率，故而一些思想家对他们要求更高，如程颐弟子所问的"再娶皆不合礼否？"他对此作了区别回答："大夫以上无再娶礼。凡人为夫妇时，岂有一人先死，一人再娶，一人再嫁之约？只约终身夫妇也。但自大夫以下，有不得已再娶者，盖缘奉公姑，或主内事尔。如大夫以上，至诸侯天子，自有嫔妃可以供祀礼，所以不许再娶也。"[1] 再清楚不过地表明了上下层人士的礼教差异。

二是同一阶层男女的问题。如果从一个较大的角度来看，放眼整个礼教、家长制和家族组织日趋严密的事实现状，妇女问题只是这个大趋势的一个环节而已，并非独立于此的社会问题。同样道理，在考察社会地位较低下的女性如婢女、侍女时，也必须同时考察地位相同的男性如奴仆、人力，才能通过比较而得到平衡的看法。比如，虽然说宋代的居家礼法愈趋严密，但也是同时针对两性，并非专对女性，例如袁采在《袁氏世范》卷一《父兄不可辨曲直》就曾说道："子之于父，弟之于兄，犹卒伍之于将帅，胥吏之于官曹，奴婢之于雇主。"[2] 言外之意很明显，面对家长权威的提升，后辈或低辈的男性与女性一样，都要受更大的约束，只是形式不同，本质是没什么不一样的。对于女性而言，又不止于夫妻之义，而是整套的"三从四德"。程颐呼吁寡妇守节，虽显严苛，而对娶寡的男子也责以"若取（娶）失节者以配身，是己失节也"[3]。遑论早在千年以前，秦始皇嬴政就明确提出"夫为寄豭，杀之无罪"。

三是要关注女子的代理地位、权力以及古代男权社会下女子处境的实际利益。中国古代妇女的地位和权力总体上固然要低于男性，但并不意味着她们毫无权力，在家庭生活中完全丧失主动。事实上，她们也在相当程度上行使自身的权力。首先作为上下辈，母亲对子女就拥有极高的权威，此无论是在上流阶层，还是在中小之户，大体皆是如此。父亲在时，母亲的意见往往通过父亲代理表现，父死母在，则母亲的意见更是必须认真倾

---

[1] 程颢、程颐：《二程集》，王孝鱼点校，中华书局，1981年，第303页。
[2] 袁采：《袁氏世范》，刘云军校注，商务印书馆，2017年，第12页。
[3] 程颢、程颐：《二程集》，王孝鱼点校，中华书局，1981年，第301页。

听和接纳，否则便有忤逆之嫌。就夫妻而言，虽然原则上"外言不入于阃，内言不出于阃"(《礼记·曲礼》)，但在实际家庭生活中，并非绝大多数妇女都能恪守所谓的妇道，遵从"三从四德"，相反，"外言入于阃，内言出于阃"的例子甚多，特别是一些聪慧精明的妇女，丈夫往往对其言听计从，而一些泼悍之妇，则更是操控和驾驭了丈夫及其公婆。"如果女人善用伎俩，她可以用多种手段控制男人：她可以用言行使男人蒙羞；用计谋陷害她的女性对手，以博取丈夫的注意；她也可以从长计议，在孩子束发成年之前操纵他。"① 甚至，她"只要溺爱或骄纵子孙，他们就会变成违父命、破家财的浪荡子。"② 这在明清通俗小说如"三言二拍"和《型世言》《姑妄言》《歧路灯》《醒世姻缘传》中多有反映。即使是贤淑的女人，也可以不满足于只做待字闺中只识针黹的淑女，她们也可以像男儿一样建功立业，留名青史，如她们可以女扮男装，参加科举考试赢得功名，也可以苦练武术成为侠女替天行道，还可以在深闺中研修儒学典籍，学习吟诗作赋，刊刻自己的诗文集，这在明清小说中的例子也比比皆是，而在现实中也不乏此类女性。只不过这些情形大多需要通过性别的代理，方能更好地实现目的。

第四节 明前小说贞节观书写及其特色

一、唐传奇的贞节观书写

中国古代小说源远流长，贞节观念在其中多有表现。最早涉及女性贞节观的小说，要数晋代张华所作的《博物志》，上记载有"守宫砂"一则，以判断女子是不是处女。明前小说除宋元话本主要是白话小说之外，六朝笔记、唐代传奇、宋代文言小说都属与通俗白话小说相对的文言小说。并且，对于六朝笔记，我们还需要特别注意它是作为史书的性质来书写的。

---

① 马克梦：《吝啬鬼、泼妇、一夫多妻者：十八世纪中国小说中的性与男女关系》，王维东、杨彩霞译，人民文学出版社，2001年，第14页。
② 马克梦：《吝啬鬼、泼妇、一夫多妻者：十八世纪中国小说中的性与男女关系》，王维东、杨彩霞译，人民文学出版社，2001年，第14页。

鉴于朝代的丰富性可以更好地考察贞节观念的历代俗世嬗变情况，我们择要对明清通俗小说影响较大的唐宋传奇和宋元话本做一简单的回顾与分析。

胡应麟在《少室山房笔丛》中曾经赞赏唐传奇曰："至唐人乃作意好奇，假小说以寄笔端。"[1] 确实，相对六朝笔记小说，唐传奇摆脱实录，力主虚构，情节曲折动人。其中不少爱情故事都令人唏嘘，这些故事多少体现了当时的贞节观念。如元稹的《莺莺传》中，崔莺莺和张生两情相悦而私通约会，及二人尤云殢雨之后，张生却认为莺莺是必妖于人的尤物，弃之不理，后两人都各自婚娶他人。不过，当时人们对此并不以为怪，这从传奇结尾张生的朋友对他的赞扬可以看出。从二人后各自婚娶他人而无障碍，可见唐人的贞节观念还是比较淡薄的，对待这种男女风流韵事颇以平常视之。陈寅恪对此有较为深入的分析：

> 元稹莺莺传，即世称为会真记者也。会真记之名由于传中张生所赋及元稹所续之会真诗。其实"会真"一名词，亦当时习用之语……兹所欲言者，仅为"会真"之名究是何义一端而已。庄子称关尹老聃为博大真人，（天下篇语。）后来因有真诰真经诸名。故真字即与仙字同义，而"会真"即遇仙成游仙之谓也。又六朝人已侈谈仙女杜兰香萼绿华之世缘，流传至于唐代，仙（女性）之一名，遂多用作妖艳妇人，或风流放诞之女道士之代称，亦竟有以之目倡伎者。[2]

沈既济的《任氏传》所写虽是人狐之恋，却塑造了一个绝美佳人而忠贞于情的感人形象。贫士郑六在长安遇貌美白衣女子任氏，一见钟情，酣饮极欢，夜久同寝。后得知任氏乃狐精所化，仍不畏异类与之相爱。韦崟见任氏貌美无匹，为之发狂而施暴以图交合。任氏拼死抵抗，终不失节，以情义折服韦崟，赢得其极大尊重。后任氏随郑六远行就职，不幸途中被犬咬死。在篇末，沈既济感慨道："嗟乎，异物之情也有人道焉！遇暴不失节，徇人以至死，虽今妇人，有不如者矣。"[3] 任氏为爱情守节抗暴的

---

[1] 胡应麟：《少室山房笔丛》，中华书局，1958年，第486页。
[2] 陈寅恪：《元白诗笺证稿》，生活·读书·新知三联书店，2001年，第110~111页。
[3] 《全唐五代小说：第2册》，李时人编校，何满子审定，詹绪左覆校，中华书局，2014年，第672页。

情节是感人的。但她轻易与郑生未婚先合这一方面反映了当时的贞节观念当不至于太重，以狐精来代替现实中的美女这一方面，也表明作者考虑到贞节观念对现实情感的束缚，以狐精所化之女子为贞情之对象，更方便曲折刻画而不受礼法之缚。程国赋指出："人与鬼魂、动、植物怪魅（女性）恋爱的小说，其中大多数篇章都是对现实中文士与妓女交往、恋爱的间接反映；另一方面，正因为这类女性并非人类，而是'异类'，所以受儒家礼法的约束比现实女性更少，她们可以更自由、更大胆地追求幸福、美满的爱情以及婚姻生活。"[1]吊诡的是，任氏另一方面却又因顽拒韦崟觉得对不住韦崟，便主动当了掮客，给他介绍了很多姑娘，韦崟"数月厌罢"，任氏又给他介绍新的。从今天的角度来看，这似乎匪夷所思，不过在唐人（尤其是男性）眼里，任氏这样做，却是最为善解人意的女子了。

《霍小玉传》中貌美重情的霍小玉出身贵族，却不幸沦落娼门。与才子李益会面后，两人一见钟情。李益情浓之际，对小玉动情发誓："粉骨碎身，誓不相舍。"可是当李益登科得官后，便忘记昔日誓言，狠心抛弃了美丽痴情的霍小玉，小玉却苦苦等待，拒不接客。小玉曾预知自己未来毫无希望，只提出要与李益共度八年时光，希望"一生欢爱，愿毕此期"，之后李益再另选高门，自己则出家为尼。然而，这近乎乞求的可怜要求，也因李益"另择高第"而遭到无情拒绝，导致霍小玉伤心过度悲惨死去。蒋防在小说中对霍小玉寄予了极大的同情，明显批判了李益的薄幸负心，并在文末让李益猜疑成病，小玉鬼魂终于得以报冤。李益的负心与小玉的痴情形成了鲜明的对照。

从上述唐传奇的几部名篇可见，唐人并不看重女子婚前贞操，对失身另嫁者也不另眼相看，这多少受到唐代宗室的胡人血统的种族之风的影响。而男子可以随意去找妓女，且在小说中成为风尚，也可见男子的贞节态度。

二、宋元话本的贞节观念

宋元话本小说很多以男女情爱为叙事题材。一般以为属于肯定青年男女对于爱情的渴望与追求，反映婚姻的不自由和性压抑的宋话本名篇《碾

---

[1] 程国赋：《唐五代小说的文化阐释》，人民文学出版社，2002年，第158页。

玉观音》《志诚张主管》《冯玉梅团圆》实际并非宋话本，《冯玉梅团圆》实为明代小说。①《碾玉观音》《志诚张主管》至多是元代小说，此处也将其置于宋元话本的大范围内来讨论。《闹樊楼多情周胜仙》②《白娘子永镇雷峰塔》等亦是如此。《醒世恒言》第十四卷《闹樊楼多情周胜仙》里，周胜仙与范二郎一见钟情，幸福结合，却被胜仙父亲无情拆散，她一气而死，后因盗墓贼盗墓惊醒被救。为见情郎，她不惜求助并委身于盗墓贼，找到机会后逃脱，阴差阳错被当作鬼挨打送命。可是她记挂着情郎，做鬼也要与之相会。《风月瑞仙亭》描写寡妇卓文君为追求爱情与司马相如私奔的故事。文君十七岁便守寡，不因自己身为寡妇而耻于再嫁，相如亦不嫌弃文君非处女之身。而文君之父卓王孙之所以反对二人婚姻，也只是因为相如的出身低微、家境困窘，绝非什么"妇无再适之文"。其他如《张生彩鸾灯传》叙张舜美与刘素香的恋爱情事，《白娘子永镇雷峰塔》叙许仙与白娘子的爱情故事，《宿香亭张浩遇莺莺》写才子张浩与邻女李莺莺的爱情，歌颂真挚的爱情，而不拘泥于守身如玉的贞节观，彰显自然本真的性情，皆与程朱理学所倡"饿死事极小，失节事极大"的贞节观念相违背，体现了俗世下层百姓的实际生活和爱情追求。《碾玉观音》中的璩秀秀貌美聪慧，因家贫被父亲献入王府作养娘，身份卑贱，毫无自由。秀秀在看上碾玉匠崔宁后，自择爱人，自主婚配，等于给郡王戴上绿帽，最后

---

① 这三篇宋元话本小说俱载于1915年烟画东堂小品本《京本通俗小说》写本残卷，据发现者缪荃孙自谓原书影元话本所写，自1915年该书刊版以来，多数研究者同意缪荃孙在跋语中所云原书是"影元写本"，这几篇话本后被《三言》改题收录。但亦有不少研究者对此有疑问，如郑振铎、孙楷第、李家瑞和胡士莹等学者不信该书是"影元写本"，但不认为它是伪书，而是明人所编。另有日本学者长泽规矩也、马幼垣和马泰来兄弟等人辨其为伪书，当代研究者苏兴亦力辨《京本通俗小说》为缪氏作伪之产物，详见《〈京本通俗小说〉辨疑》，《文物》，1978年第3期。从小说文本来看，这几篇话本小说叙事宛转，语言通俗，不类《清平山堂话本》所收之话本小说，故从后者。孙楷第根据含有明人瞿佑所作的"帘卷水西楼"一词，证明《冯玉梅团圆》一篇，即《警世通言》卷十二的《范鳅儿双镜重圆》，明言其为明朝的作品，发表于1951年《中国短篇白话小说的发展》，后收入《沧州集》。章培恒明确《碾玉观音》《菩萨蛮》《西山一窟鬼》《志诚张主管》《错斩崔宁》和《京本通俗小说》提及而未收的《定州三怪》，皆非宋话本，"所以，今天所见话本，实没有一种是货真价实的宋话本，至少已经过元人的增润。"见章培恒《关于现存的所谓"宋话本"》，《上海大学学报（社会科学版）》，1996年第1期。因此，根据学术界的研究确定为明代小说的《冯玉梅团圆》（实为《警世通言》卷十二的《范鳅儿双镜重圆》），放在本书第二章第四节中论述，而其他未有定论的所谓宋话本，暂放在本节中论述。

② 故事源出宋代文言笔记小说廉布《清尊录》，后被改写成话本小说，作者不详，冯梦龙收入《醒世恒言》。

被捉回悲惨打死。市井细民女子,渴望爱情与自由,妇女的贞节观念无法拴住她渴求真挚自由的爱情与婚姻的心灵,为爱情和自由殉身,亦无怨无悔。《陈巡检梅岭失妻记》叙述陈巡检携娇妻张如春赴广东上任,途中貌美似玉的如春不幸被齐天大圣手下的一只白猿盯上,利用法术将其摄去,经过三年的折磨,得到紫阳真人解救,将白猿慑服,夫妻得以重圆。但是,陈巡检并没有因为妻子"失节于禽兽",而休了妻子或歧视妻子,也体现了人性的进步。

《柳耆卿诗酒玩江楼记》中,身为县宰的柳永调戏妓女月仙,月仙拒绝而去。后柳永设计舟子强奸月仙,月仙遭到侮辱后怅吟一首诗,柳永借此诗表明自己知道此事,趁机占有月仙。周月仙虽为妓女,遭辱后羞愧不已,害怕人言,贞节观念对其影响不可谓不大,但因顾虑柳永张扬而被迫委身于他,此又不能以贞节观来考量。通常,保住了肉体贞节,便也获得了名誉,二位是一体的,而月仙是希望通过失去身体的贞节而保全名誉。这说到底还是对被人强奸之辱意识的强烈反向表现,这种心理在现代人身上又何尝完全消失呢?

宋元话本与唐传奇对男女贞节观念的认识差异,与它们作者的身份密切相关。与唐传奇相比,宋元话本小说的作者和小说人物身份都有了重大变化。唐传奇的作者大都是进士出身的上层文人,如《柳氏传》作者许尧佐是德宗朝进士,《南柯太守传》《谢小娥传》作者李公佐亦举进士,《李娃传》作者白行简(白居易的弟弟)于元和二年(807年)登进士第,《莺莺传》作者元稹则进士后官至尚书左丞,而《枕中记》作者沈既济也官至礼部员外郎。这些士大夫阶层的上流文人,他们的人生阅历、才学志趣和情感向度,决定了他们关注的角度和对象自然与其生活密切相关,故小说主角也多为达官显贵、豪门公子、科举士子、教坊名妓和豪士侠客等。作家常将故事附会于名门望族之人,如《离魂记》的主人公是太原王宙,《霍小玉传》的主人公是陇西李益,《李娃传》的主人公是荥阳郑生,《莺莺传》的主人公是崔莺莺,《枕中记》的主人公是卢生等。众所周知,崔、卢、李、郑、王等都是唐时的大姓。据程国赋统计,在汪辟疆《唐人小说》收录的六十八篇作品中,"作品人物用大姓作为姓氏的就有四十三篇，占全书总篇的百分之六十三"①。而宋元话本的编写者与说唱者，多为卖艺文人、落第书生，故事的主角也多转为下层官吏、工匠商贩、风尘女子、僧人道士、三姑六婆和无业游民等。《东京梦华录》《梦粱录》《武林旧事》记载的宋代艺人张山人、张本、酒李郎、故衣毛二、张黑踢等，多为下层百姓，故而对于婚姻、门第、女性等问题的看法必然不同。宋代女子表现出极为强烈的个性精神风貌：大胆热烈、真诚坦率、泼辣执着，凸显了一个个敢爱敢恨的女性形象，这在以往的爱情小说如《莺莺传》《霍小玉传》中是极为罕见的。究其实，这是与宋代市民阶层的兴起密切相关的。②

唐传奇和宋元话本当中的女性形象总体上可分为两类：一类是未嫁的年轻女子，待字闺中，她们对爱情婚姻充满向往；一类是豪门深宅里的女子，有姬妾、女仆、家妓和养娘等，她们的地位是相对卑贱的，行止是不自由的。唐传奇和宋元话本中没有正妻的角色，自然她们的形象和贞节观念是无法凸显出来的。而这一点，在明清通俗小说中却得到了大量而曲尽其微的表现。

---

① 程国赋：《唐五代小说的文化阐释》，人民文学出版社，2002年，第44页。
② 参见谢桃坊：《中国白话小说的发展与市民文学的关系》，《明清小说研究》，1988年第3期，第15页。

第二章 贞节观书写在明代通俗小说中的集中表现

贞节观念在明代逐渐达到一个宗教化的程度，在通俗小说中自然也有大量而集中的表现，这一方面是主流意识形态的重视，一方面也是缘于明代通俗小说的数量之众。当然，这种关注和表现既有正面的，也有反面的，两者共同书写了明代多视角的真实贞节观念。

拥有了婚姻和正常家庭生活之后的女子，在各种人性的煎熬和诱惑之下，她们是如何上演与贞节有关的故事。这些故事因其更加深入地表现了人性的深幽与复杂，因而更值得我们倾听。

第一节 明代的思潮环境与通俗小说贞节观书写的繁密

明代是我国历史上一个专制集权高度强化达到巅峰的时代，士大夫精神气质和社会生活风气方面都出现了重大转变。士大夫气质上，受明代专制集权高度强化的影响，出现了严重的精神萎缩。余英时指出，宋代士大夫那种士不可以不弘毅的远大志向，与君王共治天下的道统精神，"先天下之忧而忧，后天下之乐而乐"的忧国忧民情怀，合而言之，即张载的那段名言"为天地立心，为生民立命，为往圣继绝学，为万世开太平"，堪为两宋士大夫的生动写照。① 这源于宋太祖的"祖宗之法"——大臣和言事官不可杀等，对士大夫礼遇和宽大为怀的良性作用。经过元代儒生"九

---

① 余英时：《朱熹的历史世界：宋代士大夫政治文化的研究》，生活·读书·新知三联书店，2004年，总序第3页。

儒十丐"的洗礼，特别是明太祖朱元璋及其后嗣所采取的廷杖、诏狱以及其他肉刑，双重摧残之后，士大夫已经变得非常脆弱和委顿，不复往昔的恢宏舒展，再也发不出张载这种高迈闳深的大儒之音了。嘉靖皇帝时的大礼议之争，更使得君臣之间的仇怨之气弥漫朝廷。此后，取而代之的是明代士大夫常现的戾气——这是遭强烈压制摧残后所反弹的有悖人性的情绪。赵园指出："明代的政治暴虐，非但培养了士人的坚忍，而且培养了他们对残酷的欣赏态度，助成了他们极端的道德主义，鼓励了他们以'酷'（包括自虐）为道德的自我完成——畸形政治下的病态激情。"[1] 这种戾气，虽起因于他者的摧残与羞辱，但本质上是一种自虐倾向，是士大夫群体的自虐。它发展成为一种对自我的高自标置，从道德伦理到身体实践，不允许自己犯一点政治和道德上的小错，否则就会以极端措施来自我惩罚，甚至是以极其冷酷的态度对待生命。然而，对赴死与自裁的赞美与表彰其实构成了某种道德暴力，"薄俸鼓励'贪墨'，也鼓励极端化的'砥砺节操'。士以'苦节'作为对虐待的回应，'士论''民誉'则有效地参与了这一塑造'士'的工程"[2]。鼓励轻生与鼓励奇节相为表里，同时常对自我心灵做检讨，发展为明末清初的一种极为深刻的道德严格主义，这种道德严格主义者，有不少还是持自然人性论的。[3] 刘宗周通过《人谱》这种类似日记的方式每日进行自我省察，曾子的"吾日三省吾身"，在这里变成了自我心灵的严格检讨，进一步发展为对同道群体的严酷要求，这种道德将南宋程颐的伦理苛酷主义进一步强化，极其不近人情，但成为一时风气。此一风气所被，自然波及对女子的道德要求。明清贞节观念的极端强化，与这种"戾气"难脱干系。"至于遗民的'苦节'，甚至在形式上都与节妇烈女如出一辙，其自虐且竟为'不情'极其相像：有关'节操'表达式的匮乏……遗民中更有自戕以祈死者。"[4] "自虐而为人所激赏的自然还有节妇烈女，亦乱世不可或缺的角色。本来，苦节而不死的贞妇也是一种'遗民'，其夫所'遗'，倒不为乱世、末世所特有，也证明了女性生

---

[1] 赵园：《明清之际士大夫研究》，北京大学出版社，1999年，第10页。
[2] 赵园：《明清之际士大夫研究》，北京大学出版社，1999年，第10页。
[3] 参见王汎森：《晚明清初思想十论》，复旦大学出版社，2004年，第90～106，117～186页。
[4] 赵园：《明清之际士大夫研究》，北京大学出版社，1999年，第13页。

存的特殊艰难。失节者则另有其自虐。读吴伟业文集，你不难感知那自审的严酷，与自我救赎的艰难。这一种罪与罚，也令人想到宗教情景。"①处"酷"固属不得不然，但将处酷的经验普遍化（即合理化），不可避免地会导致道德严格主义。而明清时代的贞节观念之所以走向宗教化，与这种时代病恐怕不无关系。一方面，妇女节烈与忠臣节烈恰好成为君臣纲常共同需要的精神同构体，乃一体之两面，共同参与建构了社会主流意识形态的大方向。就实质而言，这不过"忠臣不事二君，烈女不更二夫"的极端化重塑而已。另一方面，这种由苛虐之政转化而来的自我施虐甚至以获得某种"蓄意自惩"式的"苦节"，也成为女子在贞节方面效仿的潜在对象。

从经济上来看，明代是一个商品经济比较发达的时代，特别是中晚明以后，随着工商业的兴起，城市经济极度繁荣，特别是江南一带的城市，俨然形成了经济带，对周边的经济产生了巨大的辐射，如江南省的南京、苏州、松江等地，浙江的杭州、嘉兴和湖州等地，出现了不少家庭作坊，其中丝织贸易尤为发达。这种与以前朝代显著不同的商业资本的发达，被现代不少学者视为"资本主义萌芽"②。商业贸易的发达，应商品互通有无之需，客观上增加了商人在地域的流动性，长期外出经商对传统的贞节观念构成极大的考验。由于传统社会对男子礼法舆论束缚相对较少，男子在外大多可以有某些艳遇，甚至去妓院、私窠放松，而女子在家则往往苦守寂寞，贞节观念不强、意志不够坚定者，往往禁不起各种诱惑而出轨，特别是一些颇有姿容的女子所受诱惑更多，而出轨比例也相对更高，这在"三言""二拍"等小说中有充分的描写。对男子而言，长期在外，也会形成某种焦虑感，他们对家中妻子抱有隐忧，这种忧虑加强了作为舆论主要操控者的男性在贞节观念上的鼓吹，成为明代贞节观念强化的重要原因之一。

明代还出现了不少海外活动，带有政治意义的海外探险，如郑成功等人巡游西洋，为追求财富而驾船出使周边国家，异域风俗人情、异国奇珍

---

① 赵园：《明清之际士大夫研究》，北京大学出版社，1999年，第14页。
② 较早提出这一论断的是傅衣凌，详参傅衣凌：《明清社会经济史论文集》，中华书局，2008年。这种观点近年来遇到不少反对者的商榷和批评，认为这是将西方的理论强加在中国古代社会，实际不合之处甚多。

物产在笔记和小说中都有大量表现，尤其是朝鲜、日本、安南、暹罗这几个国家，"二拍"就是刻画描摹此一盛况的显著文本。当然，异域风情的表现里面饱含了对异国的想象①。经常漂流海外，缺少异性相伴，男子的同性恋倾向严重，闽、粤、苏、浙等地尤其是福建的南风（即男风）之盛，与其沿海而有较多海事商业活动有密切关系，这一点在晚明以来的不少小说中都有详细刻画，如《闽都别记》《野叟曝言》。

商业经济的蓬勃发展带来了社会的繁荣，同时刺激了人欲的升级，对财富的追求，道德败坏，人心堕落，较之明代前期特别是太祖时期的"淳朴"之世，这种趋势似乎无可挽回。人心不古，贪婪无耻之行，迭相出现。如《醒世姻缘传》第二十六回中，说到山东绣江明水镇，太祖时期淳朴：

> 若依了数十年先，或者不敢比得唐虞，断亦不亚西周的风景。不料那些前辈的老成渐渐的死去，那些忠厚遗风渐渐的浇漓，那些浮薄轻儇的子弟渐渐生将出来，那些刻薄没良心的事体渐渐行将开去，习染成风，惯行成性，那还似旧日的半分明水！②

那有势力的人家盘剥别人家产之卑劣无耻之行，更是让人触目惊心：

> 又有那一等，不是败子，家里或是有所精致书房，或是有甚亭榭花园，或是有好庄院地土，那人又不肯卖，这人又要垂涎他的，只得与他结了儿女婚姻，就中取事。取得来便罢，取不来便纠合了外人发他阴事。家鬼弄那家神，钩他一个罄净！若是有饭吃的人家，只有一个女儿，没有儿子的，也不与他论甚么辈数，也不与他论甚么高低，必定硬要把儿子与他做了女婿，好图骗他的家私。甚至于丈人也还有子，只是那舅子有些脓包，丈人死了，把丈人的家事抬个丝毫不剩，连那舅子的媳妇都明明白白的夺来做了妾的。得做就做，得为就为，不管甚么是同类，也不晓得甚么叫是至亲！③

社会观念和思想的解放，也带来性的解放和贞节观念的松动，晚明纵

---

① 参见刘勇强：《明清小说中的涉外描写与异国想象》，《文学遗产》，2006年第4期，第133~143页。
② 西周生：《葛受之批评醒世姻缘传》，翟冰校点，齐鲁书社，1994年，第343页。
③ 西周生：《葛受之批评醒世姻缘传》，翟冰校点，齐鲁书社，1994年，第344页。

欲之风的兴盛，似与此不无关系。具体来说，商业经济的发展极大地刺激了世人"好色好货"的欲望，形成了"人情以放荡为快，世风以侈靡相高"①的社会习尚，反对禁欲主义的个性解放思潮因此被激荡而起。当时有相当一部分思想家公开宣扬人的先天欲望的合理性，反对对人的情感和欲望的禁锢和压抑。如思想家李贽就极力肯定"好色""好货"，说这些都是人的自然需要，无可非议，甚至高调宣扬，只要明心见性，成佛证圣，哪怕一日受千金也不为贪，一夜御百女亦不为淫。杨启元也有如出一辙的说法：日受千金不为贪，月奸百女不为淫，一了此心，万迹不论。我们看到这些似乎夸张的话，很容易想起《金瓶梅》里西门庆的那段气焰嚣张的话："咱只消尽这家私广为善事，就使强奸了嫦娥，和奸了织女，拐了许飞琼，盗了西王母的女儿，也不减我泼天富贵！"②著名文人袁宏道也公开宣布"好色"为人生乐事，还怀疑世上有不好色的男人："夫世果有不好色之人哉？若果有不好色之人，尼父亦不必借之以明不欺矣。"③他广被引用的所谓"五真乐论"，其中"第一快活"也是最重要的快乐，便是"目极世间之色，耳极世间之声，身极世间之鲜，口极世间之谭"④，并声称有此一快活，便"生可无愧，死可不朽矣"⑤。乃晚明感官享乐主义的典型。在晚明，文人士大夫是如此公然地沉迷于欲望，如此渴望以各种方式体验欲望，如此热衷于谈论他们的相关体验。

晚明的纵欲之风，表现在各个方面。由于商品经济的发达和江南手工作坊的成功，晚明在东南一带出现了一股奢侈华靡的消费攀比之风和纵情声色的淫靡之风，并渐渐辐射至全国。对金钱和美色的追逐，影响了晚明整个社会。二者的共同特征则是享乐纵欲，二者间也有一定的因果关系。前者导致人心浮夸而狡黠，后者导致人欲横流而不止。甚至连婚姻也论财，娶媳嫁女都互相攀比，这在明清的文人笔记和通俗小说中有大量反映，"婚姻论财，夷虏之道"之类的讽刺批判不绝如缕。

明代的士大夫中，渔色之风颇为盛行，甚至有的人已年过八十，还在

---

① 张瀚：《松窗梦语》，盛冬铃点校，中华书局，1985年，第139页。
② 兰陵笑笑生：《金瓶梅词话》（梦梅馆校本），梅节校订，里仁书局，2013年，第882页。
③ 袁宏道：《袁宏道集笺校》，钱伯城笺校，上海古籍出版社，2008年，第444页。
④ 袁宏道：《袁宏道集笺校》，钱伯城笺校，上海古籍出版社，2008年，第205页。
⑤ 袁宏道：《袁宏道集笺校》，钱伯城笺校，上海古籍出版社，2008年，第206页。

渔色宣淫，作少年伎俩。晚明南宗代表人物董其昌就是"老而渔色"，专聚年轻女子讲房中之术。与之形成有趣对照的是，他也认为《金瓶梅》之类的书不应流行世间。又如山西阳城人、吏部尚书王国光，善房中之术，老而不衰，致仕家居时，已年过七十，仍御女如少壮时。阳城白好礼之妻李氏乃国色天香，王垂涎已久，万历十八年（1590年），闻言白病亡，已年过八十的他，就托诸生为媒以图娶其为妾，一再威逼利诱，以致誓不再嫁的李氏以刀自刎，成为轰动一时的奇闻。[①]

对美色的追逐导致的后果尤为严重，纵欲的结果就是灾难性的病症出现。明弘治末年（1488—1505年），性病梅毒等恶疾开始在广东出现，并大体上沿着自南而北的路线流行传染，至于正德年间（1506—1511年）始盛。[②]"至清初，著名学者朱之瑜到了日本以后，就专门向日本人介绍了'杨梅疮'这种性病，说明自明末以后，此病在中国已相当流行。"[③] 晚明著名文人屠隆便是中国历史上第一位有明确记载死于性病的文人。李开先也因嫖妓染上疥疮，并过给了妻子。[④]

在晚明，从士大夫到市井细民，又形成了一股好男风或好娈童之风，如北京的小唱、福建的"契兄""契弟"皆盛极一时。有此嗜好的著名人物有朱文石、孙雪居、陆咸斋、顾君实、臧懋循等。夏敬渠在《野叟曝言》中曾描写福建集会中的屁眼大会，《闽都别记》更是详尽地描写了闽地上至皇帝，下至生民百姓、伶优戏子的各色同性恋故事。尤其是一些士人，为官得志，利用强势广泛罗致娈童，或者钟情英俊少年，或捧美貌戏子。此风起初盛于江南，后来延及中原。在福建和苏松一带，普通人家生有俊美男童，则视为珍宝，待价而沽，如李渔《无声戏》中的尤瑞郎和曹去晶《姑妄言》里面的昆山少男嬴阳，都享受了父母的这种优待，用"后庭"为父母争光。苏州一带男风最盛，甚至有开铺者。以男色开铺，犹如青楼一般，都是出卖色相和肉体，区别只在"前""后"之异。往往男铺与青楼隔街相望，为招揽生意而相互争胜，这在晚明小说家邓志谟的争奇体小说《童婉争奇》中有详细而诙谐的描写。这些都是晚明男色之风的一

---

① 参见《明代笔记小说大观》，上海古籍出版社，2005年，第2209页。
② 参见陈宝良：《明代社会生活史》，中国社会科学出版社，2004年，第436~437页。
③ 陈宝良：《明代社会生活史》，中国社会科学出版社，2004年，第437页。
④ 李开先：《李开先全集（修订本）》，卜键笺校，上海古籍出版社，2014年，第866页。

大特点。有些人由于过分追求龙阳之好，以致"艰于举子"，连子嗣都成问题。过于纵情男色和纵情女色，其结果往往都是悲惨的，这是晚明为祛除礼教压抑过度解放人性而纵欲的可悲负面结果。晚明的以上情形，显示了贞节观念与纵欲之风深刻对立却又相互同构，昭示了抛撇贞节之念，以纵欲为乐，奉淫乱为法的可怕后果。

　　在此情形下，房中术悄然勃兴，社会淫靡风气大开。自明代中叶以后，时代风气日趋淫靡，朝野上下竞谈房术性事，很多人是"闻以道德方正之事，则以为无味而置之不道；闻以淫纵破义之事，则投袂而起，喜谈传诵而已"①。甚至在两性关系上，"淫靡之事，出以风韵，习俗之恶，愈出愈奇"②。在这种趋势下，"天下之人恣睢横肆，不复自安于规矩绳墨之内"③。可以想见，这些思想风气会对人们的贞节观念造成何等严重的影响。

　　从时代环境来看，明代激进的人文思潮与此息息相通。当时不少有影响的思想家、文人都说过一些激进而代表时代呼声的话。李贽《藏书》卷三十七《司马相如传》，即对卓文君私奔相如一事大为赞赏，说："使当其时，卓氏如孟光，必请于王孙，吾知王孙必不听也。嗟夫，斗筲小人，何足计事？徒失佳偶，空负良缘，不如早自抉择，忍小耻而就大计。"④视"私奔"为"小耻"，而将"良缘""佳偶"当作大事，其见识不可谓不大胆，不可谓不通达，不啻晚明思潮之春雷！稍后谭元春也对文君和相如这种偷情、私奔的现象表现出相当的宽容、同情和肯定，他说："古今多少才子佳人被愚拗父母板住，不能成对，赍情而死……文君奔相如，是上上妙策。"⑤冯梦龙则提出"情教说"，在《情史》序中说自己"少负情痴"，并自号"多情欢喜如来"，因而"择取古今情事之美者，各著小传，使人知情之可久，于是乎无情化有，私情化公，庶乡国天下，蔼然以情相与，于浇俗冀有更焉"⑥。他在《叙山歌》里说自己创作《山歌》等民歌时调，

---

① 郭英德：《痴情与幻梦——明清文学随想录》，生活·读书·新知三联书店，1992年，第89页。
② 张岱：《陶庵梦忆　西湖梦寻》，马兴荣点校，上海古籍出版社，1982年，第57页。
③ 陆陇其：《陆陇其集》，王群栗点校，浙江古籍出版社，2018年，第25页。
④ 李贽：《藏书》，中华书局，1959年，第626页。
⑤ 《香艳丛书》，国学扶轮社，1909年，第1页。
⑥ 冯梦龙：《情史》，浙江古籍出版社，2011年，序第1页。

目的也是"借男女之真情，发名教之伪药"①。在这种思潮影响下，从情到欲，以欲激情，成为艺术家所热衷表现的主题。对"情"的极大张扬，成为晚明文艺的一大特征，汤显祖在《牡丹亭》序中写下了千古断肠句："情不知所起，一往而深。生者可以死，死可以生。生而不可与死，死而不可复生者，皆非情之至也。"②这些论调与晚明拟话本小说③中李莺莺、施蓉娘、陈府尹、高太守等人的话真是如出一辙，这说明反对传统礼法包括贞节观念对女性的过分束缚，要求给予女性一定的婚恋自由空间，不仅是女性的呼求、作者的呼声，同时也是时代的强音。

考察晚明的这种双向发展的思潮，一面极端重情，一面极端纵欲，情与欲这两个本来有明显分野的词汇，在这里变得含混不清，出现了严重的混含与分裂。本来情虽然也包括形而下的成分，情欲一词便体现了这一趋向，但它毕竟多指精神情感方面的意涵，而欲则更多包含肉体感官方面的意蕴。二者大体可以用灵与肉这一组近义词来置换。以写《牡丹亭》高扬"生者可以死，死可以生"之"情"的汤显祖，却在其好友屠隆纵欲而染性病后，赠送了他包含十首绝句的组诗，题为《长卿苦情寄之疡，筋骨段坏，号痛不可忍，教令阖舍念观世音稍定，戏寄十绝》，用戏谑的口吻为其开解，同时表达了一点羡慕之情。正因为这些灾难性的纵欲后果，因此晚明的欲望解放总是与对欲望的深刻焦虑相伴随。屠隆对欲的理解是从人们对它的态度立论的，他宣称男女之欲出自人的本性，因而是无法克制的，就是羽化登仙，也逃脱不了男女之欲："根之所在，难去若此，即圣人不能离欲，亦澹之而已。离则佛，淡则圣，抑而寡之则贤，纵而宣之则凡。"④区别仅在其淡化的态度而已。

有明二百余年，其实早中晚三期的世风、士风相差甚大。明初几十年是后代文人颇为倾慕的一个时代，学者、小说家等的笔记小说甚至是《四

---

① 冯梦龙：《挂枝儿　山歌　夹竹桃：民歌三种》，北京联合出版公司，2018年，第111页。
② 汤显祖：《牡丹亭》，徐朔方、杨笑梅校注，人民文学出版社，1963年，作者题词页。
③ 鲁迅等人多使用"拟话本"这一概念，事实上这是建立在话本是"说书人的底本"这一概念基础之上的，而这种定义其实是有问题的，遭到日本学者增田涉等人的质疑和反驳，傅承洲则提出以"文人话本"来取代"拟话本"，揆诸话本的文本实际，话本应是故事之意。笔者基本同意他们的观点，但本文仍采用传统的说法，以便于学术交流。
④ 屠隆：《白榆集》，伟文图书出版社，1977年，第512页。

库全书总目》这样严肃的馆臣之作中经常带有臆想性的怀念，仿佛那逝去的年代是一个多么淳朴美好的岁月。事实虽然未必如此，但至少可以反证中晚明的世风日下和道德下滑。事实上，晚明社会欲望浮动，奢侈相竞，淫靡相纵，加上朝政黑暗，宦官专权，确乎是一个不可救药的时代。但正是这个黑暗之世，出现了不少富有个性和冲击力的声音，李贽、袁氏兄弟等人"童心说""真情说"的负面影响，以欲代情，尤其是李贽提出"童心说"，呼吁"人必有私""穿衣吃饭即是人伦物理"等石破天惊的观念，对自我与人的欲望作了极大的充分肯定。李贽认为有人欲才有天理，理存于欲，应该体民之情，遂民之欲。他认为追求物质享受、为自身谋利是人之天性："如好货，如好色，如勤学，如进取，如多积金宝，如多买田宅为子孙谋，博求风水为儿孙福荫，凡世间一切治生产业等事，皆其所共好而共习，共知而共言者，是真迩言也。"① 时代已然如此，但儒家传统伦理仍要求"积财不如积善""福缘善庆"，所以李贽提出这些如今看来似乎不必多言的理论，在当时还是冒着很大的危险。对禁欲主义特别是假道学，李贽批评不遗余力，他斥责道貌岸然的道学家"阳为道学，阴为富贵，被服儒雅，行若狗彘然也"②。因此他的书被理学家视为"惑众妖言"，却广为流传，"《藏书》《焚书》，人挟一册，以为奇货"③。张岱在《自为墓志铭》中有一段广为人传而颇为恣肆的名言："少为纨绔子弟，极爱繁华，好精舍，好美婢，好娈童，好鲜衣，好美食，好骏马，好华灯，好烟火，好梨园，好鼓吹，好古董，好花鸟，兼以茶淫橘虐，书蠹诗魔。"④ 尤其是"好美婢，好娈童"这两句，正与清代朱柏庐《治家格言》中"奴仆勿用俊美，妻妾切忌艳妆"⑤的家训立意相反，形成有趣的对比。"好美婢，好娈童"之类的事情，无疑历代皆有，但敢于将这种爱好赤裸裸地写进文章，而且是出现在自己为自己所作的《墓志铭》上，恐怕只能出现在晚明这个特殊的时代吧。罗宗强说有时候读历史能让人激动不

---

① 李贽：《焚书 续焚书》，中华书局，1975年，第40页。
② 李贽：《焚书·续焚书》，张建业译注，中华书局，2011年，第388~389页。
③ 《明代笔记小说大观》，上海古籍出版社，2005年，第3483页。
④ 张岱：《沈复灿钞本琅嬛文集》，路伟、马涛点校，浙江古籍出版社，2016年，第369页。
⑤ 时亮：《〈朱子家训 朱子家礼〉读本（附：〈朱柏庐治家格言〉）》，中国人民大学出版社，2016年，第205页。

已:"我在读魏晋时期的历史时有这种感觉,在读万历前后的历史时也有这种感觉。仿佛跨越过时间的阻隔,得到了心灵的沟通。在读这些时期的历史的时候,你会感到一群活的人,在你的面前毫无保留地袒露自己。他们不顾环境与传统的固有模式,完全按照自己的欲望尽情地生活。"[①] 这应该算是不少晚明阅读者和研究者的共同感觉吧。重欲,是对程朱理学某方面固化人的合理要求的反拨;重情,则是对人欲之一的诗意提升。但二者有相反,也有相合之处。其间的差别,也正是"度"字而已。

第二节 《西游记》:仙凡两界的贞节观念

驰骋神魔幻域的《西游记》,因其对仙凡两界女子贞节的极大关注和充分表现,成为考察神魔小说贞节观念的一个标本。唐僧之母的节烈悲剧,乌鸡国皇后、朱紫国皇后金圣宫娘娘,皆因神仙佑助而保全贞节,天竺国公主、百花羞公主,就连充满奇思幻想、自由不羁的孙悟空,也考虑到皇后的贞节问题,颇能反证小说中的贞节观念之强烈,凸显了小说的贞节伦理紧张。从民间女子到贵族女子再到皇族女子,都有曲折深入的书写。

一、仙俗两界的贞节观

正如鲁迅所言:"(《西游记》)虽述变幻恍忽之事,亦每杂解颐之言,使神魔皆有人情,精魅亦通世故。"[②]《西游记》虽然是神魔幻想小说,但作者并没有一味驰骋幻想,而是让神魔仙怪身上附着了很多的凡俗人性,除此以外,《西游记》同时也有大量的人间叙事,有大量的普通凡人,尤其是还有一些真实的历史人物,只不过他们的生平经过一定程度的改写和虚构而已。这样,无论是神魔仙怪还是真实的历史人物或凡夫俗子,都反映出他们的世俗观念,贞节观念自不例外。事实上,《西游记》中也渗透了很浓重的贞节观念,例如第十一回中,敢于为唐太宗进瓜果的刘全,家

[①] 左东岭:《李贽与晚明文学思想》,天津人民出版社,1997年,序第1页。
[②] 鲁迅:《中国小说史略》,上海古籍出版社,1998年,第114页。

有万贯之资,只因为妻子李翠莲"在门首拔金钗斋僧,刘全骂了他几句,说他不遵妇道,擅出闺门"①。刘全认为妻子不够"贞节",但传统社会女人被骂"不遵妇道"是莫大的耻辱,李氏于是"忍气不过,自缢而死。撇下一双儿女年幼,昼夜悲啼"②。

小说中,一些女妖和男妖一样,都疯狂地想吃唐僧肉以成仙,如白骨精、金角大王的母亲九尾狐、盘丝洞的七个蜘蛛精等。而多数女妖怪看上唐僧的容貌,对其产生色欲,如琵琶洞里的蝎子精、牛魔王之妾玉面公主、荆棘岭树精杏仙、比丘国美后白面狐狸、无底洞老鼠精、天竺国假公主玉兔精等。这些女妖之所以色诱唐僧,原因无非两种,或采其元阳,脱妖成仙,这与吃唐僧肉持同一个目的,像玉兔精从天上来到人间,窃据宝位之后,"假借国家之富,搭起彩楼。欲招唐僧为偶,采取元阳真气,以成太乙上仙"③。或见唐僧貌美,遂已淫心,满足色欲,如蝎子精,小说中描写那女怪弄出十分娇媚之态,携定唐僧道:"常言'黄金未为贵,安乐值钱多。'且和你做会夫妻儿,耍子去也。"④虽然是女妖,但口吻和心态逼肖民间女子,还是世俗情感的体现。窃取元阳成仙和满足色欲,常常是二位一体的,因此唐僧是完美的双重欲望诱惑。

唐僧本人是贞节的化身,不愧"圣僧"称号,不仅自己无数次拒色,还对妇女的贞节颇为重视。如在第二十七回《尸魔三戏唐三藏 圣僧恨逐美猴王》中,白骨精变作一个花容月貌的少女前去引诱路过的唐僧,他想到一个少女"怎么自家在山行走?又没个侍儿随从"⑤,遂批评她"这个是不遵妇道了"⑥。唐僧与普通人的最大差别,是他的身体"特别值钱",因为唐僧乃童身修行,一点元阳未泄,且"十世修行",这让无数妖怪觊觎垂涎,而他自己也非常清楚这一点。他最怕被人色诱而丧性命,当然他也担心佛教道行教义和儒家伦理纲常的破坏,"丧元阳,败坏了佛家德行;走真精,坠落了本教人身"⑦。故唐僧在美色面前心如止水,唯有女儿国

---

① 吴承恩:《西游记》,上海古籍出版社,1991年,第82页。
② 吴承恩:《西游记》,上海古籍出版社,1991年,第82页。
③ 吴承恩:《西游记》,上海古籍出版社,1991年,第777~778页。
④ 吴承恩:《西游记》,上海古籍出版社,1991年,第458页。
⑤ 吴承恩:《西游记》,上海古籍出版社,1991年,第214页。
⑥ 吴承恩:《西游记》,上海古籍出版社,1991年,第214页。
⑦ 吴承恩:《西游记》,上海古籍出版社,1991年,第450页。

国王，让唐僧感动不已，亦生怜惜之心。唐僧刚开始还以礼自持，后来似乎也情不自禁，但他想到西天取经大业，终于熬过这一关。其实，唐僧并非铁打真心，他受到情欲煎熬的不止此一处，如第五十五回他被蝎子精劫去后受到百般挑逗：

>　　目不视恶色，耳不听淫声。他把这锦绣娇容如粪土，金珠美貌若灰尘。一生只爱参禅，半步不离佛地。那里会惜玉怜香，只晓得修真养性。那女怪，活泼泼，春意无边；这长老，死丁丁，禅机有在。一个似软玉温香，一个如死灰槁木。那一个，展鸳衾，淫兴浓浓；这一个，束褊衫，丹心耿耿。那个要贴胸交股和鸾凤，这个要面壁归山访达摩。女怪解衣，卖弄他肌香肤腻；唐僧敛衽，紧藏了糙肉粗皮。女怪道："我枕剩衾闲何不睡？"唐僧道："我头光服异怎相陪！"那个道："我愿作前朝柳翠翠。"这个道："贫僧不是月阇黎。"女怪道："我美若西施还袅娜。"唐僧道："我越王因此久埋尸。"女怪道："御弟，你记得'宁教花下死，做鬼也风流'？"唐僧道："我的真阳为至宝，怎肯轻与你这粉骷髅……"①

"真阳"，成为唐僧的身体资本，更是他的伦理贞节带，加上取经这一无上重任，让他在各种淫局险境中撑持过去。

孙悟空虽偶尔调戏一下女妖精，但不动真格，更不会对美貌女子动真情，他倒是经常"撮合"师傅唐僧和美女及女妖精以成好事，调侃和戏谑好色的猪八戒。没有父母、缺少礼教的他，其实也有很强的贞节观念，在收服了青毛狮子精后，他要打死妖精，原因是他害死国王，与王后同居三年，玷污了王后和三宫娘娘的身体，"坏了多少纲常伦理"。猪八戒是典型的"食色"之徒，醇酒、妇人和美食，是他的兴奋点所在。他本就因为在月殿中醉酒调戏天宫美女，而从天蓬元帅贬谪到人间，托身为猪胎。在高老庄的故事中，他年轻壮实，勤劳肯干，与漂亮的高家女儿翠兰结为夫妻，甚是恩爱，只因醉酒现出猪的原形，才惊恐全家，唐突佳人，被视作妖怪。因为唐僧和孙悟空的收服，入了取经的队伍，取经路上，他好色的本性又一再暴露，且常常为此尴尬百出，丢尽洋相，也差点因此误事。

---

① 吴承恩：《西游记》，上海古籍出版社，1991年，第458~459页。

"江山易改，本性难移"这句古话，用在猪八戒身上实在是再恰当不过了。书中八戒也表现过难得的"骂色"之刚风，那是在女儿国国王痴恋唐僧，极力挽留他时，八戒嚷道："我们和尚家和你这粉骷髅做甚夫妻！放我师父走路！"① 但这样的情况仅此一次。就总体而言，凡人的缺点在猪八戒身上大多可以找到，猪八戒是凡俗人物现世欲求的代表和象征。"粉骷髅"一词屡屡出现在唐僧师徒四人的口中，显示了美色巨大的威胁，几乎成为美色祸水的象征，也是佛教徒祛除内心因色情欲望而生的惶恐的魔法词汇。

　　小说还叙写了皇室未婚女子的贞节观念，即西梁女国的女王。女儿国国王是一个真诚感人、有情有欲的世间女子形象，虽然没有那种不食人间烟火的高洁神圣、冰清玉洁，却给人以真实可爱之感。她美丽多情，聪慧灵秀，却丝毫没有贵为天子之尊的虚情矫饰、故作威仪，反而像一个对爱情充满幻想和热烈期盼的小女子。当她见到丰姿英伟、相貌轩昂的唐僧，心欢意美，情难自禁，"不觉淫情汲汲，爱欲恣恣，展放樱桃小口，呼道：'大唐御弟，还不来占凤乘鸾也？'"② 如此大胆真率，犹如强烈的阳光刺得唐僧头晕目眩，令他耳红面赤，羞答答不敢抬头。接着，那女王走近前来，一把扯住三藏，俏语娇声，叫道："御弟哥哥，请上龙车，和我同上金銮宝殿，匹配夫妇去来。"③

　　女王娇媚、真挚、热烈，让唐僧战战兢兢，似醉如痴。女王大胆而热烈地追求爱情婚姻，和《牡丹亭》里的杜丽娘一样，是压抑已久的自然欲求被焕发而萌生和谐到老的"真情"，是性与爱的萌动的美好体验。可惜，唐僧身负取经使命，遂骗她放过徒弟三人，自己愿意与她匹配夫妇。后来女王知道被骗后大惊失色，扯住唐僧道："御弟哥哥，我愿将一国之富，招你为夫，明日高登宝位，即位称君，我愿为君之后，喜筵通皆吃了，如何却又变卦？"④ 愿以一国相让，来换心中的如意郎君，谁承想"喜孜孜欲配夫妻""真情指望和谐同到老"，换来的却是失望和痛心，痴情的女王迎来的只是一生的伤心和遗憾。

---

① 吴承恩：《西游记》，上海古籍出版社，1991年，第454页。
② 吴承恩：《西游记》，上海古籍出版社，1991年，第451页。
③ 吴承恩：《西游记》，上海古籍出版社，1991年，第451页。
④ 吴承恩：《西游记》，上海古籍出版社，1991年，第454页。

二、唐僧之母的节烈悲剧

作为普通人物的殷温娇（唐僧的母亲），是书中典型的人间贞妇。唐僧的母亲殷温娇，生养于贵胄之家，父亲殷开山位极人臣，是唐太宗的丞相，而她生得美貌非凡，恰如她的小名"满堂娇"，自然万千宠爱集于一身。金窝里长大的殷小姐，通过抛绣球的浪漫方式招到了如意郎君——才貌双全的新科状元陈光蕊，紧接着新婚丈夫又被授予江州州主。夫妻恩爱，和谐美满，美好未来正在前方等着他们，令人充满无限遐想。孰料乐极生悲，殷小姐随丈夫赴任江州途中，因其"沉鱼落雁之容，闭月羞花之貌"被"稍水"的水贼刘洪、李彪瞥见，二人"陡起狼心"，设计杀死家童，打死陈光蕊，推尸首入水。情急之下，殷小姐"也便将身赴水"殉夫，只是投水未得，被水贼刘洪抱住，在其威逼之下被强占做了他妻子。① 而胆大妄为的刘洪竟然穿了光蕊的衣冠，带了官凭，同殷小姐往江州上任。自此，她的命运被操纵在水贼刘洪手里，成了傀儡。从一开始，殷小姐的贞节一步步体现，开始是"将身赴水"，被水贼抱住威胁后，殷小姐"寻思无计，只得权时应承，顺了刘洪"②。显然，她的内心在做着激烈的斗争，首先新婚丈夫死了，令人哀痛，对杀夫罪魁刘贼，自然痛恨之极，其次与丈夫同遭厄运而不能共死，则令她难堪。小说中写她赴江州任的一路上，"痛恨刘贼，恨不食肉寝皮，只因身怀有孕，未知男女，万不得已，权且勉强相从"③。可见，宰相之家出身的相国闺秀，其所受的女教果然非同凡响，殷小姐的每一步动作都合规中矩。

所幸后来父亲殷开山得知消息后，终于请得唐王发兵，擒杀了窃居官员的水贼，并用极刑——活剐刘洪心肝报了光蕊之仇。失散多年的父母和女儿团聚之时，殷小姐欲待要出，"羞见父亲，就要自缢"④。玄奘将母解救，丞相亦进衙劝解，小姐道："吾闻'妇人从一而终'。痛夫已被贼人所杀，岂可觍颜从贼？止因遗腹在身，只得忍耻偷生。今幸儿已长大，又

---

① 吴承恩：《西游记》，上海古籍出版社，1991年，第840页。
② 吴承恩：《西游记》，上海古籍出版社，1991年，第840页。
③ 吴承恩：《西游记》，上海古籍出版社，1991年，第841页。
④ 吴承恩：《西游记》，上海古籍出版社，1991年，第845页。

见老父提兵报仇，为女儿者有何面目相见？惟有一死，以报丈夫耳！"①开明而爱子的丞相道："此非我儿以盛衰改节，皆因出乎不得已，何得为耻？"②后乃得见，"父子相抱而哭"③。父亲的包容之心和开明之言，化解了女儿心中的负罪感，殷小姐暂保性命。但等到祭祀了光蕊，殷小姐哭奠丈夫之后，又要赴水而死，幸好玄奘将母亲拼命扯住。落水被龙王相救的光蕊在祭祀时被龙王还魂放出水面，夫妻终得团聚。得知殷小姐遭遇后，光蕊感激自己被龙王相救，感激妻子为自己生下儿子，感激岳父为自己报仇。可见，他对妻子毫无求全责备之意，更没有丝毫不自然的表现，甚至连宽容和安慰的话都没有说——说了就等于变相承认自己在意妻子的"失节"。紧接着，团圆欢聚和授官荣耀，似乎弥补了过去的痛苦和缺憾，在岳相的大力荐举之下，光蕊被授学士之职。一切本可安慰人心，圆满结束该回。然而作者没有忘记殷小姐的"失节"，于该回末段以轻轻一句"后来殷小姐毕竟从容自尽"，终于彻底清算殷小姐的过去，在文字中恢复了殷小姐的节操和尊严。

　　到此，我们难免想到前文提到朱熹所评价程颐的一段话："昔伊川先生尝论此事，以为饿死事小，失节事大，自世俗观之，诚为迂阔。然自知经识理之君子观之，当有以知其不可易也。伏况丞相一代元老，名教所宗，举错之间不可不审。"④在高门大族与世俗民间之间，确乎有不一样的要求，更何况殷小姐遭到贼子侮辱，被玷污长达十八年。殷小姐"毕竟从容自尽"的下场自然安慰了许多人，"毕竟"二字显示了作者一直为她的贞节而焦虑，"从容"二字表明殷小姐赴死的决心和轻松。但我们要问：她的死是必然的吗？当然，她是否"从容自尽"是由作者决定的。而且，殷小姐死后，小说根本没有道及众人的反应，仿佛她理应如此，而且她的角色似乎并不重要。但如果我们考察一下唐僧之母形象及其命运的演变，

---

① 吴承恩：《西游记》，上海古籍出版社，1991年，第845页。
② 吴承恩：《西游记》，上海古籍出版社，1991年，第845页。
③ 吴承恩：《西游记》，上海古籍出版社，1991年，第845页。
④ 朱熹撰，朱杰人、严佐之、刘永翔主编：《朱子全书》，上海古籍出版社，2002年，第1173~1174页。

更可以看出《西游记》设置殷小姐的从容自尽作为结局的意义所在。① 宋元南戏《陈光蕊江流和尚》没有保存下来，从钱南扬《宋元戏文辑佚》所辑的残曲"菱花再合月再辉，鸾胶再续弦重理"② 推测，结局应该是比较美满的。元末明初杨景贤的《西游记杂剧》中，尽管殷氏也屈从于刘洪而"失节"，但最后也还是得到褒扬，并被封为"楚国夫人"。但是，明代以后诸作中，殷氏的命运就不同了。朱鼎臣《唐三藏西游释厄传》里，殷氏忍辱报仇后即自缢，被救下。此后文字有脱漏，不得其详，但既然她有报仇之后的自缢举动，想来下场也好不了多少。而到了百回本《西游记》中，如前所述，殷氏就一而再再而三地自尽，尽管两次都被儿子玄奘救下，但最后依旧无法挽回她"毕竟从容自尽"的下场，可见，作者是铁了心要让殷小姐死去的。富有意味的是，恰好现存最早的百回本缺少了这一回情节，而通行本多是据清初悟一子陈士斌的《西游真诠》或清代汪澹漪的《西游证道书》来补足故事的。百回本为什么会缺失这一重要片段？大概让"圣僧"有一失节之母令某些人遗憾吧。因此，清代宫廷大戏《升平宝筏》中，殷氏抛子后即以无颜立于人世投江而死，保持了清白。另一出戏《慈悲愿》中，殷氏亦屡觅自尽，刘洪不敢犯，而未失节。

显然，殷小姐的命运是每况愈下，从面临"失节"之后能存活于世的时间越来越短，而她的自尽行为也越来越早，越来越奏效。由此可见，程朱理学影响下的贞节观念对社会各阶层大众的渗透之深，至明清确实达到前代所无法企及的程度，而清代更是臻至顶峰。

三、孙悟空和神仙们的贞节忧虑

《西游记》中对皇室妇女的贞节观念表现较多，尤其是对已婚的皇后考虑尤多，典型的例子是乌鸡国皇后和朱紫国皇后金圣宫娘娘。正因为作者强烈的贞节观念，这两位皇后因为奇异的原因都成功保住了贞节。

乌鸡国皇后故事中，叙一个能呼风唤雨的全真道士将乌鸡国国王推落

---

① 此段下文参考黄仕忠：《落絮望天：负心婚变与古典文学》，陕西人民教育出版社，1991年，第158页；刘勇强：《历史与文本的共生互动——以"水贼占妻（女）型"和"万里寻亲型"为中心》，《文学遗产》，2000年第3期，第88页。《西游记》杂剧里为强占唐僧之母殷小姐而推陈光蕊落水而死的水贼刘洪，黄著误为"强盗陈虎"。

② 钱南扬辑录：《宋元戏文辑佚》，上海古典文学出版社，1956年，第171页。

井中，自己摇身变为国王，霸占了乌鸡国的三宫娘子，而真国王则做"落井伤生的冤屈之鬼"三年。在孙悟空慑服妖怪，正欲结果了它时，文殊菩萨却来拦阻救它，原来那道士乃是文殊菩萨的坐骑青毛狮子。文殊菩萨以这妖怪害国王是因果报应，"一饮一啄，莫非前定"，来劝阻孙悟空放其性命，原来文殊菩萨当年曾被乌鸡国国王以凡僧泡在河水里三天，所以如来便"将此怪令到此处推他下井，浸他三年，以报吾三日水灾之恨"①。实则妖怪窃据皇位之后，三年风调雨顺，国泰民安，并不曾害人，固不必打死。这时，悟空拒不同意，质问道："但只三宫娘娘，与他同眠同起，点污了他的身体，坏了多少纲常伦理，还叫做不曾害人？"② 幸好文殊菩萨的回答，解决了孙悟空的困惑，也给众多的读者释疑，文殊菩萨说："点污他不得，他是个骟了的狮子。"③ 紧接着猪八戒亲自验身，摸了一把，笑道："这妖精真个是'糟鼻子不吃酒——枉担其名'了！"④ 就连充满奇思幻想、自由不羁的孙悟空，也考虑到皇后的贞节问题，颇能反证小说中的贞节观念之强烈。而作者为了解决这一尴尬和不雅，竟煞费苦心地设想了这样一个"太监"青毛狮。于是，一只被阉割了的雄狮子，化解了小说的贞节伦理紧张。读者会心一笑的同时，皇后娘娘的尊严和体面也得到了有效维护。

朱紫国的金圣宫娘娘，就更为省事。在她被妖怪赛太岁摄了过去，当时就有神仙紫阳真人送了件由旧棕衣变成的五彩霞衣进与妖王，教皇后穿了妆新。皇后一旦披上霞衣，就浑身上下长了毒刺，赛太岁一摸手心就痛，更别说与她云雨，三年之中，从未沾身。用送霞衣的紫阳真人的话说便是："我恐那妖将皇后玷辱，有坏人伦，后日难与国王复合。"⑤ 完全是从女性贞节与人伦的重要性出发。由于紫阳真人成功保全皇后的贞操，让"那皇帝、皇后及大小众臣，一个个望空礼拜"。⑥ 举国上下对女性贞操极度关注，因此，得保贞节的金圣宫娘娘最后才能与国王得以重谐。作者为了金圣宫娘娘的贞节，真可谓煞费苦心。该回结尾一诗"有缘洗尽忧疑

---

① 吴承恩：《西游记》，上海古籍出版社，1991年，第324页。
② 吴承恩：《西游记》，上海古籍出版社，1991年，第324页。
③ 吴承恩：《西游记》，上海古籍出版社，1991年，第324页。
④ 吴承恩：《西游记》，上海古籍出版社，1991年，第324页。
⑤ 吴承恩：《西游记》，上海古籍出版社，1991年，第596页。
⑥ 吴承恩：《西游记》，上海古籍出版社，1991年，第596页。

病，绝念无思心自宁"①，恰好表明如果缺了这件五彩霞衣，后果该是何等的严重：拥有四海的皇帝却不能拥有妻子的贞节——被妖怪戴了绿帽子，这该是一个多大的笑话，自然，他会始终生活在怀疑的阴影中；而母仪天下的皇后内心也将永远难以彻底安宁，遭劫而"失节"的压力，很可能让金圣宫娘娘成为殷小姐的翻版。

另外，还有天竺国公主被广寒宫玉兔报复而被不幸弃掷荒野，后流落布金寺，靠装疯卖傻方才保全了贞节。宝象国百花羞公主，十六岁即被黄袍怪摄去做压寨夫人，一去十三年，并为他生了两个孩子。黄袍怪虽然为妖，百花羞和他也算是正头夫妻，他对百花羞非常痴情恩爱，两人皆未负心于对方，但百花羞仍然负有罪名，即她没有父母之命、媒妁之言，私自与男子配婚，这在古代也是被视作"不贞"的淫奔之行。虽然她是遭难不得已，但与天竺国公主相比，她并没有想尽办法保全贞节，故而作者还是要给她一个"百花羞"的名字，除有闭月羞花的美丽之意外，显然还寓有"羞耻"之意。

总之，驰骋神魔鬼域的《西游记》，因其对仙凡两界女子贞节的极大关注和充分表现，成为考察神魔小说贞节观念的一个标本。

第三节 《金瓶梅》：群体淫乱暗夜里的一丝贞情亮色

《金瓶梅》对人性的洞悉和刻画，达到了前所未有的程度，田晓菲认为"《金瓶梅》直接进入人性深不可测的部分，揭示人心的复杂而毫无伤感与滥情，虽然它描写的物质生活并没有代表性。"② 在世情小说中，《金瓶梅》无疑是成就最高、最有代表性的著作之一。

作为明代四大奇书之一，尽管《金瓶梅》一向被视为艳情小说和世情小说的代表，但事实上许多严谨的学者认为《金瓶梅》的实质是"暴露文

---

① 吴承恩：《西游记》，上海古籍出版社，1991年，第597页。
② 田晓菲：《秋水堂论金瓶梅》，天津人民出版社，2014年，自序第3~4页。

学","著此一家,即骂尽诸色,盖非独描摹下流言行,加以笔伐而已"[1]。《金瓶梅词话》的东吴弄珠客序在承认《金瓶梅》是秽书的同时,也称:"作者亦自有意,盖为世戒,非为世劝也。如诸妇多矣,而独以潘金莲、李瓶儿、春梅命名者,亦楚《梼杌》之意也。盖金莲以奸死,瓶儿以孽死,春梅以淫死,较诸妇为更惨耳。"[2] 其中的色情和性描写都是其暴露的一个有机成分。我们意识到《金瓶梅》与后来出现的《红楼梦》大不一样的地方,正如美国学者宇文所安引田晓菲所言:"《金瓶梅》里面的人物是'成年人',和《红楼梦》的世界十分不同:在红楼世界里,'好'的角色都还不是成人,而成年不是意味着腐败堕落,就是意味着像元春那样近乎非人和超人的权力。"[3] 也就是说,《红楼梦》中还有不少因其未成年而纯洁的"好"的角色,还有不少理想成分和幻想色彩,而《金瓶梅》则几乎完全写实。由于《金瓶梅》是以家庭日常生活为中心的世情小说,性和男女关系成为其最为重要的刻画内容,因而它成为考察明代贞节观的最佳文本。正如程千帆先生所言:"《金瓶梅》是一部奇书,又是一部坏书,但它的确非常充分地描写了在封建社会里慢慢成长的市民意识。西门庆的占有欲、对金钱权势无休止的追求,对封建道德习俗的全然不顾,只有从巴尔扎克的作品中才能找到类似的人物……将妇女的贞操问题视为完全无足轻重,在封建社会产生的文学作品中是很突出的。"[4]

一、将贞节踩在脚下的欲望群体

全书的核心人物当然是潘金莲和西门庆。但到了后半段特别是西门庆纵欲归西以后,陈经济走到前台,取代了西门庆,而春梅也有许多抢眼的表现。除此以外,像李瓶儿、吴月娘、孟玉楼、应伯爵、李娇儿、王婆、蒋竹山、林太太、武大兄弟二人、来旺和宋惠莲一家人、韩道国和王六儿、韩爱姐一家等人戏份也不少,都给读者以深刻印象。《金瓶梅》里面的边缘人物尤其多,三姑六婆,家童丫鬟,和尚道士,可谓三教九流,无所不有,有的虽然只在戏中露个脸,却让人过目难忘。总之,全书在塑造

---

[1] 鲁迅:《中国小说史略》,上海古籍出版社,1998年,第126页。
[2] 兰陵笑笑生:《金瓶梅词话》(梦梅馆校本),梅节校订,里仁书局,2013年,第4页。
[3] 田晓菲:《秋水堂论金瓶梅》,天津人民出版社,2014年,宇文所安序第2页。
[4] 程千帆:《程千帆全集》,河北教育出版社,2000年,第124页。

人物形象方面是极为成功的，这组人物群像，是一个将贞节踩在脚下的灰色欲望群体。

潘金莲是个毫无贞节观念的淫妇典型。用小说第一回作者自述的创作提纲概括是再清楚不过了："一个好色的妇女，因与个破落户相通，日日追欢，朝朝迷恋。后不免尸横刀下，命染黄泉……贪他的，断送了堂堂六尺之躯；爱他的，丢了泼天关产业。"① 这个"好色的妇女"说的便是潘金莲。

金莲本为裁缝之女，"排行六姐，因他自幼生得有些颜色，缠得一双好小脚儿，因此小名金莲"②。父亲死后，她娘因无法度日，将九岁的金莲卖给王招宣府里，学习弹唱，"就会描眉画眼，傅粉施朱，梳一个缠髻儿，着一件扣身衫子，做张做势，乔模乔样……后王招宣死了，潘妈妈争将出来，三十两银子转卖与张大户家"③。金莲长成一十八岁，出落的脸衬桃花，眉弯新月，张大户自然爱她不已，因此遭主家婆妒骂苦打，大户赌气倒陪房奁嫁与武大，并私与武大五两银子做本钱卖炊饼，以方便自己趁武大外出生意时，可"踅入房中与金莲厮会"④。也因张大户的"看顾"，武大头戴绿帽，也只能忍气吞声，"虽一时撞见，亦不敢声言"⑤。一直到大户得患阴寒病症死掉才告一段落。主家婆察知其事，怒令家童将金莲、武大即时赶出。这段非凡经历，自然"锻炼"了潘金莲"为头的一件好偷汉子"⑥ 的独特贞节观念——唯淫欲是求，不计其他。随着灰暗人生阅历的增多，金莲的"淫妇"形象日益凸显。

金莲自从嫁给武大，见他老实猥衰，对他"甚是憎嫌，常与他合气"⑦，并报怨张大户将她嫁与这样的丈夫。特别是后来看到武大兄弟武松身材凛凛，相貌堂堂，心里更是怨恨命运不公："一母所生的兄弟，又这般长大，人物壮健！奴若嫁得这个，胡乱也罢了。你看我家那身不满尺

---

① 兰陵笑笑生：《金瓶梅词话》（梦梅馆校本），梅节校订，里仁书局，2013年，第3页。
② 兰陵笑笑生：《金瓶梅词话》（梦梅馆校本），梅节校订，里仁书局，2013年，第10页。
③ 兰陵笑笑生：《金瓶梅词话》（梦梅馆校本），梅节校订，里仁书局，2013年，第10~11页。
④ 兰陵笑笑生：《金瓶梅词话》（梦梅馆校本），梅节校订，里仁书局，2013年，第11页。
⑤ 兰陵笑笑生：《金瓶梅词话》（梦梅馆校本），梅节校订，里仁书局，2013年，第11页。
⑥ 兰陵笑笑生：《金瓶梅词话》（梦梅馆校本），梅节校订，里仁书局，2013年，第13页。
⑦ 兰陵笑笑生：《金瓶梅词话》（梦梅馆校本），梅节校订，里仁书局，2013年，第12页。

的'丁树',三分似人,七分似鬼。奴那世里遭瘟,直到如今!"① 于是她常在无人处弹《山坡羊》,以乌鸦对鸾凤、高丽铜对真金、顽石对羊脂玉、粪土对灵芝、泥土基对金砖,来反复哀叹自己是"姻缘错配"。而作者对她其实也颇持几分同情:"看官听说:但凡世上妇女,若自己有些颜色,所禀伶俐,配个好男子便罢了,若是武大这般,虽好煞也未免有几分憎嫌。自古佳人才子相凑着的少,买金偏撞不着卖金的。"② 清初的李渔在《无声戏》中也发出同样的感慨:"世上姻缘一事,错配者多,使人不能无恨。这种恨与别的心事不同,别的心事可以说得出,医得好,惟有这桩心事,叫做哑子愁、终身病,是说不出、医不好的。若是美男子娶了丑妇人,还好到朋友面前去诉诉苦,姊妹人家去遣遣兴,纵然改正不得,也还有个娶妾讨婢的后门。只有美妻嫁了丑夫,才女配了俗子,只有两扇死门,并无半条生路,这才叫做真苦。"③ 紧接着李渔又更进一步指出美女配丑夫并百年偕老才是苦中之苦,幽默的借阎王之口来论说做美女反不如做畜生,揭示了美女婚配不匹的哀苦:

> 那妇人有了绝标致的颜色,一定乖巧聪明,心高志大,要想嫁潘安、宋玉一般的男子。及至配了个愚丑丈夫,自然心志不遂,终日忧煎涕泣,度日如年,不消人去磨他,他自己会磨自了。若是丈夫先死,他还好去改嫁,不叫做禁锢终身;就使他自己短命,也不过像猪狗牛马,拼受一刀一索之苦,依旧可以超生转世,也不叫做禁锢终身;我如今教她偕老百年,一世受别人几世的磨难,这才是惩奸治恶的极刑,你们那里晓得?④

但是,同样的认识起跑线,李渔走向了"退步施教",劝女子奉"红

---

① 兰陵笑笑生:《金瓶梅词话》(梦梅馆校本),梅节校订,里仁书局,2013年,第14页。
② 兰陵笑笑生:《金瓶梅词话》(梦梅馆校本),梅节校订,里仁书局,2013年,第12页。
③ 李渔:《无声戏》,浙江古籍出版社,2018年,第1页。
④ 李渔:《无声戏》,浙江古籍出版社,2018年,第1页。

颜薄命"为真理,提早主动接受命运安排而心安理得。①《金瓶梅》则详细描述了潘金莲向命运的不屈挣扎的徒劳和悲惨下场。特别是经受了"意中人"小叔武松的沉重打击之后,潘金莲成了典型的心理症患者。②

终于来了机会,风流成性的西门官人被金莲落下的筛子打中,成就了二人一段"姻缘",在西门请求、王婆撮合之下,二人偷情成奸,武大前来捉奸被踢到胸口,病倒在床。在第六回中,潘金莲与西门庆在王婆的邪恶建议下药死了武大。这一谋杀过程中,潘金莲表现得比西门庆还要纵恣果决,她亲手下药,并用被子捂住武大,"骑在身上",生生压死,为偷情心狠手辣之极。西门庆买通仵作何九简单检验火化,接下来潘金莲归到家中,书中写二人的灵堂偷欢:

> 楼上去设个灵牌,上写:"亡夫武大郎之灵"。灵床子前点一盏琉璃灯,里面贴些经幡、钱纸、金银锭之类。那日却和西门庆做一处。打发王婆家去,二人在楼上任意纵横取乐。不比先前在王婆茶坊里,只是偷鸡盗狗之欢。如今武大已死,家中无人,两个恣情肆意,停眠整宿。③

心腹之患一除,她便连孝都不肯带,"羹饭也不瞅睬。每日只是浓妆艳抹,穿颜色衣服,打扮娇样"④,和西门庆死命欢会,"枕边风月,比娼妓尤甚,百般奉承,"⑤ 西门庆两日不来,金莲便骂他负心贼,人伦道德底线完全冲决。按理说一日夫妻百日恩,但在潘金莲这里,与武大几乎没有丝毫的感情可言。

有研究者认为,潘金莲的感情受到严重压抑,她是为了追求自己的爱情才出此下策。在这种逻辑思考下,我们会设想:如果潘金莲的丈夫不是

---

① 在清代长篇小说《姑妄言》第一卷中也有此论,阎王审判白氏说:"我看你容貌若许,为何具此一副俗肠?妍皮不裹痴骨,诚谬言也。然红颜薄命,你既有几分颜色,焉能得配才郎?但城中富贵者颇多,你为何又不嫁呢?"第三卷中钱贵的母亲劝她接豪门之客时说:"况从古来,但是有才貌的人,没一个不是一贫彻骨的,就如女子中红颜薄命是一理。古来这些有名的美人,有几个嫁得才貌好丈夫?你既有此娇容,已是薄命了,又想接标致才郎,如何能够?""才子配佳人,千古无多。"参见曹去晶:《姑妄言》,许辛点校,中国文联出版公司,1999年,第24,132页。
② 参见王汝梅:《王汝梅解读〈金瓶梅〉》,时代文艺出版社,2015年,第79页。
③ 兰陵笑笑生:《金瓶梅词话》(梦梅馆校本),梅节校订,里仁书局,2013年,第78页。
④ 兰陵笑笑生:《金瓶梅词话》(梦梅馆校本),梅节校订,里仁书局,2013年,第79页。
⑤ 兰陵笑笑生:《金瓶梅词话》(梦梅馆校本),梅节校订,里仁书局,2013年,第82页。

武大，而是英武高大的武松，她显然不会出轨并残忍杀夫的。但事实上这不过是一厢情愿的想法，因为在后文可以看出，潘金莲对西门庆的人才是相当满意的，尽管西门庆对她有过负心，但那个时代的豪富之主，有几个妻妾实在是正常不过的事，西门庆的其他几位妻妾，只有出身奴婢的孙雪娥与下人来旺有偷情之举，但也不像她那样猖狂。李瓶儿自己在要嫁给西门庆之前就曾明确表示，她对西门庆在外寻花问柳这一点是能够容忍的，"管得了三层内，管不了三层外"，就连正妻吴月娘也只是怕西门庆在外乱来伤了他身子，主要还是出于关心。有此淫心并有此淫行的唯潘金莲和孙雪娥两人而已，而金莲尤其胆大，敢于同下人琴童私通，与女婿陈经济私偷，前者不顾尊卑礼节，后者则属乱伦，均为当时极端不耻之行。当然，我们可以反过来说，潘金莲这些行径，正是对当时礼教纲常和妇女贞节观念的叛逆，正体现出了她追求真挚爱情的可贵与新时代意义。正如孟超对潘金莲的评价所言："我们从她热恋武松起，经过了偷琴童儿，发展到对陈敬济的献身，如果说是偶然的，倒不如说是有意的，以嫂对叔，以上对下，以尊对卑，她是一贯地蔑视着所谓伦常的假幌子，她对封建的樊篱是表示了敌视的态度的。"[①] 虽然很有道理，可是金莲有这么高的思想境界？她的所为是为了"蔑视"和"敌视"？我们不能忘了，超时代性的角色在古代小说中是极少得见的，一个在当时伦理时空下生活的人，不能不与时代主流意识和伦理同呼吸，即使偏离，也当不至于太远。一旦过于偏离，完全逸出轨道，就越出艺术真实性的边界，难免有其本人性格严重畸形变态所致之嫌。人抛弃了传统，传统也难免会抛弃她，她悲惨的下场与自己过于变态的人格和行为密不可分，用自食其果来加以概括，不可谓过分。[②] 更为要命的是，潘金莲百般挑弄不济后，怎禁那欲火烧身，淫心荡意，竟不顾西门庆死活强行给他服下三丸过量春药，"趴伏在他身上"，一

---

① 孟超：《金瓶梅人物论》，光明日报出版社，1986年，第5页。
② 孙述宇也觉得金莲的性格稍欠真实之感："她欠自然之处，在于她的妒忌怨恨与害人之心种种，都超人一等，而且强度从不稍减，从不受一些慈爱温柔之情的影响。她的恻隐之心好像不会起的——眼见稚子入井，她大概就任由他淹死。她没有后悔，也没有一阵轻微的厌倦或哀愁来打断一下，缓和一下欲念与怨怒。作者写书之时，也许是觉得一个像《水浒传》中潘金莲那样的女人，带着无限的怨毒之力，正宜表达那种天地开辟以来万古常新的人心中之嗔恶。"参见孙述宇：《金瓶梅：平凡人的宗教剧》，上海古籍出版社，2011年，第89页。按：笔者认为金莲最后为了一己性欲而骑在已然奄奄一息的西门庆身上，也是这种"超人一等"的欲望，"恻隐之心好像不会起的"。

直将身体亏空的西门庆弄得"精尽继之以血,血尽出其冷气"。① 随着西门庆病症日重,倒是正妻月娘着慌,请医生来看,反观淫欲旺盛的潘金莲,仍不体恤西门庆,只顾一己欲望的充分满足,"晚夕不知好歹,还骑在他上边,倒浇烛掇弄,死而复苏者数次"②,终于将西门庆送往西天。西门庆死后,她没有悲哀,而是马上投入与女婿陈经济的疯狂交合当中去。因此她确属于一个性欲极为强烈而内心极为残忍的女人。她偶尔对别人好也是因为其可作为利用对象而已。在这个意义上,因性欲害死西门庆的潘金莲其实只是一个由西门庆自身欲望所创造的畸形之人。但由此可见潘金莲对西门庆确实不够呵护,妻妾差别明显。她对西门庆所有的好都只是在充分满足他变态的性欲。即使在西门庆病势日重难返,吴月娘和孟玉楼都在天井焚香发愿的情况下,她也不愿为西门庆许愿。尤其是西门庆刚归西,潘金莲无一日不和陈经济两个嘲戏,在灵前帐后调笑,又上演了一幕西门庆自己曾经的灵堂偷欢叙事。自从月娘去泰山烧香请神不在家,她"和陈经济两个,家中前院后庭,如鸡儿赶弹儿相似,缠做一处,无一日不会合"③,直到把肚子弄大了堕胎。西门家从此进入"后西门庆时代",即"陈经济时代",前后相续,交相辉映。

当然潘金莲的心理及行为,也不能不在西门庆身上寻找部分原因。是西门庆的负心,让她经常遭遇冷落,久而久之心态自会变化。第八回中,西门庆因为听薛嫂做媒迎娶孟玉楼,半个月没去见潘金莲,潘金莲情耐不得,便不自禁怀疑起素好风流的西门庆喜欢上了他人,把自己冷落了。她抓住打她门首过的玳安,强问玳安实情,玳安便把家中娶孟玉楼之事告知。这妇人听了之后"眼中泪珠儿顺着香腮流将下来",感叹自己"与他从前已往那样恩情,今日如何一旦抛闪了"!④ 后来又每日长等,直到七月将尽,到了西门庆生辰仍杳无音信,她夜里睡不着,弹琵琶唱了四段"绵搭絮",其中一段为:"当初奴爱你风流,共你剪发燃香,雨态云踪两意投。背亲夫和你情偷,怕甚么傍人讲论,覆水难收。你若负了奴真情,

---

① 兰陵笑笑生:《金瓶梅词话》(梦梅馆校本),梅节校订,里仁书局,2013年,第1378页。
② 兰陵笑笑生:《金瓶梅词话》(梦梅馆校本),梅节校订,里仁书局,2013年,第1385页。
③ 兰陵笑笑生:《金瓶梅词话》(梦梅馆校本),梅节校订,里仁书局,2013年,第1459页。
④ 兰陵笑笑生:《金瓶梅词话》(梦梅馆校本),梅节校订,里仁书局,2013年,第104页。

正是缘木求鱼空自羞！"① 可见，潘金莲对自己偷情之事还是心中甚明，"怕甚么傍人讲论"，只是哀叹自己不顾一切的后果，却又遭到情夫的负心。潘金莲淡薄的贞节观念无疑是建立在自身没有任何贞节观念的西门庆的负心之上。潘金莲虽然好淫，尚有自知之明，可叹她在哀叹着丈夫的负心时，西门庆在玳安和王婆两人催信来后，还依旧骗她说是因为小女出嫁而忙。直到从西门床头上拔下一根油金簪儿，而丢了潘金莲送的簪子，还骗说此簪是他的朋友卜志道所赠，一再瞒骗着潘金莲去寻花问柳。

潘金莲好淫无行，西门庆亦堪与媲美。他在风月场上是能征善战的惯将，为了私欲毫无顾忌，他有妻有妾，可是，"自从帘下见了那妇人（金莲）一面，到家寻思道：'好一个雌儿，怎能够得手？'"② 和潘金莲通奸，其间还娶了孟玉楼，又霸占李娇儿，引诱李瓶儿，一妻数妾。西门庆妻妾成群，还偷情逛院，贪得无厌，这也就罢了，关键他除关注生意财富之外，似无其他爱好，"专一嫖风戏月，调占良人妇女"③。并陆续奸污了家中的若干婢女与家仆的妻子：春梅、迎春、兰香、如意儿、来旺妻、韩道国妻、贲地传妻等。由于他淫欲无度，身体耗空，终于倒下，却依旧不思悔改，生命的最后两个月，又通过别人牵线姘上了义子王三官的守寡母亲林太太，同时还想着王三官那"灯人儿一样美丽"的媳妇。同僚何千户的娘子，同样令他心旌摇荡。此外，西门庆还热衷同性恋，男戏子、男仆都是供他玩乐的对象。为了达到泄欲的高峰体验，还大量购买和设计了许多淫药、淫具，胡僧的致命药丸成了他纵欲而死的导火索。更恶劣的是他是"打老婆的班头，坑妇女的领袖"④，"娶到家中，稍不中意，就令媒人卖了；一个月倒在媒人家去二十余遍"⑤。第五十七回中，月娘以李瓶儿生下孝哥，劝西门庆发起善念，广结良缘，"日后那没来由没正经、养婆儿没搭煞、贪财好色的事体，少干几桩儿也好。攒下些阴功，与那小的子也好"⑥。因发家致富而心理极度膨胀的西门庆却认定钱可通神，只要拥有巨大财富便可为所欲为，发表了一段广为人知而极富象征意义的话：

---

① 兰陵笑笑生：《金瓶梅词话》（梦梅馆校本），梅节校订，里仁书局，2013年，第106页。
② 兰陵笑笑生：《金瓶梅词话》（梦梅馆校本），梅节校订，里仁书局，2013年，第31页。
③ 兰陵笑笑生：《金瓶梅词话》（梦梅馆校本），梅节校订，里仁书局，2013年，第31页。
④ 兰陵笑笑生：《金瓶梅词话》（梦梅馆校本），梅节校订，里仁书局，2013年，第236页。
⑤ 兰陵笑笑生：《金瓶梅词话》（梦梅馆校本），梅节校订，里仁书局，2013年，第31页。
⑥ 兰陵笑笑生：《金瓶梅词话》（梦梅馆校本），梅节校订，里仁书局，2013年，第882页。

却不道天地尚有阴阳，男女自然配合。今生偷情的、苟合的，都是前生分定，姻缘簿上注名，今生了还。难道是生刺刺胡挡乱扯歪斯缠做的？咱闻那佛祖西天，也止不过要黄金铺地；阴司十殿，也要些楮镪营求。咱只消尽这家私广为善事，就使强奸了嫦娥，和奸了织女，拐了许飞琼，盗了西王母的女儿，也不减我泼天富贵！①

一次潘金莲对西门庆说："若是信着你意儿，把天下老婆都耍遍了罢。"② 真是一针见血，看来最了解西门庆的还是同样淫滥的潘金莲。在第七十九回，西门庆因为"想着何千户娘子蓝氏，情欲如火"③，在韩道国家与韩妻王六儿饮酒纵欲晚归，身体亏虚而眠，而后被潘金莲百般调弄，服药过度交合，终于油尽灯枯，血水长崩，在快感与痛苦的高峰体验下魂归西天。正如小说警告的那样："一己精神有限，天下色欲无穷。"④ 西门庆如此下场，乃自作自受。西门庆死在对欲望的不断追求之中。"最终，不是西门庆在追求欲望，反而是欲望在追逐着他。西门庆完全被他自身的欲望所吞噬。"⑤ "小说中的蓝氏这一遥不可及的形象其实正可被视作是这一欲望创造出的又一个对象。"⑥

西门庆死后，作为妓女出身的妾，李家桂卿、桂姐悄悄对李娇儿说："俺妈说，人已是死了，你我院中人，守的这样贞节！"⑦ 那李娇儿听记在心。出殡之时，李桂卿、桂姐在山头，又悄悄劝说李娇儿，典型地反映了妓女为妾的夫妻观念和贞节心理：

妈说你，摸量你手中没甚细软东西，不消只顾在他家了。你又没儿女，守甚么？叫你一场嚷乱，登开了罢。昨日应二哥来说，如今大街坊张二官府，要破五百两金银，娶你做二房娘子，当家理纪。你那

---

① 兰陵笑笑生：《金瓶梅词话》（梦梅馆校本），梅节校订，里仁书局，2013年，第882页。
② 兰陵笑笑生：《金瓶梅词话》（梦梅馆校本），梅节校订，里仁书局，2013年，第956页。
③ 兰陵笑笑生：《金瓶梅词话》（梦梅馆校本），梅节校订，里仁书局，2013年，第1374页。
④ 兰陵笑笑生：《金瓶梅词话》（梦梅馆校本），梅节校订，里仁书局，2013年，第1378页。
⑤ 黄卫总：《中华帝国晚期的欲望与小说叙述》，张蕴爽译，江苏人民出版社，2010年，第95页。
⑥ 黄卫总：《中华帝国晚期的欲望与小说叙述》，张蕴爽译，江苏人民出版社，2010年，第94页。
⑦ 兰陵笑笑生：《金瓶梅词话》（梦梅馆校本），梅节校订，里仁书局，2013年，第1399页。

里便图出身,你在这里守到老死也不怎么。你我院中人家,弃旧迎新为本,趋炎附势为强,不可错过了时光!①

李娇儿从西门家中偷走很多东西,并借机与吴月娘大闹,最终离开西门府,在西门庆生前"挚友"应伯爵的协助下,很快嫁与张二官儿为二娘子。书中评议:

> 院中唱的,以卖俏为活计,将脂粉作生涯。早晨张风流,晚夕李浪子。前门进老子,后门接儿子。弃旧迎新,见钱眼开,自然之理!未到家中,拽打揪掯,燃香烧剪,走死哭嫁;娶到家,改志从良,饶君千般贴恋,万种牢笼,还锁不住他心猿意马,不是活时偷食抹嘴,就是死后嚷闹离门。不拘几时,还吃旧锅粥去了!②

西门庆死后,树倒猢狲散,人心全都显现出来,都在为自己的利益和出路算计着,弄钱的弄钱,偷人的偷人。尤其是"送殡之人终不似李瓶儿那时稠密"③。幸好西门庆已在九泉之下,看不见这个对比。

西门庆虽然短暂一生中贪淫纵欲,所娶小妾共有六房,但都不是正经人家儿女,其中李娇儿是勾栏女子,卓丢儿是寡子姐,都是风尘妓女出身,孟玉楼、潘金莲、李瓶儿则皆为再醮妇女。以传统的家礼来衡量,西门庆的几度娶妾都属逾礼犯规。可见别人妻妾的贞节观念丢到东洋大海里去,他也不放在心上,但是这些女人一旦成为他的妾妇,他便丝毫容不下她们的不贞洁,他对潘金莲和孙雪娥二人的严厉惩罚可见一斑。更加奇怪也更加具有嘲讽意味的是,每当遇到当地衙门有几桩乱伦案件送审,"西门庆总是愤怒异常,莫不给当事人以无情的惩罚"④。他还常常为自己的惩淫诫色之举感到自豪,颇有肃清风化之敦伦大官的意味。在纵欲过度临死前却对自己身后众妻妾的归宿念念不忘,希望她们能为自己守节,这无疑构成了一个极大的反讽。他临终前拉着潘金莲的手满眼落泪,说道:"我的冤家,我死后,你姊妹们好好守着我的灵,休要失散了。"⑤ 又嘱托

---

① 兰陵笑笑生:《金瓶梅词话》(梦梅馆校本),梅节校订,里仁书局,2013年,第1404页。
② 兰陵笑笑生:《金瓶梅词话》(梦梅馆校本),梅节校订,里仁书局,2013年,第1405页。
③ 兰陵笑笑生:《金瓶梅词话》(梦梅馆校本),梅节校订,里仁书局,2013年,第1403页。
④ 浦安迪:《明代小说四大奇书》,沈亨寿译,生活·读书·新知三联书店,2006年,第149页。
⑤ 兰陵笑笑生:《金瓶梅词话》(梦梅馆校本),梅节校订,里仁书局,2013年,第1389页。

正妻吴月娘：

> 贤妻休悲，我有衷情告你知：妻，你腹中是男是女，养下来看大成人，守我的家私。三贤九烈要贞心，一妻四妾携带着住。彼此光辉光辉，我死在九泉之下口眼皆闭！①

"三贤九烈要贞心，一妻四妾携带着住"这句话出自西门庆的口中，可谓滑天下之大稽！如此淫乱好色、纵欲成性的西门官人，竟然有如此强烈的妇女贞节观念，不禁让人想起《战国策》中那位"訑人妻妾"的齐人，贞节都是为别人和自己的妻妾而设，而对自己和别人的妻妾，则恨不能完全"跳出三界外，不在五行中"。说到底，这虽是人性的真实流露，却是典型的自私心理。

西门庆嘱咐了吴月娘之后，又把视为"儿子"的女婿陈经济叫到跟前，说道："你发送了我入土，好歹一家一计，帮扶着你娘儿们过日子，休要教人笑话！"② 同样具有反讽意味的是，陈经济确实是"帮扶着娘儿们过日子"，除视为对头的吴月娘之外，将早就有私情的潘金莲和春梅纷纷收归自己帐下。

李瓶儿也是生来"好风月"，与性欲亢进的潘金莲没什么两样。她先嫁给了大名府梁中书做妾，但梁的夫人"怀甚嫉妒"，让她只在外边书房内住。后来嫁给了花太监的侄儿花子虚，但是花子虚又品性不良，"每日只在外边胡撞"③，眠花卧柳，日日将娇妻冷落。她的性欲苦闷亟需发泄，偷情和乱伦的花名单上自然少不了瓶儿。首先是她的公公花太监与她关系暧昧，但太监没有性能力，无非在李瓶儿的性苦闷上火上浇油。直到西门庆来到她家后，两人一见，"魂飞魄散"，后来瓶儿主动教丫鬟通知西门庆翻墙过来相会，二人偷情极乐，如胶似漆，以后但凡"子虚不在家，这边使丫鬟立墙头上，暗暗以咳嗽为号，或先丢块瓦儿；见这边无人，方才上墙叫他。西门庆便用梯凳爬过墙来，这边早安下脚手接他"④。这样两个过了好长时间的"隔墙酬和，窃玉偷香"⑤ 之乐，可见瓶儿与金莲本没有

---

① 兰陵笑笑生：《金瓶梅词话》（梦梅馆校本），梅节校订，里仁书局，2013年，第1389页。
② 兰陵笑笑生：《金瓶梅词话》（梦梅馆校本），梅节校订，里仁书局，2013年，第1390页。
③ 兰陵笑笑生：《金瓶梅词话》（梦梅馆校本），梅节校订，里仁书局，2013年，第228页。
④ 兰陵笑笑生：《金瓶梅词话》（梦梅馆校本），梅节校订，里仁书局，2013年，第179页。
⑤ 兰陵笑笑生：《金瓶梅词话》（梦梅馆校本），梅节校订，里仁书局，2013年，第179页。

什么本质区别，都是好背夫偷情的歪主。西门庆无疑是长期处于性饥渴之中的李瓶儿的大救星，从此身心两畅，心病皆除。她满心希望西门庆这帖药永远能除却她的心病，真心希望与他相守百年。然而西门庆一去之后，让瓶儿朝思暮盼，音信全无。思念和失望双重攻心，她得了中医所谓的"鬼交之病"。这种病在现代心理学家看来，就是由长期性压抑而造成的心理障碍。李瓶儿得到了蒋竹山的补偿，总算也暂时化凶为吉。然而蒋竹山性能力低下，"腰里无力"，是个"腊枪头，死王八"，"往往干事不称其意"，远不能满足李瓶儿的性欲。[①] 重新陷入性苦闷之中的李瓶儿不得不企求再度投入西门庆的怀抱。但西门庆回报她的是娶过门后故意一连三夜不进她房来。这对于罄其所有倒贴巴结西门庆，只为一门心思追求"性福"的李瓶儿来说，无疑是最沉重的打击。对"性福"生活向往的绝望，直接导致她的人生之塔的坍塌。于是她饱哭一场带着哀怨和绝望悬梁自尽了。很显然，她的绝望以至于寻死，无疑是生理需求遭到严重压抑和强烈摧残的反弹结果。

从某种意义上可以说，李瓶儿的一生，是性苦闷的一生。她的病，她的死，莫不与人性被长期的压抑和摧残紧密相连。当然，这也与她的温柔、懦弱有关。她不像金莲那样无论做了多么伤天害理的事都没有丝毫的愧疚之心。金莲的心理是强大的，无畏无惧，只能等到别人杀她。而瓶儿却是有内疚之心的，她在病痛中常常看到花子虚的阴影，这让她心惊胆战。"她感到罪孽深重，沉重的精神负担早把她的精神压垮了。"[②] 她"以孽死"，下场是悲惨的。

青出于蓝的陈经济也是一个淫滥如猪狗的男子，是其岳父西门庆的翻版，与自己的"岳母"潘金莲勾搭成奸，还揩另两位颇有姿色的"岳母"的油，在第二十五回中，众"岳母"荡秋千玩耍，陈经济推送秋千时，趁机"把李瓶儿裙子掀起，露着他大红底衣，抠了一把"[③]。对孟玉楼也不怀好意，在花园里拾到她的金簪，便想入非非。孟玉楼再嫁李衙内后，他还以此簪来证明他俩有私情，欲图将玉楼拐带出来，"落得好受用"[④]。完

---

① 兰陵笑笑生:《金瓶梅词话》(梦梅馆校本)，梅节校订，里仁书局，2013年，第259页。
② 黄霖:《黄霖说金瓶梅》，中华书局，2005年，第55页。
③ 兰陵笑笑生:《金瓶梅词话》(梦梅馆校本)，梅节校订，里仁书局，2013年，第346页。
④ 兰陵笑笑生:《金瓶梅词话》(梦梅馆校本)，梅节校订，里仁书局，2013年，第1561页。

全是一个寡廉鲜耻、不顾伦理的下流浪荡子。而且因为自己的破落,变得没有一点品节,在自己被月娘逐出门户流落时,为了获得一点银钱,晚上就让别的男人干自己后庭,"足干了一夜,亲哥亲达达,亲汉子亲爷,口里无般不叫将出来"①。这是西门庆决然不可能做的。

西门府外的其他女性角色,也大多是好淫不节之妇,如王招宣的太太、王三官的母亲林太太。虽然林氏所嫁的王招宣不是什么大官,但为名门之后,他祖父曾封王侯,作者以西门庆的视角来描述了王府中的肃穆庄严气象:

> 正面供养着他祖爷太原节度邠阳郡王王景崇的影身图,穿着大红团龙蟒衣玉带,虎皮校椅,坐着观看兵书,有若关王之像,只是髭须短些;傍边列着枪刀弓矢。迎门朱红匾上书"节义堂"三字。两壁书画丹青,琴书潇洒。左右泥金隶书一联:"传家节操同松竹,报国勋功并斗山。"②

但是深居如此庄严肃穆之府的林太太,却是"绮阁中好色的娇娘,深闺内合毯的菩萨"③。在王招宣死后,作为贵族遗孀,实乃"诰命夫人"之身份的林太太,表面贞洁静笃,暗中却春心勃动,与风流淫浪的西门庆数度偷情,在华贵雍容的府邸里一次次宣淫秽乱。"节义堂"三字和那幅节操勋功对联交相辉映,配合林太太的淫乱,构成一个绝妙的反讽。无论是作为气节的"节操"还是作为男女之事的"贞节",在林太太这里早已丢到东洋大海去了。

清代涨潮称《金瓶梅》是一部哀书,诚哉斯语。书中一个个欲望强烈的食色男女在活色生香地尽情表演,却让人倍感压抑,而凡是稍有一点人性的人,不是被毁灭,就是被扭曲,均无好的收束和让人欣慰的结果。李瓶儿从贪淫的狠心妇人,一旦转化为温柔的贤淑女,便受到妒忌、诅咒、排挤、恐吓,终于在污秽中痛苦死去,下人来旺的媳妇宋惠莲虚荣好淫,一旦人心觉醒,只有自缢而死。总之,欲望统治的暗夜,人心难免漆黑,《金瓶梅》的世界是令人压抑的。

---

① 兰陵笑笑生:《金瓶梅词话》(梦梅馆校本),梅节校订,里仁书局,2013年,第1633页。
② 兰陵笑笑生:《金瓶梅词话》(梦梅馆校本),梅节校订,里仁书局,2013年,第1122页。
③ 兰陵笑笑生:《金瓶梅词话》(梦梅馆校本),梅节校订,里仁书局,2013年,第1123页。

二、李瓶儿和西门庆：淫欲夫妻的真挚情爱

不过，原本是奸夫淫妇的李瓶儿和西门庆，却在后来的生活中相互关爱，真情涌现，尤其是瓶儿染上恶疾至死，西门庆对她的情爱又是颇为真挚动人的。

瓶儿自缢被救下，在西门庆的皮鞭规训之下，彻底拜倒在他的恩威并施之下，"情感西门庆"，两人重归于好。尤其是在她怀上了孩子以后，更是得到西门庆的百倍关爱体贴，官哥成了她的骄傲和希望，也成了维系他们夫妻情感的一个重要纽带，就像一个寻常之家的恩爱夫妻一样，她也着实享受了普通小女人的家庭幸福和天伦温馨，因此成为一个小鸟依人的温柔小妇人。

因性爱满足而生真挚之爱的例子，古今中外都有，李瓶儿转化为温柔妇人之后，对西门庆真心关爱，早晚劝他，一心想与他百年长好。尤其是行将过世的最后一夜，她搂着西门庆的脖子，呜咽半日，说道："我的哥哥，奴承望和你并头相守，谁知奴家今日死去也！趁奴不闭眼，我和你说几句话儿。你家事大，孤身无靠，又没帮手，凡事斟酌，休要那一冲性儿……今后也少要往那里去吃酒，早些儿来家，你家事要紧。比不的有奴在，还早晚劝你。奴若死了，谁肯只顾的苦口说你？"[①] 语语发自肺腑，让西门庆痛彻心扉。

西门庆并不是一个一味淫滥而完全不讲感情的人，他有时会显现出脆弱的一面，也会为别人的真心而感动，比如对吴月娘月下为他祈祷而感动，从而恢复夫妻感情。但体现得最为明显的还是对李瓶儿的情感，通观全书，唯一让西门庆流露出"情义深挚"一面的，只有为他带来巨大财富而又温柔贤惠的李瓶儿。生前包括为他生了儿子后且不说，尤为感人的是在李瓶儿身染重病后，他也不离不弃，日夜关切。西门庆对瓶儿的真情厚意，从以下几点可得到充分体现。

（1）不避瓶儿病中秽恶。这一点极为难得，因为李瓶儿得的病是秽恶之疾，血污脏恶，首先气味和视觉都会让人极难接受，更何况还有染上恶

---

① 兰陵笑笑生：《金瓶梅词话》（梦梅馆校本），梅节校订，里仁书局，2013年，第 994~995 页。

气的危险，不是极深极爱之人，实难做到这一点。小说一再描写西门庆不顾恶气，就连法官都戒他休往房里去，但他"宁可我死了也罢，须得厮守着，和他说句话儿"①，连晚上都还要进入李瓶儿房中，不顾秽恶和她同睡，硬是被瓶儿赶走。李瓶儿病体垂危将亡之际，西门庆不顾潘道士提出的"恐祸将及身"的警告，冒着被感染的危险，还坚持要守在李瓶儿身旁，直到她死去。

（2）瓶儿病亡时的夸张表现。瓶儿终于在污秽和痛苦中死去，西门庆不顾一切地抱着她的尸体哭叫，小说中西门庆的表现着实令人感动：

>也不顾的甚么身底下血渍，两只手抱着他，香腮亲着，口口声声只叫："我的没救星的姐姐，有仁义好性儿的姐姐！你怎的闪了我去了，宁可教我西门庆死了罢。我也不久活于世了，平白活着做甚么！"在房里离地跳的有三尺高，大放声号哭。②

"天杀了我西门庆了！姐姐，你在我家三年光景，一日好日子没过，都是我坑陷了你了！"③ 无独有偶，这句"我也不久活于世"在第五十九回李瓶儿的儿子官哥死后，李瓶儿也这么痛哭过，那是作为母亲的真切的丧子之哀。西门庆同样丧子，则没有如此痛哭，原因很简单，西门庆有诸多妻妾侍女，而李瓶儿则只能靠西门庆生子而机会渺茫。这回李瓶儿真的死了，西门庆却发出同样的哀号，这句哀号不久也成了谶语，只不过，他是纵欲过度而死，这是西门庆一贯本性的必然结局。

（3）瓶儿死后的哀痛和烦乱。瓶儿死后，书中不断凸显西门庆对她的哀痛和怀念之情。他熬了三两夜没睡，头也没梳，脸也没洗，心中悲恸，"神思恍乱，只是好没气，骂丫头、踢小厮，守着李瓶儿尸首，由不的放声哭叫"④。吴月娘看了又心疼又好气，金莲劝他吃饭，他大骂金莲是"狗攮的淫妇"！瓶儿入棺的时候，西门庆哭得呆了，口口声声哭叫。他长时大哭，不吃不喝，尽管应伯爵一番善劝，使他透彻，但是在韩先生与李瓶儿揭白传神，他看到李瓶儿"虽故久病"的时候，又"由不得掩泪而

---

① 兰陵笑笑生：《金瓶梅词话》（梦梅馆校本），梅节校订，里仁书局，2013年，第994页。
② 兰陵笑笑生：《金瓶梅词话》（梦梅馆校本），梅节校订，里仁书局，2013年，第996~997页。
③ 兰陵笑笑生：《金瓶梅词话》（梦梅馆校本），梅节校订，里仁书局，2013年，第997页。
④ 兰陵笑笑生：《金瓶梅词话》（梦梅馆校本），梅节校订，里仁书局，2013年，第1001页。

哭",后来在小殓时,"要亲与他开光明,强着陈经济做孝子,与他抿了目。西门庆旋寻出一颗胡珠,安放在他口里"①,而且晚上也不进后边去,就在李瓶儿灵旁边装一张凉床,拿围屏围着,独自宿歇。

（4）对瓶儿名分的越礼以求。瓶儿死后三日大殓,抬尸入棺,西门庆寻出他四套上色衣服来装在棺内,四角安放了四锭小银子儿依着。即使花子由反对,西门庆也不肯作罢。温秀才起孝帖儿,开刊请各亲眷,三日做斋诵经,西门庆不顾众人非议,令温秀才写"荆妇奄逝",荆妇也是正妻的谦称。大殓入棺后,请杜中书来题名旌,西门庆要他题写"诏封锦衣西门恭人李氏柩"十一字,而恭人系命妇,可见西门庆是将瓶儿当正室夫人看待。只是应伯爵、温秀才百般解释好劝,才将恭人改为室人,但瓶儿在他心中之重和她死后之痛,于斯可见一斑。西门庆的越礼之行,无非是感念而已。

（5）睹物思人而落泪。祭奠瓶儿完毕后,西门府请海盐子弟搬演《韦皋玉箫女两世姻缘玉环记》,西门庆看唱到"今生难会,因此上寄丹青"一句的时候,"忽想起李瓶儿病时模样,不觉心中感触起来,止不住眼中泪落,袖中不住取汗巾儿擦拭"②。第六十七回中,西门庆见妓女郑爱月送的泡螺,还对应伯爵感叹:"我见此物,不免又使我伤心。惟有死了的六娘他会拣,他没了,如今家中谁会弄他!"③第六十八回中,他又一次对郑爱月表达泡螺让他因睹物思人而心酸了半日。

（6）睹人而思人。西门庆毕竟是淫滥色鬼,瓶儿死后不久他便同奶子如意儿勾上了。但因见她肤色像瓶儿,情不自禁地对如意儿说:"你原来身体皮肉也和你娘一般白净,我搂着你,就如同和他睡一般。"④第七十五回里,又叙西门庆与如意儿偷情,一面吃酒,一面解开她的胸衣露出白馥馥酥胸,用手摸着她奶头,赤裸裸地夸道:"我的儿,你达达不爱你别的,只爱你这好白净皮肉儿,与你娘的一般样儿。我搂着你,就如同搂着他一般!"⑤接下来,西门庆一面和她干事,一面口中呼叫她:"你若有造

---

① 兰陵笑笑生:《金瓶梅词话》（梦梅馆校本）,梅节校订,里仁书局,2013年,第1010页。
② 兰陵笑笑生:《金瓶梅词话》（梦梅馆校本）,梅节校订,里仁书局,2013年,第1019页。
③ 兰陵笑笑生:《金瓶梅词话》（梦梅馆校本）,梅节校订,里仁书局,2013年,第1079页。
④ 兰陵笑笑生:《金瓶梅词话》（梦梅馆校本）,梅节校订,里仁书局,2013年,第1081页。
⑤ 兰陵笑笑生:《金瓶梅词话》（梦梅馆校本）,梅节校订,里仁书局,2013年,第1252页。

化,也生长一男半女,我就扶你起来,与我做一房小,就顶你娘的窝儿,你心下如何?"① 一听妓女吴银儿戴着白绉髻说与李瓶儿戴孝,"不觉满心欢喜,与他侧席而坐,两个说话"②。可以说,死后的瓶儿时时刻刻活在西门庆的心中。

无论自己如何淫乱,毕竟处处不忘李瓶儿。极为下流,却颇有情义;极为肉麻,又不乏真诚;虽然有点恶心,却并不矫揉造作,而是完全发自肺腑;处处纵欲贪淫,又时时处处念念不忘李瓶儿,似乎不可调和的矛盾体,竟如此和谐无碍,水乳交融。在极滥情中又透出极真情,这就是这个晚明暴发户的真实形象。尽管他的心腹玳安一针见血地指出:"为甚俺爹心里疼?不是疼人,是疼钱。"③ 我们也无法否认这种感情与瓶儿嫁他时带来了大量的钱财没有丝毫关系,但并不能因此说西门庆的感情是虚假的。试想如果没有李瓶儿对西门庆的关爱和温顺,没有发自内心的真情挚意,他可能也做不到如此三番五次的伤心欲绝,痛哭流涕。这一对因淫欲和财欲而结合的夫妻,却奉献了一段真挚感人的深情之曲,人性的复杂而真实在作者的如椽巨笔之下体现得淋漓尽致。

三、正气守节的吴月娘和清醒现实的孟玉楼

当然,在这个漆黑如暗夜,让人透不过气来的大家庭内外的情欲世界中,也有正气守节的人物,主妇吴月娘便是其中一位。

作为一家主妇的吴月娘,是全书在贞节观上塑造的唯一一个传统的贞节女性。这当然也符合她作为一家正妻的角色需要。她是左卫吴千户之女,西门庆原配死后,她填房为继室,乃明媒正娶、出身较好的"清白女子"。月娘对贞操之看重,由下例可见,在第二十五回,西门庆与妻妾女儿一起打秋千,那金莲在上头,便笑成一块。从秋千上擦下来差点跌着,险些把玉楼也拖下来。月娘便告诫她们道:"'我说六姐笑的不好,只当跌下来。'因望李娇儿众人说道:'这打秋千最不该笑,笑多了有甚么好?一

---

① 兰陵笑笑生:《金瓶梅词话》(梦梅馆校本),梅节校订,里仁书局,2013年,第1254页。
② 兰陵笑笑生:《金瓶梅词话》(梦梅馆校本),梅节校订,里仁书局,2013年,第1101页。
③ 兰陵笑笑生:《金瓶梅词话》(梦梅馆校本),梅节校订,里仁书局,2013年,第1021~1022页。

定腿软了，跌下来。也是我那咱在家做女儿时，隔壁周台官家，有一座花园，花园中扎着一座秋千。也三月佳节，一日，他家周小姐和俺一般三四个女孩儿，都打秋千耍子。也是这等笑的不了，把周小姐滑下来，骑在画板上，把身上喜抓去了。落后嫁与人家，被人家说不是女儿，休逐来家。'"① 全书唯一一段论及女儿之"喜"——即处女膜的话，就是出自这位大娘子口中。

　　作为正妻的吴月娘，乃大家主妇，出身较高，自然比较正派硬气，她对自己不是再醮之妇颇为自豪，常常对自己出身流露出优越性，并且还因此经常奚落潘金莲、李娇儿、孟玉楼等西门庆其他妾妇，表白自己是明媒正娶，而不像她们是"半路货"。

　　孟玉楼道："论起来，男子汉死了多少时儿，服也还未满，就嫁人，使不得的。"月娘道："如今年程，论的甚么使的使不的。汉子孝服未满，浪着嫁人的，才一个儿？淫妇成日和汉子酒里眠酒里卧底人，他原守的甚么贞节！"看官听说：月娘这一句话，一棒打着两个人。孟玉楼与潘金莲都是再醮嫁人，孝服都不曾满。听了此言，未免各人怀着惭愧归房，不在话下。②

　　后来林太太与西门庆通奸之事传出来，潘金莲抓住机会大骂林太太淫妇。"'这个，姐姐，才显出个皂白来了。像韩道国家这个淫妇，姐姐还嗔我骂他罢！干净一家子都养汉，是个明王八，把个王八花子也裁派将来，早晚好做勾使鬼！'月娘道：'王三官儿娘你还骂他老淫妇？他说你从小儿在他家使唤来！'那金莲不听便罢，听了把脸掣耳朵带脖子红了。"③ 可见在吴月娘眼中，"再醮"之妇已然在气势上先低人一等，"头醮"成了吴月娘的伦理资本，在她这里转化为身体的"话语权"。她不但自己洁身自好，还对家庭里的其他妾妇要求很高，对丫鬟小童和男仆仆妇等下人男女也看管甚严。唯独对丈夫西门庆比较服帖，处处谦让温顺，不断地迁就他，甚至对他纳妾也从不反对，从未表现出悍妒的一面。这是一位典型的深受传统妇德教育的主妇。她处处为这个大家庭考虑，包括为西门庆祈福平安、

---

① 兰陵笑笑生：《金瓶梅词话》（梦梅馆校本），梅节校订，里仁书局，2013年，第346页。
② 兰陵笑笑生：《金瓶梅词话》（梦梅馆校本），梅节校订，里仁书局，2013年，第245页。
③ 兰陵笑笑生：《金瓶梅词话》（梦梅馆校本），梅节校订，里仁书局，2013年，第1381页。

祈福生子，委婉劝诫西门庆要积德行善，以身体健康为重，少做伤天害理之事，少行淫滥苟且之举。她经常劝诫其他妾妇要贞节自守，要自身立得起！第七十二回，在西门庆外出期间，她把家门关得严严实实，一蚁不入。西门庆死后，她一力承担起整个大家庭的重任，任劳任怨，自己坚贞守节，先是有大胆下人来保，奴才欺无夫之主母，经常喝醉酒后来月娘房中言语调戏。"不是月娘为人正大，也被他说念的心邪，上了道儿。"① 在去泰山进香遭到忘恩负义的云里守的淫威时，她坚持雅操，不为所动，捍卫了自己的贞节和尊严。西门庆临死之前嘱托月娘"三贤九烈要贞心"，月娘作为正妻如此回答："多谢儿夫，遗后良言教导奴。夫，我本女流之辈，四德三从，与你那样夫妻。平生作事不模糊，守贞肯把夫名污？生死同途同途，一鞍一马不须盼咐！"②

月娘虽然看管甚严，但整个家庭就是西门庆将各种腥臭之物拉扯进来组建而成的，家庭淫乱情势日蹙。月娘尤其是对金莲淫女婿陈经济，勾引书童，到处滥交，早已深恨在心。终于在西门庆死后，她对苟且淫滥的金莲等人忍无可忍，挺身而出，于第八十五回棍打陈经济，于第九十二回将金莲扫地出门，清理了门户。看她对夫死之后金莲偷情的拷骂：

> 六姐，今后再休这般没廉耻！你我如今是寡妇，比不的有汉子。香喷喷在家里，臭烘烘在外头，盆儿罐儿都有耳朵。你有要没紧和这小厮缠甚么？教奴才们背地排说的碎死了！常言道：男儿没性，寸铁无钢；女人无性，烂如麻糖。其身正，不令而行；其身不正，虽令不行。你有长进、正条，肯教奴才排说你？在我跟前说了几遍，我不信，今日亲眼看见，说不的了！我今日说过，要你自家立志，替汉子争气。像我进香去，两番三次，被强人掳掠逼勒，若是不正气的，也来不到家了。③

可以说句句发自肺腑，语语凛然正气，淫荡而又善辩的金莲"羞的脸上红一块白一块"，可见"其身正"的巨大威效。再看她对偷情女婿陈经

---

① 兰陵笑笑生：《金瓶梅词话》（梦梅馆校本），梅节校订，里仁书局，2013年，第1420页。
② 兰陵笑笑生：《金瓶梅词话》（梦梅馆校本），梅节校订，里仁书局，2013年，第1389页。
③ 兰陵笑笑生：《金瓶梅词话》（梦梅馆校本），梅节校订，里仁书局，2013年，第1462~1463页。

济的责骂：

> 此是你丈人深宅院，又不是丽春院、莺燕巢，你如何把他妇女厮调？他是你丈人爱妾，寡居守孝。你因何把他戏嘲？也有那没廉耻斜皮，把你刮剌上了。自古母狗不掉尾，公狗不跳槽。都是些污家门罪犯难饶！①

不过，正是她将陈经济引进这个家门的，所谓成也萧何败也萧何，她的眼光和能力都要负一点责任。作为主妇，月娘守节自然具有更多的合理性，至于后来的幸福感和归属感是否体现，是需要打个问号的。她毕竟是西门家中唯一产子且留存下来的人，她是将生命的意义寄托在孝哥身上了，这是她的骄傲之处，也是她的无奈处境，她最好的选择只能如此。可惜的是，她唯一的骨血孝哥最后被高僧点度出家。月娘的梦魇是高僧给她的人生启示录，不知她悟了没有？

孟玉楼是一个清醒现实的女子，她善良却不懦弱，不淫荡却也不死守贞节，她孜孜以求个人爱情和婚姻的幸福，最后也幸运得到了美满的结局。她出场时，已经是一个丧夫一年的寡妇，身边又没有子女。这时放在她面前有两条路：一条是顺"天理"，守贞节；另一条是尊"人欲"，再嫁人。她毅然地选择了后一条路："青春年少，守他甚么？"② 不顾杨四舅的百般拦阻，她毅然扛起大箱财产，改嫁西门庆。她嫁到西门家中，洁身自好，韬光养晦，不与人争竞，虽不受宠，也没遭过分冷落，更没有其他几位妻妾的猜忌和排挤。她从不为图虚名守节，担心守不住反而贻羞更大，当西门庆与林太太偷情之事暴露时，她便讽刺挖苦说："没见一个儿子也长恁大，大儿大妇，还干这个营生！忍不住，嫁了个汉子，也休要出这个丑。"③ 她既批判了林太太，也为自己以后的选择铺好退路。与吴月娘的口吻一样，正气凛然而又丝毫不显矫情。正因如此，她才得到大娘子吴月娘的好感，即使后来她被年轻风流的李衙内看上而思嫁，月娘也不苦留，而是尊重她的选择，还在临行前拉住她痛哭一场，说再没有人陪自己说知心话了，可见二人惺惺相惜之情。

---

① 兰陵笑笑生：《金瓶梅词话》（梦梅馆校本），梅节校订，里仁书局，2013年，第1478页。
② 兰陵笑笑生：《金瓶梅词话》（梦梅馆校本），梅节校订，里仁书局，2013年，第86页。
③ 兰陵笑笑生：《金瓶梅词话》（梦梅馆校本），梅节校订，里仁书局，2013年，第1381页。

孟玉楼一而再再而三地自择婚配,光明磊落地追求美好的生活。抗争的结果是挣脱了"守节"虚名的羁绊,而得到了一个"百年知己"的有情人,可以想见,她应该会与李衙内有一个幸福的结局。这在丁耀亢的《续金瓶梅》和删节本《隔帘花影》中得到验证,"甚至在遭到恶意诽谤受到不信任后,他俩还是在一个更加简朴的环境中举案齐眉,终其天年"①。她是生活的强者,是一个在不正常的时代和不正常的环境中走出来的一个正常的女人,在人欲与天理抗争中的胜利者。张竹坡经常以责骂月娘的同样激情赞扬玉楼,他甚至认为玉楼是作者的"自喻"人物。《金瓶梅》的作者在塑造这一人物时,是把她归入"楼月善良终有寿"的一类,是把她作为一个"乖人""高人""真正美人"(皆为张竹坡批语)来加以肯定和颂扬的。

四、倒过来的下场:淫妇之母王六儿与节烈之女韩爱姐

若从贞节观念的角度去考察《金瓶梅》,实在有必要大书特书书中的两位重量级人物——王六儿和韩爱姐母女二人。

这对母女非同寻常之处,首先就表现在二人的性格和观念差别太大,母亲王六儿是一个为金钱富贵而勾搭主子、出卖色相肉体的典型淫妇,不仅如此,她还和叔叔韩二"有楂儿",这个韩二,名二捣鬼,"是个耍手的挡子"。可见,王六儿既好财又贪淫,毫无贞节观念,而丈夫韩道国也是一位贪财而丧失廉耻之心的市侩之徒,好许骗人钱财,因此街上人见他好说谎,顺口叫他做韩盗国。当爱慕虚荣的王六儿被西门庆看上后,很快非常乐意地与之通奸,韩道国回来后,她将西门庆勾搭之事和盘托出,甚至连西门庆给她的五十两银子以及为他们在大街上买房子住的许诺都毫不隐瞒。出轨的妻子主动向丈夫汇报奸情,已是破天荒之事,更神奇的是,韩道国得知妻子赚到钱财和好处后,不但不加怪罪,反而嘱托妇人"道:'等我明日往铺子里去了,他若来时,你只推我不知道。休要怠慢了他,凡事奉承他些儿!如今好容易赚钱,怎么赶这个道路!'老婆笑道:'贼

---

① 浦安迪:《明代小说四大奇书》,沈亨寿译,生活·读书·新知三联书店,2006年,第169页。

强人，倒路死的！你倒会吃自在饭儿，你还不知老娘怎样受苦哩！"① 幽默感人的对话，相互理解和安慰，真可谓不是一家人不进一家门。自此以后，"西门庆但来他家，韩道国就在铺子里上宿，教老婆陪他自在顽耍"②。王六儿百般伺候西门庆，极力满足他的各种变态性欲，故此她虽远不及金莲、瓶儿漂亮，却深得西门欢心。而在后来的生活中，他们确实得到西门庆的百般照顾，高昂的付出得到了高额的回报。不过，她也促进了西门庆的纵欲而死，这让西门全家妻妾对其恨之入骨。西门庆死后，她来烧纸，吴月娘痛骂她："怪贼奴才！不与我走，还来甚么韩大婶，耗大婶！贼狗攘的养汉的淫妇，把人家弄的家败人亡，父南子北，夫逃妻散的，还来上甚么纸！"③ 韩道国当先尝着这个甜头，因此后来夫妇二人因女儿失势流落，失去指望的韩道国"免不得又教老婆王六儿，又招惹别的熟人儿，或是商家"，又"靠老婆衣饭肥家"，还喜得"恰好又得他女儿来接代，也不断绝这样行业，如今索性大做了"！④ 只靠老婆卖身赚钱，让老婆做隐名娼妓私窠子，这不过是韩道国一贯作风的延续而已。

韩道国夫妇二人如此低三下四、不顾廉耻，固然与他们处于社会下层，依靠西门庆这棵大树过活有关，贫苦人的命运很多是身不由己的，他们所能做出的选择其实并不多，但如果我们将他们二人与同为下人的来旺夫妇比较就有高下之分了。这两对夫妻境遇相似，来旺的老婆宋惠莲是一个虚荣心、财利心很强的妇人，也傍上了主子西门庆，但她始终心虚，不敢将此事告诉丈夫来旺，后来还是与来旺暧昧的孙雪娥将此中消息透露，负气的来旺一听火冒三丈，教训妻子，见她狡辩，一拳来将她"险不打了一跤儿"，大骂她："贼淫妇，还说嘴哩！有人亲看见你和那没人伦的猪狗有首尾……成日合的不值了。贼淫妇，你还来我手里掉子曰儿！"⑤ 而当西门庆害死丈夫来旺时，宋惠莲则像变了一个人，一颗虚荣浮荡的心似乎刹那间觉醒，痛哭流涕，痛骂西门庆的阴狠毒辣，最终在深深的自责中自

---

① 兰陵笑笑生：《金瓶梅词话》（梦梅馆校本），梅节校订，里仁书局，2013年，第561页。
② 兰陵笑笑生：《金瓶梅词话》（梦梅馆校本），梅节校订，里仁书局，2013年，第569~570页。
③ 兰陵笑笑生：《金瓶梅词话》（梦梅馆校本），梅节校订，里仁书局，2013年，第1399页。
④ 兰陵笑笑生：《金瓶梅词话》（梦梅馆校本），梅节校订，里仁书局，2013年，第1660页。
⑤ 兰陵笑笑生：《金瓶梅词话》（梦梅馆校本），梅节校订，里仁书局，2013年，第349页。

缢而死。我们固然不应忘却下层人的悲哀，他们许多无奈的选择亦值得理解和同情，但像韩道国、王六儿这样因达成共识而相濡以沫的夫妇，个人的品节确实值得怀疑。

然而在《金瓶梅》中绝大多数淫妇奸夫都落得个悲惨下场的情况下，这样一位淫妇，却没有任何报应。韩道国寿终正寝后，王六儿与"旧有楂儿"的"老情人"——叔叔韩二又配了，成其夫妇[①]，接受另外一位曾经包养她的湖州何官人死后的家业田地，种田过日，相濡以沫，幸福平静地度过晚年生活。美国学者浦安迪也注意到王六儿、韩二结局的奇特，他认为二人是小说中描写的一对歪曲了的夫妻关系，"韩道国和王六儿为了贪财，居然互相默契配合，引诱西门庆上钩。本书末尾还留下了一桩同样令人费解的怪事，竟让王六儿嫁给她的小叔子，而且偏偏让这样一个厚颜无耻的家伙比西门庆生前在世的其他妇女都长寿"[②]。故而这一段"使人读后瞠目结舌"。其实，作者之所以做如此让人"瞠目结舌"的安排是有深意的，这恰好一方面证明作者并非因果报应的盲目信奉者，另一方面体现了作者的慈悲情怀和小说的某种宗教色彩。[③]

作为韩道国和王六儿这样一对奇葩所生的女儿，韩爱姐的思想和行动无疑是一个奇迹——无论在容貌还是个人品节上，与其父母都有天壤之别。她与陈经济的爱情终始，完全是一段激情燃烧的岁月。在没有真正爱情的家庭夫妇中，男人和女人都很难得到激情享受，如作为结发妻子的吴月娘沉湎于听讲佛经以逃避死水般的婚姻生活便是明证。葛翠屏与陈经济亦是明媒正娶的夫妻[④]，同样早就貌合神离，这决定了她在陈经济死后守节不可能出于真心，只不过是传统贞节观念的束缚无奈而已。相比之下，与陈经济一见钟情的韩爱姐，她不是陈经济名正言顺的妻妾，当然谈不上有守节的义务，既无伦理要求，则守节自然全属自愿。因此爱姐与翠屏二

[①] 兰陵笑笑生：《金瓶梅词话》（梦梅馆校本），梅节校订，里仁书局，2013年，第1687页。

[②] 浦安迪：《明代小说四大奇书》，沈亨寿译，生活·读书·新知三联书店，2006年，第144页。

[③] 美国学者宇文所安和田晓菲都认为《金瓶梅》具有宗教色彩，作者则有悲悯情怀，并且认为这是《金瓶梅》在思想境界上超越《红楼梦》的地方。参见田晓菲：《秋水堂论金瓶梅》，天津人民出版社，2014年，序。

[④] 陈经济的结发妻子西门大姐早就被他欺辱自缢而死，他们二人更是无一毫情感，互施怨毒。

人的守节具有本质差别，作者也有意将二人对噩耗的反应和日常心态做了对比性质的描写。

一是反应不同。陈经济被杀消息传来，葛翠屏虽然也哭倒在地，这是出于家庭支柱坍塌的绝望感。而韩爱姐却"昼夜只是哭泣，茶饭都不吃，一心只要往城内统制府中，见经济尸首一见，死了也甘心。父母、旁人，百般劝解不从"[1]，"放声大哭，哭的昏晕倒了，头撞于地下，就死过去了"[2]。而且她明确表示"情愿不归父母，同姐姐守孝寡居。也是奴和他恩情一场……奴既为他，虽刳目断鼻，也当守节，誓不再配他人"[3]！反应如此强烈，立场如此坚决，完全是将陈经济看作生死不渝的热恋情侣的表现。而葛翠屏也许还对爱姐的行为感到不可思议，甚或有点难过和伤心，毕竟，见到丈夫有这么一个外室，一心要给丈夫守节，她心里岂不正如打翻了五味瓶？

二是日常心态不同。尽管二人平时在家都是"清茶淡饭，守节持贞"[4]，但是春天里见鸟语花香的好日子难免触景伤情。"葛翠屏心还坦然，这韩爱姐一心只想念男儿陈经济大官人，凡事无情无绪，睹物伤悲。"[5]两相对比，感情深浅判然有别。而在金人入侵的乱世下，"葛翠屏已被他娘家领去，各逃生命，"[6]书中虽没有明确交代她此后的人生经历，但可以想象守节义务已经结束，她极有可能去寻求新的生活。反观爱姐，小叔韩二再三教韩爱姐嫁人，爱姐则为了践行守节誓言，不惜"割发毁目，出家为尼姑，誓不再配他人。后年至三十二岁，以疾而终"[7]。

总之，韩爱姐的选择和结局让人想起袁宏道《秋胡行》中那句话："妾死情，不死节"。她看上陈经济，完全是一见钟情，陈经济的俊美风流在瞬间点燃了她这颗年轻火热的心，她非常主动地去挑逗陈经济，自荐枕席，风尘女子的热烈缠绵只能如此。其实就在陈经济死前，她已然一颗心

---

[1] 兰陵笑笑生：《金瓶梅词话》（梦梅馆校本），梅节校订，里仁书局，2013年，第1675页。
[2] 兰陵笑笑生：《金瓶梅词话》（梦梅馆校本），梅节校订，里仁书局，2013年，第1675页。
[3] 兰陵笑笑生：《金瓶梅词话》（梦梅馆校本），梅节校订，里仁书局，2013年，第1676页。
[4] 兰陵笑笑生：《金瓶梅词话》（梦梅馆校本），梅节校订，里仁书局，2013年，第1683页。
[5] 兰陵笑笑生：《金瓶梅词话》（梦梅馆校本），梅节校订，里仁书局，2013年，第1683页。
[6] 兰陵笑笑生：《金瓶梅词话》（梦梅馆校本），梅节校订，里仁书局，2013年，第1686页。
[7] 兰陵笑笑生：《金瓶梅词话》（梦梅馆校本），梅节校订，里仁书局，2013年，第1687～1688页。

完全在他身上了，全然似一个热恋中的女孩。在陈经济回家被妻子羁留不来时，量酒的陈三儿替他勾了一个湖州贩丝绵绸绢客人何官人来请爱姐。那何官人非常富裕，"手中有千两丝绵绸绢货物"，若是其母王六儿，早就贴住他了；但是热恋中的爱姐却"一心想着经济，推心中不快，三回五次不肯下楼来"。① 由此可见，她的感情之火热。

不过，我们也需要注意到事物的另一面，陈经济本人虽然淫滥如猪狗，却不像西门庆是一个心狠贪财的暴发户。他是一个多情的浪子，由于生在锦绣堆中，从小受到过度宠溺，成为一个不顾廉耻却又有几分天真的大孩子。他虽然游风戏月，但对自己心仪的女子确实用情较深，颇能花费心思，更重要的是他不仅"有情"，而且"有义"。当他的"情人"潘金莲被吴月娘扫地出门后，他恨极吴月娘，一心要为金莲报仇，以至于后来春梅与月娘保持往来交好，他还质问春梅，认为她不该如此善待自己的"敌人"，说：

> 姐姐，你好没志气！想着这贼淫妇，那咱把咱姐儿们生生的拆散开了，又把六姐命丧了，永世千年门里门外不相逢才好，反替他说人情儿？……有我早在这里，我断不教你替他说人情。他是你我仇人，又和他上门往来做甚么？六月连阴，想他好晴天儿？②

因此，经济多情重义的浪子形象，加上他的外貌，难免让不少女人为他心动痴情，讨人喜欢更在情理之中。爱姐的一往情深和为其守节亦当作如是观。更何况爱姐所嫁也只是为人妾妇而已，年貌自是不称，家破之后又流离失所，无奈之下又为烟花之事，如花美眷日日应付的皆是那些嫖客的一晌贪欢。在此一情形之下，爱姐遇到这样一位俊美风流的浪子，而且当时经济还是一位商铺老板，可谓财貌双全，又对她含情脉脉，因而她早已魂飞天外，于是主动进攻，自荐枕席。后面经济又与她诗词唱和往来，互寄情物，深情款款的举动，无不让她有如甘露入心，而正在她品尝"爱情"之美好的极乐之时，情人陨落，这种从未有过真正爱情的苦命女子，顿时天塌地陷，想着二人欢好的一幕一幕，萌生守节之心，其实再正常不过了。

---

① 兰陵笑笑生：《金瓶梅词话》（梦梅馆校本），梅节校订，里仁书局，2013年，第1661页。
② 兰陵笑笑生：《金瓶梅词话》（梦梅馆校本），梅节校订，里仁书局，2013年，第1641页。

只是，恰如有研究者注意到作者对韩爱姐的命运安排太冷酷无情，为了践行诺言，防止富家子弟求亲而自残并出家为尼，如此忠贞深情，殊为难得，却只让她活了32岁，并且是"以疾而终"，这太不符合绝大多数小说对此类贞节妇女的结局安排。在很多小说里，她们或者夫妇重逢，命运好的还会成为官员夫人，或者抚孤成长科举高中，也晚年富贵，像李纨那样；或做了烈女，也会给她安排一个死后成仙或来世托生大家的黄金未来。但那些都是阳光下的女人，古往今来的妓女能有多少好的结局？像唐代传奇《李娃传》中的李娃那样后来能成为诰命夫人的幸运女子又有几人？同样是唐传奇，《任氏传》中的任氏也是妓女身份的人，她美丽而坚贞，誓死抗暴，捍卫节操，爱慕她的施暴者都被她感染而敬佩万分，后虽幸运地随科第高中的夫君赴任，但最后她也被安排了一个途中不幸为犬咬死的悲惨下场。这是个偶然的事件，但完全可能是作者有意的安排。对韩爱姐做这样的安排，绝非作者无心之作，必为有意构画。原因就在她的妓女身份，是作者始终无法释怀的事，一朝误入歧路，终身难复清白。韩爱姐"以疾而终"，如此年轻患"疾"致死，难免让人联想到是不是被迫纵欲所带来的性"疾"所致。但这一点似乎又无法解释她的母亲王六儿和其叔叔韩二让人颇为欣慰的下场，全书当中两人都是以灰色边缘人物的形象出现，王六儿羡慕富贵、贪图享受，背着韩道国（有时也得到韩道国的支持）屡次与西门庆偷欢作乐，以图其欢心而得小惠，自然无法与爱姐这样"愿得一心人，白首不相离"的挚情之人相比，更做不出那种为爱而守贞，禁欲殉节的壮烈之举。而韩二本是个市井流氓，著名的"捣子"，更谈不上忠义气节。不过，这样非同寻常的人物结局安排，正可以看出作者的写实精神和现实勇气：不愿以看似美好的梦幻安排来消减尘世的痛苦与不幸，如此更加反衬出韩爱姐的美好高大，美的无辜消歇毁灭是让人心灵震撼的悲剧。作者通过她及时的死去，挽留住了她青春的美的形象，呈现了文学艺术的感人效果。正如研究者指出的那样，《金瓶梅》注重的是作为社会的"人"的具有无限丰富性的一面，"它不回避红尘世界令人发指的丑恶，也毫不隐讳地赞美它令人销魂的魅力。一切以正面、反面来区分其中人物的努力都是徒劳的，《金瓶梅》写的，只是'人'而已"[1]。

---

[1] 田晓菲：《秋水堂论金瓶梅》，天津人民出版社，2014年，第305页。

总之,《金瓶梅》是一部"修身养性的反面文章"①,通过无数的偷情通奸、乱伦淫行,构建了一个漆黑的情欲之暗夜,但反过来,这暗夜更加凸显那一丝丝贞节与贞情的光亮。当然这些人物的不同下场,并不与她们的贞节真情与否一一对应,也暴露了因果报应的虚弱无力,这是不是作者刻意经营不得而知,但无疑更会增添读者的一丝惆怅、一声苦叹。

第四节 "三言二拍":新旧贞节观念的冲突与混融

晚明拟话本小说是晚明小说的一大盛况,主要包括"三言二拍"和《型世言》《欢喜冤家》《醉醒石》《石点头》等,它们大多描摹世态人情,叙写市井人物形象,以家庭日用起居为奇。"三言二拍"是其中最有代表性的作品,成为古代小说宝库中的经典奇葩,因而也是我们考察晚明通俗小说贞节观书写研究最重要的文本之一。因其编创来源的多途,所以其新旧观念的交织与混融成为最显著的特征。

一、旧的常态贞节观念

冯梦龙在《喻世明言》序中明确交代自己编创此书的目的是使"怯者勇,淫者贞,薄者敦,顽钝者汗下"②,仍属于传统士大夫所倡导的教化作用。包括凌濛初等拟话本小说作者,大体都有这种"寓教于乐"的思想。

"三言二拍"蕴含许多传统的思想,书中刻画了不少十分贞烈的女子。例如《醒世恒言》第九卷中的朱多福,九岁与陈多寿订婚,两人从未谋面,自然谈不上有何感情,可当陈身患麻风,恶臭难医,父母悔婚,男方也同意时,她反倒执意不肯起来,还毅然决然地说:"从没见好人家女子吃两家茶。贫富苦乐,都是命中注定。生为陈家妇,死为陈家鬼……"③

---

① 浦安迪:《明代小说四大奇书》,沈亨寿译,生活·读书·新知三联书店,2006年,第47页。
② 冯梦龙:《喻世明言》,许政扬校注,人民文学出版社,1958年,第1页。
③ 冯梦龙:《醒世恒言》,顾学颉校注,人民文学出版社,1956年,第185页。

后父母决意要为她另聘，她为不能守节自缢，"孩儿一死，便得完名全节"。① 真是贞烈到顶了。"三言"中像她这样贞烈的女子，屡见不鲜。如《喻世明言》第二十八卷中的黄善聪，年幼随父外出经商，父死之后，与客商李秀卿相契结为兄弟，合伙做生意六年，后分别时秀卿方得知弟弟原来是女儿身，心生娶其作妻之心，善聪羞怯不已，恐招物议，遣其归去，秀卿乃央媒妪求亲说合，善聪立意不肯，道："嫌疑之际，不可不谨。今日若与配合，无私有私，把七年贞节，一旦付之东流，岂不惹人嘲笑？"②《警世通言》第十六卷《小夫人金钱赠年少》③叙开封开线铺的商人张士廉，颇有家财，娶王招宣府里先宠后弃的小夫人为妻，小夫人却中意于店中的年轻主管张胜，张胜奉母命以礼自持，对色不乱。后小夫人因故自缢而死，鬼魂仍然去追寻张胜。冯梦龙自称改编自宋元话本《冯玉梅团圆》的《警世通言》第十二卷《范鳅儿双镜重圆》里的顺哥，本为官宦之女，因随父赴任途中被啸聚草寇劫掠所房，嫁给贼中义士范希周范鳅儿，夫妻甚是恩爱。不料又遭逢朝廷平寇，自度不免于辱，向丈夫说道："妾闻'忠臣不事二君，烈女不更二夫'……妾愿先君而死，不忍见君之就戮也。"④便欲引剑自刎。希周慌忙夺刀抱住，劝她说人命至重，不可无益而就死地。顺哥道："若果有再生之日，妾誓不再嫁。便恐被军校所掳，妾宁死于刀下，决无失节之理。"⑤希周见娘子志节自许，"亦誓愿终身不娶，以答娘子今日之心"⑥。顺哥是典型的贞节妇女，她嫁给范希周本属无奈，因为一非父母之命，二非媒妁之言，更非两情相悦，但一嫁从夫的观念可谓深矣，"为君家之妇，此身乃君之身矣"⑦。顺哥欲誓不再嫁，后见城已被破，料希周必死，慌忙奔入一间荒屋中，解下罗帕自缢。作者点评曰：宁为短命全贞鬼，不作偷生失节人。"全贞鬼"与"失节人"两相对仗，形成鲜明对比，显示了作者强烈的贞节观念。直到她父亲救下正欲

---

① 冯梦龙：《醒世恒言》，顾学颉校注，人民文学出版社，1956年，第189页。
② 冯梦龙：《喻世明言》，许政扬校注，人民文学出版社，1958年，第454页。
③ 《小夫人金钱赠年少》一卷，一般认为改编自《京本通俗小说》里的宋元话本《志诚张主管》，实则这两篇小说文字全部一样，完全不同于宋元话本集《清平山堂话本》里的小说风格。
④ 冯梦龙：《警世通言》，严敦易校注，人民文学出版社，1956年，第163页。
⑤ 冯梦龙：《警世通言》，严敦易校注，人民文学出版社，1956年，第163页。
⑥ 冯梦龙：《警世通言》，严敦易校注，人民文学出版社，1956年，第163页。
⑦ 冯梦龙：《警世通言》，严敦易校注，人民文学出版社，1956年，第163页。

自尽的她，归家后父母劝她改嫁，她依然坚定地含泪而告："孩儿如今情愿奉道在家，侍养二亲，便终身守寡，死而不怨。若必欲孩儿改嫁，不如容孩儿自尽，不失为完节之妇。"[1] 作者在小说开头还有一句："说来虽没有十分奇巧，论起'夫义妇节'，有关风化，到还胜似几倍。"[2] 认为故事的奇巧并不重要，"有关风化"的"妇节"才是"大义"，"胜似几倍"，才更加值得大书特书，表现了鲜明的程朱理学影响下的贞节观念。

"三言二拍"中经常出现"忠臣不事二君，烈女不更二夫"之类的话语，前面的吕顺哥，就是以此言来诀别自己的丈夫范鳅儿的。又如《喻世明言》第二卷中的顾阿秀、第四卷中的陈玉兰、第二十卷中的张如春，《警世通言》第十二卷中的吕顺哥、第十七卷中的黄六英、第二十二卷中的刘宜春，《醒世恒言》第五卷中的林潮音、第十七卷中的方氏，《初刻拍案惊奇》（《拍案惊奇》）卷九中的速哥失里，《二刻拍案惊奇》卷三十二中的张福娘等，也都是张口一声"从一而终"，闭口一句"不更二夫"，并且都以贞烈的行为不折不扣地履行了自己的诺言。《警世通言》第三十五卷《况太守断死孩儿》中的邵氏，姿容出众，"兼有志节"，年轻守寡，不肯改嫁，坚定立下"若事二姓，更二夫，不是刀下亡，便是绳上死"[3] 的誓言，如此坚定的背后，可以看出发誓者的自我心理暗示，更可以看出守节之艰难。程朱理学影响之深远，于斯可见一斑。

当然，对这些立志守节的女子要一分为二地分析，她们也并不一定完全都是深中贞节礼教之毒，这些立志坚守贞节的女子的言行给人的感觉并不迂腐，原因正在于作者在创作中往往寄慨抒愤，正如有研究者分析的那样，她们"有时还能让人不自觉地认同女主人公所表现出的贞烈言行。原因恐怕就在于这些贞烈的言行融进了丰富、复杂的现实生活内容，寄寓了作者对世道人心的感慨，着染了带有时代特点的思想文化色彩"[4]。有时，女主人公运用"从一而终"的圣贤大论来维护和经营的婚姻，多为自己满意的婚姻。凌濛初在《拍案惊奇》卷二十中就以愤慨的口吻说，如今"婚

---

[1] 冯梦龙：《警世通言》，严敦易校注，人民文学出版社，1956年，第164页。
[2] 冯梦龙：《警世通言》，严敦易校注，人民文学出版社，1956年，第161页。
[3] 冯梦龙：《警世通言》，严敦易校注，人民文学出版社，1956年，第535页。
[4] 纪德君、洪哲雄：《明末拟话本小说中的贞节与情爱》，《四川大学学报（哲学社会科学版）》，2001年第4期，第99页。

姻大事，儿女亲情，有贪得富的，便是王公贵戚，自甘与团头作对；有嫌着贫的，便是世家巨族，不得与甲长联亲。自道有了一分势要，两贯浮财，便不把人看在眼里"①。《拍案惊奇》卷九，写速哥失里与拜住订下了婚约，不料拜住之父遭劫身死，家产尽没，其母见世态炎凉，不顾道理，一心要悔这头亲事。这时速哥失里心中不肯，便慷慨陈词，以"礼"激烈反驳："结亲结义，一与订盟，终不可改。儿见诸姊妹家荣盛，心里岂不羡慕？但寸丝为定，鬼神难欺。岂可因他贫贱，便想悔赖前言？非人所为，儿誓死不敢从命！"② 又如《喻世明言》卷二，写江西顾金事夫妻见女婿鲁学曾穷得不像样子，遂生悔亲之意。不想女儿阿秀当即抬出"礼"来反驳："妇人之义，从一而终；婚姻论财，夷虏之道。爹爹如此欺贫重富，全没人伦，决难从命。"③ 其母孟夫人又以鲁家无钱行聘为由相劝，固执的阿秀大概已经能看出父母的意图了，于是又正色道："说那里话！若鲁家贫不能聘，孩儿情愿守志终身，决不改适。当初钱玉莲投江全节，留名万古。爹爹若是见逼，孩儿就拼却一命，亦有何难！"④ 此言此行，真够贞烈的了！也许会有读者对此怀疑，顾阿秀与对象鲁学曾从来就没有见过面，何来如此深重的感情呢？但是我们了解到，正如前文所论，在明代以财论婚的习俗背景，明白作者用意在于针砭时弊，那就不难理解它实际上所要表达的乃是作者对"论婚以财"这些势利行为毫不留情的抨击，对"嫌贫爱富"的炎凉丑态的尖锐辛辣的讽刺。"其'醉翁之意'，与其说是为了突出女主人公之'贞'，倒不如说是为了显示作者抨击婚姻陋习的正义性，表现其'喻世'的著述宗旨。"⑤

总体看来，拟话本小说虽然写了不少女主人公"从一而终"的思想言行，但是实质上这些思想言行并非完全是对传统贞节观念的执迷和维护，而是女主人公对美满的爱情、婚姻的勇敢捍卫，或是对以财势论婚的浇漓世风的抨击，主要包含的仍然是情感至上的新的思想因素，透露的仍然是人性觉醒的时代曙光。

---

① 凌濛初：《拍案惊奇》，冷时峻校点，上海古籍出版社，2012 年，第 264 页。
② 凌濛初：《拍案惊奇》，冷时峻校点，上海古籍出版社，2012 年，第 118 页。
③ 冯梦龙：《喻世明言》，许政扬校注，人民文学出版社，1958 年，第 44 页。
④ 冯梦龙：《喻世明言》，许政扬校注，人民文学出版社，1958 年，第 44 页。
⑤ 纪德君、洪哲雄：《明末拟话本小说中的贞节与情爱》，《四川大学学报（哲学社会科学版）》，2001 年第 4 期，第 99 页。

二、新的贞节观念

"三言二拍"在刻画贞节女子的同时,也描写了许多女子的失贞失节行为,塑造了文学史上许多堪称经典的艺术形象,特别是其中的不少人物对失贞失节女子给予了相当的宽容和理解,这反映了贞节观念的时代裂变,同时也体现作者思想观念的开通,因而在文学史上留下了浓墨重彩的一笔。

作者认识到饮食男女人之大欲的真理,对人的正常欲望有相当深刻的洞察,深知女子守贞守节之不易。如《警世通言》第三十五卷《况太守断死孩儿》中,寡妇邵氏年轻守节多年,被男仆睡觉故意裸露下体诱惑失身,失去苦守十年的节操。当她为丈夫服满三年时,因其年少,又未生育,父母、叔公和阿妈都来劝她改嫁,但是她心如铁石,坚持不肯,却最终因此让多年守节成果毁于一旦。英国心理学家蔼理士对绝欲对人影响的分析,有助于我们理解邵氏这种寡妇的心理和行为:"在绝欲或久旷的状态下,性感过敏也时常可以发生,普通和性生活不很相干或很不相干的事物到此也可以成为性的刺激。但若性感过敏到一个程度,以致随时可以发生反应或反应的倾向,那就成为一种变态,而是和神经病态多少有些关联了。"[1]蔼理士进一步认为:

>   绝欲的结果,即使对生命的安全与神志的清明不发生威胁,就许多健康与活动的人而言还是可以引起不少很实在的困难的。在生理方面,它可以引起小范围的扰乱,使人感到不舒适;在心理方面,对性冲动既不能不驱遣,而又驱遣不去,结果是一个不断来复的挣扎与焦虑,而越是驱遣不成,神经上性的意象越是纷然杂陈,那种不健全的性感过敏状态越是来得发展,这两种倾向更会转变而为一种虚伪的贞静的表现,特别是在女子中。[2]

邵氏前面的行为大概就有一些虚伪的贞静的表现,而长期绝欲,对她身心造成困扰导致性过敏,无疑成为她"中招"的原因。

---

[1] 蔼理士:《性心理学》,潘光旦译注,商务印书馆,1997年,第406页。
[2] 蔼理士:《性心理学》,潘光旦译注,商务印书馆,1997年,第349页。

最大的变化是观念和立场。历代小说中少女偷情私奔和妇女红杏出墙的故事不少，但一般来说作者对此并未赞赏，相反是以批判和讽刺的立场来进行描写，并且往往给这些食色男女安排了一个不好的结局和下场，以此警诫世人，即使伟大的《金瓶梅》也让这些欲情男女落下悲惨的结局①。不过，其对负心男子往往不但不予鞭挞，还常常欣赏有加，认为他们不沉溺女色而能够自拔。而"三言二拍"等系列文人话本小说的态度开始有了转变，并未对偷情私奔的少女横加苛责，对婚内出轨的闺中妇女也往往能够给予同情和理解，甚至有时还流露出某种赞美之情。尽管还有批判和讽刺，锋芒毕竟收敛，言辞不再疾厉。而这往往与"三言二拍"作者的男女平等观念密切相关，他们认识到一些妇女的出轨不节不全是女子本身的问题，也与男子的不贞有关，这是相当可贵的认识和观念。如《二刻拍案惊奇》卷十一《满少卿饥附饱扬　焦文姬生仇死报》中，凌濛初就不无感慨地说：

> 却又一件，天下事有好些不平的所在！假如男人死了，女人再嫁，便道是失了节、玷了名、污了身子，是个行不得的事，万口訾议；及至男人家丧了妻子，却又凭他续弦再娶，置妾买婢，做出若干的勾当，把死的丢在脑后不提起了，并没人道他薄幸负心，做一场说话。就是生前房室之中，女人少有外情，便是老大的丑事，人世羞言；及至男人家撇了妻子，贪淫好色，宿娼养妓，无所不为，总有议论不是的，不为十分大害。所以女子愈加可怜，男人愈加放肆，这些也是伏不得女娘们心里的所在。②

首先是偷情的热烈程度不一样，晚明小说中经常出现为情赴死而不惜的角色。如《警世通言》第二十九卷中的李莺莺，《醒世恒言》第二十八卷中的贺秀娥，《初刻拍案惊奇》卷十二中的陶幼芳、卷二十三中的吴兴娘、卷二十九中的罗惜惜等。这些少女或为商人富户之女，或为官宦小姐，尽管身份各不相同，但在追求婚恋自由时总是那么大胆直接，在寻觅

---

① 当然，《金瓶梅》中的主人公与"三言二拍"中的爱情主人公是有明显差异的，他们多是纵欲贪淫而非真情实意结合，且往往滥情，故而这种报应的下场是咎由自取。另外，《金瓶梅》也并非一味遵奉因果报应思想，详见第二章第三节第四部分的相关论述。
② 凌濛初：《二刻拍案惊奇》，王根林校点，上海古籍出版社，2012年，第167~168页。

性爱满足时都是如此热烈激情，一旦与对方一见钟情，就坠入爱河，完全听从内心的激情和爱意的驱使，大胆畅快地与对方密约偷情，完全不计后果，丝毫不顾事情可能的严重性。由此可见，她们在追求"情"和"欲"的满足和享受时是如何全然抛却矜持而肆无忌惮！明末时调《山歌·偷》中所唱的情形与此何其相似尔："结识私情弗要慌，捉着子奸情奴自去当。拼得到官双膝馒头跪子从实说，咬钉嚼铁我偷郎。"① 这让人不禁想起《牡丹亭》中那段名言："情不知所起，一往而深。生者可以死，死可以生。生而不可与死，死而不可复生者，皆非情之至也。"② 不过，反过来想，就败露了，也只是一死，而且她们很清楚自己"此身早晚是死的"，这又反证当时的礼法对偷情的态度是多么的严苛，可见当时普遍的社会舆论并没有我们想象得那么理想。纵情需要以不惜"一死"为代价，毕竟是一件令人惊愕和伤感的事。

作者有意强调少女偷情私奔的原因。如《喻世明言》第四卷就说道："'男大须婚，女大须嫁；不婚不嫁，弄出丑吒。'多少有女儿的人家，只管要拣门择户，扳高嫌低，担误了婚姻日子。情窦开了，谁熬得住？"③婚嫁以时，这本是天经地义之事，也符合儒家伦理，汉魏六朝诗歌中每有表现。《喻世明言》这段话不禁让人想起北朝诗歌《地驱歌乐辞》："老女不嫁，蹋地唤天。"《折杨柳枝歌》："门前一株枣，岁岁不知老。阿婆不嫁女，那得孙儿抱。"《幽州马客吟歌辞》："盛时不作乐，春花不重生。"④唐代诗人张祜用北朝诗歌意作《捉搦歌》："养男男娶妇，养女女嫁夫。阿婆六十翁七十，不知女子长日泣。从他嫁去无悒悒。"⑤ 唐代李商隐《无题》诗："东家老女嫁不售，白日当天三月半……归来辗转到五更，梁间燕子闻长叹。"⑥ 元稹《忆远曲》有"嫁夫恨不早"之句。尽管古代诗文中感叹女子嫁迟往往寓有年岁老大功业未建之意，这是自屈原《离骚》以

---

① 冯梦龙：《挂枝儿　山歌　夹竹桃：民歌三种》，北京联合出版公司，2018年，第128页。
② 汤显祖：《牡丹亭》，徐朔方、杨笑梅校注，人民文学出版社，1963年，作者题词页。
③ 冯梦龙：《喻世明言》，许政扬校注，人民文学出版社，1958年，第85页。
④ 以上诗句均见《乐府诗集·卷二十五·横吹曲辞五》，参见郭茂倩：《乐府诗集》，中华书局，1979年，第366、370、370页。
⑤ 郭茂倩：《乐府诗集》，中华书局，1979年，第372页。
⑥ 刘学锴、余恕诚：《李商隐诗歌集解》，中华书局，1988年，第1468页。

来借香草美人以言志而形成"英雄失路""美人迟暮"两大主题的变体，但客观上未必不是"诗缘情"。志士与美人都想早得归宿，故待价而售是其共同理想。孙康宜在《文学经典的挑战》中提到中国古代文学有一种阅读惯性，读者通常会认为"男性文人的情诗大多是政治隐喻，因此诗中所描写的爱情常常是言在于此，意在于彼"①，这种阅读习惯使大部分言情写作都成为表达政教目的的文学作品。明代法律明确规定，男子外出超过五年者，妻子有权改嫁。早在先秦时期，统治者便明白这一点，不仅不限制、废止民间的自由婚姻，而且还鼓励未成婚的男女在万物畅舒的仲春之时自由相会，"中春之月，令会男女，于是时也，奔者不禁；若无故而不用令者，罚之，司男女之无夫家者而会之"②。自是以后，传统制度大都讲究男女婚嫁"以时"，定出上、下两条线以规定男女婚龄。按照明代岭南黄佐在《泰泉乡礼》卷一《行四礼》中对男女婚龄所定的标准，下线是16岁、14岁，男子未及16岁，女子未及14岁成婚，称为"先时"；③上线是25岁、20岁，男子25岁以上，女子20岁以上尚未成婚，就是"过时"。黄佐制定的婚姻上下线大体参照了朱熹《朱子家礼》，先时者易夭，过时者易病，都不能顺阴阳交际，以保合太和。但现实条件中，不少家庭因经济和其他种种方面的原因，男女婚嫁"过时"，因而一方面出现心理疾病，一方面容易弄出一些"丑事"来。《姑妄言》中也有不少老女未嫁对父母怀恨在心最后淫乱出丑的故事。毕竟，在传统社会，男女接触机会相对较少，贵族家庭尤其如此，又不能无父母之命、媒妁之言，因此这等"风流之事"难免发生。只有那些迂腐的卫道士，才会为了所谓的舆论和脸面拼命压制此事，像《牡丹亭》中杜丽娘之父杜宝便是典型。而真正通天理明人伦的官员，则对此深为理解，何况他们自己年轻之时也曾颇受青春的苦闷，不会苛责于此。所以"三言二拍"中出现此等事件，那些开明的官员尽管表面上先说些冠冕堂皇的卫道之话，但接下来往往顺水推舟乐助其成，"屈法"以顺人情，成就不少苦命相思的鸳鸯。

与少女私奔、偷情相比，拟话本小说中已婚妇女的失节、犯淫现象表

---

① 孙康宜：《文学经典的挑战》，百花洲文艺出版社，2002年，第293页。
② 《十三经注疏》，阮元校刻，中华书局，1980年，第733页。
③ 按照《明世宗实录》卷118嘉靖九年十月壬戌条的明代法律，其男女适婚的年龄是男15岁、女14岁。

现得更为突出醒目。其中,"三言二拍"所写的失节妇女就约有 20 个。当然这些已婚妇女大多年龄不大,相对比较年轻,也就是说出轨妇女大多是少妇。这是符合科学的生理基础的,少妇身体比较成熟,又体验过夫妻男女性爱,品尝了性爱的激情与美好,处于情欲的旺盛期。

　　这正是少妇更容易红杏出墙的生理原因。表面看来,她们不能守贞持节,这当然是由于她们贞节观念比较淡薄,重欲轻节,一旦面对情欲诱惑,在强烈情欲的冲击下,往往会将传统贞节伦理观念抛诸脑后,做出迎奸卖俏之举,甚而恣情纵欲。如《警世通言》第三十八卷中的蒋淑真,尚在闺中便与邻家少男偷情,嫁给李二郎后,又与家中教席私通,活活气死丈夫李二郎,复转嫁张二官,又耐不住寂寞与朱秉中私通。如此恣情纵欲,岂能说与其个人品性无关?但是,揆诸小说文本,蒋淑真之所以贞节观念淡薄、纵欲贪淫,又与其性爱生活的严重缺乏密切相关,她的婚姻夫妻生活有明显不谐之处——她所嫁的男人不是年纪大、性无能,就是长期在外。这与列夫·托尔斯泰笔下的安娜·卡列尼娜的情形是有某些相似之处的。须知古代妇女想要改变婚姻现状基本是不可能的,除非她犯"七出"之条使得男子主动选择离婚或休妻。并且即使可以离婚,她们的出路也不像现代社会中的离婚妇女一样,所受社会歧视是比较严重的。如此一来,她们往往只能采取偷情通奸等畸形方式以获得性爱满足;而一旦遇到令其身心迷醉的性爱对象,与对方长相厮守的强烈渴求便不禁油然而生,甚至发誓"生不成双,死作一对"!她们的这种为性爱不惜以命相殉的举动,正应了恩格斯的一段名言:

　　　　性爱常常达到这样强烈和持久的程度,如果不能结合而彼此分离,对双方来说即使不是一个最大的不幸,也是一个大不幸;为了能彼此结合,双方甘冒很大的危险,直至拿生命孤注一掷,而这种事情在古代充其量只是在通奸的场合才会发生。[1]

　　通奸固非美事,贞节亦非无稽,但这种以双方"强烈和持久"的性爱为基础的通奸,实际上凸显了激情在男女性爱中的极端重要性,而毫无感情因素的包办婚姻很难说比它更加合乎人性。

---

[1] 中共中央马克思恩格斯列宁斯大林著作编译局:《马克思恩格斯选集:第四卷》,人民出版社,2012 年,第 88 页。

《喻世明言》的名篇《蒋兴哥重会珍珠衫》中，蒋兴哥与妻子王三巧儿人才相称，感情甚笃，为家业依依不舍别妻赴粤经商，长久未归。三巧儿年轻貌美而独守寂寞空闺，在富商陈大郎的诱惑下与之通奸。蒋兴哥得知此事，伤心懊悔，不觉堕下泪来。想到当初夫妻何等恩爱，心恨自己不该"贪着蝇头微利，撇他少年守寡，弄出这场丑来"①。他心中清楚，其实在他离开妻子的那一刻起，就谆谆告诫三巧儿："娘子耐心度日。地方轻薄子弟不少，你又生得美貌，莫在门前窥瞰，招风揽火。"②可见，他不是不明白自己远行的潜在危险，而三巧儿也并非好淫女子，毫无贞节观念，"自从那日丈夫分付了，果然数月之内，目不窥户，足不下楼"③。连惯说风情的牙婆薛婆子都赞她"足不下楼，甚是贞节"。三巧儿虽违背了贞节道德，但情有可原，所以他虽与妻子一时离异，但终究破镜重圆。这种对人的情欲的谅解，这种不纯以贞节观念为准则的夫妻感情，在以前的文学作品中是很罕见的。

　　对天灾人祸等特殊外在变故导致的妇女失节，小说往往更能予以同情和谅解。如《喻世明言》第十七卷，叙已经订婚的邢春娘不幸遇到兵难，为乱兵所掳，转卖全州为娼，改名为杨玉。后来其未婚夫单符郎任全州司户，与杨玉一见钟情，无意间询问其家世，方知正是自己的未婚妻子邢春娘。他不仅没有嫌弃，反而为其脱籍，并与之结为夫妻。按照古代的礼法，一旦订婚，实际上对夫妻二人的约束力是很大的，甚至因此出现了一些为死去的未婚丈夫守节的女子。而单符郎不以失节责全，甘娶风尘之女为妻，小说形象地昭示了传统观念所发生的新变化。《警世通言》第十二卷，写逃难途中徐信与崔氏夫妻二人失散后，又娶了王进奴，巧合的是，刘俊卿同样与妻子王进奴失散而复娶崔氏，最后两人在了解事情的真相后，各还旧妻，"交互姻缘"，都没有因妻子失节而另眼歧视，两家也"八拜为交"，通家往来不绝，反觉得比以前更加亲热了。于此不难看出，"传统的贞节观念确已在人们的心目中悄然发生变化，逐渐朝着合乎人性的方

---

① 冯梦龙：《喻世明言》，许政扬校注，人民文学出版社，1958年，第27页。
② 冯梦龙：《喻世明言》，许政扬校注，人民文学出版社，1958年，第5页。
③ 冯梦龙：《喻世明言》，许政扬校注，人民文学出版社，1958年，第6页。

向发展，显示出情重于节的迹象来"①。

"二拍"中对偷情妇女更加宽松，对她们的犯淫，视具体情况给予更多的同情和理解，以及更加宽大的处理。凌濛初在《二刻拍案惊奇》卷三十四中就没有指责杨太尉姬妾与人通奸，反而毫不留情地讥讽广蓄姬妾的杨太尉。作者认为"岂知男女大欲，彼此一般"②，一夫多妻必然造成情爱分配上的顾此失彼，如此，未能满足之妻妾出现偷情不贞则在所难免。

枕席之事，三分四路，怎能勾满得他们的意，尽得他们的兴？所以满闺中不是怨气，便是丑声。总有家法极严的，铁壁铜墙，提铃喝号，防得一个水泄不通，也只禁得他们的身，禁不得他们的心。略有空隙，就思量弄一场把戏。③

《二刻拍案惊奇》卷三十八中的莫大姐，因丈夫经常外出当差不归，故难耐寂寞，与人私通，被丈夫发觉后，她干脆约情夫私奔外地，终于沦落为妓。如此出轨行径无疑要受礼法严惩。可其夫徐德并不因她多次通奸并携财私逃而对她恨之入骨，非置她于惨境不可，也未因奸夫杨二郎破坏其家庭而力图使杨二郎多受折磨。相反，他竟让这两人如愿地成了夫妇。官府也没难为莫大姐，反倒乘机冒充杨二郎拐带莫大姐的郁盛严惩了一顿。作者还风趣地说："这莫非是杨二郎的前缘？"④ 虽然认为这并非"美事"，但毕竟默许了莫、杨的私情和离合。《拍案惊奇》卷六贾秀才之妻巫氏受尼姑诱骗，遭一泼皮奸污，意欲自尽，其夫贾秀才却宽慰她说："不要短见！此非娘子自肯失身。这是所遭不幸，娘子立志自明。"⑤ 这话说得多么通达！《拍案惊奇》卷二十七写王从事的夫人受恶人拐骗，卖给他人作妾五年，最后两人偶然相逢，重又团圆，这也自然是视情为重、视节为轻的表现。

《拍案惊奇》卷二中，徽州府姚滴珠生得如花似玉，美冠一方，嫁与潘甲为妻，小两口儿原也恩爱和睦，姚滴珠不甘受公婆的呵斥，意欲还

---

① 纪德君、洪哲雄：《明末拟话本小说中的贞节与情爱》，《四川大学学报（哲学社会科学版）》，2001年第4期，第96页。
② 凌濛初：《二刻拍案惊奇》，王根林校点，上海古籍出版社，2012年，第490页。
③ 凌濛初：《二刻拍案惊奇》，王根林校点，上海古籍出版社，2012年，第490页。
④ 凌濛初：《二刻拍案惊奇》，王根林校点，上海古籍出版社，2012年，第561页。
⑤ 凌濛初：《拍案惊奇》，冷时峻校点，上海古籍出版社，2012年，第83页。

家，不想半路被汪锡所骗，卖与富户吴大郎为妾，做了他的外室。但是姚滴珠也不是没有贞节观念的欲女，在遭到拐骗她的光棍汪锡的下跪求欢时，也曾以死相拒，"青天白日，怎地拐人来家，要行局骗？若逼得我紧，我如今真要自尽了！"① 还拿起桌上点灯的铁签往喉间就刺，这般刚烈足见她也并非淫乱之女，她主要的问题还是单纯，再加上一点贪图享受的年轻女子的通病。但是，姚滴珠在与吴大郎相处甚欢之后，竟对他有了感情，被捉回衙门后，知县问汪锡是否曾引人奸骗她时，"滴珠心上有吴大郎，只不说出，但道：'不知姓名。'"② 两年后真相大白，官府判"真滴珠给还原夫宁家"，"潘甲自领了姚滴珠仍旧完聚"。③ 此故事之中还穿插进了寻找妹妹姚滴珠的哥哥姚乙和长相酷似姚滴珠的妓女郑月娥，姚乙虽然明知道郑月娥是娼妓，最后还是和郑月娥成就姻缘。《拍案惊奇》卷十六叙陆蕙娘貌美若仙，本是拐子张溜儿的妻子，被其夫假作表妹寡居行骗，她数次劝取不再行骗，丈夫不听，因此便欲思量脱身，"只要将计就计，倘然遇着知音，愿将此身许他，随他私奔了罢"④。后来遇到举子灿若，二人相慕，灿若亦不嫌弃其为有夫之妇，连夜用驴驮走蕙娘。实在灿若也是慕色尾随入套，举止唐突，按理而言并非良行举子，但因人物齐整竟得蕙娘之垂青，而蕙娘的出轨也算思想上的"弃暗投明"。无论原因怎样，滴珠和蕙娘的行止毕竟都是贞节观念淡化后的结果，对于当时"夫有再娶之义，妇无二适之义"的传统婚姻制度是一种极为大胆的挑战。

有研究者认为，在这些作品里，"注重的是夫妻感情，只要情之所钟，什么三从四德、贞操节守一类的封建戒律，全不考虑了。这种思想绝非上层人士所能具有，而只能来自社会的底层"⑤。这个判断不能说错，但也不全对。就后一句话说"这种思想绝非上层人士所能具有，而只能来自社会的底层"，大体上是符合当时的社会现状的。但前面一句却有些问题，这些作品固然重视夫妻感情，但也绝非对三从四德和贞操节守全不考虑，试看作品当中男主人公的纠结挣扎，内心的激烈冲突，一些女主人公的羞

---

① 凌濛初：《拍案惊奇》，冷时峻校点，上海古籍出版社，2012年，第23页。
② 凌濛初：《拍案惊奇》，冷时峻校点，上海古籍出版社，2012年，第36页。
③ 凌濛初：《拍案惊奇》，冷时峻校点，上海古籍出版社，2012年，第36页。
④ 凌濛初：《拍案惊奇》，冷时峻校点，上海古籍出版社，2012年，第208页。
⑤ 凌濛初：《拍案惊奇》，陈迩冬、郭隽杰校注，人民文学出版社，1991年，前言第4页。

愧觅死,便可知道,贞节的观念还是有强烈的影响。这一点,从《喻世明言》里的《蒋兴哥重会珍珠衫》中可以得到充分体现,蒋兴哥一想到妻子同别人发生了不该有的事,心中悔恨,眼中落泪,并终而以休书遣归王三巧儿,便可知道,其中固然有感情的重要成分,但贞节观念给他们带来的羞愤也不是空洞无依的事。只不过,底层百姓的生活更加艰辛,他们的感情更加来之不易,未来对他们而言渺茫的想象成分更多,现实的算计,让他们没有更多更好的选择,再加上没有爱,也有多年夫妻情分,如果再有强烈的爱情,更是欲舍犹惜,虽舍仍可再妻。

三、失去"贞节"的另类可怕后果——情欲与亲情的冲突

《拍案惊奇》中有一回"惊心动魄"的故事,书写了一个寡妇的情欲与母子亲情之间的激烈冲突,年幼的儿子因面子和世俗观念百般阻挠母亲的"好事",终使母亲恼羞成怒,大义灭子,幸得断案官员高明,方避免一场悲剧。失去"贞节"能导致如此严重可怕的后果,触目惊心,令人深思:到底是母亲太过贪淫不贞,还是儿子太不知事,抑或是贞节观念本身的"毒性"和"副作用"太大?

这是卷十七《西山观设箓度亡魂 开封府备棺追活命》里的故事,西山观的道士黄妙修"符箓高妙,仪容俊雅",为丧夫不久的"姿容美丽"的寡妇吴氏作道场,两人暗通情曲,竟在灵堂上做了鸳鸯。"只把孝堂魂床为交欢之处,"① 两人为长做露水夫妻而认了兄妹,以此作为掩护继续偷情,后吴氏又和两个标致小道童有染。此时儿子达生尚小,不太知事,不知道这个道士"舅舅"的真相,故二人得以恣意偷欢,如此三年。随着达生日渐长大,情窦已开,晓得母亲不守妇道,心中常是忧闷,不敢说破。却有书房同伴以此事嘲笑奚落他,戏谑他是小道士,这给了他很大的心灵刺激。知晓娘的奸事后,每每从中掣肘,情欲迷思的吴氏渐渐视儿子为眼中钉,在达生数次搅扰他们的好戏之后,吴氏竟生恶心,必欲除子而后快。

冲突渐次展开,在一次被扰之后吴氏心里想道:"这个业种,须留他

---

① 凌濛初:《拍案惊奇》,冷时峻校点,上海古籍出版社,2012 年,第 218 页。

在房里不得了。"① 小说对吴氏此时的神态和心理描写得很细腻,"对口无言,脸儿红了又白,不好回得一句,着实忿恨"②。因而对儿子怀恨在心,"自此怪煞了这儿子,一似眼中之钉,恨不得即时拔去了"③。"玷污"母亲的黄知观被儿子达生捉弄得一身屎尿臭气,鼻子磕破,因此二人都极为恼火。当吴氏得知黄知观那夜一去不返是因为惧怕达生刁钻厉害时,正贪恋着道士和他的两个标致小道童的吴氏,怫然生恨,渐渐生出杀子之心,知观劝说她冷静,更显示出吴氏的心态扭曲:

> (吴氏)便道:"我无尊人拘管,只碍得这个小业畜!不问怎的,结果了他,等我自由自在。这几番我也忍不过他的气了。"知观道:"是你亲生儿子,怎舍得结果他?"吴氏道:"亲生的,正在乎知疼着热,才是儿子。却如此拗憋搅炒,何如没有他倒干净!"知观道:"这须是你自家发得心尽,我们不好撺掇得,恐有后悔。"吴氏道:"我且再耐他一两日,你今夜且放心前来快活。就是他有些知觉,也顾不得他,随他罢了。他须没本事奈何得我!"④

后二人偷情,达生又去抵门,吴氏恨极,又是自家理短,只得忍耐。虽然潜在的贞节观念并未完全泯灭,一再忍耐,但情欲的力量早已压倒一切。接下来,达生坐在后门口防道士过来行奸,吴氏遂叫儿子睡觉,却被儿子抢白,胀得面皮通红,肚里愤恨,只好含泪进房。而后道童太清借问安之机欲行好事,被达生奚落怏怏而去,吴氏越加恨毒。吴氏正待与知观欢会,又被达生喊贼,受惊吓不欢而散,愈加急恨。后吴氏去西山观约会黄知观,又被达生知晓赶来阻挠。吴氏虽然好生怀恨,却无可奈何。她要打发儿子先去,达生不肯,吴氏无奈,只得上轿前去,"枉奔波了一番,一句话也不说得。在轿里一步一恨,这番决意要断送儿子了"⑤。吴氏决定好好同儿子"沟通"一下。

吴氏是夜备了些酒果,在自己房中,叫儿子同吃夜饭。好言安慰

---

① 凌濛初:《拍案惊奇》,冷时峻校点,上海古籍出版社,2012年,第220页。
② 凌濛初:《拍案惊奇》,冷时峻校点,上海古籍出版社,2012年,第221页。
③ 凌濛初:《拍案惊奇》,冷时峻校点,上海古籍出版社,2012年,第221页。
④ 凌濛初:《拍案惊奇》,冷时峻校点,上海古籍出版社,2012年,第222页。
⑤ 凌濛初:《拍案惊奇》,冷时峻校点,上海古籍出版社,2012年,第226页。

他道:"我的儿,你爹死了,我只看得你一个。你何苦凡事与我憋强?"达生道:"专为爹死了,娘须立个主意,撑持门面。做儿子的敢不依从?只为外边人有这些言三语四,儿子所以不伏气。"吴氏回嗔作喜道:"不瞒你说,我当日实是年纪后生,有了些不老成,故见得外边造出作业的话来。今年已三十来了,懊悔前事无及。如今立定主意,只守着你清净过日罢。"达生见娘是悔过的说话,便堆着笑道:"若得娘如此,儿子终身有幸。"吴氏满斟一杯酒与达生道:"你不怪娘,须满饮此杯。"达生吃了一惊,想道:"莫不娘怀着不好意,把这杯酒毒我?"接在手不敢饮。

吴氏见他沉吟,晓得他疑心,便道:"难道做娘的有甚歹意不成?"接他的酒来,一饮而尽。达生知是疑心差了,好生过意不去,连把壶来自斟道:"该罚儿子的酒。"一连吃了两三杯。吴氏道:"我今已自悔,故与你说过。你若体娘的心,不把从前事体记怀,你陪娘吃个尽兴。"达生见娘如此说话,心里也喜欢,斟了就吃,不敢推托。①

上面这段话,正显示了丧父的年幼之子的无奈,也可看出所谓的贞节观念对民间百姓的渗透和影响,连一个尚未长大的孩子都百般希望母亲能够守节,"立个主意,撑持门面"——其实在他更小的时候已然有如此念头了。虽然寡妇的儿子本就较一般同龄人敏感,加上寡妇门前是非多,尤其是被书房同伴戏谑呼作小道士,被外边人"言三语四",内心的尊严受到极大的刺伤,达生有这些念头固不足为奇。只是他毕竟年幼②,仅从一般的道理见解出发,从别人的目光而感知,不满母亲的"不节"之行,却不能设身处地地了解母亲的苦处,体恤母亲的艰难。在没有得到化解的情形之下,矛盾逐渐升级,终于导致激烈的冲突——达生虽不能确定自己行为的正当性与否,但他确信自己惹怒了母亲,自己成了母亲怀恨和要拔除的对象,以致母亲给他斟酒他都疑心下毒。吴氏拼命将自己儿子灌醉,以便情夫黄知观来杀子。

就吴氏而言,她确实性欲旺盛,烈火难消,不仅和黄知观偷情成性,

---

① 凌濛初:《拍案惊奇》,冷时峻校点,上海古籍出版社,2012年,第226~227页。
② 从后文另外一例的分析可知,年幼其实并不是根本原因。

已逾多年，而且顺道勾搭黄道士的两个标致小道童太素和太清，为追求性欲的充分满足而逐渐泯灭了羞耻感。甚至对道士明说自己耐不得寂寞，夜夜须要同睡，不得独宿。更恬不知耻告诉黄知观他若没工夫，叫徒弟来相伴也可。羞耻心彻底消泯之后，接着灭绝的便是人性。不过，吴氏是否像潘金莲或者李瓶儿、春梅那样本性就"好风月"呢？答案是否定的。我们回到小说开头，只介绍说黄知观"是个色中饿鬼"，而"吴氏请醮荐夫，本是一点诚心，原无邪意"。① 只是，"吴氏虽未就想到邪路上去，却见这知观丰姿出众，语言爽朗"，也"就有几分欢喜了"。② 在黄知观和两个小道童的设计挑逗和勾引之下，原无邪心的年轻寡妇芳心大乱，贞节之堤坝被情欲之洪流彻底冲决。当然，忠孝节义本是一体，母贞一意苦心抚孤，子孝一生感戴敬母，更是传统社会伦理中一种理想的单亲家庭状态。但是到了现实生活，并非每个家庭都是如此，母未必贞节，子女也未必孝顺——如果说成全母亲的愿望包括与人偷情这样的"欲望"才算是孝顺的话，反过来，作为儿子，在达生的立场看来，制止母亲偷情这样"不贞节"的行为，才是真正的"孝顺"；而一味顺从则是纵容不节，反而是不孝。传统社会，父母子女本来就有上下尊卑之分，作为子女只能顺承，而不能忤逆，即使父母有错，也只能和颜相谏，更何况父亲早死，寡母含辛茹苦养育之恩尤重。因此在儿子劝她不要这个道士"舅舅"上门以免别人笑话时，吴氏才大怒道："好儿子！几口气养得你这等大，你听了外人的说话，嘲拨母亲，养这忤逆的做甚！"③ 羞愤伤心之下大哭起来。可惜的是，儿怨母不争气丢其人，母恨儿阻好事令其苦，随着时间的推移，二人的冲突愈演愈烈，已然构成了极为尖锐的矛盾，以至于母亲产生必欲除之而后快的狠毒念头。此念既生，后面的情形便愈发焦灼。

吴氏将儿子醉倒后，与道士算计"趁此时了帐他"，还有点清醒的道士劝她作罢，设计让她去府上告他不孝。她果然上告，有下吏来捕拿达生，达生抱住母亲哭求娘宽恕自己，不要对亲生儿子下此毒手。可吴氏毫不动心，送官后要府尹打死达生，还连连叩头道："只求老爷早早决绝，

---

① 凌濛初：《拍案惊奇》，冷时峻校点，上海古籍出版社，2012年，第213页。
② 凌濛初：《拍案惊奇》，冷时峻校点，上海古籍出版社，2012年，第213~214页。
③ 凌濛初：《拍案惊奇》，冷时峻校点，上海古籍出版社，2012年，第219页。

小妇人也得干净。"① 在府尹得知妇人只此一子，便开导她放过独子：

  府尹道："既只是一个，我戒诲他一番，留他性命，养你后半世也好。"吴氏道："小妇人情愿自过日子，不情愿有儿子了。"府尹道："死了不可复生，你不可有悔。"吴氏咬牙切齿道："小妇人不悔！"②

在情欲冲决和几度对抗纠缠下，吴氏对儿子已然到了切齿痛恨的地步。府尹假装要打死达生，并让她回家明天抬棺材来运尸体，她毫无戚容，半路上喜容满面，笑嘻嘻地告知黄道士，第二天他们真个抬棺进衙收尸。幸亏府尹果断洞察，拿下道士死打，并痛斥吴氏护奸杀子，要将她拉下去打死。幸亏儿子的护母天性，救了贪淫狠心的母亲。

尽管文末在府尹先威后软的大力调解和儿子的"至孝"感动下，纵欲灭子的吴氏醒悟过来，感激儿子不尽，并"把他看待得好了"③，母子二人冰释前嫌，和好如初。但作者并未完全谅解这个不节之妇，放过淫乱狠毒的母亲，到底还是给她安排了一个早死的结局："思想前事，未免悒悒不快，又有些惊悸成病，不久而死。"④ 达生将二亲合葬已毕，孝满娶媳，夫妻相敬，门风肃然。对贞节观念的积极正面宣传毕竟属于作者的首要任务，但是故事的惊心动魄之感，无疑冲击了每一位读者。

这就是爱母"贞节"的曲折悲欢。毫无疑问，这是家庭伦理悲剧，但背后所蕴含的与贞节观念相关的各种道德伦理是复杂而深沉的，对我们今天依然有启示意义。

这种情况，在那个时代是否具有普遍性尚待深探，但肯定不止一例。在另一部明代著名拟话本小说《型世言》第六回中也有相似的故事，朱寡妇因颇有姿色，被徽州富商汪涵宇看上，移居毗楼而住，二人调笑一番后，终于偷情成奸。过了几年儿子朱颜长大结婚，看到母亲仍与汪涵宇弄在一起，与《拍案惊奇》中的达生一样，便心生怨恨之心，计出一策，说风沙大，要把楼上做顶格，将自己楼上与母亲楼上的上边幔了天花板。梁上下空处，都把板镶住。母子之间为了各自目的——母为自己的情与

---

  ① 凌濛初：《拍案惊奇》，冷时峻校点，上海古籍出版社，2012年，第231页。
  ② 凌濛初：《拍案惊奇》，冷时峻校点，上海古籍出版社，2012年，第231页。
  ③ 凌濛初：《拍案惊奇》，冷时峻校点，上海古籍出版社，2012年，第234页。
  ④ 凌濛初：《拍案惊奇》，冷时峻校点，上海古籍出版社，2012年，第234页。

欲，子为自己的声名——而斗智斗勇。母亲气急之下，只来寻媳妇贵梅出气，而贤惠的贵梅并不将此事对丈夫说，丈夫恼时，她道："母子天性之恩。若彰扬，也伤你的体面。"① 但是客伙中见汪涵宇久占朱寡妇，故意在朱颜面前点缀，又在外面播扬。朱颜脸上的自尊和心中的贞节观念，在无情地折磨着他，他自负读书装好汉，内心难以承受。再加上读书辛苦，害成气怯，睡在楼上，听得母亲在下面与客人说笑，好生不忿。那寡妇见儿子一病不起，便放心叫汪涵宇挖开板过来。病人睡不着故而偏听得清，于是气愤欲死，道自己"便生在世间也无颜"②！羞愤交加之下，他终于恹恹待尽，怕妻子跟纵情不贞的母亲学坏，临终嘱托本分端重的妻子贵梅道："与其日后出乖露丑，不若待我死后，竟自出身。"③朱颜最后一次对母亲说了一句意味深长的话："母亲，孩儿多分不济。是母亲生，为母亲死。"④ 那寡妇听了，也滴了几点眼泪，劝儿子好好将息，没想到，朱颜"到夜，又猛听得母亲房中笑了一声，便恨了几恨，一口痰塞，登时身死"⑤。母亲的不愿贞节给他脆弱的心灵最后致命的一击。

不过，朱寡妇虽然也对儿子朱颜有意破坏自己"性福"而心生怨恨，尚无吴氏那种欲置自己亲生之子于死地的狠毒，但是她的恣欲无忌伤了儿子敏感而脆弱的"贞节神经"，终而导致互相怨恨。不管怎样，这些故事无疑都是一种不和谐的"变徵之声"，难免撕裂了传统儒家伦理，至少它可以动摇那种儒家传统影响下的古代家庭温情脉脉的总体印象，因而值得我们特别注意。

需要提及的是，在清代有一个真实的故事，将吴氏想要做而没做成的事给"续完"了。⑥ 据考此故事初以唱本形式流传，后于晚清光绪年间改

---

① 陆人龙：《型世言》，陈庆浩校点，江苏古籍出版社，1993年，第104页。
② 陆人龙：《型世言》，陈庆浩校点，江苏古籍出版社，1993年，第105页。
③ 陆人龙：《型世言》，陈庆浩校点，江苏古籍出版社，1993年，第105页。
④ 陆人龙：《型世言》，陈庆浩校点，江苏古籍出版社，1993年，第105页。
⑤ 陆人龙：《型世言》，陈庆浩校点，江苏古籍出版社，1993年，第105页。
⑥ 此案发生于清乾隆年间，南通徐氏青年丧夫，与和尚纳云通奸，因奸情暴露且遭儿子官保斥责，徐氏遂恼羞成怒，将其杀害，碎尸藏于油坛之中。后因官保私塾先生寻徒生疑报案，徐氏事败被官府处以极刑。此案在民间流传颇广，后编成戏剧上演。1908年文明茶园京剧时装新戏演出此剧，戏曲大师梅兰芳亦在其中饰演姐姐金定。

编成 20 回小说《杀子报》①，也被多种剧种改编，如黄梅戏、越剧、湘剧、汉剧、扬剧、潮剧、庐剧等均有此剧目。《杀子报》，又名《清廉访案》《通州奇案》《阴阳报》《杀子保》《油坛记》，其故事梗概为：王徐氏者，夫死后与和尚纳云通奸，被其子官保放学看见，打走纳云。王徐氏因通奸未遂，将官保怒打一顿。官保不忿，又到天齐庙责打纳云，逼纳云永不再去。王徐氏见纳云数日不至，乃借口赴庙降香，与纳云设计将官保杀死，并将尸体大卸七块，装入油坛之内。官保老师钱正林隐知其情，告于官；但因缺乏证据，反被知县诬以讹财不遂，押在监中。官保前去托梦，告以死尸所在，钱正林又嘱其妻复告。知县遂乔装私访，从王家长工老王等口中得知真情，终将王徐氏、纳云逮捕转解，判处死刑，并释钱正林出狱。同样是贞节扫地而天良尽丧，如果说《拍案惊奇》中的吴氏萌生杀子之心而未遂，此案中的徐氏则不仅杀子已遂且手段恐怖，故而可称《拍案惊奇》卷十七的加强版。此事改编成京剧等多种戏剧上演，因存在残忍淫秽内容，原版早已停演②。近代报刊《申报》已经先后七次刊文禁演此戏③。从其改编戏剧屡遭禁演可见，这类事件是严重违背儒家伦理传统的，兼备"淫戏""凶戏"：既有无视妇女贞节而涉淫，又有为奸情残忍杀子之极端事件，是对儒家贞节观念和血缘亲情的双重冲击和深度撕裂。亲母杀子，惨绝人寰，为淫致此，羞恶亦极。如此变态的恶性事件，向读者和观众展示了人性的幽深与复杂，颠覆了芸芸众生"虎毒不食子"的基本观念。因此，在苏北当地有"南通不唱《杀子报》，盐城不唱《丁黄氏》"④的传言，原因正在于"当地人深以为耻，自觉脸上无光"。旧时演艺界也有"余东不演《大红袍》，余西不唱《捉放曹》，南京不唱《九更

---

① 《古本小说集成》编委会：《古本小说集成 杀子报》，上海古籍出版社，1994 年，前言第 1 页。

② 1950 年，中央人民政府文化部成立"戏曲改进委员会"，确定戏曲节目的审定标准，其中"少数最严重者得予以停演"，包括"宣扬淫毒奸杀者"，《杀子报》赫然在此明令禁演的剧目之列。1957 年 5 月开禁后，南通更俗京剧团演出了此戏，引起了《南通市报》上的一场争论。至于当代，各地剧种偶复演之，近年相声演员郭德纲还搬演了评书《杀子报》。

③ 如《申报》1890 年（光绪十六年）3 月 7 日第 3 版和 6 月 14 日第 3 版，分别见《申报》缩印本第 36 册，上海书店出版社，1983 年，第 345 页、967 页。参见丁淑梅：《中国古代禁毁戏剧编年史》，重庆大学出版社，2014 年，第 600~601 页。不过，该书似将《杀子报》这一"通州奇案"的发生地江苏之南通误为河北之通州。

④ 《通州奇案（杀子报）》，http://nantonghua.net/archives/4315。

天》，南通不做《杀子报》"的说法。

第五节　《醉醒石》[①]：女子的贞节与男子的科举

　　明清两代，人数激增，但科举中第的名额并没有随之增加，使得原本竞争就很激烈的科举考试的中第难度愈益加大，落第举子人数更多。学子在没有正常经济来源的情况下年复一年地应考，他们的生活和婚姻自然要经受更大的考验，科场故事因此越发多起来。科考不仅对应试的男子以极大的影响，而且该影响将辐射到他们的家人特别是配偶身上。在明清，虽然女性是被科举制度排斥在外的一个社会群体，但在科举社会里，她们也不可避免地与科举发生关联。"从明中期至清初的通俗小说中，可以看到一幅体现女性生存轨迹的线路图：从被科举隔离，到欲图参与科举，并通过婚姻干预科举，乃至最后因为科举而被忽视、被遗弃。"[②] 明清通俗小说中，可以看到不少熟悉举业的女性的身影，在《醒世恒言》卷十一《苏小妹三难新郎》中，资质过人的苏小妹，深得父亲苏洵的赏识，在父亲的允许下，她博览群书，并能够鉴赏八股制艺的精妙之处。《儒林外史》第十一回中的鲁小姐，不仅十分美貌，还是个精于八股制艺的才女。其父鲁编修因无公子，就把女儿当作儿子，五六岁上请先生开蒙，读的就是《四书》《五经》；十一二岁教她八股文章，肚里能记得三千余篇，做出来的文章"理真法老，花团锦簇"，以至于鲁编修每常感叹："假若是个儿子，几十个进士、状元都中来了！"[③] 又如《八洞天》中晏述的妻子瑞娘能够评点时文，以至于丈夫把她视为师友。此外，《醉醒石》之《秉松筠烈女流芳　图丽质痴儿受祸》一篇的头回中，叙有一名女子竟能够代替丈夫写作

　　[①] 明末清初拟话本小说集《醉醒石》题"东鲁古狂生编辑"。关于成书具体时代，鲁迅认为是明代的作品，"所记惟李微化虎事在唐时，余悉明代，且及崇祯朝事，盖其时之作也"。见鲁迅：《中国小说史略》，上海古籍出版社，1998年，第143页。也有人认为是清初的作品，如上海古籍出版社1992年版的《十大古典白话短篇小说》丛书之《醉醒石》即署名［清］东鲁古狂生编，秋谷《醉醒石·前言》作了考证，但因所论诸条有以为清者，亦有以为明者，故该书的十五回小说可能部分写于明代，部分写于入清之后。本书从鲁迅暂定为明末。
　　[②] 叶楚炎：《科举与女性——以明中期至清初的通俗小说为中心》，《首都师范大学学报（社会科学版）》，2009年第6期，第142页。
　　[③] 吴敬梓：《儒林外史》，人民文学出版社，1977年，第138页。

制艺。但是，她们毕竟在科举队伍之外，而当她们嫁给举子，举子的科举事业才真正是与她们休戚相关的事情，道理很简单，女性懂举业只是"玩票"，真正能登榜从而改变家庭未来的还是她们的丈夫。

汉代朱买臣的故事早已深入人心，李白的一句"会稽愚妇轻买臣"更是扩大了它的知名度。《醉醒石》的第十四回《等不得重新羞墓　穷不了连掇巍科》，便细腻讲述了一个明代版的"买臣妻"故事。叙貌美能干的莫氏经其父和族叔莫南轩作主，嫁给了颇有才华但家庭经济较差的苏秀才，本指望丈夫科场联捷，光宗耀祖，荣妻显后，不料自得了县里类考一等科举后，连续三次乡试未中，九年荒废，坐馆又乏钻营奉承本领，家庭生计日蹙。莫氏怨气愈来愈大，终于在三次期盼和漫长的等待之后，再也不能承受清贫的生活和无望的未来，要弃苏秀才而另嫁他人，"不料这妇人心肠竟一变。前次闹穷，这次却闹个守不过了"①。试看下面一段心酸凉薄的夫妻对白：

> 苏秀才见他闹不歇，故意把恶言去拦他，道："你只顾说难守，难守，竟不然说个嫁。我须活碌碌在此，说不得个丈夫家；三餐不缺，说不得个穷不过；歹不中是个秀才人家，伤风败俗的话，也说不出。"莫氏道："有甚说不出！别人家丈夫轩轩昂昂，偏你这等鳖煞，与死的差甚么？别人家热热闹闹，偏我家冰出。难道是穷得过，不要嫁。"苏秀才道："你也相守了十余年了，怎这三年不耐一耐？"莫氏道："为你守了十来年，也好饶我了。三年三年，哄了几个三年，我还来听你！"②

运途蹭蹬的苏秀才显然无法挽回妻子的芳心，他这支"潜力股"已然成了毫无希望的"烂股"。想横了心的莫氏又找她族叔莫南轩麻烦，让她叔叔劝苏秀才写休书令其改嫁："叔叔，你害得我好！你道嫁读书的好，十来年那日得个快意？只两件衣服，为考遗才，拴通叔叔，把我的逼完了。天长岁久，叫我怎生捱去？叔叔做主，叫他休了我，另嫁人。"③ 莫南轩以戏文里的朱买臣来批评她不贤。莫氏见没有了断，又去"寻死觅

---

① 东鲁古狂生：《醉醒石》，秋谷标校，上海古籍出版社，1992年，第124页。
② 东鲁古狂生：《醉醒石》，秋谷标校，上海古籍出版社，1992年，第124~125页。
③ 东鲁古狂生：《醉醒石》，秋谷标校，上海古籍出版社，1992年，第125页。

活，要上吊勒杀起来"①，闹得邻里纷纷劝苏秀才。

最终，她又去央求惯会做媒的远房姑姑给她另寻男人，终于嫁了一个开酒店的酒家郎。值得注意的是，这位没有任何背景介绍的过渡人物远房姑姑的态度，起初也觉得莫氏不对，结发夫妻应该相守到老，但是说到受穷不过，她竟然"也同莫氏哭起来"。这是有些意味深长的，可见"受穷"二字对现实家庭生活中的影响，该影响对贞节观念的冲击和腐蚀是巨大的，也是具有普遍性的。"饮食男女"四字，都深深地影响了贞节观念，只不过大多数人只注意到了"男女"二字，即性欲对贞节观念的销蚀，却没有深究"饮食"即经济条件对贞节观的隐性破坏作用。

虽然朱买臣妻这样的故事已不新鲜，甚至有些老套，但写得如此细腻，还是让人唏嘘不已。像莫氏这样的女子当然可能是比较极端的典型，但我们可以进一步推想，在世俗生活中因男人科举无望、治生无能，像莫氏这样失望怨恨心理满腹的家庭妇女，无疑是大有人在的，她的这个远房姑姑就是一个很好的代表和缩影。只不过，在通常情况下，由于"嫁鸡随鸡，嫁狗随狗"的婚姻观念和传统的妇德及贞节观念的作用，一般人都慢慢挨过去了，极少数的幸运妻子会碰到撞大运的丈夫，科场连捷，博个功名富贵，荣耀显达，光照闾里，后来还弄个诰命夫人的名号。而多数人也就平淡度日，因为不能博得功名，很多举子转入其他行业，经商便是其中一种，毕竟人活着总要生存，人们的思想观念也逐渐发生转变，渐渐不再以当官为唯一的出路。但毕竟还是有成千上万的科场追求者，在这条充满荣光的荆棘大道上踽踽前行。在这个庞大的科考队伍中，多数考生都已结婚。据研究统计，"明代进士中式时，绝大部分已经结婚。即使20年以下的少年进士，也多已婚，未婚者占的比例是相当小的"②。参照这一统计，便会发现，小说中先完成婚姻、再成就功名的叙述模式，也正与明代士人在成为进士之前便多已结婚的现实状况相一致。这也就意味着，在他们中式以前，是需要在科考的进取之路上同自己的妻子打交道的。"良人者，所仰望而终身也。"③ 孟子的这句话对丈夫既是巨大的荣誉，也是莫大的

---

① 东鲁古狂生：《醉醒石》，秋谷标校，上海古籍出版社，1992年，第125页。
② 钱茂伟：《国家、科举与社会——以明代为中心的考察》，北京图书馆出版社，2004年，第130页。
③ 朱熹：《四书章句集注》，中华书局，1983年，第301页。

压力，一家衣食，如果丈夫不能提供，妻子恐亦不那么"仰望"良人了。再加上"若论妇人，读文字，达道理甚少，如何能有大见解，大矜持！"①所以，有了妻子而又贫寒无进的举子往往日子更不好过。但是，这又不能完全怪罪女子，该观点《醉醒石》的作者也是认同的，他用带有同情的笔调描摹了贫寒举子的妻子们的处境：

况且或至饥寒相逼，彼此相形，旁观嘲笑难堪，亲族炎凉难耐。抓不来榜上一个名字，洒不去身上一件蓝皮，激不起一个惯淹寒不遭际的夫婿，尽堪痛哭。如何叫他不要怨嗟？②

在此一情形下，她们的态度和支持力度就显得至关重要，在困苦的生活中，一力承担家中的"治生"之事，免除夫君"勤读"的后顾之忧，自然也是对科举中人追求功名的一种莫大支持。正如明末拟话本小说集《西湖二集》中所说："大抵穷秀才最要妻子贤惠，便可以无内顾之忧，可以纵意读书；若是妻子不贤惠，终日要料理家事，愁柴愁米，凡是米盐琐碎之事，一一都要经心，便费了一半读书工夫，这也便是苦事了。"③ 但生活的残酷和丈夫的无能，"拿轻不得，负重不得，不粮不莠，行动又要惜三分脸面"④，使得女子往往像莫氏那样闹穷怨嗟。在《醉醒石》第十一回《惟内惟货两存私　削禄削年双结证》中有一个魏进士，"做秀才时，其家极穷，身衣口食，俱难支值"，而"其妻每怨恨读书，费他妆奁，至于穷困"。⑤ 他每每勉强应付，许以妻子美好愿景："不要怨，倘得中了，包你思衣得衣，思食得食。十倍还你妆奁，也不打紧。"⑥ 不过幸运的是，这个穷秀才果然中举，又很快联捷中了进士；但绝大多数秀才都没有这等幸运。清《跨天虹》卷五第一则《江上渔翁居》里，张秀才因为"不事生业。坐食有年，家产荡尽"，其妻"在家终日闹炒"，并"要他生意出息"，以致"两下争差，打将拢来"。⑦ 在《姑妄言》里，也有一个为科举皓首

---

① 东鲁古狂生：《醉醒石》，秋谷标校，上海古籍出版社，1992年，第120页。
② 东鲁古狂生：《醉醒石》，秋谷标校，上海古籍出版社，1992年，第120~121页。
③ 周清原：《西湖二集》，第2版，周楞伽整理，人民文学出版社，2006年，第45页。
④ 曹去晶：《姑妄言》，许辛点校，中国文联出版公司，1999年，第934页。
⑤ 东鲁古狂生：《醉醒石》，秋谷标校，上海古籍出版社，1992年，第93页。
⑥ 东鲁古狂生：《醉醒石》，秋谷标校，上海古籍出版社，1992年，第93页。
⑦ 《明清稀见小说丛刊》，苗深等标点，齐鲁书社，1996年，第672~673页。

穷经，却始终淹蹇沉沦的腐儒，妻子也是一个老腐儒的女儿，嫁给他之后，生活每况愈下，"在当初，灶下以不举火奇，近日竟以举火为奇"①。真正是室如悬磬，家徒四壁。后来也要闹离婚，老父亲百劝也听不进去。其实丈夫自己也明白妻子之所以别抱琵琶的不得已之处："原也怪他不得。冬日则饮汤，夏日则饮水，终朝枵腹，如何过得？"② 终于被一个富豪娶走，孰料她其实中了圈套。原来这是富翁宦萼设计请媒婆以财色相诱，骗去折磨羞辱，以教训这个不能守贞吃苦的刁妇，叫她做各种活计，消磨她的刁性，然后再行归还。临行前丈夫苦劝，但这位老妻的冷酷不比莫氏稍好：

  权氏放下脸来，道："我不是你的人了，我今日晚间就要去的。你要留我，就去买绸缎来替我做衣服，买好饮食来供给我。不然，你要强留我，不是你死，就是我亡。这苦日子我实在过不得了。"平儒道："你到底往那里去？我同你将二十载的夫妻，你就忍得撇我么？"权氏冷笑道："古人说，酒肉兄弟，柴米夫妻。没穿少吃，我同你就是陌路了，还讲甚么恩情？有两句古语说得好：将军不下马，各自奔前程。我的去处不劳你管，大约自然比你府上强些。"平儒道："你既主意已决，谅也不能留你。也有两句古语，道是：心去意难留，留下结冤仇。你去是去，但只是你后来或有不得意处，千万还来寻我。"权氏夹脸唾了一口，道："啐！你替我发这样好利市，难道别人家还有不如你的？我就死了，也不再上你的门。你可曾听得说，回炉的烧并（饼）不脆么？"正说着，那媒婆夹个毡包进来，道："轿子来了。"权氏向平儒道："你快写休书给我，不要误了我的良辰。"那平儒也不作难，写了休书。权氏又叫念与他听，无非是养赡妻子不过，任凭改嫁的话。权氏又叫他打了手印，收了。浑身彻底换了衣服，戴上首饰，向平儒道："你生平可见过这些东西？"欢欢喜喜，头也不回，上轿而去。③

书中该卷还有一调《驻云飞》叹世人夫妇，亦颇让人伤感：

---

① 曹去晶：《姑妄言》，许辛点校，中国文联出版公司，1999年，第933页。
② 曹去晶：《姑妄言》，许辛点校，中国文联出版公司，1999年，第933页。
③ 曹去晶：《姑妄言》，许辛点校，中国文联出版公司，1999年，第937~938页。

夫妇恩情，结发髫年到百龄。举案齐眉敬，全仗家丰盛。哎囊罄没分文，难逃怨恨。口纵无言，勉强身相顺，试看那实在心安有几人。①

不能守住贫贱，也就意味着不能守住贞节，这是古代社会的大忌，但"无为守穷贱，轗轲长苦辛"（《古诗十九首·今日良宴会》）。在通往金字塔顶端的险路上，谁又真心实意地甘愿陪着渺无希望的贫贱丈夫度过一个个不眠之夜呢？"试看那实在心安有几人"，这是人性的悖论，但滚滚红尘之中，功成名就、富贵显达者固少，贫士寒士究属多数，这个悖论就会永远存在。林钝翁在《姑妄言》第十九卷回前评中感喟："权氏因夫贫而欲弃夫，咸平因妻贫而欲背盟，虽是写世风嚣薄，总是为钱字放声一哭。"②因此，小说的作者只能很无力地哀叹她们的狠心："但'饿死事小，失节事大'，眼睁睁这个穷秀才尚活在，更去抱了一人，难道没有旦夕恩情？忒杀蔑去伦理！这朱买臣妻所以贻笑千古。"③到此，这其实已经不仅仅是贞节伦理的问题，而是古往今来一个有关人性的伤感话题，数百年后的现当代，鲁迅的小说《伤逝》和当代影视剧《开往春天的地铁》《蜗居》《家产》等，不是依然在感叹着在巨大现实压力之下的爱情婚姻"伤逝"吗？

第六节 《欢喜冤家》：出轨的"冤家"能否"欢喜"？

《欢喜冤家》又名《贪欢报》《艳镜》《欢喜奇观》《三续今古奇观》等，作于崇祯十三年（1640年）④，全书共计二十四回，每回演一故事，基本上都与男女风月有关，从书名亦可窥其大概。西湖渔隐主人在序中称："作小说者，游心于风月之乡""圣人不除郑卫之风，太史亦采谣咏之

---

① 曹去晶：《姑妄言》，许辛点校，中国文联出版公司，1999年，第938页。
② 曹去晶：《姑妄言》，许辛点校，中国文联出版公司，1999年，第918页。
③ 东鲁古狂生：《醉醒石》，秋谷标校，上海古籍出版社，1992年，第121页。
④ 萧相恺：《中国古代小说考论编》，凤凰出版社，2010年，第358～359页。

奏。公之世人，唤醒大梦"。① 可见他之所以偏好写男欢女爱故事正是秉此一认识的。作为晚明小说中的一个经常出现的词语，马克梦认为，"'冤家'是晚明小说中的一个词语，形容男女恋人因纵情过度而终于反受其害的情形"②。是故作者用"冤家"作为小说题目，足以体现出小说文本中的"激情"色彩，绝大多数的故事都是世情与色情的结合。由于较多篇幅的"激情"与"色情"，孙楷第在《中国通俗小说书目》中将它归入"猥亵类"。我们很容易联想到冯梦龙在《情史类略·情史序》中称其死后当取佛号"多情欢喜如来"，他声称其寓意是使"仇敌冤家，悉变欢喜，无有嗅恶妒嫉种种恶念"。③ 反观《欢喜冤家》，虽序云"非欢喜不成冤家，非冤家不成欢喜"④，然通观全书，似乎主要还是反冯梦龙之意而用之，着重在"非欢喜不成冤家"。书名的一变再变，当与小说的早经焚毁有关。

一、女子的性体验和性快乐

明代通俗小说特别是描写世情男女欢爱小说，虽然也经常涉及性，但在性的描写中多注重男子的感受，写他们的心理活动和性体验比较普遍。在一个男权至上的时代，女性的性感受和性体验是缺席的，她们在性爱体验当中的位置基本上是处于辅助和从属的地位，是配合男子的快感而存在，就算有一些性欲比较强烈的主动寻欢者，如《金瓶梅》中的几位女主角潘金莲、李瓶儿和庞春梅，也只是写她们的动作，写她们在性爱时的呼叫，那只是配合西门庆的淫欲而发出的浪语，她们自己的性体验却从未明晰表达出来。潘金莲在与西门庆的第一次偷情时，有一句写偷欢交合快感的"真个偷情滋味美"！但那也是作者在诗词中的评价，而不是出于金莲口中。总之，女性的快感附着在男子的体验之上，而自身的体验因此极少得到表达而呈现失语状态。

《欢喜冤家》的特色之处，正在于对这一方面缺失的弥补。《欢喜冤

---

① 西湖渔隐主人：《欢喜冤家》，于天池、李书点校，北京师范大学出版社，1993年，序第1页。
② 马克梦：《吝啬鬼、泼妇、一夫多妻者：十八世纪中国小说中的性与男女关系》，王维东、杨彩霞译，人民文学出版社，2001年，第104页。
③ 冯梦龙：《情史类略》，岳麓书社，1984年，序第1页。
④ 西湖渔隐主人：《欢喜冤家》，于天池、李书点校，北京师范大学出版社，1993年，序第1页。

家》经常书写偷情女子的性体验，不像其他小说中多写男性的快感，或只就性交场面作描写，而缺少女性的体验和快乐，如第九回叙刘二娘被丈夫小山叫去以色相行骗，骗取张二官的钱财，后来她假戏真做，真的和张二官好上了，二人偷欢时：

　　二娘呼的一声道："我死也。"二官道："又是我见你丢了，故不动着。若是弄到如今，真正死矣。"二娘道："怪不得妇人要养汉。若只守一个丈夫，那里晓得这般美趣。"①

　　第一回中的花二娘与英俊知趣的任三官偷情甚美，"从做亲已来，不知道这般有趣"②。任三官放出千般手段，她全身心陶醉，感叹"不想此事这般有趣，今朝方尝得这般滋味。但愿常常聚首方好"③。第三回中的李月仙更是一个典型，年轻貌美的孀妇李月仙，嫁给王文甫，"夫妻二人十分欢喜，如鱼得水，似漆投胶。每日里调笑诙谐，每夜里鸾颠凤倒"④。可是丈夫外出经商后，她又难耐寂寞，经不起小叔章必英的英俊风流，与之偷情，再度良宵，"月仙今番禁不住了，叫出许多肉麻的名目……那月仙丢了又丢，十分爱慕。从此就是夫妻一般。行则相陪，坐则交股"⑤。以至于后来丈夫回来半年后再度外出经商，月仙先是"暗暗欢喜"，以为又可以与必英私会，假意道："你既要去，我也难留。只是撇我独自在家，好生寂寞。"⑥ 后来听说文甫此次要带二官同去锻炼，"心如冷水一淋"。为救丈夫出狱，月仙卖身给人做妻，想到丈夫尚在监牢之内，开始还扭捏羞涩，而后"见新郎之物与必英的差不多儿，十分中意。此时把那那苦字

---

① 西湖渔隐主人：《欢喜冤家》，于天池、李书点校，北京师范大学出版社，1993年，第160页。
② 西湖渔隐主人：《欢喜冤家》，于天池、李书点校，北京师范大学出版社，1993年，第5页。
③ 西湖渔隐主人：《欢喜冤家》，于天池、李书点校，北京师范大学出版社，1993年，第5页。
④ 西湖渔隐主人：《欢喜冤家》，于天池、李书点校，北京师范大学出版社，1993年，第42页。
⑤ 西湖渔隐主人：《欢喜冤家》，于天池、李书点校，北京师范大学出版社，1993年，第47页。
⑥ 西湖渔隐主人：《欢喜冤家》，于天池、李书点校，北京师范大学出版社，1993年，第47页。

丢开一边，且尽今宵之乐"①。月仙"道：'死也从来未有今朝这般快活。'二官道：'此时你还想前夫么？'月仙道：'此时无暇，待明日慢慢细想。'"②"过了两个月日，每夜盘桓，真个爱得如鱼得水，如胶投漆。"③但她良心未泯，想到自己享受快乐，丈夫却在狱中受苦，可是一旦二官假装要将她送给丈夫，她却不舍得，一把搂住二官说你"快活死我也"④。

在这些描写场景中，作者"总是以非常细腻的笔触，不厌其烦地描写女性在偷情时感受到的强烈的生理刺激和心灵震撼，突出她们性爱的欢乐、如梦初醒般的惊喜以及因此焕发出的生命活力"⑤。这些描写透露出贞操并非女性婚恋生活目的，更非婚姻的全部；相反，生命的幸福、性爱的快乐和享受，比贞操更为重要，幸福原则才是人生的第一准则。像李月仙偷情时的真实心理："再无别人知道。落得快活，管什么名节。"⑥似乎有点无耻，却又真实自然，显然，在她心目中，"名节"只有当别人知道的时候才是有意义的，否则"快活"才是第一原则。这种认识与程朱理学"存天理，灭人欲"的思想和传统贞操观念显然是大相径庭的。

《欢喜冤家》甚至会描写"贞妇"在遭劫后与匪人的两性生活场面。一般而言，古代小说对此一情境的处理多写她们在威逼之下被迫与贼人强盗生活，但她们本身是极不情愿的，而且一般也不会写到她们的性生活场面，即使偶有，她们也是痛苦伤心，而绝对不会表现出快乐的一面。不过揆诸常理，这并不是非常真实的人性书写，因为强盗匪人也是人，也有多种类型，也有雅俗之分，其行止也分三六九等。《欢喜冤家》往往写这些落难女子的直接感受，快乐毫不掩饰，但又并非忘了前夫，体现了俗世人性的真实。如第五回的元娘遭爱慕她的蒋青设计劫走之后，本欲贞烈自

---

① 西湖渔隐主人：《欢喜冤家》，于天池、李书点校，北京师范大学出版社，1993年，第60~61页。

② 西湖渔隐主人：《欢喜冤家》，于天池、李书点校，北京师范大学出版社，1993年，第62页。

③ 西湖渔隐主人：《欢喜冤家》，于天池、李书点校，北京师范大学出版社，1993年，第63页。

④ 西湖渔隐主人：《欢喜冤家》，于天池、李书点校，北京师范大学出版社，1993年，第64页。

⑤ 李淑兰：《〈欢喜冤家〉贞操观的现代解读》，《宁夏社会科学》，2003年第3期，第122页。

⑥ 西湖渔隐主人：《欢喜冤家》，于天池、李书点校，北京师范大学出版社，1993年，第47页。

杀，虑及腹中有孕，不得已而强从强盗，但在后者表现出真情与她交合时，她也暂时将原夫抛诸脑后，将快乐体验真实表达。如果我们将元娘与《西游记》里的唐僧之母殷温娇做一对比，就更能发现《欢喜冤家》如此叙事的意义，以及其思想的独特和不凡。

当然，书中有些性描写难免过度，且无甚交代过渡，便直奔主题，有色情化倾向。全书充斥一些色情淫秽小说中常见的词语，如"舞弄""须臾事毕，各自拭净"等。不过，就总体而言，《欢喜冤家》与多数明清色情小说还是有相当距离的，而书中的这些性爱的描写，尤其是女子性体验的欢悦表达，对于考察明代通俗小说贞节观和人性的演进层面便具有非同寻常的意义。

二、失节妇女的家庭回归

明代小说中绝大多数的女子一旦身体出轨，其心也随之出轨，进而就跟奸夫好上，走上了一条不归路。《欢喜冤家》的贞节观书写的另外一个明显的特点，就是书中的多数出轨女性，并没有因为男欢女爱而完全逸出传统伦理的范围，最终还是回归家庭。作者像一个木偶操纵者，他丢开线，先将这些不贞不节的妇女"放"出去，让她们与"欢喜冤家"进行活色生香的表演，然后再将线轻轻一拉，将她们悉数"收"回。在对通奸女性结局的安排上，作者不以一般奸情类小说的传统贞操观的律条为行为参照，简单纳入因果报应的模式，使其受到严惩；而是以极其人性化的态度予以宽宥，尽可能地使她们得到天遂人意、幸福美满的结局，或者"一床锦被遮盖则个"，用婚姻的指向使其"偷情"行为合法化，使有情者终成偕老夫妻，或写其回心转意，重归家庭，并使丈夫痛改前非，收心变好。这种完美结局的设计，在中国古代奸情类小说中实属少见。

如前所述，第一回中的花二娘虽然背叛了丈夫，于贞节毫无可言，而且真心诚意地喜欢上了"标致知趣"的任三官，感受到前所未有的性快乐，但她在经历血腥可怖的谋杀之后，大彻大悟，完全收心，还将自己的姑姑接过来一起住。第十五回中的马玉贞，因其夫生性凶暴，又且性能力不好，"云稀雨薄"，所以她在遇到风流、温情的宋仁后，便与之偷欢、私奔。后来被官府收审后，县官责问她："你是妇人家，嫁鸡随鸡才是，怎生随了宋仁逃到杭城，做这般下流之事？"① 她道："丈夫心性急烈难当，奴心惧怕。"② 县官见其情辞可怜，不忍加刑，虽然"律该官卖"，还是姑免究罪，她终于回心转意，回归丈夫的怀抱，而她的丈夫也因此幡然悔悟，与之"重完夫妻之情"。前面提到的第三回《李月仙割爱救亲夫》，从回目即可看出小说的"割爱"戏份的特色。年轻貌美的孀妇李月仙，嫁给王文甫，丈夫外出经商后，难耐寂寞，与小叔章必英偷情。极不贞节的月仙，对丈夫却有很深的感情，当丈夫落难入狱，她舍身救夫，卖身给人做妻，但在与新夫交欢之时，又把"那苦字丢开一边，且尽今宵之乐"③。但一旦得知新夫就是设计谋害丈夫的必英时，她又立刻抛却昔日两情相悦之好，果断报案，救出丈夫，重新回归到丈夫身边。她的形象让人想起《金瓶梅》里面的宋惠莲。

又如前文论及的第五回中的元娘，她在遭爱慕她的蒋青设计劫走之后，本欲贞烈，虑及腹中有孕，不得已而强从强盗，但在后者表现出真情与她交合时，她也快乐体验，充分地享受了男欢女爱的情欲之乐，让人感觉她似乎已经将原来恩爱的丈夫完全抛在脑后。后面的情节让读者明白，她其实并非忘了前夫，她后来打探到丈夫的消息后，非常激动，先设法让丈夫将他们二人的亲生孩子领走，又坚持再和强盗继续同居，直到将蒋青的财产转移挪走，她才逃离，回到自己的丈夫身边，幸福度日。这些描写，无疑体现了俗世人性的真实。

总之，《欢喜冤家》对女子的性体验和性快乐做了细腻而充分的描写，不过，这些快乐体验是建立在出轨的"冤家"相会的"激情"基础之上的，尽管多数妇女又走向了回归，但在现实中，这种超出世俗礼法和传统贞节观念所能容纳限度的"冤家"到底能否真正"欢喜"，无疑是要打一个问号的。

---

① 西湖渔隐主人：《欢喜冤家》，于天池、李书点校，北京师范大学出版社，1993 年，第 245 页。
② 西湖渔隐主人：《欢喜冤家》，于天池、李书点校，北京师范大学出版社，1993 年，第 245 页。
③ 西湖渔隐主人：《欢喜冤家》，于天池、李书点校，北京师范大学出版社，1993 年，第 61 页。

三、守节的变通

《欢喜冤家》中我们还发现,西湖渔隐主人认为守节与否应根据具体情境灵活变通,持一种灵活的、实用主义的贞操观。第一回中,花二娘得知自己和任三官私通之事败露,李二白已和丈夫设计谋害自己和三官。为了救人且自救,花二娘将计就计,主动和李二白发生性关系,借前来捉奸的丈夫之手将李二白杀掉。花二娘和李二白的性关系,无论对其丈夫还是情夫都可谓不贞,但作者却不以为然,反而大为欣赏,在总评中称赞她"出奇制胜,智者不及"。第三回中,李月仙的丈夫王文甫被其情夫章必英构陷入狱,企图谋夫夺妻。为救亲夫,李月仙被迫改嫁章必英。对此,作者借小说中人物李禁之口说:"今日之嫁,是谓救夫之命,非失节之比。"①"周全丈夫生死,可与节义齐名。岂比失节者乎!"② 以上两篇所表露的观点,都与"饿死事小,失节事大"的传统贞操观针锋相对,暗含了"失节事小,人命事大"的严肃命题,体现了作者对个体感性生命的高度重视,与传统贞操观显然是悖逆的。第五回中的元娘被蒋青强抢为妻,本想投水自尽,"只因身怀六甲,恐绝刘氏宗枝,昏昏沉沉,只是痛哭"③。又以绝食相抗,但禁不住蒋青甜言蜜语哄骗,加上"到了蒋家,见比刘家千倍之富,况蒋青又知趣,倒也妥帖了"④。后丈夫来寻,元娘本应跟丈夫回去,又为财物暂留蒋家。蒋青死后,元娘占有了全部家产,夫妻团圆。显然,在西湖渔隐主人看来,当贞操与宗嗣、名节与实利不能两全的时候,弃贞节之虚名,图宗嗣、金钱之实利,实为明智,不可谓失节。第九回中的王小山企图以妻子方二姑的美貌为钓饵,谋骗张二官的合伙资金。方二姑假戏真做,与二官频频私会,并将店中财物寅夜偷与二官,助其另开铺面,气死了丈夫。不久,二姑就明公正气地嫁给二官,做了长久

---

① 西湖渔隐主人:《欢喜冤家》,于天池、李书点校,北京师范大学出版社,1993年,第58页。
② 西湖渔隐主人:《欢喜冤家》,于天池、李书点校,北京师范大学出版社,1993年,第58~59页。
③ 西湖渔隐主人:《欢喜冤家》,于天池、李书点校,北京师范大学出版社,1993年,第90页。
④ 西湖渔隐主人:《欢喜冤家》,于天池、李书点校,北京师范大学出版社,1993年,第94页。

夫妻。对方二姑所为，作者虽未旗帜鲜明地予以赞扬，但仍以含蓄的理解和首肯委婉地表明了"夫妻之间若没有爱情恩意，即没有贞操可说"[①]的思想。

当然，毋庸讳言，《欢喜冤家》的贞操观就其本质来说，仍未超出男性中心话语范畴，作者对于妇女贞操问题的表现和思考，依然是男性中心文化机制下的一种有限观照；对于女性的角色还是停留在男性附属品和私有物的定位上。正如第十回许玄对秋鸿所说的，"若得小姐嫁我时，你是家常饭了，不时要用的"[②]，把女人看作男人随时可用且可随意处置的器物。因此，它对于女性失节行为的宽容和谅解以及对于失节标准的种种变通，都是建立在男性利益的基础上的，其出发点还是保障男性利益的最大化。女性失节与否以及要不要守节，都要看与男性的利益和需要是否一致，以及利益的孰大孰小了。但它毕竟还是表现出了与许多传统贞操观念相悖逆的东西，有些认识还具有近代人文色彩和某种超越意识、反叛意识。正如有研究者所言："它在男女情爱方面比'三言''二拍'等作品表现出更多的宽容和开明，更为接近现代人的情爱理念。"[③]

[①] 胡适：《胡适文存：第4册》，上海三联出版社，2014年，第71页。
[②] 西湖渔隐主人：《欢喜冤家》，于天池、李书点校，北京师范大学出版社，1993年，第176页。
[③] 苗怀明：《突破封建礼法的新追求——对〈欢喜冤家〉情爱观的现代解读》，《中国典籍与文化》，2001年第3期，第18页。

第三章　清代通俗小说中的贞节观
　　　　书写之嬗变

　　同明代一样,清代通俗小说数量亦众,与明代通俗小说相比,清代的长篇小说尤多。这一特点的外在表现就是篇幅较大,故而其所涵纳的各种思想和观念亦相对复杂,其对贞节观的关注和表现也往往与其他东西错综交织,而显出一些新的特色和倾向。

第一节　清代的思潮环境与小说贞节观
　　　　书写的密集和新动向

　　清朝统治者蓄意对意识形态实行高压控制,在清初颁布的一系列皇家法令中,很容易看到新政权对文人最初的加紧控制。比如顺治九年(1652年)的《考试》法令写道:

　　　　说书以宋儒传注为宗,行文以典实纯正为尚。今后督学,将四书五经、《性理大全》《蒙引》《存疑》《资治通鉴纲目》《大学衍义》《历代名臣奏议》《文章正宗》等书,责成提调教官课令生儒诵习讲解,务俾淹贯三场,通晓古今,适于世用。其有剽窃异端邪说、炫奇立异者,文虽工弗录。坊间书贾,止许刊行理学政治有益文业诸书,其他琐语淫词,及一切滥刻,窗艺社稿,通行严禁,违者从重究治。①

　　清代帝王一方面通过这些官方书籍的编写、颁布和推行,操控了官方

---

① 伊桑阿等:《大清会典(康熙朝)》,凤凰出版社,2016年,第587页。

主流意识形态的话语权和解释权；另一方面通过大大小小的文字狱，将汉族官员和知识分子的思想圈进囚笼。官方思想的无形威慑，使得知识分子的思想形态和研究形态都趋向内敛，作为儒家主流意识形态重要一支的贞节观念自然也被大力鼓吹强化，成为这种内敛思潮的一部分。

尽管历代统治者很少出台法律明文强制禁止再婚，家人或族人出于种种目的逼迫孀妇再醮，往往会受到法律的惩罚。《大清律》对于强迫守志孀妇改嫁的问题，规定如果丈夫丧服已满，妇女自愿守节的，而该妇女的祖父母、父母，及夫家之祖父母、父母强迫她改嫁的，杖八十。但无论怎样，自宋元以来，贞节观念的强化趋势成为一个不争的事实，它常常伴随着政府的旌表政策、地方如清节堂之类的救济机构和乡间族里的惩淫劝贞的严厉措施的实施，而逼迫寡妇改嫁和抢婚逼醮的事在晚明以来也屡见不鲜，如前已有详述，不再展开。总之，原本属于个人情感和自我选择的伦理观念问题，在各种轰轰烈烈的运动和措施中，渐渐演变成为一个具有强制色彩和宗教色彩的道德观念，被不少研究者称为"宗教化"。原本带有一定积极意义的道德，便经常转而成为束缚和压抑人性的话语。这样，贞节观念对社会和人性的意义便走向了反面，正史和地方志中出现了愈来愈多的贞女、节妇、烈女和烈妇，一些人是为了感情和尊严，自然无可厚非，但更多的女子尤其是烈女、烈妇却是"不幸上了历史和数目的无意识的圈套"[①]，悄无声息地牺牲于变态的历史时空之中。而晚明清初小说中的贞女、节妇、烈妇，实在不比正史方志中的记载数目为少。清政府沿着前代的步伐，继续深化对节烈行为的提倡。有清一代，自京师、省府，至各州县，皆修建烈女祠，贞节牌坊成为一道亮丽的政治伦理风景线。

在这种社会氛围下，女子贞节不仅是倡导的问题，而且"失贞""失节"的女子要受到严厉惩罚，轻则赶出族门，重则施以沉河、火烧甚至凌迟处死等酷刑。据钱大昕《潜研堂集》记载，清乾隆年间，山西一李姓之人，有"隐宫"之疾，即性功能有问题，其妻陈氏不安于室，常常逃回娘家。一次陈氏父亲陈维善把她送回夫婿家，谁知走到半路，女儿又跑回来了。陈维善气极，就活活把女儿缢死，自己也上吊而死。身为亲生父亲，竟残忍杀女，这种"灭绝人性"的可怕行为在明清时代显然不只是极端特

[①] 鲁迅：《鲁迅全集》第1卷，人民文学出版社，2005年，第130页。

例，《儒林外史》中的王玉辉鼓励女儿殉夫以为伦纪生色，也是残忍杀女的变相事例。贞节观念的过度提倡，已经使得原属伦理范畴的道德观念严重扭曲，走向事物的反面。明清时代，女儿丧失贞节，是家庭的奇耻大辱，父母兄弟姐妹都会因此抬不起头来；反之，若女子恪守贞节，则光宗耀祖。

不过，过度的提倡和压抑，难免会遭到反弹，正常的人性永远不可能彻底受到压抑，而这种反弹的结果在晚明走向了两个方面：一种是正常的追求爱情婚姻的幸福，将这些贞节观念抛诸脑后，像"三言二拍"中的许多正面女子；另一种便是走向另一个极端，由于社会压抑之后的需要，社会上出现了大量的春宫图、色情小说。这种现象对清初继续产生影响，不仅清初有很多类似晚明那样以宣淫为内核的全然色情的小说，而且在许多有明确而严肃的创作主旨的长篇小说，如《姑妄言》和《野叟曝言》中也充斥了大量的色情描写。但这类小说的思想层面和艺术层面都非常丰厚，绝不能简单地以色情小说视之，它们所探讨和涉及的贞节观念常与其他层面交织在一起。比如《姑妄言》中的贞节观书写便是政治、道德和性欲之间的关联和纠缠，《野叟曝言》则有理学与贞节观的碰撞与融汇，以及经权思想对贞节观念的强势渗透。《绿野仙踪》里的温如玉和金钟儿，是一个典型的痴情浪子与节烈妓女的故事，从中可以嗅到《金瓶梅》里陈经济和韩爱姐的影子，只是前者较之后者，叙述更加宛转，故事更加曲折。另一位富家子弟周琏与妻子何氏、姜齐蕙娘、狐精之间的三角故事，金不换与许连升夫妇及许寡妇的阴差阳错的婚姻故事，这些故事中体现出来的贞节观念，都是可供考察的范本。

要之，清朝前期的思潮与前代有正反两面的密切联系。它一方面是通过对晚明风气的强烈否定来重新定义的，另一方面与明代中晚期的某些思潮又是一脉相承的。前者缘于部分明遗民痛心于朱明覆亡与晚明腐朽，当然也有清朝官方对前朝的蓄意全面否定以达到确立本朝合法性的目的；后者缘于明朝酷政引起的士大夫道德严苛，进而形成忠贞气节的严格要求，而另一类入清士大夫和文人为缓解易代之际忠贞观念的焦虑之情则产生了平情主义①，同时也包括晚明以来的个性解放的思潮所带来的艳情和色情文化的普及。

　　明清文化思潮的内在连续性可从欧美中国学领域中最有活力的研究点之一的"晚期帝制中国"概念获得启示。"晚期帝制中国"（Late Imperial China）概念是泛指明、清两朝，最早使用于1970年美国学者孔飞力的《中华帝国晚期的叛乱及其敌人》②。该概念将明（1368—1644年）、清（1644—1912年）视作一个连续的、有活力的时期。诸多关于晚期帝制中国的美国学术著作有一种共同的倾向，那就是试图展现中国社会在西方入侵之前具有一种自我更替的连续性和内在的活力，这实质上是"中国中心观"的体现。③当然这只是一个大致的时段，具体到某一个领域，其前后的起讫时段长度自然也有区别。本书第二章第一节中论及明代政治所带来的戾气，遂形成对自我从道德伦理到身体实践的高自标置，甚至以极其冷酷的态度对待生命，发展为明末的一种极为深刻的道德严格主义。这种道德严格主义者，形成了对自我心灵的严格检讨，进一步发展为对同道群体的严酷要求，这种道德是将南宋程颐的伦理苛酷主义进一步强化，极其不近人情，但成为一时风气。此一风气自然波及对女子的道德要求，晚明如此，延续到清初亦然。贞节观念的极端强化，与此种带自虐性质的"戾气"难脱干系。正如赵园指出的，"至于遗民的'苦节'，甚至在形式上都与节妇烈女如出一辙，其自虐且竟为'不情'极其相像：有关'节操'表达式的匮乏……遗民中更有自戕以祈死者"④。

　　　　自虐而为人所激赏的自然还有节妇烈女，亦乱世不可或缺的角色。本来，苦节而不死的贞妇也是一种"遗民"，其夫所"遗"，倒不

---

① 笔者首次提出"平情主义"概念，指以李渔为代表的明末清初文人的作品中出现的基于其在洞悉人性的基础上所提炼而来的观念而做出的以平常心态对人的态度，面对不同环境条件下的人物表现，发出理解同情之言。参见璩龙林：《平情主义与崇真厌伪——论李渔小说的贞节观书写倾向》，《东北师大学报（哲学社会科学版）》，2016年第1期，第22页。

② KUHN P A: *Rebellion an Its Enemies in Late Imperial China: Militarization and its Social Structure*, 1796—1864. Harvard University Press, 1970. 孔飞力：《中华帝国晚期的叛乱及其敌人：1796—1864年的军事化与社会结构》，谢亮生、杨品泉、谢思炜译，中国社会科学出版社，1990年。

③ 褚艳红：《20世纪美国的明清妇女史研究》，《中国史研究动态》，2012年第6期，第74页。

④ 赵园：《明清之际士大夫研究》，北京大学出版社，1999年，第13页。

为乱世、末世所特有，也证明了女性生存的特殊艰难。失节者则另有其自虐。读吴伟业文集，你不难感知那自审的严酷，与自我救赎的艰难。这一种罪与罚，也令人想到宗教情景。①

处"酷"固属不得不然，但将处酷的经验普遍化（也即合理化），不可避免地会导致道德严格主义。从明代中晚期延续到清代的贞节观念走向宗教化，与这种时代病恐怕不无关系。一方面，妇女节烈与忠臣节烈恰好成为君臣纲常共同需要的精神同构体，乃一体之两面，共同参与建构了社会主流意识形态的大方向。就实质而言，这不过是"忠臣不事二君，贞女不更二夫"的极端化重塑而已。另一方面，在这种由苛虐之政转化而来的自我施虐，甚至以获得某种"蓄意自惩"式的"苦节"，也成为女子在贞节方面效仿的潜在对象。入清的明遗民的诗文集和笔记中大量记录了贞烈女子事迹，无疑正是未能为明朝殉节或与清廷抗争而带来的精神压力体现。但对女性"贞烈"的强调作为一种高标准的社会现象于宋代方露端倪，至明清达到高峰。由此，书写贞女烈妇的事迹代替了中国抒情诗传统的弃妇诗词，"男女君臣"的托喻单向发展为"贞女忠臣"的象征。明末清初外族入主的时代背景将"忠臣不事二君，贞女不更二夫"的双性道德要求并入书写女性之"贞烈"的单一性别文化之中，所以清初文学中有非常多"贞女忠臣"同构的书写，以阳刚之笔赞颂殉节女子是一种常用笔法。②"忠贞并置"与"忠贞同构"的叙述模式遂成为清代前期通俗小说频繁表现的主题。比如《清夜钟》第一回《贞臣慷慨杀身　烈妇从容就义》，《醉醒石》第五回《矢热血世勋报国　全孤祀烈妇捐躯》和《新世鸿勋》第十三回《诸缙绅酷受非刑　众裙钗奇遭惨辱》等。

这种延续性同时表现在艳情小说的书写方面，晚明的艳情小说异常发达，缘于明代中晚期的王学左派和李贽、三袁等对人性人欲的鼓吹，煽动整个社会风气的腐朽，又帝王和朝廷的崇尚道教，致使房中盛行，春宫普及。这种风气及小说书写并没有因为江山鼎革而消歇，清代初期和前期的小说内容虽有不少差异，但艳情和色情内容非但没有减少，甚至某种程度

---

① 赵园：《明清之际士大夫研究》，北京大学出版社，1999年，第14页。
② 参见陈洪、王诗瑶：《清初小说中的"贞烈"书写与士人的名节观念》，《明清小说研究》，2018年第4期，第104页。

上还有愈炽之势。

光绪《石门县志》卷十一对清代江南地区的恶劣时风世风做了如下描述：

> 贵家大族，无论中产以下，逮及猥贱，多不循礼。有弟祢兄者，有庶匹嫡者，有嗣非类者，有齿悬悬而缞丝罗者，有槁腐而尚无穴所者，有家僮不认故主者，有朝嫠夕适人者，有坐产招夫者，有以寡子妇赘婿者，……有年少妇女从阇黎摩脐受记者，……舞文者以状为饵，以官府为市，以癃稚疯丐为奇货，而构讼无已时。甚至衣冠之列，武断营窟，染指无何而甘心扫地，呼卢一掷至赤裸者。昔皆市中荡儿也，今则村落遍开；昔皆游手无赖也，今则衿绅不耻。①

传统社会末世之兆，于此尽显。似乎每一朝代晚期大多都会呈现这种礼崩乐坏、人心溃腐的衰亡怪乱之象，至少 200 多年前的晚明，在文人的笔下亦有此类景象。那么，两朝之间就没有什么差别了吗？美国学者孔飞力《叫魂》一书似乎给了我们一些答案。在中国的千年帝制时代，清高宗弘历（乾隆帝）可谓空前绝后的一人，在其统治期间大清帝国达到了权力与威望的顶端。然而，正是在盛世似乎达到登峰造极之时，整个帝国的政治与社会却被乾隆三十三年（1768 年）的一股名为"叫魂"的妖术之风搅得天昏地暗。"这股妖风竟然冲击到了几乎半个中国，其影响所及，小民百姓为之人心惶惶，各级官员为之疲于奔命，皇帝陛下为之寝食不宁。"② 清代是整个传统社会的末朝，从一开始就隐隐显出衰朽气象，诞生于尚称康乾盛世的《红楼梦》《儒林外史》，已然透露出这种繁盛之表象下的末兆气息。"内囊尽上来了"，里子坏了，那也就难免"金玉其外败絮其中"，大乱和麻烦果然接踵而至。何况清代又是满族统治，这更让有几千年统治传统的汉族士大夫和士人，在内心难免多少有一种抵触情绪。很明显的一点，终清之世，极少有文人士大夫在书中因感慨当下而寄怀开国之初的世道人心，这与中晚明甚至清初文人每每追怀"洪武"朝的淳朴社会气象有所不同——尽管这是明太祖用强力推行的稳定的道德秩序，通常

---

① 王卫平、王国平：《吴文化与江南社会研究》，群言出版社，2005 年，第 244~245 页。
② 孔飞力：《叫魂：1768 年中国妖术大恐慌》，陈兼、刘昶译，上海三联书店，1999 年，第 332 页。

是以严酷的手段干涉人们的生活、复活古老的道家理想的说教。一个吊诡的现象是，直到清代这种追怀明初太祖之世的现象仍在持续，清代早期的两部小说——吴敬梓的《儒林外史》和周清原的《西湖二集》——都在书中极力缅怀洪武皇帝统治下的时代。鲁迅在评论《儒林外史》创作背景时，有一段话，可以提醒我们注意清代中期以前的士风："时距明亡未百年，士流盖尚有明季遗风，制艺而外，百不经意，但为矫饰，云希圣贤。"①

这种末世的悲哀之感，对清代前期通俗小说的贞节观书写产生了明显的影响，《红楼梦》和《儒林外史》这两部写实主义的杰作是最为突出的例子。"山雨欲来风满楼"的大厦将倾之感，让无论是贾府这样的大家族还是"儒林"群像都产生了非同常态的不安之感，"颓运方至，变故渐多"，"悲凉之雾，遍被华林"。②《红楼梦》对大家族内外男男女女的贞节观念的表现是各色人等兼备，固然有大家闺秀特别是大观园里女儿们的冰操雪节，但那更多的是代表了作者理想的一面，有不少研究者认为"大观园是《红楼梦》中的理想世界，自然也是作者苦心经营的虚构世界"③，某种程度上是不存在于这个世界上的。这与焦大、柳湘莲对贾府一致的负面评价形成了有趣的对照。宝玉的"意淫"是一个充满暧昧含混意味的词，从中可以洞察男性贞节观念的某个侧面。《儒林外史》则痛陈了"吃人的礼教"之罪恶：八股文章选家王玉辉的女儿三姑娘要为新婚不久的丈夫殉节，公婆和母亲大哭死劝，只有父亲王玉辉从中喝彩、极力支持，三姑娘死后，王玉辉始则大笑而赞，继之黯然，再后来去苏州看到一个穿白衣的像自己女儿的妇人，转而泪下。入木三分的语言描写和细腻的心理刻画，因其深刻真实而成为文学史上一段经典故事。对人性道德的原本正当的要求走向极端酷烈，与其所依托的这种文化和制度的末世之哀，是密不可分的。不过，杜少卿与妻子的白昼牵手同行游玩，沈琼枝被骗为扬州盐商为妾后只身逃离去南京自力更生，给时人造成的强烈震撼，亦足以反映那个时代对女性贞节的新动向和老观念之间的巨大冲突。《醒世姻缘传》

---

① 鲁迅：《中国小说史略》，上海古籍出版社，1998年，第156页。
② 鲁迅：《中国小说史略》，上海古籍出版社，1998年，第165页。
③ 余英时：《红楼梦的两个世界》，上海社会科学院出版社，2002年，第42页。

则是在一个大的因果报应的框架下，表现了前世今生的两组婚姻当中的恩怨，悍妇对好色的丈夫的各种虐待和折磨，因果报应与贞节观念无法剥离，而这种让人艰于呼吸的压抑之感，也自然笼罩在这种末世之风之下。

总之，清代前期的通俗小说中，对贞节观念都给予了相当的关注和表现，但与明代小说的贞节观书写相异，都有自己关注的重心和特点。

第二节　平情主义与崇真厌伪：李渔小说的贞节观书写倾向

对李渔的白话短篇小说，孙楷第曾做如此评价："以戏曲家兼小说家的李渔（笠翁），在清初亦颇负盛名……在清代文学史里总应当占一重要地位。"① 这当然是因为李渔的才情要高于常人，但李渔对小说的重视使他对小说的结撰也颇为用心："吾于诗文非不究心，而得志愉快，终不敢以小说为末技。"② 李渔对贞节观念有非常多的关注和非常独特的理解，值得我们仔细研究。

一、平情主义：李渔贞节观书写的思想基础

李渔是一个重视常情而又别具智慧的文人，他观察分析人事皆从常情常理出发，洞察人性的缺陷和弱点，谙悉世人的俗世心理，故并不超越常情去苛求世俗之人，反倒是在承认人性脆弱的基础上，主张未雨绸缪，通过一些积极的努力去规避不幸事件的发生。而当冲突和不幸无法避免之时，则需要用智慧营构一种权宜之计，将悲剧转化为最低程度的牺牲和伤害。这是他与宋明理学家的重要区别，笔者将其概括为"平情主义者"。李渔甚至有时还主张用"置之死地而后生"的方法，以达到有限度的目的。而要达到这些目的，无疑需要运用智慧和策略，李渔的这种聪慧表现在他的各类创作中，小说自不例外。比如他对"惜福"的别解："处富贵而不淫，是谓'惜福'；遇颠危而不怨，是谓'安穷'。究竟'惜福'二

---

① 孙楷第：《沧州后集》，中华书局，2009年，第100页。
② 李渔：《十二楼》，浙江古籍出版社，2012年，序第1页。

字,也为'安穷'而设,总是一片虑后之心,要预先磨炼身心,好撑持患难的意思。衣服不可太华,饮食不可太侈,宫室不可太美,处处留些余地,以资冥福。也省得受用太过,骄纵了身子,后来受不得饥寒。"① 这些都是对未来可能发生危难或不幸之事的规避,他认为这种道理人们尚容易明白,而对夫妻的欢乐之情也要节制而不能过热,则很多人没有参悟而备受其苦。

  至于夫妻宴乐之情,衽席绸缪之谊,也不宜浓艳太过。十分乐事,只好受用七分,还要留下三分,预为离别之计。这种道理极是精微,从来没人知道,为夫妇者不可不知,为乱世之夫妇者更不可不知。俗语云:"恩爱夫妻不到头。"又云:"乐莫乐兮新相知,悲莫悲兮生别离。"夫妇相与一生,终有离别之日,越是恩爱夫妻,比那不恩爱的更离别得早。若还在未别之前多享一分快乐,少不得在既别之后多受一分凄凉。我们惜福的工夫,先要从此处做起。偎红倚翠之情不宜过热,省得欢娱难继,乐极生悲;钻心刺骨之言不宜多讲,省得过后追思,割人肠腹。如此过去,即使百年偕老,永不分离,焉知不为惜福福生,倒闰出几年的恩爱?②

  这种"惜福""安穷"的意识,无疑是生活智慧的结晶,这种智慧固然是受到《段氏家乘》中的一篇《鹤归楼记》的启发,"借他敷演成书",但也是李渔生平多经折磨、屡尝忧患的切身体验,因而说起来才给人以镂心刻骨之感。他的这种认识是一贯的,如小说、戏曲、杂文,总想要一点小聪明、小智慧,多加一点别样的小趣味和小情调,使之有别于常态小说,读者应不难感受这一点。他的作品中少用大爱大恨,没有剧烈的冲突,虽缺乏悲剧的色彩和惊心动魄的力量,但多充满一种谐趣而又智慧的风情。智慧和才情成了他的拿手好戏,也是他有别于别的小说家的地方,因此他的小说可以称为古代的"智性小说"。虽然有时只是一些小计策、小道具,但能出其不意,达到意想不到的目的和结果,这便是李渔的与众不同之处。贞节等级的细致区分,也表现了李渔的智慧,当然这种智慧的运用在我们今天看来可能有些陈腐,但未必不是当时人们贞节观念中的核

---

 ① 李渔:《十二楼》,浙江古籍出版社,2012年,第136页。
 ② 李渔:《十二楼》,浙江古籍出版社,2012年,第136~137页。

心:"二娘千方百计,只保全这件名器,不肯假人,其余的朱唇绛舌,嫩乳酥胸,金莲玉指,都视为土木形骸,任他含咂摩捏,只当不知,这是救根本、不救枝叶的权宜之术。"① 其实这已经与古人对守节的范畴相去甚远了,古人讲究"男女授受不亲",嫂溺叔援尚遭卫道士诟病,何况连"朱唇绛舌,嫩乳酥胸"都不管了,本书绪论的贞节及贞节观释义中,曾举五代王凝妻因主人牵其臂认为自己失节而自断其臂的事迹,和李渔对贞节理解的宽容平情相比,实在相去不可以道里计。就连耿二娘来证明保全自己的贞节,也颇费了一番心机和智慧,她平安归来后,并未急于向丈夫表白自己,因为那样也未必获得别人的认可,而是借助仇人之口,来表明贼人未得其身,而别的女子皆已失节,使真相大白,让别人对自己的坚贞深信不疑。

总体而言,李渔作为传统伦理熏陶下的文人,他不是一个像李贽那样的旧观念的破坏者和新时代的启蒙者,而是一个旧时代的维护者和修补者。其贞节观念也有时代特有的烙印,显出酸腐、陈旧而带畸形的大男子主义。他像普通男子一样也维护妇女的贞节观,将妇女的贞操看得很重,尤其是赞扬女子丧夫后居寡守节。不过,他有清醒的头脑和理智的眼光,深切明白此中的不易而不讲陈套大道理,如《无声戏》第十二回开头,借一首《浪淘沙》词,"乃说世间的寡妇,改醮者多,终节者少",从而奉劝世间"凡为丈夫者,教训妇人的话虽要认真,属望女子之心不须太切"。②在第十二回后评:"罗、莫再醮,也是妇人的常事。"③ 可见,在明清时期普通人家,夫死再嫁的毕竟是多数,因为是常人,有此心是常情,也合常理,故再醮也是常事。第五回开篇词云:

女性从来似水,人情近日如丸。《春秋》责备且从宽,莫向长中索短。治世柏舟易矢,乱离节操难完。靛缸捞出白齐纨,纵有千金不换。④

《无声戏》第十二回《妻妾抱琵琶梅香守节》开篇词云:"妻妾眼前

---

① 李渔:《无声戏》,浙江古籍出版社,2018年,第59页。
② 李渔:《无声戏》,浙江古籍出版社,2018年,第130页。
③ 李渔:《无声戏》,浙江古籍出版社,2018年,第143页。
④ 李渔:《无声戏》,浙江古籍出版社,2018年,第53页。

花，死后冤家。寻常说起抱琵琶，怒气直冲霄汉上，切齿磋牙。及至戴丧髻，别长情芽，个中心绪乱如麻。学抱琵琶犹恨晚，尚不如他。"接着，李渔通过对这首词的精妙讲解来阐发自己对寡妇改醮的同情和男子"临行"前应该具有的"智慧"：

> 在生之时，自然要着意防闲，不可使他动一毫邪念。万一自己不幸，死在妻妾之前，至临终永诀之时，倒不妨劝他改嫁。他若是个贞节的，不但劝他不听，这番激烈的话，反足以坚其守节之心；若是本心要嫁的，莫说礼法禁他不住，情意结他不来，就把死去吓他，道"你若嫁人，我就扯你到阴间说话"，他知道阎罗王不是你做，"且等我嫁了人，看你扯得去、扯不去？"当初魏武帝临终之际，吩咐那些嫔妃，教他分香卖履，消遣时日，省得闲居独宿，要起欲心，也可谓会写遗嘱的了。谁想晏驾之后，依旧都做了别人的姬妾。想他当初吩咐之时，那些妇人到背后去，那一个不骂他几声"阿呆"，说我们六宫之中，若个个替你守节，只怕京师地面狭窄，起不下这许多节妇牌坊。若使遗诏上肯附一笔道："六宫嫔御，放归民间，任从嫁适。"那些女子岂不分香刻像去尸祝他？卖履为资去祭奠他？千载以后，还落个英雄旷达之名，省得把"分香卖履"四个字露出一生丑态，填人笑骂的舌根。所以做丈夫的人，凡到易箦之时，都要把魏武帝做个殷鉴。姬妾多的，须趁自家眼里或是赠与贫士，或是嫁与良民，省得他到披麻戴孝时节，把哭声做了怨声；就是没有姬妾，或者妻子少艾的，也该把几句旷达之言去激他一激。激得着的等他自守，当面决不怪我冲撞；激不着的等他自嫁，背后也不骂我"阿呆"。这是死丈夫待活妻妾的秘诀，列位都要紧记在心。①

李渔的这段清醒现实的话在清初并非绝响，无独有偶，在西周生《醒世姻缘传》第三十六回中也有类似的说法：

> 人间的妇女，在那丈夫亡后，肯守不肯守，全要凭他自己的心肠。只有本人甘心守节，立志不回的，或被人逼迫，或听人解劝，回转了初心，还嫁了人去。再没有本人不愿守节，你那旁边的人拦得住

---

① 李渔：《无声戏》，浙江古籍出版社，2018年，第130页。

他，你就拦住了他的身子，也断乎拦不住他的心肠，倒也只听他本人自便为妙。①

正是在此认识的基础上，西周生提出了与李渔相似的看法，认为要理性地让自己的妻妾自由选择，不过西周生更主要的是针对妾妇立言：

若是有那大识见的人，约得自己要升天的时节，打发了他们出门，然后自己发驾，这是上等。其次倒先写了遗嘱与那儿子，托他好好从厚发嫁，不得留在家中作孽。后日那姬妾们果然有真心守志的，儿子们断不是那狗彘，赶他定要嫁人。若是他作起孽来，可以执了父亲的遗嘱，容人措处，不许他自己零碎嫁人。所以说那嫁与不嫁倒只凭那本人为妙，旁人不要强他。②

李渔对妇女的贞节之所以只是寄予期望，而一般不作苛求，是因为他能够正视男女之事，对此有一份非常理性的认识，他在《十二楼·鹤归楼》中说：

人生在世，事事可以忘情，只有妻妾之乐、枕席之欢，这是名教中的乐地，比别样嗜好不同，断断忘情不得。我辈为纲常所束，未免情性索然，不见一毫生趣，所以开天立极的圣人，明开这条道路，放在伦理之中，使人散拘化腐。况且三纲之内，没有夫妻一纲，安所得君臣父子？五伦之中，少了夫妇一伦，何处尽孝友忠良？可见婚娶一条是五伦中极大之事，不但不可不早，亦且不可不好。美妾易得，美妻难求，毕竟得了美妻，才是名教中最乐之事。若到正妻不美，不得已而娶妾，也就叫做无聊之思，身在名教之中，这点念头也就越于名教之外了。③

睡乡祭酒对这段话批评道："入情至语，人不能道。"《十二楼·鹤归楼》中段玉初说："但凡少年女子，最怕的是凄凉，最喜的是闹热，只除非丈夫死了，没得思量，方才情愿守寡。若叫他没原没故做个熬孤守寡之

---

① 西周生：《葛受之批评醒世姻缘传》，翟冰校点，齐鲁书社，1994年，第478页。
② 西周生：《葛受之批评醒世姻缘传》，翟冰校点，齐鲁书社，1994年，第481页。
③ 李渔：《十二楼》，浙江古籍出版社，2012年，第132~133页。

人，少不得熬上几年定要郁郁而死。"① 《十二楼·鹤归楼》中的郁子昌虽然对科举、仕途都未过于在意，却"独把婚姻一事认得极真，看得极重"②。这无疑是李渔的夫子自道。他既然能够对"妻妾之乐、枕席之欢"有如此深刻而通达的见解，必然因前面所说的平情主义而对贞节观念持一颗平常心。综上言之，他对女子的节烈不但不反对，反而是存有一番期望的，对节烈女子他也常予以欣赏甚至赞美，这点他与常人并无二致，他的大男子主义是从来没有淡化过的。他的独特之处在于他能够换位思考，从男女性爱之乐来设身处地地考虑，在某种程度上理解节烈的艰难和痛苦，故而能正视现实，对此并不做苛求和强求，而通过男子的通达和智慧来赢得妇人发自内心的节烈，可谓"只可智取，不可强攻"，这种智取，表现了他的智慧和精明。换言之，李渔在骨子里还是有比较浓重的男权思想和妇女贞节观念，只是他的平情主义和智慧精明，让他有一个比较宽容通达的心态。

正因为李渔对妇女心理甚为洞察，甚至在小说中想出了利用女子的贞节心理来追求意中人的情节，《十二楼·拂云楼》中裴七郎父母原订韦氏为亲，后因封家妆奁甚富而弃韦氏娶封氏。可惜封家虽富，小姐极丑。后裴七郎偶遇韦家小姐，惊为天人，心悔不迭，封氏遭人耻笑后得病而死，裴七郎便欲再娶绝色"前定之妻"。由于封家势利在先，自然遭到韦家父母的拒绝和嘲骂，屡次失败后，裴七郎仍不灰心，决定从韦小姐本人入手，妇女"从一而终"的贞节观念此时成了他手中用来操控婚姻的一张好牌：

> 他父母的主意是立定不移的了，但不知小姐心上喜怒若何？或者父母不曾读书，但拘小忿，不顾大体，所以这般决裂。他是个读书明理之人，知道"从一而终"是妇人家一定之理。当初许过一番，就有夫妻之义，矢节不嫁，要归原夫，也未可料。待我用心打听，看有甚么妇人常在他家走动，拼得办些礼物去结识他，求他在小姐跟前探一探动静。若不十分见绝，就把"节义"二字去歆动他。小姐肯许，不

---

① 李渔：《十二楼》，浙江古籍出版社，2012年，第147页。
② 李渔：《十二楼》，浙江古籍出版社，2012年，第132页。

怕父母不从。死灰复燃，也是或有之事。①

事实上，裴七郎确实抓住了韦小姐的弱点和死穴，她正是这样一个重节守义之人，用俞阿妈的话来说，"韦家小姐是端在不过的人，非礼之言无由入耳。别样的话，我断然不敢代传，独有'节义'二字是他喜闻乐听的，待我就去传说。"② 不过，韦小姐并未被"节义"二字冲昏头脑，这从传媒的俞阿妈和她二人的对话即可看出：

> 小姐回复道："阿妈说错了。'节义'二字原是分拆不开的，有了义夫才有节妇，没有男子不义责妇人以守节之礼。他既然立心娶我，就不该慕富嫌贫，悔了前议。既悔前议，就是恩断义绝之人了，还有甚么瓜葛？他这些说话，都是支离矫强之词，没有一分道理。阿妈是个正人，也不该替他传说。"俞阿妈道："悔盟别娶之事，是父母逼他做的，不干自己之事，也该原宥他一分。"韦小姐道："父母相逼，也要他肯从，同是一样天伦，难道他的父母就该遵依，我的父母就该违拗不成？四德三从之礼，原为女子而设，不曾说及男人。如今做男子的倒要在家从父，难道叫我做妇人的反要未嫁从夫不成？一发说得好笑！"③

可见，韦小姐虽然笃信贞节二字，但却对其条件和相对性保持清醒头脑，在她看来，贞节并不是单独而立、空无倚傍的，而是与"义"相互依存的，这正是许多人在单向地强调妇女贞节时所忽略的，这是李渔眼光的敏锐之处。这段话中，李渔也对作为传统纲常的"三从四德"的适用范围提出了新的思考，显然他认为此观念"原为女子而设，不曾说及男人"是不对的。"三从"强调在家从父，既嫁从夫，明确交代了是在出嫁之后才"从夫"，但事实上，此一观念在接受中逐渐被扭曲，李渔其实正是对清代俞正燮等人思想的回应。如果李渔再往前走一步，对贞节的认识就会与现代观念接轨了。可惜，由于李渔思想的相对保守，过于考虑读者心理，他的理论止步于此，而不能冲破传统的束缚。

小说《十二楼·归正楼》中，叙明朝永乐年间，"神奇不测的拐

---

① 李渔：《十二楼》，浙江古籍出版社，2012年，第102~103页。
② 李渔：《十二楼》，浙江古籍出版社，2012年，第103页。
③ 李渔：《十二楼》，浙江古籍出版社，2012年，第103页。

子"——异才贝去戎,曾拐遍十余省及南北二京,在南京遇到一个他曾经嫖过的妓女苏一娘欲从良委身于他,他答应将其赎身出来,送还原主。苏一娘表示愿意祝发为尼,皈依三宝,贝去戎道:

只怕你这些说话还是托词,若果有急流勇退之心,要做这撒手登崖之事,还你今朝作妓,明日从良,后日就好剃度。不但你的衣食之费、香火之资出在区区身上,连那如来打坐之室、伽蓝入定之乡、四大金刚护法之门、一十八尊罗汉参禅之地,也都是区区建造。只要你守得到头,不使他日还俗之心背了今日从良之志,就是个好尼僧、真菩萨,不枉我一番救度也。你可能够如此么?①

苏一娘道:"你果能践得此言,我就从今日立誓:倘有为善不终,到出家之后再起凡心者,叫我身遭惨祸而死,堕落最深的地狱!"②并真的鬒发剃净,"又在桃腮香颊上刺了几刀,以示破釜沉舟、决不回头之意",刹那间,"一位血性佳人已变做肉身菩萨"。③可见李渔对贞节女子的期冀和厚望,以致拐子都对妓女从良而剃度充满责任感,而这位拐子本人却是"嫖过的表子盈千累百"④。

不过,对于寡妇,李渔还是充满了同情和理解,并不鼓励寡妇终生守节;相反,李渔肯定寡妇也有追求新的幸福、满足自己生理需求的权利。少年寡妇曹婉淑居孀期间,原像卓文君一样守节,不承想立节妇牌坊的,看见"这个美貌相如"走来走去,一点琴心无须去挑,自然动撺起来,便动起了思嫁的意思。看见自己喜欢的男子就想要再嫁,借曹寡妇微妙的心理变化,李渔表达了自己对贞节牌坊的不以为然。对寡妇再醮也能够给予相当程度的理解,甚至某种程度的辩护,如《妒妻守有夫之寡 懦夫还不死之魂》中,再醮之妇醋大王和淳于氏也没有被"贞节"一词压倒,在误以为丈夫死后有心改嫁,二人均为不习惯没有丈夫相陪伴而思嫁。尽管作者嘲讽了她们的好妒,但没有嘲讽她们正常的自然欲望。在女性情欲遭到压抑与否定的传统社会中,李渔能够正视寡妇的人性,不歧视寡妇再嫁,

---

① 李渔:《十二楼》,浙江古籍出版社,2012年,第71~72页。
② 李渔:《十二楼》,浙江古籍出版社,2012年,第72页。
③ 李渔:《十二楼》,浙江古籍出版社,2012年,第72页。
④ 李渔:《十二楼》,浙江古籍出版社,2012年,第70页。

已是一种难得的文人心态。就这点而言，李渔对寡妇再嫁颇能持同情理解之心，在妇女贞节观上非苛刻之人。

李渔重视贞节，需要将他对气节的重视和推崇一并观之，换言之，在李渔的理解中，贞节也不过是人的气节的一个重要方面而已。李渔作品中，对人的身份，对人的出身和职业从不苛求，且多描写下层人物甚至是灰色边缘人物，如同性恋、乞丐、拐子，但多写其中的富有追求者，所谓英雄多埋没于草莽之中。在李渔眼中和笔下，只要人存有高远之志和高洁之心，无论做什么，都可能得到人们的尊重和认可。比如《乞儿行好事皇帝做媒人》中塑造的乞儿形象，简直是乞丐中的慈善家，他想"在乞丐里面行些道义出来"，自己穷得需要乞讨，"自己要别人施舍，讨来的钱钞又要施舍别人"，以致别人给他取了个浑名"穷不怕"。① "我这叫化的人，只因穷到极处，贱到至处，不想做财主，不望做公卿，所以倒肯替人代些银子，讲些公道。"② 可说是个侠丐，乞丐中的名士，有理想有抱负的乞丐，令人难免想到清代的武训和当代周星驰的著名电影《武状元苏乞儿》。而这种行止，终于有了好报，最后正德皇帝亲自洗去穷不怕的冤情，并将穷不怕救助的女子赐婚与他，荣耀极矣。然而他穷亨皆不易心，依旧本我，穷固不怕，富反而怕，谦虚低调，四处行善，"访民间利弊。凡有兴利除害之事，就入宫去说，劝皇上做"，李渔赞他乃"从来叫化之中，第一个异人"。③ 不过，寄怀于皇帝，又落了古代读书人的陈腐理想。对拐子也抱有同情之理解，写了"风月场中要数他第一个大老（撒漫）"。拐子骗术高明，但专门拐富济贫，骗了十三省之后，又到南北二京行骗：

> 若使辇毂之下没有一位神出鬼没的拐子，也不成个京师地面，毕竟要去走走，替朝廷长些气概。况且拐百姓的方法都做厌了，只有官府不曾骗过，也不要便宜了他。就使京官没钱，出手不大，荐书也拐他几封，往各处走走，做个"马扁游客"，也使人耳目一新。④

因此，他便想到不若寻些好事做，一来免他作祟，二来借此盖愆，三

---

① 李渔：《连城璧》，浙江古籍出版社，2012年，第290~291页。
② 李渔：《连城璧》，浙江古籍出版社，2012年，第299~300页。
③ 李渔：《连城璧》，浙江古籍出版社，2012年，第314页。
④ 李渔：《十二楼》，浙江古籍出版社，2012年，第66页。

来也等世上的人受我些拐骗之福。颇有"拐亦有道"的意味。可见，李渔之所以对这些普通下层人物或灰色人物寄寓了如此高的理想和评价，除了他一贯的有意出新而故意挑选此类较少为人关注的群体，主要就是他笔下的这些人物与通常的同性恋、拐子和乞丐相去甚远，他们无一例外地都具有某种高贵的品质：不以身份自限，讲气节，有理想，要在低下的身份中做出与众不同的事业来。

总体而言，李渔对待妇女的贞节观念，虽有大传统所遗留下来的正统思想，但也确乎表现出了与传统不一样的特色，平情主义是其中最为明显的特质，这种心态使得李渔在面对不同环境条件下的妇女时，会以旷达高蹈之态，发出理解同情之言。韩南指出李渔"作品中表现出的价值观是：顺乎自然，通情达理，实用，而不是肯定那种既定的道德标准"[①]。"有时，这种观点还被写在'五常'的范围内，将儒家思想改造为顺应潮流的思想。李渔当然是只相信顺应环境的道德而不相信绝对道德的。"[②] 在这里是完全适用的。

二、崇真厌伪：李渔贞节观书写的基本态度

《无声戏》第五回《女陈平计生七出》，将为保持贞操苦心智斗盗匪的二娘比作女陈平，对其大加赞赏。写慧心多智的二娘急中生奇智，在战乱被掳之后保全名节的故事，苦心共胆量齐彩，智慧与贞节争辉。战乱期间流寇淫掳，这是天降人祸，于此想要保全名节，实在太难。故而李渔没有强要妇女一概"夺刀自刎"或"延颈受诛"，而是在险恶环境中，用"智慧"为想要保节的妇女支招：

> 明朝自流寇倡乱，闯贼乘机，以至沧桑鼎革，将近二十年，被掳的妇人车载斗量，不计其数，其间也有矢志不屈，或夺刀自刎、或延颈受诛的，这是最上一乘，千中难得遇一；还有起初勉强失身，过后深思自愧、投河自缢的，也还叫做中上；又有身随异类、心系故乡、寄信还家、劝夫取赎的，虽则腆颜可耻，也还情有可愿，没奈何也把他算做中下；最可恨者，是口餍肥甘、身安罗绮、喜唱蛮调、怕说乡

[①] 韩南：《中国白话小说史》，尹慧珉译，浙江古籍出版社，1989年，第169页。
[②] 韩南：《中国白话小说史》，尹慧珉译，浙江古籍出版社，1989年，第163页。

音，甚至有良人千里来赎、对面不认原夫的，这等淫妇，才是最下一流，说来教人腐心切齿。虽曾听见人说，有个仗义将军，当面斩淫妇之头，雪前夫之恨，这样痛快人心的事，究竟只是耳闻，不曾目见。看官，你说未乱之先，多少妇人谈贞说烈，谁知放在这欲火炉中一炼，真假都验出来了。那些假的如今都在，真的半个无存，岂不可惜。①

李渔将贞节与人品真诚与否联系起来，根据妇女临难时的做法而将妇女分为几个等级，衡量的尺子无疑是"贞烈"二字，愈贞愈烈者，其品节等级越高上。这本来不过是老生常谈之理，李渔的新鲜之处在于他特别"腐心切齿"因而极力声讨的是那种高调的假打妇女：平时"谈贞说烈"而事到临头却"口餍肥甘、身安罗绮"而不知羞耻，甚至"怕说乡音、甚至有良人千里来赎、对面不认原夫"。前面三种，虽有品级高下之分，然李渔皆未用"淫妇"之语，这最后一等，李渔特别用了"这等淫妇"一词，表达了他对"最下一流"的痛恨，甚至希望能亲见"当面斩淫妇之头，雪前夫之恨"的"仗义将军"。贼头在欲淫二娘而因其言月经刚来只得作罢，还要让她参观自己淫掳的妇女，"一来借众妇权当二娘发泄他一天狂兴，二来要等二娘听见，知道他本事高强"②。按照常理想象，这时候妇人即使不是羞愤交加，至少也应该含羞敛眉忍耻，然而，李渔的笔下却呈现了一幅全新而令人心寒的景观：

众妇个个欢迎，毫无推阻。预先带的人言、剃刀，只做得个备而不用；到那争锋夺宠的时节，还像恨不得把人言药死几个，剃刀割死几个，让他独自受用，才称心的一般。③

正因为对这些妇女虚伪矫饰的痛恨，李渔才说个二娘这样"试不杀的活宝，将来做个话柄，虽不可为守节之常，却比那忍辱报仇的还高一等"④。因此，李渔在该回对此有极为清醒的认识和详细的辨析：

话说忠孝节义四个字，是世上人的美称，个个都喜欢这个名色。

---

① 李渔：《无声戏》，浙江古籍出版社，2018年，第53~54页。
② 李渔：《无声戏》，浙江古籍出版社，2018年，第57页。
③ 李渔：《无声戏》，浙江古籍出版社，2018年，第57页。
④ 李渔：《无声戏》，浙江古籍出版社，2018年，第54页。

只是奸臣口里也说忠,逆子对人也说孝,奸夫何曾不道义,淫妇未尝不讲节,所以真假极是难辨。古云:"疾风知劲草,板荡识忠臣。"要辨真假,除非把患难来试他一试。只是这件东西是试不得的,譬如金银铜锡,下炉一试,假的坏了,真的依旧剩还你;这忠孝节义将来一试,假的倒剩还你,真的一试就试杀了。①

这样的情景,李渔可能并未夸张,在丁耀亢《续金瓶梅》第五十回《苗员外括取扬州宝　蒋竹山遍选广陵花》,叙蒋竹山帮助南下的金兵阿里海牙,拣选三千妇女,送一千上北京进与金主,亦有类似的镜头:

那敢有一个妇女不出来听选的?那一时,只恨天生下来不瞎不瘸。也有那贞烈妇女投井自缢的、截发毁容的。后来金兵知道,出了大牌,有妇女自死者,罪坐本家,全家俱斩。谁敢不遵?日夜里到守起女孩儿来,顾不得名节,且救这一家性命。也有淫邪妇女,见了榜文,要显他的才貌,逞起精神,打扮着要做金朝后妃的。扬州风俗淫奢,大约爱考选的妇女十有其八,贞烈之女不过一二,此乃繁华的现报。②

丁耀亢与李渔一样,实际都是借历史事件来讥讽清初兵燹中不少妇女的表现,也是借此对不少入清汉族士大夫未能殉节甚至希图邀赏获宠的鞭挞,皆为抒愤寄慨之言。

李渔对虚伪和唱高调的极度反感,可能与他的人生经历有关,他功名不就,靠卖文卖戏和打秋风为生,阅历世故、洞察人心也明显较普通人为深。他在赞扬耿二娘对丈夫说决不忍耻偷生,也决不轻身就死时,加了一句评语:"从来不肯说死的人,定是个敢死之士。"③《无声戏》第二回《美男子避惑反生疑》中写一个缎铺商人赵玉吾,"为人天性刻薄,惯要在穷人面前卖弄家私,及至问他借贷,又分毫不肯"④。推想之下,大概李渔生平没少遇这种卖嘴之人。

李渔在《无声戏》第七回《人宿妓穷鬼诉嫖冤》里,还写了一个妓女

---

① 李渔:《无声戏》,浙江古籍出版社,2018年,第53页。
② 丁耀亢:《丁耀亢全集(中)》,张清吉校点,中州古籍出版社,1999年,第422页。
③ 李渔:《无声戏》,浙江古籍出版社,2018年,第56页。
④ 李渔:《无声戏》,浙江古籍出版社,2018年,第20页。

假装守贞实则淫滥的感情欺骗故事，说一个妓女和一个公子相爱，公子因科考而被迫离开，妓女通信一再表明忠贞不再事他人，最终却因纵欲而死，公子起初被骗终而知情，再一次表明了李渔痛恨欺骗甚于失贞的伦理原则和心理特点。文叙某公子与南京名妓莄娘交好，临行前给了她大笔银子，希望为他做李亚仙守贞等他，他自己打莲花落也甘心。当夜枕边哭别，公子吩咐她以后再不要留客，否则自己再不过来了。莄娘道自称并非欲重之人，不存在熬不过寂寞这桩事，又不是缺穿少吃之人，既是欲心淡薄，又有银子安家，根本没任何必要接客来。某公子自揣以前每次与她交合之际，"看他不以为乐，反以为苦，所以再不疑他有二心。此时听见这两句话，自然彻底相信了。分别之后，又曾央几次心腹之人，到南京装做嫖客，走来试他。她坚辞不纳，一发验出他的真心"①。未及一年，就辞了父亲，只说回家省母，竟到南京娶她。不想走到之时，莄娘已死过一七了。因听老鸨说莄娘是思念过度而死，他伤心感泣为她收骨而葬，刻个"副室金氏"的牌位供在柩前，自己先回去寻地，还说要扶持她的妹子。没曾想到她却是因纵欲过度而死，实则她欲心过重，常人无法满足她，故装作恬淡，"他与个甚么贵人有约，外面虽说不接客，要掩饰贵人的耳目，其实暗中有个牵头，夜夜领人去睡的"②。莄娘暗中与服了所谓群姬夺命丹的术士交媾过度而死。

在第十二回《妻妾抱琵琶梅香守节》中，李渔专门讲了一个寡妇争相守节的故事，其核心也是探讨真诚的问题。年轻的丈夫马麟如得病久治未愈，自觉不久于人世，将妻罗氏、妾莫氏和收房丫鬟碧莲叫到床前交代后事，自然包括守节托孤的事，他倒是希望能有人为他守节，但也清醒守节是个苦差，不是谁都能做到，因而随各人选择去留。妻妾二人争相表白自己的坚定志向，罗氏先开口道：

> 相公说的甚么话？烈女不更二夫，就是没有儿子，尚且要立嗣守节，何况有了嫡亲骨血，还起别样的心肠？我与相公是结发夫妻，比他们婢妾不同，他们若肯同伴相守，是相公的大幸；若还不愿，也不要担搁了他，要去只管去。有我在此抚养，不愁儿子不大，何须寻甚

---

① 李渔：《无声戏》，浙江古籍出版社，2018年，第77页。
② 李渔：《无声戏》，浙江古籍出版社，2018年，第78页。

么朋友,托甚么孤儿,惹别人谈笑。①

马麟如点点头道:"说得好,这才像个结发夫妻。"② 可见丈夫内心是盼望妻子真能如此的。妾莫氏听了这些话,心上好生不平,丈夫不曾喝采得完,她就高声截住道:

> 结发便怎的,不结发便怎的?大娘也忒把人看轻了,你不生不育的,尚且肯守,难道我生育过的,反丢了自家骨血,去跟别人不成?从古来只有守寡的妻妾,那有守寡的梅香?我们三个之中只有碧莲去得。相公若有差池,寻一分人家,打发他去,我们两个生是马家人,死是马家鬼,没有第二句说话。相公只管放心。③

马麟如又点点头道:"一发说得好,不枉我数年宠爱。"④ 只有通房丫鬟碧莲没有高调,淡淡地表示如罗氏、莫氏能守家抚养幼子她便另嫁,若二人另嫁她便担起抚养幼子的责任。在碧莲眼中,"总来做丫鬟的人,没有甚么关系,失节也无损于己,守节也无益于人,只好听其自然罢了"⑤。听得这番话,马麟如心灰意冷,劫后重生之后,自然对妻、妾愈加宠爱,而对碧莲愈加冷眼相待,"终日在面前走来走去,眼睛也没得相他"了⑥。马麟如虽表示不满,但无可如何。不料,在老仆人误传外出行医的马麟如的死讯后,故事却发生了戏剧性的变化:妻、妾双双拒绝替丈夫收尸不说,还将其独子推给碧莲,为自己的再嫁扫清道路,二人纷纷作速再嫁。唯通房丫鬟碧莲自己出资替"丈夫"收尸,在妻妾再嫁之后守节在家,含辛茹苦一人抚养幼子。马麟如病故只是讹传,实际上他外出行医,在陕西副使扶持下,科举登第。马麟如衣锦还乡后,目睹实情,方明就里,悲欣交集,遂立碧莲为正妻。而虚伪自私的妻、妾二人则受到报应:罗氏被后夫嘲弄凌逼,自缢而死;莫氏亦遭儿子反目,怨恨而死。李渔认为马麟如的妻妾是"两个激不着的",而这位通房丫鬟是"一个激得着的",不过他认为"只是激不着的本该应激得着,激得着的尽可以激不着,于理相反,

---

① 李渔:《无声戏》,浙江古籍出版社,2018年,第131页。
② 李渔:《无声戏》,浙江古籍出版社,2018年,第131页。
③ 李渔:《无声戏》,浙江古籍出版社,2018年,第131页。
④ 李渔:《无声戏》,浙江古籍出版社,2018年,第131页。
⑤ 李渔:《无声戏》,浙江古籍出版社,2018年,第132页。
⑥ 李渔:《无声戏》,浙江古籍出版社,2018年,第132页。

于情相悖,所以叫做奇闻"。①

当然,李渔虽然体现出某种程度的宽容和理解,对妇女的贞节观念特别是对寡妇再醮,都能不予以歧视和批判,这是其可贵之处。但李渔并非一个思想非常超前、有广阔胸怀的思想家。在他眼中,男性始终是女子的归宿,是她们逃脱不了的最终选择。他对妇女的同情、理解和宽容都是有限度的,他并没有将男女安置在同一水平线上,始终认为男子要刚硬,而女子主柔弱,男子天然地要优越于女子、强于女子,故要"制服"妇女,"天地之间只有爬不起的男子,没有压不倒的妇人"②。因此他编出了不少男子最终制服悍妒妇人的故事,而悍妒女子的下场终究是不好的。对于女子的贞节也是如此,尽管他并不一味要求女子婚前守贞、夫死守节、遇暴殉节,但其小说中不能贞烈的女子下场大多不好,遭到报应,结局悲惨;反之,贞节女子则都有光明的未来和幸福的结局。这种对结局的安排正表明了作者的臧否和态度。因此,李渔小说的贞节观念是需要辩证地去看待和分析的,不能无视他先进和合乎人性的一面,但也不能过于拔高其思想认识水平。

第三节 《野叟曝言》:贞节观与经权思想

《野叟曝言》是康雍时期理学复兴背景中涌现出来的济世安民理想实践的长篇小说,乃儒家言志传统的小说叙事代表。小说主人公文素臣是一位儒教理念的超级践行者,面对诱惑从无心理动摇,没有内心的矛盾犹豫,缺少性格的发展,一往无前而永无失败。尤其是他的远超世俗的却色定力,即拥有不受性欲诱惑的能力,更令人惊讶的是,不管是对自己喜欢的女人还是对自己讨厌的邪恶女人,他都具有天然的免疫力,即使在受到那些邪恶而淫荡的妇女用最为猥亵的言语和动作来挑逗和诱惑他时,他也能泯灭尘心,将升腾的欲火快速浇熄。总之,他完美超凡、无所不能,因而显得太理念化,太不近情理,缺少足够的真实感,进而成为类型化、扁

---

① 李渔:《无声戏》,浙江古籍出版社,2018年,第130页。
② 李渔:《连城璧》,浙江古籍出版社,2012年,第316页。

平化的文学形象，因而文素臣形象也就缺乏文学意义上的内涵。不过，尽管文素臣算不上一个成功的文学形象，然而若从考察儒学和理学实践者的心态和理想蓝图的角度出发，《野叟曝言》未必不是一个极为有用而详尽的文本。

一、理学家的情欲观与"却色"

《野叟曝言》中的文素臣是一个罕见的理学家形象，他面对困难始终无所畏惧，具有超人的力量，能够承担征服人和妖魔邪恶的英雄使命。他总是将自己看作身负社稷大业、为家国兴利除弊的儒家大贤大圣。他除暴安良，济困扶危，弹劾朝廷大奸，辟斥佛道邪教，平定广西苗乱，翦除叛乱，又东破日本，北平蒙古，南服印度，立下盖世奇功，是国家的"擎天白玉柱，跨海紫金梁"。正如小说的回目所标示的那样："奋武揆文天下无双正士"，文素臣成了文能提笔安天下，武能上马定乾坤的"古今无双"的"儒家超人"，可以说已臻至儒家政治理想的最高境界。①

文素臣身负种种神圣使命：代天宣化，弘扬儒教伦理，劝绿林好汉弃恶向善等。另外，与众不同的是，素臣还肩负着宣扬妇德礼教的重大责任，劝风尘女子知晓廉耻，如对原本是良家女子，不幸落入莱州府豪绅李又全手中已然丧失廉耻之心的随氏，他用儒家的一些理论感化了她。他有意显示无论他离女人多近，都对她们无所欲求，也不因她们的诱惑而感到痛苦。他的痛苦只表现在他作为忠实的儒教徒，却要被迫视听这些"非礼勿视，非礼勿听"的东西，从而受到良心的自我谴责。在本质上这其实是一种理学观照下自我节制的炫耀。

夏敬渠反对除却为生育行房之外的男女媾和，因此其笔下的文素臣谨遵母命，从不贪恋床笫之欢，和每一位夫人睡觉都是按预定计划进行。多数时候，他是靠理念来征服自己欲望的。素臣的这种极度理性的男女观念，显然影响到几位妻妾的态度，她们个个贞节无比，而且这种贞节不是在道德舆论压力下的自我压抑，而是一种发自内心的从感性上升到理性的认识。理学最为关注的便是修身养性的问题，通过正心诚意达到修身齐家治国平天下。这一过程中，关键的问题就是如何正心诚意，如何化解过度

---

① 杨旺生：《夏敬渠与〈野叟曝言〉研究》，安徽教育出版社，2004年，第108~116页。

的欲望，即朱熹所谓的"私欲"或"人欲"，其中便包括夫妻之情以外的色欲或者肉欲。夏敬渠是个典型的理学教徒，他极为服膺程朱理学，将程朱理学思想加以发挥，来塑造文素臣这一理学圣人和超人形象。素臣将私欲尤其是肉欲克制到极致，达到常人无法企及的程度。

作者对情欲的态度，就总体而言持崇情黜欲的观点。在第八回中，作者借素臣教诲璇姑之言来说明性与情之间的互相排斥：

> 男女之乐，原生乎情，你怜我爱，自觉遍体俱春。若是村夫俗子不中佳人之意，蠢妻骏妾不生夫主之怜，纵夜夜于飞，止不过一霎雨云，索然兴尽。我与你俱在少年，亦非顽钝，两相怜爱，眷恋多情，故不必赴阳台之梦，自能生寒谷之春。况且男女之乐，原只在未经交合以前，彼此情思俱浓，自有无穷兴趣，既经交合，便自阑残。若并无十分恩爱，但贪百样轻狂，便是浪夫淫妇，不特无所得乐，亦且如沉苦海矣。①

有趣的是，尽管璇姑并未经历男女云雨之事，但她仿佛过来人一样说出一通情欲之道：

> 奴家未历个中，不知云雨之事其乐何如。窃以为乐根于心。以情为乐，则欲念轻；以欲为乐，则情念亦轻。即如前日，自觉欲心稍动，便难消遣，情之一字，几撇天外。今因相公禀命之言，欲念无由而起，情念即芊绵而生。据此时看来，相公已怡然自得，小奴亦窅然如迷，揑胸贴肉，几于似片团成；交股并头，直欲如胶不解。床帏乐事，计亦无逾此者，恐雨云巫梦，真不过画蛇添足而已。②

换言之，情与欲二者之间是相互排斥的，要想体验真正的"情"之乐，就必须"灭欲"。因此，作者认为"雨云巫梦"不过是"俗子但知裙里物，佳人能解个中情"③。在这一理念下，水夫人让家中的几位媳妇全都习武练兵，不让一个闲着，以防安逸过度，滋生淫泆之心。

作者对男女之欲的观点并非一贯不变，而是有相当的矛盾和游移。第

---

① 夏敬渠：《野叟曝言》，第2版，人民文学出版社，2006年，第99页。
② 夏敬渠：《野叟曝言》，第2版，人民文学出版社，2006年，第99页。
③ 夏敬渠：《野叟曝言》，第2版，人民文学出版社，2006年，第100页。

第三章　清代通俗小说中的贞节观书写之嬗变 | 165

九十四回，夏敬渠借苗地的土圣人之言来表达了他心中另一套"情"与"欲"的理解：

> 况天地之道，阴阳而已，天气下降，地气上升，谓之交泰，若天地不交，谓之否塞。峒里女人与男子拉手搭肩，抱腰捧脸，使地气通乎天，天气通乎地，阴阳交泰之道也。若像中华风俗，男女授受不亲，出必蔽面，把阴阳隔截，否塞不通，男女之情不畅，决而思溃，便钻穴逾墙做出许多丑事，甚至淫奔拐逃，争风妒奸，谋杀亲夫，种种祸端不可救止，总为防闲太过，使男女慕悦之情不能发泄故也。至婚嫁之礼，又止凭父母之命，媒妁之言，不许男女自主，两情岂能投合？若再美女配着丑夫，聪男娶了蠢女，既非出彼自愿，何怪其参商而别求苟合？若像峒中风气，男女唱歌，互相感慕，然后成婚，则事非出于勉强，情自不至乖离，遇着男子又得拉手搭肩以通其志，心所亲爱复得抱腰捧脸，以致其情其气既畅，不致抑郁遏塞，一决而溃，为钻穴逾墙等丑事矣。人心不可能强抑，王道必本乎人情，故合九州风气而论，要以葵花峒为第一。①

文素臣在小说中的巨大能量和神奇禀赋，源于他作为"阳"的化身，他能够百般却色，往往处于极其艰难的"欲望"境况下，其艰难程度远超柳下惠，但他依然轻松挺过。阴阳对照是中国文化的传统，一阴一阳谓之道，二者相倚相成，不可完全相离，但在多数时候，阴代表寒冷和邪恶的一面，而阳则象征着温暖和浩然正气。事实上，作者完全将素臣塑造成一个"纯阳"的化身，这一点在他出生的时刻便已显现出来，他母亲在生他时梦到一个巨大的太阳，而这通常是"帝王"出生之兆——素臣尽管不是帝王，但他的功业已远超帝王，从他所取得的功业来看，虽秦皇汉武唐宗宋祖亦不能过也。小说中，就连他的尿都是一种纯阳之物，在第六十五回，李又全认定素臣是纯阳之身，要吸他的精液来修身，而他的一帮姬妾和侍女争饮素臣的尿液，倍觉"甘甜"，李又全认为可以"过仙气"，功效异乎寻常。在第十八回中，其妾素娥病危，饮他的尿而得救。在第八十三回中，文素臣往草席裹着的尸体上小便，死人因而复生。文素臣的阳气极

---

① 夏敬渠：《野叟曝言》，第2版，人民文学出版社，2006年，第1139页。

其壮旺,他的四位妻子在十日内为他生育了四个儿子。第九十四回和第九十五回中,文素臣为治好一个石女的病,和她同床,用体内阳气熏蒸,接着还用手淫的办法对她进行治疗,她的病不仅好了,开始行经了,而且具有了旺盛的生育力,后来生育了二十八个儿子。

不过,小说中有一个吊诡的现象,他越是却色,越是遭遇各种性场面。王琼玲研究指出,《野叟曝言》一书的性场面描写大约占到全书百分之五的篇幅。① 总之,却色英雄素臣却有无数的桃色艳情,总是不停地有各种美女要投怀送抱,当然大多是因为他英雄救美。他相继救得美貌才女鸾吹、璇姑、素娥和湘灵,后三人皆纳为侧室,而鸾吹后来嫁给了一位正道直行的君子儒,她丈夫虽然知晓她和素臣之间的事,也不以为嫌,夫妻甚是恩爱。素臣本人伟岸俊美,加之救命时总难免肌肤相触,也犯了"男女授受不亲"的儒家规条,这些女子于情于理都要委身于他,甚至在得知他已经有了家室,还照样要死要活地嫁给他。这自然可以视为这些闺中未字年轻女子的贞节观念,如鸾吹以为男女不相亲授,但在落水被素臣救命时难免沾皮着肉,这应该算是某种程度上的"失贞",按照道理,素臣娶她是应尽的义务和责任。但她们如此不计妾之地位而要拼死嫁他,甚至违背父母之命非他不嫁,这至少也是对传统的婚姻伦理某种程度的违抗。

二、贞节观与经权思想

在《野叟曝言》中,出现了大量的经权思想。所谓经权思想,就是守经与行权的思想理论,简单说就是原则性与灵活性的关系。在古人看来,要很好地达到目标,需要经权结合,常时守经,变时行权。儒家传统讲究男女授受不亲,这成为伦理之"经",但一些思想开通的大儒并不泥守此条,特别是孟子提出"嫂溺叔援"的著名悖论,他认为以经权思想便可轻易化解这一尴尬的伦理难题。

《野叟曝言》对经权思想的运用特别多。经权思想特别突出原则的变通和灵活性,显示了对传统和规则的突破和反动,因此,这种思想运用和凸显的地方,常常也是规则遭到破坏、传统伦理受到考验的时候。贞节观念和经权思想都属于儒家传统思想的范畴,只不过一种是儒家道德伦理观

---

① 王琼玲:《野叟曝言研究》,东吴大学硕士论文,1986年,第17页。

念，一种是儒家思想观念，都会对实践发生作用，影响人们的现实生活。当原本平行的两种观念交叉的时候，必然会发生交涉，在明清通俗小说中，主要表现为经权思想对贞节观念的调控和支配，使得贞节观念发生转折变化。其具体表现为，小说作者和主要人物经常以经权思想为"情"放行，给本属"不贞""不节"的行为做出合乎儒家伦理的解释，提供理论依据，从而缓和小说人物的内在伦理紧张，推动小说情节的发展，同时也释放了作者可能面临的伦理压力。在明末清初的不少才子佳人小说中，年轻的男女主人公一见钟情，两情相悦，在没有父母之命、媒妁之言的情况下，情不自禁地走到一起，甚至发生了关系，这种行为无疑有违伦理道德，不合儒家礼教，要面临巨大的舆论压力，甚至会受到严厉的惩罚。但这些小说中的年轻主人公往往会抬出经权思想这面大旗，来论证特殊情况下行权结合的必要性。① 如《好逑传》中的女主人公水冰心便以孟子对行权的辩解为依据，提出可以允许年轻的学子在她家中养病，尽管没别的女伴在场。原本心虚理亏的人物，一下转而理直气壮，因其占据了儒家先贤的理论制高点。正心诚意与修齐治平中间的沟壑被经权思想填平化解。

　　文素臣是一个开拓各类权宜情境的能手，《野叟曝言》中令人惊讶的性事描写是被用以讨论行权的合法性的经典语汇的副产品。② 如前所述，《野叟曝言》虽然是一部正义感和道学气十足的小说，全书充满了道德说教和礼教规划，但同时又是一部具有浓厚春宫气的小说，书中遍布赤裸裸的色情描写，充满性的挑逗和压抑，不少淫秽情节和场景与《金瓶梅》相比甚至有过之而无不及。儒家王道的现实成功实践，理想的儒家政教和礼教的全面成功，显示了宏大的政治叙事气魄，而种种有悖于儒家政教和礼教的政党、宗教、思想和伦理道德，都在文素臣的大力铲除之列，淫乱猥亵的气息，自然更不适合在这里萌发酝酿。但是，书中却密布了此种淫荡而诱人堕落的气息，这就需要从作者的叙事理念出发，实则作者是将这些作为"反面教材"，用来考验人物的道行、修为和定力，恰恰证明一个真正的儒者所能够拥有的巨大能量。事实上，每当文素臣与正派年轻女子有

---

　　① 赵兴勤：《理学思潮与世情小说》，文物出版社，2010年，第356页。
　　② 艾梅兰：《竞争的话语——明清小说中的正统性、本真性及所生成之意义》，罗琳译，江苏人民出版社，2005年，第199页。

身体接触和抚摸，甚至性接触的时候，都是他在治病救人的时候，而拯人于危难、济人于困厄，本就是儒教徒的必备功课之一。这种男女之间的零距离接触，按照正常伦理，是断不能容许的，正因如此，先秦的孟子才为"嫂溺叔援"的正当性而辩论不休。在《野叟曝言》中，诸多类似男女授受不亲的情形，毫无疑问也是完全有碍贞节观念的，因此，这些年轻的女子才会如此拘谨、不自然，甚至因此要嫁给文素臣。素臣自己也并非完全心安理得，坦然面对，只不过一方面救人治病，危在旦夕，刻不容缓，无法顾虑太多，素臣自然可用经权思想来说服女子和女子家人，通常她们心悦诚服；另一方面即使在危病的女子已然脱离险境时，素臣仍然与之近距离接触，而女子需要某种程度的"裸裎"，这种情形之下更非寻常女子所能接受，而素臣犹能坦然处之，且依旧以处变行权来宽慰女子和自己。比如他在救了落水的鸾吹之后，二人生火取暖，顾及鸾吹穿厚衣服会热气攻心致病，素臣劝她解下里衣烘烤，陌生青年男女单独相处已然属非礼之行，且亲密接触，还要女子解下闺中独见的极为私密的里衣，这在传统社会简直是不可想象的荒唐行为，与儒家贞节观念凿枘不合，此时素臣化解此一不雅举止和氛围的利器依然是经权思想。而鸾吹竟然再次被他的理论和谆谆教诲打动，不再因为自己与之授受有亲而要求嫁给他。

"他经常采取一些新奇甚至看似荒唐的手段，诸如用令女人赤身裸体的方式来达到'惊吓'的医疗效果，或用他自己赤裸的身体来温暖女性病人以治病（素娥在文素臣病中也同样用自己赤裸的身体温暖他）。这些情节都是为了证明'权'（权宜变通）的重要意义。"[①] 在第六十七回至第七十回，更是集中体现了作者在男女关系上的经权思想。这四回淫亵场面描写过多，因此颇遭诟病。但若从经权思想的角度考虑，便可发现其中寄寓了作者的意旨：实际上这些描写不过是给文素臣提供一个背景，以衬托他为了能尽忠孝之"大经"而善于权变处之的真儒高大形象。这几回叙写文素臣被莱州府豪绅、景王叛党李又全捉住，要他服参药以积精进献，李又全的十几个姬妾同他裸体洗澡搂抱，备极淫亵丑态。文素臣起初倍感耻辱，欲寻一死以全清白，但是，因为他具有强烈的经权思想，于是紧接着

---

① 黄卫总：《中华帝国晚期的欲望与小说叙述》，张蕴爽译，江苏人民出版社，2010年，第217页。

便有以下的想法来自我慰解：

> 这是飞来横祸，非我自招。我的身命上关国家治乱，下系祖宗嗣续，老母在堂，幼子在抱，还该忍辱偷生，死中求活，想出方法，跳出火炕，方是正理。招摇过市，大圣人尚且不免于辱，我岂可守沟渎之小节而忘忠孝之大经乎？①

非夫妻之礼的男女关系，已非儒家之礼所能容纳，如此淫乱的场面，自然更属严重"非礼"之行，但素臣是不幸陷于此境，而非"自招"，故他能行权反礼。这四回当中，文素臣类似的想法处处涌现，以此来自我慰解：他在意念当中将这些赤身淫戏的女人唤作裸虫，至于诸般怪状，亦只以理学宗师程颢的"目中有妓，心中无妓"八个字应付之，而对交媾一事也如佛书所言梵志应淫女为法。

值得注意的是，作者一再以"沟渎之小节"与"国家之大事"对举，如"岂可守沟渎之小节而忘忠孝之大经乎？"②"匹夫沟渎之小节，使老母无侍奉之儿、祖宗绝显扬之望，非特不忠不仁，亦且不孝。"③"事有经权，拘沟渎之小节而误国家之大事，又断乎不可！"④"不敢拘沟渎之小节而误国家之大事，是以舍经行权，任其侮辱。"⑤ 在作者看来，孔子所云"非礼勿视，非礼勿听，非礼勿言，非礼勿动"（《论语·颜渊》），原本属于"经"的范畴，在忠孝面前显然成了"沟渎之小节"，也就是说，作者眼中的那些礼，就算是"经"，也属于经之小者，为了不悖"大经"而舍"小经"，这就是行权合道。

作者骨子里很注重女子贞节，本质上却放松对男子的贞节要求，为了迎合男子的情欲要求，需要相应的女子突破贞节廉耻的行为。这实际上有两种情形：一种是邪恶女人的行为，她们原本就是淫荡邪恶的代表，自然不需要任何道德掩饰，彻底撕碎贞节伦理道德。李又全的姬妾侍女给文素臣服下名为"催龙汤"的药，让他手足瘫软，目的是集聚他的"纯阳"阳精供自己吸取。这种情形之下，身不由己的文素臣只好眼睁睁地看着这些

---

① 夏敬渠：《野叟曝言》，第 2 版，人民文学出版社，2006 年，第 816~817 页。
② 夏敬渠：《野叟曝言》，第 2 版，人民文学出版社，2006 年，第 817 页。
③ 夏敬渠：《野叟曝言》，第 2 版，人民文学出版社，2006 年，第 833 页。
④ 夏敬渠：《野叟曝言》，第 2 版，人民文学出版社，2006 年，第 844 页。
⑤ 夏敬渠：《野叟曝言》，第 2 版，人民文学出版社，2006 年，第 858 页。

淫荡之极的妇人赏鉴和淫亵自己，他只能集中精力，设想自己变成土木形骸，对一切视而不见。另一种是正派女子甚至是纯洁女子，她们本来贞节观念极重，作者为了使她们突破这道心理防线和观念底线，让她们处于极端状态，或者是遇难危急（如鸾吹、湘灵），或者是经权思想提供理论依据的时候。虽然每次文素臣与别的女子的交合，都发生在迫于无奈的情形之下，但这实际上是为作者的情欲心理提供了一个道德的避风港。很多时候，小说中经权的概念表现得过于宽泛，甚至显得无所不能。小说在多处阐述"情"和"欲"两者互不相容的理念，但两个异性的肉体接触过于亲昵，难免导致"情""欲"两者之间难以区分。例如，当原本极其贞节的素娥误服了素臣袋中的春药"补天丸"后，情兴勃发、欲火中烧，不能自控地赤体紧抱素臣并急求欢会。这成为小说中"情"与"欲"之间最具有戏剧性的冲突之一。有趣的是，素臣通过用嘴哺住素娥之口，又抚摸她的全身甚至私处的方式来拒绝她的性请求。正如研究者所言："按照一般的标准，这样的亲昵已属'性欲'的范围。但是，小说作者却坚持认为素臣的举动是'情'的行为，因为他的意图是与性欲或者'欲'毫不相关的。他是在治她的病，因此这是一个出于'情'的行为，他的诸般爱抚都是去性欲化的。讽刺的是，这些关于'情'的'去性欲化'的行为似乎最为有效地抑制了素娥看似难以控制的肉体欲望。"[①]

这些理论支撑下的行为由于显得匪夷所思而变得非常荒唐，荒诞的把戏甚至闹到天子宫廷里面。在一百零七回中，妖僧以烈火地狱来袭，各种大小火球爆响烧来，妃子宫女"周身衣服烧毁，有光了上身捧着两乳，有赤了下身掩着阴户，又羞又痛"[②]，文素臣又解下半桶小便，将草荐浸湿，摊放在门槛上，将翻滚的火球击退。第一百零八回中，素臣还在每个妃子的心额前和每位宫女的胸前题写"邪不胜正"，当素臣考虑到男女之嫌，宫闱之地，表示不敢奉命时，太子也抬出经权思想："急难之时又当行权，且先生何人？何嫌可避？即正妃心额尚欲求书，孟子云：嫂溺不援，是豺狼也。况宫人乎？"[③] 这些荒唐无稽的淫思奇想，难免会亵渎朝廷尊严，

[①] 黄卫总：《中华帝国晚期的欲望与小说叙述》，张蕴爽译，江苏人民出版社，2010年，第220页。
[②] 夏敬渠：《野叟曝言》，第2版，人民文学出版社，2006年，第1296页。
[③] 夏敬渠：《野叟曝言》，第2版，人民文学出版社，2006年，第1309页。

可见作者对经权思想的自恃之深。

而在文素臣遇到反面邪派女子的时候，比如李又全的多位淫荡不堪的姨太太，素臣心中当然逆反，会生起种种厌恶之心和抵抗之情。但是，他显然是身不由己的，被她们捆绑，调戏、挑逗，被迫听到她们一系列下流恶心的笑话故事。作为一个正派的儒教徒，这些场景早已越过伦理底线，无疑在挑战他的思想根基，他应该没有活下去的理由，确实他也想到一死了之。但是，一方面他完全被束缚，根本无法寻死；另一方面他想到了自己作为国家栋梁的重大意义，忠孝大经，才是自己要追求和践行的。这时，他又以经权思想来为自己开脱慰解，因为"非自己所招，迫不得已"，终于他将这些淫荡的尤物视为土梗动物，观念一变天地宽。正是有了所谓的经权思想，素臣拥有了一种理论优越感，从而在各种淫境险局中让心灵穿行自如，轻松卸下任何思想舆论的压力，甚至因此成为别人的思想导师，不停地给这些女子灌下一碗碗"心灵鸡汤"。

更重要的是，因为有经权思想作理论支撑，评点者（很可能就是作者自己）骄傲地宣称：

> 设局骗人，食精采战，微特天坏不容是人，即十六姨娘与歌姬丫鬟一辈人物要他聚在一处，做一日把戏，也觉无此情理。作者特地拈此数回，淫亵极矣。然十六姨中，偏有一贞烈之三姨，与同九姨为又全心上人之随氏，为素臣感化。则辟邪崇正，本旨自在言外，不比《金瓶》等书专描淫亵，不愧第一奇书之目。①

明知"淫亵极矣"，还敢如此大张旗鼓地自我称许，似乎有悖于理。但我们可以反过来设想，假设没有这种理论作为思想支撑，作者还能这样堂而皇之地自负为"第一奇书"吗？由此可见，"'权'可以使人在'情'与'礼'之间找到最佳的平衡，特别是在极其无奈而又非常紧急的情况之下"②。经权理论成了作者宣淫导亵的一大障眼法，从而在小说思想主旨的确立和故事情节的设定上都起了相当大的作用。这个"礼"便包括贞节观念。

---

① 夏敬渠：《野叟曝言》，第2版，人民文学出版社，2006年，第819页。
② 黄卫总：《中华帝国晚期的欲望与小说叙述》，张蕴爽译，江苏人民出版社，2010年，第217页。

不过，经权思想中有几个问题：何时行权，谁才有此资格行权，其中的度和标准又是什么？完全守经，固然会滞碍不通甚至会造成人间悲剧，但行权思想一旦完全放开，又往往会让小人"假权之名，行诈之实"，从而在封建伦理纲常上敲开一道思想的裂缝。可见，经与权的取舍，在作者心中也是一大疑问，这在文素臣的行为中也有表现。如第二十五回中，石氏和鹚鹚为素臣所救，晚上旅店只有一间空房，二人见素臣在外边坐守，便劝素臣歇息，她们则在炕边坐守，素臣于是正色道："常则守经，变则从权。到不得不坐怀之时，方可行权；今日乃守经之日，非行权之日也。若自恃可以而动辄坐怀，则无忌惮之小人矣！"①

当然，随之而来的是，大量使用经权思想也对小说造成了一定程度的损害：一方面削弱了小说情感的作用，另一方面减弱了小说艺术性。大量使用经权理论的另一个缺陷是，作者依恃经权理论在胸，无论什么淫秽不堪的场景都可视为对主人公的考验，从而在宣淫导亵方面有时显得肆无忌惮。尤其是第六十七到七十回中，其淫秽场面之宏大、纵淫言行之奇异，虽《金瓶梅》亦难以望其项背，难免给人以打着经权理论的旗号而行诲淫之实的感觉。正如张俊所言："全书一方面极力铺张建功立业的儒家思想，一方面又泛滥着大量淫词秽语，自相抵牾。而且，作者为抒写才情，书中教孝劝忠，谈艺论医，讲道学，辟邪说，描春态，纵谐谑，无所不包；甚或中断情节，强为说理，消弱了小说的艺术性。"② 在这个层面上来讲，洋洋一百五十万言的《野叟曝言》不仅难称"第一奇书"，其艺术性反而是远远弱于《金瓶梅》的。

总之，小说里文素臣不断通过男女关系来体验和实践经权思想，也通过经权思想来重新诠解男女关系，来达到"对于性贞洁作为一种基本道德界定——特别是对妇女而言——的中心位置的解构"③。正如第六十八回总评中所云："非亵之也，益坚其崇正辟邪之心。"④

---

① 夏敬渠：《野叟曝言》，第 2 版，人民文学出版社，2006 年，第 326 页。
② 张俊：《清代小说史》，浙江古籍出版社，1997 年，第 310 页。
③ 艾梅兰：《竞争的话语——明清小说中的正统性、本真性及所生成之意义》，罗琳译，江苏人民出版社，2005 年，第 199 页。
④ 夏敬渠：《野叟曝言》，第 2 版，人民文学出版社，2006 年，第 828 页。

第四节 《绿野仙踪》：痴情浪子与节烈妓女

《绿野仙踪》的温如玉和金钟儿其实是一对痴情浪子与节烈妓女，与《金瓶梅》里的陈经济和韩爱姐相比，这一对的爱情叙述尤其婉转细腻，故事尤其曲折动人，对妓女节烈的驳诘也在文中显现。故而以之题名，并辅之以其他两方面内容的探讨。

一、痴情浪子与节烈妓女

温如玉和金钟儿是李百川在《绿野仙踪》中塑造的一对浪子妓女典型，曾被郑振铎先生以为"是《绿野仙踪》写得最好的一段，也是许多'妓院文学'中，写得最好的一段"①。不过，遗憾的是，这么好的"妓院故事"中的男女主人公得到的欣赏和研究远远不够。事实上，两人的故事也可为考察浪子妓女贞节观提供一个好的文本。

故事中的温如玉，一再得到仙道冷于冰的垂青和不厌其烦的考验，因为当年冷于冰透过慧眼发现他具有仙骨，可以点化。而深陷色场的温如玉，无法从梦境中走出来，一再沦落却始终不能看透红尘，悟不出色空一理，哪怕鬼混到一败涂地仍然贪恋温柔富贵之乡，一次次让冷于冰伤心失望。温如玉是典型的浪子，与陈经济一样，对结发妻子似乎没有丝毫感情，厌倦无情，却生性风流俊雅，好色滥情。不过，这类人却有一个共同点，就是一旦他们碰到自己中意的风流美人，便从一见钟情到贪恋不舍，表现出前所未有的热情，释放出所有的激情，哪怕倾家荡产、流落街头也在所不惜。唐传奇《李娃传》中的贵公子已着先鞭，陈经济、温如玉接踵继后，风流浪子代不乏人。

马克梦分析清代小说娼妓道："纨绔子弟和娼妓是清代小说描述儿女故事的典型环境，是悲惨的男女关系的既定氛围……娇生惯养的儿子际遇并爱上一位第二种典型环境下成长起来的女人——由亲生父母经管的娼妓……她被抛出去作为勾引纨绔子弟的诱饵，而这位纨绔子弟爱上了她，

---

① 郑振铎：《文学大纲》，商务印书馆国际有限公司，1998年，第222页。

且以为她真心爱自己。当他倾其钱囊时，娼妓的父母又不许他们结合，女儿因此大吵大闹，服毒自尽。"① 温如玉和金钟儿的经历完全符合此一解说。温如玉出身富贵，父亲曾任陕西总督，父亲早亡后由母亲拉扯大，同很多浪子一样，他幼得母宠，性喜飘荡，流连风月，花费无度，早年娶妻而夫妻感情不和，因为吃喝嫖赌，复遭人欺骗，短短几年将父母的几万两银子败尽，母亲也被活活气死。还在为母服孝期间，温如玉便难耐寂寞，去嫖了别人牵线的美妓金钟儿。温如玉为她花大笔银子，不承想后来山东一位何姓知府的公子风度翩翩，让金钟儿为他着迷颠倒，妄图嫁给这位"白马王子"，忘了温如玉的恩情，不顾温如玉吃醋嫉妒，终而闹翻，温如玉打了她耳光而后愤然离去。后来何公子不顾金钟儿的迷恋色财辞归，金钟儿终于醒悟，如玉才是自己可以终身依靠的人，遂让苗秃去找如玉。就如玉而言，其实是爱极生恨，并未完全忘情，遂很快和好如初，情谊更胜从前。

实则，金钟儿的形象是逐步变化的。毫无疑问，金钟儿初时是一个迎奸卖俏、朝秦暮楚的妓女，即使在妓女中也算得上凉薄之女，甚至可以算是负心人，更谈不上什么贞节。应该说这是常态的妓女，自古以来坊间流传"婊子爱俏、鸨儿爱钞"。其实，妓女虽爱俏，绝大多数更爱的还是钞。不过，金钟儿确实是一个年轻率真、涉世未深的女子，她心中最中意的人还是英俊风雅并且能长相伴随的男子：

> 要知这金钟儿，是个最有性气，可恶至极的婊子。第一爱人才俊俏，第二爱银钱；他若不愿意的人，虽杀两刀，他也不要；郑三家两口子，也无可如何。②

换言之，人才俊俏，是金钟儿最为看重的因素，只要人才俊俏，她都喜爱，并不会轻易只心系一人。因此，当冷于冰假意跟温如玉说要与金钟儿陪睡一夜，而温如玉也勉强答应之后，金钟儿"看于冰穿戴虽然贫寒，人物清雅风流，强似如玉五六倍；看年纪也不过是三十内外"，竟然心许，

---

① 马克梦：《吝啬鬼、泼妇、一夫多妻者：十八世纪中国小说中的性与男女关系》，王维东、杨彩霞译，人民文学出版社，2001年，第14~15页。
② 李百川：《绿野仙踪》，侯忠义整理，北京大学出版社，1986年，第348页。

"极愿意与于冰款洽"。① 只是因为她知道冷于冰不能久留,而"温如玉是把长手",所以才假意"做出许多不愿意的光景,捆缚如玉"。②这也符合金钟儿风尘女子的身份,妓女本就朝秦暮楚,她不会轻易相信爱情和永恒,因而更显得真实可信。她的顿悟,只因后来攀附贵公子遭拒。所幸她又得到温如玉的捐弃前嫌重新爱抚。金钟儿与温如玉盟誓后,竟真心事事处处为他着想,指教他节省虚酬,自己为此挨骂受气也付之不闻,更重要的是,她不再接客。"由初时一个迎奸卖俏、朝秦暮楚的妓女,演变为一个因情激越、为情而死的烈女,其心路轨迹清晰可寻。"③

反观温如玉,他对金钟儿虽然是一见钟情,但刚开始也并没有将金钟儿太当回事,否则也不会让"他最敬爱的人"冷于冰去嫖金钟儿。直到后来,他家产荡尽,金钟儿又喜欢上一位富贵倜傥的贵公子,他才深受刺激,醋意大发,负气斗气,百般讽刺,完全陷进感情的漩涡,真的在意起她来了。由滥情而钟情,由钟情而痴情。在二人几度分合吵闹之后,终于两心交接,擦出真情的火花,直到金钟儿为其自缢身亡。

二人盟誓后,他们的感情确实起了质的变化。金钟儿在那位贵公子宿了几夜之后不愿多花费银两绝情而去,清醒温如玉才是真正舍得为她不惜一切的人,终于被温如玉彻底打动,从此死心塌地地要跟他,还为他积蓄银两激励他用意科举,好一第成名后迎娶她。最为关键的是,她自从属心如玉后,人也彻底变得贞节起来,不愿再接待其他客人。最后因意外事件在遭到郑三的毒打后,一气之下服毒自尽,成为一位惊心动魄的"节烈"女子,完成了一个巨大的转变。在明清通俗小说中,发生这种巨大转变的妓女并不多见,因而"三言"中的花魁莘瑶琴才得到大加赞扬,但也正因其不具有普遍性,才遭到李渔的深刻怀疑和极力嘲讽。④ 不过在温如玉心中,金钟儿是为他而死,乃古往今来难寻的节烈女子。温如玉闻其死讯后晕死,回来哭坟感天动地,令闻者为之泣下。他的忠实家仆张华却说如今金钟儿已死,正是大爷该交好运的时候。这一点,懵懂天真的温大爷自然

---

① 李百川:《绿野仙踪》,侯忠义整理,北京大学出版社,1986年,第348页。
② 李百川:《绿野仙踪》,侯忠义整理,北京大学出版社,1986年,第348页。
③ 翟建波:《从妓女到烈女——试述金钟儿心路变化的轨迹》,《广西师院学报(哲学社会科学版)》,2002年第23卷第4期,第26页。
④ 参见本章第二节中"崇真厌伪:李渔贞节观书写的基本态度"部分的论述。小说文本详见李渔:《无声戏》,浙江古籍出版社,2018年,第76~86页。

是看不真切的，因此张华能得到的只是一顿臭骂罢了："他为我捐躯殒命，视死如归，那一种节烈，不但乐户人家，就是古人中能有几个？你适才的话，岂不是放驴屁么？"① 阅世极深的张华一语道破真相：

> 他是将东西偷送与大爷，苗三相公翻下舌，被他父母搜拣打骂起来，他是羞愤不过，才吃了官粉身死。妇人们因这些闲气，恼死了的不知多少，这止算因大爷的事，被别人激迫身死，算不得为大爷守节身死！若是有少年青俊富贵公子嫖客，到他家中，他立意要嫁大爷，不肯再接一人，被他父母打骂，自己寻了短见，那才是为大爷死的哩！只说大爷在他身上花了千数银子，他还有点良心，肯挪移出些财物来，暗中贴补大爷，这也算婊子娼妇内少有的人了；假若何公子如今还在他家住着，他倒吃不成官粉，小的倒替大爷有些担忧。"节烈"两字，也不过是大爷许他，外人没这样评论！②

真相被打破，自尊遭到严重刺伤，温如玉听后恼羞成怒。不过，金钟儿之死确实与温如玉密切相关，因为她帮助温如玉攒集银两，为温如玉家仆偷走而嫁祸于外贼，苗秃挑拨郑三和郑婆子，她因此被郑三两顿毒打，才羞愤服毒自杀。她毕竟不是因为抗拒逼她接客而死，也就是说温如玉不是根本的原因，而只是有关联。因此，浪子的伤心哭坟是感动和虚荣的复杂混合行为。

不管怎样，温如玉和金钟儿是一对很鲜活的人物，不是某种观念的传声筒。金钟儿与其他作品中的妓女人物相比，其形象更加丰满突出，其故事更加真实可信，其结局更加令人悲叹。文学史上，尤其是小说史上，应该有她的一笔。

二、严氏：又一个卖身救夫的"失节妇"

前文分析过，晚明《欢喜冤家》中的李月仙已经演绎了卖身救夫的事迹，只不过李月仙卖身之前，已然失身失节，她出轨于小叔，而在后面为救夫自我卖身后，又在新夫床上品尝爱欲之欢。月仙更像是一个现实中

---

① 李百川：《绿野仙踪》，侯忠义整理，北京大学出版社，1986年，第499页。
② 李百川：《绿野仙踪》，侯忠义整理，北京大学出版社，1986年，第499页。

人。《绿野仙踪》里也有这样的卖身救夫之妇，却是一个虽卖身却"贞心不渝"的典型传统妇女。

《绿野仙踪》第十七回《请庸医文魁毒病父　索卖契淑女人囚牢》和第十八回《骂钱奴刎颈全大义　赎烈妇倾囊助多金》中，叙世家子弟林岱娘子严氏美貌，夫妻感情甚笃，不料林岱被恶官报复陷害入狱，好色贪财的胡监生图谋不轨，心知其需三百五十两银子方能出狱，遂趁火打劫，找媒婆打动其娘子心，以娶其做妾为条件，愿意出银两帮助她赎救丈夫。严氏假意对媒婆说："我嫁人是要救夫出监，只怕他未必肯出大价钱娶我。至于与人家做妾，我倒不回避这声名。"① 实则严氏是一个非常贞节、有情有义的女子，她与丈夫"甚相敬爱"，才不惜以为人做妾来赎救身陷囹圄的丈夫，她认为这是"舍经从权"，对丈夫说："我的主意要舍经从权，救你的性命。只用你写一张卖妻的文约，明后日即可脱离苦海。"② 可是丈夫竟然因此怀疑她在自己坐牢期间起了不节之心，倒竖须眉，满身肉跳，大笑道："不意你在外面，倒有此际遇！好！好！"③ 然后"战缩缩"地写了卖妻文约。"战缩缩"几字可见林岱内心的痛苦，他渴望出狱获得自由，但肯定不希望妻子为人做妾，这个代价未免太大。现在获悉妻子"变心"，所谓"时穷节乃见"，她已然不值得他珍惜拥有，这对他自然是沉重的打击，强烈的自尊让他对自己曾经深爱的妻子接连说出了两个"好"字。所以他出狱后的反应是"又羞又气，心中想道：'我就不回家去，满城中谁不知我卖了老婆？'"④ 当看到数百人议论说要看"霸王别姬"时，他更是"羞愧之至"，只想妻子能速嫁胡监生，以免围观之羞和伤别之悲。他是爱自己妻子的，也珍惜妻子的贞节，这是恩爱夫妻才会生出的猜疑之心。孰料严氏其实贞烈万分，只是利用胡监生的好色来营救丈夫，她已经做好救夫出狱后自尽以全贞节的心理准备，并恳求丈夫，只希望他异日富贵，百年后"务必收拾我残骨，合葬在一处"⑤。她痴情贞烈若此，可惜丈夫还不了解其曲衷，故而"眼中流泪，心里大痛，悄悄出

---

① 李百川：《绿野仙踪》，侯忠义整理，北京大学出版社，1986年，第124页。
② 李百川：《绿野仙踪》，侯忠义整理，北京大学出版社，1986年，第125页。
③ 李百川：《绿野仙踪》，侯忠义整理，北京大学出版社，1986年，第125页。
④ 李百川：《绿野仙踪》，侯忠义整理，北京大学出版社，1986年，第127页。
⑤ 李百川：《绿野仙踪》，侯忠义整理，北京大学出版社，1986年，第127页。

门"①。她当街对众人不卑不亢地恳请胡监生能重义却色，权当他积德行善借资给林岱，她丈夫按年按月，陆续加利。这当然是与虎谋皮，她绝望了，对房内的丈夫表白心迹：

> 妾以蒲柳之姿，侍枕席九载，实指望夫妻偕老，永效于飞。不意家门多故，反受仕宦之累，非你缘浅，乃妾命薄！我自幼也粗读过几句经史，止知从一而终，从今日以至百年后，妾于白杨青草间候你罢。前途保重，休要想念于我！②

一个如此重情重义而舍身救夫的美貌女子，竟然落得只能选择自杀的悲惨境地。从表面上看是"从一而终"的贞节观念毒害了她，但若深入分析，她并没有在丈夫出狱后立刻寻死节烈。首先，她心系丈夫，不愿再嫁他人；其次，她"耍无赖"恳求"新夫主"胡监生行善未果；再者，她丈夫龟缩房内不出面努力，才行此下策自杀。可见，丈夫的猜忌和懦弱，也是促成妻子严氏"节烈"的重要原因。幸好，严氏以刀自刎时获救，她又撞门血流如注，街上看的人，"皆极口赞扬烈妇，把胡监生骂得人气全无"③。看客终于发出声音了。严氏撞门未死，第二天胡监生又来要人，终于幸运地得到善人和街人凑钱资助还银，林岱最后感激众人"成全我房下不至殒命失节"④。妻子差点因此丧生，可以说是从鬼门关捡回一条命，丈夫却在感激救命的同时不忘所谓的"失节"。可见，在他和这些民众的心目中，贞节具有何等重要的意义。

三、当死活两个丈夫面对同一个美貌妻子

《绿野仙踪》第二十二回《断离异不换遭刑杖 投运河沈襄得外财》叙连丧二妻的金不换，在异地娶到一位年轻貌美的新寡妇方氏，却又被"原夫"许连升告官霸妻遭杖。婆婆许寡妇是一个现实而又情礼不悖的人，她闻听儿子在外船翻落水而死，为有儿防老，决定让方氏在家招赘一个新儿子，还要收二百两银子。金不换取银兑换，如愿以偿。小两口相互满意，

---

① 李百川：《绿野仙踪》，侯忠义整理，北京大学出版社，1986年，第128页。
② 李百川：《绿野仙踪》，侯忠义整理，北京大学出版社，1986年，第129页。
③ 李百川：《绿野仙踪》，侯忠义整理，北京大学出版社，1986年，第129页。
④ 李百川：《绿野仙踪》，侯忠义整理，北京大学出版社，1986年，第132页。

许寡妇便教不换将行李搬来，暂住在西下房中，好办理亲事。需要注意的是，二人成亲之前便已交合，而且主动者是女子：

> 欲心如炽，无法忍耐，也顾不得羞耻，悄悄从西正房下来，到不换房内，不换喜出望外。一个是断弦孤男，一个是久旷婺妇，两人连命也不要，竭力狠干了五六度，只到天明方肯罢休。方氏见不换本领高似前夫数倍，深喜后嫁得人，相订晚间再来，才暗暗别去。①

这真是为了性快乐而不顾贞节礼数，古代女子——尽管是寡妇——如此主动追求男女房中之欢，也是颇为骇人听闻的，更何况如此注重房事质量。她言行举止也是非常注意因人而异，在一桌吃饭时，"一面对许寡装羞，一面与不换递眼，趁空儿将脚从桌子下伸去，在不换腿上踢两下缩回"②。总之，她夫死再嫁，已经不是个节妇了，何况她还如此纵浪欢谑，"妖浪阵势，狐媚排场"，勾引得新夫"神魂如醉"。③ 在丈夫死后才几个月，虽然她在丈夫灵前烧纸也"假哭了几声"，那也仅仅代表她行使一下妻子对亡夫应尽的礼节，一个"假"字表明新夫到来之际，已然没有真哀了。尤其是因为金不换房中本领比前夫高强，失去丈夫的悲哀被新欢替代，"比结发夫妻还亲"④。因此她非常贴恋新夫，为悦己者容，在他面前拼命表现卖弄，"他是个勤练堂客，会过日子，只图不换和他狠干"⑤。这些心理举止看似有违常礼，其实不越常情，经历丧夫之痛又重新获得爱情，自然倍加珍惜。一个性欲旺盛而又狡黠多慧的娇艳小寡妇形象，栩栩如生地站在读者面前，这是一个已然"失节"而且并不"贞节"的妇女，但是她的形象真实可信，反倒不像一些"贞节"烈妇惹人厌恶。

故事若到此结束也算美满，然而冲突和高潮还在后面，对"贞节"的各种不同视角也进一步显露。许寡妇的儿子许连升是误传死亡，实则是大同府一个同名同姓做同样生意的人过江而死，连升路上听了这个风声连夜赶回家中，才发现妻子已另嫁不换，自己作为丈夫和儿子的名分和地位已

---

① 李百川：《绿野仙踪》，侯忠义整理，北京大学出版社，1986年，第156页。
② 李百川：《绿野仙踪》，侯忠义整理，北京大学出版社，1986年，第156页。
③ 李百川：《绿野仙踪》，侯忠义整理，北京大学出版社，1986年，第156页。
④ 李百川：《绿野仙踪》，侯忠义整理，北京大学出版社，1986年，第158页。
⑤ 李百川：《绿野仙踪》，侯忠义整理，北京大学出版社，1986年，第158页。

然被一位他乡之客取代。许连升告官后，知县强调方氏"已成失节之妇"①，问许连升还要她不要。连升的思想颇为开通，他认为妻子方氏"系遵小人母命嫁人，与苟合大不相同"②，自己当然还要，这已经明显突破了传统普遍的贞节观。从当时的礼教观念来看，再嫁即失节，不管奉谁之命，知县所言是实，方氏确实已成失节之妇，只是方氏虽然失节，但又不是明知夫在而偷情的出轨行为，故而连升只是强调方氏不是"苟合"，意味着他心中的"贞节"底线是不发生"苟合"之行。换言之，方氏固然失节，但这是一种特殊情形下的失节，于情于理都难以责备，因此她的失节与《蒋兴哥重会珍珠衫》里三巧儿的失节不可同日而语，后者是不可原谅的。唯一可指责的是她改嫁太快，毕竟丈夫死去的消息传来才不过几个月。最意味深长的是，知县竟然只问许连升是否还要原妻，而在连升表示还要方氏后，知县直接判方氏还随前夫，而根本不征求她本人的意愿。女性的地位和感受再次被抛撇一边，方氏作为女人，不过是一个物化的财产。可以设想，若让她自己选择新旧两位丈夫，她内心一定倾向后夫金不换，可惜这个关系她一生幸福的选择机会和权利完全被褫夺了。她只能含着眼泪跟随前夫回家，这眼泪有为自己的，有为前夫的，也有为后夫的，而更多的应该是为女人的不自由和命运的造化弄人而流。

第五节　《姑妄言》贞节观书写的三层意蕴：政治、道德、性欲

《姑妄言》是一本奇书，早先亡佚，直到20世纪70年代苏联汉学家在莫斯科的俄罗斯国立图书馆发现这本近百万字、篇幅略超过《红楼梦》的19世纪的小说全抄本，才为清代长篇白话小说的宝苑又增添了一朵奇葩。以前的研究者大多认为，16世纪早期和17世纪晚期代表了中国艳情小说的全盛时期，17世纪后，艳情小说明显衰落。几乎重要的中国传统小说书目都把《姑妄言》列为"未见"或者根本不提及。20世纪30年

---

① 李百川：《绿野仙踪》，侯忠义整理，北京大学出版社，1986年，第161页。
② 李百川：《绿野仙踪》，侯忠义整理，北京大学出版社，1986年，第161页。

代,小说中有大约两回这样一小部分曾单独印刷出版,传播面极窄,因此这部书的发现,扭转了学术界的普遍观念。《姑妄言》主要讲述的是五个人物的故事,包括大地主兼富商童自大、高官亲戚宦萼、酸腐的进士贾文物、聪颖英俊的穷书生钟情和才貌双全的瞽目妓女钱贵。但除此之外,书中还牵引出大批次要人物的故事。这一大批人物,将政治、道德和性欲进行了多层面的演绎。

一、道德与性欲

在文学实践中,诋毁一个人往往给他(她)加上性贪淫或缺乏自持的弱点,这种做法可以上溯到《左传》和《史记》。自此以后,历代文学作品似乎形成了一个传统:凡是作品中带有淫秽色彩的描写基本上都是出自二流以下人物身上,一流人物就算有性描写,也一定是略加点染而一笔带过。换言之,道德高尚的人是不适宜有"性"表现的,道德与性欲之间有一道天然的屏障,这是微妙的客观存在,不必明言,但无往不在。性欲仿佛是一个具有巨大腐蚀作用的毒剂,而道德是一个美人,一旦沾上前者,后果是可怕的。作者小心翼翼,不愿越过这道微妙的鸿沟,《姑妄言》也不例外。更重要的是,《姑妄言》将这一传统发扬光大,在这一点上有极为鲜明的表现。当然,正如本章第一节所提及的,明末清初广泛弥漫的极为苛酷的道德严格主义,对《姑妄言》等作品在道德问题的关注上,也有相当的影响。

就具体文本来看,小说中绝大多数二三流人物都有强烈的欲望,他们深深地陷入欲望之中,对自己的行为无力控制,而且也没有表现出任何想要自我控制的努力,这一点,与《金瓶梅》颇为相似。只是《姑妄言》中人物的欲望基本上都属于"物质性的欲望",即感官的追求,一味淫欲是逐,而没有类似西门庆那种被"气"所激发的"非物质性的欲望"[1],即带有诱惑色彩和征服特征的欲望本身——永不停歇地被欲望追逐。这又是《姑妄言》与《金瓶梅》欲望书写不一样的地方。在这点上的极端表现,是《姑妄言》对男女性器官给予大量的表现。在以往的色情小说包括《金

---

[1] 此处用黄卫总的研究划分术语,参见黄卫总:《中华帝国晚期的欲望与小说叙述》,张蕴爽译,江苏人民出版社,2010年,第75~96页。

瓶梅》中，淫秽场面虽多，但大多只是写男女"交战"场面，对性器官往往并不刻意描写，而且语言往往也比较程式化。而《姑妄言》在性和性器官的描写上给人以过于"写实化"的感觉。类似这种的淫荡男女所在多是，如竹思宽备受众多妍媸不一的淫妇垂青，他与文素臣有相似的经历，一次他便溺，被一个相貌丑陋的壮硕女子盯住引诱。又如教书先生卜通的女儿多银生得极丑而性好淫，在婚前到处勾引男子，不拘相貌年纪，甚至连讨饭的花子，虽裤裆稀烂，她也淫心大动。后来她嫁了游夏流，因一次性交不得满足，她情急之下怒火升腾，就"一头撞去，混打混咬，大哭大叫道：'你这么个样子要甚么老婆？岂不耽误了我的少年青春？我这一世怎么过得？叫我守活寡，还要这命做甚么？'"① 以致丈夫苦苦哀求，自我道歉，那多银那里肯听他，哭哭啼啼地骂道："你就把我当祖宗供着，也抵得上那个东么？"② 还要继续撒泼上吊。作者对此不禁感叹："下流人的祖宗不及一个阳物，可叹。"③ 书中此类人物密布，如多银的母亲水氏、郝氏和女儿昌氏、铁化的妻子火氏，还有那些反面政治人物的妻妾、儿媳、丫鬟，无一不是极淫极荡之妇。

尽管《姑妄言》有大量赤裸裸的性描写和色情场面，但严格说来也不能完全算艳情小说，由于其巨大的篇幅，描写社会各个角落的巨大容量，就人物而言也塑造了众多色彩各异的角色。正如林钝翁④（很可能是作者化名）在第一卷中自述"此一部书内，忠臣孝子，友兄恭弟，义夫节妇，烈女贞姑，义士仁人，……至于淫僧异道，比丘尼，马泊六，坏媒人，滥淫妇，娈童妓女，污吏赃官，凶徒暴客，淫婢恶奴，佣人乞丐，逆裆巨寇，不可屈指。世间所有之人，所有之事，无一不备"⑤。因而，作者非常自负地自我宣称："余阅稗官小说不下千部，未有如此之全者。勿草率翻过，以负作者之心。"⑥ 诚然如此！不过这些人物除少数几个属于前面的正面人物之外，绝大多数都属于后者——性欲高涨的反面人物。而且就

---

① 曹去晶：《姑妄言》，许辛点校，中国文联出版公司，1999年，第541页。
② 曹去晶：《姑妄言》，许辛点校，中国文联出版公司，1999年，第542页。
③ 曹去晶：《姑妄言》，许辛点校，中国文联出版公司，1999年，第542页。
④ 《姑妄言》林钝翁总评开头第一句云："予与曹子去晶，虽曰异姓，实同一体。自襁褓至壮迄老，如影之随形，无呼吸之间相离。生则同生，死则同死之友也。"
⑤ 曹去晶：《姑妄言》，许辛点校，中国文联出版公司，1999年，第2页。
⑥ 曹去晶：《姑妄言》，许辛点校，中国文联出版公司，1999年，第2页。

前者而言，给人以深刻印象的也只有寥寥几人，而后者一片淫滥灰暗的天空。在给人灰暗阴郁印象这一点上，《姑妄言》与《金瓶梅》是非常相似的。

作者对自己写淫过多有清醒的认识，林钝翁在总评中说："曹子偶以所著之《姑妄言》示予，予初阅之，见其中多杂以淫秽之事，不胜骇异。"① 但是他又像许多艳情小说作者那样不愿意承认自己借书宣淫，极力强调自己"以淫为报应"的"婆心"："曹子生平性与予同，愚而且卤，直而且方，不合时宜之蠢物也，何得作此不经之语？深疑之必有所谓。复细阅之，乃悟其以淫为报应，具一片婆心，借种种诸事以说法耳。"② 事实上，作者对这些淫行的果报确实有较多的交代，这一点甚至于超过《金瓶梅》。但《姑妄言》中淫人反被人淫或坏人恶行来世变下等人或牲畜受苦，这种模仿传统小说的简单因果报应，带有作者强烈的主观干预色彩，较之《金瓶梅》是从个人品质所导致过度纵欲后的身体"淘空"而死或犯奸被杀的"果报"，在表现得真实有力方面有所缺乏。在小说中，这些道德人品有重大缺陷的反面人物都极其荒淫，但无一例外在性事中无力擅此胜场，因而遭到其众多妻妾的无情背叛。其豪门家族从上至下各色人等的淫秽、乱伦，甚至是人兽性交等场面颇多。作者相信，其过度并且变态的肉欲，直接导致了他们品格道德的严重堕落，而这也预示着他们悲惨的下场。

就思想而言，《姑妄言》依然没有逃脱因果报应观念。首先，全书有一个因果报应的大背景：宋代的一桩公案，在阎罗王审讯下然后投胎来世的各种淫报。具体到各个章节中，因果报应的主题同样贯穿每个小故事系列中。这符合古代小说的一贯作风。其次，《姑妄言》中的性描写有一个明显的特色，它始终用幽默的语言、调侃的腔调，这是它与以往所有艳情小说的一大区别，更不像《野叟曝言》中主题严肃与场面放纵之间有一种强烈的紧张感。事实上，这种语言特色贯穿全书，包括不少黄色的桥段和笑话，让我们不禁相信作者有一种与生俱来的幽默感。这种幽默感在某种程度上淡化了小说的灰暗色彩，同时也释放了文本潜在的道德焦虑。思想

---

① 曹去晶：《姑妄言》，许辛点校，中国文联出版公司，1999年，林钝翁总评页。
② 曹去晶：《姑妄言》，许辛点校，中国文联出版公司，1999年，林钝翁总评页。

主题的淫报劝惩通过诙谐的叙事笔调轻松表达出来，使道德和性欲之间的冲突达成了某种契合与和解。

二、政治与色情

《姑妄言》在探讨道德与性欲之间的大框架中，还特别引入了政治与色情的关键义涵。同大多数明清小说作者一样，曹去晶也功名不第，被遗失在草野之中。但从全书来看，毫无疑问，他是一个对政治有浓厚兴趣的人，有非常强烈的政治意识，对明清政局变换倾注了极大的关注。全书演绎万历年间，南京闲汉到听醉卧古城隍庙，见王者判自汉至嘉靖年间十殿阎君所未能解决的历史疑案，依其情理曲直，按其情节轻重，各判再世为人受报应的故事。其中董贤、曹植、甄氏、武三思、上官婉儿、杨太真、赵普、严世蕃等生于民家；李林甫托生为阮大铖；秦桧生为马士英；永乐生为李自成[①]；其相助大臣生为李氏诸将，因忠于建文为永乐杀害者如张昞等，则投生为史可法等一班明末忠臣。这段开头的来世再判即可看出作者对历史和政治事件的兴奋度，虽然全书以主角瞽女钱贵和书生钟情之婚姻，以及宦萼、贾文物、童自大等四个家庭为主线开展，但却以魏忠贤擅权，崇祯帝即位杀魏忠贤，李自成造反入北京，崇祯帝自缢，福王南京即位，马士英、阮大铖把持朝政谋私利，终至败亡为背景，以明衰至亡，满清代兴作结。

只不过，政治背景中的人物，完全是以野史笔记的笔调和视角去展现的，与正史相去甚远，在他们的人生书写中充满了淫亵鄙贱，伴随着阴狠龌龊和荒淫卑陋。其关键之处便是政治与色情紧紧黏合，以致很多重大的政治军事事件，也与色情淫鄙混搅杂糅，莫可分辨。小说描写他们前世所犯下的淫罪，今生淫报，多以极其不堪的淫鄙猥琐的性事来刻画人物形象，而较少正面写其大奸大恶，从而与历史演义等其他类型的小说形成巨大区隔。为了达到对这些奸恶的批判目的，作者采用了两个叙述方向：一是他们的奸恶前世，二是出身低贱的今生，来概括这些政治人物的来历和

[①] 按：李自成在新中国成立以来的历史教科书和文学作品中是英明伟大的农民起义领袖，尤其是在姚雪垠的长篇历史小说《李自成》中，乃正面的高大威武的领袖人物。其他的农民起义领袖也多类此。但在明清诗文小说中，农民起义的领袖往往是遭到批判的具有重大破坏性的人物，尤其是李自成、张献忠等人。

背景。这样一来，这些奸恶的现世品行的自然渊源，似乎冥冥之中早已注定。就托生而言，阮大铖是唐代奸相李林甫托生，马士英乃宋代奸相秦桧托生，李自成则是明朝篡位的永乐皇帝托生。就出身而言，马士英的母亲是一个低贱丑陋的婢女，"作甚事都不懂得，又是一个乌黑的丑脸"[①]，故主人憎嫌她，以廉价出卖。马士英的妻子蹇氏，这个蹇姓，是驴的意思，作者如此所为，目的都是丑化她。李自成的母亲苟氏则是"在风尘中历了将二十年，个中滋味已经尝尽"[②]的妓女，父母都是三十多岁才结婚，到四十岁才生他。而这些大奸大恶也都是从小品行不良：马士英从小无恶不作，越恶越作；李自成生性怠懒，七八岁便常与人打斗，吃喝嫖赌，样样皆为，但最好的还是色，"酒色财气四个字无一不好，于色字又分外重些"[③]。政治人物的臧否原本是一个复杂的政治命题，在此被化约为一个道德命题，而道德命题又被转化为身世前定论，虽然达到了众恶加于一身的丑化目的，但人物被脸谱化和扁平化了，人物自身的性格变化和现世德行被稀释，因而艺术真实度和感染力量难免被削弱。

不过，小说对马士英、阮大铖和李自成等人及其家属的淫乱表现还是有一定力度的。他们都被妻妾纷纷弃之如敝屣，而其妻妾在家中户外与人偷情。在这些淫荡恣肆的女人心里，所谓的贞节感早已荡然无存，更准确地说，这些女人的心中从来就没有什么贞节观念，她们只是按照自己的欲望行事，她们在偷情和乱伦时从来没有丝毫的挣扎和点滴的犹豫，这一点和世情小说大异其趣，较诸多色情小说的淫秽描写也有过之而无不及，显示了《姑妄言》这部奇书的文本色彩的特殊性。

李自成则不仅毒辣，而且手段低贱卑鄙，战乱中搜刮上来的三位美妇，因为其下属暗中淫弄她们，他以为她们是公然私出偷淫，便将其衣服剥光捆绑于凳，让下属轮奸致死。李自成还是一个好南风者，当然其中掺杂了政治寓意。作者大概对明代闻风而降、节气丧尽的官员恨之入骨，于是借李自成的好南风吸引众多明朝臣子辱身求荣，来表现这一"身体"叙事的政治喻示。他手下大将牛金星向李自成进谏道：

[①] 曹去晶：《姑妄言》，许辛点校，中国文联出版公司，1999年，第549页。
[②] 曹去晶：《姑妄言》，许辛点校，中国文联出版公司，1999年，第1047页。
[③] 曹去晶：《姑妄言》，许辛点校，中国文联出版公司，1999年，第1048页。

"大王只管放心，就是明朝的大官，既背主来降，忠义全无，良心丧尽，他也就不怕臊了。大约像臣们要臊他，他或者还有些难意，若是大王爷之玉卵行幸，恐他们还求之不得呢。"李自成大笑道："这是军师过于奉承，孤家之德，或者还未必使众人仰慕至此。"牛金星道："臣非无据之言，敢欺诳大王。那太监杜勋，他也是个督师太监，八舆黄盖，衣蟒腰玉，职分也不算卑了；齿过四旬，年纪也不为幼了。只因他没有胡子，还装娇作媚。前日，同了十数个少年文武官儿，都是新来投降的。到臣帐中，说大王宝帐之内，美女固然众多，恐无妖好狡童以荐枕席，他们情愿以粗臀上献，稍表归顺之诚。臣不识大王尊意若何，可爱这后庭之地否，故不敢上启，以此言之，就臊臊也不妨。"李自成喜道："他们来降，我还恐他们是不得已，尚怕他们不忘故主，心怀二念，既肯怎（这）样效忠于我，都该重膺封赏，你速去传谕他们，孤家一人之雨露不能溥及，他众人之情孤已心领，还叫他们传扬开去，孤家极好此道的。倘或明朝的那些将相不怕臊的闻风而来，那时，孤家也说不得破些精力对付他们。万一不能遍及，少不得叫你们来替我代劳。"牛金星忙跪下叩首，道："臣预谢大王隆恩。"李自成哈哈大笑。后来，各处的少年文武稍有姿色的，都归之如市。久之，连那白发苍髯的大臣都来归附，希图一时之恩，便可长保富贵。①

政治上的品节，通过人格上的尊严表现出来，而人格又通过身体的归置来得到体现。一个情愿以身体觍颜事敌的人，他在政治上的节操和尊严便早已丧失殆尽。这里，我们似乎又可以回到第二章第一节中讨论的烈妇与忠臣的同构上来，在那些明朝忠臣眼里，贞女节妇可能是一种操守的榜样，其共同本质就是节操、气节。既然烈妇与忠臣同构，那么不节烈的妇女与不忠的臣子也必然是同构的。其实，这些明末贪生怕死的文武大臣，用自己的身体被"臊"来保全性命，换取恩宠和富贵，与不"贞节"的妇女失身，过程完全相同，只是目的有异：前者是为了政治和性命，而后者更多的是为了性的快乐；前者是异化的产物，而后者是遵循生命的冲动。

---

① 曹去晶：《思无邪汇宝：姑妄言》，台湾大英百科股份有限公司，1997年，第2246~2248页。

将政治降格为身体，通过身体来表达，并不是《姑妄言》的创新，《姑妄言》的特点在于将这一点表现到极致。

三、贞情的绿洲

作为"一流"的人，钱贵和钟情可以说是作者在一望无垠的欲望沙漠中开垦出的一片贞情的绿洲。这一点，《姑妄言》与《金瓶梅》也有某种相似之处，只是《金瓶梅》里"贞情"的韩爱姐是黑暗天空一闪即过的流星，她的以"疾"而终，也让人产生一种苦涩滋味。《金瓶梅》中更多的是像潘金莲、庞春梅、西门庆、陈经济这样复杂的人，这些"欲魔"身上同时潜藏着一丝人性的光芒，其他反面人物和灰色人物莫不如此，他们身上都混合着兽性和人性，情与欲交织混融，尽管欲远多于情。但《姑妄言》将欲与情二者全然区分开来，分派到不同的人物身上，将"欲"分配给大多数反面人物，他们只剩下"淫滥如猪狗"的欲望空壳，灵魂和情感被放逐，而将"情"全部赋予钱贵和钟情二人身上。因此淫欲与情感彻底分离，各自通过不同的载体得到表达。

与小说中的大多数人物一样，他们二人同样也是前身有错的转世受惩对象。钱贵前世名叫白金重，天姿国色，却贪财慕贵，立志要嫁给天下最富有的男人，后爱上容貌丑陋的富家之子黄金色。黄金色因遭到白金重父母强烈反对，最终相思而死，白金重感其深情而为之殉情；另外三位青年文士则因遭到白金重拒婚而在相思中死去。因此白金重被罚今世为瞽妓钱贵，她的姓名也清晰烙上前生印迹：以钱为贵。遭到惩罚的钱贵出身不好，生长于妓院之中，母亲郝氏是一个性淫的老鸨。钱贵自幼天姿国色，可惜几岁目盲而瞽，后遭淫恶的铁化梳笼，告别处子之身。作者将钱贵安排为瞽妓，是颇有深意的，一者是以示惩罚，二者是明显寓有讽刺之意，作者愤慨于知音难逢，特安排钟情这样一位腹藏锦绣、胸怀韬略而无人能识的寒士，却为一风尘之中的瞽妓所赏并托付终身。

今生的钱贵不仅拥有绝世姿容，而且用自己的真情和贞节实现了自我救赎，收获了近乎完美的爱情。钱贵虽然是瞽妓，却极有见识，在作者眼中，世间男子只知势利，唯以富贵评月旦，高度赞扬她"以一瞽妓，乃卑污之极矣。而多少富贵中人他皆不取，独注意在一贫穷不堪之钟生，矢心从良，后来竟得全美终身。不过有眼男儿不及人瞽目妓女，此是作者一部大主意"①。这显然是下层读书人不遇的牢骚之言和自我安慰的理想之语。

黄金色以痴蠢富翁，好色轻生，但因其生平一恶不做，诸善皆积，再世得为才貌双全的钟情，复获高第，更得美丽的钱贵为妻。后又因他在今世正直善良，为多情种子，洁身自好，见色不迷，拒绝了一位年轻美貌的寡妇（这位寡妇为报恩以身相许）。加上他度量宽宏，谦谦自下，神灵又庇佑他发甲为官，及其居官清正，为国爱民，归时两袖清风，而宦实以报德之故，酬以万金之产。他也正如自己的姓名一样，是一位情深之人，自从与钱贵相识之后，一见倾心，便此生不渝。

小说为了保护这片情的绿洲，不与灰色的欲望沾染，颇费匠心，甚至连钱贵母亲的下场安排都与此相关。书中林钝翁介绍钱贵之母郝氏遇竹思宽的一个重要考虑，就是为后来郝氏归竹思宽张本。"不然钱为命死后，钱贵又适钟生，郝氏何所归？若竟到钟生之宅，俨然为之岳母，呜呼可乎？故千算万计，算出一个绝大阳物之竹思宽来，郝氏恋之不能舍，后成夫妇，始不玷及钟生、钱贵也。"② 小说还通过钱贵对贞操被荡子所玷的羞愤和怨恨来表现她的自我珍视，她"满心想遇一个风流才子，付此一点元红。只是女儿家此话不好出口，只得听父母主张。今失身于此狂且，怨恨之气充满肺腑，不觉伤心"③。失去身体的贞操后，她认为自己已然"断送一身窈窕"，因而倍加伤感。身体"贞节"的丧失，促使她转而更加珍惜自己的情感，她于是转向"情"的贞节，更借异代知己杜小英的身世遭遇来激励自己的"志节"。钱贵在听了丫鬟为她读买来的《列女传》中的烈女杜小英遇贼抗暴跳江而死的故事后，触动身世之感，潸然流涕，道："为女子者，不当如是耶？我生不辰，出于烟花，身已污矣，死于无及。虽失之于始，尚可悔之于终，倘异日得遇才郎，必当洁身以待，万不可随波逐流，笑杀多人也。"④ 从此拒绝接客，一心等待意中人的出现。

第四回中，母亲郝氏因竹思宽送了五十两银子要请钱贵陪歇一夜，劝说钱贵，钱贵不等她说完，大怒不已，痛骂他是猪狗不如的下流，该拿驴粪塞他的嘴。千小人，万匪类，骂不绝口。此后钱贵但是听得竹思宽来，

---

① 曹去晶：《姑妄言》，许辛点校，中国文联出版公司，1999年，第50～51页。
② 曹去晶：《姑妄言》，许辛点校，中国文联出版公司，1999年，第51页。
③ 曹去晶：《姑妄言》，许辛点校，中国文联出版公司，1999年，第107页。
④ 曹去晶：《姑妄言》，许辛点校，中国文联出版公司，1999年，第131页。

便在房中大骂,原因正在于自从竹思宽合了铁化来梳笼了她,直恨至今,碍于母亲无法发泄,恰遇有这个因头,把这数年的郁气都发了出来。而且她自闻杜小英事迹后有心效仿要杜门守贞,便先以撒泼的态度与其母郝氏看看,以断绝其念。

小说中,钟情因重"情"而受人敬佩,虽然钱贵是妓女,而他自己科举高中,但他坚持履行自己迎娶钱贵的诺言。他的崇高在很大程度上也是因为钱贵"失身妓"和"万人妻"的身份,从世俗心理而言,他娶了一位丧失身体"贞节"的爱人毕竟是做出了极大的牺牲。不过,这一事实多少也令小说作者感到焦虑不安,事实上,因钱贵的妓女出身和她"处女"身份的丧失,因此作者给她安排了丫鬟代目这样一个角色。代目之名,其实不仅是代钱贵失明之"目",更多的是隐喻所失之"身",其所代的其实是"处女之贞"。第十四回正文表明,作者不忍心让如此高洁的一流人物没有一个处女作为妻妾,因为这样的安排显然会使钟情太过不幸。从小说可见,作者始终对钟情和钱贵的亲昵场景保持沉默,而是通过钟情和代目新婚之夜的描摹,来强调这一夜钟情是如何"得尝新物"的。这无疑是对钟情的一种补偿,因为身为妓女的钱贵无法为钟情提供每个丈夫都有权享受处女的"愉悦"。"钟情对钱贵的爱无论多么完美,小说还是要以处女之身(甚至是以替代品的形式)接受父权社会性别价值体系的审查。'情'的去欲化从不意味着与身体相关者(特别是女性的处女之身)不再重要。事实上,'身'变得更为重要,虽然身体的重要性似乎常常是在其本身缺席的情况下得到一再强调的"[1]。联想到《金云翘传》中的王翠翘让妹妹翠云代嫁金重,也同样是诉诸"代身",便会明白在高贵的男主人公面前,身体之"贞"从来不会因为情之"贞"而退居二线甚至消隐不彰的。

第六节 《红楼梦》:大家族内外的贞节观书写

《红楼梦》是中国古典小说的一座高峰,"全书所写,虽不外悲喜之

---

[1] 黄卫总:《中华帝国晚期的欲望与小说叙述》,张蕴爽译,江苏人民出版社,2010年,第229页。

情,聚散之迹,而人物事故,则摆脱旧套,与在先之人情小说甚不同"①。虽有《金瓶梅》的启发,但其思想深度、人物描写均达到了前所未有的高度。尤其需要注意的是《红楼梦》的写实特征,写实本非易事,更不是中国小说史上"源远流长"的固有特点,《红楼梦》"叙述皆存本真,闻见悉所亲历,正因写实,转成新鲜"②。事实上,作者是处处将自己的创作与晚明以来"非写实"的小说做对比的,表达自己对小说创作的观念,正如戚本开篇第一回借石头之言说:"但我想,历来野史皆蹈一辙,莫如我这不借此套者,反到新奇别致,不过只取其事体情理罢了……至若离合悲欢、兴衰际遇,则又追踪蹑迹,不敢稍加穿凿,徒为供人之目而反失其真传者。"③ 其写实色彩或者所谓的"现实主义"特征,而不像才子佳人小说和色情小说那样各走极端从而超越常情显得不够真实,故而书中反映的贞节观念更值得考察。

一、纯情贞洁的大家闺秀

《红楼梦》是考察大家闺秀贞节观的最好范本,书中的贾府,"白玉为堂金作马",连贾政大女儿元春都选为贵妃,乃豪门之豪、贵族之贵,毫无疑问这些小姐太太都是大家闺秀。若与下面的仆人丫鬟及贾府外面的女子相比,其贞节观念如何呢?在回答这个问题之前,我们还得考虑人与人的差别,同为贾府中大家闺秀,不同的身份等级、不同的年龄层次、不同的亲属关系、不同的性格教养,其贞节观念都有不小的差别。以最高辈分的老太太贾母而论,其年寿固高,辈分所在,自不会以如此年纪在男女关系上犯错,否则真不堪懿范贾府了。再加上贾母也是从前枕霞阁十二钗中的人物,全书中也没有任何地方暗示贾母在年轻时有过何等博浪之行,因为婚前的情形我们并不清楚,嫁到贾府之后也没有什么暗示,唯一能确定的是她向无再嫁之心,更无再醮之行,这也与宋代大儒程朱所提倡的士大夫之家夫/妇死不宜再嫁娶的本意一致。第五十四回,贾母曾批评佳人才子小说:

---

① 鲁迅:《中国小说史略》,上海古籍出版社,1998 年,第 167 页。
② 鲁迅:《中国小说史略》,上海古籍出版社,1998 年,第 168 页。
③ 曹雪芹、高鹗:《红楼梦》,脂砚斋、王希廉点评,中华书局,2009 年,第 2 页。

> 这些书……把人家女儿说的那样坏，还说是佳人，编的连影儿也没有了。开口都是书香门第，父亲不是尚书就是宰相，生一个小姐必是爱如珍宝。这小姐必是通文知礼，无所不晓，竟是个绝代佳人。只一见了一个清俊的男人，不管是亲是友，便想起终身大事来，父母也忘了，书礼也忘了，鬼不成鬼，贼不成贼，那一点儿是佳人？便是满腹文章，做出这些事来，也算不得是佳人了。比如男人满腹文章去做贼，难道那王法就说他是才子，就不入贼情一案不成？可知那编书的是自己塞了自己的嘴。①

可知贾母对大家女子的"贞节"是颇为看重的，她心目中的佳人首先得是矜持、幽静、谨遵媒妁之言的"贞女"。

不过总体而言，就小说文本来看，贾府中的其他小姐太太还算贞节，如王夫人、邢夫人，虽各有性格上的缺陷，但在女纲闺范上大体还算正经，下面一辈的宝钗、黛玉等十二钗，除王熙凤、秦可卿外，也大多持守男女纲常甚紧。妙玉看破红尘而遁入空门，但其事实上并未能勘破色欲，她对宝玉的欣赏和暗慕之心，在小说中是时有体现的，但她的结局似乎大不妙，竟被歹人掠去强暴，真是"欲洁何曾洁，云空未必空。可怜金玉质，终陷淖泥中"②。而黛玉则是将情与欲完全分开，对宝玉一往情深，是一个将情纯化的年轻女子，但因父母相继去世寄人篱下而一腔愁绪无处诉说，终于失去情之所属的宝玉，因而悲伤死去。薛宝钗也是传统大家庭中的典型，贞静端庄，自我持束甚严，她还告诫林黛玉不要多读《西厢记》之类的书，以免移了性情，"就不可救了"。她虽然也对宝玉有情，但亦不轻易表露，只有一次在宝玉因贾环谗言被贾政毒打而遍体鳞伤时，才心痛万分含泪规劝宝玉听话守正。大观园里的年轻女儿，是作者的乌托邦理想世界，代表了干净清贞，与大观园外龌龊、污浊、肮脏的现实世界，形成了鲜明的两极对比，构成了《红楼梦》的"两个世界"。她们的干净贞洁时时受到园外的现实世界污染和侵袭的威胁。宋淇说：

> 大观园是一个把女儿们和外面世界隔绝的一所园子，希望女儿们在里面，过无忧无虑的逍遥日子，以免染上男子的龌龊气味。最好女

---

① 曹雪芹、高鹗：《红楼梦》，脂砚斋、王希廉点评，中华书局，2009年，第369页。
② 曹雪芹、高鹗：《红楼梦》，脂砚斋、王希廉点评，中华书局，2009年，第36页。

儿们永远保持她们的青春，不要嫁出去。大观园在这一意义上说来，可以说是保护女儿们的堡垒，只存在于理想中，并没有现实的依据。①

余英时进一步指出，大观园这一"未许凡人到此来"的"仙境"是决不能容许外人来污染的，大观园是宝玉和一群女孩子的太虚幻境。②大观园中的女子都爱干净，可以视为清贞的曲折反映，在与宝玉的交往中，哪怕倾心，她们也都能把握好其度，绝无非分之行，而于其他男子的态度，则完全是排斥和戒备的。

尤其值得讨论的是小说中的节妇和烈女。唯一的节妇李纨，她年轻丧夫，坚持守寡，向无再醮之心，将生活安排得有声有色，尤其是对诗社筹办运营不无规划之功。当然，作者对她的"守节"，并未忘记奖赏：贾府子孙后来都不行了，只有李纨之子贾兰"爵禄高登"。李纨本是金陵名宦之女，父亲李守中曾为国子监祭酒，非常注重族中子弟教育，是个传统勤慎官员的典型。他信奉"女子无才便有德"，对李纨的教育就是"《女四书》《列女传》《贤媛集》等三四种书，使他认得几个字，记得前朝这几个贤女便罢了，却只以纺绩井臼为要，因取名为李纨，字宫裁"③。年幼时的熏陶教育最能潜移默化地影响一个人，因此李纨"虽青春丧偶，居家处膏粱锦绣之中，竟如槁木死灰一般，一概无见无闻，惟知侍亲养子，外则陪侍小姑等针黹、诵读而已"④。在大观园中她分住的是"稻香村"，"数楹茅屋"，外面"编就两溜青篱"，"下面分畦列亩，佳蔬菜花，漫然无际"，一派"竹篱茅舍"的农家田园风光。⑤正如研究者指出的，"大观园中的庭园布置和室内装设都是为了配合几位主角的性格而创造出来的"⑥。显然，作者给李纨这样一个住所，是非常贴合主人贞静自守、清心寡欲、甘于寂寞的形象的。后来探春结社，李纨就给自己定了个"稻香老农"的雅号，更加凸显了自己淡泊自任、与世无争的性情，她完全将自己的守寡

---

① 参见余英时：《红楼梦的两个世界》，上海社会科学院出版社，2002年，第37页。
② 俞平伯在此之前也曾指出过这一点。参见余英时：《红楼梦的两个世界》，上海社会科学院出版社，2002年，第40页。
③ 曹雪芹、高鹗：《红楼梦》，脂砚斋、王希廉点评，中华书局，2009年，第26页。
④ 曹雪芹、高鹗：《红楼梦》，脂砚斋、王希廉点评，中华书局，2009年，第26页。
⑤ 曹雪芹、高鹗：《红楼梦》，脂砚斋、王希廉点评，中华书局，2009年，第113页。
⑥ 余英时：《红楼梦的两个世界》，上海社会科学院出版社，2002年，第49页。

岁月安静地消磨在这些诗意盎然而又恬静淡泊的日子里，成为全书中一个"完美"的"节妇"，为这个"白玉为堂金作马"的贾府增添了大家礼教的光辉色彩。尽管在第三十九回，李纨在酒后借着酒劲儿不仅同平儿开玩笑，还在平儿身上乱摸，通过这一描写，作者委婉地向读者揭示了人性压抑的真实。李纨是一个洞察人心世事的人，她很可能已经看到了家族的衰落不可避免，干脆退居幕后明哲保身。她甚至被下人取了诨名"大菩萨"，赞她是"第一个善德人"，"不管事，只宜清净守节。妙在姑娘又多，只把姑娘们交给他，看书写字，学针线，学道理，这是他的责任。除此问事不知，说事不管"。[①] 在贾府满门被抄后，负责查抄的官员向皇帝报告说：李纨守寡多年，又不理家，贾家各罪，也暂无她参与的证据。她们母子因此免于拘禁，仍住稻香村里。但李纨在大观园中是唯一嫁过人的女子，以宝玉对已婚女子的评价，尽管她人品极好，但亦在金陵十二钗正册中居倒数第二位，仅在秦可卿之上。

二、贞烈与尊严：尤三姐和鸳鸯

《红楼梦》中的尤三姐是一个非常特别的女子，一个敢爱敢恨的烈女子，是为爱痴狂却又为尊严而勇于牺牲的女性，她的悲剧形象给人带来极大的震撼。作为两位未出嫁的妹妹，尤二姐和尤三姐都是被大姐尤氏带到贾府里的。尤三姐在小说中被称为"古今绝色""尤物"，可见其姿容美丽。但鉴于历史上"尤物"颇有红颜祸水的意味，可见品节名声亦是不被好评的。这主要是她们姐妹俩被品行不端的姐姐给带偏了，与贾珍、贾蓉这父子二人甚至贾琏都有不干净之处，遂遭人轻贱，徒贻聚麀之诮，连护花使者宝玉也称其为"尤物"。在一个男权社会而自己又没有经济保障的现实条件下，她的表面"狂荡"实则是无奈之举，更是无心之行。但因此之故，她虽被贾琏介绍给自己的心上人——冷面美男柳湘莲，且湘莲已经交付宝剑作为定礼，却在得知其曾与宁府贾珍一家有瓜葛后，心生嫌隙而悔，毅然解聘并要回宝剑。本以为终得如意有情郎，讵料平地起波澜，尤三姐情知柳湘莲"在贾府中得了消息，自然是嫌自己淫奔无耻之流，不屑

[①] 曹雪芹、高鹗：《红楼梦》，脂砚斋、王希廉点评，中华书局，2009年，第448页。

为妻",自尊刚烈的她"一面泪如雨下",以湘莲所赠鸳鸯宝剑自刎。①

<blockquote>
尤三姐失身时,浓妆艳抹凌辱群凶;择夫后,念佛吃斋敬奉老母;能辨宝玉,能识湘莲,活是红拂文君一流人物。鸳鸯剑能斩鸳鸯,鸳鸯人能破鸳鸯,岂有此理?鸳鸯剑梦里不会杀奸妇,鸳鸯人白日偏要助淫夫,焉有此情?真天地间不测的怪事!②
</blockquote>

尤三姐"无耻泼辣"的背后,看似不贞,实际是对自己真情和尊严的维护,因而看到贾珍、贾琏、贾蓉这几个色心贪婪的豪门子弟,利用他们对自己的垂涎欲念,故作风骚泼辣,尽情戏弄辱骂报复,一洗《红楼梦》中绝大多数因隐忍怯弱而招致更多欺凌侮辱的女性之耻,实在是大放异彩的现代新女性形象。第六十五回贾琏让尤三姐过来陪酒取乐,尤三姐对贾琏说:"你别油蒙了心,打谅我们不知道你府上的事。这会子花了几个臭钱,你们哥儿俩拿着我们姐儿两个权当粉头来取乐儿,你们就打错了算盘了。"③ 到此小说写她因貌获灾,身世堪怜,但也写她粗俗泼辣,不守贞节,似有淫邪。到了柳湘莲这段,尤三姐的可贵才显出来。尤三姐五年前就倾心柳湘莲,五年里不知他踪迹也不改初心,后来能够嫁给柳湘莲之后,她更是脱了从前的放浪,一心一意做贤人了。他对于尤三姐曾经的淫能理解,对于她后来的痴情能怜惜,对于她的刚烈自刎能赞叹。此处,我们不禁想起《金瓶梅》里的韩爱姐,之前也是"混来"的,等遇到心中的"如意郎君"陈经济,便满心欢喜,全力赴爱,只是韩爱姐一旦情人被杀,便悲啼不已,拒绝了他人求婚,刺瞎双眼断发毁目,出家为尼,为淫滥不堪的陈经济守寡。与韩爱姐不一样的是,尤三姐是找到了值得终身托付的男人,而因自己清白被疑之后羞愤自尽。然而只认眼前情郎、"除却巫山不是云"的心态,二人是一致的。二人都命运不幸,都是"被侮辱与被损害的",故而更加珍惜自己的意中之人。柳湘莲为尤三姐的贞烈之情所感,追悔莫及,俯棺痛哭之后,终而挥剑落发出世为道。我们若将尤三姐与柳湘莲这一对合而观之,似可以对应完整的韩爱姐。小说通过尤三姐魂魄之

---

① 曹雪芹、高鹗:《红楼梦》,脂砚斋、王希廉点评,中华书局,2009年,第453页。
② 《蒙古王府本石头记》,书目文献出版社,1986年,第2575页。据北京图书馆藏清钞本影印。
③ 曹雪芹、高鹗:《红楼梦》,脂砚斋、王希廉点评,中华书局,2009年,第446页。

语道其自省:"来自情天,去由情地。前生误被情惑,今既耻情而觉,与君两无干涉。"① 在脂批本中作者没有以俗笔让尤三姐安稳嫁人,更没有非要尤三姐也贞洁自守才觉得她配得上烈女二字,对有淫邪也有痴情的女子充满怜意慨叹,此等笔力,此种悲悯,无疑是对贞节女子形象的颠覆,是对传统贞洁思想的超越。

贾母的大丫鬟鸳鸯深得老太太信任和喜爱,在贾府中有特殊的地位和权力。好色滥淫的贾赦看上了既有姿色又有无限接近贾母的特殊身份的鸳鸯,想要把她弄去做小老婆,愚蠢轻薄的邢夫人为了得到丈夫贾赦的信任,竟协助他诱骗鸳鸯嫁给丈夫做小妾,还拉出她的兄嫂来助阵。鸳鸯一眼看透其心,厉声斥责:

> 你快夹着屄嘴离了这里,好多着呢!什么"好话"!宋徽宗的鹰,赵子昂的马,都是好画儿。什么"喜事"!状元痘儿灌的浆儿又满是喜事。怪道成日家羡慕人家女儿作了小老婆,一家子都仗着他横行霸道的,一家子都成了小老婆了!看的眼热了,也把我送在火坑里去。我若得脸呢,你们在外头横行霸道,自己就封自己是舅爷了。我若不得脸败了时,你们把忘八脖子一缩,生死由我。②

后来贾赦未能得逞,气急败坏,使坏威胁,并说鸳鸯是看上了宝玉,鸳鸯更加烈性表白:

> 我是横了心的,当着众人在这里,我这一辈子莫说是"宝玉",便是"宝金"、"宝银"、"宝天王"、"宝皇帝",横竖不嫁人就完了!就是老太太逼着我,我一刀抹死了,也不能从命!③

此等气节,与贾府其他的小姐丫鬟形成了鲜明的对比,这种贞烈,同样是人格自尊的表现。

为了达到抗争或逃避的目的,小说中的女子几乎选择自杀,她们投井、上吊、撞头或割喉,其自杀的原因皆与贞洁有关。尤三姐在得知柳湘莲想退婚时割喉身亡,金钏在遭王夫人的羞辱和指责教坏宝玉之后投井自

---

① 曹雪芹、高鹗:《红楼梦》,脂砚斋、王希廉点评,中华书局,2009年,第453页。
② 曹雪芹、高鹗:《红楼梦》,脂砚斋、王希廉点评,中华书局,2009年,第317页。
③ 曹雪芹、高鹗:《红楼梦》,脂砚斋、王希廉点评,中华书局,2009年,第319页。

杀,司棋与表哥的私情被人发现后撞壁惨死,鸳鸯宁愿悬梁自尽也不肯被通作贾赦之妾(尽管府里许多人认为她是为刚过世的贾母殉主)。她们的运命和气节,正如研究者指出的那样:

> 奴婢层的青年男女没有文化教养,不会吟风弄月,托咏传情,只能私赠低级象征的绣春囊。可是她们决不允许别人摧毁自己的恋爱自由,甚至以双双就死来捍卫了自己作为一个"人"的尊严。足见贞烈的恋爱本不限于"才子佳人",也不是只限于所谓"纯洁的灵魂"之交往。在奴婢群中并不少见真挚可贵的情操。原来许多真正值得称道的事迹,并没有写在那些所谓的"节烈牌坊"之上,应当得到旌表的却往往留在不被人重视的低层社会中。①

贞节与尊严,两样宝物同在这些被侮辱的女孩儿身上闪闪发光。

三、焦大和柳湘莲眼里的贾府

贾母对豪门大家男女之事还是持达观态度的,这实际上是对贾府男性子孙护短,在某种程度上也纵容了贾府子弟的淫纵之心。比如第四十四回贾琏背着凤姐与鲍二家的偷情,被凤姐发现闹到贾母那里,贾母笑着说了一句意味深长的话:"什么要紧的事!小孩子们年轻,馋嘴猫儿似的,那里保得住不这么着。从小儿世人都打这么过的。都是我的不是,他多吃了两口酒,又吃起醋来。"②说的众人都笑了。第二天贾琏去向贾母请罪,贾母骂他是下流东西,不该灌了黄汤打起老婆而差点伤了性命。又说:

> 那凤丫头和平儿还不是个美人胎子?你还不足!成日家偷鸡摸狗,脏的臭的,都拉了你屋里去。为这起淫妇打老婆,又打屋里的人,你还亏是大家子的公子出身,活打了嘴了。若你眼睛里有我,你起来,我饶了你,乖乖的替你媳妇赔个不是,拉了他家去,我就喜欢了。③

尽管对孙子的教训责骂是必不可少的,但并没有非常严重的恨铁不成

---

① 王昆仑:《红楼梦人物论》,生活·读书·新知三联书店,1983年,第91页。
② 曹雪芹、高鹗:《红楼梦》,脂砚斋、王希廉点评,中华书局,2009年,第303页。
③ 曹雪芹、高鹗:《红楼梦》,脂砚斋、王希廉点评,中华书局,2009年,第305页。

钢之意，也就是说贾母对这些"年轻"的"小孩子们"的"馋嘴"似的偷情并没有视为多么严重的行径。第七回中，焦大被贾蓉及其小厮拖倒训骂后嚷叫："我要往祠堂里哭太爷去。那里承望到如今生下这些畜牲来！每日家偷狗戏鸡，爬灰的爬灰，养小叔子的养小叔子，我什么不知道？咱们'胳膊折了往袖子里藏'！"①"偷狗戏鸡"自然是指贾府中的男人，如贾珍、贾琏、贾蓉等人，宁国府的主人是贾珍，是贾府现任族长，却实在是不像话，对女人是见一个爱一个。不唯与媳妇秦氏有染，与尤家的两个姨娘尤二姐和尤三姐都不干不净，以至连薛大傻子都知道防着贾珍。宁国府的贾蓉，那是"有其父必有其子"，看到父亲贾珍跟两个姨娘不干不净，他也垂涎，还对两个姨娘处的丫鬟动手动脚，没脸没皮什么事都干出来。后两者都是针对贾府中的女主子，"爬灰"者无疑是指秦可卿，她被暗示与公公贾珍有染，于品节有亏，后年轻"得病"而死。"养小叔子"者有说是秦可卿与贾蔷，书中有一定暗示性的描写。因而，类似焦大的话，在第六十六回中又出自柳湘莲之口："东府里除了那两个石头狮子干净，只怕连猫儿狗儿都不干净。"②可见，宁府主子男女关系品节上的声名已是臭及遐迩。作为族长夫人，宁国府的尤氏是贞节有亏，贾惜春曾经讽刺尤氏道："我清清白白的一个人，为什么教你们带累坏了我！"③也有说是讨厌焦大的王熙凤，尽管她是荣府中人，但她和贾宝玉嫂叔之间的关系也是颇为暧昧的。孙述宇认为，大观园里那些美好的小姐"都是旧日中国文学传统的女性，而且基本上是浪漫戏曲里的人物"；反观"那个要强的王熙凤则遍身散发着《金瓶》的气味。这位管家事的年轻媳妇，精力过人，很像我们面前的潘金莲……一时乱伦，私通之余，又去捉奸"。④权力与性的纠缠互渗，在王熙凤身上体现得淋漓尽致。

但是，我们必须注意一些并非可有可无的问题，那就是《红楼梦》的创作主旨和文体特征。就创作主旨而言，《红楼梦》"大旨谈情"，与以往的艳情小说大不一样，它反对"一味淫邀艳约"，厌恶粗鄙秽亵之事，不

---

① 曹雪芹、高鹗：《红楼梦》，脂砚斋、王希廉点评，中华书局，2009年，第55页。
② 曹雪芹、高鹗：《红楼梦》，脂砚斋、王希廉点评，中华书局，2009年，第453页。此本文字与通行本文字略有区别，该处柳湘莲曰："你们东府里，除了那两个石头狮子干净罢了。"
③ 曹雪芹、高鹗：《红楼梦》，脂砚斋、王希廉点评，中华书局，2009年，第509页。
④ 孙述宇：《金瓶梅：平凡人的宗教剧》，上海古籍出版社，2011年，第88页。

赞成"历来野史"的"贬人妻女，奸淫凶恶"，甚至是对才子佳人小说中的"终不能不涉于淫滥"都不认同，总体上实现了从"欲"到"情"的描写的转变，对"情"做了升华和提纯。尽管就实际情形而言，作者对"欲"并不讳言，但作者原则性很强，在刻画需要不能避免之时也仅仅稍加点染，比较隐约，从不过分铺陈。就文体特征而言，《红楼梦》在一定程度上具有作者的"自叙传"色彩，出于"为尊者讳"，除了他实在痛恨的人，总不能也不愿对自己的长辈女性和平辈女性做过多的男女关系的暴露。① 俞平伯研究指出，按照原来曹雪芹的创作构思，第十三回写秦可卿的死因，系由于秦氏与贾珍私通，被丫鬟撞见，事情败露后羞愧难当，遂自缢于天香楼之上。② 所以回目本作"秦可卿淫丧天香楼"。而畸笏老人不赞成这种过于露骨的写法，"命芹溪删去"了有关情节，"通回将可卿死故隐去"，改"淫丧"为"病死"，使此回的分量大为减少，"少却四、五页也"。③ 细心的读者一定会注意到，在小说第五回宝玉梦中到太虚幻境梦到其判云："情天情海幻情身，情既相逢必主淫。漫言不肖皆荣出，造衅开端实在宁。"④ 说的就是秦可卿，这首判词前面还有一句点题的话更为关键："又画着高楼大厦，有一美人悬梁自缢。"⑤ 清楚地暗示秦可卿是"悬梁自缢"而死的。因而陈诏认为《红楼梦》中的秦可卿一定类似《金瓶梅》中的李瓶儿。⑥

贾府中的男性则似乎大不一样，他们大多是灰色的一群，当然这与作者的贬抑男性而推崇女子的观念大有关系。上辈中，贾赦荒淫，"赦"谐音"色"，他已过垂暮之年，但仍然在不断地迎娶小妾和姨娘。连贾母都有点看不下去了，在中秋团聚之时曾说他该注意保养身体，不能整日沉迷酒色之中。他色"美女不问出处"，作者曾借袭人之口写出："真真这话论

---

① 古今一理，这一点，在当代作家贾平凹的小说《秦腔》中也有所体现。
② 参见俞平伯：《红楼梦研究》，复旦大学出版社，2004年，第155页。
③ 刘梦溪：《红楼梦新论》，中国社会科学出版社，1982年，第266页。
④ 曹雪芹、高鹗：《红楼梦》，脂砚斋、王希廉点评，中华书局，2009年，第36页。
⑤ 曹雪芹、高鹗：《红楼梦》，脂砚斋、王希廉点评，中华书局，2009年，第36页。
⑥ 陈诏：《也谈秦可卿的出身问题——与刘心武同志商榷》，《上海师范大学学报》，1992年第4期，第93～97页。按：该文中陈诏还认为秦氏卧房的"艳情"描述一定受到了晚明艳情小说《绣榻野史》中对金氏卧房的相似描写的启发。而黄卫总则认为两部作品间的相似性太过宽泛，但他也同意《风月宝鉴》中的秦可卿与《金瓶梅》中的李瓶儿较为近似。参见黄卫总：《中华帝国晚期的欲望与小说叙述》，张蕴爽译，江苏人民出版社，2010年，第257页。

理不该我们说,这个大老爷太好色了,略平头正脸的,他就不放手了。"①连贾母的大丫鬟鸳鸯都不放过,欲强纳其为小妾,差点断送鸳鸯性命,为此几乎触怒贾母。虽最终只能作罢,还不忘出恶言威胁报复。他也因为"强占良民妻女不遂逼死"加上其他的事而遭查抄贬戍。贾政似乎是"假正经"的谐音,虽克勤克谨,常声色俱厉地教训宝玉,但他也与下人赵姨娘有染而生贾环,不可谓嘉言懿行。平辈的贾珍与媳妇秦可卿爬灰,早被焦大揭骂,尤其是他居丧期间,还与儿子贾蓉一起勾引"斗鸡走狗、问柳评花的一干游侠纨裤"②,以骑射为名,天天肆意滥杀禽畜,无足多论。贾琏的几度偷情,更是闹得满府风雨,而他身上似乎有其父亲贾赦的影子,有研究者认为,"《红楼梦》中对贾琏的淫行最多特写镜头,恐怕就是要曲达'有其父必有其子'这句古谚吧"③。薛"霸王"薛蟠的荒淫强梁言行,更不足称,他是贾宝玉"男女通吃"的强化升级版。

　　正因为荣、宁二府没有干净的地方,所以作者特意在荣国府中为宝玉和他的姐妹们营造了一个相对干净的环境,随后他们便搬入了一个更为干净的所在——大观园。贾宝玉是贾府男子当中比较干净的一个,按理说他应该是贾府中的贞节男子。不过,他虽曰"意淫",但领训于警幻仙子,复实践于大丫鬟袭人,又是同性恋的痴迷者,先相与秦钟,后同薛蟠争宠柳湘莲,又宠恋戏子,更不用说对贾府的诸多小姐和美貌丫鬟的垂青,也不仅仅是要博得她们的"眼泪"。鲁迅称他"爱博而心劳"④,应该是褒贬兼寓。宝玉在他的侄媳妇秦可卿的卧房中睡午觉时,梦到自己和与秦氏同名之人发生了性关系。无疑,宝玉的梦暗含乱伦的倾向,黄卫总认为它"是对秦氏和她的公公间更为直露的乱伦行为的一种重复。与公公的奸情暴露明显是《风月宝鉴》中秦氏自尽的原因"⑤。作者在第六回题曰"贾宝玉初试云雨情",不过以掩其迹而已,其实当日已是再试。"初"者,讳词也。故护花主人评曰:"秦氏房中,是宝玉初试云雨,与袭人偷试,却

---

① 曹雪芹、高鹗:《红楼梦》,脂砚斋、王希廉点评,中华书局,2009年,第316页。
② 曹雪芹、高鹗:《红楼梦》,脂砚斋、王希廉点评,中华书局,2009年,第513页。
③ 余英时:《红楼梦的两个世界》,上海社会科学院出版社,2002年,第44页。
④ 鲁迅:《中国小说史略》,上海古籍出版社,1998年,第163页。
⑤ 黄卫总:《中华帝国晚期的欲望与小说叙述》,张蕴爽译,江苏人民出版社,2010年,第256页。

是重演。读者勿被瞒过。"① 他从明写暗写之分对此有详细而令人信服的分析：

> 文章有暗写，有明写。不便明写者，当暗写，宝玉于秦氏房中梦教云雨是也。不必暗写者，即明写，宝玉与袭人初试云雨是也。秦氏房中，如果梦中云云，宝玉何必含羞，又何必央求别告诉人？宝玉说"一言难尽"，又细说与袭人，其情其事，跃然纸上。②

"在甲戌本第七回中，一位佚名评点者也点出宝玉和秦氏之间存有乱伦关系。在焦大醉骂'养小叔子'这一惊人之语的侧批中，这一评点者坚持认为'宝兄在内'。"③ 据黄卫总分析，宝玉和香菱、尤三姐等人均有一定的性关系。宝玉需要多个客体来达到持续满足欲望的目的。

故而，从某种意义上来讲，宝玉也是一个被欲望操控的人，或者说是被"意淫"束缚的人。这一点，他和西门庆是同构的。西门庆总是不断地征服一个又一个女人的身体，宝玉则希望拥有贾府中所有女孩儿的眼泪，他经常幻想自己死了，那些女孩儿为他流下的泪水将他浮起来，他在这香艳而哀怨的泪河上顺水飘荡。西门庆一旦碰到何千户那梦幻般的娘子蓝氏，没能到手，他就欲望空前膨胀；宝玉一旦发现龄官的悲哀完全是为了贾蔷，而不是自己时，他也一下变得空前失落。只不过，西门庆喜欢的全是妇人，而宝玉痴迷的全是女儿。总之，他们二人之间的同构性是很强的，也就是说，宝玉不过是曹雪芹想将西门庆"去欲化"而未能完全去除提纯的一个对应的小说主人公而已。宝玉屡次称扬女儿的清洁，而批评男子的浊臭。这可能来自他梦游太虚幻境被仙子贬抑的遭遇。第五回中，太虚幻境中的几个仙子一见了宝玉，都怨谤警幻道："我们不知系何'贵客'，忙的接了出来！姐姐曾说今日今时必有绛珠妹子的生魂前来游玩，故我等久待。何故反引这浊物来污染这清净女儿之境？"④ 宝玉听仙子们

---

① 曹雪芹、高鹗：《红楼梦（三家评本）》，护花主人、大某山民、太平闲人评，上海古籍出版社，1988年，第105页。
② 曹雪芹、高鹗：《红楼梦（三家评本）》，护花主人、大某山民、太平闲人评，上海古籍出版社，1988年，第105页。
③ 黄卫总：《中华帝国晚期的欲望与小说叙述》，张蕴爽译，江苏人民出版社，2010年，第256页。
④ 曹雪芹、高鹗：《红楼梦》，脂砚斋、王希廉点评，中华书局，2009年，第36页。

如此责备，"便吓得欲退不能退，果觉自形污秽不堪"[1]。正如黄卫总指出的那样，"尽管后来曹雪芹极力抑制来自《风月宝鉴》的艳情细节，但是这些情节还是在今本《红楼梦》中建构了一个相当清晰的'欲'的世界。这个世界与小说中的另一个世界——宝玉和他的姐妹们徜徉其中的'情'的世界——形成了鲜明的对比。很可能这一关于'情'的世界的精致故事正是曹雪芹对《风月宝鉴》的大规模改编或重写所在"[2]。正因如此，在《红楼梦》甫一问世，便有人揣测其为淫书："《红楼梦》一书，诲淫之甚者也……摹写柔情，婉娈万状，启人淫窦，导人邪机。"[3]

《红楼梦》对贾宝玉的这种复杂暧昧的态度——"意淫"，其本身就是一个极为暧昧的词汇，需要一个合理的解释，作者似乎想到了一个理论——以淫止淫的思想，这与中医学上的以毒攻毒思想有不谋而合之处。这也是古典叙事学的传统，在古代小说中，但凡有淫秽描写者，尤其是艳情小说，作者大多会在序或前言中郑重其事地介绍说，非为劝淫，乃是以淫止淫。《金瓶梅》的多种序都有此类之语，《红楼梦》并未跳出此一思想，只不过写淫用曲笔隐语略过，不做过多描叙而已。其实书中也有明显的透露，第五回中，借警幻仙姑之口，宁、荣二公之灵明确向她表达了此等思想：

> 吾家自国朝定鼎以来，功名奕世、富贵传流，虽历百年，奈运终数尽，不可挽回者。故遗之子孙虽多，竟无可以继业。其中惟嫡孙宝玉一人，禀性乖张，生情怪谲，虽聪明灵慧，略可望成，无奈吾家运数合终，恐无人规引入正。幸仙姑偶来，万望先以情欲声色等事警其痴顽，或能使彼跳出迷人圈子，然后入于正路，亦吾兄弟之幸矣。[4]

而警幻仙子竟领遵二公之灵之嘱，决定"先以彼家上中下三等女子之终身册籍，令彼熟玩，尚未觉悟，故引彼再至此处，令其再历饮馔声色之幻，或冀将来一悟，亦未可知也"[5]。红尘繁华都历尽，方知声色皆虚空。

---

[1] 曹雪芹、高鹗：《红楼梦》，脂砚斋、王希廉点评，中华书局，2009年，第36~37页。
[2] 黄卫总：《中华帝国晚期的欲望与小说叙述》，张蕴爽译，江苏人民出版社，2010年，第251页。
[3] 朱一玄：《〈红楼梦〉资料汇编》，南开大学出版社，2012年，第32页。
[4] 曹雪芹、高鹗：《红楼梦》，脂砚斋、王希廉点评，中华书局，2009年，第37页。
[5] 曹雪芹、高鹗：《红楼梦》，脂砚斋、王希廉点评，中华书局，2009年，第37页。

这种思想在文学文本中，应该首先呈现于汉代枚乘的大赋《七发》，枚乘以极人世欢娱的七种享乐，让太子悚然心惊，汗出病愈，其中就包括了色愉。在古代小说中，唐传奇《南柯太守传》和《枕中记》，虽算不上以淫止淫，但毕竟有历尽繁华而终归于无的故事，意图点醒世人。明末清初的张岱在《陶庵梦忆》中也表达了类似思想，早年裘马轻狂的生活，最足为晚年所追忆而形成一种人生空幻之感，当然他带有一种历经变劫、江山改易的易代之感。《绿野仙踪》中的冷于冰考察温如玉，亦一再示以繁华美女，争奈斯人不悟。对淫色的否定，必先有淫色。

由此可见，作者塑造的宝玉形象，其实是"情""欲"兼有的一个形象，正如他的自道"我见了女儿，我便清爽；见了男子，便觉浊臭逼人"①。他是作者力图挣脱西门庆的形象笼罩而故意形成区隔和对照的人物，却又在某种程度上依旧有西门庆的影子，他固然比西门庆、薛蟠要"情"厚许多，但绝不是摆脱欲望的人，也远未达到高度提纯的程度，他在面对大观园中的许多年轻女性时，其目光实则也多少带有"欲"的成分。② 因此，他的"意淫"，是打上很深的"欲"的烙印。而这，也是宝玉形象真实可感的原因。

总而言之，贾府里的男子群像，他们的情感态度和贞节观念，与焦大和湘莲口中的贾府形象是吻合的。

第七节　《儒林外史》：王玉辉对女儿殉夫的笑与泪

《儒林外史》作为说部以来第一部真正的讽刺小说，"秉持公心，指摘

---

① 曹雪芹、高鹗：《红楼梦》，脂砚斋、王希廉点评，中华书局，2009 年，第 14 页。
② 即使对他欣赏的另外一位年轻女子宝钗，小说也写到他看到她"雪白一段酥臂"的心理反应："不觉动了羡慕之心，暗暗想道：'这个膀子要长在林妹妹身上，或者还得摸一摸，偏生长在他身上。'正是恨没福得摸，忽然想起'金玉'一事来，再看看宝钗形容，只见脸若银盆，眼似水杏，唇不点而红，眉不画而翠，比林黛玉另具一种妩媚风流，不觉就呆了。"对其异性身体的欲望之感清晰可见，宝钗后来成了他的妻子，而黛玉死去，也在某种意义上象征了欲望对纯情的全面世俗胜利。参见曹雪芹、高鹗：《红楼梦》，脂砚斋、王希廉点评，中华书局，2009 年，第 207 页。

时弊"①，正因其能以公心讽世，故而人物言行心理虽略有夸张，但形象极为真实饱满。因此，《儒林外史》的贞节观念也颇值得考察，最为显著的例子是《儒林外史》第四十八回《徽州府烈妇殉夫　泰伯祠遗贤感旧》里的那位徽州腐儒王玉辉和他的女儿三姑娘。

该回中，王玉辉的女婿病重而死，其女三姑娘准备作烈女，要饿死殉夫，王玉辉闻言兴奋激动，认为这是青史留名的事，为了伦纪生色而热情鼓励女儿赴死。三姑娘的母亲百不愿意，千方百计地劝说女儿，痛哭流涕，亲家也再三不肯，孰料三姑娘去意坚定，终于活活饿了八天而死。女儿饿死后，故事还在继续，其母哭昏死过去，王玉辉却说她真正是个呆子，仰天大笑说："死的好！死的好！"②这段生动而深刻的经典记载，可以说是对畸形贞节观的无情揭露和深切痛诉，其冷静的笔调、不动声色的写实，再现了那个时代主流意识形态影响下的悲哀：人成了思想囚笼里的动物，一切挣扎都是无谓的。惨烈的现实，打动过《儒林外史》的无数读者，更曾引发新文化运动的健将陈独秀、钱玄同纷纷为之作叙，借这一段来激烈批判当时的贞操观念对人的迫害。陈独秀由衷地赞扬吴敬梓："他在二百年前创造出这类的文学，已经可贵；而他的思想，更可令人佩服。"③"国人往往鄙视小说，这种心理，若不改变，是文学界一大妨碍。我从前在《新青年》里说过有几句话，现在把他写在后面作一结束：'喜欢文学的人，对于历代的小说——无论什么小说——都应该切实研究一番。'"④钱玄同指出："这一段，描写三姑娘饿死之凄惨和王玉辉的议论态度之不近人情，使人看了，觉得这种'吃人的礼教'真正是要不得的东西。但是王玉辉究竟是个人，他的良心究竟也和平常人一样；他居然忍心害理的看着女儿饿死，毫不动心，这是他中了礼教之毒的原故，并非他生来就是'虺蜴为心，豺狼成性'的；所以他的女儿死了以后，他的天良到底发现了。"⑤胡适更是在批判当时的一位希望别人的女子殉夫节烈的事说道：

----

① 鲁迅：《中国小说史略》，上海古籍出版社，1998年，第155页。
② 吴敬梓：《儒林外史》，人民文学出版社，1977年，第554页。
③ 李汉秋：《儒林外史研究资料集成》，上海古籍出版社，2017年，第319页。
④ 李汉秋：《儒林外史研究资料集成》，上海古籍出版社，2017年，第320页。
⑤ 李汉秋：《儒林外史研究资料集成》，上海古籍出版社，2017年，第328页。

这种议论简直是全无心肝的贞操论。俞氏女还不曾出嫁，不过因为信了那种荒谬的贞操迷信，想做那"青史上留名的事"，所以绝食寻死，想做烈女。这位朱先生要维持风化，所以忍心害理的巴望那位烈妇的英灵来帮助俞氏女赶快死了，"岂不甚幸"！这种议论可算得贞操迷信的极端代表。《儒林外史》里面的王玉辉看他女儿殉夫死了，不但不哀痛，反仰天大笑道："死得好！死得好！"（五十二回）王玉辉的女儿殉已嫁之夫，尚在情理之中。王玉辉自己"生这女儿为伦纪生色"，他看他女儿死了反觉高兴，已不在情理之中了。至于这位朱先生巴望别人家的女儿替他未婚夫做烈女，说出那种"猗欤盛哉"的全无心肝的话，可不是贞操迷信的极端代表吗？①

话说回来，正因为王玉辉本就是个淳朴的普通人，这种揭露才更真实，这种畸形的贞节观才更具有普遍性，才更加深入人心，读来才更让人心寒魂悸。这足以说明明清时期这种惨烈的贞节观的真实性，经过了吴敬梓细腻的再现，在他们心中引起了极大的共鸣。当然，对于这些新文化运动思想家的激烈言辞，我们也不能忘了他们以西方现代文明的批判立场对所谓"封建传统糟粕"全盘批判的时代背景。

需要注意的是，三姑娘本想作烈女，但并没有扬言要节烈，她不好直说，而是借口父母和公婆年纪大了，怕拖累他们②，这也给我们提供一个信息，可以做如下推测：当时的寡妇要殉节作烈女，也怕别人说她为名不要性命，至少这是一个潜意识里的忧虑。换言之，在内心深处，她们意识到这未必是一条完全妥当的全面光荣之旅。但是，现实舆论的压力，那个来自巨大传统惯性的意识形态的牵引，以及未来虚悬的百世流芳的缥缈召唤，再加上对现实利益的理性综合考量，很快压过了这一丝担心，她还是决然地走向了贞节深渊。换言之，三姑娘固然是带着一丝担忧而决然赴死，则现实中更多没有去作烈女或守寡的寡妇，心中也必然经过一番痛苦的斗争和反复的纠缠，只不过她们回归了人的本性的一面，没有被思想价值观的魔鬼牵走灵魂。可见，传统的幽暗意识，具有绵远柔韧的力量，渗透在每一个俗世之人的心灵深处。下面我们不妨以殉夫而死的烈女三姑娘

---

① 胡适：《胡适全集：第1卷》，安徽教育出版社，2003年，第634~635页。
② 这并非说她就一定没有丝毫这方面的真实想法。

的心理和语言，来剖析她贞烈的想法和动机：

> （三姑娘）和父亲道："父亲在上，我一个大姐姐死了丈夫，在家累着父亲养活，而今我又死了丈夫，难道又要父亲养活不成？父亲是寒士，也养活不来这许多女儿！"王玉辉道："你如今要怎样？"三姑娘道："我而今辞别公婆、父亲，也便寻一条死路，跟着丈夫一处去了！"公婆两个听见这句话，惊得泪下如雨，说道："我儿，你气疯了！自古蝼蚁尚且贪生，你怎么讲出这样话来！你生是我家人，死是我家鬼，我做公婆的怎的不养活你，要你父亲养活？快不要如此！"三姑娘道："爹妈也老了，我做媳妇的不能孝顺爹妈，反累爹妈，我心里不安，只是由着我到这条路上去罢。"①

这段话透露了不少信息，值得分析。首先，三姑娘的大姐也是寡妇，但她就没有作烈妇，既说在家累着父亲，可见确也没有再嫁，算是节妇。这样看来，王玉辉的两个女儿一节一烈，实有乃父的功劳。只是姐妹两人表现节烈的程度毕竟有生死之别。其次，三姑娘选择殉夫，出发点似乎是不忍心拖累作为"寒士"的父亲。但这显然是虚饰之词，因为紧接着她的公婆"泪下如雨"地表白自己非常愿意养活她，劝她不要有轻生之念。她又以自己身为媳妇"不能孝顺爹妈，反累爹妈"心里不安为由，执意选择自杀。从道理上实在是说不过去，因为年轻寡妇完全可以帮助公婆做事，服侍公婆，代替死去的丈夫尽孝，当时不少寡妇正是这么做的，照样博取舆论的赞扬；相反，如此轻生，其实反倒是逃避尽孝责任的表现。再看王玉辉的表现，他劝服受到惊骇的亲家说："亲家，我仔细想来，我这小女要殉节的真切，倒也由着他行罢。自古'心去意难留'。"② 因向女儿道："我儿，你既如此，这是青史上留名的事，我难道反拦阻你？你竟是这样做罢。我今日就回家去叫你母亲来和你作别。"③ 在小说中，没有任何迹象显示三姑娘与丈夫感情甚笃，则夫妻情深致其殉情基本可以排除，也没有表明其子嗣之有无。如此说来，便是王玉辉这位迂执父亲的长期教诲，奠定了她妇女贞烈观念甚重的心理基础。可以想见，王玉辉应该没少让几

---

① 吴敬梓：《儒林外史》，人民文学出版社，1977年，第553页。
② 吴敬梓：《儒林外史》，人民文学出版社，1977年，第553页。
③ 吴敬梓：《儒林外史》，人民文学出版社，1977年，第553页。

位女儿读《列女传》和各种女诫读物。正是父女二人互相试探和鼓励，一起参与建构并最终促成了这桩悲剧。女儿饿死之后，她母亲哭得死去活来，王玉辉劝说老伴："你这老人家真正是个呆子！三女儿他而今已是成了仙了，你哭他怎的？他这死的好，只怕我将来不能像他这一个好题目死哩！"因仰天大笑道："死的好！死的好！"① 大笑着走出房门。接下来，乡间各种不同角色的人物粉墨登场，试看他们是如何消费三姑娘的节烈：

> 次日，余大先生知道，大惊，不胜惨然，即备了香楮三牲，到灵前去拜奠……当日入祠安了位，知县祭，本学祭，余大先生祭，阖县乡绅祭，通学朋友祭，两家亲戚祭，两家本族祭，祭了一天，在明伦堂摆席。通学人要请了王先生来上坐，说他生这样好女儿，为伦纪生色。王玉辉到了此时，转觉心伤，辞了不肯来。众人在明伦堂吃了酒，散了。②

"次日，王玉辉到学署来谢余大先生。余大先生、二先生都会着，留着吃饭。"③ 王玉辉说自己在家日日看见老妻悲恸，心下不忍，意思要到外面去作游几时。这一段颇可以见出王玉辉内心世界的挣扎：

> 王玉辉老人家不能走旱路，上船从严州西湖这一路走。一路看着水色山光，悲悼女儿，凄凄惶惶。一路来到苏州，正要换船，心里想起："我有一个老朋友住在邓尉山里，他最爱我的书，我何不去看看他？"便把行李搬到山塘一个饭店里住下，搭船往邓尉山。那还是上昼时分，这船到晚才开。王玉辉问饭店的人道："这里有甚么好顽的所在？"饭店里人道："这一上去，只得六七里路便是虎邱，怎么不好顽！"王玉辉锁了房门，自己走出去。
> 初时街道还窄，走到三二里路，渐渐阔了。路旁一个茶馆，王玉辉走进去坐下，吃了一碗茶。看见那些游船，有极大的，里边雕梁画柱，焚着香，摆着酒席，一路游到虎邱去。游船过了多少，又有几只堂客船，不挂帘子，都穿着极鲜艳的衣服，在船里坐着吃酒。王玉辉心里说道："这苏州风俗不好。一个妇人家不出闺门，岂有个叫了船

---

① 吴敬梓：《儒林外史》，人民文学出版社，1977年，第554页。
② 吴敬梓：《儒林外史》，人民文学出版社，1977年，第554~555页。
③ 吴敬梓：《儒林外史》，人民文学出版社，1977年，第555页。

在这河内游荡之理！"又看了一会，见船上一个少年穿白的妇人，他又想起女儿，心里哽咽，那热泪直滚出来。王玉辉忍着泪，出茶馆门，一直往虎邱那条路上去。①

钱玄同说："这几段描写王玉辉的天良发现，何等深刻！拿来和前段对看，更足证明礼教是'杀人不眨眼'的恶魔了！"②诚哉斯言！鲁迅在《中国小说史略》里同样特别提到这一段反映王玉辉的情感态度变化的描写，加以高度评价：

其述王玉辉之女既殉夫，玉辉大喜，而当入祠建坊之际，"转觉心伤，辞了不肯来"，后又自言"在家日日看见老妻悲恸，心中不忍"（第四十八回），则描写良心与礼教之冲突，殊极刻深（详见本书钱玄同序）；作者生清初，又束身名教之内，而能心有依违，托稗说以寄慨，殆亦深有会于此矣。③

但是接下来的一段，似乎被先贤和一般读者忽略，因为它已经过了与女儿情感的这一段了。这一段，王玉辉哭得特别厉害，但不妨它可以更进一步了解王玉辉的真实心态：

船上人催着上船。王玉辉将行李拿到船上，幸亏雨不曾下的大，那船连夜的走。一直来到邓尉山，找着那朋友家里。只见一带矮矮的房子，门前垂柳掩映，两扇门关着，门上贴了白。王玉辉就吓了一跳，忙去敲门，只见那朋友的儿子，挂着一身的孝，出来开门，见了王玉辉，说道："老伯如何今日才来？我父亲那日不想你！直到临回首的时候，还念着老伯不曾得见一面，又恨不曾得见老伯的全书。"王玉辉听了，知道这个老朋友已死，那眼睛里热泪纷纷滚了出来，说道："你父亲几时去世的？"那孝子道："还不曾尽七。"王玉辉道："灵柩还在家哩？"那孝子道："还在家里。"王玉辉道："你引我到灵柩前去。"那孝子道："老伯，且请洗了脸，吃了茶，再请老伯进来。"当下就请王玉辉坐在堂屋里，拿水来洗了脸。王玉辉不肯等吃了茶，

---

① 吴敬梓：《儒林外史》，人民文学出版社，1977年，第555~556页。
② 李汉秋：《儒林外史研究资料集成》，上海古籍出版社，2017年，第329页。
③ 鲁迅：《中国小说史略》，上海古籍出版社，1998年，第158~159页。

叫那孝子领到灵柩前。孝子引进中堂。只见中间奉着灵柩，面前香炉、烛台、遗像、魂幡，王玉辉恸哭了一场，倒身拜了四拜。那孝子谢了。王玉辉吃了茶，又将自己盘费买了一副香纸牲醴，把自己的书一同摆在灵柩前祭奠，又恸哭了一场。住了一夜，次日要行，那孝子留他不住，又在老朋友灵柩前辞行，又大哭了一场，含泪上船。那孝子直送到船上，方才回去。①

为了所谓的青史留名，伦纪生色，不顾生命和肉身，正是《庄子》所批判的所殉不同而"其于伤性以身为殉，一也"②。虽然不是每一位男性都如此，例如三姑娘的公公也劝她不要寻短见，但传统社会中此类男子确实要远远多于女人。反之，读书较少的女人，也少了思想桎梏和功名枷锁，作为现实的人，虽看得不远，但往往更得真意，更符合人性的真实。三姑娘的母亲老孺人和她的婆婆，便是典型。在小说中，她们与王玉辉父女二人展开了情理殊死较量：

亲家再三不肯。王玉辉执意，一径来到家里，把这话向老孺人说了。老孺人道："你怎的越老越呆了！一个女儿要死，你该劝他，怎么倒叫他死？这是甚么话说！"王玉辉道："这样事，你们是不晓得的。"老孺人听见，痛哭流涕，连忙叫了轿子，去劝女儿，到亲家家去了。王玉辉在家，依旧看书写字，候女儿的信息。老孺人劝女儿，那里劝的转。一般每日梳洗，陪着母亲坐，只是茶饭全然不吃。母亲和婆婆着实劝着，千方百计，总不肯吃。饿到六天上，不能起床。母亲看着，伤心惨目，痛入心脾，也就病倒了，抬了回来，在家睡着。③

由此可见不同类型的人物的心理差别之大，即使是同一阶层甚至是同一家庭，人与人之间的差别也是明显存在的，对贞节观念的接受和理解也是如此，社会下层并非铁板一块，出于不同的认识，便可能生发出截然不同的态度。按照通常的见解，王玉辉是中了"封建科举之毒"，当然这并非无稽之谈，但我们若将目光投向更远处，便会发现王玉辉所接受的教育

---

① 吴敬梓：《儒林外史》，人民文学出版社，1977年，第556~557页。
② 郭庆藩：《庄子集释》，王孝鱼点校，中华书局，1961年，第330页。
③ 吴敬梓：《儒林外史》，人民文学出版社，1977年，第554页。

和知识其实不过是"前见",而这种前见并非王玉辉所独有。知识的存在往往构成对人心的遮蔽,李贽曾揭示过"闻见知识"对人心的遮蔽作用:"毛孔骨节俱为闻见知识所缚,入理愈深,然其去趣愈远矣。"[①] 李贽这段话针对的是大官达士,但对各阶层人士而言显然都是存在此弊的。法国思想家福柯认为知识话语是一种在不同时期控制人、统治人的力量。至于没有接触这些知识的常人,他们便不会为其所缚,往往更加尊重感性的体验,听从内心情感的声音,在他们心中,生命乃是最高的准则,为了一个虚名而无谓牺牲,是伤天害理之事。这样的悲剧层出不穷,不仅仅在"封建社会",也不仅仅是因为"封建主义的毒素"。

[①] 袁宏道:《袁宏道集笺校》,钱伯城笺校,上海古籍出版社,2008 年,第 158 页。

第四章　明清通俗小说中不同角色的贞节观

不同角色的妇女，其贞节观大体呈现相似之处。考察不同社会阶层、家庭中的不同女子，以及妓女这个家庭之外但又与家庭有紧密联系的特殊群体的贞节观，可以发现不同阶层、不同群体、不同类型的人物的贞节观念，从而在类的层面把握明清通俗小说中各种人物贞节观念的共性和差异。

第一节　不同社会阶层女子的贞节观

社会不同阶层存在客观差异，人们的贞节观念也必然会表现出较大的差异。自春秋时代以来，"刑不上大夫，礼不下庶人"的阶层鸿沟，使贞操规范的作用大体呈现出淡—浓—淡的横向差异。大家闺秀与市井村妇之间的差异是客观存在的，对她们贞节观念的考察自然也需要区别对待。[①]

一、大家闺秀的贞节观

考察大家闺秀的贞节观念，自然需要将她们的出身联系起来看。总体而言，作为中上等阶层的大家闺秀，处于"礼"能够"下"及的阶层，也特别需要"礼"来装潢门面。较高的文化修养和良好的家教，要求她们能为人仪表，为家族增光添彩，故而对贞节观念尤其重视，求信于下，取悦于上，以期得到上升的机会和下层的声誉威望。她们出于官宦家庭或富厚

---

① 参见王绍玺：《贞操论》，辽宁大学出版社，1989 年，第 104 页。

殷实之家，其家庭物质条件，也完全能够支持她们处处以大家闺秀的身份来要求和塑造自己。相应地，在历史上所出的节妇烈女也以此一阶层妇女为最多。班昭写《女诫》，大力宣扬"三从四德"和贞节观念，便和她所处的这个阶层和出生于深通文化的史学世家有极大关系。

在明清通俗小说中也大体可以看出，同为女子，大家闺秀与下层市井妇女的贞节观念在整体上是有明显差异的。大家闺秀的条件和教养，使得她们大多养在深闺，首先就隔绝了外部世界，一道兼具实际作用和象征意义的中门，将淫乱邪僻阻拒门外，后花园则令其有闲暇余裕在此从事花草吟咏之事，以消遣时光，抒发闷怀。

《红楼梦》是考察大家闺秀贞节观的最好范本。书中的贾府，"白玉为堂金作马"，贾政大女儿元春都被选为贵妃，乃豪门之豪、贵族之贵，毫无疑问这些小姐太太都是大家闺秀。总体而言，就小说文本来看，贾府中的小姐太太还算贞节，贾府老辈妇女只有贾母一人，其年寿固高，更母仪贾府。又如王夫人、邢夫人，虽各有性格上的缺陷，但在女纲闺范上大体还算正经，下面一辈的宝钗、黛玉等十二钗，除王熙凤、秦可卿外，也大多持守男女纲常甚紧。黛玉将情与欲完全分开，对宝玉一往情深，是一个将情纯化的年轻女子。薛宝钗也是传统大家庭下的典型，贞静端庄，自我持束甚严，她甚至告诫黛玉不要多读《西厢记》之类的书籍，以免坏了性情。她虽然也对宝玉有情，但亦不轻易表露，只有一次在宝玉因贾环谗言被贾政毒打而遍体鳞伤时，才心痛万分含泪规劝宝玉听话守正。节妇李纨乃贾珠之妻，她年轻丧夫，坚持守寡，向无再醮之心，将生活安排得很有情调，尤其是对诗社筹办运营规划，一切有声有色。当然，作者对她的"守节"，并未忘记奖赏：贾府子孙后来都不行了，只有李纨之子贾兰"爵禄高登"。李纨本是金陵名宦之女，父亲李守中曾为国子监祭酒，非常注重族中子弟教育，是个传统勤慎官员的典型。他信奉"女子无才便有德"，对李纨的教育就是"《女四书》《列女传》《贤媛集》等三四种书，使他认得几个字，记得前朝这几个贤女罢了，却只以纺绩井臼为要，因取名为李纨，字宫裁"①。年幼时的熏陶教育最能潜移默化地影响一个人，再加上充裕的物质条件，进而李纨"虽青春丧偶，居家处膏粱锦绣之中，竟如槁

---

① 曹雪芹、高鹗：《红楼梦》，脂砚斋、王希廉点评，中华书局，2009年，第26页。

木死灰一般，一概无见无闻，惟知侍亲养子，外则陪侍小姑等针黹、诵读而已"①。

《金瓶梅》里西门庆的正妻吴月娘也是一个典型的大家闺秀，尽管她显得有些沉闷乏味，但在私人生活方面却非常检点，完全以一个大家闺秀和家庭主妇的要求来自我规范和塑造。西门一家淫乱卑污，钩心斗角，都没有改变她的贞节立场，仿佛出淤泥而不染。即使在丈夫西门庆死后，她也一意抚孤，心无旁骛，还惩治了无一日不苟且的陈经济和潘金莲，以肃家风。在面对胆大家仆来保的勾引和调戏，她羞愤而又贞静坚拒，在泰山进香，遭遇忘恩负义的云理守欲图霸占行淫，她也能有效推却，保住贞节。在西门府上的其他姬妾下场悲惨的情形之下，她与相对"干净"的孟玉楼能有相对较好的收场，作者的安排不是没有道理的。

《醒世姻缘传》中，贤淑的女性人物不多，只有出身名门的寡妇晁夫人是个例外，她是在明、清两朝政府的诏文中被尊为"节妇"的典范形象之一。她以无与伦比的纯洁提高了所在家族及地区的名望，而男人却无法做到这一点。晁源正妻计氏虽是泼妇，也没有什么不节之行，却被丈夫在外纳娼为妾后冷落，娼妾又恃宠而骄，诬她白昼与和尚道士往来不贞，被丈夫叫来娘家父兄要休掉她，她愤而持刀上街撒泼大闹，终于愤极自杀，以求父兄报复。

《型世言》第一回《烈士不背君　贞女不辱父》，叙明成祖朱棣靖难之时，学士胡广的一个女儿已经许配给学士解缙之子，解缙因罪身死锦衣卫狱中，其子远戍，胡广遂逼女儿改嫁。其女不从，割耳自誓，终嫁解家，这便是有好女无好父。靖难时，方孝孺因不肯替永乐皇帝草拟诏书，惨受断舌受剐之刑，其妻先他自缢而死。类似的大臣之妻女有：

> 王修撰叔英的妻女、黄侍中观的妻女都自溺全节。曾凤韶御史夫妻同刎。王良廉使夫妻同焚。胡闰少卿身死极刑，其女发教坊司二十年，毁形垩面，终为处女。真个是有是父，有是子。但中更有铁尚书挺挺雪中松柏，他两个女儿莹莹水里荷花，终动圣主之怜，为一时杰出。②

---

① 曹雪芹、高鹗：《红楼梦》，脂砚斋、王希廉点评，中华书局，2009年，第26页。
② 陆人龙：《型世言》，陈庆浩校点，江苏古籍出版社，1993年，第3～4页。

这些列举的都是明成祖时期朝中大臣之妻女，无一不是大家闺秀，她们在贞节上的凛凛风骨让须眉男儿为之含羞抱愧。正应了该回的回目："烈士不背君，贞女不辱父"。

但是，相反的人物总是不会缺少的，这也是我们认识到社会现实的复杂性的必要之所在。同一个阶层甚至同一个家庭中的不同人物，也往往有不同的品节，本就是不争的事实。《红楼梦》中的秦可卿和王熙凤，皆为美艳能干的"奶奶"，却都犯了淫行，尽管作者用了许多晦笔隐叙，但是都没有逃过研究者和细心的读者的眼睛。王熙凤自身闺风不正，与小叔子宝玉暧昧，还和侄儿贾蓉等别的男子有隐情，却对丈夫贾琏百般吃醋，处心积虑折磨死温柔可怜的尤二姐，还大骂想调戏她的贾瑞是个禽兽，并残忍地设了相思局，活活将其害死。可见，凤姐在贞节观念上是个持双重标准的大家女子，典型的宽于待已，严以律人。因此，虽然她表面上风光无限，但却得不到别人和下层仆人的真正尊敬和爱戴，焦大的骂声，她虽坐在轿中，也是清楚听见的。秦可卿也是一个淫乱的典型，她是凤姐关系极为亲密的唯一一人，这在某种程度上也透露了二人的"志趣相投"，她是贾蓉的妻子，却与公公贾珍爬灰和小叔子贾蔷暧昧，这已被很多研究者指出。不过她的下场也很悲惨，淫丧天香楼①，盛大的葬礼仪式，是由她的"继任者"和闺蜜凤姐主持操办的，参加仪式的人中，最伤心的人应该有四个——公公贾珍、丈夫贾蓉、小叔宝玉、闺蜜凤姐，只是难过的原因不一样罢了。

《金瓶梅》中的林太太也是一个典型大家淫妇。她是王招宣夫人、王三官的母亲，大家闺秀出身，也嫁入豪门，却是"绮阁中好色的娇娘，深闺内含秘的菩萨"②。在王招宣死后，林太太作为贵族遗孀，实乃"诰命夫人"之身份，表面贞洁，暗中春心勃动，与风流淫浪的西门庆数度偷

---

① 尽管在现存的《红楼梦》各版本正文中并没有明确说到秦可卿"淫丧天香楼"，但脂砚斋在《脂砚斋重评石头记》第十三回回末有朱批："'秦可卿淫丧天香楼'，作者用史笔也。老朽因有魂托凤姐贾家后事二件，岂是安富尊荣坐享人能想得到者？其事虽未漏，其言其意，令人悲切感服，姑赦之，因命芹溪删去'遗簪''更衣'诸文，是以此回只十页，删去天香楼一节，少去四五页也。"参见曹雪芹、高鹗：《红楼梦》，脂砚斋、王希廉点评，中华书局，2009年，第83页。也有学者根据该回文中人物关系和表现的不正常可推测秦可卿一定是与公公贾珍有染，故其死谓"淫丧天香楼"。

② 兰陵笑笑生：《金瓶梅词话》（梦梅馆校本），梅节校订，里仁书局，2013年，第1123页。

情，在华贵雍容的府邸里一次次宣淫秽乱。西门庆两次步入王府大厅，分别看到不同的景象，氛围却又十分相似：庄严肃穆，彪炳节操。第一次看到的是后堂正面供养着他祖爷太原节度邠阳郡王王景崇的影身图，迎门朱红匾上有"节义堂"三字，左右泥金隶书一联："传家节操同松竹，报国勋功并斗山。"① 第二次看到其正面挂着御笔匾额，金字题曰"世忠堂"，两边门上对联写着："启戟元勋第，山河带砺家。"② 两次所见的这两幅匾额和对联，对林太太和其亡夫之家族无疑是一个绝妙的反讽。不过，我们需要看到，中上阶层的主妇一旦丧夫，在礼教和舆论中是不适宜再婚的，她们很多本不是自愿守寡，由于人性的欲望，因此虚饰的贞节和私下的淫行便难免集于一身了。

当然，更可注意的是一些原本贞静的大家闺秀，被人下套引诱，丧失贞节甚至自甘堕落的。比如《拍案惊奇》卷六中的贵妇人狄氏，家世显宦，其夫也是个大官，她生得明艳绝世，名动京师。"美名一时无比，却又资性贞淑，言笑不苟，极是一个有正经的妇人。"③ 就连与之往来熟络的尼姑慧澄也称赞她"虽是标致异常，却毫无半点瑕疵"④。只因狄氏喜爱珠子，被好财的尼姑与好色的青年滕生设计奸骗，后被其夫闻之风声，防闲甚切，最后成病而死。

二、市井村妇的贞节观

作为"庶人"及更低阶层的市井妇女和山野村妇，因其经济基础和物质条件所限，加上谨守贞节也不能得到来自政府层面的奖励⑤，不可能像大家族里的太太闺秀一样，真正做到"男女有别"。像农家村妇，她们就是几间简陋的茅屋，还要参加维持家庭生活的劳动，怎么可能如《孟子》中所说的"叔嫂不通问"，又哪里做得到像《礼记》中多处规定的那样，女儿自七岁起就关在闺房中，不与父兄相见，各种日用器物也各有一套！

---

① 兰陵笑笑生：《金瓶梅词话》（梦梅馆校本），梅节校订，里仁书局，2013年，第1122页。
② 兰陵笑笑生：《金瓶梅词话》（梦梅馆校本），梅节校订，里仁书局，2013年，第1187页。
③ 凌濛初：《拍案惊奇》，冷时峻校点，上海古籍出版社，2012年，第70页。
④ 凌濛初：《拍案惊奇》，冷时峻校点，上海古籍出版社，2012年，第71页。
⑤ 如明陆云龙《清夜钟》第二回《村犊浪占双娇 洁流竟沉二璧》中，两个小媳妇为躲避婆婆和夫家村里流氓骚扰回娘家，村邻闲评道："如今穷人家守到白头，不曾有贞节牌匾。"路工、谭天：《古本平话小说集》，第2版，人民文学出版社，2006年，第172页。

同样，城镇中的市井妇女情形也有相似之处，寻常巷陌，小门别户，两间瓦屋，开门即视，根本不像富贵之家如西门庆府上还有什么"私寮"再隔一层，如何能真正将男女"别"起来？更何况，由于小家小户的家庭生计，她们同样也要与男子一起为开支而谋心出力，古代的田间女子和当垆女子也便成为一道风景线，《水浒传》里的女豪孙二娘就是开酒店的妇人。而像《型世言》第三回里的掌珠，《醉醒石》第十四回里的莫氏，她们在嫁人后，都做店铺生意。如此男女接触言谈难免频繁，"男女有别"早就降到理论层面的道德要求了，只能靠内心的道德意识自我约束。因此，底层的贞节观念在实际上相对较"淡"。事实上，市井村妇不能贞节、"养汉子"的实在不少，尤其是寡妇，打熬不住，不能守节者良多。如《型世言》第六回里的婆婆朱寡妇，与富商汪涵宇偷情，惹人议论纷纷，气死儿子。汪又看上寡妇之媳贵梅，为了能拴住心上人，朱寡妇将媳妇也拉进来。贵梅本贞节之妇，又不愿背不孝罪名，进退两难，自缢而死。不唯青年寡妇难以克制情欲，甚至一些年老的寡妇，还养汉子，养后生，如《醒世姻缘传》第十二回中一个寡妇婆婆，有五十年纪，白白胖胖的个婆娘，养着一个三十多岁的后生，把些家事大半都贴与了他，还恐那后生嫌憎她老，怕拿他不住，狠命要把一个儿妇牵上与他。那儿妇原是旧族人家女儿，思量从了婆婆，辱了自己的身；违了婆婆，那个淫妇又十分凶恶得紧，只得一索吊死了。故事基本情节与前者完全相同。

当然，她们也不是毫不重视妇德，将女子贞节视同儿戏，多数市井村妇，在千百年来的妇女贞节观念的潜移默化的影响之下，还是不自觉注重男女之别，平时对此还是加意防嫌的。她们大都讲究廉耻，持守道德底线，如李渔小说《十二楼·拂云楼》俞阿妈在为别人做媒时说："干柴烈火，岂是见得面的？若还是空口调情，弄些眉来眼去的光景；背人遣兴，做些捏手捏脚的工夫，这还使得。万一弄到兴高之处，两边不顾廉耻，要认真做起事来，我是图吉利的人家，如何使得？"[①]"空口调情""眉来眼去""捏手捏脚"之类的男女"遣兴"，是大家闺秀非常忌讳的，俞阿妈却不以为意，可见底层妇女贞节观的相对淡薄，但她对"认真做起事"的"不顾廉耻"之行，显然又是持批判态度的，道德底线于斯清晰可见。

---

① 李渔：《十二楼》，浙江古籍出版社，2012年，第108页。

尤其是身为父母的下层妇女，对女儿和媳妇的贞节尤其重视。如《警世通言》卷三十八《蒋淑真刎颈鸳鸯会》叙杭州府一个乡村蒋家女子淑真"生得甚是标致"，又聪明机巧，但"心中只是好些风月，又饮得几杯酒"。① 与潘金莲相似，但是婚嫁不得理想，年已及笄，东不成西不就。书中说她无人求聘的原因是她"心性有些跷蹊，描眉画眼，傅粉施朱。梳个纵鬓头儿，着件叩身衫子，做张做势，乔模乔样。或倚槛凝神，或临街献笑，因此闾里皆鄙之"②。后来与邻家后生两人相好偷上了，因父母临时进门，尚未长成的后生受到惊吓而死。一日，父母发现女儿精神语言都有些恍惚，不知其女之情，互相埋怨，只怕亲戚耻笑，"常言道：'女大不中留。'留在家中，却如私盐包儿，脱手方可。不然，直待事发，弄出丑来，不好看"③。于是父母央人作媒："将高就低，添长补短，发落了罢。"④ 没想到女儿嫁了一位庄稼汉李二郎之后，汉子不能充分满足她的性欲，她又与家族中的塾师私通，二郎捉奸受气得病而死。淑真因要守孝三年，她父母已知其非，着人防闲，因怨恨女儿不贞节不争气，更不管她，让她早晚受了不少熬煎，或饱一顿，或缺一餐，家人都不理她了。刚到一年，李大郎想到留她在家无益，"不若逐回，庶免辱门败户"⑤。她被赶出夫家，只能低眉回到娘家。父母只得收留，哪有好气待她，如同使婢。她也只得甘心忍受。幸好，一天有个张二官过门见到淑真，一见钟情，请人说婚，求娶为继室，其父母允诺，"恨不推将出去"。可见，父母已视女儿为一盆脏水，早就想泼出去了。女儿改嫁后，后来母亲一次要前往观灯，就留宿探望一下女儿。母见淑真无情无绪，又怕她故伎重演，旧病又犯，很紧张地叮嘱她说："汝如今迁于乔木，只宜守分，也与父母争一口气。"⑥ 多么悲哀的口吻，充满了正常的妇道人家对不贞节的女儿的无奈和哀伤。

《喻世明言》第三十八卷《任孝子烈性为神》，做凉伞的梁公之女儿圣金，在家做女儿时，先与对门周待诏"丰姿俊雅"的儿子周得有奸，但因

---

① 冯梦龙：《警世通言》，严敦易校注，人民文学出版社，1956年，第574页。
② 冯梦龙：《警世通言》，严敦易校注，人民文学出版社，1956年，第574页。
③ 冯梦龙：《警世通言》，严敦易校注，人民文学出版社，1956年，第575页。
④ 冯梦龙：《警世通言》，严敦易校注，人民文学出版社，1956年，第575页。
⑤ 冯梦龙：《警世通言》，严敦易校注，人民文学出版社，1956年，第575页。
⑥ 冯梦龙：《警世通言》，严敦易校注，人民文学出版社，1956年，第577页。

为周得品行不良，专在街巷贪花恋酒，趋奉得妇人中意。三十岁了还不娶妻，只喜欢干偷人家婆娘的苟且之事。周得与梁圣金"暗约偷期，街坊邻里，那一个不晓得"①。人言可畏，为了声名，梁公、梁婆"又无儿子，没奈何只得把女儿嫁在江干，省得人是非"②。这些普通的妇女，大多是比较重视家风清誉的。

普通人家的妇女对待儿媳的贞节品行也是比较在意的。如《姑妄言》里寇氏的儿子死后，见媳妇水氏年轻且没有子女，先想等她守过周年之后再让她改嫁，"不想才过了百日，水氏便同人作些不三不四的勾当。寇氏知道了，忙忙叫他另嫁"③。

但是一旦女儿为了所谓的贞节不顾性命时，这些下层的母亲却往往毫不犹豫大力反对，表现出了重生命于贞节的人性温情的一面。《喻世明言》第一卷里的王三巧儿出轨，丈夫回来后将她休了，回到娘家后，自觉无颜，欲要自尽，母亲劝说她如此容貌，还怕找不到一个疼爱你的人，还有很多好日子在后头呢，遂将女儿的赴死之心打消了。《儒林外史》里的三姑娘要殉夫节烈，中了礼教之毒的父亲王玉辉热情鼓励女儿赴死，可是母亲拼命相劝，哭得死去活来，最终决绝的三姑娘到底还是饿死了，老母亲得知哭昏过去，卧床不起。

相反，一些自身不正、不讲贞节的母亲，往往失于对女儿的管教，加上己身不正虽令不行，女儿也容易受到熏染变得不顾贞节。《姑妄言》中的私塾先生卜通的妻子水氏，自己本身也不正经，结果女儿多银生性丑而好淫，作闺女即日日勾引各种男人，后来招上一个性能强大的无业男人，每日在他家门口招摇几次，遇便就约进来高兴一番。两年下来，多银腹中有子。她母亲在外生意盛兴，竟然不知道。到了月足肚疼之时，水氏才知女儿是要生产。幸好她会收生，将生下的一个白胖娃娃拿去埋了，也不让她父亲卜通知道。"过后水氏见女儿连外孙都养过了，严紧也是无用，任凭他的尊好。这也是甑已破矣，顾之何益之意。况自己外边生意又撂不下手，也竟由他。"④ 后来多银又同花子乱交，前后共有四人皆源源而来替

---

① 冯梦龙：《喻世明言》，许政扬校注，人民文学出版社，1958年，第608页。
② 冯梦龙：《喻世明言》，许政扬校注，人民文学出版社，1958年，第608页。
③ 曹去晶：《姑妄言》，许辛点校，中国文联出版公司，1999年，第533页。
④ 曹去晶：《姑妄言》，许辛点校，中国文联出版公司，1999年，第537页。

她应差，数年之中养过了三四胎。但苦了这些娃娃，都是未见天日而亡。水氏见女儿生产过多次，以为是理所当然，毫不为异。这种情形，发生在古代中国，与我们通常的理解和想象应该是相去甚远的，但下层市井村妇的贞节观念并非铁板一块，从中是可以明显看出的。

第二节　普通妻妾的贞节观

由于古代家庭的特殊性，不少人家有一妻多妾。妻妾的地位不同，她们的贞节观念也有大致明显的差异。

一、普通正妻的贞节观

皇族、贵族而外的普通人家，其实也可细分，大致可分为比较富裕、有一定社会地位的中等人家，以及家境较为贫寒、地位比较低下的贫苦之户。前者如下层官宦人家、商贾之家和普通财主地主等富户，后者则是绝大多数的底层百姓。他们虽然也有政治、经济、文化等各方面的地位差别，但总体而言与天潢贵胄和达官贵族的差异更大，故列在一起考察。

清朱柏庐的《治家格言》说："婢美妾娇，非闺房之福。奴仆勿用俊美，妻妾切忌艳妆。"[①] 注重"娇妾美婢"对家庭潜在的威胁，虽也强调了妻妾华服艳妆可能会导致的色诱等，但并没有提出"美妻"的坏处。事实上，在明清不少通俗小说中，固多男子猎艳求"美妾"，但"美妻"确也是不少男主人公的追求。李渔的《十二楼·鹤归楼》有一段话阐述了美妻娇妾的差别，对男子而言所具有不同的意义：

人生在世，事事可以忘情，只有妻妾之乐、枕席之欢，这是名教中的乐地，比别样嗜好不同，断断忘情不得……婚娶一条是五伦中极大之事，不但不可不早，亦且不可不好。美妾易得，美妻难求，毕竟得了美妻，才是名教中最乐之事。若到正妻不美，不得已而娶妾，也

[①] 时亮：《〈朱子家训　朱子家礼〉读本（附：〈朱柏庐治家格言〉）》，中国人民大学出版社，2016年，第205页。

就叫做无聊之思,身在名教之中,这点念头也就越于名教之外了。①

由于妻妾的地位不同,正妻在先秦以来的礼制中,地位都远远高于妾,她们是家中主母,无论在经济还是话语等方面,尤其在死后享受后人的祭祀方面,更具有明显差别。首先丈夫对她们的态度就不一样,基本上夫视妻要高于妾,即使宠爱更加娇嫩美艳的姬妾,但对她们的贞节要求也是与妻不同的,如《野叟曝言》第六十八回中的莱州豪绅李又全,为了能吸"纯阳"化身的文素臣的阳精成仙而笼络他,说:"除了贱内,其余姬妾丫鬟、银钱玩好,皆与先生共之,学生与先生结一个生死之交,忘形之友便了。"②这种要求,固然与正妻作为家庭主妇的形象象征意义有关,还与中国传统的宗法制度特别注重宗族血脉密不可分。《姑妄言》第三回中明确说:"至于妻子,要他生儿育女,为宗祧之计;主持中馈,为当家之用。何可十分轻贱得他?若把他当了一个可有可无之物,与妾婢一般,如何行得?"③因此,对女子而言,明媒正娶为妻就是举足轻重的事了,《欢喜冤家》第七回中年轻貌美的寡妇犹氏与公婆道:"宁为贫妇,不为富妾。"④而像《醒世姻缘传》中晁源那样完全宠爱妓妾珍哥,或《金瓶梅》中西门庆宠潘金莲和李瓶儿那样毕竟是少数,也因此遭到作者和时人的反对和批评。

反过来,责任和权力总是大致对等的,既然她们在家中拥有的地位较高,实际享受的权益较多,则她们本身就是家庭的核心层,在持贞守节方面自我要求更高、做得更好,就是理所应当的事了。换言之,她们不会轻易离开或背叛对自己有利的制度,就像一个人不会轻易更改或背弃对自己有利的游戏规则。前引《战国策》"楚人两妻"的故事,颇能反映当时妻妾对贞节的不同心理:"楚人有两妻者,人诶其长者,长者詈之;诶其少者,少者报之。"⑤不过这则故事中的两位女子的地位略显特别,是"两妻",但毕竟有长有少,揆诸常理,应该长者为妻,少者为妾。则妻妾的

---

① 李渔:《十二楼》,浙江古籍出版社,2012年,第132~133页。
② 夏敬渠:《野叟曝言》,人民文学出版社,2006年,第824页。
③ 曹去晶:《姑妄言》,许辛点校,中国文联出版公司,1999年,第137页。
④ 西湖渔隐主人:《欢喜冤家》,于天池、李书点校,北京师范大学出版社,1993年,第122页。
⑤ 诸祖耿:《战国策集注汇考(增补本)》,凤凰出版社,2008年,第203页。

贞节态度明显，妻对勾引她的这位轻薄男子的反应是"詈之"即唾骂；而妾则"报之"，答应了这位勾引者，意味着不顾贞节背夫出轨。但同在《战国策》中，《燕策一》里苏秦论忠信于上反而得罪，曰："臣邻家有远为吏者，其妻私人，其夫且归，其私之者忧之。其妻曰：'公勿忧也！吾已为药酒以待之矣！'后二日，夫至，妻使妾奉卮酒进之。妾知其药酒也，进之则杀主父，言之则逐主母，乃阳僵弃酒。主父大怒而笞之。"① 这个故事中，显然妻妾对贞节的态度完全倒置了，妻子不贞偷人，妾的态度是少见的贤德，既忠于丈夫，又忠于主妇，在进退两难中选择"阳僵弃酒"，宁可丈夫的鞭子打自己。这位贤德的妾倒是更像多数妻子的形象，但这也提醒我们并非总是妻贞于妾。同卷苏代"为"燕昭王"嬖"，亦言此事，刘向采之入《列女传》，以致遭到刘知几《史通·杂说下》嗤其"妄"。嵇康《释私论》说："故主妾覆醴，以罪受戮。"② 以"鞭"为"戮"则夸大其词。这则故事广为后世引用。③ 刘知几对刘向采之入《列女传》嗤其"妄"，无疑是认为刘向收录此则故事的误导作用。从另外一个角度也足以说明妾贤妻淫之例的特殊性，这种情况在文人士大夫心目中是难以接受的。

不少小说作家都认识到夫妻之间感情和贞节的相互性，如《姑妄言》第三回中明确说：

> 譬如那人把他妻子十分作贱不堪，如寇仇陌路一般，离心离德，焉知那妻子心中又不怀别？念古来这些死节烈的妇人，虽是他的心如皦日，也必定是生平夫妻恩爱，情义甚笃，故愿相从于地下。再没有个两口子素常如活冤家，朝打暮闹，那女人肯去死节的。④

当然还有一些认为夫妻之间的这些不和与不贞，都是前世所为今生报

---

① 诸祖耿：《战国策集注汇考（增补本）》，凤凰出版社，2008年，第1519~1520页。
② 嵇康：《嵇康集校注：第六卷》，戴明扬校注，人民文学出版社，1962年，第239页。
③ 钱锺书在《管锥编（补订重排本）》中发挥了他一贯的博学强识的优长，列举了不少用此典故的元曲类例，如《㑇范叔》第二折："正是耕牛为主遭鞭杖，哑妇倾杯反受殃"；《赚蒯通》第四折："将功劳簿倒做招伏状，恰便似哑妇倾杯反受殃"；《窦娥冤》第三折："当日个哑妇含药受殃"；"皆增饰为哑妇之有口难辨，冤屈益甚，较本事更入情理。"等点染也，改能"言之"者为"哑"，胜丁改"鞭"为"戮"矣。参见钱锺书：《管锥编（补订重排本）》，生活·读书·新知三联书店，2001年，第410页。
④ 曹去晶：《姑妄言》，许辛点校，中国文联出版公司，1999年，第137页。

应如此的，如《醒世姻缘传》的作者认为"或做丈夫的憎嫌妻子，或是妻子凌虐丈夫；或是丈夫弃妻包妓，或是妻子背婿淫人"等种种乖离和不贞，都"是前生前世的事，冥冥中暗暗造就，定盘星半点不差"。① 总之，他们大多认为夫妻要互相尊重互相忠贞，才能避免不和与来世的惩罚。

在大户人家一妻多妾的情况下，一般而言正妻的地位最高，妻对妾总有一种笼罩性的影响。如《金瓶梅》第二十二回西门庆与宋惠莲躲在藏春坞山子洞里偷情，被精明妒悍的潘金莲抓住，金莲要西门庆主动汇报通奸次数，威胁他："你与我实说，和这淫妇偷了几遭？若不实说，等住回大姐姐来家，看我说不说！"② 尽管金莲很受西门庆宠爱，在家中也颇有地位，但还是无法撼动大娘子吴月娘的地位，金莲首先想到"大姐姐"，无疑表明正妻对西门庆此类通奸行为的威慑力是远大于其他妾等的。从小说文本来看，西门庆与大娘子吴月娘的感情并不甚好，但他对她的尊重和畏惧程度显然要远远超过金莲等人。

不过，现实社会中，尤其是俗世民间的市井年轻妻子，因为处于性欲高涨的年纪，又尝过性爱之乐，出轨偷情的并不少见。《欢喜冤家》第三回中的李月仙，在偷情醒来之后，想到除丫鬟红香之外，"再无别人知道。落得快活，管什么名节"③。在当前的快乐体验冲击下，贞节名誉往往是空洞缥缈的东西。这些出墙的红杏，或疏或密地分布在"三言二拍"和《型世言》《欢喜冤家》《西湖二集》等小说中，可谓"遍地成杏"，前文有专门的论述。这些年轻的出轨妻子往往具有以下特点：一是大多容姿甚美，"色为淫之媒"，冶容难免诲淫，自古皆然；二是往往家庭生活有明显缺憾，不能称心如意，或者丈夫年纪老迈、雨稀云薄，或者男子远出在外为商为吏，或者夫妇虽然感情甚好，却与公婆关系甚差，如《拍案惊奇》卷二中的姚滴珠；三是往往受到丈夫的考验或男子挑逗，或"三姑六婆"的设计勾引。事实上，真正彻底淫滥、主动四处勾男成奸的"河间妇"还是很少的。和男子相比，年轻女子的变心或失节无论是程度还是数量比例都有相当的距离。当然，这些都是外因，内因还在于这些年轻妻子本人的

---

① 西周生：《葛受之批评醒世姻缘传》，翟冰校点，齐鲁书社，1994年，引起第4~5页。
② 兰陵笑笑生：《金瓶梅词话》（梦梅馆校本），梅节校订，里仁书局，2013年，第312页。
③ 西湖渔隐主人：《欢喜冤家》，于天池、李书点校，北京师范大学出版社，1993年，第47页。

品节,像《醒世姻缘传》的作者在评价小鸦儿之妻与晁源偷情时就说:"那唐氏果肯心口如一,内外一般,莫说一个晁大舍,就是十个晁大舍,当真怕他强奸了不成?"①

至于不能守节欲图改嫁的妻子也有不少,有夫死因各种原因改嫁的,这种自不可胜数。《醒世姻缘传》第三十六回《沈节妇操心守志 晁孝子刲股疗亲》中便列举了三样"人家大老婆干的勾当",将这些不能守节之妇分作三等,对这三等分别给予不同的评价。第一等妇人,"心口如一,不愿守节,开口明白说道:'守节事难,与其有始无终,不若慎终于始。'明明白白没有子女,更是不消说得。若有子女,把来交付了公婆,或是交付了伯叔,又不把他产业带去,自已静静的嫁了人家"②。对于这一等不能守节的女人,作者是比较欣赏的,心口如一,"虽不与夫家立甚么气节,也不曾败坏了丈夫的门风"③。就算有那些局外旁人多口的,也只好说她不肯守节嫁人去了,却没有别的是非可供别人嚼舌头。作者认为这是再醮之妇中"上等的好人"。第二等的行径就不那么坦率直气了,她们"有儿有女,家事又尽可过活,心里极待嫁人,口里不肯说出,定要坐一个不好的名目与人"④。至于名目,就有多种:若有翁姑的,便说翁姑因儿殁,不把媳妇当自家人,偏心不管;有伯叔的,就说妯娌如何难处,伯叔庇护自己妻妾而欺侮孤孀。就算这两者都没有,为了自己嫁人还要编派亲生的儿子和勤顺的媳妇的不是,忍心说那儿媳不孝,多有忤逆,还要到稠人闹市,嚷骂称说儿子和媳妇不孝:"儿子媳妇不孝,家里存身不住,没奈何只得嫁人了逃命求生!"⑤ 然后"卷了细软东西,留下些狼犺物件,自己守着新夫,团圆快活。致得那儿子媳妇一世做不得人……"⑥ 这样虽然很不坦率诚恳,并栽派后人,但毕竟不算淫乱不堪,因此"也还要算他是第二等好人"⑦。而最下一等,则是淫乱不正之辈,作者给予了极大的讽刺和嘲辱:

---

① 西周生:《葛受之批评醒世姻缘传》,翟冰校点,齐鲁书社,1994年,第246页。
② 西周生:《葛受之批评醒世姻缘传》,翟冰校点,齐鲁书社,1994年,第478页。
③ 西周生:《葛受之批评醒世姻缘传》,翟冰校点,齐鲁书社,1994年,第478页。
④ 西周生:《葛受之批评醒世姻缘传》,翟冰校点,齐鲁书社,1994年,第478~479页。
⑤ 西周生:《葛受之批评醒世姻缘传》,翟冰校点,齐鲁书社,1994年,第479页。
⑥ 西周生:《葛受之批评醒世姻缘传》,翟冰校点,齐鲁书社,1994年,第479页。
⑦ 西周生:《葛受之批评醒世姻缘传》,翟冰校点,齐鲁书社,1994年,第479页。

有那一样挺拉邪货，心里边即与那打圈的猪，走草的狗，起骒的驴马一样，口里说着那王道的假言。不管甚么丈夫的门风，与他挣一顶绿头巾的封赠。又不管甚么儿子的体面，与他荫忘八羔子四个字的衔名。就与那征舒的母亲一样，又与卫灵公家的南子一般。儿子又不好管他，旁人又只管耻笑他。又比了那唐朝武太后的旧例，明目张胆的横行。天地又扶助了他作恶，保佑他淫兴不衰，长命百岁，致得儿女们真是"豆腐吊在灰窝，吹掸不得"！①

将后面两等妇人的表现叠加起来，让我们难免想到《拍案惊奇》卷十七里的寡妇吴氏，为了与道士畅快通奸，在遭到儿子阻碍之后，竟然欲将儿子置于死地，后听道士之言又将儿子告官不孝，要官府打死。只不过后来天网恢恢，狠心的母亲遭到了官府的惩罚和命运的重判。

甚至还有小户贫寒人家丈夫尚在而闹离婚改嫁的，这在特别注重维护婚姻稳定性的古代更是少见。有为丈夫科考无望、家庭生计不支闹穷而改嫁的，如《醉醒石》里的苏秀才妻莫氏和魏秀才妻，《姑妄言》里的平秀才妻权氏等。也有因贫穷为改善生计而出卖身体色相的年轻妻子，如《姑妄言》第二十回里的苏州娘子，因为大富翁宦萼资助她开酒店，为还钱，让丈夫叫去陪睡。也有为了救夫或存孤等大任而主动放弃"贞节"改嫁的妇人，如《绿野仙踪》里的严氏，《欢喜冤家》里的李月仙，都是在孤立无援的状态下，为了搭救入狱的丈夫，舍身卖给别人做妻妾，更是需要另当别论，她们因此成为倍受时人赞叹的贤妇，尽管她们也失了"节"。《十二楼·鹤归楼》里的舒秀才的妻子舒娘子，遭逢战乱，为了存家中一线单传之孤，而舍身嫁给贼头。当然，至于为了虚名不愿再嫁结果闹出丑事贻羞的，也比比皆是，此无足多论。

二、普通妾妇的贞节观

妾，即小老婆，其来源主要有四类：一是被主子买来的穷苦女子，二是有一定家产和地位的寡妇，三是被赎身的青楼妓女，四是一些被"收房"的丫鬟（在某种程度上具备"妾"的身份特征）。尽管古代当朝政府

---

① 西周生：《葛受之批评醒世姻缘传》，翟冰校点，齐鲁书社，1994年，第479页。

也出台过一些规定,对平民纳妾做了某种限制,比如《明会典·律例四》有"民年四十以上无子者方听娶妾"之类。但是从大量的历史记载,乃至小说、戏剧等所反映的明清时代社会生活中来看,此类规定并没有太多人认真对待和执行。相反,在中国历代随处可见妻妾成群的有钱人家,事实上,古代典籍中极少有正式将娶纳多个妻妾限为某一阶层独有特权的强烈主张。古代社会的男子,经济权势大体决定他是否能够多娶妻妾,一般来说中等以上人家方能如此,而贫寒人家尚患已之不立,何能妻妾成群?当然,这也只是就大体而言,有的中等人家,虽然有一定权势地位,家中也颇殷实,但夫妻两情相好,鱼水相得,自然不愿多娶;有的则妻子泼悍,不敢多娶;还有的则是自身品节坚贞,持守谨慎,不愿多近女色,有一妻传宗接代即可,不愿多娶。

  贫寒人家也有少数娶妻纳妾的。像《战国策》中那位齐国的男子,靠去人家坟墓上乞食生存,竟也有一妻一妾,乞食归来,还施施然骄其妻妾。不过最终妻子发现了他的丑恶、卑猥行径,向隅而泣,悔于当初被骗。只要经济能力允许,一个平民便可以拥有多个妻妾。至于"文人们风流自命,纳'小星';富人纳侧室、娶'外宅'、收'通房丫头',乃至姨太太成群,都是古代司空见惯之事"①,这种情形一直持续到 20 世纪上半叶。总之,一夫多妻在中国大多数古人看来似乎天经地义。②

  当然,这里的"多妻"准确来说应是"一妻多妾",相应地,"一夫多妻制"准确来说则是"一夫一妻多妾制"。因为妻享有与夫一体的地位和待遇,妾则差之远矣,从汉儒对妻妾之字、音的解释即可见出二者之间的巨大差异:

---

① 江晓原:《性张力下的中国人》,华东师范大学出版社,2011 年,第 18 页。
② 中国古代也有一些有识之士对此提出异议甚至抗议的,比如东汉时陈蕃上书说:"比年收敛,十伤五六,万人饥寒,不聊生活,而采女数千,食肉衣绮,脂油粉黛,不可赀计。鄙谚言'盗不过五女门',以女贫家也。今后宫之女,岂不贫国乎!是以倾宫嫁而天下化,楚女悲而西宫灾。且聚而不御,必生忧悲之感。"参见范晔:《后汉书》,李贤等注,中华书局,1965 年,第 2161 页。黄宗羲《原君》一文也大胆抨击皇族为博私乐,聚天下财富美女于一己。明清通俗小说中一个明显的例子,便是《儒林外史》第三十四回中杜少卿的一番见解:"况且娶妾的事,小弟觉得最伤天理。天下不过是这些人,一个人占了几个妇人,天下必有几个无妻之客。小弟为朝廷立法:人生须四十无子,方许娶一妾;此妾如不生子,便遭别嫁。是这等样,天下无妻子的人或者也少几个。也是培补元气之一端。"但这些想法在当时是被当作异端思想的,杜少卿本人便被时人视为迂腐的典型,读书子弟在课桌上刻"不可学天长杜仪"。参见吴敬梓:《儒林外史》,人民文学出版社,1977 年,第 401 页。

妻妾者，何谓也？妻者，齐也，与夫齐体。自天子下至庶人，其义一也。妾者，接也，以时接见也。①

妻与夫齐，而妾只是临时交接之人。妻为"娶"，而妾为"纳"，娶妻时送到岳家的财物被称为"聘礼"，而纳妾时给予的财物，则被称为"买妾之资"，姬妾不能算作合法配偶。《释名·释亲属》："妾，接也，以贱见接幸也。"②《尚书·费誓》孔安国传："役人贱者，男曰臣，女曰妾。"③《礼记》称："妾言买者，以其贱同之于众物也。"④ 这都反映出妾的原始身份来源和卑贱之特征。妾可以随意买卖，只要她不合夫主之心，如《警世通言》卷十六王招宣府里出来的小夫人。王招宣初娶她时，十分宠爱，后来"只为一句话破绽些，失了主人之心，情愿白白里把与人，只要个有门风的便肯"⑤。这从甲骨文的妾乃"娶"字可见一斑，此意为刑刀之人，表示有罪、受刑之女，本义为"女奴"。因此，《说文解字》云："妾，有辠（罪）女子给事之得接于君。"⑥ 凡此等等，都表明妾与妻之间的巨大差异，故《春秋穀梁传·僖公九年》告诫："毋以妾为妻。"⑦ 女子一旦为妾，便在法律上永不能获得升格为妻的机会，《唐律疏议·户婚律上·以妻为妾》明确规定："妾通买卖"，若"以妾及客女为妻……徒一年半"。⑧ 明示妾婢在法律上没有资格扶正为妻，如有犯者，就是触犯了刑律，要服刑一年半，而且服刑完毕还得离异，因为它"违别议约，便亏夫妇之正道，黩人伦之彝则，颠倒冠履，紊乱礼经"⑨。

反过来，也不得以妻为妾，否则要判二年徒刑，更重于以妾为妻。在服制上也是如此，妻有在与夫之族人之间以夫自身为准的丧服关系；妾则地位远低于妻，概括说来，"妾应为夫（在服制上的用语是'君'、'家长'）服斩衰之丧，应为夫之嫡妻服不杖期之丧，应为夫之长子及诸子服

---

① 陈立：《白虎通疏证》，吴则虞点校，中华书局，1994年，第490页。
② 刘熙：《释名疏证补》，毕沅疏证，王先谦补，祝敏徹、孙玉文点校，中华书局，2008年，第107页。
③ 《十三经注疏》，阮元校刻，中华书局，1980年，第255页。
④ 《十三经注疏》，阮元校刻，中华书局，1980年，第1622页。
⑤ 冯梦龙：《警世通言》，严敦易校注，人民文学出版社，1956年，第223页。
⑥ 许慎：《说文解字》，徐铉校定，中华书局，1963年，第58页。
⑦ 《十三经注疏》，阮元校刻，中华书局，1980年，第2396页。
⑧ 长孙无忌等：《唐律疏议》，刘俊文点校，中华书局，1983年，第256页。
⑨ 长孙无忌等：《唐律疏议》，刘俊文点校，中华书局，1983年，第256页。

齐衰三年、不杖期等丧；可是，除妾之子外，任何人都无须为其服丧"①。妾生前不得参加家中和族里的祭祀活动，死后也不能入家庙（生子者可受别祭），在后世与夫一起被记入灵牌并收藏于祠堂的只是正妻，妾只要无子，族谱就会省略对她的记载。另外，在夫家与妾的娘家之间，大多也不产生亲属关系。这一点，在《金瓶梅》中西门庆与各妻妾之间的关系中体现得最为明显，他与妻舅吴大舅往来描写甚多，但从不见提及其他各妾的娘家人来西门府上。而且，妻妾的迎娶场合也非常悬殊，娶妻的正规婚礼上，花轿队伍是必不可缺的，但迎妾的场合根本不能使用。"娶妾不能用鼓吹迎送、并坐花轿，犯者族中提议罚款，以示与正式婚姻有别。"② 尤其是那些由丫鬟"收房"的妾，更是遭到家族中的一致鄙视。《红楼梦》里贾政之妾赵姨娘，为贾府生子贾环和女探春，但贾府上下没有一个视她为主子，王夫人、王熙凤都对她鄙夷和厌恶，就连贾府丫鬟也对她颇为不恭和不屑，而最为寒心的是她的亲生女儿探春也不愿和她多说话，不承认亲生母亲的兄弟赵国基是她的舅舅。这虽然与赵姨娘本人的阴暗猥琐有一定关系，但更多的还是传统尊卑制度的有力体现。

在此一情况下，难免会发生妻妾争宠、内室相妒等现象，大老婆即主母通常情况下可任意责罚她们，但不少年轻貌美的妾仗着丈夫的宠爱，往往不把大老婆放在眼里，甚至反而把她们踩在脚下，弄出"妾为太君、婢作夫人"的局面。如《醒世姻缘传》里的珍哥，原本是一个艳丽的娼妓，被晁源以八百两银子买为妾后加以宠幸，遭到正妻计夫人的忌恨，结果珍哥故意栽赃泼污水，说她与和尚道士往来有染，弄得计夫人羞愤自缢而死。甚至在正妻死后，珍哥的身份在遭到别人奚落后，犹自撒泼犯浑，"不依把那死材私橐子停在正房"，要"把那白绫帐子拿下来""待做夹布子使"。③

为此，不少族规家法都强调"明嫡庶"的重要性，警告族人和家人维护主母的尊严，切不可逐出正室，宠幸侧室，以乱尊卑，更不可以妾为妻，以免影响到家庭甚至宗族的和谐与发展。因而，姬妾始终是处于被压

---

① 滋贺秀三：《中国家族法原理》，张建国、李力译，法律出版社，2003年，第445页。
② 滋贺秀三：《中国家族法原理》，张建国、李力译，法律出版社，2003年，第446页。
③ 西周生：《葛受之批评醒世姻缘传》，翟冰校点，齐鲁书社，1994年，第138页。

抑的境地，她们的话语权是难以得到伸张的。妻妾悬殊的地位和待遇，使得她们对自我的贞节要求也自不一样。相应的地位和待遇也意味着相应的责任和付出，姬妾与正妻相比，贞节观念自然普遍淡薄一些，如《金瓶梅》中的西门庆的几个姬妾，没有一人为他持守贞节。西门庆死后自不必说，个个如鸟兽散，就连西门庆活着时，潘金莲、孙雪娥也没少给他戴绿帽子，潘金莲与家仆、女婿陈经济通奸，孙雪娥则与家仆来旺有私，被丫鬟发现告知主子西门庆后，遭到西门庆的一顿毒打，她们与正妻吴月娘形成鲜明对比。李娇儿出身勾栏，本为妓女，被西门庆一时兴起收为"二房"，她自知出身卑微，并且在姿色上无法与潘金莲竞争，因此入了西门府后，一直是没有主人翁的感觉，客居在这个大家庭中，处处忍气吞声，息事宁人，但嘲讽排挤一直是如潮水般退下而又袭来，在这种压抑和自抑的生存处境下，她从无归属感、认同感。故而西门庆一死，十分清楚自己地位的她便毫不犹豫地计划脱身，终于卷财而去，很快摇身做了新财主张二官的二房，琵琶声依旧，却为新人弹。《醒世姻缘传》第十三回里又借理刑厅的招稿，对妓女戏子而为晁源之妾的小珍哥的不贞之行，大加批判：

  倚新间旧，蛾眉翻妒于入宫；欲贱凌尊，狡计反行以逐室。乘计氏无自防之智，窥晁源有可炫之昏，鹿马得以混陈，强师姑为男道；雌雄可从互指，捏婆塞为优夷。桑濮之秽德以加主母，帷簿之丑行以激夫君。剑锋自敛，片舌利于干将；拘票深藏，柔嫚捷于急脚。若不诛心而论，周伯仁之死无由；第惟据迹以观，吴伯嚭之奸有辨。合律文威逼之条，绞无所枉；抵匹妇舍冤之缢，死有余辜。①

结果判她"合依威逼期亲尊长致死者律绞，秋后处决"②。
  正因如此，古人对妾妇的要求向来就防范尤多，司马光《居家杂仪》对此有详细的规定：

  凡为宫室，必辨内外。深宫固门，内外不共井，不共浴室，不共厕。男治外事，女治内事，男子昼无故不处私室，妇人无故不窥中

---

① 西周生：《葛受之批评醒世姻缘传》，翟冰校点，齐鲁书社，1994年，第168页。
② 西周生：《葛受之批评醒世姻缘传》，翟冰校点，齐鲁书社，1994年，第245～246页。

门。男子夜行以烛。妇人有故出中门，必拥蔽其面。男仆非有缮修及有大故，不入中门。入中门，妇人必避之；不可避，亦必以袖遮其面。女仆无故不出中门，有故出中门，亦必拥蔽其面。①

在明清不少通俗小说中，有许多男子猎求"美妾"，而美妾往往又是家庭不睦甚至中落变故的重要原因。在人们心目中，妾的贞节观是很值得怀疑的。《醒世姻缘传》第三十六回《沈节妇操心守志　晁孝子割股疗亲》中，大力批评了宠妾弃妻的男子，而对姬妾评价则非常不好，说她们在丈夫活着时虚伪矫情，装点"贞节"门面，以哄骗汉子欢心，她们在汉子跟前虚头奉承，假装老实，故作勤俭，哄得那些惛瞢的丈夫团团转：

> 汉子要与他耍耍，妆腔捏诀："我身上不大自在，我又这会子怕见如此，我又怕劳了你的身体。"哄得汉子牢牢的信他是志诚老实的妇人，一些也不防闲。他却背后踢天弄井。又是《两世姻缘记》上说道：用那血点烧酒，哄那老垂。听见有那嫁了人的寡妇，养了汉的女人，他偏千淫万揎，斧剁刀披（劈），扯了淡，信口咒骂。昏君老者不防他灯台不照自，却喜他是正气的女人，观他耻笑别人，他后来断不如此，敬他就是神明，信他就如金石，爱他就如珍宝，事奉他就如父母。②

如此善于表演，自然俘获了丈夫的一腔爱意，于是一些丈夫便与妻儿有了激烈的矛盾，视结发正妻如仇寇，恨不得立时消亡，好扶爱妾为正；视正出子女如冤家债主，只愿死亡都尽，好让爱妾另自生儿。作者认为这些老丈夫实在是既不清醒，又不自量力，还痴心妄想姬妾守节：

> 再不想自己七老八十的个棺材檀子，他那身强火盛的妖精，却是恋你那些好处？不揣自己的力量，与他枕头上誓海盟山，订那终身不二的迂话。这样痴老，你百般的奉承，谆谆的叫他与你守节，他难道好说："你这话，我是决不依的！你死了，我必要嫁人。再不然，也须养汉。"就是傻瓜呆子也断乎说不出口，只得说道："你但放心，这样嫁人养汉的歪事，岂是吃人饭做出来的？我是断乎不的。就到万分

---

① 费成康：《中国的家法族规》，上海社会科学院出版社，1998年，第256页。
② 西周生：《葛受之批评醒世姻缘传》，翟冰校点，齐鲁书社，1994年，第480页。

极处，井上没有盖子，家中又有麻绳，宁可死了，也不做这不长进的勾当！倒只是你的大老婆不肯容我，你那儿子们问我要你遗下的东西，你死去又与我做不的主！"哭哭啼啼的不住。①

因此作者宣称妻是不该弃的，妾是不应该宠的，因为姬妾的这些哄骗行为实际上是居心叵测，不过是为自己真正的"不贞节"做好充分的护身符和挡箭牌而已，丈夫一旦死了全都一一表现出来，这是和正妻的正气全然不同的，因而形成了明显的区隔和对比。一旦她们得到丈夫善待的遗嘱，便"把他收执，日后任他所为，不许那儿子说他。他有了这个丹书铁券，天地也是不怕的了"，更不用说守贞守节，"也不消等他甚么日后"，只要丈夫死了，她就把"翅膀一晾"，把她"当初骂别人的那些事件，他一件件都要扮演了出来"。②

若是家里大老婆还在，这也还容易好处。或是叫他娘家领去，或是做主教他嫁人，他手里的东西，也不要留下他的，与他拿了出去，这就叫是破财脱祸。只是那没有大老婆的人家，在那大儿子们手里，若是那儿子们都是不顾体面的光棍，这事也又好处。只怕上面没嫡妻，儿子们又都是戴头识脸的人物，家中留了这等没主管的野蜂，拿了那死昏君的乱命，真真学那武曌的作为，儿子们也只好白瞪了眼睛干看。世上又没有甚么纲纪风化的官员与人除害，到了官手里，像撮弄猢狲一样，叫他做把戏他看。③

作者清醒地意识到这些姬妾此类行为的普遍性，"这样的事，万分中形容不出一二分来，天下多有如此，今古亦略相同"，而只有那正经的男子才晓得"那正妻不是这般的毒货，儿子们不是歪人，凭他激聒，不要理他"。④因而作者冀望于那有"大识见"的人，保持清醒的头脑，采取切实的措施和得体的方法，"约得自己要升天的时节，打发了他们出门，然后自己发驾，这是上等。其次倒先写了遗嘱与那儿子，托他好好从厚发嫁，不得留在家中作孽。后日那姬妾们果然有真心守志的，儿子们断不是

---

① 西周生：《葛受之批评醒世姻缘传》，翟冰校点，齐鲁书社，1994年，第480页。
② 西周生：《葛受之批评醒世姻缘传》，翟冰校点，齐鲁书社，1994年，第481页。
③ 西周生：《葛受之批评醒世姻缘传》，翟冰校点，齐鲁书社，1994年，第481页。
④ 西周生：《葛受之批评醒世姻缘传》，翟冰校点，齐鲁书社，1994年，第480页。

那狗彘，赶他定要嫁人。若是他作起孽来，可以执了父亲的遗嘱，容人措处，不许他自己零碎嫁人"①。总之，作者的态度是千言万语归结为一句话："所以说那嫁与不嫁倒只凭那本人为妙，旁人不要强他。"② 这种清醒而开明的理性论调，让人想起前面所论的李渔。不过，同李渔一样，这种"开明"的态度其实也是不得已而为之的策略，并非完全出于对女子处境的理解和同情，这说到底还是建立在男权主义的自私自利的立场。因而，对他们这较为"开明"的贞节观念，我们自然要持欣赏和赞美的态度，但显然也不能给予过高的评价，只是在古代社会的大一统话语之下，能有这样的心态和言论，已属难能可贵了。

三、一个特殊的群体——悍妇的贞节观

古代社会，夫妇虽然是阴阳和合，刚柔相济，但大体还是有主配之别，一为统驭，一为顺承，简言之即"夫为妻纲"。由此东汉时期还出现了一个特殊的词汇"御妇"，刘向《列女传》曰："夫妇之道，参配阴阳，通达神明，……夫不贤，则无以御妇；妇不贤，则无以事夫。"③ 可见，夫妇关系和任何人际关系一样，本来就是一个对立统一的矛盾体，既有和谐统一的一面，"参配阴阳，通达神明"，也有对立斗争的一面，一者"御"一者"事"。夫妻不合导致的家庭纷争甚至是家庭悲剧，自古及今并不在少数。故而刘向认为夫妇和顺，是需要夫妇都具备"贤"的特征的。"妇"也如臣子一样，是需要"统御"的，夫若不够贤能，则难以驾驭其妇，妇若不够贤惠，也不免事之不敬，甚至压根就不会去"事"了。这样一来，必然阴阳颠倒，夫妇不睦。这样的不贤之妇，发展至更进一步，就转而反向控制和驾驭丈夫，便成了悍妇，即俗称的泼妇。

司马光的一段话大概能代表古代男子对妇人的一般心理："丈夫生而有四方之志，威令所施，大者天下，小者一官。而近不行于室家，为一妇人所制，不亦可羞哉！"④ 但总会有一些不幸的男子会遇到此类悍妇，对此类悍妇，司马光的立场非常鲜明，要坚决弃绝，以义出之：

---

① 西周生：《葛受之批评醒世姻缘传》，翟冰校点，齐鲁书社，1994年，第481页。
② 西周生：《葛受之批评醒世姻缘传》，翟冰校点，齐鲁书社，1994年，第481页。
③ 范晔：《后汉书》，李贤等注，中华书局，1965年，第2788页。
④ 司马光：《温公家范（卷七）》，王宗志注释，天津古籍出版社，1995年，第157页。

> 自古及今，以悍妻而乖离六亲，败乱其家者，可胜数哉！然则悍妻之为害大也。故凡娶妻，不可不慎择也。既娶而防之以礼，不可不在其初也。其或骄纵悍戾，训厉禁约而终不从，不可以不弃也。夫妇以义合，义绝则离之。今士大夫有出妻者，众则非之，以为无行，故士大夫难之。按《礼》有"七出"，顾所以出之用何事耳。若妻实犯礼而出之，乃义也。昔孔氏三世出其妻。其余贤士，以义出妻者，众矣。奚亏于行哉！苟室有悍妻而不出，则家道何日而宁乎！①

悍妇的能量是强大而柔韧的，其杀伤力之大，令古代男人不寒而栗，甚至包括那些高官富户。在明清通俗小说中，"这类女人多以凶悍的面目出现，而惧内的男人则往往低声下气地任其摆布。女人拒不遵从家族内部尊卑长幼的既定规范。为了控制男人，慑服所有的同性对手（包括妻妾、婆婆和姑嫂），即使家族因其不会生育而绝嗣，她也一意排拒一夫之下多妻共处的家庭格局"②。《醒世姻缘传》中对悍妇的可怕有生动的描写和评价：

> 又有那前世中以强欺弱，弱者饮恨吞声，以众暴寡，寡者莫敢谁何。或设计以图财，或使好而陷命，大怨大雠，势不能报，今世皆配为夫妻。看官！你想如此等冤孽寇雠，反如何配了夫妇？难道夫妇之间没有一些情义，报泄得冤雠不成？不知人世间和好的莫过于夫妇。虽是父母、兄弟是天合之亲，其中毕竟有许多行不去说不出的话，不可告父母、兄弟，在夫妻间可以曲致。所以人世间和好的莫过于夫妻，又人世仇恨的也莫过于夫妻。
>
> 君臣之中，万一有桀、纣的皇帝，我不出去做官，他也难为我不着。万一有瞽瞍的父母，不过是在日里使我完廪，使我浚井，那夜间也有逃躲的时候。所以冤家相聚，亡论稠人中报复得他不畅快；即是那君臣、父子、兄弟、朋友之际，也还报复得他不大快人。唯有那夫妻之中，就如脖项上瘿袋一样，去了愈要伤命，留着大是苦人。日间无处可逃，夜间更是难受。官府之法莫加，父母之威不济。兄弟不能

---

① 司马光：《温公家范（卷七）》，王宗志注释，天津古籍出版社，1995年，第157页。
② 马克梦：《吝啬鬼、泼妇、一夫多妻者：十八世纪中国小说中的性与男女关系》，王维东、杨彩霞译，人民文学出版社，2001年，第57页。

相帮，乡里徒操月旦。即被他骂死，也无一个来解纷；即便他打死，也无一个劝开。你说要生，他偏要处置你死；你说要死，他偏要教你生。将一把累世不磨的钝刀在你颈上锯来锯去，教你零敲碎受。这等报复岂不胜如那阎王的刀山、剑树、砲捣、磨挨，十八重阿鼻地狱？①

可谓备述遭遇悍妇的丈夫的种种折磨和辛酸，让人看了难免心惊肉跳，悍妇之威慑力和可怕之处，再没有比这描摹得更清楚的了。因此环碧主人不禁质疑丈夫的付出和悍妇的回报之间的严重不对等："可怪有一等人，趱攒了四处的全力，尽数倾在生菩萨的身中。你和颜悦色的妆那羊声，他擦掌摩拳的作那狮吼；你做那先意承志的孝子，他做那蛆心搅肚的晚娘；你做那勤勤恳恳的逄、干，他做那暴虐狠愎的桀、纣；你做那顺条顺绺的良民，他做那至贪至酷的歪吏。舍了人品，换不出他的恩情；折了家私，买不转他的意向。虽天下也不尽然，举世间到处都有。"②

在小说家的笔下，这些悍妇都是习惯于向男人横眉立目的凶女人，往往被描绘成一股祸水，她们身体上的强势和发泼时所表现出来的不顾一切的气势，构成了一股力量的象征，在这种力量下，男人仿佛雄性不再，阳刚之气被彻底阉割。悍妇的泼蛮锐气表现形式多样，如殴打、掌嘴、拽头发等。除此以外，对丈夫在性方面的控制，也成为不少悍妇的着力点。她们"不仅是妒妇，还是满怀怒火、忿恨的女人，处于支配地位的女人，魔鬼般的道德欠佳的女人，淫荡、性能力很强的女人"③。

悍妇为何力量如此强大？《怕婆经》认为，女人能够降服表面强大而又享有多种特权的男人，是因为她具备令他渴求不已的性吸引力，这种性能力远比男人更为优越。"泼妇时时面临着失宠于有节制的男人的威胁，而更大的威胁则来自吝啬鬼、出家人和滥交的一夫多妻者，因为他们完全弃她于不顾。她是所有这些人物中最不守本分的一个，气焰万丈却又充满生之活力，因为她拒不因袭那条先是饱受男人的凌辱、继而为亡夫守节、

---

① 西周生：《葛受之批评醒世姻缘传》，翟冰校点，齐鲁书社，1994年，引起第5~6页。
② 西周生：《葛受之批评醒世姻缘传》，翟冰校点，齐鲁书社，1994年，弁语第1页。
③ 马克梦：《吝啬鬼、泼妇、一夫多妻者：十八世纪中国小说中的性与男女关系》，王维东、杨彩霞译，人民文学出版社，2001年，第56页。

最终殉情自尽的'光荣之路'。"① 如《野叟曝言》中的官员、《姑妄言》中的几个主要男性角色几乎患有"惧内症"，发展到闻风丧胆的程度。宦萼、贾文物、铁化的老婆都是性欲强烈而个性泼辣的。泼妇往往对贞节充满痛恨，如小说《醉春风》中，那位怒气冲冲的女人对贞节和淫荡两种行为都不满。泼妇颠覆男人的特权，在制服男人的过程中，企图惩治男人的超我，按自己设定的形象重塑之。身体的强大，转化为能量的强大，意味着权势的偏至和转移，悍妇利用自己的能量慑服丈夫，而让自己淫欲在自己的优势下充分发挥出来。《姑妄言》在评价徽州富商童自大的妻子、铁化的妹妹铁氏时说："世间妇人丑者或有不悍，悍而丑再未有不淫者，铁氏便是样子。"②

悍妇往往是恶女人的代名词，她们一般拥有强悍的身躯和体魄，代表女人吸引并控制男人的力量。在此基础上她们的性能力很强，性欲也往往比较旺盛，相反她们的丈夫往往在这方面远不如她们。悍妇与妒妇往往又是一体之两面。妒妇是千百年来中国小说和评论中常见的主题，在唐代类书《艺文类聚》里，"妒"是一个很长的词条。在明清两代，有三部长篇小说和不少白话短篇小说，是专写悍妒之妇及其如何向男人施行报复的。另外还有很多戏剧作品和不少古文，也着力描写女人的嫉妒。吴妍娜（Yenna Wu）指出，至17世纪，泼妇已经从先前笑话和轶事中的主角儿变成小说、戏剧作品中受到深刻嘲弄和讽刺的对象。③ 晚明小说集《西湖二集》第十一卷开篇便如此概括评论："世上唯有女人最为妒忌。那一种妒忌之念，真是出人意料之外，无所不为，无所不至。"④ 故事叙唐代裴选与一侍儿暗中相好，被妒妻知晓，结果悍妻把侍儿弄死，还割下其外阴，强迫裴选把它贴在脸上出厅判事。不过裴选的悍妻不是一般人物，她是当朝公主，自然是拥有至高无上权势的悍妻。

---

① 马克梦：《吝啬鬼、泼妇、一夫多妻者：十八世纪中国小说中的性与男女关系》，王维东、杨彩霞译，人民文学出版社，2001年，第59页。

② 曹去晶：《姑妄言》，许辛点校，中国文联出版公司，1999年，第104页。

③ 参见吴妍娜：《婚姻等级制的逆转：17世纪中国文学中的泼妇与妻管严》，《哈佛大学亚洲研究杂志》，1988年第48卷第2期，第363～382页。Wu Yenna. *The Invertion of Marital Hierarchy: Shrewish Wives and Henpecked Husband in Seventeenth—Century Chinese Literature.* Harvard Journal of Asiatic Studies, 1988, 48 (2): 363-382.

④ 周清原：《西湖二集》，第2版，周楞伽整理，人民文学出版社，2006年，第172页。

悍妇小说通常以间接的方式表明，她们的"悍"和"妒"是一个人愤怒表现其高度旺盛的性欲的方式。《疗妒缘》里曾说，"淫"和"妒"本来就是互相关联的两种现象。

古代的不少男子深知房中术，对女子的身体怀有一种警惕感，俗语有云："妇人家入土方休。"① 他们从房中术中得到警告，与女人性交，就如"朽索御奔马"或"如临深坑下有刃，恐坠其中"。② 因此，这些男子往往只为采阴补阳，不会顾及女子的体验和快感，让她们的性享受始终处于压抑之中。这些得不到满足的悍妇，企图利用性的力量制服男人，这种力量包括向男人泼撒媚术、窃取男人的阳精。

悍妇凶悍，责任不全在她们，一来丈夫不能充分满足她们的性欲，二来丈夫往往还背着她们与别的女人偷情，这样更加分散有限的精力和性能，两者叠加之后，使得悍妇尤为恼火。一旦丈夫满足了她们的性欲，她们好妒的毛病也就去除了一半。《姑妄言》中宦萼的妻子"侯氏正在高兴，忽然觉下边不见了'妙笋'，用手一摸，已软叮当如疯瘫一般"，侯氏淫兴正浓，不肯就止，只好跨了下来，"替他百般摩弄，只是不起。急得侯氏将他项上咬了一口"，忍不住大骂丈夫"狠心的忘八"。③ 在宦萼通过服用道士给的性药彻底"战胜"她之后，侯氏方觉得自嫁夫以来，未有如此之乐，她便允许宦萼与他觊觎已久的丫鬟娇花相合。卜多银嫁了游夏流，丈夫因婚前胡混，嫖妓女，找龙阳，"作丧过了"，弄得精滑早泄，她不得满足，急怒之下一头撞去，对丈夫混打混咬，大哭大叫道："你这么个样子要甚么老婆？岂不耽误了我的少年青春？我这一世怎么过得？叫我守活寡，还要这命做甚么？"④ 丈夫百般哀求，多银也不肯听他，哭骂道："你就把我当祖宗供着，也抵得上那个东西么？"⑤ 还要继续撒泼上吊。文中夹评曰："下流人的祖宗不及一个阳物，可叹。"⑥《金瓶梅》中的潘金莲也有相似之处。

---

① 凌濛初：《拍案惊奇》，冷时峻校点，上海古籍出版社，2012年，第265页。
② 无名氏：《素女经》，中央编译出版社，2008年，第28页。
③ 曹去晶：《思无邪汇宝·姑妄言》，台湾大英百科股份有限公司，1997年，第1269页。
④ 曹去晶：《姑妄言》，许辛点校，中国文联出版公司，1999年，第541页。
⑤ 曹去晶：《姑妄言》，许辛点校，中国文联出版公司，1999年，第542页。
⑥ 曹去晶：《姑妄言》，许辛点校，中国文联出版公司，1999年，第542页。

第三节　婢女丫鬟的贞节观

　　侍女丫鬟的地位，总体是比较低的，《唐律疏议·户婚律上》就明确规定"婢乃贱流"[1]，且不可升为妻，否则男子要受两年徒刑的惩罚。《袁氏世范》卷一云："婢妾愚贱，尤无见识。"[2] 卷三云："至于婢妾，其愚尤甚。"[3] 除了少数是由大门富户破败后为免饥寒（如京剧《锁麟囊》的女主人公薛湘灵）或遭遇不幸被卖为侍女丫鬟、娼妓（如《金瓶梅》里孟玉楼），大多数出身多为贫寒之家，基本没有受过教育，从事服侍主人的闲杂而卑微的工作，收入、待遇自然都较低，人格上也较容易受到侮辱。她们主要分为两种：一种是得到男主子的垂青的通房丫鬟；另一种也是大多数的情况，就是没有被男主子收房的丫鬟侍女。

一、通房丫鬟的贞节观

　　得到男主子的垂青而成为通房丫鬟后，她的地位自然会有所提升，介于妻妾与其他丫鬟之间，如《金瓶梅》中西门庆的通房丫鬟春梅，其地位要高于另一名非通房丫鬟秋菊；《红楼梦》中贾琏的通房丫鬟平儿，贾宝玉的通房大丫鬟袭人，也自然要比其他普通丫鬟身份高一些。如若能为主人生下子嗣，则其可以上升至更高的地位，在一些豪门大族中就会成为"姨娘"，通过贵为主子的儿女获得较多的待遇和权利，如《红楼梦》中的赵姨娘，当然这时她的身份已发生了转换，已算半个主子了。

　　《红楼梦》里的袭人是一个特别的例子，她虽然也出自贫寒农家，但沉稳谨慎，行事老练，尤其是见识不凡，在服侍贾母时因表现过人而特赐给宝玉作大丫鬟，伺候宝玉时，又因与宝玉有云雨之情，关系更加非同寻常。除此以外，她在忧虑宝玉的性格和前程方面表现得深谋远虑，特别是在宝玉母亲王夫人面前进谏，从而深受王夫人信任和器重。但是，因为只

---

[1] 长孙无忌等：《唐律疏议》，刘俊文点校，中华书局，1983年，第256页。
[2] 袁采：《袁氏世范》，刘云军校注，商务印书馆，2017年，第36页。
[3] 袁采：《袁氏世范》，刘云军校注，商务印书馆，2017年，第135页。

是通房丫鬟，她对宝玉并没有太多的义务，后来宝玉出家，作为妻子的薛宝钗需要守节，而袭人则最终与戏子蒋玉菡结婚，并非其品节不够，主要就是身份所致。

不过，并非所有的通房丫鬟都有袭人的这种待遇，她们的命运最终还得看主子和主妇的人品和心肠如何。像《红楼梦》里贾琏的收房丫鬟平儿，饶有姿色，且颇有识见，也机灵活泛，会处事待人。但是因为贾琏是个典型的不成材的浪荡公子，只知道"皮肤淫滥"，拿她做泄欲的工具，从不会真正心疼体贴平儿；加上主母凤姐又是个厉害善妒的主，虽然因平儿极力贴心服侍，平时尚能得到她的一些赏识，但处于此一尴尬境地，在夹缝中生存的个中艰难，实非常人能受。在一次闹出情爱纠纷时，平儿也被卷进去，为此挨打含冤受屈。鸳鸯被老爷贾赦看上，要纳为小妾，遭到鸳鸯的断然拒绝，致贾赦怀恨在心，几度思量报复。薛蟠将丫鬟香菱收房，因她与宝黛等人走得较近，薛蟠便疑她与宝玉有染，吃醋嫉妒，也设计报复打击宝玉。而薛蟠妻夏金桂，因妒忌香菱，百般折磨她。薛蟠看上了夏金桂的丫鬟宝蟾，夏金桂假意给他们机会，却又暗地里教香菱给她取手帕，撞散了"好事"，惹薛蟠恼怒。后夏金桂又假借中魔装病嫁祸香菱，使薛蟠用门闩毒打香菱。虽然她们大多乖巧动人，贞静清节，忍屈受苦，但由于她们微妙的身份和尴尬的处境，大多仍然过着并不幸福的生活。

风流俏丽的丫鬟，有时也会被一些豪门公子爱赏。比如《林兰香》里的泗国府的侍女涣涣，便因风流俊美被耿朗的弟弟耿服倾心爱恋。后来棠夫人将涣涣送给了五娘彩云，耿服因不能再与涣涣相见，还生出相思之病，百般不能排解。最终被梦卿猜破规劝耿朗还婢全情，耿服才如愿以偿。梦卿的贴身侍女田春畹，无论是相貌还是为人处世，都与梦卿极为相似，被主人耿朗垂青眷恋。但春畹谨守主仆礼节，处处回避耿朗的挑逗。耿朗无奈只好暗中拿走她晒在外面的一只绣鞋，聊以自慰。四娘香儿的仆妇李寡妇和侍女红雨的淫行秽物败露。经过一番辛苦遭逢，涣涣终于嫁给耿服为妾。

对同房丫鬟贞节观描写最为细腻的要数李渔了，本书第三章第二节已论述过主人公的妻妾贞节誓言的虚矫和李渔的厌恶嘲讽，下面重点分析通房丫鬟碧莲的贞节观念。《无声戏》第十二回中，马麟如在重病以为将要离世之际，问自己的一妻一妾和一通房丫鬟碧莲日后的打算，妻妾争着表白自己守节的心愿，只有丫鬟默不作声。麟如问碧莲为何不说，是不是果然要嫁，碧莲依旧闭口，再不则声。

　　罗氏道："你是没有关系的，要去就说去，难道好强你守节不成？"碧莲不得已，才回复道："我的话不消自己答应，方才大娘、二娘都替我说过了，做婢妾的人比结发夫妻不同，只有守寡的妻妾，没有守寡的梅香，若是孤儿没人照管，要我抚养他成人，替相公延一条血脉，我自然不该去；如今大娘也要守他，二娘也要守他，他的母亲多不过，那希罕我这个养娘？若是相公百年以后没人替你守节，或者要我做个看家狗，逢时遇节烧一分纸钱与你，我也不该去；如今大娘也要守寡，二娘也要守寡，马家有甚么大风水，一时就出得三个节妇？如今但凭二位主母，要留我在家服侍，我也不想出门；若还愁吃饭的多，要打发我去，我也不敢赖在家中。总来做丫鬟的人，没有甚么关系，失节也无损于己，守节也无益于人，只好听其自然罢了。"①

　　但是我们不久就会看到，正是这个通房丫鬟碧莲，在正妻罗氏和妾莫氏争先恐后要改嫁他人的时候，她毅然守寡并自愿抚育莫氏所生的儿子，正是为了接续马麟如的香火。其间，碧莲清苦异常，一人含辛茹苦地抚育孩子成长。因而在谣传客死他乡的马麟如中了进士回来之后，看到妻妾和丫鬟之间的巨大反差和鲜明对比之后，对碧莲感激涕零，与前后态度成绝对对比，当晚与她重修花烛，再整洞房，对天发誓，从今以后与碧莲做结发夫妻，永不重婚再娶。经过一番盘问，马麟如方知碧莲的真实想法：

　　我当初的言语，是见他们轻薄我，我气不过，说来讥诮他们的，怎么当做真话？他们一个说结发夫妻与婢妾不同，一个说只有守寡的妻妾，没有守寡的梅香，分明见得他们是节妇，我是随波逐浪的人了；分明见得节妇只许他们做，不容我手下人僭位的了。我若也与他们一样，把牙齿咬断铁钉，莫说他们不信，连你也说是虚言。我没奈何只得把几句绵里藏针的话，一来讥讽他们，二来暗藏自己的心事，要你把我做个防凶备吉之人。我原说若还孤儿没人照管，要我抚养成人，我自然不去；如今生他的也嫁了，抚他的也嫁了，当初母亲多不

---

① 李渔：《无声戏》，浙江古籍出版社，2018年，第131~132页。

过,如今半个也没有,我如何不替你抚养?我又说你百年以后,若还没人守节,要我烧钱化纸,我自然不去;如今做大的也嫁了,做小的也嫁了,当初你家风水好,未死之先一连就出两个节妇,后来风水坏了,才听得一个死信,把两个节妇,一齐遣出大门,弄得有墓无人扫,有屋无人住,我如何不替你看家?这都是你家门不幸,使妻妾之言不验,把梅香的言语倒反验了。如今虽有守寡的梅香,不见守寡的妻妾,到底是桩反事,不可谓之吉祥。还劝你赎他们转来,同享富贵。待你百年以后,使大家践了前言,方才是个正理。①

当然,她不仅受到丈夫的报答,也受到了命运的报答。不过,从碧莲的心理"我若也与他们一样,把牙齿咬断铁钉,莫说他们不信,连你也说是虚言",也可以看出通房丫鬟是无须守节的,至少主人对她们的要求也是较低的。这当然与她们的身份和地位密切相关,她们分外的贞节之举会因此倍加受到赞扬,赢得更高的"荣誉",因为只要自愿,无论怎样的守贞守节都不会过分,尤其是在男权主义居上的古代社会。但是,因为她们的地位和身份,她们是永远不可能"入史""入志"的,最多也只能在李渔这样的小说家的笔下获得一个出场的机会。

二、普通婢女的贞节观

普通婢女就是没有被男主子收房的丫鬟侍女。主子的人品是非常重要的因素,主子为人正派,宽厚仁慈,不好色起淫,体恤下人,则即使丫鬟侍女或仆妇娇艳俏丽,主动"招蜂引蝶",也不会发生此事。

在讲究尊卑贵贱等级森严的中国古代,丫鬟婢女的身份是相对低贱的,"侍"本身就是服侍之意,而"婢"字则更鲜明地表露了其卑贱的身份。总而言之,她们与男性中的奴仆是全然相同的身份,遭人轻贱自是难免。因而,"众多的家庭和宗族都严禁后裔流入下贱,要求族人帮助已沦为奴婢的族人摆脱困境,并对自甘下贱者要予以革谱、出族等惩罚"②。如清光绪二十四年(1898年)安徽宣城《四安孙氏家规》便明确规定

---

① 李渔:《无声戏》,浙江古籍出版社,2018年,第142页。
② 费成康:《中国的家法族规》,上海社会科学院出版社,1998年,第58页。

"为奴仆者,出"①。丫鬟的身份有卑微而可怜的一面,在不少人心目中也是尴尬而暧昧的。也正因此,古代大多家训中都有对她们的警惕和防范,如司马光《居家杂仪》曰:"女仆无故不出中门,有故出中门,亦必拥蔽其面。"②《袁氏世范》"婢仆奸盗宜深防"条曰:"清晨早起,昏晚早睡,可以杜绝婢仆奸盗等事。"③另有"严内外之限""婢妾常宜防闭""侍婢不可不谨出入""婢妾不可不谨防""美妾不可畜"等条目,④都是针对婢妾的一些防范措施。清朱柏庐的《治家格言》亦强调"婢美妾娇,非闺房之福。奴仆勿用俊美,妻妾切忌艳妆"⑤。

对丫鬟的暧昧性和危险性揭示得最为幽默而深入的要数李渔,他在《十二楼·拂云楼》中,对丫鬟有一段智慧而有趣的分析和评价:

> 从古及今,都把"梅香"二字做了丫鬟的通号,习而不察者都说是个美称,殊不知这两个字眼古人原有深意:梅者,媒也;香者,向也。梅传春信,香惹游蜂,春信在内,游蜂在外,若不是他向里向外牵合拢来,如何得在一处?以此相呼,全要人顾名思义,刻刻防闲;一有不察,就要做出事来,及至玷污清名,梅香而主臭矣。若不是这种意思,丫鬟的名目甚多,那一种花卉、那一件器皿不曾取过唤过?为何别样不传,独有"梅香"二字千古相因而不变也?⑥

李渔所言其实是对晚明以来不少小说的概括,晚明的世情小说和艳情小说中,丫鬟充当的角色不可忽略,她们常常起到了闺塾情欲的引导师的作用,穿线搭桥,明里关照主母和小姐饮食起居,暗中则为情欲媒人。正如《姑妄言》所言:"再者大人家这些妇人女子坏事,多由于丫鬟仆妇。这种人可知甚么羞耻节义,只图得主母的欢心,做牵头,做马泊六,传消递息,引奸人马,遂成了他淫污之行。"⑦《金瓶梅词话》第二十二回中,西门庆与家仆来旺媳妇宋惠莲通奸,惠莲渐渐自大,忘却身份,作者引发

---

① 费成康:《中国的家法族规》,上海社会科学院出版社,1998年,第361页。
② 参见费成康:《中国的家法族规》,上海社会科学院出版社,1998年,第256页。
③ 袁采:《袁氏世范》,刘云军校注,商务印书馆,2017年,第129页。
④ 袁采:《袁氏世范》,刘云军校注,商务印书馆,2017年,第129~132页。
⑤ 时亮:《〈朱子家训 朱子家礼〉读本(附:〈朱柏庐治家格言〉)》,中国人民大学出版社,2016年,第205页。
⑥ 李渔:《李渔全集》第九卷,浙江古籍出版社,1991年,第152页。
⑦ 曹去晶:《姑妄言》,许辛点校,中国文联出版公司,1999年,第262页。

感慨:

> 看官听说:凡家主,切不可与奴仆并家人之妇苟且私狎,久后必紊乱上下,窃弄奸欺,败坏风俗,殆不可制!有诗为证:西门贪色失尊卑,群妾争妍竟莫疑。何事月娘欺不在,暗通仆妇乱伦彝。①

在《十二楼·拂云楼》中,李渔讲述了明朝一嫠妇被丫鬟送奸的小故事。话说此寡妇从十六岁开始守寡,一直守到四十多岁,"通族逼之不嫁,父母劝之不转,真是心如铁石,还做出许多激烈事来"②,可谓节烈极矣!未曾想丫鬟与人通奸,害怕被家母发现惩罚,因而生出一网打尽之念,引导奸夫趁家母熟睡之际奸污了她,此寡妇守了"二十余年的苦节,一旦坏于丫鬟之手"③,最后羞愤自杀。

在部分小说中,一些伶俐狡狯的丫鬟有时甚至反客为主,利用自己联通内外的中介作用,对小姐进行反控制,她们或者掌握了小姐的把柄,从而要挟小姐,使得小姐无奈之下反而哀求丫鬟。如元代的中篇文言小说《娇红记》中的飞红发现了申纯偷了娇娘的绣鞋,试图以绣鞋为证,迫使娇娘对自己坦白心事,不料娇娘巧言抵赖并反过来训斥诬陷她,飞红于是坚决要向老夫人告密,将他们拆开,娇娘不得已而向飞红哀求。李渔的《十二楼·拂云楼》中的丫鬟能红乖巧聪明,"竟把一家之人都放不在眼里",虽对小姐还有几分忌惮,但能力非同寻常,"或者会驾驭主人,做了这头亲事,也未见得"。④ 或是与小姐争宠斗艳,与男主人公先发生关系,一些书生和公子在得不到小姐身体的情况下,退而求其次先勾引了丫鬟以填补性欲空缺,如《欢喜冤家》中的广东卖珠客人。《十二楼·拂云楼》中裴七郎也是在追求韦家小姐被拒绝后,想到了她的美貌丫鬟能红,对媒婆俞阿妈说:

> 如今小姐没份,只得想到梅香。求你劝他主人,把能红当了小姐,嫁与卑人续弦,一来践他前言,二来绝我痴想,三来使别人知道,说他志气高强,不屑以亲生之女嫁与有隙之人,但以梅香塞责,

---

① 兰陵笑笑生:《金瓶梅词话》(梦梅馆校本),梅节校订,里仁书局,2013年,第313页。
② 李渔:《李渔全集》第九卷,浙江古籍出版社,1991年,第152页。
③ 李渔:《李渔全集》第九卷,浙江古籍出版社,1991年,第152~153页。
④ 李渔:《李渔全集》第九卷,浙江古籍出版社,1991年,第164页。

只当羞辱我一场,岂不是桩便事!若还他依旧执意不肯通融,求你瞒了主人,把这番情节传与能红知道,说我在湖边一见,蓦地销魂,不意芝草无根,竟出在平原下土;求他鉴我这点诚心,想出一条门路,与我同效鸾凤,岂不是桩美事。①

尽管有的丫鬟聪明狡狯,毕竟地位卑贱,因而在人格上总会俯屈几分,这种地位和人格使得她们在贞节观念上较为松弛,相对容易受到勾引。《十二楼·拂云楼》中能红虽然目睹了裴七郎的风姿,但在知悉裴七郎不但有求亲,还有希图苟合之意后,就时时刻刻防备前来说媒的俞阿妈。而一旦俞阿妈告知裴七郎为她屈膝下跪,她的自尊心一下得到极大的满足,便转念道:"这位郎君果然生得俊雅,他既肯俯就,我做侍妾的人岂不愿仰攀?"②"做名士的人,那里寻不出妻子,千金小姐也易得,何况梅香?竟肯下起跪来!"③而一旦裴七郎对能红的应允表达感激时,她便"一发怜上加怜,惜中添惜,恨不得他寅时说亲,卯时就许,辰时就偕花烛"④。尽管她对自身的聪明机智颇为自诩,但仍然脱离不了"身为下贱"的潜在心理。这种心理实际上是古代超稳定社会状态下的尊卑有别的反映,身为下层和弱势者为摆脱下等人的卑贱命运,会自动将自己纳入尊贵阶层,以求改变等级。能红纯属幸运儿,而更多想挑战这一身份等级的下层人物,却往往遭遇悲惨下场。即使是聪慧风流的大丫鬟晴雯也是如此,她不甘心命运的安排,欲与心悦的宝玉跨越暧昧界限,然而"心比天高,命比纸薄",受到命运和社会的无情捉弄。平儿虽然被贾琏收房,做了妾,还是常被凤姐猜忌,而贾琏对她也只是视为玩物而已,并没有什么真情实感。而对于普通的丫鬟,则地位更低,更容易被主子瞧上而遭随意玩弄。在《蝴蝶媒》第九回中,男主人公人未婚正室勾引遭拒,难以克制自己的情欲,于是先暂时跟女主人公的丫鬟苟合,"要拿她权做小姐"。女主人公后来注意到他们两人的关系非同寻常,心知丫鬟已先占头筹,但并不嫉妒,反而觉得有趣,故意点破她深知其情。《欢喜冤家》第十回中,书生许玄之想要勾引小姐蓉娘,请求丫鬟秋鸿助力,二人这一段对话充分显示

---

① 李渔:《李渔全集:第九卷》,浙江古籍出版社,1991年,第163~164页。
② 李渔:《李渔全集:第九卷》,浙江古籍出版社,1991年,第167页。
③ 李渔:《李渔全集:第九卷》,浙江古籍出版社,1991年,第167页。
④ 李渔:《李渔全集:第九卷》,浙江古籍出版社,1991年,第168页。

了滥情书生和普通丫鬟的贞节观念：

> 秋鸿曰："我在小姐跟前撺掇他来就你，你将何物谢我？"许生笑曰："若得如此，便把我身子来谢你。"秋鸿说："只怕你没分身处。"许玄说："小姐未必肯来，不若晚间望小娘子引我到你家，与小姐一会。"秋鸿说："我家晚间前后门一齐上锁，虽插翅亦不能飞，怎生去得！我小姐为人爽快，说个明白，况梦中已自会过，自然肯来。须待半晚方可。太早，怕人看见，夜了，又要锁门。"许生说："全仗小娘子一力相助。"秋鸿说："须寻个所在相会便好。"生曰："你来看，牡丹亭下芍药中，天然一个卧榻，好不有趣得紧。"秋鸿说："果然好个所在。"许玄见他娇艳，一见便留意了，因答话良久，不好为得，走到这个所在，那里就肯放他。便道："难得小娘子到这个寂静所在，望乞开恩。"鸿曰："我是媒人，岂可如此。"许立说："岂不闻啣花女做媒，自身难保。"近前挽住，一手去扯他下衣。秋鸿自知难免，况见生青春标致，已自动火……与他整好了乱鬓，扯齐衣服，送出园门。①

《欢喜冤家》第三回，李月仙与小叔章必英通奸，醒来后想道："红香是一路人，再无别人知道。落得快活，管什么名节。"② 可见小姐主母与丫鬟的特殊关系，特别是她们一旦合淫一人，则完全情同一路，相互"照应"，互相分享性爱资源。不过，小说中丫鬟往往会因此怀孕，小姐或主妇则相对较少，这大概与小说虽然让她们不"贞节"但还要保持尊者体面的情结有关吧。李月仙丈夫王文甫经商回来看见丫鬟红香"眉散奶高"，大吃一惊，心下明白"此女毕竟着人手了"。③ 而月仙还想替红香说话："我与他朝日见的，倒看不出。你今说破，觉得有些。若是外情，决然没有。或是二叔不老成，或者有之。不若把红香配了他。"④ 文甫倒是比较

---

① 西湖渔隐主人：《欢喜冤家》，于天池、李书点校，北京师范大学出版社，1993年，第175~176页。
② 西湖渔隐主人：《欢喜冤家》，于天池、李书点校，北京师范大学出版社，1993年，第47页。
③ 西湖渔隐主人：《欢喜冤家》，于天池、李书点校，北京师范大学出版社，1993年，第47页。
④ 西湖渔隐主人：《欢喜冤家》，于天池、李书点校，北京师范大学出版社，1993年，第47页。

明智通理，他说二官乃邻家之子，如果把使女配他，外人知道之后难免议论道他轻薄。原夫回家，章必英失伴，又与红香偷会方各自去睡。丫鬟往往是奸夫或欲偷情的男子对小姐或主母的性替代物和性幻想源。

有时，偷情者还将与丫鬟通奸来诱惑主母，然后故意假装不知是主母，把主母当作丫鬟来偷情，大声呼叫丫鬟名字，以消除主母的贞节羞耻感，简化过程，降低难度，以达到尽早占有的目的，如上引《欢喜冤家》第三回中的月仙、红香与必英就是如此，由此可见丫鬟的卑微地位和名声。甚至一些丫鬟在为主母传信牵线中"渔利"，先考察对方性能力，如《姑妄言》中的桂氏听说马夫盛旺阳物粗大而心动，令丫鬟香儿去传信引他夜里相会，盛旺遂用自己的阳物"感谢"香儿，而香儿"也不推辞"，接着素馨等其他几位丫鬟全都弄上了。

丫鬟与仆人之间的私通也时有发生，他们属于同一阶层之内，这当然也是大户人家对仆人侍女提防的重点之一。而她们一旦被主子发现，就会面临惩罚。《金瓶梅》第六十四回叙李瓶儿死后，西门庆家中的俊美书童趁西门庆走后，和丫鬟玉箫互相嘲斗戏弄，"这玉箫赶人没起来，暗暗走出来，与书童递个眼色，两个走在花园书房里干营生去了"①，却不幸被潘金莲发现，便不停地骂二人"囚根子""贼囚根子"，唬得两个做手脚不迭，齐跪在地下哀告。最后金莲让她们拿一匹孝绢和一匹布来作为孝敬才罢休，之后两人还苦苦哀求金莲不要告诉西门庆，以免遭受残忍的惩罚和教训。

总之，丫鬟往往成为闺阁情欲的牵线搭桥者，主母和小姐对她们是既需要又利用，有时甚至会在权力点的转移中受制于她们。但是，丫鬟的地位依旧是最低的，如《金瓶梅》中的秋菊，经常遭到金莲和另一位与西门庆同房的丫鬟春梅的辱骂、体罚甚至毒打。一旦她们与外人私通，顾虑到被主母或主人知晓后会受到严惩，一些胆大的丫鬟便会生出私心拉扯主母一起通奸合淫。于是，主子和主母有时又害怕她们下等人"招蜂引蝶"的不良习性玷污了贞闺和家庭，所以对其也颇有防嫌。这种防嫌，到正直的男主人那里就更为严谨了。但若碰到好色贪淫的男主子，则她们的命运会迅速分化为两种：一是主动勾搭、投怀送抱，以图成为通房丫鬟，若再产

---

① 兰陵笑笑生：《金瓶梅词话》（梦梅馆校本），梅节校订，里仁书局，2013年，第1023页。

子，则可进一步摇身变为姨娘或姬妾；二是始终是普通婢女。第一种情形中，正直贞节的丫鬟则力图躲避主子的骚扰，但往往还是无力抗拒，徒然成了可怜的牺牲品。

第四节　妓女的贞节观

　　明清世情小说中的妓女形象多姿多彩。作为一个处于社会边缘的灰色群体，因其身份和职业的特殊性，妓女的贞节观念自然与常人有异。那么她们是如何对待贞节的？

　　唐传奇中已经塑造了不少形象鲜明的妓女，她们大多颇重情义。蒋防的《霍小玉传》中的霍小玉，由霍王之女而沦为娼家，自从爱上大家才子李益，希望能与之长相厮守，但虑及自身落入风尘，在特重门第出身的唐代，她清楚自己是不可能拥有李益的，遂提出与之共度八年光阴而后削发出家，李益再娶。结果李益以家事相托，回家娶名门闺秀，小玉不事他人，苦苦相思等待，直到最后李益完全欺骗了她，痛苦而死。白行简《李娃传》更是塑造了一位形象饱满的妓女李娃，她开始并不十分重情，对荥阳生为她荡尽钱财之后弃之不理（这当然更符合一般的贪财妓女形象），后来荥阳生沦落街头唱莲花落遭父鞭挞欲死，她才良心大痛，后为其养伤，悉心照料，并鼓励他致力科考，终于一第成名，而她自己也因此获得好报，被封为汧国夫人。作者在文末感慨她道："嗟呼！倡荡之姬，节行如是，虽古先烈女，不能逾也。焉得不为之叹息哉！"[①] 房千里《杨娟传》，也歌颂了以死报恩的杨娟："夫娼，以色事人者也，非其利则不合矣。而杨能报帅以死，义也；却帅之赂，廉也。虽为娼，差足多乎！"[②]

一、唯利是图的妓女

　　妓女的地位卑贱，身份低下，她们的职业特征便是以出卖色相来换取

---

① 《全唐五代小说：第 2 册》，李时人编校，何满子审定，詹绪左覆校，中华书局，2014年，第 779 页。
② 《全唐五代小说：第 4 册》，李时人编校，何满子审定，詹绪左覆校，中华书局，2014年，第 1950 页。

钱财，这决定了她们中的绝大多数必然是唯利是图、趋炎附势、攀富嫌穷的。她们清楚世态炎凉、人情冷暖，更洞悉尊卑有别，一切的无边风月、海誓山盟，都不过是临场卖笑、逢场作戏而已，时过境迁，都很快烟消云散。因此，她们通常也不会将情感看得太重，更不会用良家女子的贞节观念来束缚自己，即使偶有爱惜羽毛、贞节自守的，想早日脱离苦海，也会遭到嗜钱如命的老鸨和老龟及妓院打手等的威逼利诱和严酷惩罚。同样，世人也大多以"婊子无情"视之，如《姑妄言》中的秦淮名妓钱贵之母、老鸨郝氏在威逼女儿接客时便言：

> 我从来没有听见门户人家守节的。就是良家妇人要守节，也必定等有个丈夫死了才守，也没有望空就守的理。我养你一场，靠你养老。你不接客，难道叫我养你一生不成？我不过为你是亲生之女，下不得手打你，你再执拗，我就拿皮鞭奉敬你了。①

自己的亲生女儿尚且如此，遑论那些花钱买来或拐骗而来的妓女！对妓女和老鸨、龟子们的此类声讨和揭露的文字，在明清小说中可谓比比皆是，如《拍案惊奇》卷二十五中，作者便毫不留情地说：

> 才有迷恋之人，便有坑陷之局。做姊妹的，飞絮飘花，原无定主……怎当得做鸨儿、龟子的，吮血磨牙，不管天理，又且转眼无情，回头是计。所以弄得人倾家荡产，败名失德，丧躯殒命，尽道这娼妓一家是陷入无底之坑，填雪不满之井了……娼家习惯风尘，有圈套的多，没圈套的少。②

《欢喜冤家》第十四回中的妓女秀英便是唯利是图的代表，她先与和尚了然相好，后来了然钱财耗尽，便立刻抛弃他换上新欢，了然气愤地问她："你记得旧年初遇，叫我和尚心肝否？"秀英道："有钱时，和尚便是心肝，你无了钱，心肝便不对和尚了。"③ 多么冷酷的回答，无怪乎了然听后伤心大怒，手拿石块将其打死，虽然行径过狠，但秀英过于市侩，自身亦难辞其咎。李渔的《无声戏》第七回《人宿妓穷鬼诉嫖冤》开首录了

---

① 曹去晶：《姑妄言》，许辛点校，中国文联出版公司，1999年，第271～272页。
② 凌濛初：《拍案惊奇》，冷时峻校点，上海古籍出版社，2012年，第340～341页。
③ 西湖渔隐主人：《欢喜冤家》，于天池、李书点校，北京师范大学出版社，1993年，第226页。

一首词《如梦令》："访遍青楼窈窕，散尽黄金买笑。金尽笑声无，变作吠声如豹。承教承教，以后不来轻造。"① 然后对妓女的无情和一些浪子的自作多情大发感慨："世上青楼女子，薄幸者多，从古及今，做郑元和、于叔夜的不计其数，再不见有第二个穆素徽、第三个李亚仙。做嫖客的人，须趁莲花未落之时，及早收拾锣鼓，休待错梦做了真梦，后来不好收场。"②

李渔清醒地认识到妓女的薄情本质，明白从花柳场觅贞妇的荒谬和不现实，因此做了《人宿妓穷鬼诉嫖冤》这篇小说来讽刺那些呆公子。某贵公子花数千银两来会南京名妓金荃娘，随父调北京临行前，该妓赌咒发誓再不接客，没曾想不到一年她却因与服了所谓群姬夺命丹的术士交媾过度而死。这位公子终于醒悟过来，痛彻心扉：

> 这个淫妇吃我的饭，穿我的衣，夜夜搂了别人睡，也可谓负心之极了。倒临终时节又不知那里弄些猪血狗血，写一封遗嘱下来，教我料理他的后事。难道被别人弄死，教我偿命不成？又亏得被人弄死，万一不死，我此时一定娶回来了。天下第一个淫妇，嫁着天下第一个本领不济之人，怎保得不走邪路、做起不尴不尬的事来？我这个龟名万世也洗不去了。③

《金瓶梅词话》中西门庆的妾李娇儿原本是一个妓女，在西门庆死后，正妻吴月娘完全以主母撑持家庭，其他几位妾虽然也有各自的打算，却没有一位像她一样早早将西门家私偷运出去，是离心力最强的一个妾。西门庆死后，同是妓女场上的李家桂卿、桂姐悄悄对作为妓女出身的李娇儿说："俺妈说，人已是死了，你我院中人，守不的这样贞节……不拘多少时，也少不的离他家门。"④ 出殡之时，李桂卿、桂姐在山头，又悄悄劝说李娇儿，典型地反映了妓女为妾的夫妻观念和贞节心理："你又没儿女，守甚么？……你那里便图出身，你在这里守到老死也不怎么。你我院中人家，弃旧迎新为本，趋炎附势为强，不可错过了时光！"⑤ 这李娇儿听记

---

① 李渔：《无声戏》，浙江古籍出版社，2018年，第76页。
② 李渔：《无声戏》，浙江古籍出版社，2018年，第76页。
③ 李渔：《无声戏》，浙江古籍出版社，2018年，第78页。
④ 兰陵笑笑生：《金瓶梅词话》（梦梅馆校本），梅节校订，里仁书局，2013年，第1399页。
⑤ 兰陵笑笑生：《金瓶梅词话》（梦梅馆校本），梅节校订，里仁书局，2013年，第1404页。

在心，过了西门庆"五七"之后，最终借机与吴月娘大闹离开西门府，在西门庆的生前"挚友"应伯爵的协助下，很快嫁与张二官儿为二娘子。作者用极为尖刻的嘲讽腔调对李娇儿的行径做了一番很长的评议：

> 看官听说：院中唱的，以卖俏为活计，将脂粉作生涯。早晨张风流，晚夕李浪子。前门进老子，后门接儿子。弃旧迎新，见钱眼开，自然之理！未到家中，挝打揪持，燃香烧剪，走死哭嫁；娶到家，改志从良，饶君千般贴恋，万种牢笼，还锁不住他心猿意马，不是活时偷食抹嘴，就是死后嚷闹离门。不拘几时，还吃旧锅粥去了！①

这段话很像是《拍案惊奇》卷二十五里的一段批评："至于那雏儿们，一发随波逐浪，那晓得叶落归根？所以百十个姊妹里头，讨不出几个要立妇名、从良到底的。就是从了良，非男负女，即女负男，有结果的也少。"②《金瓶梅词话》中有一首七律诗可概括这些无贞无情、喜新厌旧的妓女："堪叹烟花不久长，洞房夜夜换新郎。两只玉腕千人枕，一点朱唇万客尝。"③ 正因为这些妓女往往有薄情寡义和不忠善变的缺点，因此就连潘金莲这样的淫妇都嘲骂妓女："十个九个院中淫妇，和你有甚情实？常言说的好，船载的金银，填不满烟花寨。"④

因此，明清一些小说作家和李渔一样对妓女的无情有清醒的认识，宣称绝对不可以娶娼妓为妾。比如《醒世姻缘传》里的珍哥，原本是一位唱旦角的娼妓，因貌美擅唱，被晁源以八百两银子纳娶为妾，宠爱无加，并与珍哥一起逼死正妻计氏。珍哥后被捉拿入狱，因美色而为牢头觊觎，遂与刑房书手张瑞风和晁源家中下人晁住多次通奸。事实上，在晁源与她刚认识不久尚未纳娶为妾时，她已经与一切靠他经手的晁住往来勾搭有染。在晁家另一下人晁凤去看望她时，感叹劝她要看看大爷的分上才好，珍哥还不承认，晁凤说："你坐监坐牢的已是不看分上了，又在监里养汉，又弄出这们事来！你亲口说养着晁住哩！这是你看分上呀？"珍哥道："这倒无伤。谁家娶娼的有不养汉的来？"⑤ 作者在第五十一回末对此做了总结，

---

① 兰陵笑笑生：《金瓶梅词话》（梦梅馆校本），梅节校订，里仁书局，2013年，第1405页。
② 凌濛初：《拍案惊奇》，冷时峻校点，上海古籍出版社，2012年，第341页。
③ 兰陵笑笑生：《金瓶梅词话》（梦梅馆校本），梅节校订，里仁书局，2013年，第1406页。
④ 兰陵笑笑生：《金瓶梅词话》（梦梅馆校本），梅节校订，里仁书局，2013年，第156页。
⑤ 西周生：《葛受之批评醒世姻缘传》，翟冰校点，齐鲁书社，1994年，第694页。

认为珍哥自从被晁源买到家中，前后里外整整作了一十四年的孽。作者禁不住感慨道："可见为人切忌不可娶那娼妇，不止丧了家私，还要污了名节，遗害无穷！晁源只知道挺了脚不管去了，还亏不尽送在这等一个严密所在，还作的那业，无所不为，若不是天公收捕了他去，还不知作出甚么希奇古怪事来！真正：丑是家中宝，俊的惹烦恼；再要娶娼根，必定做八老！"① 在作者的笔下，娼妓真如洪水猛兽也！

二、节烈重情的妓女

在明清通俗小说里，也分明有不少节烈重情的妓女，如前文所讨论的《金瓶梅》里的韩爱姐，《绿野仙踪》里的金钟儿，以及"三言二拍"等小说里有很多类似的妓女。她们与前面那些唯利是图的妓女之间形成巨大差异，颇值得考察。

"三言二拍"中此类贞烈的妓女不少，其中多数是想要寻一个可靠满意的丈夫从良——这是一个朴素而现实的愿望。如《醒世恒言》第三卷《卖油郎独占花魁》中的花魁莘瑶琴不愿接客，对来劝她的刘四妈说自己想从良，刘四妈也说从良是个有志气的事。但给人印象最深的无疑是性格刚烈的杜十娘。《警世通言》第三十二卷《杜十娘怒沉百宝箱》中，被作者称为"千古女侠"的杜十娘，在遭到以心相许的举子李甲的负心后，伤心之极，痛彻心扉，向世人展示了"一心从良"的见证——"百宝箱"，然后带着对人生的遗憾和悲愤决然赴水，十九岁的芳华陨落江心，令数百年来几多读者掩卷叹惜。小说中的挑拨者孙富打动李甲的话中正是借"贞节"之语来说事，他说甲父居官一方，"必严帷薄之嫌，平时既怪兄游非礼之地，今日岂容兄娶不节之人"②。孙富为了计骗李甲，又用妓女水性浮薄来刺激他："自古道：'妇人水性无常。'况烟花之辈，少真多假。他既系六院名姝，相识定满天下；或者南边原有旧约，借兄之力，挈带而来，以为他适之地。"③ 可见妓女的"贞节"形象在一般人心目中地位之一斑。

---

① 西周生：《葛受之批评醒世姻缘传》，翟冰校点，齐鲁书社，1994年，第694~695页。
② 冯梦龙：《警世通言》，严敦易校注，人民文学出版社，1956年，第495页。
③ 冯梦龙：《警世通言》，严敦易校注，人民文学出版社，1956年，第495页。

明清通俗小说中妓女尽贞守节的故事还有不少。《警世通言》第十卷《钱舍人题诗燕子楼》中的妓女关盼盼，当她的情人张建封死后，她焚香指天誓曰："妾妇人，无他计报尚书恩德，请落发为尼，诵佛经资公冥福，尽此一世，誓不再嫁。"① 从此闭户独居，再不见任何人，如此二十多年而逝。《警世通言》第二十四卷《玉堂春落难逢夫》中的美妓苏三玉堂春一直卖艺不卖身，与尚书公子王景隆一见钟情，初夜献之，恩爱缠绵。王公子为其荡尽巨额盘缠，被老鸨无情驱赶，二人只得暂别分手。临别前苏三对王公子立誓说："苏三再若接别人，铁锁长枷永不出世。"② 后来不管虔婆如何逼迫，果真再也不肯接客，死心塌地为王公子守节，吃尽苦头亦不改初衷。《拍案惊奇》卷二十五中的名妓苏盼奴与赵司户情重爱深，决心要从良嫁给赵司户。后因赵司户去外地做官，从良手续拖了三年没办成，其间她不接一客，足不出户，等着赵司户接她。而赵司户一走再没音讯，苏盼奴竟然相思郁郁而死。本篇的"入话"里曾写道："那些做妓女的，也一样娘生父养，有情有窍……其中原有有真心的，一意绸缪，生死不变；原有肯立志的，亟思超脱，时刻不忘。从古以来，不止一人。"③ 这里说的"真心"与"立志"，其实是不出贞节的道德范畴的。"不止一人"，可见古代确有一些女子身为妓女，却向往守贞节的"好题目"。作为生活在大传统下的百姓一员，妓女虽有自己的小传统思想，亦受社会风尚的影响，即或自己早已失身，内心却向往贞节，虽经万千辱折，心中情爱只付一人，宁死不易，以此来弥补她们在贞节题目上的心理缺憾。这也就成为她们最高的精神追求和寄托，并以此自重、自傲、自慰，求得心理上的平衡，获取社会的认可。可是，女子既沦落风尘，就是众多男人的玩物，因此有研究者认为杜十娘、韩爱姐的拒不接客、断发毁目、投江自杀诸般的谨贞守节，就不能算是原本意义上的贞节了，而只能是"爱情贞节"，其"核心要义是女子一生只能把自己的情爱奉献给一个男人，并矢志不移。即使后来发现对方有什么恶行，也决不再移情别恋。甚至是对方负心、变卦，宁可像杜十娘、尤三姐那样去死，也坚决不改初衷"④。此

---

① 冯梦龙：《警世通言》，严敦易校注，人民文学出版社，1956 年，第 121 页。
② 冯梦龙：《警世通言》，严敦易校注，人民文学出版社，1956 年，第 352 页。
③ 凌濛初：《拍案惊奇》，冷时峻校点，上海古籍出版社，2012 年，第 341 页。
④ 李奉戬：《明清小说中的妓女与爱情贞节》，《明清小说研究》，2005 年第 2 期，第 23 页。

论有一定道理，但显然不够全面，杜十娘、尤三姐这样的毅然赴死，除了真情彻底付出之后的强烈受挫，显然还有对自我尊严的维护和自己形象的重塑。从马斯洛的需求层次理论来看，作为妓女尤其是颜色非常的妓女，其生理和物质层面的需求应该比较容易获得充分满足，而在爱情、安全感、尊重和自我实现等方面都较常人更为缺乏，也因此更加向往。"为失三从泣泪频，此身何用处人伦。虽然日逐笙歌乐，长羡荆钗与布裙。"①晚唐名妓徐月英的这首《叙怀》典型地反映了一些妓女对常态生活的向往之情。所以妓女的贞洁也不单是爱情贞节，而是多重心理和精神需求缺失后的一种综合应激反应。《红楼梦》中的柳湘莲与尤三姐连真正的相爱都算不上，只是尤三姐的单相思，但尤三姐认为自己一心痴爱湘莲长达五年，自己爱得那么贞节，对方不但毫无所知，还误解嫌弃而退亲，所以她以死明志，以维护自己的自尊和形象。

  妓女自杀，是一个不可忽略的小说情节和文化现象。从更广泛的意义上来说，她们的死有多重寓意。对这些妓女而言，她们的自杀无疑是一种生命历程卑污感的解脱，更是一种对饱受歧视命运的抗争。作为一类特殊的边缘群体，她们是被侮辱与损害的人。某种意义上，她们通过死才真正挽回自己的尊严，实现对自己的救赎，守节不过是一种变相的自我惩罚和救赎。一切遭受过侮辱的人，在内心深处都会有一种强烈的缺失感，这种缺失感又容易导致她们对现实产生一种反抗的欲望。同时，用死亡或倍受折磨等方式作为她们的下场，也是弥补读者的缺憾。妓女实现自我救赎的方式很多，除了自杀，还有见义勇为，或为国殉难，或为顶替别人殉难②。她们要从人们普遍的歧视目光中突围，往往要做出超出常人的举动。长时间处于边缘化生存状态的人，心理容易处于激情状态中，她们的激情行为往往要高于在社会常态下生活的人。尽管作者和读者都明白很多妓女落入风尘也是身不由己，但在潜意识中还是会认为妓女不贞不节，贪财势利，弃旧迎新，前文已展示了明清小说家对她们的态度。在对她们的结局安排上，更可见这些小说家的特殊心理和读者的期待视野，她们除自杀或病死的悲惨下场外，就算经受千难万险，始困终亨，始离终合，也往

---

① 《全唐诗（增订本）》，中华书局编辑部点校，中华书局，1999年，第9130页。
② 这在张艺谋导演的电影《金陵十三钗》中作为主题被表现。

往不会拥有完美结局。如《警世通言》里的玉堂春苏三，虽然历尽磨难终与有情人结成眷属，但作者在大团圆式的小说结尾还是只给了她一个妾的身份。而同样发誓非苏三不娶，"若南京再娶家小，五黄六月害病死了我"① 的情人王景隆，却在中进士后居官期间依父命负心先娶了一位大家小姐为妻，其原因便在于苏三自己的谦让之言："奶奶是名门宦家之子，奴是烟花，出身微贱。"② 又如前文分析《姑妄言》中的名妓钱贵，尽管美丽而深情，但作者还是安排了一个叫代目的丫鬟作为钟情之妾，以代钱贵女身，并通过对钟情和代目新婚之夜的叙写，来强调这一夜钟情如何"得尝新物"。

普通人对妓女的歧视和贱视更是一直客观存在的，而且是一种普遍的社会心理。作为官妓，历代乐籍制度③都对隶属乐籍的男女老少持贱视态度。首先，乐户社会身份大致与工户、官户、杂户和部曲差不多，都属于身份在良民之下的"贱民"阶层，"名籍异于编甿"。且一旦入籍，累世不改。其次，在婚姻关系上，乐户要"依令当色为婚"，也就是只能与同类婚配，而不能与良民结合，否则就要受到惩罚。官员及其子孙都不得娶乐人为妾，良人则不能娶其为妻，否则都要被问罪。至于普通妓女，民间百姓更是为之侧目，《拍案惊奇》卷二中的姚滴珠的公公就是一个缩影，一日，因滴珠起得迟了些，恶口的潘公开口骂道："这样好吃懒做的淫妇，睡到这等日高才起来！看这自由自在的模样，除非去做娼妓，倚门卖俏，撺哄子弟，方得这样快活像意。若要做人家，是这等不得！"滴珠听了，便道："我是好人家儿女，便做道有些不是，直得如此作贱说我？"④ 她大哭一场，受气不过离家出走。潘公和滴珠虽然一个是施辱者，一个是被辱者，但对娼妓极其鄙视的心态则是完全一致的。妓女在世人的目光中近于奴婢，则她们难免长期在一种压抑和贬抑的心理状态下生活。作家的思想逻辑是，其身体历史肮脏，若不通过特别的付出，将自己不洁的历史洗刷

---

① 冯梦龙：《警世通言》，严敦易校注，人民文学出版社，1956年，第352页。
② 冯梦龙：《警世通言》，严敦易校注，人民文学出版社，1956年，第374页。
③ 乐籍制度是从古代罪犯家属没籍为奴和奴隶世袭制度发展而来的。汉代已有的所谓"故倡"，实即后代所说的世袭乐户。北魏则第一次以立法明文规定，凡罪犯之妻没籍为乐户。但直至隋代以后，乐籍制度才得以延续实施，历经唐宋元明而不改，直到清代雍正元年才被革除。参见武舟：《中国妓女生活史》，湖南文艺出版社，1990年，第122页。
④ 凌濛初：《拍案惊奇》，冷时峻校点，上海古籍出版社，2012年，第21~22页。

干净,便轻易得到美满的爱情和幸福,这太不符合生命的付出与回报的"能量守恒定律"了。如果让她们死去或者受到极大的折磨和惩罚,反而会激起读者的怜悯和痛惜之情,这是一种叙事的潜在心理。

《绿野仙踪》里的美妓金钟儿一开始也是心性不定,趋炎附势,弃旧迎新。她始与温如玉交好,后遇身份更高的何公子后,便欲攀贵附势,正如她嘲骂吃醋的温如玉时唱曲自道:"奴本是桃李春风墙外花,百家姓上任意勾搭;你若教我一心一信守一人,则除非将奴那话儿缝杀!"① 在经过情恋何公子惨遭嫌弃后,金钟儿才意识到温如玉真心实意之可贵,终下决心不顾一切和他相守,两人夜晚在后园内叩拜天地,啮指出血,发誓生死相许。至此温如玉和金钟儿的情感,才脱离了嫖客和妓女的庸俗层面,升华为儿女真爱。金钟儿将自己所有银两转与温如玉保存,如玉为了赶考离开后,她立誓不再接客,一心等待情郎的归来,却不幸得知所赠如玉银两被盗,后又遭郑三的两番毒打,"又气、又恨、又怒、又羞"的她在绝望中结束了自己的生命,果然为如玉守贞而亡。

《姑妄言》中的瞽妓钱贵美貌多才,她期待有朝一日得遇一有才有貌的情郎以从良。她拒绝了慕"色"而非重"情"的富家子弟祈公子的求婚,而为初次相遇的钟情的才学和"深情"吸引。之后,钱贵向钟情发誓以性命来"守节"。作为女性贞节之"情"的象征,钱贵喜欢引用传奇人物小青的诗歌,而"小青"这一名字已然成为明末清初重"情"才女的同义词。② 后来官府公子姚泽民慕名而来出重金给其母郝氏,心有所属而发誓守节的钱贵听说有人要来嫖她,满腔怒火,大义凛然地以死相抗,说:"此身是决不再辱的了,母亲不用痴想。若定要图这几两银子,我必以颈血溅地。"③ 这自然激怒了身为老鸨而见钱眼开的母亲,二人为各自的目的和观念做了"殊死决斗":

  那郝氏大怒道:"我从来没有听见门户人家守节的。就是良家妇人要守节,也必定等有个丈夫死了才守,也没有望空就守的理。我养你一场,靠你养老。你不接客,难道叫我养你一生不成?我不过为你

---

① 李百川:《绿野仙踪》,侯忠义整理,北京大学出版社,1986年,第388页。
② 参见黄卫总:《中华帝国晚期的欲望与小说叙述》,张蕴爽译,江苏人民出版社,2010年,第227~228页。
③ 曹去晶:《姑妄言》,许辛点校,中国文联出版公司,1999年,第271页。

是亲生之女，下不得手打你，你再执拗，我就拿皮鞭奉敬你了。"钱贵道："母亲，不要说皮鞭，虽鼎烹在前，刀锯在后，我亦不惧。"郝氏越发怒道："罢了，你既是这样的逆种，不是你死，就是我亡。我且打你个辣手，你才知道利害。"恶狠狠就取鞭子。钱贵道："母亲不必动怒，你既爱钱不惜人，我要这命何用？"大呼道："罢罢，我把这命还了你。"猛然一头撞在地下，额鼻皆破，满面血流，便晕了过去。①

郝氏被这一吓，忙走出来将银子送还姚泽民，姚泽民又使势威逼，钱贵以"匹夫不可夺志"为托词，再度以死相抗，姚公子只得悻悻而去。②钱贵不惜以生命为代价，来捍卫自己的尊严和"贞情"，可以说是继承发扬了此类贞烈妓女的光荣传统，成为节烈重情之妓的异代知音和真情代表。黄卫总对钱贵的形象评价很高："《《姑妄言》）与《肉蒲团》等许多艳情小说相异，这十八世纪小说的作者在广阔的'欲'的沙漠中开拓出了'情'的绿洲。确实，在一个兽欲横流的世界中，钟情和妓女钱贵的爱情故事脱颖而出。"③钟情和钱贵这双对爱情忠贞不渝的恋人，与小说中的其他灰色人物形成鲜明对比。

不过，钱贵是与接近完美的爱人钟情的相恋、相知、相爱，茫茫人海能寻觅此等情圣般的白马王子兼才士，实乃一女子人生之大幸，更何况钱贵这样的苦命瞽妓，因而她为其不惜一切代价坚守苦等是完全值得的。而韩爱姐和金钟儿则是痴情浪子与节烈妓女的典型，她们的心爱对象都是落魄的风流浪荡公子，本是风月场上的滥情之客，只是面对意中佳人而变得痴情起来，按理是不值得为他们守节，更不用说"烈"，但风流公子自有其动人心扉之处，何况风尘女子又有几人能有钱贵这样"中得头彩"的大运呢？可见，人生的被侮辱与被损害，在她们的生命里投射了浓重的阴影，在她们的心上留下了深刻的创伤。

---

① 曹去晶：《姑妄言》，许辛点校，中国文联出版公司，1999年，第271～272页。
② 曹去晶：《姑妄言》，许辛点校，中国文联出版公司，1999年，第272页。
③ 黄卫总：《中华帝国晚期的欲望与小说叙述》，张蕴爽译，江苏人民出版社，2010年，第226页。

第五章　贞节观的影响因素在明清通俗小说中的表现

对明清通俗小说贞节观念起作用的因素到底有哪些呢？笔者试概括为外貌、性能力、金钱、情趣、远出等几个重要因素，它们大致按照递减的序列，对贞节观造成深浅不一的影响，因其往往交织在一起，故而常常是以合力的形式对贞节观施加影响。

第一节　贞节观与外貌

无论美多么具有主观性、模糊性和不确定性，但有一点似乎是天经地义的：爱美之心，人皆有之。古希腊有为争夺海伦而发生特洛伊战争，从而催生了荷马史诗《伊利亚特》。在古代中国，烽火戏诸侯的故事早已广为流传，而白居易的一语"天生丽质难自弃"、吴梅村的一曲"冲冠一怒为红颜"，又扣动多少人的心扉。尽管杂有多种因素，但对容貌之美的欣赏，可谓古今一理，东西攸同。在叙事性较强的文学体裁如戏曲小说中，这方面的描写尤为细腻。如《西厢记》中的崔莺莺与张生仅一面之缘，张生便对她一见钟情，神魂颠倒；《牡丹亭》的杜丽娘与柳梦梅只在梦中相遇，就产生爱情，外在的美貌似乎非常重要。《霍小玉传》中李益对霍小玉说："小娘子爱才，鄙夫重色。两好相映，才貌相兼。"[①] 郎才和女貌遂成为各自被欣赏产生情爱的条件和优势。古时妇女的才干微不足道，班昭

[①] 《全唐五代小说：第 2 册》，李时人编校，何满子审定，詹绪左覆校，中华书局，2014年，第898页。

的《女诫》里提出妇女的"德言容功",是没有才学的位置的,"女子无才就是德",妇女即使有被赋予吟诗作赋的权利,那也只是为了与文人墨客搭配一点香艳的点缀,如《牡丹亭》第三出《训女》中杜太守所说的那样:"看来古今贤淑,多晓诗书。他日嫁一书生,不枉了谈吐相称。"① 但是,在古代传统观念中,妇女主内,其最大的天职是侍奉公婆和丈夫,抚养教育儿女,为家庭和家族尽力生色。一旦胸中有些才学,容易动了心性,生发非分之想,干出逾墙钻穴、淫乱苟且之事,实在大大有碍于名教。明末小说《欢喜冤家》第一回末点评中有两句话大概可以看作古代读书人的一般看法:"自古多才之女,偏多淫纵之风。"② 如果还喜欢读才子佳人类小说,道学家就更加忧虑:"人虽不肖,未有敢肆为淫纵者。自邪书一出,将才子佳人四字抹杀世间廉耻,而男女之大闲不可问矣。每见名闺女子,素行无瑕,暂一披卷,情不自制,顿忘中冓之羞,遽作巫山之梦。"③ 清代章学诚更是严厉批评引导门下女才子吟诗作文的袁枚是"无耻妄人","蛊惑士女",更批评女学生曰:"此等闺娃,妇学不修,岂有真才可取?而为邪人之播弄,浸成风俗,人心世道,大可忧也。"④ 故而,妇女吟诗作赋、写字作画的这点自由的闲情雅致,也不适合大肆宣扬。妇女只能靠春花般的美貌耀眼一时,尽管"容华若桃李",但"俯仰岁将暮,荣耀难久恃。"⑤ 一旦年老色衰,便难逃被抛弃的命运,像班婕妤诗中写得那样"弃捐箧笥中,恩情中道绝"。以至于美人迟暮与英雄失路成为传统文化中的两大悲剧主题。唐传奇中的"佳人"结局大略是悲剧性的,也正出于这一原因,红颜薄命成为古典文学表现的一大主题。也因为"英雄"常为"倾国倾城"而折腰葬送江山,红颜祸水成为古典文学的又一大命题。

在明清各类通俗小说中,俊男美女是故事里必不可少的人物。在才子佳人小说中,既为才子佳人,则男子有才,女子貌美,就是理所当然的

---

① 汤显祖:《牡丹亭》,徐朔方、杨笑梅校注,人民文学出版社,1963年,第9页。
② 西湖渔隐主人:《欢喜冤家》,于天池、李书点校,北京师范大学出版社,1993年,第21页。
③ 袁黄、汉阳别樵居士:《〈了凡四训〉白话解释 附〈家庭宝筏〉》,和裕出版社,1997年,第111页。
④ 章学诚:《文史通义校注》,叶瑛校注,中华书局,1985年,第538页。
⑤ 曹植:《曹子建诗注》,黄节注,叶菊生校订,人民文学出版社,1957年,第13页。

事。所谓英雄难过美人关,以情揆之,古今一理,何况才子。明清不少小说中的主人公表示必得天下美女为妻,方不负平生才学。比方李渔的《十二楼·拂云楼》中的裴七郎,便一再声称"定要娶个绝世佳人,不然宁可终身独处"①。如此绝对的想法,其出发点不过是贪恋美色而已。却不料父母贪财让其娶了一位丑夫人,他痛心疾首,在夫人死后,再娶美女之心死灰复燃,"这一次续弦,定要娶个倾城绝色,使通国之人赞美,方才洗得前羞"②。《十二楼·十卺楼》中姚子榖的父亲见儿子是个名士,不轻易就婚,一定要娶个天姿国色,直到他十八岁才替他定了婚姻。类似裴七郎、姚子榖这样的男主人公,在明清小说中可谓比比皆是,这一点,即使是色情小说《肉蒲团》中的男主人公未央生,也宣称要与天下第一美女交合,人生才算称心如意。《绣屏缘》中的男主人公赵青心,常愿读尽天下第一种奇书,占尽天下第一种科甲,娶尽天下第一种美人。从情理而言,若遇上一位佳人,一见倾心,自属正常。但非得找到天下绝色女子而为婚配,或仅为一夜欢情,而不惜一切代价,则实在不可理喻。这也是才子佳人小说和艳情小说往往不能打动人心的原因之一。在明清不少拟话本小说中也是如此,如"三言二拍"、《型世言》等,外形姣好的女子都会得到男主人公的垂青,甚至是地位卑微的卖油郎秦钟见到"西湖花魁"莘瑶琴,也心动不已,积攒一年辛苦卖油之银,只为得佳人一夜眷顾。如果垂青者不是一个正派人物,这些佳人当然也会因此惹来很多的麻烦。如《喻世明言》中的徽商陈大郎看上寂寞的新妇三巧儿,想道:"家中妻子,虽是有些颜色,怎比得妇人一半?"遂暗生诱奸之心,"若得谋他一宿,就消花这些本钱,也不枉为人在世"③。还借牙婆薛婆子之眼赞她,"婆子看那妇人,心下想道:'真天人也!怪不得陈大郎心迷,若我做男子,也要浑了。'"④冯梦龙评价得好:"眼是情媒,心为欲种。起手时,牵肠挂肚;过后去,丧魄销魂。"⑤正因如此,色字一念一旦上心,才难以抛撒。《拍案惊奇》卷二摆渡贼盯上渡河的新妇姚滴珠,骗她钱财为她介绍了吴大

---

① 李渔:《李渔全集:第九卷》,浙江古籍出版社,1991年,第154页。
② 李渔:《李渔全集:第九卷》,浙江古籍出版社,1991年,第159页。
③ 冯梦龙:《喻世明言》,许政扬校注,人民文学出版社,1958年,第9页。
④ 冯梦龙:《喻世明言》,许政扬校注,人民文学出版社,1958年,第13页。
⑤ 冯梦龙:《喻世明言》,许政扬校注,人民文学出版社,1958年,第1页。

郎，滴珠"偷眼看时，恰是个俊俏可喜的少年郎君，心里早看上了几分了"①。卷十七里吴氏新寡，原本也是一个"守着儿子度日"的正常妇人，并无任何邪心，因念亡夫恩义，思量做些斋醮功果超度他。却见这道士黄知观"丰姿出众，语言爽朗，"也暗暗地喝采，又见两个道童"生得唇红齿白，清秀娇嫩"，"自此动了一点欲火，按捺不住，只在堂中孝帘内频频偷看外边"。②而这几分欢喜、这一点欲火，也就成为后面为遂淫心遭阻而可怕地生出杀子之心的根由。《欢喜冤家》第三回《李月仙割爱救亲夫》中丧寡的李月仙丰神绰约，容光淑艳，娇媚时生。王文甫见罢，魂飞魄散，心下道："若得这般一个妇女为妻，我便把他做观音礼拜。"③《醒世姻缘传》第十九回，像"一朵娇艳山葩"的唐氏一出现在世人眼里，便引起了别人的不安。晁大舍的管庄季春江看在眼里，心里想道："这样一个女人，怎在山中住得？亏不尽汉子强梁，所以没人欺侮。只怕大官人看见，生出事来。但既已招得来家，怎好叫他又去？"④果然晁大舍看上这个"比莲花欠净，比菊花欠贞"的娇艳山葩，终于"智奸匹妇"。⑤《金瓶梅》中西门庆回眸被支帘落筛打头的潘金莲，后面的麻烦接踵而至，故事也因此展开。金莲是典型的艳丽之妇，身上隐藏着许多不安的因素，这一点小说又借正妻吴月娘的眼睛来再次强调：

> 月娘在坐上仔细定睛观看，这妇人年纪不上二十五六，生的这样标致，……吴月娘从头看到脚，风流往下跑；从脚看到头，风流往上流。论风流，如水晶盘内走明珠；语态度，似红杏枝头笼晓日。看了一回，口中不言，心内暗道："小厮们家来，只说武大怎样一个老婆，不曾看见；今日见了果然生的标致，怪不的俺那强人爱他。"⑥

潘金莲爱上小叔武松，也正是因其是高大俊朗的打虎英雄，才不顾伦理纲常，抛却贞节之念，倾心引诱武松，与武松雪天吃酒那一段写得分外

---

① 凌濛初：《拍案惊奇》，冷时峻校点，上海古籍出版社，2012年，第26页。
② 凌濛初：《拍案惊奇》，冷时峻校点，上海古籍出版社，2012年，第214页。
③ 西湖渔隐主人：《欢喜冤家》，于天池、李书点校，北京师范大学出版社，1993年，第41页。
④ 西周生：《葛受之批评醒世姻缘传》，翟冰校点，齐鲁书社，1994年，第245～246页。
⑤ 西周生：《葛受之批评醒世姻缘传》，翟冰校点，齐鲁书社，1994年，第245页。
⑥ 兰陵笑笑生：《金瓶梅词话》（梦梅馆校本），梅节校订，里仁书局，2013年，第116～117页。

迤逦动人。金莲对武松的爱一直持续到她死前的一刻，西门庆死后，她因与女婿陈经济偷情为吴月娘所恶，着王婆带回家中将其卖掉，正逢武松过来寻仇，假装"要娶他看管迎儿"，她便帘内听见武松言语，"旧心不改，心下暗道：'这段姻缘，还落在他家手里！'"①等不得王婆叫她，自己主动出来招呼，她是带着幸福的畅想而死在武松刀下的。她嫁给西门庆，是看上他的俊朗风流，与陈经济调情偷情，也是看上他的俊美风流。

李渔在《无声戏》第二回《美男子避惑反生疑》中，叙一英俊书生蒋瑜与一美妇比邻而居，美妇遭公公怀疑偷情告官，李渔有一段风趣的冷幽默：

> 看官，但是官府审奸情，先要看妇人的容貌。若还容貌丑陋，他还半信半疑；若是遇着标致的，就道他有海淫之具，不审而自明了。②

而审问的知府又叫被疑偷情的何氏抬起头来，只见她"俊脸一抬，娇羞百出，远山如画，秋波欲流，一张似雪的面孔，映出一点似血的朱唇，红者愈红，白者愈白。知府看了，先笑一笑，又大怒起来道：'看你这个模样，就是个淫物了。你今日来听审，尚且脸上搽了粉，嘴上点了胭脂，在本府面前扭扭捏捏，则平日之邪行可知，奸情一定是真了。'"③

《红楼梦》中，无论是痴情如宝玉，还是滥情如贾琏、薛蟠，其选择异性甚或同性的标准之一，无一例外都是外貌。宝玉一见年轻貌美的女子，无论是小姐还是丫鬟，都会异常倾心，顿生爱怜之感，是个标准的护花使者。而贾琏、薛蟠之流，一见貌美女子，就想与之肉体交合，属于典型的"皮肤淫滥"。第四十四回，贾琏因与鲍二家的偷情，被凤姐告到贾母那里遭训斥后，一面气短，一面又见"凤姐儿站在那边，也不盛妆，哭得眼睛肿着，也不施脂粉，黄黄脸儿，比往常更觉可怜可爱"④。便想通了，不如赔了不是，不但彼此能够和好，还能讨老太太的喜欢。这依然有外貌在起作用，只是凤姐平日广施脂粉盛装的形象其实给贾琏不好的印

---

① 兰陵笑笑生：《金瓶梅词话》（梦梅馆校本），梅节校订，里仁书局，2013年，第1495页。
② 李渔：《无声戏》，浙江古籍出版社，2018年，第26页。
③ 李渔：《无声戏》，浙江古籍出版社，2018年，第27页。
④ 曹雪芹、高鹗：《红楼梦》，脂砚斋、王希廉点评，中华书局，2009年，第705页。

象，造成了某种程度的压抑感和畏惧感，她那种带有威严和盛气的外形虽然美貌，并不是贾琏所欢喜倾心的那种。此中透露出贾琏喜欢的是"可怜可爱"的类型，温柔体贴、小鸟依人的娇弱女子，因此凤姐的强势也是贾琏在外觅食的原因之一。

相反，碰到相貌不济甚至丑陋不堪的配偶，心中怨悔之情往往油然而生。《无声戏》第一回《丑郎君怕娇偏得艳》里，长相恶丑又兼体臭的富家公子接连娶了几位美貌聪慧的小姐，几位小姐都对这位郎君厌恶之极，唯恐避之不及，竟然都钻进一间屋子向佛，因相互同情而结为姐妹。只不过，善解风情的李渔还是想办法解决了矛盾，让佳人与恶丑郎君相敬如宾地生活。《十二楼·拂云楼》里，丫鬟能红对小姐韦氏说的一段话很有意思：

> 照我的意思，八字虽好，也要相貌合得着。论起理来，还该把男子约在一处，等小姐过过眼睛，果然生得齐整，然后央人说合，就折些饿气与他，也还值得。万一人不像人，鬼不像鬼，倒把个如花似玉的女子捱上门去，送与那丑驴受用，有甚么甘心！①

《喻世明言》第一卷也论婚嫁男女外形的重要性，批评"若干官宦大户人家，单拣门户相当，或是贪他嫁资丰厚，不分皂白，定了亲事。后来娶下一房奇丑的媳妇，十亲九眷面前，出来相见，做公婆的好没意思。又且丈夫心下不喜，未免私房走野。偏是丑妇极会管老公，若是一般见识的，便要反目；若使顾惜体面，让他一两遍，他就做大起来"②。

容貌与贞节观的关系，主要存在于美貌对贞节观念的考验和摧毁。明清通俗小说中，偷情故事是重要的叙事类型，无论是未婚青年男女的偷情，还是已婚男女的偷情，抑或是鳏寡之类的偷情，其主角之一大多是外形俊美者，男偷女则女子多为美貌佳人，女偷男则男子亦多俊朗，男女两情相悦而偷则为俊男靓女。外貌的吸引力是不言而喻的，它是人的本能特征。孔子云："吾未见好德如好色者也。"③ 言下之意，好色之人远多于好

---

① 李渔：《李渔全集：第九卷》，浙江古籍出版社，1991年，第175页。
② 冯梦龙：《喻世明言》，许政扬校注，人民文学出版社，1958年，第4页。
③ 《十三经注疏》，阮元校刻，中华书局，1980年，第2491页。

德之人。《孟子·万章上》曰："知好色，则慕少艾。"①赵岐注曰："少，年少也；艾，美好也。"②《警世通言》第三十八卷《蒋淑真刎颈鸳鸯会》入话诗论"情色"二字曰：

  此二字，乃一体一用也。故色绚于目，情感于心，情色相生，心目相视。虽亘古迄今，仁人君子，弗能忘之。③

《拍案惊奇》卷三十二开篇先引一首词："丈夫只手把吴钩，欲斩万人头。如何铁石打成心性，却为花柔？君看项籍并刘季，一怒使人愁。只因撞着虞姬、戚氏，豪杰都休。"④紧接着对此分析如下：

  这首词是昔贤所作，说着人生世上，"色"字最为要紧。随你英雄豪杰，杀人不眨眼的铁汉子，见了油头粉面，一个袋血的皮囊，就弄软了三分。假如楚霸王、汉高祖分争天下，何等英雄！一个临死不忘虞姬，一个酒后不忍戚夫人，仍旧做出许多缠绵景状出来，何况以下之人？风流少年，有情有趣的，牵着个"色"字，怎得不荡了三魂，走了七魄？⑤

《型世言》第二十六回中也有一段与此相似的议论：

  朱文公有诗云："世上无如人欲险，几人到此误平生。"见得人到女色上最易动心，就是极有操守的，到此把生平行谊都坏。且莫说当今的人，即如往古楚霸王，岂不是杀人不眨眼的魔君，轮到虞姬身上，至死犹然恋恋。又如晋朝石崇，爱一个绿珠，不舍得送与孙秀，被他族灭。唐朝乔知之爱一妾，至于为武三思所害。⑥

正因如此，色常为德的利器，因色而失德，丧失品节，便成为芸芸众生常见的事，甚至多年修行也毁于一旦，这在玉通和尚与妓女红莲的故事中体现得最为明显，这一故事还成为《肉蒲团》中的素材之一。《欢喜冤

---

① 《十三经注疏》，阮元校刻，中华书局，1980年，第2734页。
② 《十三经注疏》，阮元校刻，中华书局，1980年，第2734页。
③ 冯梦龙：《警世通言》，严敦易校注，人民文学出版社，1956年，第572页。
④ 凌濛初：《拍案惊奇》，冷时峻校点，上海古籍出版社，2012年，第446页。
⑤ 凌濛初：《拍案惊奇》，冷时峻校点，上海古籍出版社，2012年，第446页。
⑥ 陆人龙：《型世言》，陈庆浩校点，江苏古籍出版社，1993年，第422页。

家》第六回云："只因世上美人面，坏却人间君子心。"① 在西方，薄伽丘的《十日谈》、霍桑的《红字》，和中国的古代诸多小说中，常有因美色而丧失累年修行的人物。不少神魔妖狐小说如《西游记》中的妖精，或为吃唐僧肉，或挑逗唐僧情欲，而丧失修行。就连唐僧的徒弟猪八戒，也因为调戏嫦娥被贬到人间作猪精。《狐狸缘全传》中的狐精、《绿野仙踪》中的狐精，最终都因为诱惑清俊男子而破了几百年的修行。《金瓶梅》第七十九回的格言"二八佳人体似酥，腰间仗剑斩愚夫。虽然不见人头落，暗里教君骨髓枯"② 则表明色欲伤人，警醒世人美色对身体的潜在危害，同时暗示了传统固精养生学的意识。上面的一切告诫和训示，无疑显示了中国传统性别伦理的内在紧张。美色考验也成为佛家和道家成佛成仙的考验主题之一，如《绿野仙踪》里的温如玉等人被冷于冰考验，考验中的重要一条便是美色诱惑。《拍案惊奇》卷十七里，公人领了西山道观里的两个俊美道童太素、太清进府堂，"府尹抬眼看时，见是两个美丽少年，心里道：'这些出家人引诱人家少年子弟，遂其淫欲。这两个美貌的，他日必更累人家妇女出丑。'"③ 而追逐美色、放纵性欲，则被古今中外视为危险的征兆。

美色与身体欲望是密切相关的，无视美色便接近禁绝欲望。霭理士反对绝欲的观念，他以帕拉狄乌斯（Palladius）在《天堂》（*Paradise*）一书为例，该书中描绘了基督教初期许多禁欲主义者在沙漠里的经验，这些独身绝欲的人都有强健的身体与坚忍的意志，他们利用所处的沙漠环境来全神贯注地磨砺意志，在日常生活中拼命严守各种戒律，实现禁欲主义所昭示的这种理想。"但是，他们感到困难而排遣不来的一点，始终是性的诱惑，终他们一生，这种诱惑多少总不断地和他们为难。"④ 霭理士还警告读者说："对于这问题不要轻易听从许多近乎道学家的老生常谈……一切比较精密的研究都证明，真正能绝欲而历久不懈的人，即真正没有任何

---

① 西湖渔隐主人：《欢喜冤家》，于天池、李书点校，北京师范大学出版社，1993 年，第 106 页。
② 兰陵笑笑生：《金瓶梅词话》（梦梅馆校本），梅节校订，里仁书局，2013 年，第 1378 页。
③ 凌濛初：《拍案惊奇》，冷时峻校点，上海古籍出版社，2012 年，第 233~234 页。
④ 霭理士：《性心理学》，潘光旦译注，商务印书馆，1997 年，第 351 页。

方式的性的活动的人……事实上是很少很少的。"①《欢喜冤家》第一回中叙奸情故事：慕色、蠢痴不成材的花林娶了"一个花枝般的浑家"，却与好骗人酒食的街坊单身光棍李二白、书生任龙结为兄弟，任三官"青年俊雅，举止风流，二娘十分有意，常将笑脸迎他"。②已经订婚的任三官心中晓得，也"极慕二娘标致。只因花二气性太刚，倘有些风声，反为不妙，所以欲而不敢"③。李二更是早就看上花二娘，"见花二娘生得美貌，十分爱慕。每席间将眼角传情"④。只是李二本无气质，又是光棍无赖，花二娘并不理他。第三回中的章必英，也是一个英俊的多情浪子，很受女人的喜爱，即使在牢中都有牢卒想与之同性恋。第四回中的广东卖珠客丘继修，二十余岁，"面如傅粉，竟如妇人一般"⑤。妇人看了这般美貌后生无人不俯就，因此其得一诨名香菜根，意为人人爱。明清小说里的男色也是一大特色。《型世言》第五回《淫妇背夫遭诛 侠士蒙恩得宥》中也描写了一位女子邓氏正值在门前闲看，忽见女墙上一影，仔细一看，生得雪团白一个面皮，眉清目朗，须影没半根；又标致，又青年，已是中意了。《金瓶梅》中的陈经济不仅与潘金莲爬灰，又得春梅宠爱，还得到美妓韩爱姐的垂青，并在他暴死后为他守节不嫁，就是因为他年轻、英俊、风流，甚至流落草野也还有人供他酒食以图同性恋。《绿野仙踪》里的富家子弟温如玉，情形与陈经济大略相似，也是形容俊雅而风流博浪，为色妓而不惜一切，甚至破家荡产。《红楼梦》里的贾宝玉、秦钟、蒋玉菡、甄宝玉、柳湘莲等，因容貌俊美，行止风流，被男女同好，也大多是双性恋，男女同风。当然这些男色的下场往往不好，这一方面是其品节不好的报应，男色往往和女色相似，恃宠而骄，并不自检点，一味贪淫；另一方面是命运的捉弄与故事的需要，美的毁灭才更震撼人心，这与英国作家王尔德的《道林·格雷的画像》的结局效果是一样的，王尔德本人也是如此

---

① 霭理士：《性心理学》，潘光旦译注，商务印书馆，1997年，第351页。
② 西湖渔隐主人：《欢喜冤家》，于天池、李书点校，北京师范大学出版社，1993年，第3页。
③ 西湖渔隐主人：《欢喜冤家》，于天池、李书点校，北京师范大学出版社，1993年，第3页。
④ 西湖渔隐主人：《欢喜冤家》，于天池、李书点校，北京师范大学出版社，1993年，第3页。
⑤ 西湖渔隐主人：《欢喜冤家》，于天池、李书点校，北京师范大学出版社，1993年，第70页。

下场。

总之，对主人公外形描写愈加详尽，对其美貌容止愈加夸赞，其贞节更要被破坏、故事更加曲折，二者之间几乎存在着一个正比结构。当然，这并不表明丽质者就一定品节有问题，而貌寝者就一定贞节端庄，一方面这是作者的美色祸水的潜意识在起作用，另一方面丽质者发生风流之事的概率要高很多。

相对而言，貌美的丈夫或妻子，其配偶对他（她）的忠诚度要远远高于他人，在此情形下背叛偷情的极为少见。貌寝或身体有矬矬等形体缺陷者，其配偶多红杏出墙。古代婚配主张父母做主、媒妁之言，青年在自己的终身伴侣选择上没有什么权力，一旦所配非偶，则怨怼不满之心油然而生。《金瓶梅》中的潘金莲是个典型个案，她天生丽质，且聪明伶俐，然而出身不好，被卖至张大户家，不幸遭妒，又被许配给卖烧饼的武大郎。她自此哀怨之心日日发作，先是看上打虎归来的英武逼人的小叔子武松，遭到严词拒绝和斥责后，与风流浪荡的西门庆苟合在一起，并残忍地毒死亲夫武大郎。在李渔的《无声戏》第一回里，几个年轻美貌的闺秀不幸嫁给一位长相极丑的富家子弟，也是嫌其貌陋而不与之同房，几位妻妾竟结成姐妹同居一室，联合抵抗这位不幸的丈夫。所幸，这几位姐妹只是出现同性恋倾向，还未红杏出墙，且最终因李渔的婚姻天定观念，还是戏剧性地同丑丈夫圆房生子，互相让步规避缺陷，竟还夫妻和谐到老。所适非人，难免有怨悱之情，若找到如意郎君，则心地大多安心服帖，而极少有出轨者。马克梦指出："有才而又独立的女子在中国文学中并不是一种新出现的现象，她对英俊丈夫的忠贞不二也是古已有之。"[①] 事实上，对英俊丈夫的忠贞，不仅限于有才而独立的女子，有才无才、妍媸好丑，情形是相似的。

更甚者在于，因为对方美貌而能原谅对方的一时过错，特别是偷情这样的事，这是对人性的极大考验。当然这并不意味着其他因素比如夫妻感情和子嗣问题等丝毫不起作用，但在不少明清小说中可以看出，美貌对贞节观的影响可以大到何等程度。以美妇而言，《绿野仙踪》里的年轻"寡

---

① 马克梦：《吝啬鬼、泼妇、一夫多妻者：十八世纪中国小说中的性与男女关系》，王维东、杨彩霞译，人民文学出版社，2001年，第109页。

妇"方氏青春貌美，金不换非常乐意与之结合，而她的婆婆许寡妇以为亲生儿子许连升海上遇难，虑及年老无养，也非常积极地答应金不换，不过她提出条件要金不换入赘作婿，并且还周全地考虑到写合同一张，这样方算终身有靠。很快方氏与金不换拜堂成亲，共度若干良宵。需要注意的是，方氏欲火如炽，无法忍耐，也顾不得羞耻，在二人婚前就同居。若非后来她前夫并未死掉而及时归来，这也算是一个圆满的婚姻。"寡妇"方氏没有遭到任何偏见和非议，一切都合情合理，顺畅自然。但是后来谣传而死的丈夫闻讯归来，前后两个丈夫，新旧两个儿子，自此上演争妻闹剧。金不换自然心虚，倒是许寡妇不仅没有羞愧，反而颇有主张，镇定自若，连连安慰金不换，对前后两个"儿子"不偏不倚：

> 许寡道："不妨！你两个前生后续，都是我的儿子，难道有了亲生的就忘了后续的么？现放着你与我二百银子，他若要方氏，我与你娶一个；他若不要方氏，方氏还是你的，我再与他另娶一个，有什么大不了的事。"①

在许寡妇眼里，媳妇方氏的贞节和感情完全不用顾及。最为神奇的是，许连升去官府告金不换奸宿他妻子二十余夜。"知县问许连升道：'你妻方氏已成失节之妇，你还要他不要？'连升道：'方氏系遵小人母命嫁人，与苟合大不相同，小人如何不要？'"②尽管用的是正统口吻回答，却并没有因为妻子失节而谴责她，事实上按照传统观念方氏已属失节之妇了，只不过是许连升对自己年轻貌美的妻子割舍不下而已。可以看出，小说是将贞节观念放在现实的考量之下的。

同样出名的例子是《喻世明言》中的名篇《蒋兴哥重会珍珠衫》，年轻貌美的妻子三巧儿在蒋兴哥外出经商时被人勾引失贞，蒋兴哥痛愤悔愧交加，含泪一纸休书而恩爱夫妻各自异路，但一番曲折跌宕之后，最终还是原谅了妻子的失节而重归于好。人性的现实温情与贞节的伦理压力，二者构成了巨大的张力而最终回归人性，因而分外打动人心。

甚至有时连戏子僮仆，因为相貌俊美，也容易招惹女子甚至女主人的垂青，从而动摇贞节观念，引发一些不堪的局面。败坏闺风，这是古代富

---

① 李百川：《绿野仙踪》，侯忠义整理，北京大学出版社，1986年，第159页。
② 李百川：《绿野仙踪》，侯忠义整理，北京大学出版社，1986年，第161页。

贵之家最为忌讳的事。《照世杯》第一回中有一段话揭示甚详：

> 若止靠面貌上用工夫，那做戏子的一般也有俊优，做奴才的一般也有俊仆，只是他们面貌与俗气俗骨，是上天一齐秉赋来的。任你风流俏丽杀，也只看得吃不得，一吃便嚼蜡了。偏恨此辈，惯会败坏人家闺门。这皆是下流妇女，天赋他许多俗气俗骨，好与那班下贱之人浃洽气脉，浸淫骨体。①

潘金莲与俊俏的家童私通，便是一个典型的例子。贞节的动摇和打击，背后还意味着尊卑不分、贵贱舛位、上下乱交，这是等级森严的传统社会的大忌，因此，得知个中消息的吴月娘才视金莲如臭粪，急欲驱出家门而后快。

当然，也有一些丈夫貌丑极而妻子不嫌弃一心一意跟他的例子，不过细细分析，这些例子都是在男女已经结亲后，而且都是男子原本一表人才，后来因病而致容貌大变的。这两个例子是《警世通言》第二十二卷《宋小官团圆破毡笠》和《醒世恒言》第九卷《陈多寿生死夫妻》，前者叙宋金与宜春父母交好，从小便将两人定亲，后因宋金家道没落，父母双亡，又遭人戏耍以至于乞讨为生，一日偶遇宜春父亲刘有才，被招至其家中做伙计。刘有才见宋金一表人才，人又勤快，遂招赘为女婿。婚后，二人夫妻恩爱，生一爱女，其女不幸害了痘疮夭亡，宋金哀泣过度而染上痨瘵之疾，三分像人七分似鬼，而又一时不死。岳父母生懊悔之心，开船至荒山野岸遗弃宋金，思为女儿另谋佳婿。宜春哭天抢地不愿意，父亲劝她再嫁，宜春却痛斥父母："既做了夫妻，同生同死，岂可翻悔？就是他病势必死，亦当待其善终，何忍弃之于无人之地？宋郎今日为奴而死，奴决不独生。"② 宜春以死自誓，被父母救下，乘船四处寻找未得，只得归来服孝。宜春哭了半年多，新春将近，父亲让女儿除孝，宜春又说："你两口儿合计害了我丈夫，又不容我带孝，无非要我改嫁他人。我岂肯失节以负宋郎，宁可带孝而死，决不除孝而生。"还称自己"未死之人，苟延残喘"。③ 后一故事与此相似，前文已述，原本郎才女貌的一对订婚小夫妻，

---

① 酌元亭主人：《照世杯》，古典文学出版社，1956年，第7页。
② 冯梦龙：《警世通言》，严敦易校注，人民文学出版社，1956年，第320页。
③ 冯梦龙：《警世通言》，严敦易校注，人民文学出版社，1956年，第321页。

陈多寿原本英俊多才，可惜十五岁得了癞症而相貌恶丑而浑身恶臭，两家父母都觉得二人不宜结合。可是朱多福贞心相许，还是坚持嫁给他，甚至一样以死相逼。定亲在古代是极为隆重的，和结婚并没有本质的区别，书中颂扬的当然是义夫节妇。两位女主人公一位是嫁为人妇感情深厚不忍抛夫，一位是已然订婚，可以说一从情感体验出发，一从理性观念出发，但都打着贞节的名义。二人都是因贞节观念不嫌弃夫丑，不过她们都知道丈夫原本是一表人才而不幸变丑的。总之，她们二人的忠贞之情，较之明清通俗小说中的很多男女，已实属难能可贵了。

费孝通有一段话说得好：

> 两性关系是社会得以生存的大事。这是一面。另一面是两性关系也存在着破坏社会结构的潜在力量。食色性也。色是从生物基础里生长出来的一种男女之间感情上的吸引力。如果容许这种吸引力任意冲击已经建立起来的社会中人与人的关系，那就会引起社会结构的混乱和破坏，以致社会的分工体系无从稳定地运行。所以自从人类形成了社会，没有不运用社会的力量对人的两性行为加以严格的控制。[①]

对容色之力剖析入理，无疑可为我们对容色与贞节观的关系思考提供借鉴。

第二节　贞节观与性能力

对贞节观有较大影响的，除了形象即面容和身材，还包括由性器官体现出来的性能力和性交合的舒适度和满意度。当然这种描写主要存在于色情小说，但又不仅仅存在于色情小说，在一些世情小说和英雄儿女小说中，甚至不少拟话本小说中，也常能看到此类情形。[②] 我们不能说古人对性生活质量都有很高的要求，这毕竟是现代人的重要特征，但在明清通俗

[①] 参见霭理士：《性心理学》，潘光旦译注，商务印书馆，1997年，第779页。
[②] 明清不少通俗小说，其实很难界定其分类，像《野叟曝言》《绿野仙踪》《姑妄言》等都是如此，因其篇幅较长，所涵盖的内容较广，加上作者思想也比较复杂，故存在无法归类的情形甚多，在学术界也一直颇多分歧和争鸣。这些小说中往往也含有大量篇幅的性描写，一些还明显可归入色情描写。

小说中，确乎可以看到很多因性爱得不到满足而偷情或性情大变的人物。这与传统伦理道德特别是贞节观念之间必然会产生某种冲突。

早在 20 世纪 30 年代，陈东原便说："三千年的妇女生活，早被宗法的组织排挤到社会以外了。妇女才是零畸者！妇女才是被忘却的人！……宋代尤其是急转直下的时代，不独几个儒者看重了贞节这回事，从这时候起，男子都有了处女底嗜好。从前贞节问题的背景是怕乱了宗法，宋代以后的贞节问题便着重在性器官一点上了。嗟嗟妇女，遂做了性器官的牺牲！"① 陈东原在这里是感叹妇女做了性器官的牺牲，显然意在批判将贞节问题看重性器官这一点的鄙陋。这一点当然带有鲜明的新文化运动"反封建"色彩，自然不全合事实。不过，翻开大量的明清通俗小说，贞节问题与性还确实密切相关，只是不独女性而已，更多的反倒是关注男性的性器官和性能力。

古人很早便认识到，性的满足极其重要，古代的房中术之所以长盛不衰，与此密切相关。他们认识到人尤其是妇女的性欲一旦获得充分满足，她们就会非常贴顺。《绿野仙踪》第五十二回闹过别扭的温如玉和金钟儿重新和好，两人交欢过后，金钟儿得到极大的满足，秋波斜视如玉，有气无力地微笑着说："你好狠心！我今日竟是死去重生！我从十六岁出门儿到如今，丢身子的时候也有，总不象此番利害。"② 接下来，金钟儿完全以心相许，还和温如玉深夜四鼓在后园内披发盟誓。

反之亦然，性的正当要求若得不到满足，往往会对贞节观念形成冲击。《警世通言》第十六卷《小夫人金钱赠年少》中的小夫人，被无情卖给家财十万的张员外，但员外年过六十，须发皤然，小夫人"看见员外须眉皓白，暗暗地叫苦。花烛夜过了，张员外心下喜欢，小夫人心下不乐"③，埋怨两个媒人误了她。果然新婚几日，张员外"又添了四五件在身上：腰便添疼，眼便添泪，耳便添聋，鼻便添涕"④。小夫人于是看上了三十来岁的主管张胜，暗中赠予财物以勾引其心。第三十八卷《蒋淑真刎颈鸳鸯会》中的蒋淑真美貌聪慧，嫁与近村四十多岁的农户李二郎为

---

① 陈东原：《中国妇女生活史》，商务印书馆，2017 年，第 1~2 页。
② 李百川：《绿野仙踪》，侯忠义整理，北京大学出版社，1986 年，第 415 页。
③ 冯梦龙：《警世通言》，严敦易校注，人民文学出版社，1956 年，第 224 页。
④ 冯梦龙：《警世通言》，严敦易校注，人民文学出版社，1956 年，第 224 页。

妻。二郎只图她的美貌，不计其他，相好十有余年，"李二郎被他彻夜盘弄，衰惫了。年将五十之上，此心已灰"①。性功能跟不上年轻媳妇节奏的丈夫，很快撞见淑真的偷情，"奈何此妇正在妙龄，酷好不厌，仍与夫家西宾有事。李二郎一见，病发身故"②。《警世通言》第三十五卷《况太守断死孩儿》中立志守节的寡妇，苦熬多年，却不幸因其男仆被恶棍设计教唆，故意裸睡露出的阳物所感，从而在性欲的巨大冲击下失去贞节，与男仆日日交合，后被恶棍借机敲诈勒索，最终羞愤之下欲自杀。《拍案惊奇》卷二中的姚滴珠，也是被吴大郎的床上"功夫"弄得千恩万爱，最后都不想回家了。《拍案惊奇》卷六里的滕生，"少年在行，手段高强，弄得狄氏遍体酥麻，阴精早泄"③。原来狄氏"虽然有夫，并不曾经着这般境界，欢喜不尽。云雨既散，挈其手道：'子姓甚名谁？若非今日，几虚做了一世人。自此夜夜当与子会。'"④ 此后每夜便开小门放滕生进来，并无虚夕。狄氏本来是好好一个妇人，而被尼姑设计诱坏了身体，又送了性命，但显然滕生的性"功夫"也起到关键的作用。

《绿野仙踪》里面的年轻寡妇方氏，由婆婆做主招赘了新夫金不换，方氏见不换"本领高似前夫数倍，深喜后嫁得人，相订晚间再来，才暗暗别去"⑤。"两人千恩万爱，比结发夫妻还亲"，因此她非常贴恋新夫，为悦己者容，在他面前拼命表现，卖弄"他是个勤练堂客，会过日子，只图不换和他狠干"⑥。

李渔的《无声戏》第七回妓女迷惑情郎，假装对性事冷淡，与之性交时没有欢悦之情，情郎离开时假装贞节，拒不接客，等到公子回来接她时已经死掉，老鸨说她的死乃"相思之病"所致。情郎后来方得知她其实淫欲特盛，一般男人无法满足，故而交合之时没有表情，且不接客也是为此。她死的真正原因是用了群姬夺命丹和一位道士交媾过度脱阴而死。

《型世言》第五回《淫妇背夫遭诛　侠士蒙恩得宥》中也描写了一位女子看到一位锦衣卫校尉耿埴溺尿时而迷上了他。"因在城下女墙里解手。

---

① 冯梦龙：《警世通言》，严敦易校注，人民文学出版社，1956年，第575页。
② 冯梦龙：《警世通言》，严敦易校注，人民文学出版社，1956年，第575页。
③ 凌濛初：《拍案惊奇》，冷时峻校点，上海古籍出版社，2012年，第75页。
④ 凌濛初：《拍案惊奇》，冷时峻校点，上海古籍出版社，2012年，第75页。
⑤ 李百川：《绿野仙踪》，侯忠义整理，北京大学出版社，1986年，第156页。
⑥ 李百川：《绿野仙踪》，侯忠义整理，北京大学出版社，1986年，第158页。

正值邓氏在门前闲看","及至蹲在地上时,又露出一件又长又大好本钱。妇人看了,不觉笑了一声。忙将手上两个戒指,把袖中红绸汗巾裹了,向耿埴头上'扑'地打去,把耿埴绒帽打了一个凹。"① 后来二人偷情交欢之际,邓氏对耿埴道:"哥,不知道你有这样又长又大又硬的本钱,又有这等长久气力。当日嫁得哥,也早有几年快活。咱家忘八道着力奉承咱,可有哥一毫光景么?哥不嫌妹子丑,可常到这里来。他是早去了,定到晚些来的。"②《欢喜冤家》第八回《铁念三激怒诛淫妇》中有一则类似的故事,崔福来年过半百,妻子香姐青春性淫,"后来老崔力竭,实来不得"③。得不到性满足的香姐与他的同伍伙伴铁念三偷情,完事后想道:"念三面貌虽黑,原来此物这般雄伟,火一般热的,又且耐久,早知嫁了他,倒是一生快活。如今弄得湿手惹干面,怎得洁净。且住,少不得做个法儿,定要与念三做了夫妻,方称我心。"④ 香姐毫不掩饰自己对丈夫性能力的极度不满,对情夫说:"那老头儿不在床中倒好。厌答答,来又来不得,倒弄得动人干火,倒不喜他……我那主人不济,见了我,正待行事,那物软了。"⑤

《欢喜冤家》第三回,李月仙嫁给后夫王文甫后,王文甫外出经商,其弟章必英在家,晚上睡觉,月仙下来寻丫鬟,不意发现必英"精赤身躯":"灯影下照见二叔那物,有半尺多长,就如铁枪直挺,吃了一惊",心中一动了火,身下有了反应,想忍住要走,"按捺不住起来。想一想,叔嫂通情,世间尽有,便与他偷一偷儿,料也没人知道"。⑥ 只因月仙是个青年之妇,在酒的作用下情动难已,不顾羞耻,悄悄上床与之偷合,"阳物如火一般热",遂感"这滋味大不相同,这般妙极"。⑦ 后来章必英

---

① 陆人龙:《型世言》,陈庆浩校点,江苏古籍出版社,1993年,第82页。
② 陆人龙:《型世言》,陈庆浩校点,江苏古籍出版社,1993年,第84页。
③ 西湖渔隐主人:《欢喜冤家》,于天池、李书点校,北京师范大学出版社,1993年,第132页。
④ 西湖渔隐主人:《欢喜冤家》,于天池、李书点校,北京师范大学出版社,1993年,第136页。
⑤ 西湖渔隐主人:《欢喜冤家》,于天池、李书点校,北京师范大学出版社,1993年,第138页。
⑥ 西湖渔隐主人:《欢喜冤家》,于天池、李书点校,北京师范大学出版社,1993年,第45页。
⑦ 西湖渔隐主人:《欢喜冤家》,于天池、李书点校,北京师范大学出版社,1993年,第45页。

与牢禁设计陷害王文甫入狱,又偷去丫鬟红香自我卖身换来交给主母李月仙的三十两银子,让其一家陷入濒死困顿,然后利用其绝境诱骗月仙另嫁他人(实则章必英自己)以救夫之命。月仙虽奉使命转嫁他人,但想着狱中的丈夫凄惨,先是掩袂悲啼,不肯就枕,后无奈睡下,还朝床外而卧,不肯就里。后来章必应从后挑逗交合,而月仙也"难免魂摇"。章必英将月仙搂转来,她"见新郎之物与必英的差不多儿,十分中意。此时把那那苦字丢开一边,且尽今宵之乐"①。

在色情小说中,由于小说的色情特质,本身对身体器官描写就多,尤其是性交或淫乱场面,这种描写属于这种场面的重要组成部分,自然成为描写重点。

《金瓶梅》《野叟曝言》《姑妄言》中,对性器官的描写,成为全书的重要组成部分。《金瓶梅》里面,西门庆的阳具,是他拴住女人之身的一把利器,稳住女人之心的一个重要砝码,潘金莲、李瓶儿等妻妾无不爱他的性能力,尤其是李瓶儿曾毫不掩饰地对他说"你就是医奴的药"。联系前面的文本,李瓶儿之前的丈夫花子虚,还有那个一时冲动所嫁的蒋竹山,不仅仅在经济上依靠李瓶儿,在性事上也让她大不满意,则她死心塌地要嫁给西门庆做小,并在论婚之前就放心地将所有家财寄放在西门家中,便是水到渠成的事。风流博浪且被封赠"打老婆的班头,坑妇女的领袖"徽号的西门庆,成了诸多美妇人的心仪对象,轻松房获了众多妇人的芳心。而西门庆也乐意让与之性交的女人——不管是自己的妻妾,还是官宦之妇、仆妇、丫鬟、妓女——大声称赞其性能力,以此获得生理上的更大愉悦和心理上的极大满足感。文嫂在为西门庆和寡居的命妇林太太牵线拉奸时,说西门庆"今老爹不上三十四五年纪,正是当年汉子大身材一表人物,也曾吃药养龟"②。在明清小说中,有不少描写男主人公养大龟的,除了西门庆,《如意君传》中,武后的面首张昌宗、张易之兄弟二人为得武后之宠,也死命养大龟。

《野叟曝言》中文素臣也因在雪天溺尿时,被莱州豪绅李又全的歌姬

---

① 西湖渔隐主人:《欢喜冤家》,于天池、李书点校,北京师范大学出版社,1993年,第60~61页。
② 兰陵笑笑生:《金瓶梅词话》,戴鸿森校点,人民文学出版社,1985年,第663页。

杏绡发现而诱入府中，遭到众多姬妾的性挑逗，杏绡则因素臣要被调去其他姨太房中而撞墙欲死。

《姑妄言》里的竹思宽，也备受众多妍媸不一的淫妇垂青。他与文素臣也有相似的经历，一次他便溺被一个相貌丑陋的壮硕女子盯住引诱。而书中的反面人物马士英、阮大铖和李自成，都是因为阳物微小，其妻妾纷纷弃之如敝屣，而在家中户外与人偷情。这些反面角色家中丧失贞节的女人甚至与阳具垂大的各类动物如狗、驴性交，呈现了古代小说中少有的人兽性交场面，当然其中掺杂了一些政治寓意。在这些淫荡恣肆的女人心里，所谓的贞节感早已荡然无存。

女人除了面貌和身材，其他身体器官同样能吸引男性目光而令其欲火升腾。清代才子佳人小说《情梦柝》第十九回中，假扮男主人公的第一女主人公若素在与第二女主人公秦小姐同床时，抚摸其粉颈，鸡头新剥，腻滑如酥，鬓云流香，情动不已，欲与之交合，只恨自己没有"那话儿"。在明代艳情小说《绣榻野史》中还出现对女性生殖器的鉴赏品级：五样好处是紧暖香干浅，五样缺点是宽寒臭湿深。

在明清通俗小说中，男性器官并非越长、大越好，女性器官也并非越紧、暖越好，关键在于婚配二人的匹配情况。在这方面，《姑妄言》中的竹思宽，《如意君传》中的薛曹敖皆曾为此而苦恼，颇吃了不少苦头。薛敖曹在获得武则天的眷顾之前，几乎成为一个被社会遗弃的人，尽管他具备儒者的能力和学识，但他那奇大无比的阳物使他成了笑柄。许多女子因为担忧房事受伤，不敢和他交欢或嫁给他。

相反，性能力的缺乏或丧失，又往往遭到对象甚至对方家人的嫌弃，丈夫不能满足妻子的性欲，则妻子家食不饱转觅野食。《欢喜冤家》第十五回中的马玉贞，所嫁丈夫生性凶暴，性能力又不好，"云稀雨薄"，当她遇到风流、温情的宋仁后，便与之偷欢，并且私奔。《型世言》第五回户部长班秃子董文娶一娇妻邓氏，对其极为宠爱顺从，白天在家时，"搬汤送水，做茶煮饭；晚间便去铺床叠被，扇枕捶腰。若道一声要甚吃，便没钱典当也要买与他吃；若道一声那厢去，便脚瘤死挣也要前去，只求他一个欢喜脸儿"[1]。但是，他有明显的劣势——年纪大了，而妇人十多岁，

---

[1] 陆人龙：《型世言》，陈庆浩校点，江苏古籍出版社，1993年，第81页。

且好饮酒而对房事松懈，没奈何应卯的时节多，推辞躲闪也不少，让邓氏心中气苦。邓氏回娘家与姐姐诉苦，姐姐也教她找情夫。"大姐道：'他要做汉子，怎不夜间也做一做？他不肯明招，你却暗招罢了。'邓氏道：'怎么招的来？姐，没奈何，你替妹妹招一个。'二姐笑道：'姐招姐自要，有的让你？老实说，教与你题目，你自去做罢。'"①邓氏也便留心，终于看到英俊伟长的锦衣卫捕快耿埴，并主动勾引，与其私通，并要与之长相厮守。

在明清一些小说中，男子与妓女的故事中也有性能力缺乏的例子。李渔的《无声戏》第七回《人宿妓穷鬼诉嫖冤》中的一位富有的贵公子为南京一位名妓花了大笔银子，还要娶其为妾。故而他随父调任前以厚金相赠，希望她贞节自守，不再接客，等他日后迎娶，她也爽快答应。但是该公子"风流之兴虽然极高，只是本领不济，每与妇人交感，不是望门流涕，就是遇敌倒戈"②。最终他不在的一年里，她夜夜领人去睡，最终因纵欲过度，将性命断送于一位术士的"群姬夺命丹"之下。《十二楼·十卺楼》中，李笠翁对人心的洞察和批判可谓淋漓尽致，他感慨一个石女所遭受的歧视和压抑：

> 可怜一个如花似玉的人，又不犯"七出"之条，只因裤裆里面少了一件东西，到后来三摈于乡，五黜于里，做了天下的弃物。可见世上怜香惜玉之人，大概都是好淫，非好色也。③

笠翁一句"世上怜香惜玉之人，大概都是好淫，非好色也"，虽然或许过头，但却是这一现象的高度概括。贞节在此遭到破坏。事实上，从性学的角度而言，男女两情相悦，本来就不可能完全脱离肉欲，爱情毕竟是建立在肌肤相亲的基础之上的，灵与肉的高度结合才是完美的爱情和婚姻，二者是缺一不可的。

---

① 陆人龙：《型世言》，陈庆浩校点，江苏古籍出版社，1993年，第82页。
② 李渔：《无声戏》，浙江古籍出版社，2018年，第77页。
③ 李渔：《李渔全集：第九卷》，浙江古籍出版社，1991年，第195页。

第三节　贞节观与金钱

　　从马克思的观点看来，经济基础对上层建筑有决定性影响。古代颇讲究义利之辨，孔孟等先秦大贤都反对见利忘义，"不义而富且贵，于我如浮云"。但随着时代和经济的发展，经济对婚姻家庭和社会观念的渗透越来越深，尤其是明代商业的发达，士大夫和文人的观念都有重大转变，士大夫官宦人家渐渐愿意与富商联姻，文人为商人写传记文章的为数不少。崇尚金钱成为时代风气，婚姻论财也成时尚。按照传统的说法，婚姻论财，是一种"夷虏之道"。但在晚明，结亲婚娶论财为一时风气所尚，上层缙绅之家和民间世俗百姓都不能免。民间婚姻风俗，所崇尚者亦是附势图财，即使聘定嫁娶，还要"以茶礼、妆奁迎于街路，以夸富盛"。经济因素在文学中，特别是通俗小说中所占的成分越来越大，商人的地位也越来越高。对于当时的婚姻习气，谢肇淛的一段话颇有代表性，他说："今世流品，可谓混淆之极，婚娶之家，惟论财势耳。有起自奴隶，骤得富贵，无不结姻高门，缔眷华胄者……而为名族者，甘与秦、晋而不耻，何无别之甚也。"[①] 当时不少府县志记载了婚姻论财援势的情况。这种婚姻论财的趋势自上而下，在民间也形成了风气，给不少普通穷苦人家造成了相当大的压力："通俗昏娶论财援势。士大夫自高门第，慕其势者结以千黄金不惜也。寻常百姓转相效尤，将娶妇，先问资装之厚薄。将嫁女，先问聘财之多寡，不异驵侩卖婢鬻奴之法。"[②] 特别是以苏州为中心的江南一带，商品经济较为发达，奢靡风气盛行，金钱对人伦关系形成了毁灭性的打击，清初的汪琬便在一篇墓志铭中感慨苏州人为金钱而不顾人伦的恶劣风气："吴中风气浮薄，父兄子弟争一钱之积，往往面颈发赤，戟掌相诟骂，至终其身决绝不顾，有弃千金如唾涕者乎？"[③] 这种婚姻论财的情形在明清通俗小说中有淋漓尽致的表现，如《喻世明言》第二卷顾家嫌弃

[①] 谢肇淛：《五杂组》，傅成校点，上海古籍出版社，2012年，第263页。
[②] 梁悦馨、莫祥芝：《通州直隶州志》卷六《仪典志·敦俗条》，清光绪元年刻本。
[③] 汪琬：《汪琬全集笺校》，李圣华笺校，人民文学出版社，2010年，第840页。

女婿贫穷想要悔亲，女儿顾阿秀道："妇人之义，从一而终；婚姻论财，夷虏之道。爹爹如此欺贫重富，全没人伦，决难从命。"①《二刻拍案惊奇》卷六中，刘翠翠父母也是嫌弃女儿私下爱慕的同学金定家贫，但又奈何不过女儿要嫁此人，怕她出事，才不得已答应，却还是不想女儿嫁过去，故对媒婆说："自古道婚姻论财，夷虏之道。我家只要许得女婿好，那在财礼？但是一件，他家既然不足，我女到他家里，只怕难过日子，除非招入我每家里做个赘婿，这才使得。"②

可见，追求货利财富是人的天性和社会发展的必然结果，本身无错，它带来了都市的繁荣、市场的活跃、经济的兴盛和生活的富足。但是这种人的天性一旦过头，很容易走向事物的反面——唯利是图——它意味着以经济利益为人际关系的第一原则，具有强烈的排他性，无疑会对传统的道德伦理和人际温情造成巨大的破坏。这种情形自然并非一朝所致，最初只是潜在的渐进渗透，慢慢消解，最终造成巨大的破坏。而这种破坏一旦造成，如洪水决堤，绝难遏止。所谓的人心虚薄，风俗儇恶，不过是这种破坏的灾难性后果的表征而已。这是商品经济发展所带来的必然结果。先秦大儒常常担忧的义利之辨，绝非杞人忧天，在后世果真成为现实困境，而在晚明更成为令人色沮的难堪。苏州作为当时的经济中心，只不过是一个非常突出的代表而已，像松江、徽州、杭州、湖州等地，都有大量这种为财利不顾人伦温情的情形。正如张瀚那段广为称引的名言所说的那样：

> 财利之于人，甚矣哉！人情徇其利而蹈其害，而犹不忘夫利也。故虽敝精劳形，日夜驰骛，犹自以为不足也。夫利者，人情所同欲也。同欲而共趋之，如众流赴壑，来往相续，日夜不休，不至于横溢泛滥，宁有止息。故曰："天下熙熙，皆为利来；天下攘攘，皆为利往。"穷日夜之力，以逐锱铢之利，而遂忘日夜之疲瘁也。③

晚明薛论道一首叫作《题钱》的民歌，其中有这样几句歌词："人为你易大节，人为你伤名教，细思量多少英豪？铜臭明知是祸苗，一个个因

---

① 冯梦龙：《喻世明言》，许政扬校注，人民文学出版社，1958年，第44页。
② 凌濛初：《二刻拍案惊奇》，王根林校点，上海古籍出版社，2012年，第95页。
③ 张瀚：《松窗梦语》，盛冬铃点校，中华书局，1985年，第80页。

他丧了。"① 此民歌残酷地道出金钱对"大节""名教"等伦理道德的破坏和毁灭作用。

追求利益与保持道德水准是两难的选择。今天的风俗浇薄，令人难免回忆起昔日的淳朴温暖，为"争一钱之积，往往面颈发赤"② 这种情形，自然是黯然神伤，这是人类生存的一个困境和悖论，不能说于今为烈，但确实是古已有之，以后也断不会成为遥远的绝响。

明清的通俗小说，尤其是市井类小说便在这种社会现实风气之下真实地描绘了一幅幅市井的世界和商人的天下，经济因素在这些小说中时时体现，成为一个极其重要的表现因素。事实上，中国古代社会贞节观念作为一种意识形态，虽然有自身的辐射范围，但从来无法避免与金钱财富因素相互交涉。无论男女，作为一个社会人，贞节观念一旦受到金钱的强烈冲击便会发生巨大变化，甚至完全变形或扭曲。《警世通言》第五卷中吕宝趁哥哥外出数年未归，便将嫂子卖了，丝毫不顾她的感情和个人意愿。《欢喜冤家》第七回里年轻美貌的犹氏的丈夫被贼人害死后，公婆家贫，儿死孙小，自身又老，不能抚养，不到半年，"潘家又无银了，要将媳妇出嫁，得些银子，也好盘费"③。《欢喜冤家》第九回中，没钱的丈夫小山要关店，妻子二娘让他不要关店，小山遂利用妻子二娘的姿色骗财，打起"为人极风流有钞"而又很乖的邻居张二官的主意。"我如今故意扯他闲话，你可厨后边眼角传情，丢他几眼。他是个风流人物，自然动心。得他日遂来调着你。待我与他说上，或借十两半斤，待挣起了家事，还他便了。"④ 二娘半推半允了，没有想到后来却假戏真做，真心喜欢上风流有情的张二官。小山骗了三百两银子之后，得寸进尺，还要继续利用妻子行骗：

> 我只因把你嗅他来的，他既来了，怎肯放你！我如今要你依先与他调着，只不许到手。待等半年之后，那时先约了我知道，你可与他

---

① 薛论道：《〈林石逸兴〉校注》，赵玮、张强校注，云南大学出版社，2011年，第190页。
② 汪琬：《汪琬全集笺校》，李圣华笺校，人民文学出版社，2010年，第840页。
③ 西湖渔隐主人：《欢喜冤家》，于天池、李书点校，北京师范大学出版社，1993年，第121页。
④ 西湖渔隐主人：《欢喜冤家》，于天池、李书点校，北京师范大学出版社，1993年，第146页。

欲合未合之间，我撞见了，声怒起来。要杀要告，他自然无颜在此。疏疏儿退了这三百两，岂非已物。①

后来妻子终于和二官成奸，小山对金钱的迷恋和过度贪求葬送了妻子的贞节，也葬送了夫妻之间的感情。第十四回中，和尚了然问抛弃他而恋上新相好的妓女秀英："你记得旧年初遇，叫我和尚心肝否？"秀英道："有钱时，和尚便是心肝，你无了钱，心肝便不对和尚了。"② 如此冷酷的回答，无怪乎了然听后伤心大怒，用石块将其打死，和尚行径固然心狠手辣，但这位妓女自身过于市侩亦难辞其咎。第八回《铁念三激怒诛淫妇》还点出了当时的典妻现象，铁念三告诉情妇香姐说："我那营中，常有出汛的，出征的，竟有把妻子典与人用。或半年，或一载，或几月，凭你几时……香姐说道：'这倒好。只是原夫取赎去了，两下毕竟还有藕丝不断之意奈何？'念三说：'毕竟有心，预先约了，何待把人知之。'"③《欢喜冤家》第十八回，讲述明朝直隶江阴一穷人史温被里长敲诈银子，因不得银子而遭陷害起解，在兵房徐晞帮衬下有幸得免，为感激徐晞而因没有银两，遂邀至家中饮酒，假装外出措置礼物送他，却反扣家门，让美貌妻子陪宿一夜。这个点子是史温想出来的，妻子应承。从篇幅非常短小的小说文本来看，没有任何迹象显示其妻子日常品行不检点。《姑妄言》里，也有一位苏州男子为表达自己的感激之情，让自己的美貌妻子去陪宿醉酒的宦尊。第四回中老鸨郝氏的情夫竹思宽垂涎她的女儿钱贵之美貌，想要梳拢，刚开始郝氏极不情愿，等到竹思宽拿出大笔银子，郝氏马上改口说去劝说试试。作者忍不住评道："极写老鸨之丑恶。见了银子，连亲生女子都不惜了。"④《二刻拍案惊奇》卷二十八《程朝奉单遇无头妇　王通判双雪不明冤》中，开酒店的李方哥因为贪财，舍不得推却富人程朝奉送来的十锭银子，竟忍心劝说娇媚动人的妻子和他作一夜欢。妻子害羞不愿意：

---

① 西湖渔隐主人：《欢喜冤家》，于天池、李书点校，北京师范大学出版社，1993年，第152页。

② 西湖渔隐主人：《欢喜冤家》，于天池、李书点校，北京师范大学出版社，1993年，第226页。

③ 西湖渔隐主人：《欢喜冤家》，于天池、李书点校，北京师范大学出版社，1993年，第133页。

④ 曹去晶：《姑妄言》，许辛点校，中国文联出版公司，1999年，第204页。

"你男子汉见了这个东西，就舍得老婆养汉了？"① 结果他苦口婆心地做妻子的"思想工作"，动之以情，晓之以"利"，终于让妻子放下贞节观念，"算下也不打紧的"，终于应承了。

不过，所幸的是被送色的一些男人不少品行尚好，多不忍坦然行淫而能却色。如《欢喜冤家》中的徐晞听罢对方妻子要与他陪睡以表达感激之情，心中不忍闻，立起身道："岂有此理，没有得与我罢了，怎生干这样的事。"② 竟去扯门，见门反扣，又尽力扯脱门扣，开门径直离去。《姑妄言》中的宦萼酒醒之后，也推却苏州娘子。他们也大多有了好报。徐晞最终做到兵部右侍郎、都察院右金都御史等二品大官，而宦萼后来富裕多子，妻妾和睦。但是前面这位程朝奉，就大不一样了，他送银子给李方哥本来就是不怀好意贪图美色，自然"意气洋洋"地赴奸偷情，只是没想到因此卷入了一场人命案，将自己送入了监牢。

《金瓶梅》更是凸显了一个崇尚拜金主义、金钱至上的社会。张大户倒赔妆奁将潘金莲嫁与武大，并给他五两银子做烧饼买卖，武大见张大户与潘金莲淫乱而不敢声张，但对西门庆是愤恨不已。韩道国为了得到银子和信任，让老婆王六儿陪好西门庆。王六儿、卓丢儿、郑月娥、李娇儿，无不是看上西门庆家的财富而嫁给他。孟玉楼看上了财大有势兼风流博浪的西门庆后，她前夫舅子张四怕孟玉楼卷钱财而去，便一再以西门之恶来百计劝说玉楼不要嫁给西门庆，而要嫁给他推荐的尚推官，但还是无法说服去意已定的玉楼。玉楼在杨姑娘的帮助之下最终将大笔财产带走。

潘金莲察觉到西门庆与李瓶儿私通，刚开始万分愤恨，西门庆说李瓶儿要为她做鞋拜她做姐姐，她也大不愿意。后来西门庆拔下一对寿字簪儿，说是李瓶儿送给她的，"金莲接在手内观看，却是两根番纹底板、石青填地、金玲珑寿字簪儿，乃御前所制造，宫里出来的，甚是奇巧"③。如此宝物，金莲自是满心欢喜，说道："既是如此，我不言语便了。等你过那边去，我这里与你两个观风，教你两个自在合搗。你心下如何？"④

---

① 凌濛初：《二刻拍案惊奇》，王根林校点，上海古籍出版社，2012年，第421页。
② 西湖渔隐主人：《欢喜冤家》，于天池、李书点校，北京师范大学出版社，1993年，第302页。
③ 兰陵笑笑生：《金瓶梅词话》（梦梅馆校本），梅节校订，里仁书局，2013年，第182页。
④ 兰陵笑笑生：《金瓶梅词话》（梦梅馆校本），梅节校订，里仁书局，2013年，第182页。

那西门庆喜欢的双手搂抱着说道:"我的乖乖的儿,正是如此!不枉的养儿不在屙金溺银,只要见景生情。我到明日梯己买一套妆花衣服谢你。"① 韩道国的妻子王六儿,与西门庆姘上后,韩道国从东京回来,王六儿居然把西门庆勾搭之事尽悉告知,还说:"大官人见不方便,许了要替咱们大街上买一所房子,教咱搬到那里住去。"② 并恬不知耻地自我夸奖功劳:"也是我输了身一场,且落他些好供给、穿戴。"③ 韩道国居然说道:"等我明日往铺子里去了,他若来时,你只推我不知道。休要怠慢了他,凡事奉承他些儿!如今好容易赚钱。"④ 奶子如意儿得到西门庆宠幸之后,立刻又以给娘穿孝为由向西门庆讨葱白䌷子做披袄儿,西门庆遂叫小厮从铺子里拿三疋葱白䌷来给他们一家裁一件,以此打动如意儿的心,"瞒着月娘,背地银钱、衣服、首饰甚么不与他"⑤。因为西门庆的财产丰厚,为他说媒的都拼命吹捧他的富厚,以此打动女方,文嫂为寡居林太太牵线搭桥,帮助二人勾搭,其为西门庆吹嘘的大段言辞像是财富广告:

> 家中放官吏债,开四五处铺面:缎子铺、生药铺、䌷绢铺、绒线铺,外边江湖又走标船,扬州兴贩盐引,东平府上纳香蜡;伙计主管约有数十……家中田连阡陌,米烂陈仓;赤的是金,白的是银,圆的是珠,光的是宝。身边除了大娘子,——乃是清河左卫吴千户之女,填房与他为继室。——只成房头、穿袍儿的也有五六个,以下歌儿舞女、得宠侍妾,不下数十。端的朝朝寒食,夜夜元宵。⑥

然后文嫂再吹捧一下林氏,"水性下流,最是女妇人"⑦。财富广告的效果是明显的,林氏被文嫂这番话说得心中迷乱,情窦大开,于是心中大喜,和西门庆约定后日晚上欢会。

《金瓶梅》里的"三姑六婆"等社会边缘人物,更是贪财势利之徒。

---

① 兰陵笑笑生:《金瓶梅词话》(梦梅馆校本),梅节校订,里仁书局,2013年,第182页。
② 兰陵笑笑生:《金瓶梅词话》(梦梅馆校本),梅节校订,里仁书局,2013年,第561页。
③ 兰陵笑笑生:《金瓶梅词话》(梦梅馆校本),梅节校订,里仁书局,2013年,第561页。
④ 兰陵笑笑生:《金瓶梅词话》(梦梅馆校本),梅节校订,里仁书局,2013年,第561页。
⑤ 兰陵笑笑生:《金瓶梅词话》(梦梅馆校本),梅节校订,里仁书局,2013年,第1082页。
⑥ 兰陵笑笑生:《金瓶梅词话》(梦梅馆校本),梅节校订,里仁书局,2013年,第1119~1120页。
⑦ 兰陵笑笑生:《金瓶梅词话》(梦梅馆校本),梅节校订,里仁书局,2013年,第1120页。

她们不唯自己毫无贞节观念，还诱人犯淫、撮合奸情，如与西门府吴月娘、潘金莲都颇有往来的尼姑薛姑子，并非自幼出家，年轻时曾经嫁人，在广成寺前居住，本来以卖蒸饼儿为生计。

> 不料生意浅薄，那薛姑子就有些不尴不尬，专一与那些寺里的和尚行童调嘴弄舌，眉来眼去，说长说短。弄的那些和尚们的怀中个个是硬帮帮的。乘那丈夫出去了，茶前酒后，早与那和尚们刮上了四五六个。也常有那火烧、波波、馒头、栗子，拿来进奉他，又有那付应钱与他买花，开地狱的布送与他做裹脚。他丈夫那里晓得？①

以后丈夫得病死了，她因佛门熟络，就顺便做了尼姑，专门在一些士夫人家往来，包揽经忏。为了多得钱钞，她又做了马泊六，帮"那些不长进要偷汉子的妇人"，牵引和尚进门。②

《醒世姻缘传》第十九回，皮匠小鸦儿的妻子唐氏轻浮狂妄，与大户晁源勾搭通奸。晁源的下人们，"将大卷的饼、馍馍、馐子，成几十个与他"③。晁住媳妇还专门提了一大篮子"二十多个雪白的大馍馍，一大碗夹精带肥的白切肉"④，要唐氏进晁源厨房去享用。二人通奸后，晁源还常与唐氏衣饰银两。后来小鸦儿发现二人奸情要杀晁源，晁源恳求饶命，许以万两银子，小鸦儿不为巨额钱财所动，决然斩其头颅取其性命。别人都赞他是个英雄豪杰，"若换了第二个人，拿着这们个财主，怕诈不出几千两银子来"⑤！可见，普通人的心里，利用妻子的贞节诈财，似乎是普遍而并不以为羞耻的，像小鸦儿这样的行为反而成了另类。钱财成了补偿贞节的手段，也就意味着贞节的物化和异化。

《姑妄言》中，虔婆郝氏劝自己的亲生女儿钱贵接客赚钱，以宋代王美母亲以恐吓方式劝女儿接客的故事来变相威胁钱贵："你不如今日顺了娘的意思，那做娘的自然爱惜你。况以你之才貌，自能倾动一时。且受用几年，积攒些私房财帛，等遇着可意儿郎，那时再嫁未迟。你若十分执

---

① 兰陵笑笑生：《金瓶梅词话》（梦梅馆校本），梅节校订，里仁书局，2013年，第882~883页。
② 兰陵笑笑生：《金瓶梅词话》（梦梅馆校本），梅节校订，里仁书局，2013年，第883页。
③ 西周生：《葛受之批评醒世姻缘传》，翟冰校点，齐鲁书社，1994年，第246页。
④ 西周生：《葛受之批评醒世姻缘传》，翟冰校点，齐鲁书社，1994年，第247页。
⑤ 西周生：《葛受之批评醒世姻缘传》，翟冰校点，齐鲁书社，1994年，第262页。

拗，那时娘恼恨起来，或凌辱几场，或转卖别家，既难跳出，仍要意从，岂不反低了声价？"①卜通的妻子水氏是二婚嫁他的，她前夫姓王，她前婆婆寇氏在儿子死后，"见媳妇年小且又无子女，先只说等他守过周年令他改嫁，不想才过了百日，水氏便同人作些不三不四的勾当。寇氏知道了，忙忙叫他另嫁。卜通正托媒人寻亲事，只见水氏有些带头，就娶了他"②。而戏子嬴阳以一梨园，仗妻子淫人而得千金之产，毫无羞耻心理。

当然，在明清通俗小说中也有一些女性不为财富所动，在金钱面前依旧保持女人本色，坚守贞节，真正做到了"富贵不能淫"。比如《醒世姻缘传》第十八回中的秦参政因看"孔方兄"的体面，乐意女儿嫁给浪荡子晁源，而秦小姐则不慕富贵，认为他"家里见放着一个吊死的老婆，监里见坐着一个绞罪老婆，这样人也定不是好东西了"③，从而宁死不嫁。但这样的女子数量毕竟不多，远不及前面情形中的女子给人印象深刻。

明清通俗小说中的不少男子往往是"有钱就变坏"，一旦富贵就谋思美妾艳姬或偷人家娇妻美妾。《二刻拍案惊奇》卷二十八中的徽州富人程朝奉，有巨万家私，却饱暖生淫欲，"心里只喜欢的是女色。见人家妇女生得有些姿容的，就千方百计，必要弄他到手才住"④。他不吝惜钱财，只是以成事为主，是个典型的为色使财者，所以"花费的也不少，上手的也不计其数"⑤。

相对而言，明清通俗小说中的一些男子则不为金钱引诱而犯奸，如《警世通言》第十六卷中的张员外管家张胜年轻力壮，为小夫人暗恋，暗中赠他很多财物，他告知母亲，听从母训装病不去员外家，后员外违法被捉拿归案，小夫人流落至他家，又赠其价值千金的宝珠，张胜又依母言开店，接了张员外一路买卖，其时人唤张胜做小张员外。早就心许的小夫人屡次来缠张胜，然而张胜心坚似铁，对她只以主母相待，"并不及乱"。

但是，如果本身家境由贫转富或者由穷转贵，则男子容易变得奢侈淫逸，如《醒世姻缘传》中的晁源，以前还畏惧妻子，当其父亲选了南直隶

---

① 曹去晶：《姑妄言》，许辛点校，中国文联出版公司，1999年，第133页。
② 曹去晶：《姑妄言》，许辛点校，中国文联出版公司，1999年，第533页。
③ 西周生：《葛受之批评醒世姻缘传》，翟冰校点，齐鲁书社，1994年，第242页。
④ 凌濛初：《二刻拍案惊奇》，王根林校点，上海古籍出版社，2012年，第419页。
⑤ 凌濛初：《二刻拍案惊奇》，王根林校点，上海古籍出版社，2012年，第419页。

华亭县的肥缺,他便飘飘然自大起来,目空一切,做起"贵易交、富易妻"的事。以前晁源看妻子计氏是天香国色,如今却"嫌憎计氏鄙琐",说道:"这等一个贫相,怎当起这等大家!"①晁源开始冷落虐待计氏,先收用了一个丫头,又使了六十两银子娶了一个辽东指挥的女儿为妾,都不能称心如意。直到花了八百两银子娶了个女戏子小珍哥为妾,才稍稍遂了心愿。也有男子因自己经营富贵而穷奢极欲,如西门庆在自己官商两路顺风顺水时,不可一世,起了无穷的欲望,妻妾数人,还不满意,还四处刮刺,拈花惹草,妻子吴月娘借佛法劝他节欲行善,他狂傲地说出那段名言:"咱闻那佛祖西天,也止不过要黄金铺地;阴司十殿,也要些楮镪营求。咱只消尽这家私广为善事,就使强奸了嫦娥,和奸了织女,拐了许飞琼,盗了西王母的女儿,也不减我泼天富贵!"②

对财富的追逐是一把双刃剑,一方面,它是人类得以进步、社会得以发展的助推剂。在黑格尔看来,恶是历史发展的动力借以表现出来的形式,"自从阶级对立产生以来,正是人的恶劣的情欲——贪欲和权势欲成了历史发展的杠杆"③。这个"贪欲"便包括财色两欲,也就是朱熹义理中的超过正常人性欲望之外的"人欲"。另一方面,它的副作用也是异常明显的,使得人被异化,往往为追逐财富忘却了人活着的真正意义,进而放逐了精神家园,最终成为物化的空心人,从而走向事物的反面,古今中外这样的例子实在举不胜举。毕竟,人是心灵的动物,人需要的是"诗意的栖居",而金钱,却往往是心灵和诗意的天敌!

第四节　贞节观与情趣

除了外貌、性能力、金钱这些因素,在明清通俗小说的贞节观书写中,情趣也是一个重要的影响因素。情趣既包括一个人的趣味爱好,也包括一个人的机智、风情、情调,同时还包括脾气和性格,相当于一个人的

---

① 西周生:《葛受之批评醒世姻缘传》,翟冰校点,齐鲁书社,1994年,第7页。
② 兰陵笑笑生:《金瓶梅词话》(梦梅馆校本),梅节校订,里仁书局,2013年,第882页。
③ 中共中央马克思恩格斯列宁斯大林著作编译局:《马克思恩格斯选集》第四卷,人民出版社,2012年,第244页。

修养和气质。情趣既有先天气禀，也有后天修为。它在小说中，对贞节观念也有相当的影响，《家庭宝筏》有云："大抵男与女相见，始则彬彬，渐而熟习。既熟习，必有长谈；有长谈，必有笑语；有笑语，必生机趣；有机趣，便成勾引，此后遂有不可知之事矣。"① 将男女见面之后的危险逐级推进，而作为情趣之一的机趣显然是男女勾引的最近一环，可见其对贞节观念的震撼力和破坏力。

《金瓶梅》里的贞节观书写涉及情趣之处甚多。读者大概都还记得撮合西门庆和潘金莲成奸的王婆，她有一段经典的"抠女术"，即她总结的几大本领和本钱：

但凡挨光的两个字最难。——怎的是挨光？似如今俗呼偷情就是了。——要五件事俱全，方才行的。第一、要潘安的貌；第二、要驴大行货；第三、要邓通般有钱；第四、要妆小伏低，就要绵里针一般软款忍耐；第五、要闲工夫。此五件唤做"潘、驴、邓、小、闲"。都全了，此事便获得着。②

王婆总结的"潘驴邓小闲"之"小"——惯于做小伏低，能屈能伸，该低头时就低头，该赔小心时赔小心，该给笑脸时给笑脸，该求情时就求情，该扮可怜时扮可怜，以此获得佳人的好感与宽容。而"闲"也能为"小"加分。《警世通言》第三十八卷《蒋淑真刎颈鸳鸯会》中，曾论到男子要在花柳丛中混好，必须深谙十要之术，这十要是："一要滥于撒漫，二要不算工夫，三要甜言美语，四要软款温柔，五要乜斜缠帐，六要施逞枪法，七要妆聋做哑，八要择友同行，九要穿着新鲜，十要一团和气。"③其中至少第二、三、四、十这四条都可归入"情趣"之类，看来情趣具备，也有了勾人的近半本钱了。第二十四卷《玉堂春落难逢夫》中的尚书公子王景隆与名妓玉堂春欢好，分开之后一日正在烦恼，"家人来报，老奶奶家中送新奶奶来了。公子听说，接进家小。见了新人，口中不言，心内自思：'容貌到也齐整，怎及得玉堂春风趣'"④?

---

① 袁黄、汉阳别樵居士：《〈了凡四训〉白话解释 附〈家庭宝筏〉》，和裕出版社，1997年，第54页。
② 兰陵笑笑生：《金瓶梅词话》（梦梅馆校本），梅节校订，里仁书局，2013年，第39页。
③ 冯梦龙：《警世通言》，严敦易校注，人民文学出版社，1956年，第578页。
④ 冯梦龙：《警世通言》，严敦易校注，人民文学出版社，1956年，第370页。

《金瓶梅》中文嫂在为西门庆和寡居的命妇林太太牵线拉纤时，说西门庆"也曾吃药养龟，惯调风情；双陆象棋，无所不通；蹴踘打毬，无所不晓；诸子百家，拆白道字，眼见就会。端的击玉敲金，百伶百俐"①。这段话很容易让人联想起元曲大家关汉卿的那段铜豌豆名言："我玩的是梁园月，饮的是东京酒，赏的是洛阳花，攀的是章台柳。我也会围棋会蹴鞠会打围会插科，会歌舞会吹弹会咽作会吟诗会双陆……尚兀自不肯休。"②西门庆在文体娱乐方面全方位的修养，是他能够征服佳人的又一大"本钱"，而他自己也颇能欣赏有艺术修养的女性，比如他之所以对潘金莲情有独钟，不仅因为她的容貌和在性方面的迎合，还因为她善弹琵琶唱曲儿。小说中常常写到西门庆饮酒让金莲唱个曲儿，可见他雅赏此道。不过，西门庆的这些情趣爱好特长，大都是风流博浪的纨绔子弟和浪荡子弟所热衷的玩意儿，正经八百的子弟是一定不会如此多才多艺的，在古人眼中，这些大多属于"玩物丧志"型的爱好。西门庆的女婿陈经济不是也擅长这些东西吗？他虽不及岳父"修养全面"，但爱好的品位相似，同样他也雅赏"岳母"潘金莲的琵琶曲，到最后几回中的韩爱姐，也因为会做几首香艳动人的诗，能写一手感人肺腑的情书，便将陈经济的心儿完全虏获了。

做小伏低也是情趣的重要一面。心狠手辣的西门庆有时却能俯下身子"做小伏低"，是他能够博得各种女子垂青的又一大本领。小说中经常写到他在女人面前低声下气，如第二十一回里，他试图与正妻月娘消除分歧，"折跌腿装矮子，跪在地下，杀鸡扯脖，口里姐姐长，姐姐短"③。又如他因为与李瓶儿偷情惹恼了金莲，他便在金莲面前装巧卖乖，赔了很多小心，说了大堆好话。这些表现，虽然只是他次要的一面，毕竟他更多时候是个典型的大男子主义者，是个"打老婆的班头，坑妇女的领袖"。但若一味如此，西门庆的形象便嫌单一化、扁平化，便不是一个有趣有味有血有肉的人，就不会有那么多遭他"坑""打"还死心塌地贴恋他的女人。

《拍案惊奇》卷二十六叙成都府有一庄农人家之妻杜氏，生得有些姿

---

① 兰陵笑笑生：《金瓶梅词话》（梦梅馆校本），梅节校订，里仁书局，2013年，第1120页。
② 关汉卿：《汇校详注关汉卿集》，蓝立萱校注，中华书局，2006年，第1703页。
③ 兰陵笑笑生：《金瓶梅词话》（梦梅馆校本），梅节校订，里仁书局，2013年，第291页。

色，颇慕风情，嫌着丈夫粗蠢，不甚相投，每日寻是寻非地激聒。《醒世恒言》第三卷《卖油郎独占花魁》中的卖油郎秦重，不像那些豪门子弟撒漫托大，只顾自己享乐，并不疼惜佳人，而是对花魁娘子莘瑶琴百般怜惜，终于虏获花魁芳心，抱得美人归。不过李渔对这些美妓贞节的故事并不相信，而是嗤之以鼻，在《无声戏》第七回中，他揭露并嘲笑了卖油郎这类幻想吃天鹅肉的癞蛤蟆：

  这一桩事，是富家子弟的呆处了。后来有个才士，做一回《卖油郎独占花魁》的小说。又有个才士，将来编做戏文。那些挑葱卖菜的看了，都想做起风流事来。每日要省一双草鞋钱，每夜要做一个花魁梦。攒积几时，定要到妇人家走走，谁想卖油郎不曾做得，个个都做一出贾志诚了回来。当面不叫有情郎，背后还骂叫化子，那些血汗钱岂不费得可惜！①

接下来的故事说一个篦头的"待诏"王四，年纪不到三十岁，面貌普通，但伶俐异常，篦头、取耳、按摩，样样功夫都好，妓妇人家的生活，他做得很多。因在坡子上看见一本《占花魁》的新戏，就忽然动起风流兴来，心上思量道："敲油梆的人尚且做得情种，何况温柔乡里、脂粉丛中摩疼擦痒这待诏乎？"②他看上了扬州名妓雪娘，后来日日走到雪娘家里，为她篦头，用心服务，百般怜惜，真是一个疼人的痴情种子：

  每到梳头完了，雪娘不教修养，他定要捶捶捻捻，好摩弄他的香肌。一日夏天，雪娘不曾穿裤，王四对面替他修养，一个陈抟大睡，做得他人事不知。及至醒转来，不想按摩待诏做了针灸郎中，百发百中的雷火针已针着受病之处了。雪娘正在麻木之时，又得此欢娱相继，香魂去而未来，星眼开而复闭，唇中齿外唧唧哝哝，有呼死不辍而已。从此以后，每日梳完了头，定要修一次养，不但浑身捏高，连内里都要修到。雪娘要他用心梳头，比待嫖客更加亲热。③

他的目的是"只要弄得粉头到手"，孰料最后遭到戏弄，愿望落空，

---

① 李渔：《无声戏》，浙江古籍出版社，2018 年，第 79 页。
② 李渔：《无声戏》，浙江古籍出版社，2018 年，第 79 页。
③ 李渔：《无声戏》，浙江古籍出版社，2018 年，第 79~80 页。

没当成秦重,倒做了真王八。

《欢喜冤家》对男子的情趣关注较多,在很多回中都有充分的描写和体现。如第一回《花二娘巧智认情郎》,花林蠢痴贪耍,娶了一个花枝般的浑家花二娘,还"疏云懒雨",又与无赖光棍李二白搅浑一起,被其骗取酒食,将妻子的衣饰暗地偷去花费。父母气恼成病卧床不起,花二娘殷勤服侍毫无怨言,而花林依旧索要妻子衣饰出去换钱花费,见二娘没得与他,"几次发起酒疯,把妻儿惊得半死"[1]。这样一个丈夫,完全没有尽为人子和为人夫的责任,更不用说对妻子的温存体贴、爱惜呵护。受尽委屈的妻子遇到任三官这样多情温柔的年轻书生,自然容易心动,加之任三官的主动贴恋,道:"自从一见,想你到今。不料你这般有趣的。怎生与你得一会,便死甘心。"[2] 书中又说"任三官比花二大不相同,一来标致,二来知趣。二娘十分得趣"[3]。"花二娘从做亲已来,不知道这般有趣。任三见他知趣,放出气力。两个时辰,方才罢手……二娘道:'我不想此事这般有趣,今朝方尝得这般滋味。但愿常常聚首方好。'"[4] 可以看出,花二娘"知趣""有趣",这里的"趣",显然包括两人性爱中所能充分享受到的美好,及其在此一过程中生发的温存、怜惜。第四回《香菜根乔装奸命妇》叙广东卖珠客商丘继修,扮作卖珠婆丘妈去衙门诱奸陕西巡按张英之美妇。丘妈对夫人道:"夫人有所不知,嫁了个丈夫,撞着个知趣的,一一受用。像我前日嫁着这村夫俗子,性气粗豪,浑身臭味,动不动拳头巴掌,那时真真上天无路,入地无门。天可怜见,死得还早。"[5] 丘妈用知趣与粗豪作比,来调诱美夫人动心。第五回《日宜园九月牡丹开》叙元娘与丈夫恩爱,二人如鱼似水,被贼人蒋青慕色设计掳去后,元娘一开始心中愤恨不平,后来到了蒋家之后发现其异常富裕,"况蒋青又知趣,倒

---

[1] 西湖渔隐主人:《欢喜冤家》,于天池、李书点校,北京师范大学出版社,1993年,第2页。
[2] 西湖渔隐主人:《欢喜冤家》,于天池、李书点校,北京师范大学出版社,1993年,第4页。
[3] 西湖渔隐主人:《欢喜冤家》,于天池、李书点校,北京师范大学出版社,1993年,第4页。
[4] 西湖渔隐主人:《欢喜冤家》,于天池、李书点校,北京师范大学出版社,1993年,第5页。
[5] 西湖渔隐主人:《欢喜冤家》,于天池、李书点校,北京师范大学出版社,1993年,第72页。

也妥贴了"①。蒋青的温柔知趣表现在能"小"，从而讨其欢心，如花园中劝元娘饮酒时，竟然"双膝儿跪将下去。元娘见他如此光景，又恼又怜道：'放在床沿上。'蒋青放下，去取一格火肉，拿在手中，等元娘吃。元娘只不动。蒋青说：'娘娘不吃，我又跪了。'言罢，又跪下去"②，最后元娘果然又吃又喝了。第十五回《马玉贞汲水遇情郎》中，王文娶到美丽的妻子，却不善风情，而且脾气不好，"生性凶暴，与前夫大不相同，吃醉了便撒酒风，好无端便把玉贞骂将起来。若与分辨，便挥拳起掌，全不知温柔乡里的路径。因此玉贞便想前夫好处，心中未免冷落了几分"③。这让知趣的邻居宋仁捡到了便宜，对玉贞极为温柔帮衬，玉贞感激之余，心下想道："这样一个好人，偏又知趣，像我们这样一个酒儿，全没些温柔性格，怎生与他到得百年。"④ 遂动了与之好合的念头。

《姑妄言》里奸臣马士英的媳妇香姑，因嫁给马士英的傻儿子马台，伤心误嫁哭过多回。后来香姑遇到淫荡而会用淫具替代男根的奇姐，两个女人玩笑之后睡在一起，演起了"女同性恋"。香姑经了奇姐的此物，觉得大小虽与马台的差不多，但因为马台是极蠢之人，"只知在肚皮上弄混而已，连趣话也不知说一句，亲嘴这件事是极易的了，他尚还不懂。每常他耍弄香姑，还有受用处，故不阻他，却一点情处（趣）也没有"⑤。情趣的丧失，最终让香姑不久果断给他戴上了绿帽子。

第五节　贞节观与远出

明清通俗小说中，有颇多因男子远出长时不归而发生家变，产生婚外恋情的曲折故事。远出大略可分五类：一类是经商外出，一类是居官外

---

① 西湖渔隐主人：《欢喜冤家》，于天池、李书点校，北京师范大学出版社，1993年，第94页。
② 西湖渔隐主人：《欢喜冤家》，于天池、李书点校，北京师范大学出版社，1993年，第97页。
③ 西湖渔隐主人：《欢喜冤家》，于天池、李书点校，北京师范大学出版社，1993年，第235页。
④ 西湖渔隐主人：《欢喜冤家》，于天池、李书点校，北京师范大学出版社，1993年，第236页。
⑤ 曹去晶：《思无邪汇宝：姑妄言》，台湾大英百科股份有限公司，1997年，第1702页。

出，一类是科考外出，一类是流放外出，最后一类是当差外出。形形色色的远出故事类型，形成了带有母题性质的丈夫远出妻子出轨系列故事。小说男主人公年纪不等，女主人公往往年轻美貌。故事中，夫妻往往感情甚为相得，妻子对丈夫比较依赖。自古以来，男主外，女主内。男人压力大，要养家糊口，维持生计，还要博取功名，光宗耀祖，有的是自我要求，有的是家庭传统，有的是长辈期望，种种原因构成丈夫远出的动机。小说中的妻子，因丈夫远出长时不归，闺中寂寞，但天高路远，云山渺渺，巨大的时空阻隔让妻子望夫之念愈浓，则失望之心愈烈。这种情形在古典诗词中已多表现，小说里更是表现得细腻曲折。失望思春的少妇，若非贞静高洁极有定力者，往往被人趁机补空，特别是遇到年轻俊雅、温存知趣的男子的追求和引诱，更加难以自持。若不幸碰到"三姑六婆"等非正经妇女的巧舌哄动，尤其容易被撮合奸情，铸下大错。

一、经商远出型

"商人重利轻离别"。经商远出型在明清通俗小说中出现的频率最高，这一方面是因为明清商业的发达，另一方面也是商人的远出与其他远出男子性质有异，其他类型的远出，无论是居官还是流放、交游等，大多只有一次，科考一般也不甚多，而经商则常常远出。明代中期以来，随着传统经济的转型，人数的激增，而科举录取人数的比例并未增加，故而难度之大前所未有。同时商人地位有所提升，1523年，王阳明为商人方麟撰写墓表，对方麟弃儒就贾之举评价甚高，认为商贾若尽心于其所"业"，则无异于"圣人之学"，他还一针见血地指出当时的"士"好"利"比商贾有过之而无不及，只不过是异其"名"而已。清初大儒黄宗羲则大胆提出"工商皆本"的口号，因此不少科举士子退而为商。商人数量遂大大增加，故事自然增多，加上这些退出的科举士子有相当的文化，一方面容易有风流情事，另一方面也有能力编撰故事助其传播。

不少妇女的清苦守节得到当地祠堂族田的支持。比如明清时期徽州一带经商之风甚炽，商贾甚众，足迹遍天下，不少成为巨富。这些徽商长期在外，由于山区交通极为不便，难以归家，两三年方能一归，故而尤其注重妇女的贞节。他们出资修建祠堂，购置族田，凡"节妇孤儿与出嫁守志"等，均可供衣食住行。这就在经济上助力了贞节习俗的流行。但是，在明清通俗小说中，富有的徽商往往富甲一方而多情好色，在本地或他乡勾引别家美貌妇女，呈现了典型的"谇人两妻"的那位战国楚人的特点。如《喻世明言》卷一《蒋兴哥重会珍珠衫》中的徽州富商陈大郎，一见美妇三巧儿，便一片精魂被摄。《拍案惊奇》卷二中百万家私的吴大郎，"极是个好风月的人"①。《二刻拍案惊奇》卷二十八中的徽商程朝奉，"心里只喜欢的是女色"②。他每遇有些姿容的妇女，就千方百计弄她到手才住。《型世言》第六回中的徽商汪涵宇，一见楚楚可爱的朱寡妇便也动心。第二十六回中的徽籍商人吴尔辉，一见到"略有些颜色妇人，便看个死"③。

《喻世明言》卷一《蒋兴哥重会珍珠衫》中，蒋兴哥与妻子王三巧儿郎才女貌，一对璧人，极为鱼水相得。丈夫为生意外出营生，三巧儿听从丈夫嘱咐，日日闭门不出，但芳心难断。一日思君之极，错认俊雅的徽商陈大郎为自己的丈夫，多看了几眼，就此被陈大郎记在心上，找了媒婆，费尽心机，终于将三巧儿弄到手。不过，二人虽以私通而合，但你贪我爱，却成感情极深的一对婚外"恋人"，大郎回家有事时，三巧儿还恋恋不舍，将丈夫蒋兴哥的传家之宝珍珠衫送给大郎作为贴身之物。《警世通言》卷三十八《蒋淑真刎颈鸳鸯会》中，年轻欲盛的年轻寡妇蒋淑真嫁给行商的鳏夫张二官，夫妻如鱼得水，似漆投胶，感情极好。不料过了一月，张二官要去德清取帐，刚得鱼水之欢的淑真自然无法割舍丈夫远出。等到丈夫起身，淑真簌簌垂泪。别去之后，"又过了半月光景，这妇人是久旷之人，既成佳配，未尽畅怀，又值孤守岑寂，好生难遣。觉身子困倦，步至门首闲望"④。对门店中后生朱秉中，"资质丰粹，举止闲雅"。夜里淑真忽闻楼外官河梢人隐约歌声："二十去了廿一来，不做私情也是呆；有朝一日花容退，双手招郎郎不来。"⑤ 妇人自此复萌欲心，往往倚门独立，朱秉中时来调戏，彼此相慕，恨不能一叙款曲。后二官又外出，快到年终，不得归家过年，二人遂能得空成就私情。张二官归家，二人不能曲通，淑真竟至相思生病，丈夫倒要为其服侍。淑真但闻秉中在座，有

---

① 凌濛初：《拍案惊奇》，冷时峻校点，上海古籍出版社，2012年，第25页。
② 凌濛初：《二刻拍案惊奇》，王根林校点，上海古籍出版社，2012年，第419页。
③ 陆人龙：《型世言》，陈庆浩校点，江苏古籍出版社，1993年，第423页。
④ 冯梦龙：《警世通言》，严敦易校注，人民文学出版社，1956年，第576页。
⑤ 冯梦龙：《警世通言》，严敦易校注，人民文学出版社，1956年，第576页。

说有笑，病也没了；只要他不来，就"呻吟叫唤，邻里厌闻"。二人偷情以至于"情深"如此，终于为丈夫察觉，双双被杀为结。

《型世言》第二十六回《吴郎妄意院中花　奸棍巧施云里手》，张家积祖原是走广生意，遗有账目，张壳要往起身进广收拾，二娘阻他，再三不肯，只留得一个丫鬟桂香伴，不料一去十月有余。"这妇人好生思想……尝时没情没绪的倚着楼窗看。一日，恰值着吴尔辉过，便钉住两眼去看他。妇人心有所思，那里知道他看，也不躲避。他道这妇人一定有我的情，故此动也不动，卖弄身分。以后装扮得整整齐齐，每日在他门前幌。"①

《欢喜冤家》第三回中，王文甫原是个读书人，后见科考无望，遂学先人到广川经商。他娶了美貌寡妇李月仙，夫妻二人十分欢喜，如鱼得水，似漆投胶，感情极好，每日里调笑诙谐，每夜里鸾颠凤倒。夫妻二人终朝快乐。一日，夫妻两个闲话。只见养弟章必英汇报米价凭空每石贵了三钱，建议他可籴些防荒，文甫便对妻子说欲暂别贤妻以图生计，"月仙道：'这是美事，我岂敢违。只是夫妻之情，一时不舍。'文甫说：'我此去，多则一年，少则半载，即便回来。'"②月仙开始尚好，颇守妇规，丈夫去后，"只在楼上针线，早晚启闭，有时自与红香上楼安歇。将必英床铺，在楼下照管"③。不料，丈夫走后，英俊风流的必英加意勾引，先与丫鬟偷合，后来终于又将嫂嫂月仙弄上。二人相得甚欢，以至于月仙听说丈夫要带弟弟一起经商，竟百般劝说丈夫让弟弟留下，照看家计。后来起了歹心的弟弟在舟中将哥哥推入水中，自己溜回又与嫂嫂月仙尽情纵恣。第十九回《木知日真托妻寄子》，叙木知日外出经商，将妻子和家产托付给好友江仁，而被贪财负义的江仁设计诱奸霸占妻子，吞并财产。

李渔的《无声戏》第十二回《妻妾抱琵琶梅香守节》则是讲对女子贞节的考验。马麟如大病不死，远出经商，后来乡人误传消息说他客死他乡，其妻妾二人都纷纷争先恐后地改嫁，还将幼子留给收房丫鬟碧莲。碧

---

① 陆人龙：《型世言》，陈庆浩校点，江苏古籍出版社，1993 年，第 424 页。
② 西湖渔隐主人：《欢喜冤家》，于天池、李书点校，北京师范大学出版社，1993 年，第 43 页。
③ 西湖渔隐主人：《欢喜冤家》，于天池、李书点校，北京师范大学出版社，1993 年，第 43 页。

莲不谈贞节而守节在家,含辛茹苦将孩子带大。

还有丈夫外出经商长久未归,狠心的兄长或弟弟逼弟媳(或嫂嫂)改嫁的。如《警世通言》卷五《吕大郎还金完骨肉》中,吕玉去山西贩布,外出三年不归,其二弟在家里要逼嫂嫂改嫁他人,吕玉妻迫于无奈就同意了。

二、其他远出型

除因经商远出之外,明清通俗小说中的丈夫还有其他形形色色的远出类型。

一是居官远出型。《欢喜冤家》第四回《香菜根乔装奸命妇》,叙张英娶扬州美女徐氏为妻,别妻远离任陕西巡按。后广东青年卖珠客丘继修瞧见徐氏后,大为心动,化装成一位卖珠子的老婆子,大胆进府骗诱,宿奸了她,后日日相好。徐氏反倒不愿外出做官的丈夫归来。

二是流放远出型。李渔的《十二楼·鹤归楼》中的郁子昌和段玉初一对新进士,有幸娶了一对天姿国色被选中为妃而后放归民间的美女珠围和翠绕,使得宋徽宗大为吃醋,遂被派遣金国,在异国被羁留八年。段玉初在预感到厄运将要降临时,提前给夫人的生命和贞节做了充分的思想工作,大讲"安穷惜福"之道:

> 段玉初道:"夫在天涯,妻居海角,时作归来之想,终无见面之期,这是生离的景象。或是女先男死,或是妻后夫亡,天辞会合之缘,地绝相逢之路,这是死别的情形。俗语云:'死寡易守,活寡难熬。'生离的夫妇,只为一念不死,生出无限熬煎。日间希冀相逢,把美食鲜衣认做糠秕柽楛;夜里思量会合,把锦衾绣褥当了芒刺针毡。只因度日如年,以至未衰先老。甚至有未曾出户,先订归期,到后来一死一生,遂成永诀,这都是生离中常有之事……俗语云:'牡丹花下死,做鬼也风流。'这句话头还是单说私情,与'纲常'二字无涉。我们若得如此,一个做了忠臣,一个做了节妇,又做了一对生死夫妻,岂不是从古及今第一桩乐事?"绕翠听了这些话,不觉把蕙质兰心变作忠肝义胆,一心要做烈妇。说起危疆,不但不怕,倒有些

羡慕起来；终日洗耳听佳音，看补在那一块吉祥之地。①

三是交游远出型。《欢喜冤家》第十七回《孔良宗负义薄东翁》中，嘉兴府的一位致仕的侍郎江五常年过半百，因大夫人没有生育，连娶了六个美妾，但依旧如此，遂从胞弟过继了一个九岁的儿子江文，为他请了个私塾先生孔良宗，对其非常信任。因打听得浙江按院乃是同门同年学道又是相知，江五常要到杭州西湖游玩，于是带了几个家人小使和动用之物，别了妻妾和先生而去。江衙里娶的第三个妾姓王，小名楚楚，家中唤她做苏姨，苏州人氏，容貌娇媚，为度种怀子改变身份处境，而与主动诱惑妻妾的孔良宗染上私情。

四是当差远出型。《二刻拍案惊奇》第三十八卷中的莫大姐，因丈夫经常外出当差不归，难耐寂寞，与人私通，被丈夫发觉后，她干脆约情夫私奔外地，终于沦落为妓。如此出轨行径自然要受礼法严惩。可其夫徐德并不因她多次通奸并携财私逃而对她恨之入骨，非置她于惨境不可；也未因奸夫杨二郎破坏其家庭而力图使其多受折磨；相反，他竟让这两人如愿地成了夫妇。官府也没难为莫大姐，反倒把乘机冒充杨二郎拐带莫大姐的郁盛严惩了一顿。

另外，还有男子设计让淫妇的丈夫远离，为自己创造机会。西门庆让宋惠莲的丈夫来旺外出要债，远离视线，目的就是方便自己与虚荣的惠莲偷情。

明代法律明确规定，丈夫在外五年以上不归，妻子有权另嫁他人。可见，朝廷和政府也认识到民间这一问题的严重性。如果夫妻一方长年在外不归，则夫妻和家庭的存在和意义与合理性就被抽空了。何况许多年轻的妻子独守空闺，又要求她们持贞守节，也确实太不合人性了；反过来，丈夫远出不归而致妻妾出轨偷情的例子在明清通俗小说中如此之多，便一再说明这一问题的严峻性和残酷性。只是，这一矛盾因为婚姻和生存发展的双重无奈，并不能得以有效减轻，遑论实质上的解决。因此，这样的故事只能不断上演，让古往今来的读者为之纠结洒泪。

---

① 李渔：《李渔全集：第九卷》，浙江古籍出版社，1991年，第213~214页。

第六章　明清通俗小说贞节观与文化母题

考察明清通俗小说贞节观书写中的叙事母题，关系最为密切的有果报、考验、战乱、谋杀等母题，需对其一一展开总结和阐释。其中果报讲究劝善惩恶，反映了古人对贞节观的重视和劝谕态度。考验则是男性单边主义的典型体现，一种是像庄子装死变身对妻子贞节的极端考验，另一种是求道成仙叙事中常见的对贞节和美色的考验。明清通俗小说中的女子在战乱中既面临着痛苦的生死抉择，同时又承担着如抚孤之类的重任，并受贞节观念的影响，遭厄女子的命运和处境至为艰难。谋杀在某种程度上是果报观念的延伸，因贞节观而起的谋杀多表现为奸杀。通过揭示这些叙事母题中所蕴含的丰厚文化意蕴，无疑可以提升和深化对贞节观念的认识。

第一节　贞节观与果报

因果报应思想源远流长，早在先秦时期，儒家经典《尚书·汤诰》中就有"天道福善祸淫"[①]的说法，《周易·坤·文言》提出："积善之家必有余庆，积不善之家必有余殃。"[②]佛教将人的行为称为"业"，提倡三世之报，如《涅槃经》曰："众生从业而有果报，如是果报，则有三种：一者现报，二者生报，三者后报。"[③]杨联陞云：

[①] 《十三经注疏》，阮元校刻，中华书局，1980年，第162页。
[②] 《十三经注疏》，阮元校刻，中华书局，1980年，第19页。
[③] 《涅槃经》，昙无谶译，林世田等点校，宗教文化出版社，2001年，第752页。

直到佛教传入中国，其"业"（karma）报以及轮回的观念，说明果报不但及于今生，并且穿过生命之链（chain of lives）。但在这之前，中国的思想家大半只能这样解释，命运是由同一家庭、家族或住在同一地区的人共有的……四世纪的道教早期著作抱朴子，则强调报应的机械化与量化方面。①

中国古人大多笃信因果报应，这既有本土思想的接续传衍，也受到佛教果报思想的巨大影响。在思想漫长的交融汇合中，形成了一些民间因果报应思想的基本观念，它们以俗语谚语的形式表达出来，如"因果报应""善有善报，恶有恶报""不是不报，时候未到""举头三尺有神明""但存夫子三分礼，不犯萧何六尺条""明有刑法相系，暗有鬼神相随""善恶到头终有报，只争来早与来迟"等，这些语言也在明清通俗小说中出现频率极高。甚至一些通俗小说的书名都带有"报"字，显寓报应之意，如《贪欢报》《风流报》《杀子报》。明清通俗小说中的这些因果报应故事大多融入了现实人生经验，其功能也相应发生了变化，从魏晋南北朝宣扬佛教小说的自神其教转向了人间正道的维护，一方面通过果报对现实不平进行拨乱反正，来维护人间礼法、安抚世道人心，一方面通过大加渲染果报故事效应，以实现人生的救赎和劝谕，达到惩恶劝善之目的。

古代小说特别是明清通俗小说，极为讲究小说的劝世价值，大多提倡忠孝节义等传统儒家伦理观念，至少不会明确反对这些千百年来的主流社会价值。"贞节"作为古人礼赞的美德之一，自然要受到小说作家的大力表彰，贞节之人大多被安排一个美满的结局。这种美德的回报，往往在现世就得到体现：或科举高中、官运亨通，或富贵逼人、财运亨通，或子嗣绵绵、儿孙满堂。贞节自束、见色不迷的人，往往都有好的报应，这正是"善有善报"；反之，不顾贞节廉耻、慕色好淫之人，往往"恶有恶报"，下场悲惨。总之，小说通过这些报应无非达到惩妒罚淫、劝贞奖节的目的。警轻薄，诫放荡，合于儒家传统伦理，以达到现实伦理考量的动态平衡。

总之，佛教的善恶观、慈悲观以及"五戒""八戒""十戒"等道德信

---

① 《中国思想与制度论集》，刘纫尼、段昌国、张永堂译，联经出版事业公司，1976年，第358~359页。

条在经过了与本土文化的长期冲突与妥协之后,终于实现了与儒家伦理体系的融合,并对中国传统道德做出重要补充,"佛教五戒之一的戒淫和儒家贞节观念合二为一共同树立起了惩淫的大旗"[1]。换言之,小说中的人物若不能贞静自守,生贪痴之念,则灾害果报就潜伏其畔,近在眼前。

一、劝贞奖节——正向贞节观的善报

劝善惩恶是明清通俗小说的一大主题,在"劝善"的方面,劝贞奖节自然成为善有善报的表现重点。要而言之,明清通俗小说的叙事大多奉行"不贪花酒不贪财,一世无灾无害"[2]的道德理念,见色不迷,坚心却色,不仅是有道德心和慈悲心的大丈夫所为,也是贞静高洁的女子的本分和题中应有之义。《警世通言》第十六卷《小夫人金钱赠年少》,开线铺的员外张士廉,年过六旬,只因不服老,犹自贪色,觅娶了一个年少三十四岁的娇嫩小夫人,结果荡散十万家计,几乎做了失乡之鬼。只因小夫人暗恋主管张胜,以财物相赠以动其心,"亏杀张胜立心至诚",不因财色而迷,"到底不曾有染,所以不受其祸,超然无累"[3]。还用诗赞美张胜:"谁不贪财不爱淫?始终难染正人心。少年得似张主管,鬼祸人非两不侵!"[4]

因此,"三言二拍"作者往往在小说中"奉劝世上的人,切不可轻举妄动,淫乱人家妇女。古人说得好:我不淫人妻女,妻女定不淫人。我若淫人妻女,妻女也要淫人"[5]。淫人妻女,妻女淫人,转辗果报,遂成为明清通俗小说的一大原型和叙事母题。

《欢喜冤家》中的故事大多是男女故事,从其又名《贪欢报》即可看出,它所写的男欢女爱,大多是婚外之恋,非分内正常男女之欢,自然会遭到情理之外贪欢纵淫的报应。其核心思想是对贞节观念的劝谕,为不守贞节的男女下一剂清醒散。正如第三回《李月仙割爱救亲夫》开篇诗曰:"苦恋多娇美貌,阴谋巧娶欢娱。上天不错半毫丝,害彼还应害已。枉着

---

[1] 吴光正:《中国古代小说的原型与母题》,社会科学文献出版社,2002年,第88页。
[2] 冯梦龙:《警世通言》,严敦易校注,人民文学出版社,1956年,第516页。
[3] 冯梦龙:《警世通言》,严敦易校注,人民文学出版社,1956年,第231页。
[4] 冯梦龙:《警世通言》,严敦易校注,人民文学出版社,1956年,第231页。
[5] 凌濛初:《拍案惊奇》,冷时峻校点,上海古籍出版社,2012年,第449页。

藏头露尾，自然雪化还原。冤冤相报岂因迟，且待时辰来至。"① 不过，在贞节观念的核心思想之外，还有劝善惜命等思想融汇其中，一起构成了报应的主题。第十九回叙木知日宅心仁厚，在被朋友江仁奸占妻子家产的情况下，木知日不仅以德报怨，允许江仁妻子方氏在自己家里避难，而且还拒绝了妻子丁氏怂恿其淫奸方氏以报复江仁的建议。积德终有好报，方氏尽心帮助木知日抚育两个幼子，众亲撮合二人喜结连理，知日与方氏到老，两小儿读书俱已成名，各有官家婚配，昌盛累世。这在作者看来，显然都是因为"木知日不依丁氏行奸，上苍默佑，以享此全福"②。正如其侄木阳和所言，这是"一篇现世报应文章"③。

西湖渔隐主人明确强调面对色欲不迷，是积累阴骘的大善事，"天下第一件阴骘，是不奸淫妇女的事大"④。若能如此，必定会有善报。作者认为世间男女都免不得这点色心，"若人世幽期，密约月下灯前，钻穴越墙，私奔暗想，恨不得一时间吞在肚内"，抗拒美色是如此之难，因此"那那有佳人，送上门的。反推三阻四，怀着一点阴骘，恐欺上天，见色不迷，安得不为上天所佑乎"⑤。第十八回接连说了明朝几个带有柳下惠味道的却色故事，一个是明代功高盖世的心学大儒王阳明的父亲王华的故事，说王华年轻时在一富家歇宿，富翁多财而乏子嗣，见王华青年美貌，"将一美貌爱妾私欲他度种"。此妾本为富翁"奉命"完成任务，按理在王华婉拒之后可以带羞而返，但是那妾见王华青年美质，欲火难禁，何况又是主人之命，遂"大了胆，走到身边搂抱"⑥。王华珍惜品节，却色成功，后来殿试时，神灵佑护，得了状元。再后来其子王守仁登二甲进士，镇压

---

① 西湖渔隐主人：《欢喜冤家》，于天池、李书点校，北京师范大学出版社，1993年，第40页。
② 西湖渔隐主人：《欢喜冤家》，于天池、李书点校，北京师范大学出版社，1993年，第331页。
③ 西湖渔隐主人：《欢喜冤家》，于天池、李书点校，北京师范大学出版社，1993年，第331页。
④ 西湖渔隐主人：《欢喜冤家》，于天池、李书点校，北京师范大学出版社，1993年，第303页。
⑤ 西湖渔隐主人：《欢喜冤家》，于天池、李书点校，北京师范大学出版社，1993年，第299～300页。
⑥ 西湖渔隐主人：《欢喜冤家》，于天池、李书点校，北京师范大学出版社，1993年，第301页。

宁王朱宸濠叛乱，封为新建伯，子孙世袭。"其时一点阴骘，积成万世荣华"①。另外一则小故事，叙一位穷人被里长敲诈银子不得而遭陷害起解，祈求兵房徐晞解除服役，因家里贫穷，没钱送礼给徐晞；后在徐晞帮衬下有幸得免，为表感激但又没有银两，遂邀其至家中饮酒，假装外出置办礼物送徐，其实是为回避，反扣家门，让美貌妻子陪宿一夜以尽礼。不过，徐晞却对他们用这种性贿赂式的"报答"很不满意，断然拒绝，扯脱房门而去。小说强调，只因徐晞这点念头，最终做到兵部尚书等职，"从来三考出身，那有这般显耀。只因不犯邪色，直做到二品"②。这两则短故事还只是得胜头回，后面的故事叙一位名叫柳生春的年轻秀才，应考去探亲途中避雨于亭中，恰遇一美貌妇人也从娘家返归夫家来此避雨，天晚孤男寡女，柳生春不但未生淫亵之心，还处处替妇人考虑，"柳生春心下怎不起意，他看过《太上感应篇》的，奸人妻女第一种恶，什么要紧，为贪一时之乐，坏了平生心术，便按住了"③。天黑雨住，护送妇人回家。柳生春因此见色不迷之行，而积莫大阴骘，感动地下神灵，本坊土地着人送申文书到城隍司去。在神灵庇佑之下，原本"学业浅薄"的柳生春中了举人，后来迷途知返的王有道因为感谢柳生，又将自己贤淑美貌的妹妹许配给他续弦。"柳生春一点阴骘，报他一日双喜。"④作者在回末对这三则见色不迷的故事做了总评：

  天下最易动人者，莫如色。然败人德行，损己福命者，亦莫如色。奈世人见色迷心，日逐贪淫，而不知省。孰知祸淫福善，天神其鉴。故王华逢娟不惑，遂登雁塔之首。徐晞见色疾避，屡擢乌台之尊。柳生逢娇不乱，卒补科名之录。若彼奸淫无状者，其败亡惨毒之祸，又曷可胜道哉。古云：诸恶淫为首，百行孝为先。观者宜自警焉。⑤

---

  ① 西湖渔隐主人：《欢喜冤家》，于天池、李书点校，北京师范大学出版社，1993年，第301页。
  ② 西湖渔隐主人：《欢喜冤家》，于天池、李书点校，北京师范大学出版社，1993年，第303页。
  ③ 西湖渔隐主人：《欢喜冤家》，于天池、李书点校，北京师范大学出版社，1993年，第306~307页。
  ④ 西湖渔隐主人：《欢喜冤家》，于天池、李书点校，北京师范大学出版社，1993年，第316页。
  ⑤ 西湖渔隐主人：《欢喜冤家》，于天池、李书点校，北京师范大学出版社，1993年，第316~317页。

二、惩淫诛奸——反向贞节观的恶报

在明清通俗小说贞节观与果报的书写中，最多的还是恶报，即惩淫诛奸。这一方面固然因为善报是向上的，劝善较难入人肺腑，恶报是向下的，更容易起到警惕人心的反向劝谕贞节的效果，即明清通俗小说中常说的"以淫止淫"思想；另一方面也与传播效果有关，描写恶报，则有淫有杀，色情与暴力兼备，更容易吸引读者眼球，这或许是作者的潜在创作心理。

"三言二拍"作为明末拟话本小说的代表，其中有多篇叙主人公因不顾贞节犯色戒而遭报应的故事。如《二刻拍案惊奇》卷十一开头就讨论负心必遭报应之理：

> 话说天下最不平的，是那负心的事，所以冥中独重其罚，剑侠专诛其人。那负心中最不堪的，尤在那夫妻之间。盖朋友内忘恩负义，拼得绝交了他，便无别话；惟有夫妻是终身相倚的，一有负心，一生怨恨，不是当耍可以了帐的事。古来生死冤家，一还一报的，独有此项极多。①

该卷得胜头回叙一对年轻恩爱的小夫妻情浓之际，丈夫郑生忽然对妻子陆氏道："我与你二人相爱，已到极处了。万一他日不能到底，我今日先与你说过，我若死，你不可再嫁；你若死，我也不再娶了。"②陆氏道："正要与你百年偕老，怎生说这样不祥的话？"③不觉过了十年，二人生有二子。郑生因得了不起的症候而死，临终又当父母的面恳求少艾的妻子不要改嫁。不料服刚满，妻子陆氏就不顾儿子尚幼，将丈夫情浓时分和弥留之际的恳求抛诸脑后，欢欢喜喜地改嫁他人。陆氏很快遭到报应，结婚才七日，她便收到丈夫亡魂的来信，谴责她的"负心"："不念我之双亲，不恤我之二子。义不足以为人妇，慈不足以为人母。"④陆氏遭到阴谴，忽忽不安，三日而死。

---

① 凌濛初：《二刻拍案惊奇》，王根林校点，上海古籍出版社，2012年，第166页。
② 凌濛初：《二刻拍案惊奇》，王根林校点，上海古籍出版社，2012年，第166页。
③ 凌濛初：《二刻拍案惊奇》，王根林校点，上海古籍出版社，2012年，第166页。
④ 凌濛初：《二刻拍案惊奇》，王根林校点，上海古籍出版社，2012年，第167页。

《警世通言》第三十八卷《蒋淑真刎颈鸳鸯会》中杭州女子蒋淑真美貌聪慧，"心中只是好些风月……每兴凿穴之私，"①先勾引邻少阿巧强合，致其"惊气冲心而殒"②，后嫁给庄稼汉李二郎，将丈夫彻夜盘弄身体衰惫，又与夫家塾师私通，气死丈夫。她又被商人张二官娶作继室，张二官行商外出，淑真又与对门店中后生朱秉中相互勾引成对，后张二官归家她竟然思念情人成病，只要一闭上眼就看见阿巧和李二郎"偕来索命，势渐狞恶"。其奸情终于为夫所察，奸夫淫妇在一次行淫中终被丈夫捉住，双双被杀死。回末诗评："举青锋过处丧多情，到今朝你心还未剩，送了他三条性命，果冤冤相报有神明。"③《拍案惊奇》卷三十二《乔兑换胡子宣淫　显报施卧师入定》，作者警告读者：

> 这一件事关着阴德极重，那不肯淫人妻女、保全人家节操的人，阴受厚报：有发了高魁的，有享了大禄的，有生了贵子的，往往见于史传，自不消说。至于贪淫纵欲，使心用腹污秽人家女眷，没有一个不减算夺禄，或是妻女见报，阴中再不饶过的。④

该回叙"铁生与门氏甚是相得，心中想着卧师所言祸福之报，好生警悟，对门氏道：'我只因见你姿色，起了邪心，却被胡生先淫媾了妻子。这是我的花报。胡生与吾妻子背了我淫媾，今日却一时俱死。你归于我，这却是他们的花报，此可为妄想邪淫之戒！'"⑤铁生就礼拜卧师为师父，受了五戒，戒了邪淫，也再不放门氏出去游荡了。

有人说《金瓶梅》写尽因果，此言不虚。《金瓶梅》里的大多人物因淫欲无度，丧失贞节和情义而遭到报应。东吴弄珠客在《金瓶梅词话》序里谓：

> 诸妇多矣，而独以潘金莲、李瓶儿、春梅命名者，亦楚《梼杌》之意也。盖金莲以奸死，瓶儿以孽死，春梅以淫死，较诸妇为更惨耳。⑥

---

① 冯梦龙：《警世通言》，严敦易校注，人民文学出版社，1956年，第574页。
② 冯梦龙：《警世通言》，严敦易校注，人民文学出版社，1956年，第574页。
③ 冯梦龙：《警世通言》，严敦易校注，人民文学出版社，1956年，第581页。
④ 凌濛初：《拍案惊奇》，冷时峻校点，上海古籍出版社，2012年，第446页。
⑤ 凌濛初：《拍案惊奇》，冷时峻校点，上海古籍出版社，2012年，第457页。
⑥ 兰陵笑笑生：《金瓶梅词话》（梦梅馆校本），梅节校订，里仁书局，2013年，第4页。

潘金莲为了能与西门庆畅快通奸而残忍摆杀亲夫武大郎，书末终于为小叔武松所杀，与王婆一起曝尸街头无人收拾。她满心想怀子而不得，后来因与女婿陈经济偷情有了孕，怀上了子嗣，她一生经历无数男人，这是唯一一次怀孕。她从前梦寐以求的怀孕，却如此姗姗来迟，肚里的孩子名不正言不顺，她只好选择堕胎。但此事依旧传到吴月娘耳里，正气的月娘狠心将其逐出，让王婆发卖。当初勾引小叔武松的潘金莲，终于在骗设的婚礼上死在自己"梦中情人"小叔的刀下，而且死得极为血腥，惨不忍睹。此一报应虽然来得晚了点，却深重无比，连作者自己都悲悯其死之惨烈。

本来温柔善良的李瓶儿，为了贪求床间的"狂风骤雨"，视西门庆为"医奴的药"，变得心狠手辣，一点恻隐之心丧失殆尽，为了早日嫁到西门府上，活活气死丈夫花子虚，接着因为西门庆有变，又迫不及待地再嫁蒋竹山，然后因其不济又一脚将他踢开。花子虚出狱后探问妻子李瓶儿那六十锭大元宝三千两白银下落，还剩多少，好凑着买房子过日子，却"吃妇人整骂了四五日"①。如果花子虚不是因病而亡，等待他的很可能也是武大郎的下场。李瓶儿与西门庆通奸，虽然对西门一家上下都是"温克性儿"，但她贪财寡义，对前夫花子虚和蒋竹山心狠异常，终于得到了报应。她虽因大笔财富和温柔贴顺得到西门庆宠幸，却生子夭折，和西门庆癫狂，也"精冲了血管"，身得重病，加之前夫花子虚死后阴魂不散，数度纠缠，她终于在受尽肉体和情感的双重折磨之后，悲惨地死于污秽的崩漏之疾，其报不可谓不狠。

春梅，本为奴婢，身份低贱，因其乖巧和有几分姿色，得潘金莲信任，被西门庆"收用"。论地位，显然不能与西门妻妾相比，然而作者却将其题于书名，仅列于金莲、瓶儿之后，原因正在于东吴弄珠客序中所言"盖金莲以奸死，瓶儿以孽死，春梅以淫死，较诸妇为更惨耳"②。遍观全书所绘女子，真正直接死于"淫"的，确实只有春梅一个，她是与丈夫家族青年周义淫欲无度脱阴而死。事实上，在中国古代小说中，描写妇女纵淫的为数不少，但因房事过度脱阴而死的也只有寥寥几人，如《姑妄言》

---

① 兰陵笑笑生：《金瓶梅词话》（梦梅馆校本），梅节校订，里仁书局，2013年，第190页。
② 兰陵笑笑生：《金瓶梅词话》（梦梅馆校本），梅节校订，里仁书局，2013年，第4页。

中的极淫妇女昌氏通道士而得病，再遇竹思宽纵欲身亡；《野叟曝言》中的连公子收房丫鬟春红，也是纵欲脱阴而死。不过，春红乃连公子暗下春药采阴所致，并非自己贪淫纵欲，与春梅自不可同日而语。春梅一生追求的就是"人生在世，且风流了一日是一日"①。开头主子西门庆有意于她，她被"收用"了；她的主子潘金莲与女婿陈经济偷情，为了堵住她的嘴，叫她"和你姐夫睡一睡"，她也很乐意地让陈经济"受用"了；再后来嫁到守备府里，丈夫周统制在沙场征战，饱暖奢侈的她又"难禁独眠孤枕，欲火烧心"②，在家镇日不出，淫欲无度，与一个个男人滥交，其行止正如柳河东笔下的河间妇。她不死于刀下、绳上、病中，而是"淫欲过度"，最后生出骨蒸痨病症，犹贪淫不已，年方二十九岁呜呼哀哉在姘夫身上。"她的死正可以说是后来者居上，更直接鲜明地表达了作者'惩淫'的主旨。"③

男主人公西门庆虽然死得很惨，但毕竟没有受到法律的惩罚和他人的谋害，而只是因为自己的私欲——权欲、财欲和色欲都膨胀到了极点，最后纵欲过度而死。可以设想，他即使纵欲，但只要稍有控制，并不过度，他也许也能活到高寿，历代腐朽好色却能善终的男人并不在少数。不过，他终归痛苦地早死，也算是对他过度淫欲的一点报应吧。而在金瓶梅的续作里，《玉娇李》《续金瓶梅》《隔帘花影》这几部续书中，西门庆受的因果报应更惨烈了。

《欢喜冤家》中的多数故事也是"惩淫"，小说人物见色而迷，起贪淫纵欲之心，则惩淫之恶报立见。第一回《花二娘巧智识情郎》写花二娘背夫与丈夫花二的结拜兄弟任三官通奸，任官人首先遭到报应，他的未婚妻张氏，"闺中不谨，腹中有了利钱，"④怀了别人的孩子。因贪淫吃醋的混子李二白想借刀杀人，内心歹毒，终于也得到恶报，反过来为花二所杀。第三回叙王文甫之父，敦友谊而抚养朋友之子章必英，必英本应报之以德，因暗恋嫂嫂之色，趁文甫外出经商未归与其淫乱，为长久相好，又生

---

① 兰陵笑笑生：《金瓶梅词话》（梦梅馆校本），梅节校订，里仁书局，2013年，第1465页。
② 兰陵笑笑生：《金瓶梅词话》（梦梅馆校本），梅节校订，里仁书局，2013年，第1680页。
③ 黄霖：《黄霖说〈金瓶梅〉》，中华书局，2005年，第59页。
④ 西湖渔隐主人：《欢喜冤家》，于天池、李书点校，北京师范大学出版社，1993年，第11页。

恶毒之心害文甫性命，占其财产，百计图谋，致其倾家荡产，身受牢狱之苦，妻子被卖，必英可谓罪恶贯盈，不过终得恶报，死于牢狱。第十四回写和尚了然宠爱妓女秀英，为其不惜花费大量银钱，而秀英却在了然衣钵荡尽之时移情别恋，了然醋意大发，用砖头拍死秀英，后来官员设计让了然自吐真相，将其判了死刑。巡按苏院给他的判词中，一再强调了然的贪淫好色：

> 佛口蛇心，淫人兽面。不遵佛戒，颠狂敢托春心污法界，偶逢艳妓，色眼高张。一卷无心，三魂茕顿，熬不住欲心似火。遂妆浪蝶偷香。当不得色胆如天，更起迷花圈套。幽关闭色，全然不畏三光。净室藏春，顷刻便忘五戒。①

第十七回中，江翁家庭塾师孔良宗勾引主妾李新姨，江翁另一位妾王楚楚恰巧得悉此事，为了在主家立足欲趁机借种生子，遂假冒李新姨与之偷情。孔良宗后又将败人之行告诉怀有歹心的于时，"险把无辜有玷，其罪莫大焉"②。轻薄风流已然有罪，而将风流传播开来更是罪上加罪，故而孔良宗受到的报应尤惨：他死后被鬼卒重责二十，送转轮王，被着令转生到江侍御家为犬。三年后，又被穿窬药死，再转轮回。王楚楚虽为接宗祧，其情可原，但冒名贪淫，被送转轮王，着令往江侍御家为一雌猫，为李氏捕鼠，以报受玷清名。而孔良宗的乡友于时因"于酒肆之中，无中生有，起一平地波澜，引诱他说出奸情，空污了李氏清白"③也遭到报应而死，在地府中"双目挖出，待他还转阳间，受双瞎报"④。《欢喜冤家》第十九回《木知日真托妻寄子》，叙人面兽心的江仁，在好友木知日外出经商将其妻子丁氏和家业托付期间，勾引奸占貌美如花的丁氏，并偷盗其大量银产。后江仁被其家童附身跳进汶溪淹死，家童一灵不散，又去迷着丁氏，病了七天而死。第二十一回中，风流好色的纨绔公子朱道明淫欲无度，无

---

① 西湖渔隐主人：《欢喜冤家》，于天池、李书点校，北京师范大学出版社，1993年，第231页。
② 西湖渔隐主人：《欢喜冤家》，于天池、李书点校，北京师范大学出版社，1993年，第293页。
③ 西湖渔隐主人：《欢喜冤家》，于天池、李书点校，北京师范大学出版社，1993年，第293页。
④ 西湖渔隐主人：《欢喜冤家》，于天池、李书点校，北京师范大学出版社，1993年，第293页。

意之间发现邻居伍星的妻子莲姑很美，遂生奸淫霸占之心，威吓其夫将莲姑送到家中淫乱月余，虽然其淫欲得逞，但被伍氏兄弟伍云设计灌醉，画了个五彩活鬼，戏弄之后将其送回朱衙，被家人当作鬼怪乱打乱搠致死。

《醒世姻缘传》全书即以因果报应为主要思想，并以此贯穿全书情节发展的脉络。晁源好色贪淫，家境富贵后广娶姬妾，嫌弃正妻计氏，又诱奸寄住皮匠之妇，终于被砍下头颅，托生为狄希陈之后，又胡作非为，勾搭妓女孙兰姬，甚至在结婚之后仍将孙兰姬的绣鞋汗巾藏在身上，还想占有丫头小珍珠。这样一个托生前后都保持一贯贪淫好色、恬不知足的人，受到妻妾薛素姐和童寄姐的共同仇恨、虐待和报复，过着生不如死的生活，实在是咎由自取。娼女珍哥为晁源买为妾，诬陷正妻计氏，致计氏自缢，又与晁源家人晁住勾搭，下狱后仍在狱中通奸，为求衣食安逸又与牢头通奸，淫乱不堪，终于落得逃狱后被抓庭审，四十鸳鸯大板"打得皮开肉绽，鲜血汪洋，止剩一口微气"，被抬回去的路上"恶血攻心"身亡。①这还只是现世的报应，来生托生为狄希陈的妾寄姐的丫头小珍珠，受到由计氏投生的寄姐的百般凌辱和折磨，终于不堪忍受自缢身亡。

《姑妄言》也是一篇果报文字，叙一位叫到听的南京闲汉醉卧古城隍庙，见王者判自汉至嘉靖年间十殿阎君所未能解决的历史疑案，依其情理曲直，按其情节轻重，各判再世为人受报应的故事。小说作者曹去晶自评："无非一片菩提心，劝人向善耳。内中善恶贞淫，各有报应。"②篇首署名"林钝翁"的总评谓："复细阅之，乃悟其以淫为报应，具一片婆心，借种种诸事以说法耳。"③

明清通俗小说中，有因犯恶行，托生为丑陋淫荡妇人，或让受欺者托生为他的妻女儿媳贻羞，以达到因果报应的目的。《姑妄言》是这一思想的集大成者，在行文构思上多循此一思路。

一者是大奸大恶，如小说叙秦桧、严嵩，因祸国殃民、作恶多端，后转世为马士英、阮大铖等权奸，自己阳物不举，而妻女奇淫。如马士英妻子蹇氏与诱奸马士英的傻子表弟阿呆，为马士英生下傻儿子马台，马士英

---

① 西周生：《葛受之批评醒世姻缘传》，翟冰校点，齐鲁书社，1994年，第694页。
② 曹去晶：《姑妄言》，许辛点校，中国文联出版公司，1999年，曹去晶自评页。
③ 曹去晶：《姑妄言》，许辛点校，中国文联出版公司，1999年，林钝翁总评页。

将其视为珍宝，其实不过是螟蛉养子而已。小说对此类大奸大恶的描写，有一定的夸张丑化，主要是从惩奸除恶的角度着眼的。

二者是普通人等恶行之报。如嬴阳本昆山梨园英俊子弟，自己少时做小倌，以后庭博财，自己色衰之后，又仗妻子以色相淫人而得千金之产，加上诱人赌博，坑陷人家子弟不少，而使其爱女嬴氏受报应；嬴氏生性淫荡，后又嫁给已是废人的篾片帮闲邹合，年少青春情欲不得满足，于是有了一番不堪的淫行。白金重以财择婿，几堕畜道，再世为瞽目之钱贵，且堕落为娼妓，以为惩罚。后三生者因系读书之人，也犯好色轻生之病，再生为宦萼、贾文物和童自大，三人皆愚丑痴顽，以此报之。他们三人的夫人侯氏、富氏和铁氏，也是因果报应，她们前生皆为男子，因罪孽深重，以致堕于畜道，所受罪限满了之后，方托生为奇丑淫恶之妇。聪明狡黠而善于恶搞别人的铁化，只因好赌贪嫖，昼夜飘荡厮混，遭到淫报，妻子与狗为伍，发生人兽之交，而后又有外遇。竹思宽更是作恶遭报的典型，他幼而不孝，自己好赌，而反诱人以赌，既诱人以嫖，又淫人之妻，其结局是娶老鸨为妇，买龙阳为子，纳妓婢为媳，"已纯乎其龟矣"。牛质为贪财慕势，将如花似玉的女儿嫁给权奸马士英的呆公子马台，结果马台痴傻，不懂交接之道，情窦早开的香姑为遂情欲与老和尚通奸，最终被仆人报复捉拿光着屁股送察院，后又送到其父母家中。

这类小说的思想基础，仍是肇端于"我淫人妻女，人淫我妻女"的思想，其妻女儿媳往往贞节观念淡薄，对男女性事谙熟。《警世通言》第二十卷《计押番金鳗产祸》中，金鳗被计押番吃掉之后，投胎转世为计押番之女庆奴，她长大后先后与周三、戚青、张彬等多个男人发生不正当关系，不仅败坏计押番一家门风，而且使计氏夫妇二人身首异处，连累一干奸夫也命丧黄泉。

似乎是潜意识的影响，明清一些通俗小说中的奸情男主人公在事发待诛时，甚至主动以妻女之报来换取性命。《警世通言》第三十八卷朱秉中与蒋淑真私通被其夫张二官逮住，淑真自知必死延颈待尽，秉中赤条条惊下床来，匍匐口称："死罪，死罪！情愿将家私并女奉报，哀怜小弟母老妻娇，子幼女弱！"[1]

---

[1] 冯梦龙：《警世通言》，严敦易校注，人民文学出版社，1956年，第580页。

三、对贞节果报的悖离和自我救赎

明清通俗小说中，对贞节果报悖离最深的是《金瓶梅》，本书第二章第三节也谈论到这一点。对贞节与否的果报而言，王六儿和韩爱姐母女二人是个例外。王六儿本是韩道国之妻，因贪慕富贵，与西门庆勾搭行奸，又与韩道国的弟弟韩二，一个著名的"捣子"有染，本属极不贞节之妇，按照古代小说的通常逻辑是有一个不好的下场以作报应的。但是小说结尾却让她在丈夫韩道国死后，在湖州"配了小叔，种田过日"，成为夫妇，"情受何官人家业田地"，度过和顺的晚年。① 而王六儿和韩道国的女儿韩爱姐，天姿不凡，本嫁给翟管家的她，却因夫家被劾又不幸流落风尘，后遇到风流英俊的陈经济，坠入爱河。陈经济在时，她不肯接别的客人，陈经济死后，却为他这样一个本非其夫的风流浪荡子弟守节自残，刺瞎一目，削发为尼，如此身份而又如此"贞节"之行，按理应该得到好报，但却身残早亡，惹人浩叹。王六儿和韩爱姐母女二人迥异的结局，恰可反映出《金瓶梅》的高度现实主义，描写从单色调变为多色调，从平面化转向立体化，并不完全遵循预设的因果报应主题，彻底打破了《水浒传》中原来的"善恶分明"和"善有善报、恶有恶报"，从人性的复杂性和多面性展现出时代和命运的多变。更有意味的是，韩道国和王六儿这一对势利熏心、龌龊卑下的夫妇，竟然生出韩爱姐这样聪明美丽、有情有义的女儿，这无疑是对因果报应的反讽。当然，这也是其他续书艺术和思想成就不及《金瓶梅》的重要原因之一。

明清一些通俗小说还有一些复杂的人物，他们虽然犯了奸淫之罪，按理应该受到贪淫之恶报，但因为又做了一些善事，积了德行与阴鸷，从而实现了自我救赎。此类情形在明清通俗小说中比较少见，唯《欢喜冤家》和《姑妄言》两书比较突出。《欢喜冤家》虽然注重贪淫之报，但对于有善心行善事，特别是能救人性命的人，尽管他（她）不贞不节，但还是让他（她）免于恶惩，善恶相抵，得保性命。如《欢喜冤家》第一回花二娘虽然贪色，背夫偷情，但花二娘无意之中偷听奸夫任三官的未婚妻张氏未

---

① 兰陵笑笑生：《金瓶梅词话》（梦梅馆校本），梅节校订，里仁书局，2013年，第1687~1688页。

婚怀了别人的孩子，媒人为钱催婚以免露丑，二娘遂生救助张氏之心，暗中去生药铺中买了一服下药（堕胎药），送到张家让其女儿吃掉堕了孽胎，免了以后任三夫妻因此生疑张女寻死之类的可能悲剧。"只因花二娘起了一点好心，他家香火六神后来救他一命"①，故她能免掉一死。第三回中恣情纵欲的月仙虽然一时沉溺性爱，不过尚未彻底迷失良心和理智，在得悉章必英的卑鄙计谋后，终于割爱救夫，作者认为此"果神使之也"，她自己因为迷途知返而未受到丧贞辱节的恶报。《姑妄言》中，赢氏初虽淫荡，所幸而后能改过，最终夫妇偕老而有子。白金重以财择婿，几堕畜道，再世为瞽目之钱贵，且堕落为娼妓，以为惩罚；但她今世"一遇钟情，即矢贞不二嫁"②，为钟情所爱，后又得双目重明，受到诰封，喜生贵子，这又是对其贞节自持、不淫不妒的回报。后三生者因系读书之人，也犯好色轻生之病，再生为宦萼、贾文物和童自大，三人皆愚丑痴顽，以此报之。不过三人虽各有毛病，如宦萼之恶，贾文物之假，童自大之臭，但他们都未曾淫人之妻女，故而其妻子皆为悍妇，受其淫毒凌虐，然而尚未淫于他人。且三人后皆能幡然自改，力行善事，宦萼见色能忍，贾文物、童自大轻财舍人，最后竟然感化了凶淫妒悍的妻子，多福多寿多子，保守家业善终。

还有些妇女在自己被别的男子诱奸后，自觉愧对丈夫，反唆使丈夫去偷奸夫之妻，以报复奸夫，以期让自己因失去贞节的罪恶感获得救赎。如《欢喜冤家》第十九回，木知日外出经商，让好友江仁帮忙照看妻子、家产，孰料江仁不仁，诱奸其妻丁氏，并霸占其财产。后来木知日得知消息回来，暂且原谅了自觉无颜面对而欲寻死的妻子，丁氏在丈夫要求下虽免死，却知无颜再陪枕席。后来江仁妻子方氏在丈夫发疯后投奔木家，丁氏一边治酒待客尽礼，一边却扯了丈夫道："他丈夫用计陷我，他妻子上门来凑，岂不是个报应公案。"③ 这种心理正可反映出女子作为"资财"的物化和男女对贞操的一个微妙心理，即使今天也并非全然消失。

---

① 西湖渔隐主人：《欢喜冤家》，于天池、李书点校，北京师范大学出版社，1993年，第11页。
② 曹去晶：《姑妄言》，许辛点校，中国文联出版公司，1999年，林钝翁总评页。
③ 西湖渔隐主人：《欢喜冤家》，于天池、李书点校，北京师范大学出版社，1993年，第327页。

四、贞节观与果报的文化分析

从广阔的历史文化背景来看，因果报应不能简单地视为创作主体远离时代主潮而造成的艺术缺陷。因果报应是在数千年的历史遗传中积淀的，包含有集体表象意识的思维定式，远在先秦时期，《左传》等典籍就记载了令人震惊和恐怖的鬼魂报应故事。殷人重视淫祀，是因为相信，如果得罪鬼魂，就会招致报复，通过祭祀，可以娱悦鬼魂，除祟消灾。可见，很早中国就普遍存在鬼魂报应意识，这种鬼魂报应已经在代代传承的过程中，积淀为一种民族的集体意识，表现在文学上，就成为一种反复出现的稳定的叙事模式。因而在中国古代小说中，普遍存在着因果报应描写，从魏晋南北朝的志怪小说开始，已经出现大量的因果报应故事，而像《左传》当中的一些鬼魂报应故事，其实也已具备了一些小说叙事的特征。一般人们所注意的，主要是善恶终会有报的许诺，而对佛教的原始宗教含义、宗教目的，则渐渐淡忘。通俗小说中更是频频出现因果报应故事，"三言二拍"的不少生动曲折的现实人生故事，都被纳入了"殃祥果报无虚谬"的框架，借以劝善惩恶。类似的拟话本小说如《型世言》《欢喜冤家》《西湖二集》《清夜钟》《石点头》《醉醒石》《幻影》等也颇多此类果报故事。而《金瓶梅》《醒世姻缘传》《姑妄言》《红楼梦》等长篇小说也是以果报思想为框架，来组织调配全书的。古人对贞节观念的重视，使得涉及贞节观念的果报故事成为这一系列果报故事当中至为重要的一种，其指向为贪色纵淫、不守贞节者大多遭到恶报，下场悲惨，而见色不迷、贞节自守者则多会有善报。

正因为古人对贞节观念的重视，所以才对色产生恐惧心理，故而广泛认为宣扬色情淫秽会遭到报应。这种"惩淫赏贞"的观念，来源于对却色的重视。事实上，儒释道三教对禁色戒淫有大致相同的态度和认识。佛教中的"五戒"是一不杀生，二不偷盗，三不邪淫，四不妄语，五不饮酒。这"五戒"，是佛门四众弟子的基本戒条，不论出家在家皆须遵守。道教也有"五戒"，即老君"五戒"，托称太上老君演说之戒：第一戒杀，第二戒盗，第三戒淫，第四戒妄语，第五戒酒。与佛教基本相同，而第三戒都是淫。若以儒家纲常来看，则释道二教的"五戒"，恰好可以对应儒家"三纲五常"之"五常"：仁义礼智信，而戒淫正好对应于"礼"。事实上，反观儒家经典《周礼》《仪礼》《礼记》等，也颇多讲究男女之别，防止淫乱的文字。由此可见，儒释道三教对淫邪之事都是坚决反对的。对于佛教而言，对淫的禁戒强调尤多，除"五戒"外，佛教还提倡"十善"，其中第三条"不邪淫"与"五戒"同，第八条"不贪欲"也包括了情色之欲。另外，目淫、意淫和口说淫事，在佛教看来，都是"恶业"，都会遭到报应，甚至写淫词艳曲也会遭到报应。黄庭坚年轻时好写艳词，世人争相传颂，当时法秀道人曾当面指责黄庭坚写艳词是"以笔墨劝淫"。

古代对淫秽书籍对社会人心造成的危害，有充分的认识和警惕，故而也往往给撰写传刻淫书的人以恶报。清代汉阳别樵居士说："夫淫为万恶首。今则不顾廉耻，乱用心思，撰此淫书，坏男女之人心，败天下之风俗，是自居首恶，并陷他人于首恶也。此种罪孽，与十恶五逆，定加百倍，死无人身，永沉地狱，固其宜耳。"① 而对淫书的撰写、版刻、传播、贩卖，历来多有警戒之语，明颜光衷曰："刻淫书，诱荡子，杀人不见血。圣人代作，俾此淫污邪书，并畀炎火。其有再造翻刻者，处以极刑，比于五逆。庶乎风俗醇而士习可正也。"② 清代善书《家庭宝筏》第十一章《禁淫书》针对淫秽书籍和春宫图画的危害，详列"劝著作家""劝梓友""劝书肆""劝书贾""劝藏书家""劝画家"等诸条。③ 而明代袁了凡则曰："取淫秽邪书恶状及谤语焚化者，得子孙忠孝节义报。好阅淫词小说，将此等淫秽书，与圣贤书并贮者，得子孙淫佚报。翻刻淫词小说恶状，贩卖射利者，得子孙娼优下贱报。"④ 因此，历代都将淫秽书籍禁毁，尤其是自元代以来，从朝廷到地方，历朝各级政府皆有明令禁止淫词小说者。其中有一些书在我们今天看来极少或基本没有色情描写，如《红楼梦》。还有相当一部分是借写淫以止淫，通过不顾贞节好色纵淫而终得恶报以达惩淫劝节之目的，出发点本为"暴露""劝善"的书。如《金瓶梅》，作者

---

① 袁黄、汉阳别樵居士：《〈了凡四训〉白话解释 附〈家庭宝筏〉》，和裕出版社，1997年，第62页。
② 袁黄、汉阳别樵居士：《〈了凡四训〉白话解释 附〈家庭宝筏〉》，和裕出版社，1997年，第63页。
③ 袁黄、汉阳别樵居士：《〈了凡四训〉白话解释 附〈家庭宝筏〉》，和裕出版社，1997年，第63~65页。
④ 袁黄、汉阳别樵居士：《〈了凡四训〉白话解释 附〈家庭宝筏〉》，和裕出版社，1997年，第63页。

和序者都声称这一点，如清代刘廷玑《在园杂志·卷二》称赞《金瓶梅》："深切人情世务，无如《金瓶梅》，真称奇书。欲要止淫，以淫说法；欲要破迷，引迷入悟。"① 却缘何遭到如此多人的厌恶憎恨，而让这些小说戏曲的作者受如此可怕的"恶报"？下面一段话或许可让我们受到启迪：

> 淫言淫书，固宜深戒，然不独淫言淫书当戒已也。近见乐善君子，著劝戒色诸条，其中装饰丽词，描绘尽致，忘其为言之津津者。予以为意则美矣，而法则未良也。即如小说淫书，及戏馆淫戏，或理含警世，或意取讥时，何尝不明列果报，若略其迹而但取其意，直可作因果善证看。岂知上智难概，中下居多，观览之余，未免意马心猿，动心失性，而所列果报，竟置之而不在意中。今有以毒药啖人者，而谓之曰：汝莫惧我，末后自有解毒药。未及解而五脏已先坏矣。善书中，以刻淫书作淫戏者，为杀人不见血，不洵然乎！世之作遏淫说，而装饰描绘者，无不即景指点，实具一片救世婆心，但其意则规于正，而其迹实近于亵。嗣后凡劝戒色诸条，务取意警而词质者为上，艳词丽句，所勿取也，尚其切戒。②

从功利主义伦理学的角度来分析果报思想，会让我们有更为深刻的认识。功利主义伦理学家认为，道德伦理的约束力存在于人的趋乐避苦的天性之中。人们之所以遵从道德原则和规范，就在于这种遵从能够得到社会的肯定，从肯定中得到好处；相反，如果人们不遵从道德原则和规范，就会受到社会制裁，从制裁中遭受惩罚的痛苦。17世纪的英国伦理学家孟德维尔认为，"无论人类会不会相信它，也不能够有任何人可以劝他们使其反对他们天性的偏向，或者劝他们以旁人的善要比自己的善更为可取，如果不同时指示一个等量的享受以报酬他们违反心愿的举动的话"③。可见在孟德维尔看来，人们之所以遵从道德，并非因为本性，而是因为这种遵从可以获得一个等量的享受作为报酬。这种明确的道德报偿论与法国18世纪唯物主义伦理学家爱尔维修的想法如出一辙，他说："如果爱美德

---

① 参见朱一玄：《〈金瓶梅〉资料汇编》，南开大学出版社，2012年，第561页。
② 袁黄、汉阳别樵居士：《〈了凡四训〉白话解释 附〈家庭宝筏〉》，和裕出版社，1997年，第65~66页。
③ 王润生：《西方功利主义伦理学》，中国社会科学出版社，1986年，第109页。

没有利益可得，那就决没有美德。"① 虽然功利主义伦理学并不完全认同一对一的因果报应，但二者确有异曲同工之处。在这种理论看来，只要诚实生活，坚持做正确的事，经受住考验，就会得到丰厚的报偿。把传统的道德标准和物质心理需求相结合，美德和报偿紧密联系，可以让人看到，贞节既可以获得精神回报，还可以成为赢得财富的一个手段，这样无疑会引起读者对贞节的敬重、渴望和追求。旌表就是一个高悬的具有激励作用的荣誉，各种赞颂的话语实际上也构成了精神的潜在报偿。贞女和节妇通过这种果报思想，来获得可能存在的现实回报，也可以得到一份心理的安宁和期冀，《祝福》中的祥林嫂缺失了这种心理，整个人始终处在一种焦虑和恐慌之中，极大的心理内耗让她终于在绝望中死去。一个人在不计贞节为了一晌贪欢下所受到的精神折磨并不在贞节观念下所受肉体欲望的折磨的程度之下。这种心理上的道德优越感，在现实中是她们能够自觉维护贞节的动力。可见，贞节在让人牺牲一些东西的同时，也获得了其他的利益补偿，从而在利益总量分割上实现了某种平衡。

第二节 贞节观与考验

对贞节的重视至极端，便难免生出怀疑之心，于是考验就顺理成章地出现了。这种考验，主要体现为如下两种情形：一是通过假死之类的极端情况来考验妇女贞节的真假以及立场的坚定与否，二是通过美色来检验求仙者的诚心与定力。

一、假死的极端考验

极端考验主要针对的是已婚妇女，古代社会伦理对丈夫死后的妻子守节颇为上心，改醮便成为不少男子的心病，对改醮妇女的歧视和嘲讽从来不曾断绝，这些自然都体现在小说中。其中最著名的便是冯梦龙《警世通言》第二卷《庄子休鼓盆成大道》。

小说叙庄子梦蝶成道之后，娶妻田氏，这田氏姿容绝世，"肌肤若冰

---

① 王润生：《西方功利主义伦理学》，中国社会科学出版社，1986年，第30~31页。

雪,绰约似神仙",因此庄生虽"不是好色之徒,却也十分相敬。真个如鱼似水"①。有一天庄子在野外看到了一个浑身缟素的少妇,用扇拼命扇干新坟湿土,便问缘由,妇人告诉庄子,这是她情深意笃的丈夫的临终遗言,坟土干了才能改嫁。庄子回家感叹不已,把这位年轻寡妇为急于再嫁而扇坟的见闻讲给妻子田氏听,妻子听后,愤然不已,把扇坟女人"千不贤,万不贤"地大骂一顿,说她"如此薄情之妇,世间少有"②!庄子说天下妇人皆是如此,不必深责,妇人大怒,立誓忠于丈夫,"若不幸轮到我身上,这样没廉耻的事,莫说三年五载,就是一世也成不得。梦儿里也还有三分的志气"③。没多久,庄子病故。田氏想到夫妻恩情,开始悲痛欲绝,到了第七日,一位"面如傅粉,唇若涂朱,俊俏无双,风流第一"④的少年秀士前来吊唁,自称楚国王孙。田氏爱其俊俏,萌生爱意,主动靠近,终得成婚。新婚之夜,楚国王孙突然旧病复发,下人老苍头称只有活人或死后不满四十九天之人的脑髓方可救命,于是田氏狠心劈开庄子棺材,取旧夫脑汁以救新夫。没想到这一切都是庄子幻化的景象,是庄子假装病故,并幻身楚国王孙和老苍头来考验妻子忠贞。田氏醒悟后上吊而死,庄子丧妻后鼓盆歌之并开悟成仙。

冯梦龙以庄子梦蝶和丧妻鼓盆的故事为基础,进行了重新演绎。就叙述的层面考虑,毫无疑问,作者刻意刻画了田氏的负面形象,彰显一个不折不扣的毫不贞节的卑鄙女性形象。将她的起初铿锵立誓和夫死之后的狠心凉薄做了有力的对比,对其失态和丑态进行了穷形尽相的描写,使庄周丧妻后鼓盆的行为变得合理。对于田氏的狠心与不贞,读者都有很深的印象。她尤为可恨的还不止于此,她对丈夫的名德进行了解构性的编造,先说丈夫的能力之差,"当初不能正家,致有出妻之事,人称其薄德。楚威王慕其虚名,以厚礼聘他为相。他自知才力不胜,逃走在此"⑤。更关键的是她还丑化丈夫的品行,让自己站在道德制高点上,为自己迅速改嫁奠定有利的舆论基础,说庄子与一扇坟待嫁的寡妇调戏,还将那纳扇带回,

---

① 冯梦龙:《警世通言》,严敦易校注,人民文学出版社,1956年,第14页。
② 冯梦龙:《警世通言》,严敦易校注,人民文学出版社,1956年,第16页。
③ 冯梦龙:《警世通言》,严敦易校注,人民文学出版社,1956年,第16页。
④ 冯梦龙:《警世通言》,严敦易校注,人民文学出版社,1956年,第17页。
⑤ 冯梦龙:《警世通言》,严敦易校注,人民文学出版社,1956年,第18页。

如此丈夫，妻子焉能不改嫁，别人又夫复何言？

其实作者并非一个中立的叙述者，他是有明显的主观介入的。随着情节的发展，作者的态度悄然起了变化，比如对女主人公庄子之妻的称呼，之前为"田氏"，之后为"婆娘"；对女主人公的描写用词也是层层递进，田氏不由得"动了怜爱之心，只恨无由厮近"①，"孝堂边张了数十遍，恨不能一条细绳缚了那俏后生俊脚，扯将入来，搂做一处"②等，彰显了田氏淫心荡漾，以此来将庄周逼死妻子并丧妻鼓盆这一行为合理化。

不过，从女性的立场和视角出发，田氏显然有值得理解和原谅之处。庄子与田氏说寡妇扇坟的时候，田氏就表明："'忠臣不事二君，烈女不更二夫。'那见好人家妇女吃两家茶，睡两家床，若不幸轮到我身上，这样没廉耻的事，莫说三年五载，就是一世也成不得。"③又说："有志妇人胜如男子……我们妇道家一鞍一马，到是站得脚头定的。怎么肯把话与他人说，惹后世耻笑。"④从二人夫妻感情甚好这一点来看，田氏未必虚言。从庄子死后她一开始的表现，更可证明这一点：丈夫死后，田氏沉浸在丧夫的巨痛之中，她"穿了一身素缟，真个朝朝忧闷，夜夜悲啼，每想着庄生生前恩爱，如痴如醉，寝食俱废"⑤。可见，当初庄子和田氏确实夫妻情深意笃，小说开头说二人"如鱼似水"是没错的。就社会的普遍情形而言，这时候的田氏差不多已算是一个重情重义的妇人了，若庄子真的死去，他死后所受田氏的待遇亦足以告慰其魂灵。夫妻一场，又能如何？夫妻本是同林鸟，大限来时各自飞。现在一人先去，等于大限提前到了，还要剩下的一人原地不飞吗？在刚开始楚王孙来吊孝时，"田氏初次推辞"，她也表现了普通妇人的男女回避之礼，是楚王孙请求下方才与之相见，理由是"古礼，通家朋友，妻妾都不相避，何况小子与庄先生有师弟之约"，田氏才"只得步出孝堂"。⑥另外，王孙又借"守先师之丧"和"领先师遗训"等理由，恳请暂住百日。这其实于礼节甚不相宜，寡妇之门本就是非多，何况主人方死，楚王孙的请求实为破礼败法之行。只是其俊俏无

---

① 冯梦龙：《警世通言》，严敦易校注，人民文学出版社，1956年，第17页。
② 冯梦龙：《警世通言》，严敦易校注，人民文学出版社，1956年，第18页。
③ 冯梦龙：《警世通言》，严敦易校注，人民文学出版社，1956年，第16页。
④ 冯梦龙：《警世通言》，严敦易校注，人民文学出版社，1956年，第16页。
⑤ 冯梦龙：《警世通言》，严敦易校注，人民文学出版社，1956年，第16页。
⑥ 冯梦龙：《警世通言》，严敦易校注，人民文学出版社，1956年，第17页。

双,才让年轻貌美的田氏心中无主,这只不过再次印证了前文论述的美色对贞节观毁灭性的破坏作用。何况,文中已经明白交代男子先于女子的自私自利之行,田氏本人在遭到庄子的怀疑和不信任后,虽然对天发誓,但她也对丈夫一娶再娶之行发出质疑,并公然抨击挑战,"有志妇人胜如男子。似你这般没仁没义的,死了一个,又讨一个,出了一个,又纳一个,只道别人也是一般见识"①。不由得让人想起凌濛初对天下男女好些不平等的所在的感慨。

虽然扇坟的年轻寡妇和开棺劈夫的田氏的凉薄行为,从某种程度上反映了传统贞操观念在市民阶层中日趋单薄的社会现象,也多少透露出作品对传统旧道德的某些留恋和维护。庄子以装死来考验妻子的贞节,表现出夫妻之间不够信任,何况庄子还期望死后妻子能长时间守节,"假如不幸我庄周死后,你这般如花似玉的年纪,难道捱得过三年五载"②? 这也流露出男子的自私自利之心。这种私心,是传统社会千百年承续下来的心理积淀,我们固然不能单独苛责庄子,但他设置极端情况来考验妻子,实在也不是什么道德的行为。明万历武状元谢弘仪所作的传奇《蝴蝶梦》,亦名《蟠桃宴》,以庄周梦蝶开场,庄周赴蟠桃宴收场。其中自扇坟至劈棺的情节与冯梦龙的话本《庄子休鼓盆成大道》基本一致,仅将庄子之妻田氏改为韩氏。

值得一提的是,《庄子休鼓盆成大道》虽在20世纪备受中国评论家口诛笔伐,但却引起了外国学者极大的兴趣。其作为"三言二拍"中最早被译,也是译成外文文种、次数最多的一篇,在西方学者眼中,它不是一篇简单的关于妇女贞节的小说,而是一篇探讨人性之欲无法控制的作品。他们对这个故事兴趣的浓厚程度,从其对篇名各式各样的翻译中便可窥见一斑:《中国夫人》(*The Chinese Matron*)、《鳏夫哲学家》(*The Widower Turned Philosopher*)、《忍不住的寡妇》(*The Impatient Widow*)、《中国的寡妇》(*The Chinese Widow*)、《不坚定的庄夫人》(*The Inconstancy of Madam Chuang*)、《易变的寡妇》(*A Fickle Widow*)、《讽刺作品》(*Satire de Pétrone*)、《宋国的夫人》(*La Matrone du pays de Soung*)、

---

① 冯梦龙:《警世通言》,严敦易校注,人民文学出版社,1956年,第16页。
② 冯梦龙:《警世通言》,严敦易校注,人民文学出版社,1956年,第16页。

《宋国的夫人》（La Matrone du pays de Soung —Les Deux Jumelles）、《丧扇》（L'éven-tail de deuil，Conte chinois）、《不忠实的寡妇：漫步世界文学》（Die treulose Witwe Eine chinesische Novelle und ihre Wanderung durch die Weltliteratur）、《庄生与田氏夫人的故事》（Geschichte Ts-chuang-sönges und seiner Gattin Tian-schi）、《寡妇与哲学家》（Die Witwe und der Philosoph）、《外表忠实的妇女：庄子及其夫人》（Weibertreu，Dschuang Dsi und seine Frau）、《宋国的寡妇：中国小说》（La Vedova del paese di Sung. Novelle cinesi）、《不忠诚的鳏夫：庄子篇》（Ontrouwe weduwen Eenepisode uit het leven Van dem Wifsgeer Tswangtse）。①

类似庄子这样来考验女子贞节观念的故事还有李渔的《无声戏》第七回，该回叙出身大官的某公子相好了南京名妓荃娘，二人海誓山盟。该公子因故分别之后，又曾几次央心腹之人，到南京装作嫖客试她，她坚辞不纳，一发验出她的真心。公子颇为感动，等一年过后再来相会，被人告知她因坚贞相思成病已去世，公子感动不已，还想料理其后事并照顾其妹。孰料实则荃娘性欲过强，一般人无法满足，故不愿交媾，但若碰到对手，就会死命缠住，最终她因服下强力春药与一位术士纵欲过度而死。

李渔让那些嘴上好骂别人不贞，经常自诩守节的妇人一一经受考验，有战乱时节的"时穷节乃见"，有平时的误传死信而对人心的检验。《无声戏》第十二回，马麟如的妻妾和同房丫鬟都接受考验，但只有沉默寡言的通房丫鬟碧莲真正守节。不过，珍惜生命，对人生持平情主义态度的李渔，对考验的危害和严重后果有清醒的认识：

　　话说忠孝节义四个字，是世上人的美称，个个都喜欢这个名色。只是奸臣口里也说忠，逆子对人也说孝，奸夫何曾不道义，淫妇未尝不讲节，所以真假极是难辨。古云："疾风知劲草，板荡识忠臣。"要辨真假，除非把患难来试他一试。只是这件东西是试不得的，譬如金银铜锡，下炉一试，假的坏了，真的依旧剩还你；这忠孝节义将来一试，假的倒剩还你，真的一试就试杀了。②

---

① 王丽娜：《中国古典小说戏曲名著在国外》，学林出版社，1988年，第171~196页。
② 李渔：《无声戏》，浙江古籍出版社，2018年，第53页。

他还特别说到对贞节的考验："看官,你说未乱之先,多少妇人谈贞说烈,谁知放在这欲火炉中一炼,真假都验出来了。那些假的如今都在,真的半个无存,岂不可惜。"① 面对李渔这些充满人情味和人性关怀的话,反观以装死变作美男考验爱妻致其羞愧自缢而死的庄子,其气量和胸怀是否褊狭了一点,其慈悲的心肠是否又显短缺了一点?

在元杂剧中也有类似的故事,不过,元杂剧故事中的妻子经受住了考验。元代王实甫的杂剧《破窑记》,叙富家女刘月娥掷彩球择婿时选中穷书生吕蒙正,被父亲赶到破窑,吕蒙正上京应举,十年不归,得中状元之后回乡任官,托媒婆谎称自己已死,拿着金钗和衣服劝其妻另嫁。闻言丈夫撒手人寰,先悲痛不已,继而严词拒绝媒婆,且误以为得中科举归来的吕蒙正就是媒婆所言的闲汉,对其闯入破窑之行更加毫不留情地大骂。吕蒙正竟然还不满意,又进一步试探,谎称自己并未得官,月娥没有丝毫不满,反而担心家中都是湿衣服,没有暖被窝,无法让丈夫舒服歇息,全然顾不得自己。自己外出长年不归,却对妻子一试再试,正是作者对妇女贞节强烈期望的潜在心理的外化。

类似的贞节考验,从"秋胡戏妻"故事的流变来作一考察,更可见中国古代妇女地位和文人贞节观念的心态变化。"秋胡戏妻"故事始见于汉代刘向编著的《列女传》,叙鲁国秋胡娶妻五日即赴陈为官,五年后返乡,路旁见采桑美妇,心动悦慕,遂赠金欲行调戏,遭妇人拒绝,归家方知调戏的是自己妻子,其妻羞愤投水自尽。唐代有《秋胡变文》和高适诗歌《秋胡行》,前者残缺不全,缺少结局,读者不知秋胡妻的下场,但两者都突出"戏妻"之行和秋胡妻的刚烈。元代石君宝的杂剧《鲁大夫秋胡戏妻》,女主角虽然换了罗梅英,主题依然是"戏妻"。这意味着男主人公虽品行不洁,但尚未苛求妻子。

到了明清时期,"秋胡戏妻"故事的叙事重心发生了演变,戏剧《桑园会》《武家坡》《汾河湾》都变成了男主人公对妻子的贞节考验。《桑园会》中秋胡归来疑采桑女为自己妻子,假托为送信人进行调戏,以试探其贞节与否,秋胡妻羞愤返家自缢获救。经秋母劝说,二人重归于好。京剧《红鬃烈马》中的折子戏《武家坡》,将薛平贵、王宝钏代替秋胡及其妻,

---

① 李渔:《无声戏》,浙江古籍出版社,2018年,第53~54页。

叙丞相之女王宝钏苦守寒窑十八载，丈夫薛平贵终于返家，在武家坡前遇见宝钏。夫妻分离年月过长，容颜难辨，不敢贸然相认。薛平贵借问路试探其心，宝钏坚守贞节，逃回寒窑。薛平贵赶至窑前，细说缘由，夫妻才得相认。京剧《汾河湾》与其情节类似，也有薛仁贵试妻柳迎春的剧情。可以看出这几个剧似将《秋胡戏妻》与《破窑记》的情节合并改编而成。

以上可见，元代戏剧中对女性的考验，还基于剧情发展和主题表现的需要。但到了明清，这种考验不仅全面化了，而且为考验女性的贞烈已经达到了不近人情的地步。从男主人公离家年数更可见一斑。元代之前秋胡离家时间都作三年五载，到了元代石君宝《秋胡戏妻》杂剧长至十年才归；而明代《桑园会》中，当秋胡归来试妻时，相隔已是二十余年了。元代王实甫杂剧《破窑记》吕蒙正归来已过十年，而后世衍化的《武家坡》《汾河湾》，便延长到寒窑十八载了。"唐宋以后，律法规定五至十年中，夫婿下落不明，可以改嫁。而今二十余载，毫无音讯，却要女性独守，还以贞节相试……这已非往日对女性的同情和哀怜，而是以残忍为戏谑了。"①

如此不近人情的贞节考验，显示了明清对贞节观念的强化。此类贞节考验的作品，无非小说戏曲作者将现实生活中对女子的怀疑和不安，转移到文学作品中来，通过塑造能经受考验的妇女，一方面来抚慰自己现实中的焦虑，另一方面冀望于垂训世间女子。反过来，不能经受贞节考验的女性角色，便成为批判、挖苦的对象。这些立足于男权立场的作品，自然也引起不少有头脑的女子和深刻作家的质疑。因此，明清一些文人已经在暗中奉劝那些痴愚的男子，比如李渔就嘲笑曹操分香卖履的故事，奉劝世间男子不如暗积阴德，放年轻的妻妾一条生路。因为李渔知道，脆弱的人性是经不起考验的。不仅贞节经不起考验，其实人性都经不起考验。《醒世恒言》卷三十三《十五贯戏言成巧祸》是另一个典型例子，醉酒的丈夫对妻子开玩笑说要将她卖掉，结果妻子害怕而逃跑，导致丈夫被杀，而妻子被审的悲剧。

二、求仙的美色考验

通过美色检验求仙者的诚心与定力，主要是针对男子，但也包括女

---

① 黄仕忠：《婚变、道德与文学：负心婚变母题研究》，人民文学出版社，2000年，第176页。

子。在明清通俗小说中，仙凡两界都不乏其人。明清通俗小说中的很多神仙下凡以求性爱，几乎成为一个原型和母题，"神仙下凡性爱主题的萌生及其向功名主题的逆转是国人享乐意识催化的结果。既企盼羽化登仙长生不老，又渴望能够尽享人世的快乐是道教的本质所在"①。求仙是中国道家文化中的一个传统，其终极目的是追求长生不老，永图富贵。《吕氏春秋·仲春纪》云："古人得道者，生以寿长，声色滋味，能久乐之。"② 葛洪心目中的仙境，正是一个可以满足一切"声色滋味"之世俗欲望的天堂："饮则玉醴金浆，食则翠芝朱英，居则瑶堂瑰室，行则逍遥太清……位可以不求而自致，膳可以咀茹华璃，势可以总摄罗酆，威可以叱咤梁成。"③ 这种心态反映到道教文学作品中，就使得作品济世度人、修仙悟道的色彩逐渐退化，而功名、性爱等欲望追求则不断凸现出来。唐皇甫湜《出世篇》里的色欲幻想让人惊异："旦旦狎玉皇，夜夜御天姝。当御者几人？百千为番，宛宛舒舒……浩漫为欢娱。"④ 由此可见，"既长生又享乐的意识在道教的萌生发展过程中不断强化，至唐代达到了登峰造极的地步，相应地，仙话也一步步走向世俗，成了作者展示功名念、风月情的最佳载体"⑤。

《绿野仙踪》中冷于冰对男女弟子特别是温如玉的声色富贵考验，是一个显例。冷于冰发现温如玉有一定的慧根，意欲度他为仙，但他贪恋红尘富贵繁华，醉心于温柔之乡，尤其痴迷美妓金钟儿难以自拔，冷于冰遂设假象来考验他，他的一再本性流露，令冷于冰大失所望，自然是错失成仙良机。

明清小说中的女子特别是狐精为了成仙往往口吻非常坚定，一心贞节，绝不受诱惑，但很多却因为情欲而功亏一篑。如《狐狸缘全传》中的狐精，《绿野仙踪》中的狐精和鱼精，都修炼了几百年，快成正果，可是因为贪恋色欲，与凡间美貌男子同居交合，犯了成仙修炼的大忌，最终毁于一旦。不过，有时候仙人往往对这些在漫漫苦修长路上付出数百年的狐

---

① 吴光正：《中国古代小说的原型与母题》，社会科学文献出版社，2002年，第107页。
② 吕不韦：《吕氏春秋新校释》，陈奇猷校注，上海古籍出版社，2002年，第86页。
③ 王明：《抱朴子内篇校释（增订本）》，中华书局，1986年，第52页。
④ 《全唐诗》第11册，中华书局，1980年，第4151页。
⑤ 吴光正：《中国古代小说的原型与母题》，社会科学文献出版社，2002年，第108~109页。

精也寄予了一定的同情，对她们的不贞和毁灭世俗男子节操的行为，并没有给予太重的惩罚。但是，她们没有经受住成仙之路上的色欲考验，终究无法位列仙班，享受正果。

在求仙历程中设置情欲的考验，神仙传奇类小说多有描叙，在《韩湘子全传》① 一书中有淋漓尽致的表现。第六回《弃家缘湘子修行　化美女初试湘子》中，汉钟离、吕洞宾两位仙师欲度韩湘子为仙，但虑及他道心未坚，遂想考验他，"他若果有真心学道，不为色欲摇动，利害蛊惑，我便一力度他；他若贪恋懊悔，便降天雷，打下阴山背后，永不超生"②。土地公公遵钟、吕二位仙师之命，化身一个"眉横春柳，眼漾秋波"③ 的及笄女子，百般挑逗，千番诱惑，继之以十分威胁，来考验韩湘子成仙的决心。先叙其"便把他的手捏上一下"，带笑扯住，声音"嘹亮尖巧，恰似呖呖莺声花外啭，钻心透髓惹人狂也"④。湘子无论称呼其"娘子""小姐"还是"姑娘"，女子都故意挑错，以各种肢体姿色诱惑，更明示有百万贯财可以继承，"情愿倒赔妆奁"⑤。如此财色两全，终也不能动湘子求道之心，湘子怒道：

> 我只说你是个好人家儿女，原来是没廉耻、不识羞的淫贱！我叔父是刑部尚书，岳父是翰林学士，娇妻是个千金小姐，我都抛弃了来出家，那里看得上你这样不要脸的东西！⑥

女子无奈之下，祭出杀招，威胁湘子：要么私休，入赘她家以成夫妇；要么官休，叫喊他是出家人强奸良家子女，送到官府，鞭笞示众，打回原籍。女子一人诱惑不足，以湘子要"强奸"她为由声张，唤来其"爷爷"一起做带有威胁色彩的思想工作，立志坚心的湘子完美经受考验。最后女子自比牡丹花，说湘子是"痴人不识花王意，辜负临轩莫叹嗟"⑦。湘子连忙答道："你说你美貌如花，我看犹如烂冬瓜。花貌也无千日好，

---

① 《韩湘子全传》又名《韩湘子十二度韩昌黎全传》《新镌批评出相韩湘子》《韩昌黎全传》《韩湘子得道》《韩湘子》等。
② 雉衡山人：《韩湘子全传》，尹明校点，宝文堂书店，1990年，第55页。
③ 雉衡山人：《韩湘子全传》，尹明校点，宝文堂书店，1990年，第56页。
④ 雉衡山人：《韩湘子全传》，尹明校点，宝文堂书店，1990年，第57页。
⑤ 雉衡山人：《韩湘子全传》，尹明校点，宝文堂书店，1990年，第58页。
⑥ 雉衡山人：《韩湘子全传》，尹明校点，宝文堂书店，1990年，第59页。
⑦ 雉衡山人：《韩湘子全传》，尹明校点，宝文堂书店，1990年，第63页。

烂瓜撇下不堪嗟。"①

直至第七回，女子依旧半威胁半担忧地诅咒湘子，然而效果依然有限：

> 娇声细语软款的话儿，被那顺风儿一句句都吹到湘子的耳朵里，只指望打动湘子。谁知湘子这一点修行的念头，如金如石，一毫也惑不动，听了这些声音言语越发不耐烦了。②

此时，"钟、吕两师慧眼看见湘子不贪女色，不畏蛇虎"③，已意欲度他成仙。但是还恐他魔障未除，孽根未净，继续最后的考验，便化身假吕洞宾和美女白牡丹，以自身和轩辕黄帝、彭祖铿铿的经验"指引"湘子和白牡丹进行采阴补阳的"采补抽添"，通过色欲考验成仙的叙事模式得以呈现。

此书因在说唱道情的基础上发展敷衍而成，故继承了说唱道情的谪降结构以及"无情度有情"的宗教旨归。"无情度有情"，则无情有情之间难免产生激烈的冲突，具体表现为功名富贵与出世修仙、生子孝亲与绝伦修道、夫妻恩爱与禁欲苦修之间的冲突。痴迷功名富贵的叔父韩愈已得回心，而婶娘窦氏与妻子林氏芦英，执迷于生子孝亲和夫妻恩爱，难以度脱。小说第二十四回告诉我们，芦英原是凌霄殿玉女，只因天门未闭，芦英往下窥探人间，因此被贬到凡间孤眠独宿，以警思凡之心。她二人久堕凡尘，一心贪恋荣华富贵，西王母遂让韩湘子去弥陀山观音大士处"借些仙物变化"，以打动她俩。

夫妻恩爱与禁欲苦修之间的冲突矛盾主要在韩湘子与芦英之间展开。湘子自娶林学士的女儿林芦英过门之后，从不与她同房，结婚三年，未育儿女。第五回中，婶娘窦氏担心韩门绝后，含蓄地借芙蓉开花不结子来指责芦英，引来芦英的满腔幽恨："一片良田地，懒牛夜不耕。春时不下种，苗从何处生？"④ 但是，湘子并不理会这些，在他眼中，"情欲所爱，投泥自溺。人能透得此关，即出尘世"⑤。正因如此，湘子才轻松地通过了钟

---

① 雉衡山人：《韩湘子全传》，尹明校点，宝文堂书店，1990年，第63页。
② 雉衡山人：《韩湘子全传》，尹明校点，宝文堂书店，1990年，第65页。
③ 雉衡山人：《韩湘子全传》，尹明校点，宝文堂书店，1990年，第67页。
④ 雉衡山人：《韩湘子全传》，尹明校点，宝文堂书店，1990年，第46页。
⑤ 雉衡山人：《韩湘子全传》，尹明校点，宝文堂书店，1990年，第46页。

离权、吕洞宾二师的美色考验，才在度脱韩愈时把婶娘窦氏、妻子林芦英比作"两个穿白袍的狼"，视"粉骷髅是追命的鬼"①！在第八回中，韩湘子对芦英的苦苦哀求无动于衷，并进而痛斥白牡丹之流的"采补抽添"。第十七回中，面对"林芦英恩爱牵缠"，湘子却自奉"枕边恩爱从来少"！② 只可惜湘子费尽心机，利用观音大士的仙物来施展手段，也不能将其度脱。最后尽显神通，让韩愈和她们亲历恶境，领略人生无常，走投无路，二人方才哀求湘子度她们出家修仙。针对韩愈，湘子也化身美女明月仙和清风仙招赘，作为小说思想批判对立面的儒家代表人物，韩愈显然不如湘子立场坚定，他"听得声音似莺啭乔林，忙忙抬头看时，不觉魂飞天外，魄散九霄"③。侍从张千和李万的劝诫，让他大发雷霆，全然不顾之前的险恶境遇的考验，迷恋温柔乡，痴想"半百生儿老运通"，"要脱衣上床"，可谓丑态百出。④ 最后落得个类似《西游记》二十三回里猪八戒好色被四圣戏弄教训的下场，即被悬空高高吊在松树上，树梢头还挂着一幅附有四句嘲弄韩愈之诗的白纸："笑杀痴迷老相儒，贪官恋色苦踌躇。而今绷吊松梢上，何不朝中再上书。"⑤

  对神仙的追求，按理要求摒弃欲望，清心寡欲，才能身心清爽，神灵轻举，境界才高，才符合升仙的基本条件。但升仙之人往往是为了更高的物质追求，并未绝欲，而天上仙界的描绘是人间繁华境界的升级，《绿野仙踪》后面几回中所描绘的仙境，其物质化的程度，无疑昭示了仙境不过是"以欲止欲"的另一种欲望之都而已。追求仙名，位录仙班，这是声名之欲，追求长生不死，这是另一种贪欲。正如《庄子·骈拇》所言："天下尽殉也，彼其所殉仁义也，则俗谓之君子；其所殉货财也，则俗谓之小人。"⑥ 而"其于伤性以身为殉，一也"⑦ 所殉者固然不同，"以身为殉"这一点是一样的。这里的"殉"带有异化的意味，其原因和形式虽不一样，但都是为了追求一种外在的东西而丧失了生命，本质上都是异化。明

---

① 雉衡山人：《韩湘子全传》，尹明校点，宝文堂书店，1990年，第150页。
② 雉衡山人：《韩湘子全传》，尹明校点，宝文堂书店，1990年，第182页。
③ 雉衡山人：《韩湘子全传》，尹明校点，宝文堂书店，1990年，第211页。
④ 雉衡山人：《韩湘子全传》，尹明校点，宝文堂书店，1990年，第214页。
⑤ 雉衡山人：《韩湘子全传》，尹明校点，宝文堂书店，1990年，第215页。
⑥ 郭庆藩：《庄子集释》，王孝鱼点校，中华书局，2012年，第330页。
⑦ 郭庆藩：《庄子集释》，王孝鱼点校，中华书局，2012年，第330页。

代著名文人袁宏道也有一段话说得很好:

> 古今文士爱念光景,未尝不感叹于死生之际,故或登高临水,悲陵谷之不长……或究心仙佛与夫飞升坐化之术。其事不同,其贪生畏死之心一也……死如不可畏,圣贤亦何贵于闻道哉?①

因畏死之心,而求仙以图长生,其出发点并非捍卫贞节,但因其对色欲的戒敕,在客观上使得贞节得到了有力的考验。显然,这与庄子等人主观设置极端情况来考验妻子贞节定力是有明显差异的,因而需要区别对待。对于道教的悟道方式,葛兆光先生曾把它和儒佛二教做过形象的比较:"如果说儒家学说对于潜藏在人的意识深层的欲望力量更多地采取在社会理想上的升华、转化的方法,佛教更多地采用在内心中的压抑、消灭的方法的话,那么,道教则更多地采用一种迎合的方法,使它在虚幻中满足、在宣泄中平息。"② 人有七情,不学而能。其间,名、利、色三者为红尘痴迷者极力追求之物,道教悟道成仙故事遂往往把名、利、色的悟破作为成仙的关键。

第三节 贞节观与战乱

明清通俗小说中有一个经常出现的时代主题,那就是战乱,其中既有战争,也有匪乱。战乱总会剥夺和毁坏人类许多美好的东西:生命、安宁、家园、团圆、爱情,当然也包括贞节。臣子的气节和女子的贞节,在此凸显和强调,所谓"时穷节乃见",两者常常被并置对等强调,尤其是在易代之际,二者成为文人笔下的天地间之正气。在各个朝代的正史、列女传中都可以找到大把在战乱中不屈辱失节的妇女,到明清的列女传和地方志的列女传中,在战乱中抗暴自尽的妇女比例进一步增加。从明清小说中的回目即可看出二者之间的对映,如《清夜钟》第一回《贞臣慷慨杀身 烈妇从容就义》、《型世言》开篇第一回《烈士不背君 贞女不辱父》、《醉醒石》第五回《矢热血世勋报国 全孤祀烈妇捐躯》等,贞烈二字对

---

① 袁宏道:《袁宏道集笺校》,钱伯城笺校,上海古籍出版社,2008 年,第 443~444 页。
② 葛兆光:《道教与中国文化》,上海人民出版社,1987 年,第 302 页。

男女而言是互相通用的。正因如此，明末高官钱谦益眼见即将兵败就要求自己的妻妾自杀，自己也以准备殉国为借口，可是，他自己最终却投降清廷做了高官，自然又是妻妾成群，却苦了他的女人荒诞地做了无谓的"节妇"。

战乱对国家、城市、乡村都造成极大的破坏，上自皇王宗室、中有官僚士大夫、下自黎庶百姓，皆深受其害。在明清小说的叙述视野中，几乎没有什么所谓的"正义之师"，凡大兵所到之处，皆大肆烧杀淫掳，如《清夜钟》第一回《贞臣慷慨杀身 烈妇从容就义》中所云："贼作梳子，民财掠去一半，兵作篦箕，民间反倒一空。"① 可见百姓眼中的官兵比贼寇还要贪婪可恶。战乱到来之际，男子、小孩大多被杀，女子则惨遭奸污，诚如李渔小说中所描写的那样："贼氛所到之处，遇着妇女就淫，见了孩子就杀。甚至有熬取孕妇之油为点灯搜物之具，缚婴儿于旗竿之首为射箭打弹之标的者。"② 以至于百姓"十家怀孕九家堕胎，不肯留在腹中驯致熬油之祸；十家生儿九家溺死，不肯养在世上预为箭弹之媒"③。在此悲惨而严峻的形势下，女子的贞节自然遭遇空前的危机和考验，"那一方的妇人，除老病不堪之外，未有不遭淫污者"④。《欢喜冤家》第二回《吴千里两世谐佳丽》开篇说"万历三十年间，叛贼杨应龙作反。可怜遇贼人家，无不受害。致使人离财散，家室一空。拿着精壮男子，抵冲头阵。少年艳冶妇女，掳在帐中，恣意取乐。也不管缙绅宅眷，不分良贱人家，一概混淫，痛恨之极"⑤。正是：宁为太平犬，莫作乱世人。《金云翘传》中的海上大盗头目徐海，看上了被掳的妓女王翠翘，将其做了压寨夫人。但徐海对王翠翘一往情深，百般怜惜，翠翘被其深挚之情而感动，渐渐移情于他，两人深深相爱。后明代将领胡宗宪以抗倭大义贿通翠翘，徐海在翠翘的劝说下归降朝廷，朝廷却背信弃义擒杀了他，翠翘痛哭悲号，在对徐海的千般思念和万般羞愧中，毅然投水殉情。翠翘移情于寇首，除了因为徐海对其爱惜，自然也与翠翘早年一连串不幸的遭遇有关。这一点

---

① 路工、谭天：《古本平话小说集》，第 2 版，人民文学出版社，2006 年，第 156 页。
② 李渔：《李渔全集：第九卷》，浙江古籍出版社，1991 年，第 238 页。
③ 李渔：《李渔全集：第九卷》，浙江古籍出版社，1991 年，第 238 页。
④ 李渔：《李渔全集：第九卷》，浙江古籍出版社，1991 年，第 241 页。
⑤ 西湖渔隐主人：《欢喜冤家》，于天池、李书点校，北京师范大学出版社，1993 年，第 22 页。

同潘金莲有某些相似之处，感情得来不易自然更加珍惜，加之徐海与西门庆大不一样，对她全心全意、百般怜惜，故而尤其感怀在心。翠翘的殉情，乍看上去是其贞节观念之下的选择，深入分析，其实所殉在"情"而非"节"，故不能作一般的烈妇观。所谓的阶级仇恨并非永远存在，翠翘的贞烈蹈海殉情，从世俗情感来看符合人性，完全可以理解，因而这一主题得到众多作家的青睐，被屡屡改编，踵事增华①。

《警世通言》第十二卷《范鳅儿双镜重圆》叙官宦之女顺哥随父赴任途中被啸聚草寇劫掠所房，嫁给被逼从寇的贼中义士范希周，又遭逢朝廷平寇，自度不免于辱，表示要先丈夫而死，欲引剑自刎。希周慌忙夺刀抱住顺哥安慰，顺哥誓不再嫁，若被军校所掳，"宁死于刀下，决无失节之理"②。希周道："承娘子志节自许，吾死亦瞑目。万一为漏网之鱼，苟延残喘，亦誓愿终身不娶，以答娘子今日之心。"③ 顺哥忠于誓言，后见城破，解下罗帕自缢，直到被父亲救下。父母劝她改嫁，她依然坚称"情愿奉道在家，侍养二亲，便终身守寡，死而不怨。若必欲孩儿改嫁，不如容孩儿自尽，不失为完节之妇"④。作者在小说开头有一句话"说来虽没有十分奇巧，论起'夫义妇节'，有关风化，到还胜似几倍"⑤，认为故事的奇巧并不重要，战乱之中的妇节所彰显的风化，更值得小说家书写。实则小说中的男子范希周所言的"亦誓愿终身不娶，以答娘子今日之心"，是

---

① 首先是明徐学谟撰《王翘儿》，明末余怀将其改写为文言小说《王翠翘传》，明崇祯年间梦觉道人的《三刻拍案惊奇》（原名《幻影》）在第七回《生报华萼恩　死谢徐海义》也有专门记述王翠翘的故事。清代康熙年间，青心才人在余怀等人的基础上，将这篇故事内容扩大，改写为长达二十四回的长篇通俗白话小说《金云翘传》，在民间广为流传。王翠翘的故事在越南也得到广泛传播，故事情节大概相似。18世纪末至19世纪初，越南诗人阮攸将余怀的《王翠翘传》及青心才人的《金云翘传》携回越南，花了一年时间，改写为越南"喃传"《金云翘传》，字喃改编成三千二百句的长诗，别名《断肠新声》《金云翘新传》，或简称为《金云翘》《翠翘传》《翘传》《翘》，并搬上了越南舞台，声名大噪。这则悲剧故事对越南近代文学的发展产生了深远的影响。一百多年后的1984年，广西防城又采录到从越南回传而来的京族民间故事《金仲和阿翘》，被誉为中越文化交流的硕果。据我国学者陈益源研究指出，在阮攸之前，就有三位越南人士将中国的《金云翘传》翻译成越文，分别是徐元漠的《越南音金云翘歌曲译成汉字古诗》，黎孟恬译本《翠翘国音译出汉字》，黎裕译本《金云翘汉字六八歌》。详见陈益源：《越南〈金云翘传〉的汉文译本》，《明清小说研究》，1999年第2期，第197~198页。
② 冯梦龙：《警世通言》，严敦易校注，人民文学出版社，1956年，第163页。
③ 冯梦龙：《警世通言》，严敦易校注，人民文学出版社，1956年，第163页。
④ 冯梦龙：《警世通言》，严敦易校注，人民文学出版社，1956年，第164页。
⑤ 冯梦龙：《警世通言》，严敦易校注，人民文学出版社，1956年，第161页。

更为难得的黄钟之音。

不过，也有不少男子并没有因为妻子失节而生疑心和异心。如《二刻拍案惊奇》卷六《李将军错认舅　刘氏女诡从夫》叙青梅竹马的同学刘翠翠与金定长大后终于喜结连理，十分恩爱。不幸遭逢张士诚起兵，貌美的翠翠被张士诚部将李将军掳掠为妻，金定流落他乡。后来金定找到李将军家，假托为翠翠兄长探望，得李将军信任以舅舅相待，并让他做了书记，只是夫妻二人近在咫尺却依旧不得会合，金定无望奄奄而殁，翠翠伤心欲绝，不久也病逝，临终前恳求李将军将其"兄妹"二人葬于一处，一对情深的苦命鸳鸯终于死同棺椁。作为有夫之妇的翠翠战乱被掳，做了山寨夫人，在那个时代便等于失节。故而她初见李将军之时，"先也哭哭啼啼，寻死觅活，不肯随顺"①。李将军以其全家性命威胁，翠翠才勉强依从。李将军见她聪明美丽，爱如珠玉，百顺千随，但翠翠却时刻想着原配丈夫盼续前缘，可见，她并没有过于考虑到自己的"贞节"已遭到破坏。而金定找到妻子后，明知她已经"失节"，也没有任何嫌弃之心，依旧心存幻想，寻空见妻，剖诉苦情，甚至还担心妻子变心，希望说个倒断。可见，战乱中很多夫妻还是辛酸中透出人性的温馨，其多年的夫妻恩爱并未被冰冷的贞节观念吞噬。

李渔小说中战乱主题最多，因为李渔生当明末，清初成名，备经战乱之苦，尤其是李闯王之乱，小说中常称其为"闯贼"。鉴于清王朝当时地位已然巩固，清代的小说作者自不敢冒大不韪在小说中写"满贼"之害。战乱到来之际，在此悲惨而严峻的形势下，女子的贞节自然遭遇空前的危机和考验，前面详细分析过的《无声戏》中耿二娘的贞节叙事，便是在李闯之乱中产生的曲折故事，她为了保护自己的贞节，可谓费尽心机，用尽智慧。战乱当中，为了达到某种"神圣"的目的，女性还要做出特别的牺牲，如复仇和抚孤，前者有历史上的著名美女西施、貂蝉等，以身体去设"美人计"，后者有《十二楼·奉先楼》中的舒娘子。这些生逢乱世的特殊女性，做出了肉体和精神上的双重牺牲，可以说尤为不幸。但是身为女性，还要顾虑到女子的贞节，尤其可谓不幸中之不幸者。有时，李渔对遭逢战乱掳掠的女子也能表现出一定程度的理解和同情，一定的通达可取的

---

① 凌濛初：《二刻拍案惊奇》，王根林校点，上海古籍出版社，2012年，第265页。

态度和对人性及生命的尊重，如李渔在《十二楼·生我楼》开篇评价一位遭到侮辱的乱世妇女的羞愧之诗词：

> 论人于丧乱之世，要与寻常的论法不同，略其迹而原其心，苟有寸长可取，留心世教者，就不忍一概置之。古语云："立法不可不严，行法不可不恕。"古人既有诛心之法，今人就该有原心之条。迹似忠良而心同奸佞，既蒙贬斥于《春秋》；身居异地而心系所天，宜见褒扬于末世。诚以古人所重，在此不在彼也。此妇既遭污辱，宜乎背义忘恩，置既死之人于不问矣；犹能慷慨悲歌，形于笔墨，亦当在可原可赦之条，不得与寻常失节之妇同日而语也。①

但这也是建立在"遭辱""失节"妇女自身感到羞愧懊悔的基础上。苟非如此，李渔的刀笔便毫不留情了，即使像西施、貂蝉和舒娘子这些因特殊使命而"败节"的女性，李渔也并没有给予特别的豁免，而是要求她们能在不辱使命之后"付之一死"，可见其对妇女贞节观念之强烈。从他借舒娘子之口对西施的评价可见一斑：

> 当初看做《浣纱记》，到那西子亡吴之后，复从范蠡归湖，竟要替他羞死！起先为主复仇，以致丧名败节，观者不施责备，为他心有可原。及至国耻既雪，大事已成，只合善刀而藏，付之一死，为何把遭瑕被玷的身子依旧随了前夫？人说他是千古上下第一个绝色佳人，我说他是从古及今第一个腆（觍）颜女子！②

对含垢忍辱抚孤成功的舒娘子，李渔虽然最终没有忍心让她死掉，但也安排了她在完成任务后自践诺言上吊自杀的情节，只不过她是被其后夫——那位深明大义的将军所救。换言之，李渔虽不忍心让忍辱负重的女性在完成任务后死掉，但因为她们"遭瑕被玷"，"贞节"已然丧失，他还是要求她们有此自戕的意识和行动，如此才能消除掉身体的客观污点。以此逻辑可以推断，如果西子在亡吴之后，能够"善刀而藏，付之一死"或跳水而死，然后被范蠡及时抢救得活，既表明了"贞烈"之心，又不至死掉，才是最为完美的事。但李渔显然很遗憾西子并未如此，故而批评她是

---

① 李渔：《李渔全集：第九卷》，浙江古籍出版社，1991年，第251页。
② 李渔：《李渔全集：第九卷》，浙江古籍出版社，1991年，第239页。

"从古及今第一个腼颜女子"。因而,妇女在战乱等不可抗拒因素的环境下,无奈失身受辱,存有赴死之心和觍颜之感,才能被人接受和认可。这难免让人想到鲁迅在《我之节烈观》中的愤怒声讨:

> 烈可是有两种:一种是无论已嫁未嫁,只要丈夫死了,他也跟着自尽;一种是有强暴来污辱他的时候,设法自戕,或者抗拒被杀,都无不可。这也是死得愈惨愈苦,他便烈得愈好,倘若不及抵御,竟受了污辱,然后自戕,便免不了议论。万一幸而遇着宽厚的道德家,有时也可以略迹原情,许他一个烈字。可是文人学士,已经不甚愿意替他作传;就令勉强动笔,临了也不免加上几个"惜夫惜夫"了。①

《十二楼·鹤归楼》叙宋徽宗选妃,选中两位绝色美女围珠、绕翠,时辽军进犯,在群臣进谏的巨大压力下,徽宗不得已下罪己之诏,将她们送回民间。两个新中进士郁子昌和段玉初娶走围珠和绕翠,徽宗闻听居然醋意大发,遂盼咐朝官令其出使金国。两人被金国羁縻,历经磨难,八年后方归。段玉初临别之际,表现绝情冷酷,将妻子为他辛苦置办的带血衣服,悉数付于灰烬,飘然而去。妻子绕翠恨他如此无情,遂断相思之念,安心持家守节,身心康泰,八年毫不显老,直到丈夫归来解释,才理解当初丈夫离别时的一片苦衷,夫妻尽释前嫌,白头偕老。形成鲜明对照的是,多情的郁子昌在分手之时对妻子围珠恋恋不舍,各洒泪而别,致围珠久盼丈夫不归,因思夫过度绝粒而死。小说尤其具有乱世中明哲保身的意味。段玉初明白"'死寡易守,活寡难熬。'生离的夫妇,只为一念不死,生出无限熬煎。日间希冀相逢,把美食鲜衣认做糠秕桎梏;夜里思量会合,把锦衾绣褥当了芒刺针毡"②。故提前给妻子打预防针,说什么"薄命书生享了过分之福,就生在太平之日,尚且该有无妄之灾,何况生当乱世,还有侥幸之理"③?将生离作死别,以断相思之念,这样"一个做了忠臣,一个做了节妇,又做了一对生死夫妻,岂不是从古及今第一桩乐事"④?绕翠闻听此言,"不觉把蕙质兰心变作忠肝义胆,一心要做烈

---

① 鲁迅:《鲁迅全集:第1卷》,人民文学出版社,2005年,第122页。
② 李渔:《李渔全集:第九卷》,浙江古籍出版社,1991年,第213页。
③ 李渔:《李渔全集:第九卷》,浙江古籍出版社,1991年,第212~213页。
④ 李渔:《李渔全集:第九卷》,浙江古籍出版社,1991年,第214页。

妇。"① 在灾难真正降临之际，段玉初心知妻子要在家苦守活寡，遂在妻子为他织了十年衣裳鞋袜之后故意用激将法：

> 你不见《诗经》上面有两句伤心话云："宛其死矣，他人入室。"我死之后，这几间楼屋里面少不得有人进来，屋既有人住，衣服岂没人穿？留得一件下来，也省你许多辛苦，省得千针万线又要服事后人，岂不是桩便事。②

此语果然奏效，绕翠闻言气愤伤心："怎见得你是忠臣，我就不是节妇！"③ 段玉初继续激将 "古语道得好：'死生有命，富贵在天。'又道：'一饮一啄，莫非前定。'若还你命该失节，数合重婚，我此时就着意温存，也难免红丝别系。若还命合流芳，该做节妇，此时就冲撞几句，你也不必介怀。"④ 绕翠在丈夫屡次激将之下，果真 "安心乐意做个守节之人，把追欢取乐的念头，全然搁起"⑤，身子也养好了许多，比以前还要肥胖。读者也许会问段玉初何以如此放心，就连小说中的另一位男主人公郁子昌在闻言其手段之后，也同样发问："妇人水性杨花，捉摸不定，他未曾失节，你先把不肖之心待他，万一他记恨此言，把不做的事倒做起来，践了你的言语，如何使得！"⑥ 段玉初道："我这个法子也是因人而施。平日信得他过，知道是纲常节义中人，决不做越礼之事，所以如此。苟非其人，我又有别样治法，不做这般险事了。"⑦ 两位进士对妻子贞节的敏感与关切可见一斑。

《十二楼·奉先楼》叙明末乱世中舒娘子为保一线单传的儿子而不顾贞节的故事，表彰了女性为保存子嗣，忍辱负重、深明大义的美德。舒秀才和娘子因怀孕而全家高兴，但因逢乱世，世人却有似乎违背正常人性的看法。舒娘子起初有孕，众人见不肯堕胎，就有讥诮之意，又见他们生子之后的得意之状，便纷纷议论："这般艳丽，遇着贼兵，岂能幸免？妇人

---

① 李渔：《李渔全集：第九卷》，浙江古籍出版社，1991年，第214页。
② 李渔：《李渔全集：第九卷》，浙江古籍出版社，1991年，第218页。
③ 李渔：《李渔全集：第九卷》，浙江古籍出版社，1991年，第218页。
④ 李渔：《李渔全集：第九卷》，浙江古籍出版社，1991年，第219页。
⑤ 李渔：《李渔全集：第九卷》，浙江古籍出版社，1991年，第223页。
⑥ 李渔：《李渔全集：第九卷》，浙江古籍出版社，1991年，第227页。
⑦ 李渔：《李渔全集：第九卷》，浙江古籍出版社，1991年，第227页。

失节，孩子那得安生？不是死于箭头，就是毙诸刀下，以太平之心处乱离之世，多见其不知量耳！"① 真正是"为全孤劝妻失节"。

舒娘子让舒秀才在"捐生守节"和"留命抚孤"之间做出明确选择，舒秀才在两者无法得全的情况下选择了后者。② 舒娘子还不放心，道："这等说起来，只要保全黄口，竟置节义纲常于不论了！做妇人的操修全在'贞节'二字，其余都是小节。一向听你读书，不曾见说'小德不逾闲，大德出入可也'！"③ 舒秀才认为不能以处常的道理论变局：只要能抚育孤儿长大，保全百世宗祧，这种功劳就非同小可，与那些自经于沟渎的匹夫匹妇相比，实有霄壤之别。舒娘子心中仍然纠结于女子的贞节，并以《浣纱记》中的西子为前车之鉴，认为在越国报仇事成之后未能一死，以失节之身复随前夫范蠡，乃"从古及今第一个腼颜女子"！要求丈夫"谋之通族，询诸三老"④，若得不到众议认可，宁愿死节。舒秀才于是遍告族人，询问是否可行。试看舒秀才、舒娘子和族人的对话和动作：

> 族人都说："守节事小，存孤事大。"与舒秀才的主意相同。舒秀才就央通族之人，把妻子请入奉先楼，大家苦劝，叫他看宗祀分上，立意存孤，勿拘小节。舒娘子道："从来不忠之臣、不节之妇，都假借一个美号，遂其奸淫。或说勉嗣宗祧，或说苟延国脉，都未必出于本心，直等国脉果延、宗祧既嗣之后，方才辨得真假。如今蒙列位苦劝，我欲待依从，只有一句说话，也要预先讲过。初生乍养的孩子，比垂髫总角者不同，痧麻痘疹全然未出，若还托赖祖宗养得成功便好，万一寿算不长，半途而废，孤又不曾抚得成，徒然做了个失节之妇，却怎么好？"众人道："那是命该如此，与你何干？只问你尽心不尽心，不问他有寿没有寿。"舒娘子道："虽则如此，也还要斟酌。绝后不绝后，关系于祖宗，还须对着神主卜问一卜问。若还高曾祖考都容我失节，我就勉强依从。若还占卜不允，这个孩子就是抚不成、养不大的了，落得抛弃了他，完我一生节操，省得名实两虚，使男子后来懊悔。"众人道："极说得是。"就叫舒秀才磨起墨来，写了"守

---

① 李渔：《李渔全集：第九卷》，浙江古籍出版社，1991年，第238页。
② 李渔：《李渔全集：第九卷》，浙江古籍出版社，1991年，第238页。
③ 李渔：《李渔全集：第九卷》，浙江古籍出版社，1991年，第238页。
④ 李渔：《李渔全集：第九卷》，浙江古籍出版社，1991年，第239页。

节"、"存孤"四个字,分为两处,搓作纸团,对祖宗卜问过了,然后拈阄。却好拈着"存孤"二字。

舒秀才与众人大喜,又再三苦劝一番,他才应许。应许之后,又对着祖宗拜了四拜,就号啕痛哭起来,说:"今生今世,讲不起'贞节'二字了!止因贼恶滔天,以致纲常扫地,只求天地祖宗早显威灵,殄灭此辈,好等忠臣义士出头!"①

舒娘子为了自己的清誉,百般实验,以求心理解脱,正好反映出当时的贞节压力之大。在做出如此牺牲的情况下,还防备后来出意外情况而遭人非议,可见在祛除贞节之魅时巨大的心理压力,这正是长期贞节观念压力下的真实反映。而李渔借助舒娘子这个典型之口,对读者大众施加了语言囚笼和思想暴力。

小说一共两回,在第二回《几条铁索救残人 一道麻绳完骨肉》中,李渔和读者自然都极为关心舒娘子的后来经历和结局如何。像很多小说情节一样,舒娘子因为貌美贤惠,被一位将军讨来做了夫人,备受宠爱,把她带来的儿子视若亲生,并且应承舒娘子,若有相会之日,愿把儿子交还其前夫。舒秀才经过千辛万苦,得上天垂慈,寻妻到将军府上,将军践行允诺,将儿子交还亲生父亲,却也关心舒娘子的"身子"的归属和去向:是选前夫,还是后夫?舒娘子道:"妾自失身以后,与前面的男子就是恩断义绝之人了,莫说不要随他,就要随他,叫我把何颜相见?只将儿子交付还他,我的心事就完了,别样的话都不必提起。"② "赋性坚贞"③ 的舒娘子,在打发儿子去后,就关上门吊死。被救活后,将军知道她为践行与前夫许下"侥幸存孤之后,有死而已"的诺言而自缢深有感触,明晓她是个忍辱存孤的节妇,豁达地说:"我做英雄豪杰的人,那里讨不出妇女,定要留个节妇为妻?我如今唤他转来,使你母子夫妻同归一处,你心下何如?"④ 舒娘子还要只求一死,"以盖前羞",将军认为她"如今死过一次,也可为不食前言",此时见舒秀才走到,将军就把他妻子忍辱存孤、事终死节的话细述了一遍,又叮嘱秀才道:"今日从你回去,是我的好意,并

---

① 李渔:《李渔全集:第九卷》,浙江古籍出版社,1991年,第239~240页。
② 李渔:《李渔全集:第九卷》,浙江古籍出版社,1991年,第246页。
③ 李渔:《李渔全集:第九卷》,浙江古籍出版社,1991年,第247页。
④ 李渔:《李渔全集:第九卷》,浙江古籍出版社,1991年,第248页。

不是他的初心。你如今回去，倒是说前妻已死，重娶了一位佳人，好替他起个节妇牌坊，留名后世罢了！"① 这里似乎与前述耿二娘从贼头下脱身回来后，最后反由贼头来表明她的清白之身如出一辙。

更让人讶异的是，强盗将军连她以后可能遭受的舆论都考虑到了。作者让舒娘子在失节请死后恢复了尊严，总算死而又生，失而复归，给忍辱负重而失节的妻子和历尽艰难、饱受屈辱的丈夫安排了一个大团圆的结局。李渔对贞节和尊严的内心纠结及其细致安排，可谓煞费苦心。

第四节　贞节观与谋杀

人类追奇逐异的本性，也表现在对刺激情节的嗜好，其中情色和谋杀就是亘古未变的两大兴奋点，而这两者都与贞节观念紧密相连。明清通俗小说也不例外，除了情色谋杀之事本来就属于世间百态，固然当在记述敷衍之列，复因其主要的读者对象是广大世俗百姓，更需考虑大众的口味，因而编创了大量的谋害情节和故事，里面往往与贞节观念纠缠交涉，颇饶人兴味。《警世通言》第三十八卷《蒋淑真刎颈鸳鸯会》诗云："蛾眉本是婵娟刃，杀尽风流世上人。"②《拍案惊奇》卷二十六诗云："美色从来有杀机……色中饿鬼真罗刹，血污游魂怎得归？"③ "奸杀本相寻。"④ 这些话正像一个隐喻，道出了美色和杀害之间潜在的可怕联系。如前所述，美色与贞节之间，确有一个大致反向的联系，由于人类对美色喜好的天性，美色总是容易受到诱惑，对贞节观造成潜在的威胁和摧毁。在明清通俗小说中，通奸故事，总是与美色难分难解。世情男女因不能贞静自守，见色而迷，遂生各种贪占之心，而贪嗔痴总是如影随形：因有贪痴之念，或生出轨之事，或遇障遭阻，或不遂心愿，于是嗔怒之心遂生，甚而产生杀机，于是种种与贞节相关的谋杀之事接踵而至。其中，诛淫妇是最为小说作者热衷的一类故事，亦可见男权社会对出墙红杏的痛恨。而出墙的红杏为了

---

① 李渔：《李渔全集：第九卷》，浙江古籍出版社，1991年，第248页。
② 冯梦龙：《警世通言》，严敦易校注，人民文学出版社，1956年，第573页。
③ 凌濛初：《拍案惊奇》，冷时峻校点，上海古籍出版社，2012年，第350页。
④ 凌濛初：《拍案惊奇》，冷时峻校点，上海古籍出版社，2012年，第352页。

能与意中的奸夫长相厮守,又往往狠毒地杀害自己不称意的丈夫。另外,还有为了霸占别人的美妻而谋杀其丈夫,或因奸占不得而生杀机等与贞节相关的形形色色的谋杀事件,成为明清通俗小说的一个叙事母题。

一、五花八门的诛淫妇

在传统社会,淫妇是最让人不齿的一个称号,明清通俗小说大量描叙了这一形象。不同的小说中对淫妇的态度是不同的,这固然与作者的思想观念密切相关,当然也与淫妇出轨的不同原因和背景有很大关系。但男子最恨的都是淫妇,本来古代社会对男女要求标准有别:男人可以有三妻四妾,女子只能嫁给一夫,要贞节自守,不能对别的男人心存幻想;男子勾引自己妻妾以外的女子也无伤大雅,而女人要立场坚定不为所动,更不能为其所诱失身,否则便是犯淫犯奸,罪不可赦,要受到极为残酷的谴责和惩罚。《水浒传》对淫妇的痛恨让人记忆深刻,梁山英雄好汉不仅杀朝廷官兵厉害,斩杀淫妇更是眉头都不皱一下。

一是丈夫诛淫妇。《水浒传》中卢俊义夫人贾氏,与管家李固通奸谋害亲夫,反被丈夫识破所杀。杨雄之妻潘巧云,与半路出家的和尚裴如海通奸,奸情败露后,诬陷杨雄义弟石秀调戏她,被杨雄和石秀合作杀死。宋江之妻阎婆惜,与张三私通,为宋江所杀。《欢喜冤家》第三回《香菜根乔装奸命妇》中妻子红杏出墙,御使丈夫张英设计毒害妻子和丫鬟,抓捕卖珠子的奸夫"香菜根"邱继修并判死刑。《醒世姻缘传》第十九回叙晁源去雍山收租,租客皮匠小鸦儿的妻子唐氏颇有姿色而风骚,在晁源的几番诱惑下,二人通奸。小鸦儿早就有所察觉,警诫妻子数次,并明确威胁说:"只休要一点风声儿透到我耳朵里,咱只是白刀子进去,红刀子出来!"① 但唐氏还是跟晁大舍睡到了一起,终于被临时归来的小鸦儿用刀割头,接着又叫醒晁大舍后割下他的头颅。小鸦儿明确说:"婆娘们只在心正不心正,那在四顾有人无人?那心正的女人,那怕在教场心住,千人万马,只好空看他两眼罢了。那邪皮子货,就住到四不居邻的去处,他望着块石头也骑拉骑拉……我要做个老婆,替那汉子挣的志门一坐一坐

---

① 西周生:《葛受之批评醒世姻缘传》,翟冰校点,齐鲁书社,1994 年,第 247~248 页。

的。"① 在作者的眼里"那唐氏果肯心口如一，内外一般，莫说一个晁大舍，就是十个晁大舍，当真怕他强奸了不成"②?

《姑妄言》卷十七水氏背着丈夫卜通与杨大偷情，后与杨大结婚，又与张四、李三偷情，杨大愤怒之下，杀了水氏。"他一个卤夫，不想当日自己如何淫人妻子来，今见水氏偷汉，他便怒道：'这淫妇当日瞒了汉子偷我，今日又瞒着我偷人。若撞到我手中，叫他白刀进去，红刀子出来，定然双双杀了，方泄我恨。'"③ 后来果然亲手杀了偷人的妻子。书中钝翁回前点评甚为有趣，可以管窥作者和男性对此微妙的心态：

> 杨大之杀水氏，写尽小人之凶恶无良。彼私人之妻则可，人私彼之妻则不可。水氏一淫妇也，固可杀。以卜通之亲夫杀之则可，以杨大奸夫而杀淫妇则不可也，故有水氏索命之报。非报杀淫妇之人，索命于杀淫妇之奸夫耳。④

二是他人协助丈夫诛淫妇。"义罚淫妇"的故事情节在小说中最著名的要数《水浒传》里的几个故事了。颇有姿色的潘巧云和潘金莲都犯了偷情之举，风声透到"英雄好汉"的耳中，遂有了义诛淫妇的血腥之举。武松杀了嫂嫂潘金莲。不过杀淫妇的不是其丈夫本人，而是事件之外的第三者。其中，武松是为哥哥武大报仇雪恨，因为潘金莲毒死了亲夫武大。杨雄是在石秀的帮助下才将潘巧云杀死，二人的行为是为"兄弟义气"，为维持男性社会秩序而"替天行道"。不过，《水浒传》中的武松为报仇杀了潘金莲和西门庆两个奸夫淫妇，大快人心；到了《金瓶梅》中，武松就没有这么快意恩仇了，西门庆是淫欲过度"快活"而死，他只能杀掉曾对自己百般柔情，甚至直到临终还满心期望能嫁给他的嫂嫂潘金莲。潘金莲

---

① 西周生：《葛受之批评醒世姻缘传》，翟冰校点，齐鲁书社，1994年，第248页。
② 西周生：《葛受之批评醒世姻缘传》，翟冰校点，齐鲁书社，1994年，第246页。
③ 曹去晶：《姑妄言》，许辛点校，中国文联出版公司，1999年，第867页。
④ 曹去晶：《姑妄言》，许辛点校，中国文联出版公司，1999年，第834～835页。

"血染新房,终于完成了本书第一回中武松身穿'血腥衲袄'的暴力意象"①。《水浒传》与《金瓶梅》的小说类型的差异,使得作者和读者都对《金瓶梅》中的潘金莲的惨死揪心一把,发出同情的哀叹。孙述宇对此做了深入分析:

> 我们读《水浒》时不大反对杀人,是由于在这夸张的英雄故事的天地间,我们不大认真,只是在一种半沉醉的状态中欣赏那些英雄;但《金瓶梅》是个真实的天地,要求读者很认真,一旦认真,杀人就不能只是一件痛快的事。被杀的潘金莲,无论怎么坏,无论怎样死有余辜,这个拖着一段历史与一个恶名而把自己生活弄得一团糟的女人,我们是这么熟悉,她吃刀子时,我们要战栗的。②

可以说,潘金莲虽然是自作孽不可活,但她的死实在要比已然十分血腥污秽、痛苦不堪的瓶儿、西门庆之死,甚至比衰猥可怜的武大之死还要惨不忍睹,这一点与《水浒传》中的潘巧云之死相比有过之而无不及。

三是奸夫诛淫妇。这种情形最能反映古代男子对淫妇的痛恨心理。按理,奸夫淫妇勾搭成奸,应该多少有一定的感情基础,所谓的"情夫情妇",还是有一定的"情"在其中的,至少不至于陡而生变,拿起屠刀砍在"自己人"身上。但是,中国古典小说中却不乏此类"义罚淫妇"的豪侠之举,而且还有源远流长的传统。唐代沈亚之的传奇名篇《冯燕传》便是这样一个经典故事:冯燕和张婴的美貌妻子通奸,张婴多次殴打妻子,致其含恨在心。某次撞上张婴饮酒醉归,冯燕藏于门后,头巾正好落在佩刀边,冯燕指巾令其妻取,妻即取刀授燕。冯燕以为妇人是暗示他杀掉丈夫张婴,觉得此妇心狠,故怒而断其颈,遂巾而去。后来冯燕自首,据实以告,滑州刺史贾公以状闻,自请罢官以赎"义士"冯燕之死。皇帝听说

---

① 田晓菲:《秋水堂论金瓶梅》,天津人民出版社,2014年,第258页。田晓菲在该书中对这一回有弗洛伊德式的分析,她认为武松杀嫂"整个过程惨烈之极,使用的都是潜藏着性意象的暴力语言"。"安排金莲死于和武松的'新婚之夜',以'剥净'金莲的衣服代替新婚夜的宽衣解带,以其被杀的鲜血代替处女在新婚之夜所流的鲜血,都是以暴力意象来唤起和代替性爱的意象,极好地写出武松与金莲之间的暧昧而充满张力的关系,以及武松的潜意识中对金莲的性暴力冲动。性与死本来就是一对有着千丝万缕联系的概念,这里,金莲所梦寐以求的与武松的结合,便在这死亡当中得以完成。"详参田晓菲:《秋水堂论金瓶梅》,天津人民出版社,2014年,第260~261页。

② 孙述宇:《金瓶梅:平凡人的宗教剧》,上海古籍出版社,2011年,第67页。

此事，重其高义，下诏免死，还因为冯燕的"义举"，下令大赦滑地所有死囚。作者赞曰："淫惑之心，有甚水火，可不畏哉！然而燕杀不谊，白不辜，真古豪矣！"① 不贞而又狠心的妻子死了，死得其所，丈夫张婴却保全了性命，冯燕既获得色欲的满足，又成就了侠义道德的美名，就连官吏也收获了政声。由于这个短小的故事中饱含了暴力、色情、冤狱等多种吸引眼球的因素，同时又披上了一件宣扬任侠使气和舍生宽仁的美丽道德外衣，故而受到文人的青睐，不断被改写而长盛不衰。同时代的司空图作有一首长诗《冯燕歌》，宋代曾布作词《水调七遍》，都是对冯燕杀掉情妇侠义之行的歌颂。司空图诗中强调了"谁言狠戾心能忍，待我情深情不隐"，冯燕想到情妇的心狠，联想到自身的未来："尔能负彼必相负，假手他人复在谁？"② 转而杀掉了她出逃，细腻地呈现了斩杀美人的情形："唯将大义断胸襟，粉颈初回如切玉。"③ 诗的结尾依旧是大唱赞歌：

> 拜章请赎冯燕罪，千古三河激义风。黄河东注无时歇，注尽波澜名不灭……此君精爽知犹在，长与人间留炯诫。铸作金燕香作堆，焚香酹酒听歌来。④

在诗人的笔下，冯燕杀淫妇的"义举"，成了千古流芳之事！《型世言》第五回《淫妇背夫遭诛 侠士蒙恩得宥》的得胜头回，也录了沈亚之《冯燕传》，里面提到冯燕道："天下有这等恶妇！怎么一个结发夫妇，一毫情义也没？倒要我杀他。我且先开除这淫妇。"⑤ 丈夫诛奸，和别人协助或替丈夫诛奸，虽然血腥，都尚可理解。而冯燕不同，他是私通当事人即"奸夫"，他的身份决定了他的杀戮行为的不近情理和分外残忍。冯燕杀张妻一段中有"燕熟视"，说明在他杀张妻之前，心里也是想了很多的，在那个节骨眼上，是不太可能理性地思考什么"侠义""肝胆"，此时最有

---

① 《全唐五代小说：第2册》，李时人编校，何满子审定，詹绪左覆校，中华书局，2014年，第854页。
② 《全唐五代小说：第2册》，李时人编校，何满子审定，詹绪左覆校，中华书局，2014年，第856页。
③ 《全唐五代小说：第2册》，李时人编校，何满子审定，詹绪左覆校，中华书局，2014年，第856页。
④ 《全唐五代小说：第2册》，李时人编校，何满子审定，詹绪左覆校，中华书局，2014年，第857页。
⑤ 陆人龙：《型世言》，陈庆浩校点，江苏古籍出版社，1993年，第79页。

可能涌上心头的是"这女人太残忍，将来也能对我如此"诸如此类的一己之私。毫无疑问，这与所谓的"侠义"相差甚远。司空图的诗中一句"尔能负彼必相负，假手他人复在谁"和曾布词中"尔能负心于彼，于我必无情"①，便透露此中消息。而这一想法，在后来的《欢喜冤家》第八回《铁念三激怒诛淫妇》中坐实了，铁念三虽然对淫妇的狠心颇为不满，但根本上是从自己的私利角度出发，这从他的心理纠结可以明显看出。

在这一类型的小说里，作者增加了对丈夫忠厚善良的描写，他们在娶得娇妻之后，都非常珍惜疼爱，百般顺从；同时也增加了对淫妇贪色好淫、心狠歹毒的叙写，从语言、行动和心理等种种细节，层层深入，相当细腻地予以展现，以此凸显淫妇的"不贞"和被杀的合乎情理。同时，奸夫主持正义、力诛淫邪的侠义形象也就呼之欲出。这一得了便宜还卖乖的形象，与唐元稹的《莺莺传》中的张生是一脉相承的，都是善于忍情的人，这也是小说中诸多偷情女子想去勾引男子，又有担心的原因。毕竟，在古代社会女子的贞节是被着重提倡的，伦理话语权主要还是掌握在男子手中，她们走出这一步，已然丧失了自我权力，尤其是已婚妇女的婚外偷情，其犯淫失节的伦理丧失感更重。而作为奸夫的男子，相比之下所受的社会舆论谴责要小很多。偷情女子最大的悲哀，不是社会的舆论压力和制裁，而是奸夫往往也在心底鄙视淫妇，甚至通过残忍地"义诛淫妇"来获得道德救赎感，将自己从道德的泥潭中抽拔出来。不幸的是，他们进入了文本，在不同的时空中获得不同的阐释——而在步入现代化的当下，他们得到的大概也不会是正面的评价。

二、淫妇谋杀亲夫

红杏出墙而又谋杀亲夫的淫妇成为最遭人嫉恶痛恨的一类女子。她们为了一遂自己的淫欲，为了让偷情的快感能够顺畅地延续下去，甚至为了能和自己中意的奸夫长相厮守，出轨的淫妇毒从心底起，恶向胆边生，上演了残忍绝情的一幕幕杀夫之戏，同时也将自己的形象钉在历史的耻辱柱上，万劫不复。不贞出轨的妻子已然酿成大错，本就愧对丈夫，还在此基础之上进一步让错误升级，罪恶累加，遭人唾弃自在情理之中，而她们的

---

① 《唐人小说》，汪辟疆校录，上海古籍出版社，1978年，第168页。

结局自然往往也不会太好。

因奸情杀夫最出名的,要数《金瓶梅》里的潘金莲了。潘金莲和西门庆通奸,因卖花的郓哥与王婆闹翻,告诉了金莲丈夫武大,武大赶到通奸现场,要捉拿奸夫淫妇,不幸被西门庆用脚踹中胸口,病倒在床。病中的武大扬言要将此事告诉弟弟武松,金莲为了摆脱麻烦,断绝后患,在王婆的挑唆下,斩草除根,狠心毒杀了病中的武大。潘金莲"摆杀汉子"的恶名从此贯穿全书,成为广为诟病的狠心淫妇的代名词。孙雪娥与她闹别扭时宣扬过,李娇儿与她争宠时骂过,吴月娘也含沙射影地批评过。而在后来她因与女婿陈经济偷情乱伦,被吴月娘发回王婆那里发卖,还有人说出金莲杀夫的事,以至于影响了她的卖价,错过了大好时间,让武松得机赶来,以娶她为饵诱骗到宅里,将其血腥杀害取心祭兄,报了兄长之仇。

《警世通言》第二十四卷《玉堂春落难逢夫》中,名妓玉堂春被老鸨卖与山西富商沈洪,沈洪之妻皮氏,美而风骚,平时嫌老公粗蠢,不会风流,又出外日多,在家日少,打熬不过,与邻居丧偶的不良监生赵昂幽期密约。赵昂既贪皮氏之色,复骗皮氏钱财,遂竭力奉承,皮氏心爱赵昂,不上一年,家中财富被骗一空。皮氏因担忧丈夫回来盘问无言回答,便与赵昂商议,欲要跟赵昂逃走他方。赵昂道:"我又不是赤脚汉,如何走得?便走了,也不免吃官司。只除暗地谋杀了沈洪,做个长久夫妻,岂不尽美。"① 皮氏点头不语。后见丈夫竟娶美妓回家为妾,皮氏妒恨交加,狠心在辣面中下砒霜害死了亲夫,并嫁祸于玉堂春,才有了后面玉堂春落难逢夫的故事。

《欢喜冤家》第八回《铁念三巧计诛淫妇》,其实也是《冯燕传》的一个后世翻版。不过,《冯燕传》里的淫妇香姐并没有嫌弃虐待丈夫之心,铁念三之所以杀害香姐,主要原因在于香姐心肠太狠②。丈夫老崔年纪大,在公家值夜受冻,其兄弟铁念三与其嫂嫂在家中偷情。老崔回家后想到妻子暖被中略温一温儿,香姐却把被子四周塞紧不愿意,老崔让她念夫妻之情,香姐却说:"什么夫妻,现世报的夫妻。我是花枝般一个人,嫁

---

① 冯梦龙:《警世通言》,严敦易校注,人民文学出版社,1956年,第366页。
② 与潘金莲相似,而香姐本身也是非常羡慕赞赏潘金莲的,有心要学潘金莲。可见作者创作是受到《金瓶梅》的影响的。

你柴根样一个老子,还亏你说夫妻之情。"① 老崔又退而求其次,恳求取火烘一烘。香姐恐他点灯照见铁念三,又狠心把炉中火浇灭。形成鲜明对比的是,老崔走后,香姐叫出念三直呼"心肝"不要冻坏了,不料奸夫铁念三"为人直气",见香姐如此薄情,好生忿恨。② 香姐说已买毒药欲谋死亲夫,念三说会问罪,香姐说:"我只和你说,再有何人知道!把他一把火烧了,就完事,谁来剐我。"③ 念三心下细想道:

> 看此淫妇,果然要谋死哥哥了。那伙伴中知道,体访出来,知我和他有奸,双双问成死罪了。不必言矣,就是不知道,淫妇断要随我。那时稍不如意,如哥哥样子一般待我,我铁念三可是受得气的!必然不是好开交了。我想不过这五两银子讨的,值得什么,不如杀了淫妇,大家除了一害,又救了哥一命,有何不好。④

与冯燕不一样的是,念三想得很多,正是弥补了当年冯燕的"熟视"二字未展开的心理空间。正在犹豫之时,贪淫的香姐心里只想着男女之事,去摸弄他的阳物,激得念三一怒之下往床下一跳,取刀断了香姐之头,丢在地下便走了。铁念三行凶后妄图嫁祸他人,也遭到报应。香姐魂灵骂他:"好负心贼子。就是我不与丈夫来睡,也是为你这贼子;不与火,也为你这贼子。你倒把我杀死。怎生害那卖水的穷人母子二命!"⑤ 而老崔在妻子灵前所说的话也很意味深长:"人说为人变了生性就要死的。七月里叫我带花的生性,到那晚待我的生性,大不同了,果然就死了。你今放灵感些,转世为人。这生性再不要改才是。我在太爷面前,说你第一个贞洁妇女。那牌匾打点送来,又跳出这个送死的来,又失了节,把名头又

---

① 西湖渔隐主人:《欢喜冤家》,于天池、李书点校,北京师范大学出版社,1993年,第140页。
② 西湖渔隐主人:《欢喜冤家》,于天池、李书点校,北京师范大学出版社,1993年,第140页。
③ 西湖渔隐主人:《欢喜冤家》,于天池、李书点校,北京师范大学出版社,1993年,第140页。
④ 西湖渔隐主人:《欢喜冤家》,于天池、李书点校,北京师范大学出版社,1993年,第140~141页。
⑤ 西湖渔隐主人:《欢喜冤家》,于天池、李书点校,北京师范大学出版社,1993年,第143页。

坏了。"① 这样一个日日偷情还想毒死亲夫另嫁奸夫的淫妇，在事发之前，竟然成为忠厚丈夫心中的"第一个贞洁妇女"，给小说平添了十足的反讽意味。

三、霸妻杀夫及其他

明清小说中有不少为霸占别人娇妻而谋杀其夫的。其中最为典型的要数《西游记》里的那位水贼刘洪，打死唐僧之父陈光蕊霸占唐僧之母殷温娇长达十八年。相国之女殷温娇，娇艳无比，与新科状元陈光蕊喜结连理，夫妻渡船时，船夫刘洪、李彪二人见色起了歹心，用竹篙将陈光蕊打死落入水中，然后霸占其娇妻，温娇因腹中有孕，无奈只得顺从。但因"失节"，后来丈夫生还，夫妻相逢时自缢身亡。《警世通言》第十一卷《苏知县罗衫再合》和《醒世恒言》第五卷《大树坡义虎送亲》，都与《西游记》上述这个故事有类似的情节。这几则小说旨在凸显贞节观念，作者为了女子的贞节煞费苦心，对情节进行了精心安排和设计。尤其是《大树坡义虎送亲》，为了"保住"妇女的贞节，竟然安排水贼在岸上为老虎所食。

《欢喜冤家》第三回《李月仙割爱救亲夫》中，章必英与貌美嫂嫂李月仙通奸，为长占娇美嫂子而谋害哥哥王文甫，将其从舟中推落水中，后文甫幸运活下来，又被丧尽天良的弟弟必英诬陷入狱。这里，必英与前面小说中的水贼极为相似，只是为贪色占嫂而百般陷害兄长置其于死地，残忍狠戾又远过水贼，其下场亦是罪有应得。第七回《陈之美巧计骗多娇》，写徐州巨富陈彩偶见邻居潘璘妻子犹氏貌美，便思量："这妇人是个十足的了。我空有千箱万笼，黄的金，白的银，只少玉的人。若得他到手为妻，虽死无恨。"② 于是，他策划了一场骗局，出资让潘璘做生意，以利结潘家之心，并出手阔绰，假仁假义，逐步取得潘家信任。他后约潘璘同去做生意，伺机把潘璘推入水中淹死。陈彩串通媒婆，娶犹氏过门。数年后，阴谋终于败露，"立拟典刑"。陈彩虽非水贼，但用的手段也与前面的

---

① 西湖渔隐主人：《欢喜冤家》，于天池、李书点校，北京师范大学出版社，1993 年，第 144 页。

② 西湖渔隐主人：《欢喜冤家》，于天池、李书点校，北京师范大学出版社，1993 年，第 118 页。

水贼相似，可见水贼占妻型的故事在当时的影响之深远。

类似的有为霸占其女而杀其全家的。《醒世恒言》卷三十六《蔡瑞虹忍辱报仇》，年仅15岁的官僚之女蔡瑞虹，在合家渡船时因年轻貌美被水贼劫色，全家被水贼杀害，自己也遭强奸失贞，本想投河自尽。但她为了复仇，忍辱屈节，在历尽千难万险，几番受辱被骗之后，终于在真心爱她的丈夫朱源的帮助下得报大仇。孰料苦尽甘来的瑞虹留下遗书致谢明志，以剪刺喉自尽身亡。后来其子考中进士，上书皇帝，请求朝廷旌表母亲。蔡瑞虹已失贞节，本不合烈妇标准，但朝廷看在其为报血海深仇而失节，并能在报仇之后自尽，为其建了节孝牌坊以隆重表彰。只不过这些作品中，"生的伟大与死的光荣是相辅相成的。作者实际上原谅的是女子被迫'失贞'的过程，而不是'失贞'本身"①。

有因求欢未遂而杀人。如《二刻拍案惊奇》卷二十八《程朝奉单遇无头妇　王通判双雪不明冤》中的那位敲梆叫夜僧人，本欲盗财，不意发现盛装的女主人陈氏是一个美貌动人的妇人，于是见色起邪念，心里动火，上前抱住求奸。陈氏抵死不肯，夜游僧一时性起，拔出戒刀来杀了提头而走。

有吃醋捻酸而杀。如《拍案惊奇》卷二十六《夺风情村妇捐躯　假天语幕僚断狱》，叙老和尚大觉和弟子智圆骗奸了前来寺庙避雨的姿色妇女杜氏，杜氏嫌弃大觉年纪大、性功能不行，不想和他交欢，只贪爱年轻貌美的智圆，结果大觉吃醋捻酸，持刀将其喉管割断杀死。

有因奸错杀。此类事件多因前面所说的淫情妒忌而生。如《欢喜冤家》第一回《花二娘巧智认情郎》，叙光棍李二白因见结拜兄弟任三官与自己爱慕的花二娘偷情而醋意大发，遂心生毒计，欲借其丈夫花二之手，杀死奸夫淫妇任三官与花二娘，不料反被花二娘将计就计，让丈夫砍下李二白之头。又如《西湖二集》第三十三卷《周城隍辨冤断案》，叙明代万历年间京师的一位刘妇人，其丈夫在外佣工，经年不回，她与一个罗长官通奸。罗长官有事长期外出，刘妇人遂常以手淫取乐，极乐之时，不觉呼叫旧情人罗长官之名，被一个叫江虎棍的泼皮发觉，屡屡欲蹚浑水。刘妇

---

① 刘勇强：《历史与文本的共生互动——以"水贼占妻（女）型"和"万里寻亲型"为中心》，《文学遗产》，2000年第3期，第89页。

人再三不从，江虎棍甚恨，道："你既与罗长官通奸，怎生不肯与俺通奸，难道俺不如罗长官？"① 江虎棍为泄胸中之愤，而生谋杀之心，后潜入其家中，误杀此妇及其佣工回来的丈夫。

有因发现别人奸情险被杀而急中生智反杀奸徒。如《拍案惊奇》卷二十六《夺风情村妇捐躯　假天语幕僚断狱》中，郑生发现与其颇有交情的和尚广明在地板下藏有娇媚妇人，广明为防止奸情败露欲加害郑生，郑生情急之下以二人相交之情感之，要一壶酒饮后死而无憾，广明满足了郑生，却反过来被他以酒壶砸破头而死。

有以贞节诬陷别人自缢而死。以贞节观念来诬陷人以达到报复目的，如《醒世姻缘传》中的妓女珍哥，被晁大舍买娶为妾后，想排挤晁源的大娘子计氏，故意诬陷她不贞节，硬说出了家中大门的两个尼姑和道姑是与她有染的和尚道士，以败坏计氏的名节。晁源果然中计，不分青红皂白地去她娘家计老儿家递了休妇书，计氏羞愤交加，为捍卫自己的名节和尊严，在痛骂他们之后于夜间自缢而死。

有淫妇杀奸夫。这种情况较少，所见仅有《警世通言》第三十五卷《况太守断死孩儿》一例，寡妇邵氏坚贞守节十年，颇得清誉，却被光棍闲汉支助设计，因小仆得贵裸诱失节，后日日私通并怀孕生子。邵氏生下孩子后将其溺死，却被支助骗走溺死婴儿以此威胁，邵氏被搅扰不过，日夜揪心欲自杀以谢前夫。可是，她屡次自杀不成，欲自刎但解刀太重，于是解下汗巾自缢，心下辗转凄惨而啼哭。"忽见得贵推门而进，抖然触起他一点念头：ّ当初都是那狗才做圈做套，来作弄我，害了我一生名节！ّ"于是她起了杀机，杀了奸夫：

　　说时迟，那时快，只就这点念头起处，仇人相见，分外眼睁，提起解手刀，望得贵当头就劈。那刀如风之快，恼怒中，气力倍加，把得贵头脑劈做两界，血流满地，登时呜呼了。邵氏着了忙，便引颈受套，两脚蹬开凳子，做一个秋千把戏：地下新添冤恨鬼，人间少了俏孤孀。②

作者不禁感慨："常言：ّ赌近盗，淫近杀。ّ'今日只为一个'淫'字，

---

① 周清原：《西湖二集》，第 2 版，周楞伽整理，人民文学出版社，2006 年，第 530 页。
② 冯梦龙：《警世通言》，严敦易校注，人民文学出版社，1956 年，第 541 页。

害了两条性命。"① 显然，淫妇痛杀奸夫最主要的原因是自己受骗苟合之人并非中意之男。

高涨的情欲，不仅彻底摧毁了贞节观念，还浇灭了亲情，如《拍案惊奇》中母因私情受子阻挠而杀子的"惊心动魄"的故事。该回书写了一个寡妇的情欲与母子亲情之间的激烈冲突，年幼的儿子因面子和世俗观念百般阻挠母亲的"好事"，以致母亲恼羞成怒，欲"大义灭子"，最后以不孝之罪将儿子告到官员那里，恳请官员用棍打死，幸得断案官员高明，方避免一场悲剧。失去"贞节"能导致如此严重可怕的后果，让人触目惊心，无疑令人深思：是母亲太过贪淫不贞，还是儿子太不懂事通情，抑或是贞节观念本身的"毒性"和"副作用"太大？

各种与贞节观念相关的谋杀都有，唯独妻子杀出轨的丈夫这一条缺席了，一些悍妇在发现丈夫出轨或在外乱搞后而大吵大闹，或者狠狠惩罚，比如《醒世姻缘传》里的薛素姐发现了丈夫狄希陈藏有妓女孙兰姬的汗巾等私物，大打出手，将其折磨得生不如死，但至少她们都没有举起凶残的刀。这点缺失，无疑是一个意味深长的现象。

---

① 冯梦龙：《警世通言》，严敦易校注，人民文学出版社，1956年，第541页。

结　语

　　贞节观念是与人性的发展同步的，同时也与人类的日常生活和生命状态息息相关。放眼古今中外，无论哪一个时代，哪一个国家，哪一个民族，哪一个种族，贞节观念其实都是存在的，从来没有完全消隐过。这从明清通俗小说中可以得到更为清晰的显示。那些深受传统贞节观念影响，处处以贞节自守，甚至自缚的人且不论，即使那些看似丧失贞节观念、纵欲贪淫、恣意非为的人，又有几人是内心毫无愧疚的呢？甚至像《金瓶梅》里西门庆这样酒色财气样样占全，自我欲望膨胀到极点的淫滥之徒，竟然也要到寺庙捐银，祈求神灵护佑，以获得内心的安宁，说到底他也清醒自己的所作所为与传统伦理道德之间的巨大差异。由此可见，贞节观念其实是整个社会舆论的溪流汇成的集体无意识之河，每个世间百姓都是河上之舟的过客，谁能不与这河流一起颠簸浮沉呢？

　　在明清通俗小说中，对贞节的重视和极力维护，有时候几乎达到一种病态的程度，有为保住"贞操"而绞尽脑汁想出各种计策，有为了守节抵抗威胁而自杀的，有为了保证自己在为存孤而牺牲贞节之后不遭家族舆论和丈夫抛弃而费尽心思的。即使在战乱的特殊情形下，也有不惜一切代价保护自己的"名器"的。显然，这种极力重视贞节的潜意识，是一种对失去贞节的恐惧心理，再清楚不过地反映了贞节观念对世俗民间百姓心灵的渗透之深。

　　但是，小说中又可见另一番全然不同的风景：勾引、调戏、偷情、出轨、乱伦、乱交等情节和相关故事成百上千。且不说那些纯粹的色情小说，即使像《红楼梦》这样高雅的世情小说，也有不少此类人物和事件，以至于焦大和柳湘莲这一老一少都不约而同地骂贾府除了门前的石狮子没有什么是干净的。世情小说另一杰作《金瓶梅》中的人物就更为突出，如西门庆、潘金莲、李瓶儿、庞春梅、孙雪娥、陈经济、韩道国、宋惠莲、王六儿、来旺、来保等，无一不是纵欲偷情、淫滥乱伦的主，他们的故事和形象深入人心。尤其是书中对乱伦的关注和描写，使该书成为乱伦叙事的经典，以至于美国学者浦安迪认为乱伦是《金瓶梅》中的关键问题。①《金瓶梅》第三十三回中有一位老者看客，是个一闪而过从不为人在意的小角色，通过他却更加清晰地显示出该书中的乱伦程度。该回叙王六儿与叔叔韩二乱伦偷情，被吃醋的捣子们捉奸捆绑示众，许多看客围观，这位老者现身询问。

    有多口的道："你老人家不知，此是小叔奸嫂子的。"那老者点了点头儿，说道："可伤！原来小叔儿要嫂子的。到官，叔嫂通奸，两个都是绞罪。"那旁边多口的，认的他有名叫做陶扒灰，一连娶三个媳妇，都吃他扒了。因此插口说道："你老人家深通条律，像这小叔养嫂子的便是绞罪，若是公公养媳妇的却论什么罪？"那老者见不是话，低着头，一声儿没言语走了。②

  总之，晚明社会是中国社会史上一个特别的时期。经济的高度发展给当时社会尤其是江南地区带来了富裕和日趋精致的物质生活。越来越多的士人对探索各种精神上的禁区产生了浓厚的兴趣。打开晚明的典籍文献，我们往往总要惊讶于那字里行间若隐若现的现代色彩。"晚明的士人似乎没有什么不敢想的问题，从对君主制、忠孝节义等概念的质疑，到关注性爱现象、制作生动精良的色情印刷品和刊行色情小说，他们都很爱跑在时代的前面。"③

  晚明浓烈的现代色彩到了清初几十年，并没有因为易代而明显变淡。在20世纪70年代才于苏联发现的清代长篇小说《姑妄言》，更是集中叙写了无数的偷情乱伦之事，更为骇人听闻的是描写了大量的人兽交，如人狗交、人驴交、人猴交等。就连信奉程朱理学、充满道学气的《绿野仙

---

① 浦安迪：《明代小说四大奇书》，沈亨寿译，生活·读书·新知三联书店，2006年，第146~150页。
② 兰陵笑笑生：《金瓶梅词话》（梦梅馆校本），梅节校订，里仁书局，2013年，第480页。
③ 吴存存：《从〈欢喜冤家〉中的通奸故事看晚明城市普通人的价值观和道德观》，《中国文化》，2014年第2期，第69页。

踪》《野叟曝言》等长篇小说，也极不协调地有大量淫秽色情场面。这无疑显示了欲望对文学领域的占领。

与现代伦理比较重视婚前贞操而较少注重寡妇改嫁相反，在明清通俗小说的贞节观书写中，对女子婚前的守贞关注者并不多。相对而言，更为重视的是婚后妇女的贞节，尤其寡妇的守节问题，其成为许多小说关注和表现的话题。尤其是"三言二拍"和《型世言》《欢喜冤家》《醒世姻缘传》，以及李渔等人的小说，可以很明显地看出这一点。在这些小说中，寡妇多数是熬不住的，一遇到特殊的情境，心理防线基本全面溃退，变成失节之妇，一些甚至走向纵欲的泥潭，为一遂情欲而不顾名节、亲情和自家性命。明清通俗小说再清楚不过地显示，如果人的欲望——特别是男女之情——没有被适当满足，那么灾难就可能发生，因欲望而越轨的危险时刻潜伏在世俗男女的左右。所谓的"夫有再娶之义，妇无二适之文"，也只是停留在理论层面，它对民间虽然产生了一定的影响，但其实际约束力量是相当有限的，不少妇女还是在原欲的冲动和现实利益的考量下，用自己的行为对传统贞节观念做了反向书写。

福柯的权力转移理论告诉我们，权力无法被固定在一个点上，它始终是处于流动之中的。贞节观念在古代虽然多属于对女子的要求，但是男子也不能独立此外，在一定形势下，还有可能发生逆转。比如悍妇，便与一般妇女形成较大区隔，她们自己的贞节之心甚淡，却反过来要求丈夫贞节寡欲，百般限制、管束丈夫娶妾纳小，收用丫鬟，甚至出现类似女子的"贞节带"。而她们大多丑而好淫，与贞节相去甚远，这在某种程度上解构了传统妇女的贤淑顺从的普遍形象。她们利用权力的代理，往往借助官员的势力为自己谋求淫欲满足。性的主导力量成为最为关键的因素，它能逆转家庭权势。财富也能成为控制家庭的因素，当花子虚在外面寻花问柳东飘西荡而荡尽钱财时，他的家庭地位也随之骤降，李瓶儿将他骂个臭死；西门庆与李瓶儿偷情，成为潘金莲控制西门庆的重要把柄，西门庆也只能低声下气以求她的原谅和保密。《金瓶梅》中的人物都利用性行为谋求控制对方，正常的夫唱妇随关系严重颠倒错位。西门庆故事首尾都有妇人跨骑在上，而男的暴死于下，无疑是一个意味深长的象征。

布尔迪厄的权力代理理论揭示了权力并不总是需要直接行使而是可以通过代理来实现的。从贾母的权势可以看出，贾府上下所有后辈和各色人等都必须俯首帖耳尊敬恭听。如果宁国公和荣国公健在,她也不会如此有权势,但她还是可以通过这种代理来获得威严。就家中的婆媳等关系而言,也都存在此类情形,虽然普遍意义上,公婆为尊,媳妇都要孝敬温顺,但也有强势的媳妇,如《型世言》第六回便注意到婆媳关系之间权势的流动性:

> 到了姑媳,须不是自己肚里生的!或者自家制不落不肖儿,反道他不行劝谏;儿子自不做家,反道他不肯帮扶;还有姐娌相形,嫌贫重富;姑叔憎恶,护亲远疏;婢妾挑逗,偏听信谗。起初不过纤毫的孔隙,到后有了成心,任你百般承顺,只是不中意,以大凌小,这便是媳妇的苦了。在那媳妇,也有不好的;或是倚父兄的势,作丈夫的娇;也有结连姐娌婢仆,故意抗拒婆婆;也有窥他阴事,挟制公婆;背地饮食,不顾公姑;当面抵触,不惜体面。这便是婆婆口顽,媳妇耳顽,弄得连儿子也不得有孝顺的名。真是人家不愿有的事,却也是常有的事。到宁可一死,既不失身,又能全孝,这便亘古难事。①

明清通俗小说卷帙浩繁,几乎每一部小说中都能找到贞节观念的影子,而绝大多数小说中都有专门的章回描写贞女、节妇、烈妇的故事,可见这种社会显意识和集体无意识巨大的双重渗透作用。而且,这些贞节观念常常与孝子、忠臣或义士等两两相对,显示了儒家传统观念中忠孝节义的一体性和完整性。事实上,贞节原初的意义就有人的政治节操和品德节操等,只是后来渐渐剥离了后面的意义,而只指向男女关系之义的伦理观念。

由于明清通俗小说数量巨大,自不可能一一论及,本书试图通过明清时期一些较有代表性的或对贞节观念有特别视角的通俗小说,以民间文化和大小传统等现代思想理论为观照视角,来考察明清两代"宗教化"的贞节观念在俗世民间的复杂样态,以呈现彼时贞节观念的真实镜像和全息图景。通过细读和具体论证这些通俗小说的文本,以现代理论视角审视,可以看出这些小说虽然都对贞节观念倾注了极大的关注,但各自的态度、视角和关注重点都有相当大的差异:有的在小说文本中将贞节观念与政治、道德、经权思想等交融在一起;有的倾向传统,强调和提倡贞节观念,对

---

① 陆人龙:《型世言》,陈庆浩校点,江苏古籍出版社,1993年,第96~97页。

贞节观念的丧失非常担忧;有的则含有近现代的思想,对贞节观念持理性的态度,理解和肯定正常的男女之欲,甚至对一些出轨的情爱和性爱也表现出了相当的包容和通达。特别是凌濛初在《二刻拍案惊奇》卷十一中发出了男女贞节必须对等的呼声,极力抨击了男女贞节要求上的不平等之处,感慨这是世间好些不平的所在。而实际上,凌濛初的声音在当时并非空谷足音,与之发出相似的不平之呐喊的是《西湖二集》的作者,他在小说第十一回《寄梅花鬼闹西阁》中列举了妒妇胸中有"六可恨",其中多数是对男女不平等的"恨"。而在《醉春风》中,一位叫顾大姐的女人对丈夫说:"你偷了婆娘,不要我管;假若我也偷了汉子,你管也不管呢?"① 可见,体现时代的声音一旦响起,哪怕和者寥寥,终归慢慢形成强音。尽管这些声音是朦胧的,但弥足珍贵。

  贞节观念与欲情自然密切相关。在明代的通俗小说中,情与欲的关系变得微妙起来,情常被欲假借,从而产生了强烈的混含,这种混含其实意味着巨大的分裂,崇情尚真成为晚明思潮的一大洪流。另外,因反对压抑和虚伪的过度反拨造成的纵欲,也成为晚明的一大景观和一时风尚,它的可怕后果,则又使得不少思想家和文人产生深刻的怀疑和忧虑。晚明的这种双向发展的结果,使得贞节观念在小说中也呈现出矛盾的态度,有时作者似乎非常注重传统,让主人公恪守贞节,有时又似乎倾心于欲望叙事,对小说人物的出轨放纵持某种欣赏的态度。故而,明人文集中广泛的女性贞节叙事与民间女性的生存实态存在错位与偏离,士人的贞节叙事不宜看作对明代女性普遍生活状态的反映。而在清代的多数小说中,可能是出于对晚明纵欲的警惕和多种方式的表达,或出于理论支撑,如《野叟曝言》以经权思想来为贞节观念做了新的诠释,为淫局色境提供理论支撑。而以《醒世姻缘传》《姑妄言》为代表的绝大多数小说都沿袭了前代常见的因果报应叙事模式,以实现"惩淫劝贞"的劝谕目的。

  如果我们以平常之情理,来设身处地地体会寡妇的处境,便会明白她们的情形也非常尴尬,她们的选择有时确实很难。不少小说作者也意识到这一点:"想那寡妇怨花愁月,夜雨黄昏,好难消遣!欲待嫁人,怕人笑话,儿女夫妻,家事好过,怎不守寡?待要守寡,天长地久,怎生熬得?

---

① 庾岭劳人、江左谁庵:《蜃楼志 醉春风》,时代文艺出版社,2003年,第315页。

日间思量，不免在灵前诉愁说苦，痛哭一场；夜间思量起，也必竟捣枕槌床，咬牙切齿，番来覆去，叹气流泪。"① 一句"欲待嫁人，怕人笑话"道尽千百年来的寡妇之苦，她们何尝愿意过守寡的生活，但社会大环境的舆论，人的社会属性对名誉的内在需求，使得她们大多只能违背内心意愿守节。清代沈起凤《谐铎》卷九有题为"节母死时箴"的一则真实故事，对寡妇守节之艰难和绝欲之痛苦做了淋漓尽致的描绘：

> 荆溪某氏，年十七，适仕族某，半载而寡，遗腹产一子。氏抚孤守节，年八十余，孙曾林立。临终召孙曾辈媳妇，环侍床下曰："吾有一言，尔等敬听。"众曰："诺。"氏曰："尔等作我家妇，尽得偕老百年，固属家门之福；倘不幸青年居寡，自量可守则守之，否则上告尊长，竟行改醮，亦是大方便事。"众愕然，以为昏瞀之乱命。氏笑曰："尔等以我言为非耶？守寡两字，难言之矣！我是此中过来人，请为尔等述往事。"众肃然共听。
>
> 曰："我居寡时，年甫十八。因生在名门，嫁于宦族，而又一块肉累腹中，不敢复萌他想。然晨风夜雨，冷壁孤灯，颇难禁受。翁有表甥某，自苏来访，下榻外馆，于屏后觑其貌美，不觉心动。夜伺翁姑熟睡，欲往奔之。移灯出户，俯首自惭，回身复入，而心猿难制，又移灯而出。终以此事可耻，长叹而回。如是者数次。后决然竟去，闻灶下婢喃喃私语，屏气回房，置灯桌上，倦而假寐，梦入外馆。某正读书灯下，相见各道衷曲。已而携手入帷，一人跃坐帐中，首蓬面血，拍枕大哭。视之，亡夫也。大喊而醒。时桌上灯荧荧作青碧色，谯楼正交三更，儿索乳啼絮被中。始而骇，中而悲，继而大悔。一种儿女子情，不知销归何处。自此洗心涤虑，始为良家节妇。向使灶下不遇人声，帐中绝无噩梦，能保一生清白，不贻地下人羞哉！因此知守寡之难，勿勉强而行之也。"命其子书此，垂为家法，含笑而逝。后宗支繁衍，代有节妇，间亦有改适者。而百余年来，闺门清白，从无中冓之事。②

《谐铎》的作者是潘光旦先生的外高伯祖，潘先生相信外高伯祖在

---

① 陆人龙：《型世言》，陈庆浩校点，江苏古籍出版社，1993年，第98页。
② 沈起凤、朱梅叔：《谐铎·埋忧集》，陈果标点，重庆出版社，1996年，第118~119页。

《谐铎》中所记的真实性,"除一部分显然为寓言外,其余都有事实的根据,绝非凭空虚构。绝欲本人所难能,特别是在有过性交经验的女子,揆诸情理,这一节描写得很生动的笔记,大概也是不会假的"①。

贞节观念只是一个行为表征,它的背后却有不同的原因,而它的实施也有诸多不同的动机。经过对明清一些有代表的通俗小说粗略的大致归纳,笔者列出以下几种对贞节观念造成影响的实际因素:外貌、性能力、金钱、情趣、远出。它们对男女的贞节观念都有极大的影响,有时一种因素突出便足以让贞节观念骤降而欲望浮升,而当其中的几种甚至是全部因素同时出现时,其产生的杀伤力更是可怕的:贞节观念降至冰点,甚至消隐遁形,出轨偷情在所难免,甚至因此产生杀机。它们在明清通俗小说中的表现是值得细细探究的。

本书第六章明清通俗小说贞节观与文化母题,阐述论证了贞节观念和果报、考验、战乱和谋杀等四个带有叙事原型和叙事母题性质的文化现象之间的密切关系。其中因果报应和贞节观念同属于思想意识形态层面,二者在明清通俗小说中是相互影响、相互渗透的;考验和谋杀是人心律动显现后所产生的行动,它们同样与贞节观念纠缠在一起,有时互为因果;而战乱则是时代主题,使得贞节观念经受了更多因素的考验,也让这一道德观念的内蕴变得更加复杂。

历史上的"贞节"固然带有严重的片面性,在相当长的时间内,基本上只强求女性单方面的牺牲而比较纵容男子的"失节"和"不贞",对人的本能欲求无疑有了相当程度的限制,有时还常常呈现额外压抑的性格,无情地拒绝与摈弃了一些基本与合理的人类欲求,但其宗旨与意向却是追逐文明与摆脱兽性的。英国性心理学家蔼理士也毫不犹豫地说:"完全就社会以至于人性的立场说话,贞节也始终是一个德操,以前如此,现在还是如此。"② 在明清通俗小说中,不顾贞节,放纵性欲、恣意贪淫而导致的后果是严重的,甚至是可怕的,像第六章第四节里所呈现的贞节观与谋杀之间的种种血腥的联系,甚至会出现《拍案惊奇》卷十七里的寡妇吴氏那种完全灭绝人伦的杀子情况。这时候,"贞节"的意义变得复杂起来,

---

① 蔼理士:《性心理学》,潘光旦译注,商务印书馆,1997年,第420~421页。
② 蔼理士:《性心理学》,潘光旦译注,商务印书馆,1997年,第409页。

一方面，如果吴氏不顾"贞节"的虚名，再找一个男人嫁了，重新过上正常的夫妻生活，悲剧也不会发生；另一方面，如果她真将贞节观念践行下去，贞静自守，也不会沦为情欲的奴隶，成为狠心杀子、灭绝人性的可怕母亲。古人对贞节观念的矛盾心态，恐怕不能说于今绝矣！

因此，本书对这一儒家传统道德观念的探究，或未尽如人意，然其指向正在于能为当代人奉上些微有益的启发，若能如此，则余愿足矣。本书重在抉发和还原，冀图让历史中的某些真相最大限度地浮出水面，只是心有余而力不逮，很有可能的是：更多的真相还在冰面之下沉睡，未克完成者，唯俟来日焉耳。

参考文献

爱德华兹，罗大正.《红楼梦》中的女性——中国清代对女性贞节的规定[J]. 枣庄师专学报，1994（1）：30—39.

艾梅兰. 竞争的话语——明清小说中的正统性、本真性及所生成之意义[M]. 罗琳，译. 南京：江苏人民出版社，2005.

安平秋，章培恒. 中国禁书大观[M]. 上海：上海文化出版社，1990.

鲍家麟. 中国妇女史论集[M]. 台北：稻乡出版社，1999.

卜正民. 明代的社会与国家[M]. 陈时龙，译. 合肥：黄山书社，2009.

卜正民. 纵乐的困惑——明代的商业与文化[M]. 方骏，王秀丽，罗天佑，译. 北京：生活·读书·新知三联书店，2004.

曹去晶. 思无邪汇宝：姑妄言[M]. 台北：台湾大英百科股份有限公司，1997.

曹去晶. 姑妄言[M]. 许辛，点校. 北京：中国文联出版公司，1999.

曹雪芹，高鹗. 红楼梦（三家评本）[M]. 护花主人，大某山民，太平闲人，评. 上海：上海古籍出版社，1988.

曹雪芹，高鹗. 红楼梦[M]. 脂砚斋，王希廉，点评. 北京：中华书局，2009.

曹雪芹，高鹗. 蒙古王府本石头记[M]. 北京：书目文献出版社，1986.

陈宝良，王熹. 中国风俗通史·明代卷[M]. 上海：上海文艺出版社，2005.

陈大康. 明代商贾与世风[M]. 上海：上海文艺出版社，1996.

陈大康. 明代小说史[M]. 上海：上海文艺出版社，2000.

陈东原. 中国妇女生活史[M]. 北京：商务印书馆，2017.

陈家桢."理"对"情"的窒息与扼杀——兼谈《金瓶梅》中的贞节现象

[J]．学术交流，2001（6）：139-142．

陈节．中国人情小说通史［M］．南京：江苏教育出版社，1998．

陈立．白虎通疏证［M］．吴则虞，点校．北京：中华书局，1994．

陈益源．《姑妄言》素材来源二考［J］．明清小说研究，1997（4）：127-136．

陈益源．古典小说与情色文学［M］．台北：里仁书局，2001．

陈益源．小说与艳情［M］．上海：学林出版社，2000．

陈寅恪．陈寅恪集 元白诗笺证稿［M］．北京：生活·读书·新知三联书店，2001．

陈诏．也谈秦可卿的出身问题——与刘心武同志商榷［J］．上海师范大学学报（哲学社会科学版），1992（4）：93-97．

程春梅．中国古代社会贞节观念的变迁与文学表现［J］．山东社会科学，2009（11）：42-48．

程国赋．明代书坊与小说研究［M］．北京：中华书局，2008．

程国赋．唐代小说嬗变研究［M］．广州：广东人民出版社，1997．

程国赋．唐五代小说的文化阐释［M］．北京：人民文学出版社，2002．

程颢，程颐．二程集［M］．王孝鱼，点校．北京：中华书局，1981．

褚赣生．奴婢史［M］．上海：上海文艺出版社，2009．

丁锡根．中国历代小说序跋集［M］．北京：人民文学出版社，1996．

东鲁古狂生．醉醒石［M］．秋谷，标校．上海：上海古籍出版社，1992．

董晓玲，施旸．"三言""二拍"女性贞节观的还原考察［J］．哈尔滨工业大学学报（社会科学版），2001（2）：86-90．

杜芳琴．发现妇女的历史——中国妇女史论集［M］．天津：天津社会科学院出版社，1996．

段江丽．《醒世姻缘传》研究［M］．长沙：岳麓书社，2003．

段塔丽．唐代妇女地位研究［M］．北京：人民出版社，2000．

范晔．后汉书［M］．李贤，等注．北京：中华书局，1965．

方正耀．明清人情小说研究［M］．上海：华东师范大学出版社，1986．

房玄龄，等．晋书［M］．北京：中华书局，1974．

费成康．中国的家法族规［M］．上海：上海社会科学院出版社，1998．

费丝言．由典范到规范——从明代贞节烈女的辨识与流传看贞节观念的严格化[M]. 台北：台湾大学出版委员会，1998.

冯梦龙. 挂枝儿 山歌 夹竹桃：民歌三种[M]. 北京：北京联合出版公司，2018.

冯梦龙. 警世通言[M]. 严敦易，校注. 北京：人民文学出版社，1956.

冯梦龙. 情史[M]. 杭州：浙江古籍出版社，2011.

冯梦龙. 醒世恒言[M]. 顾学颉，校注. 北京：人民文学出版社，1956.

冯梦龙. 喻世明言[M]. 许政扬，校注. 北京：人民文学出版社，1958.

夫马进. 中国善会善堂史研究[M]. 伍跃，杨文信，张学锋，译. 北京：商务印书馆，2005.

傅衣凌. 明清社会经济史论文集[M]. 北京：中华书局，2008.

高罗佩. 秘戏图考[M]. 杨权，译. 广州：广东人民出版社，1992.

高罗佩. 中国古代房内考——中国古代的性与社会[M]. 李零，郭晓惠，李晓晨，等译. 北京：商务印书馆，2007.

高彦颐. 闺塾师——明末清初江南的才女文化[M]. 李志生，译. 南京：江苏人民出版社，2005.

葛永海. 古代小说与城市文化研究[M]. 上海：复旦大学出版社，2004.

葛兆光. "唐宋"抑或"宋明"——文化史和思想史研究视域变化的意义[J]. 历史研究，2004（1）：18—32.

葛兆光. 道教与中国文化[M]. 上海：上海人民出版社，1987.

葛兆光. 中国思想史[M]. 上海：复旦大学出版社，2001.

郭松义. 伦理与生活——清代的婚姻关系[M]. 北京：商务印书馆，2000.

韩南. 中国白话小说史[M]. 尹慧珉，译. 杭州：浙江古籍出版社，1989.

何满子，李时人. 明清小说鉴赏辞典[M]. 杭州：浙江古籍出版社，1992.

霍市道人. 醒风流[M]. 于文藻，校点. 沈阳：春风文艺出版社，1981.

洪楩. 清平山堂话本[M]. 王一工，标校. 上海：上海古籍出版社，1992.

胡士莹. 话本小说概论[M]. 北京：中华书局，1980.

胡适. 胡适文存[M]. 上海：上海三联书店，2014.

胡元翎. 李渔小说戏曲研究 [M]. 北京：中华书局，2004.

黄霖，韩同文. 中国历代小说论著选（修订本）[M]. 3版. 南昌：江西人民出版社，2000.

黄仕忠. 婚变、道德与文学——负心婚变母题研究 [M]. 北京：人民文学出版社，2000.

黄仕忠. 落絮望天：负心婚变与古典文学 [M]. 西安：陕西人民教育出版社，1991.

黄卫总. 中华帝国晚期的欲望与小说叙述 [M]. 张蕴爽，译. 南京：江苏人民出版社，2010.

纪德君，洪哲雄. 明末拟话本小说中的贞节与情爱 [J]. 四川大学学报（哲学社会科学版），2001（4）：93-99.

纪德君. 明清通俗小说编创方式研究 [M]. 北京：社会科学文献出版社，2012.

纪德君. 中国古代小说文体生成及其他 [M]. 北京：商务印书馆，2012.

江苏省社会科学院明清小说研究中心，江苏省社会科学院文学研究所. 中国通俗小说总目提要 [M]. 北京：中国文联出版公司，1990.

江晓原. 性张力下的中国人 [M]. 上海：华东师范大学出版社，2010.

孔子家语 [M]. 王国轩，王秀梅，译注. 北京：中华书局，2009.

兰陵笑笑生. 金瓶梅词话 [M]. 梦梅馆校本. 梅节，校订. 台北：里仁书局，2013.

乐黛云，陈珏，龚刚. 欧洲中国古典文学研究名家十年文选 [M]. 南京：江苏人民出版社，1998.

李百川. 绿野仙踪 [M]. 侯忠义，整理. 北京：北京大学出版社，1986.

李奉戬. 明清小说中的妓女与爱情贞节 [J]. 明清小说研究，2005（2）：19-26.

李汉秋. 儒林外史研究资料集成 [M]. 上海：上海古籍出版社，2017.

李剑国. 唐前志怪小说史 [M]. 天津：南开大学出版社，1984.

李剑国. 唐五代志怪传奇叙录 [M]. 天津：南开大学出版社，1993.

李开先. 李开先全集（修订本）[M]. 卜键，笺校. 上海：上海古籍出版社，2014.

李绿园. 歧路灯 [M]. 栾星，校注. 郑州：中州古籍出版社，1998.

李明军. 禁忌与放纵——明清艳情小说文化研究［M］. 济南：齐鲁书社，2005.

李时人，魏崇新，周志明，等. 中国古代禁毁小说漫话［M］. 上海：汉语大词典出版社，1999.

李时人. 中国古代禁毁小说大全［M］. 合肥：黄山书社，1992.

李淑兰.《欢喜冤家》贞操观的现代解读［J］. 宁夏社会科学，2003（3）：121－124.

李渔. 李渔全集：第9卷［M］. 杭州：浙江古籍出版社，1991.

李元弼，等. 宋代官箴书五种［M］. 闫建飞，等点校. 北京：中华书局，2019.

李贞德，梁其姿. 妇女与社会［M］. 北京：中国大百科全书出版社，2005.

李贽. 焚书·续焚书［M］. 张建业，译注. 北京：中华书局，2011.

梁其姿. 施善与教化——明清的慈善组织［M］. 北京：北京师范大学出版社，2013.

凌濛初. 二刻拍案惊奇［M］. 王根林，校点. 上海：上海古籍出版社，2012.

凌濛初. 拍案惊奇［M］. 陈迩冬，郭隽杰，校注. 北京：人民文学出版社，1991.

凌濛初. 拍案惊奇［M］. 冷时峻，校点. 上海：上海古籍出版社，2012.

刘达临. 中国古代性文化［M］. 银川：宁夏人民出版社，1993.

刘达临. 中国情色文化史［M］. 北京：人民日报出版社，2004.

刘果. "三言"性别话语研究——以话本小说的文献比勘为基础［M］. 北京：中华书局，2008.

刘世德. 中国古代小说百科全书［M］. 北京：中国大百科全书出版社，1993.

刘勇强. 历史与文本的共生互动——以"水贼占妻（女）型"和"万里寻亲型"为中心［J］. 文学遗产，2000（3）：85－99.

刘勇强. 明清小说中的涉外描写与异国想象［J］. 文学遗产，2006（4）：133－143.

刘勇强. 奇特的精神漫游——《西游记》新说［M］. 北京：生活·读

书·新知三联书店，1992.

刘勇强. 中国古代小说史叙论［M］. 北京：北京大学出版社，2007.

柳立言. 宋代的家庭和法律［M］. 上海：上海古籍出版社，2008.

鲁迅. 鲁迅全集：第1卷［M］. 北京：人民文学出版社，2005.

鲁迅. 唐宋传奇集［M］. 上海：鲁迅全集出版社，1941.

鲁迅. 中国小说史略［M］. 上海：上海古籍出版社，1998.

陆澹安. 小说词语汇释［M］. 上海：上海古籍出版社，1979.

陆人龙. 型世言［M］. 陈庆浩，校点. 南京：江苏古籍出版社，1993.

路工，谭天. 古本平话小说集［M］. 2版. 北京：人民文学出版社，2006.

罗贯中. 三国演义［M］. 春明，校点. 上海：上海古籍出版社，2004.

马尔库塞. 爱欲与文明［M］. 黄勇，薛民，译. 上海：上海译文出版社，2012.

马克梦. 吝啬鬼、泼妇、一夫多妻制：十八世纪中国小说中的性与男女关系［M］. 王维东，杨惠霞，译. 北京：人民文学出版社，2001.

曼素恩. 缀珍录：十八世纪及其前后的中国妇女［M］. 定宜庄，颜宜葳，译. 南京：江苏人民出版社，2005.

茅盾，傅憎享，等. 中国古代小说中的性描写［M］. 天津：百花文艺出版社，1993.

米利特. 性政治［M］. 宋文伟，译. 南京：江苏人民出版社，2000.

苗怀明. 突破封建礼法的新追求——对《欢喜冤家》情爱观的现代解读［J］. 中国典籍与文化，2001（3）：18-21.

名教中人. 好逑传［M］. 钟夫，标点. 上海：上海古籍出版社，1994.

明代笔记小说大观［M］. 上海：上海古籍出版社，2005.

宁稼雨. 中国文言小说总目提要［M］. 济南：齐鲁书社，1996.

牛铭实. 中国历代乡规民约［M］. 北京：中国社会出版社，2014.

欧阳修. 新五代史［M］. 徐无党，注. 北京：中华书局，1974.

浦安迪. 明代小说四大奇书［M］. 沈亨寿，译. 北京：生活·读书·新知三联书店，2006.

齐凌. 持守与嬗变：明清社会思潮与人情小说研究［M］. 济南：齐鲁书社，2008.

齐裕焜. 明代小说史 [M]. 杭州：浙江古籍出版社，1997.

乔以钢. 中国女性的文学世界 [M]. 武汉：湖北教育出版社，1993.

清代笔记小说大观 [M]. 上海：上海古籍出版社，2005.

全唐五代小说：第 2 册 [M]. 李时人，编校. 何满子，审定. 詹绪左，覆校. 北京：中华书局，2014.

全汉升. 明清经济史研究 [M]. 台北：联经出版事业公司，1987.

日本研究《金瓶梅》论文集 [M]. 黄霖，王国安，编译. 济南：齐鲁书社，1989.

沈德符. 万历野获编 [M]. 北京：中华书局，1959.

施耐庵. 水浒传 [M]. 北京：人民文学出版社，1975.

施晔. 明清同性恋小说的男风特质及文化蕴涵 [J]. 文学评论，2008（2）：126-132.

十三经注疏 [M]. 阮元，校刻. 北京：中华书局，1980.

石昌渝. 中国古代小说总目：白话卷 [M]. 太原：山西教育出版社，2004.

石昌渝. 中国古代小说总目：文言卷 [M]. 太原：山西教育出版社，2004.

石云，章义和. 柔肠寸断愁千缕——中国古代妇女的贞节观 [M]. 西安：陕西人民教育出版社，1988.

司马迁. 史记 [M]. 北京：中华书局，1959.

宋濂. 元史 [M]. 北京：中华书局，1976.

宋元小说笔记大观 [M]. 上海：上海古籍出版社，2005.

随缘下士. 林兰香 [M]. 徐明，点校. 北京：中华书局，2004.

孙楷第. 沧州后集 [M]. 北京：中华书局，2009.

孙楷第. 中国通俗小说书目 [M]. 北京：人民文学出版社，1982.

孙康宜. 古典与现代的女性阐释 [M]. 台北：联合文学出版社，1998.

孙述宇. 金瓶梅：平凡人的宗教剧 [M]. 上海：上海古籍出版社，2011.

谭帆. 中国小说评点研究 [M]. 上海：华东师范大学出版社，2001.

谭晓玲. 冲突与期许——元代女性社会角色与伦理观念的思考 [M]. 天津：南开大学出版社，2009.

谭正璧. 中国小说发达史 [M]. 上海：上海古籍出版社，2012.

唐人小说［M］．汪辟疆，校录．上海：上海古籍出版社，1978．

陶宗仪．南村辍耕录［M］．北京：中华书局，1959．

荑秋散人．玉娇梨［M］．冯伟民，校点．北京：人民文学出版社，2006．

天花才子．快心编［M］．四桥居士，评．燕怡，校点．北京：人民文学出版社，2006．

天然痴叟．石点头［M］．上海：上海古籍出版社，1957．

屠隆．屠隆集［M］．杭州：浙江古籍出版社，2012．

屠隆．白榆集［M］．台北：伟文图书出版社，1977．

脱脱，等．宋史［M］．北京：中华书局，1977．

汪琬．汪琬全集笺校［M］．李圣华，笺校．北京：人民文学出版社，2010．

王尔敏．明清时代庶民文化生活［M］．长沙：岳麓书社，2002．

王汎森．晚明清初思想十论［M］．上海：复旦大学出版社，2004．

王利器．元明清三代禁毁小说戏曲史料（增订本）［M］．上海：上海古籍出版社，1981．

王平．中国古代小说文化研究［M］．济南：山东教育出版社，1996．

王润生．西方功利主义伦理学［M］．北京：中国社会科学出版社，1986．

王绍玺．贞操论［M］．沈阳：辽宁大学出版社，1989．

王书奴．中国娼妓史［M］．北京：团结出版社，2004．

王卫平．明清时期江南城市史研究：以苏州为中心［M］．北京：人民出版社，1999．

王跃生．清代中期婚姻冲突透析［M］．北京：社会科学文献出版社，2003．

王增斌．明清世态人情小说史稿［M］．北京：中国文联出版公司，1998．

魏征，令狐德棻．隋书［M］．北京：中华书局，1973．

吴承恩．西游记［M］．上海：上海古籍出版社，1991．

吴存存．明清社会性爱风气［M］．北京：人民文学出版社，2000．

吴光正．中国古代小说的原型与母题［M］．北京：社会科学文献出版社，2002．

吴敬梓．儒林外史［M］．北京：人民文学出版社，1977．

吴秀华．明末清初小说戏曲中的女性形象研究［M］．南京：江苏古籍出版社，2002.

吴燕娜. 中国妇女与文学论集［M］. 台北：稻乡出版社，1999.

西湖渔隐主人. 欢喜冤家［M］. 于天池，李书，点校. 北京：北京师范大学出版社，1993.

西周生. 葛受之批评醒世姻缘传［M］. 翟冰，校点. 济南：齐鲁书社，1994.

惜红居士. 李公案奇闻［M］. 侯会，李耘，校点. 北京：群众出版社，2002.

夏敬渠. 野叟曝言［M］. 2版. 北京：人民文学出版社，2006.

向楷. 世情小说史［M］. 杭州：浙江古籍出版社，1998.

萧相恺. 宋元小说史［M］. 杭州：浙江古籍出版社，1997.

萧相恺. 中国古代小说考论编［M］. 南京：凤凰出版社，2010.

谢谦. 小说文本：中国文化的另一种解读［J］. 四川大学学报（哲学社会科学版），2001（6）：58-62.

谢桃坊. 中国白话小说的发展与市民文学的关系［J］. 明清小说研究，1988（3）：15-27.

谢无量. 中国妇女文学史［M］. 郑州：中州古籍出版社，1992.

谢肇淛. 五杂组［M］. 傅成，校点. 上海：上海古籍出版社，2012.

徐吉军，方建新，方健，等. 中国风俗通史：宋代卷［M］. 上海：上海文艺出版社，2001.

杨伯峻. 春秋左传注［M］. 修订本. 2版. 北京：中华书局，1990.

杨艳娟. 明代女性贞节观研究——明代通俗小说管窥［D］. 上海：华东师范大学，2005.

杨义. 中国古典小说史论［M］. 北京：人民出版社，1998.

叶楚炎. 科举与女性——以明中期至清初的通俗小说为中心［J］. 首都师范大学学报（社会科学版），2009（6）：142-147.

叶舒宪. 原型与跨文化阐释［M］. 广州：暨南大学出版社，2002.

伊沛霞. 内闱：宋代的婚姻和妇女生活［M］. 胡志宏，译. 南京：江苏人民出版社，2004.

衣若兰. 三姑六婆——明代妇女与社会的探索［M］. 台北：稻香出版社，2006.

佚名. 平山冷燕 [M]. 冯伟民, 校点. 北京: 人民文学出版社, 2006.

余新忠. 中国家庭史: 明清时期 [M]. 广州: 广东人民出版社, 2007.

余英时. 红楼梦的两个世界 [M]. 上海: 上海社会科学院出版社, 2002.

余英时. 士与中国文化 [M]. 上海: 上海人民出版社, 1987.

余英时. 中国近世宗教伦理与商人精神 [M]. 台北: 联经出版事业公司, 1987.

庾岭劳人, 江左谁庵. 蜃楼志 醉春风 [M]. 长春: 时代文艺出版社, 2001.

袁采. 袁氏世范 [M]. 刘云军, 校注. 北京: 商务印书馆, 2017.

袁宏道. 袁宏道集笺校 [M]. 钱伯城, 笺校. 上海: 上海古籍出版社, 2008.

袁黄, 汉阳别樵居士. 《了凡四训》白话解释 附《家庭宝筏》[M]. 台南: 和裕出版社, 1997.

张岱. 沈复灿钞本琅嬛文集 [M]. 路伟, 马涛, 点校. 杭州: 浙江古籍出版社, 2016.

张岱. 陶庵梦忆 [M]. 上海: 上海古籍出版社, 1982.

张瀚. 松窗梦语 [M]. 盛冬铃, 点校. 北京: 中华书局, 1985.

张宏生. 明清文学与性别研究 [M]. 南京: 江苏古籍出版社, 2002.

张俊. 清代小说史 [M]. 杭州: 浙江古籍出版社, 1997.

张敏杰. 贞操观 [M]. 长春: 北方妇女儿童出版社, 1988.

张明叶. 中国古代妇女文学简史 [M]. 沈阳: 辽宁教育出版社, 1993.

张廷兴. 中国古代艳情小说史 [M]. 北京: 中央编译出版社, 2008.

张廷玉, 等. 明史 [M]. 北京: 中华书局, 1974.

张晓蓓. 清代婚姻制度研究 [D]. 北京: 中国政法大学, 2003.

章培恒, 骆玉明. 中国文学史 [M]. 上海: 复旦大学出版社, 1996.

章培恒, 骆玉明. 中国文学史新著 [M]. 上海: 上海文艺出版社, 1998.

章义和, 陈春雷. 贞节史 [M]. 上海: 上海文艺出版社, 1999.

赵尔巽, 等. 清史稿 [M]. 北京: 中华书局, 1977.

赵兴勤. 古代小说与伦理 [M]. 沈阳: 辽宁教育出版社, 1992.

赵兴勤. 理学思潮与世情小说 [M]. 北京: 文物出版社, 2010.

赵秀丽. "礼"与"情": 明代女性在困厄之际的抉择 [D]. 武汉: 华中

师范大学，2008.

赵园. 明清之际士大夫研究［M］. 北京：北京大学出版社，1999.

郑振铎. 中国俗文学史［M］. 北京：中国社会科学出版社，2009.

中共中央马克思恩格斯列宁斯大林著作编译局. 马克思恩格斯选集：第4卷［M］. 北京：人民出版社，2012.

中国科学院历史研究所翻译组. 宫崎市定论文选集［M］. 北京：商务印书馆，1963.

周清原. 西湖二集［M］. 2版. 周楞伽，整理. 北京：人民文学出版社，2006.

朱一玄. 古典小说版本资料选编［M］. 太原：山西人民出版社，1986.

朱一玄. 红楼梦资料汇编［M］. 天津：南开大学出版社，2012.

朱一玄. 金瓶梅资料汇编［M］. 天津：南开大学出版社，2002.

朱一玄. 明清小说资料选编［M］. 济南：齐鲁书社，1990.

诸祖耿. 战国策集注汇考［M］. 增补本. 南京：凤凰出版社，2008.

酌元亭主人. 照世杯［M］. 上海：古典文学出版社，1956.

滋贺秀三. 中国家族法原理［M］. 张建国，李力，译. 北京：法律出版社，2003.

醉月山人. 狐狸缘全传［M］. 张颖，陈速，校点. 天津：百花文艺出版社，1989.

左东岭. 李贽与晚明文学思想［M］. 天津：天津人民出版社，1997.

后　记

　　本书是在我的博士论文基础上修订而成。忆昔大学毕业，四载从戎，然麋鹿之性，终适草野，遂复求学之旅。迷途向学，始流连京沪，后负笈羊城，复值蓉城成都，于此攻读博士学位。益州故郡，文风鼎盛。少陵佳句，锦江春色犹碧；薛涛亭园，望江翠楼依然。天府之国，千年斯文不坠；锦城黉宫，四方名流咸集。徜徉于兹，挹其清芬，不亦乐乎？大师先贤，遗像在壁，藐予小子，何敢赞其一辞！

　　一直觉得论文有待进一步完善，时隔多年后终于还是面世了。论文写作，虽尚勤勉，然汲深绠短，时生举鼎绝膑之感。作为儒家伦理观念之一的贞节观，不仅体现在儒家经典、史书方志、家规善书、朝廷诏谕和地方文告里，也遍布在大量的明清通俗小说之中。而后者因其文本的通俗色彩和民间性质，往往呈现得更为全面真实，书写得更为细腻曲折，从而更加值得我们聆听和赏鉴，遂以此作为论文研究的对象和题目。选题有学术价值不易，阐释深入出新更难。幸赖导师谢谦教授鼓励宽慰，指点迷津，拙文能成，端赖谢师。谢师明敏，以工科转人文，博闻强记，举凡古今中外文学作品，常脱口而出，不遗一字，酒席挥觥之间，令门生惊羡不已。谢师治学育人之余，将学术与人生打成一片，书斋与窗外融为一体，享誉天涯。其为人不拘形骸，有魏晋高风，于人则雅量能容，宅心仁厚，于弟子辈尤加关爱，此情此谊，难尽衷曲！

　　攻博期间，获聆项楚教授敦煌文献、周裕锴教授古典阐释学两门课程。二位先生治学严谨，海内久负盛名，课堂内外，余略窥治学门径，获益匪浅。项楚先生以"月光童子"为喻的学术研究澄明境界，尤其令我动容，虽不能至，心向往之。论文开题，周裕锴教授、吕肖奂教授不吝赐教，热情鼓励，慧眼指迷，长鞭在策，敢不奋蹄？论文答辩会上，李大明教授、熊良智教授、马德富教授、丁淑梅教授和王红教授，既一致赞誉有加，复悉心指瑕，令我感激不已。

　　感谢我的硕士生导师左鹏军教授，当年求学羊城，蒙左师不弃，拜其门下三年，亲承謦欬，幸何如之。左师专力治学近代戏曲，旁及岭南文学文献，皆足名家。恒兀兀以穷年，精勤过人，成果丰硕，垂范我辈。左师的治学精神和谆谆教诲，深印弟子心底，令我不敢懈怠。

　　感谢读博期间辅导员张放教授，因一事相烦，而竟成莫逆，衔杯举觞，常相流连。放兄颖秀慧达，忆昔昼理公文，夜究学问，今已成传播学界俊彦矣，能无贺焉。感谢同窗诸友。同级博士同门邹壮云，赣人渝居，长于余，而洞悉世事，予我教益颇多，学问上常相切磋，疑义相析。三位博士师妹郑珊珊、刘凤霞和王晓燕，五位硕士师弟师妹刘鸥仪、龙桥波、李秀锋、宋一雪和马程伟，室友郭德全及同窗好友李旭、黄文虎、郄丙亮、付飞亮、王亿本、晏青、郭莉莎、阮怡诸君，多相接以课，相伴以行，相聚以宴；常相互切磋，相互砥砺，相互助益。蓉城相逢，虽多他乡之客，然意气相投，皆成知己。天府之行，弥足难忘。昔日欢欣共对、言笑蔼然之景，犹在耳目。人生斯世，不亦说乎！可贺者诸君各有所成，可惜者终然天各一方。

　　感谢家人多年的支持。尤可愧对者祖母也，余自幼最依祖母，赖其抚育，遂以成人。弥留之际，专待别我，山长水阔，竟使白首之望，化为黄泉之恸。欲报之德，昊天罔极！

　　感谢教育部人文社会科学重点研究基地四川大学俗文化研究所诸位教授的青睐有加，使得拙作有面世的机会，感谢四川大学出版社的大力支持和责任编辑杨果老师的辛勤付出。

　　撰写过程中参考了前辈及时贤的大量研究成果，谨致深深谢意。书中疏漏所在多有，望前辈方家批评指正。

　　我的硕士研究生孙宁帮忙校对了部分书稿，也一并致谢。

　　人生天地，唯情而已。深衷厚谊，寸管难尽。

璩龙林谨识